ELISA HERZOG

Einen Verlängerten bitte

ROMAN

Das Buch

Über Sex zu reden, ist etwas anderes, als ihn zu praktizieren - Dr. Terence Urquhart , der „heißeste Sex-Therapeut Großbritanniens", und seine Frau Sue können nach 17 Jahren Ehe ein Lied davon singen. Auch sonst knirscht es in ihrer Beziehung. Die Therapie? Getrennter Sommerurlaub. Also fährt Sue mit ihren beiden Kindern ins heimatliche Salzkammergut, während Terence sich mit seinen Freunden auf eine Motorrad-Tour durch Nordengland begibt. Kann diese Therapie die Ehe wieder kitten? Abwarten und Tee trinken. Oder einen Verlängerten ... Es darf gelacht werden - und mitgelitten. .....Mal ist es turbulent, mal nachdenklich. Eine humorvolle, warmherzige romantische Komödie über die unterschiedlichen Facetten der Liebe und die Suche nach dem richtigen Platz im Leben.

ELISA HERZOG

Einen Verlängerten bitte

ROMAN

Trade Paperback

Deutsche Erstausgabe 2014 als eBook

Lektorat: Dr. M. Huber
Umschlaggestaltung: Kerry Ellis
Besuchen Sie Elisa Herzog im Internet:
https://www.facebook.com/Elisa.Herzog.Autor
https://plus.google.com/u/0/+ElisaHerzog
ISBN 978-3-00-048011-9

Einen Verlängerten bitte

ROMAN

1

*Gebt mir ein raschelndes Kleid aus Chintz und Chiffon! Eine Stola aus Spitze,
Handschuhe und einen Schutenhut!*

Das waren Sues Gedanken, als Terence den Jaguar über die Kiesauffahrt
zum Haupteingang lenkte. So perfekt ihr Etuikleid für den Job in London
auch sein mochte, für *Rosewood Manor* war es viel zu schlicht. Immerhin
hatte sie Terence, der einen mehr als passablen Mr Darcy abgeben würde.

Das Romantikhotel in der Nähe von Bath ruhte majestätisch im Herzen
einer üppigen Parklandschaft und sah aus wie der Schauplatz eines Jane-
Austen-Romans. Im weichen Licht des Spätnachmittags leuchtete die
Sandsteinfassade wie ein Aprikosensorbet, das durch die sahnig weißen
Fenstereinfassungen ganz besonders appetitlich wirkte.

Bereits die Fahrt von London nach Westen durch die sommerliche
englische Gartenlandschaft hatte Sue in Hochstimmung versetzt. An diesem
Tag, ihrem 17. Hochzeitstag – und vor allem in der Nacht – würde Terence
endlich ihr allein gehören. In einer luxuriösen Suite, nachdem sie sich mit
einem exquisiten Gourmet-Menü in Stimmung gebracht hätten. Ihr Herz
machte vor Vorfreude einen Sprung, und spontan gab sie Terence einen
Kuss auf die Wange. Er lächelte sie an, und sie fühlte sich jung, schön und
zu allem bereit. Ein leichter Zweifel nagte an ihr, aber den schob sie schnell
beiseite. Ging nicht das, was man sich intensiv wünschte, in Erfüllung?
Musste das nicht so sein, wenn sogar Quantenphysiker, also hochseriöse
Wissenschaftler, dies behaupteten? Resonanzprinzip hieß das, glaubte Sue
sich zu erinnern. Man zog das an, woran man glaubte. Sue beschloss, an den
Erfolg des kommenden Abends zu glauben.

„Mr und Mrs Urquhart?" Die freundliche junge Dame an der Rezeption musterte sie etwas intensiver, als Sue angebracht schien.

Andererseits, wer wollte es ihr verdenken: Dr. Terence Urquhart, der heißeste Sexpapst der britischen Inseln, checkte gerade ein. Da lohnte sich schon der ein oder andere Blick mehr.

„Ich wünsche Ihnen einen schönen Aufenthalt, Sir." Die Rezeptionistin reichte Terence die Schlüsselkarte.

Ein Kingsize-Bett mit einem großzügigen, bordeauxrot schimmernden Baldachin, cremefarbene Bettwäsche, dunkelrote Polstermöbel mit lila-farbenen Kissenlandschaften, ein fast schwarzer, seidig glänzender Parkettboden. Viel Platz, um die anatomischen Grenzen des Körpers und die Fantasie des Geistes auf die Probe zu stellen. Sue strich fast ehrfürchtig über die perfekt geglätteten Laken und stellte sich vor, wie sich der teure Stoff an ihren Körper schmiegen würde. „Ein Schelm, wer Schlechtes dabei denkt", murmelte sie. Leichte Gänsehaut breitete sich auf ihren Armen aus.

„Darling, ich will dich nicht aus deinen Tagträumen reißen", entschuldigte sich Terence, „aber unser Tisch ist für acht bestellt und das ist in zehn Minuten."

„Schade", meinte Sue und schmiegte sich an ihn. „Wir hätten uns schon etwas eingewöhnen können."

„Du wirst mich heute noch genug genießen können. Außerdem", nun knabberte er an ihrem Ohr, „habe ich wirklich Hunger."

„Ich eigentlich auch", gab Sue zu und knabberte zurück, an einer Stelle am Hals. Fürs Ohr war sie ein wenig zu klein.

Das war eben der Unterschied zu einem frisch verliebten Paar, dachte sie ein wenig ernüchtert: Diesem wäre ein reservierter Tisch egal. Nach siebzehn Jahren Ehe war man jedoch wieder in der Lage, Prioritäten zu setzen.

„Dann machen wir uns mal fein", sagte Sue und freute sich darauf, ihr neues Kleid von Alberta Ferretti ausführen zu können, für das sie die letzten beiden Wochen gehungert hatte. Die Schnittführung war so raffiniert, dass ihre leicht dominante Hüfte perfekt kaschiert wurde und ihr hübsches Dekolleté sich auf das Prächtigste präsentierte. Sie würde sich fühlen wie eine Sexgöttin.

Mit einer Viertelstunde Verspätung – selbst eine Sexgöttin brauchte schließlich ein gutes Makeup – hielten sie und Terence Einzug in das Michelin-besternte Restaurant. Da ihr Tisch am Fenster stand, mussten sie den gesamten Saal durchqueren, und Sue genoss die Blicke, die auf ihnen ruhten. Früher wäre ihr das peinlich gewesen, aber mittlerweile tat ihr die Aufmerksamkeit genauso gut wie eine teure Wellnessbehandlung. Leichtes Getuschel machte sich breit: Einige Gäste hatten wohl Terence erkannt und würzten mit lässigem *name-dropping* ihre Tischgespräche. Um die beiden dann ebenso lässig den ganzen Abend zu ignorieren. Das war der Vorteil, wenn man in einem Restaurant dieser Klasse speiste: Man wurde in Ruhe gelassen.

Sobald sie auf den cremefarben gepolsterten Stühlen saßen und kurz die Aussicht bewundert hatten – wenn der leichte Wind die Blätter der riesigen Buchen etwas nach rechts blies, konnten sie das Lichtermeer von Bath erkennen – brachte der Kellner den Champagner.

Nachdem der Sommelier mit ausgesprochener Eleganz, die Sue ihm außerhalb des Restaurants bei seinem sehr robusten, an einen Rugbyspieler erinnernden Körperbau nicht zugetraut hätte, den Champagner eingeschenkt hatte, erhob Terence sein Glas. „Auf die wunderbarste Frau der Welt."

Sue schossen Tränen der Rührung in die Augen. Nach so langer Zeit so etwas zu hören, von ihrem Terence, den sie vor 17 Jahren heimlich im schottischen Gretna Green geheiratet hatte …

Sie hatte es nie bereut, obwohl der Anfang nicht leicht gewesen war. Mit ihrem damals noch etwas holprigen Englisch, ohne Studienabschluss und einem zwar soliden, aber einfachen familiären Hintergrund war sie für Terences Mutter Tessa alles andere als die Traumschwiegertochter gewesen. Freunde der Familie pflegte sie über den Familienneuzugang folgendermaßen aufzuklären: *„Sie ist die Tochter eines Fotografen aus Hallstatt." Dann folgte für gewöhnlich eine Kunstpause. „Ihr wisst nicht, wo das liegt?" Gewöhnlich folgte nun ein gekünsteltes Lachen. „Hinter Salzburg, dort, wo die Häuser fast in den See fallen."* Kein Wort ihrer Beschreibung klang für sich betrachtet abwertend, doch Tessas Tonfall drückte mehr als deutlich ihre ganze Geringschätzung für die Schwiegertochter aus.

Die männlichen Mitglieder der Familie, allen voran Vater Aubrey und dessen Bruder Selwyn, waren da weit aufgeschlossener gewesen. Nun ja, ein ansehnlicher Busen, blaue Augen und blonde Locken waren durchaus Argumente, die der Integration einer Ausländerin zuträglich waren. Damals hatte Terence gerade seine gynäkologische Praxis eröffnet. Er saß auf einem Berg von Schulden, arbeitete wie verrückt und machte sogar noch eine Fortbildung zum Psychotherapeuten. Dann ging es Schlag auf Schlag nur noch in eine Richtung – nach oben, und jetzt war Terence Urquhart eine Kapazität, *der* Sex-Spezialist des Königreichs. Bekannt aus Funk und Fernsehen ... Dazu zwei gesunde Kinder. Was wollte sie mehr?

„Nicht weinen, Darling", sagte Terence und wischte ihr zärtlich eine Träne von der Wange. „Trink."

Sue nahm einen Schluck. „Ein guter Jahrgang", sagte sie.

„So wie du."

Ach Terence, dachte sie, irgendwie findest du trotz allem immer wieder genau die richtigen Worte. Der Champagner schickte ein wohlig-warmes Prickeln durch ihren Körper und legte über ihre Augen einen Weichzeichner. Mit einem glückseligen Lächeln lehnte sie sich zurück und ließ ihren Blick durch das Restaurant schweifen. Alles war so schön hier, so zurückhaltend exquisit: Die kostbaren Lüster, die erlesenen Hölzer der Wandtäfelung, die makellos gestärkten elfenbeinfarbenen Tischdecken, die Roben und der Schmuck der weiblichen Gäste (was das Aussehen derselben betraf, half der Weichzeichner zum Teil enorm), das leise Klirren des altmodischen Silberbestecks, selbst der dezent französische Akzent des Kellners, der mit einem kleinen Gruß aus der Küche an ihrem Tisch aufgetaucht war. Er servierte ein stylisches Etwas auf einem kleinen Teller, das sich als Feige im Rohschinkenmantel entpuppte.

„Feigen, so, so", murmelte Terence.

„Was, so, so?", fragte Sue.

Terence senkte seine Lider und setzte etwas auf, das er wohl für einen Schlafzimmerblick hielt. Tatsächlich wirkte er eher wie ein Schmierenkomödiant, der versuchte Valentino zu sein.

„Sie machen gelüstig und haltlos."

Sue kicherte. „Gelüstig? Wo hast du denn dieses Wort her?"

„Hildegard von Bingen."

„Du beschäftigst dich mit einer deutschen Nonne, die im Mittelalter gelebt hat?"

„Wenn sie Dinge weiß, die mit *gelüstig* zu tun haben, auf jeden Fall."

„Übertreiben die hier nicht ein wenig, wenn bereits der Gruß aus der Küche gelüstig ist? Ich hoffe, wir erleben noch den Rest des Menüs, ohne dass wir explodieren."

„Entspanne dich. Die arbeiten nach dem Motto Gas geben, Bremsen, Gas geben, und so weiter." Terence lächelte vielsagend.

Sue lächelte etwas gezwungen zurück. Die Stop-and-Go-Technik gehörte zum täglichen Brot ihres Mannes. Er empfahl sie allen Männern, die zu früh kamen. Leider nützte sie nichts, wenn man gar nicht mehr kam.

Den anschließenden Salat mit Avocado und Riesencrevetten sowie das Karotten-Koriander-Süppchen überstanden sie jedenfalls, ohne übereinander herzufallen.

Beim Stubenküken mit Gemüse blitzte in Sue plötzlich die Besorgnis auf, ob es Amy und Philipp gut ginge. Aber Amy war fünfzehn, und eine Nacht alleine mit ihrem kleinen Bruder würde sie doch hinbekommen. Oder?

„Zuhause ist bestimmt alles in Ordnung", sagte Terence unvermittelt und tätschelte beruhigend ihre Hand.

„Woher weißt du …", fragte sie staunend.

„Ich kenne diesen Blick", antwortete er gleichmütig. „Den setzt du immer auf, wenn du zur Glucke mutierst. Außerdem hast du nach oben rechts gesehen, was bedeutet, dass du etwas visuell konstruierst. Wahrscheinlich hast du dir ein Schreckensszenario mit einem blutenden Philipp vorgestellt und einer Amy, die nichts davon mitbekommt, weil sie seit 40 Minuten unter der Dusche steht."

Das kam dem, was sie sich tatsächlich vorgestellt hatte, ziemlich nahe. Es hatten nur noch entlaufene Triebtäter mit einer Vorliebe für Schusswaffen gefehlt. Verlegen verstümmelte sie das Stubenküken mit dem schweren Silberbesteck. Gleichzeitig ärgerte es sie gewaltig, dass sie so leicht zu durchschauen war. In ihrem nächsten Leben würde sie keinen Mann in ihre Nähe lassen, der das Wort Psychologie auch nur buchstabieren konnte.

„Ich kann nicht mehr", seufzte Sue, als schließlich der Dessertteller vor ihr stand. Eine Komposition mit Mango und Eispraline an Schokoschaum. Der Griff zum Löffel erfolgte jedoch überraschend schnell. „Das sieht einfach zu schön aus, um es unbeachtet liegen zu lassen."

Dann würden sie in der Bar einfach etwas schneller tanzen, Samba zum Beispiel. Durch die sexy Bewegungen würde sich jegliches Völlegefühl in null Komma nichts abbauen. Nachdem sie den ersten Bissen der saftigen Frucht, die aufreizend aufgeblättert vor ihr lag, gekostet hatte, meinte sie: „Irgendjemand hat mal erzählt, dass die Inder nur ab und zu Mangos essen."

„Wieso das?" Terences Lippen glänzten feucht vom Saft der Mango.

„Sie macht angeblich heißes Blut."

Terence fühlte seinen Puls.

„Ich glaube nicht, dass du Hitze am Puls ablesen kannst", erlaubte Sue sich zu erwähnen.

„Oh doch, Darling. Je heißer, desto schneller." Er nickte. „Mir scheint, die Betriebstemperatur ist erreicht."

Sue musste kichern und tastete sich unter dem Tisch mit ihrem rechten Fuß seinen Oberschenkel hinauf. Da regte sich etwas. Eindeutig. Terence sah sie an. Aus diesen bernsteinfarbenen Augen mit den dunklen Flecken, die sie noch immer schachmatt setzen konnten.

„Gehen wir nach oben?", sagte er und legte den Löffel beiseite.

„Wollten wir nicht noch tanzen?" Kurz flammte Enttäuschung in ihr auf. Sie hatte sich so darauf gefreut – andererseits war die Alternative genau das, weswegen sie hierher gekommen waren.

„Ich fürchte, ich kann nicht mehr warten."

Sie nickte. Es war so weit. Sie war bereit.

Als Terence ihr Minuten später leidenschaftlich die Kleider vom Leib riss, reagierte Sue wie circa 99,9 % aller Frauen: Bevor sie sich dem tornadoartigen Rauschen ihres Blutes und den Wellen der Lust, die mit Stärke 10 in ihrem Körper tobten, hemmungslos hingab, war sie mehr als erleichtert, dass sie den ganzen Vormittag bei Pandora's Box, dem angesagtesten Schönheitssalon Londons, verbracht hatte. Fast wäre nichts daraus geworden, weil Terence ihr noch einen ganzen Packen Patientenakten zur Abrechnung mit den Worten „Es wäre gut, wenn die noch vor den Ferien raus gingen" auf den Schreibtisch gelegt hatte. Reflexartig hatte sie prompt zum Hörer gegriffen, um ihren Termin zu stornieren, war dann aber zur Vernunft gekommen (was Terence sicher ganz anders gesehen hätte). Das konnte doch jetzt wirklich nicht wahr sein! Wenn sie die Termine und Verabredungen zusammenrechnete, die sie die letzten Jahre absagen musste, weil das „Unternehmen Urquhart", wie Terence es immer nannte, sie brauchte, käme ein stattliches Sümmchen zusammen. Stattlich?, dachte Sue. Es war vielmehr beschämend, dass sie sich immer überfahren ließ und auf Dinge, die ihr wichtig waren, verzichtete. Doch dieses Mal nicht – sie würde die Akten einfach liegen lassen. Jedoch nicht, ohne zuvor online den Kontostand zu überprüfen, schließlich war sie ein braves Mädchen und die zuverlässigste Mitarbeiterin ihres Mannes. Das Konto stand in einem beruhigenden Plus. Wozu also die Eile? Ihr Hochzeitstag war wichtig, und Akten waren geduldig.

Und wie es sich gelohnt hatte, einmal nicht wie erwartet zu funktionieren: Ihre Haut war weich wie die eines Babys (Meersalz-Peeling, 30 Minuten), ihr Teint strahlte von innen (Spezial-Lifting-Massage bei Moira, 1 Stunde), und ihre Frisur hatte genau die lässige Ausstrahlung, die zwischen Dame von Welt und Betthäschen lag (2 Stunden Strähnchen bei Chaz und danach Manuels perfekte Föhntechnik).

Nicht dass Terence das im Moment auch nur eine Sekunde interessiert hätte. Nachdem er ihren Busen mit feurigen Küssen bedeckt hatte, drückte er sein Gesicht fordernd gegen ihres. Ihre Münder verschmolzen zu einem Zungenkuss, der so wild und süß war wie ihr erster, im April 1990 in einem zugigen WG-Zimmer in Berlin. Sues Knie wurden weich vor Hingabe und sie ließ sich bereitwillig von Terence zum Bett tragen, dessen Kissen im Kerzenlicht wie Perlmutt schimmerten. Sie fühlte sich wie eine Königin, als sie seine starken Arme um sich spürte. Nichts konnte ihr geschehen, solange er bei ihr war. Sanft bettete Terence sie auf das wunderbar kühle Laken und legte sich auf sie. Als sein Gewicht sie tief in die Matratze drückte, durchzuckte sie ein spontaner Orgasmus.

Gierig leckte sie seinen schweißnassen Körper und versank im Geruch seiner Haut, den sie so liebte. Plötzlich fühlte sie schmerzhaft, was sie all die langen Wochen so vermisst hatte. Sie wollte ihn, sie wollte ihren Mann. Und er wollte sie offenbar auch, sein Stöhnen wurde immer lauter, immer animalischer. Auf einmal erwachte in ihr der Wunsch, ihn zu sehen, jede Reaktion auf seinem Gesicht lesen zu können. Sie drehte sich um und setzte sich auf ihn. Sie fühlte sein Glied so tief und hart in ihr, dass es ihr den Atem raubte. Sie beugte sich zu ihm und ließ ihre Brüste von seiner Zunge liebkosen. In einem tranceartigen Rhythmus bewegten sie sich hin und her, bis er schließlich kam. Und kam. Und kam.

2

Terence schnarchte leise. Sue hingegen war hellwach und betrachtete diesen Mann, der neben ihr lag. Sein energisches Kinn mit dem kleinen Grübchen, die Lippen, die im Schlaf vorgeworfen waren wie die eines schmollenden Kindes, seine gemäßigte Adlernase, die ihn im Profil viel strenger wirken ließ als von vorne, sein dichtes, hellbraunes Haar, das mittlerweile von einigen silbernen Fäden durchzogen war. Sie streichelte seine Schläfe und spürte, wie sein Blut pulsierte.

Wer hätte damals gedacht, dass sie tatsächlich zusammenbleiben und heiraten würden? Und wer hätte gedacht, dass ihr heimlicher Ausflug nach Berlin ein endgültiger Abschied von Hallstatt sein würde?

Es war im April 1990, ein halbes Jahr nach dem Fall der Mauer. Berlin war die wohl aufregendste Stadt der Welt, und Sue hatte das Gefühl, als würde sie im idyllischen, aber engen Hallstatt im tiefsten Salzkammergut inmitten eines Übermaßes an frischer Luft ersticken. Sie packte gerade frisch entwickelte Fotos in die Ausgabetaschen, als das Telefon klingelte. Es war Vanni, ihre beste Freundin.

„Hi, Depeche Mode spielt in Berlin", brüllte sie ohne große Vorrede in den Hörer.

„Nein!", rief Sue fassungslos. Ihre Kultband! Ihr Kultsänger! Dave! Dave Gahan!

„Wir müssen hin", stellte Vanni nüchtern fest.

Sues Herz raste. Dave endlich einmal live sehen. In Berlin! Endlich raus aus diesem Kaff, und wenn es nur für ein Wochenende war.

„Mike und Stefan fahren mit, Mike fährt."

„Ich bin dabei", rief Sue aufgeregt in den Hörer. „Wann genau ist das?"

„Nächsten Samstag."

„Nein!", rief Sue verzweifelt.

„Was ist?"

„Ich kann nicht!"

„Wieso?"

„Ich habe meinem Vater versprochen, im Geschäft zu bleiben, weil er auf Tour geht."

Vanni schwieg. Solche familiären Verpflichtungen kannte die Tochter eines wohlhabenden Notars nicht. Vanni genoss alle Freiheiten, was sie auch weidlich ausnutzte.

„Kann der die Tour nicht eine Woche früher oder später machen? Dauernd hängst du in dem blöden Laden fest."

Sue sah das genauso. Sie hasste den Fotoladen ihres Vaters am Marktplatz von Hallstatt. Dauernd musste man präsent sein, um ja keinen Schilling Umsatz zu versäumen. Vielleicht war sie auch ungerecht, denn ihr Vater arbeitete fast rund um die Uhr, damit es ihnen gut ging, und tat alles, um ihr die Mutter zu ersetzen, die einige Jahre zuvor an Krebs gestorben war. Franz Wallner, der gerne Fotografie auf einem anderen Niveau betrieben hätte als die Hallstätter auf ihren Familienfesten abzulichten, war an besagtem Wochenende wegen seines ureigensten Projekts unterwegs: Er machte Porträtaufnahmen von Bewohnern des Salzkammergutes. In der Art von Russell Lee in den 30er Jahren. Schwarzweiß, authentisch. Sue gefielen die Fotos, aber das Feuer der Begeisterung konnte sie nicht verstehen. Sie machte gerade eine Fotografenlehre, aber nur ihrem Vater zuliebe und weil sich nicht wusste, was sie sonst machen sollte. Sie wusste nur eins: Sie wollte weg, etwas von der Welt sehen, nicht lebendig begraben sein, eingeklemmt zwischen Felswänden und dem See.

„Nur zur Erinnerung", meldete Vanni sich wieder. „Du bist achtzehn, volljährig und kannst machen, was du willst."

„Ich glaube, volljährig bedeutet für meinen Vater etwas anderes als für das Gesetz."

„Wird Zeit, dass sich das ändert", sagte Vanni. „Du musst einfach mit.

Depeche Mode. Berlin! Susi, das geht nicht ohne uns."

Sues Vater sah das erwartungsgemäß anders.

„Es ist Hochsaison, wir können nicht das ganze Wochenende zusperren", war sein knapper Kommentar.

„Wir werden schon nicht gleich tschari gehen", schrie Sue verzweifelt.

„Was weißt du schon von Geld", brummte er. „Wenn ich überall hingegangen wäre, wo ich hätte hin wollen ..."

„Dann sind wir ja schon zu zweit", konterte Sue. „Dauernd muss ich in dem Scheiß-Laden stehen. Ich komme mir vor wie lebendig begraben. Und du haust ab in die Berge."

„Als ob du freiwillig auf den Berg gehen würdest", meinte Franz, nun etwas milder gestimmt. „Ich kann die Tour nicht absagen. Fünf Porträts sind drin, ich habe mich überall schon angemeldet. Ich halte mein Wort. Außerdem ist Berlin viel zu gefährlich. Da ist alles im Umbruch. Man hört da Dinge ..."

Sue schossen Tränen der Wut in die Augen. Wie sie das alles hasste! Diese dämlichen Fotos! Die waren doch nur bedrucktes Papier! Was war mit dem richtigen Leben? Sie wollte endlich etwas davon mitbekommen, aber ihr Vater erdrückte sie noch mit seiner Fürsorglichkeit. Sie wusste, dass er Angst hatte, sie nach ihrer Mutter auch noch zu verlieren. Aber merkte er denn nicht, dass er sie so zum Gehen zwang? Sie beschloss, nichts mehr zu sagen, denn ihr Entschluss stand sowieso fest: Sie würde fahren.

„Live-Konzerte von solchen Bands sind lange nicht so gut wie die Platten", versuchte er sie zu trösten. „Ich geb' dir Geld. Damit kannst du dir die neueste Platte von diesen Depeschlern kaufen."

„Die habe ich doch schon längst", gab Sue zurück und klebte die Tüte zu. Sie hatte gute Lust, diese ganzen Mistfotos zu zerreißen.

Zum Glück gab es einen Menschen, der irgendwie immer da war, wenn es zwischen Vater und Tochter ein Problem gab: Hilde, ihre Patentante. Sie verstand sofort, wie wichtig Sue dieses Konzert war, und bot an, den Dienst im Laden zu übernehmen. Hilde mit ihrer leutseligen Art war dafür sowieso besser geeignet als Sue, die sich nie sonderlich bemühte, ihre mangelnde Begeisterung zu verbergen.

Dave war großartig. Obwohl Sue viel zu weit von der Bühne entfernt war, spürte sie seine Präsenz bis in jede Faser ihres Körpers. Mit ihm verglichen waren Mike und Stefan zwei mickrige Bubis, die noch lange trainieren mussten, um Männer zu werden. Vanni, die mit ihren langen dunkelbraunen Haaren, ihrer Superfigur und ihrem Schmollmund wie eine Wiedergeburt von Uschi Obermeier aussah (sie selbst kannte diese Frau nicht, ihr Vater hatte sie auf Vannis Ähnlichkeit mit der Ikone der 68er aufmerksam gemacht) war bereits von einem Ring von Verehrern umgeben. Sue machte das nichts aus, denn mit Dave konnte es sowieso keiner der Typen hier aufnehmen.

Sie standen Körper an Körper gepresst in der Arena, alles war heiß und stickig und eng. Sue genoss jede Sekunde, bis sie völlig nassgeschwitzt gegen halb zwölf das Konzert verließen.

„Das war, das war..." Sue fehlten die Worte.

„Und es ist noch nicht Schluss!", rief Stefan aufgekratzt. „Jetzt wird gefeiert! Ich will rüber in den Osten. Da soll es so richtig abgehen."

Sie landeten schließlich in einer Kellerkneipe irgendwo am Prenzlauer Berg. Die Musik dröhnte, die Luft war süß vom Geruch der Joints, und Sue fühlte sich leicht wie ein Vogel. In ihrem Kopf drehte sich alles. Sie tanzte, sie trank. Das war besser als alles, was sie bisher erlebt hatte. Irgendwann lachte sie nur noch, weil sie sich so frei fühlte.

Das Nächste, woran sie sich erinnerte, war, dass sie sich direkt auf die Schuhe eines Mannes im weißen Kittel übergab. Sie schämte sich so, dass sie keinen Ton herausbrachte. Außerdem wäre sprechen viel zu anstrengend gewesen. Ihr Körper fühlte sich an wie durch die Mangel gedreht.

„Na, haben Sie etwas zu heftig gefeiert?" Der Mann im weißen Kittel sah sie prüfend an.

Er hatte wunderschöne Augen. Wie Bernstein mit Schokosplittern. Und auf seinen Schuhen thronte ihre gelbgrüne Kotze. Peinlicher ging es nicht mehr.

„Bin ich im Krankenhaus? Sind Sie ein Arzt?", krächzte sie.

„Zweimal richtig geraten." Er fühlte ihren Puls. „Ich möchte Sie heute gerne zur Beobachtung hier behalten."

„Das geht nicht!"

Er zog die Brauen nach oben.

„Ich muss unbedingt nach Hause." Ihr Vater würde sie umbringen.

„Warum?"

Sie biss die Lippen zusammen. Wenn sie jetzt noch sagte, dass ihr Vater sie eigentlich nicht hatte weglassen wollen, kam sie sich noch mehr vor wie ein dummes Kleinkind.

„Ich verstehe. Ein nicht ganz genehmigter Ausflug in die große Stadt." Er atmete tief durch. „Okay. Wir wollen nicht, dass Ihre Eltern sich unnötig Sorgen machen. Aber kein Alkohol und keine Joints mehr in den nächsten Tagen. Letzteres am besten gar nicht mehr."

Sue nickte brav. Er hatte einen schnuckligen Akzent und war auch sonst irgendwie ganz süß. Und so jemandem versaute sie die Schuhe.

„Draußen sitzen drei Gestalten, die nur unwesentlich besser aussehen als Sie", bemerkte er zum Schluss. „Ich nehme an, das sind Ihre Freunde." Er nickte ihr zu. „Passen Sie auf sich auf."

Seltsamerweise bekam Sue Hunger, sobald sie das Krankenhaus verlassen hatten, und so landeten sie zwei Ecken weiter in einer Kneipe, die auf einer Tafel die besten Frikadellen der Stadt anpries.

Die faschierten Laibchen schmeckten auch wunderbar, bis zu dem Moment, als Sue bemerkte, dass der Arzt, IHR ARZT, das Lokal betreten hatte. Mit einem anderen Mann, wahrscheinlich einem Kollegen. Schlagartig verschloss sich ihre Speiseröhre und sie versteckte sich hinter Mike, der neben ihr bereits seine zweite Portion verschlang.

Es war ein netter, aber vergeblicher Versuch der Tarnung, denn schon Sekunden später drang ein „Schön zu sehen, dass Sie wieder Appetit haben, Fräulein Wallner", an ihr Ohr. Es folgte ein Grinsen und der Spruch: „Jetzt kann ich Sie doch noch ein wenig beobachten."

Sie hatte zwar keinen Spiegel, aber sie spürte auch so, dass sie noch nie in ihrem Leben so rot geworden war. Sie nickte kläglich und war froh, als er wieder zu seinem Tisch zurückging.

„Wollen wir nicht langsam fahren?", fragte sie in die Runde. Auf einmal schien Hallstatt gar nicht mehr so schlimm zu sein.

„Ich bin doch mit dem Essen noch gar nicht fertig", antwortete Mike. „Und die Zwei da drüben auch nicht." Er deutete auf Stefan und Vanni, die Dart spielten und nicht den Eindruck vermittelten, als hätten sie es eilig.

Sue schob den Teller von sich weg und ging auf die Toilette. Schämen funktionierte am besten alleine. Als sie zurück kehrte, hatte sich die Situation nicht verbessert. Ganz im Gegenteil, denn zu ihrem Entsetzen sah sie, wie sich der Arzt und sein Begleiter zu Stefan und Vanni gesellt hatten.

„Susi, komm, spiel auch mit!", rief Vanni sie zu sich.

Sue seufzte, aber sie hatte wohl keine andere Wahl, wenn sie nicht alleine am Tisch sitzen wollte, denn auch Mike suchte sich inzwischen Dartpfeile aus.

Nach zwei Stunden hatte sie die Scharte mit den Schuhen wieder ausgewetzt, indem sie souverän gegen Terence, so hieß der Arzt und einzig ernsthafte Konkurrent ihrer Runde, gewann.

Und sie war verliebt. So was von verliebt. Es folgten lange Telefonate, der Schock ihres Vaters angesichts der horrenden Telefonrechnung, die Entscheidung, die Fotografenlehre sausen zu lassen und stattdessen Hotelfachfrau in London zu lernen, da Terence inzwischen dort war und in einer Frauenklinik arbeitete. Und fünf Jahre später schließlich die spontane Hochzeit in Gretna Green, an einem verregneten Wochenende, an dem Terence ihr eigentlich nur Schottland hatte zeigen wollen. Ihre frischgebackene Schwiegermutter hatte getobt, ihr Vater geschmollt, und selbst die verständnisvolle Hilde war etwas eingeschnappt gewesen. Aber Terence und sie hatten alle Kritiker Lügen gestraft. Sie waren immer noch zusammen, nach siebzehn langen Jahren.

„Siebzehn Jahre." Sie seufzte leise, drehte sich um und war irgendwann doch eingeschlafen, begleitet vom Rauschen des Windes und den tiefen Atemzügen von Terence. Irgendwann fühlte sie, wie etwas ihren Oberschenkel entlang strich. Ein Krabbeltier? Angewidert schlug sie mit der Hand dagegen und landete auf der ihres Mannes.

„Sue?", flüsterte er.

„Ja?", hauchte sie zurück.

„Ich wollte nur wissen, ob du wach bist."

„Hm", murmelte sie und spürte, wie seine Finger mit professioneller

Geschicklichkeit ihren Venushügel erkundeten. „Was hast du vor?" Eine dumme Frage, aber angesichts der Uhrzeit (2 Uhr 37) vielleicht auch nicht.

„Das fragst du noch?"

Ein zweites Mal? In einer Nacht? Wie lange war das her? Die Entwickler der kleinen blauen Pille hatten offenbar ganze Arbeit geleistet. Sue drehte sich auf den Rücken. Nun ja, sie sollte nehmen, was sie kriegen konnte.

Fünf Minuten später, um 2 Uhr 42, lag Terence bereits wieder auf seiner Seite des Bettes. Sue war verwirrt, und irgendwie … unerfüllt. Quickies zeichneten sich in der Regel nicht durch besondere Raffinesse aus (zumindest nicht nach ihrem Wissensstand), aber das gerade eben war schon ein bisschen schnell gegangen. Gut, es war hart, drängend und leidenschaftlich gewesen, aber sie selbst wäre auch gerne auf ihre Kosten gekommen. Andererseits, Terence einmal so entfesselt zu sehen, hatte sie total angemacht. Sie seufzte und kuschelte sich in ihre Decke, fand jedoch keine Ruhe. An Schlaf war nicht zu denken, so aufgewühlt, wie sie war. Wie von selbst glitt ihre Hand nach unten und streichelte ihre Klitoris. Wie gut das tat! Sie gab sich dem gleichmäßigen Rhythmus ihrer Hand hin und sank mit einem befreiten Stöhnen auf die Seite, als der Höhepunkt kam. Jetzt konnte sie endlich schlafen.

Als Sue die Toilettenspülung hörte, war es 4:18 Uhr. Sie wollte sich gerade umdrehen, um die gut zwei Stunden auszukosten, bis der Wecker klingeln würde, als er sich zu ihr setzte.

„Hm?" murmelte sie schläfrig.

„Sorry, Darling." Terence strich ihr über die Wange. „Der da unten macht mich noch ganz verrückt. Ich muss einfach, sonst dreh ich durch."

Sue riss die Augen auf.

Schon wieder? Selten hatte sie ein unattraktiveres Angebot bekommen. Bei ihr regte sich nichts, sie fühlte sich nur unendlich müde und ausgelaugt. Sie war eben keine zwanzig mehr. Der Penis ihres Gatten offenbar schon. Terence sah so unglücklich aus, dass sie ihre Decke zurückschlug und ihm Platz machte. Lust sah definitiv anders aus. Und genauso fühlte sich der anschließend durchgeführte Sex auch an. Als er ihre Beine spreizte und in sie eindrang, durchzuckte sie ein wunder Schmerz. Sie stöhnte kurz auf, was Terence völlig falsch interpretierte: Zu ihrem Entsetzen legte er noch einen Zahn zu. Irgendwo hatte sie die Gleitcreme verpackt, aber dazu war es jetzt zu spät. Morgen würde sie gehen wie auf rohen Eiern.

Wie hatte sie sich nach einem Moment wie diesem gesehnt, nach diesen langen Monaten ohne das, was man nüchtern die Erfüllung der ehelichen Pflichten nannte. Aber im Moment fühlte es sich genauso an. Sie kam sich benutzt vor. Offenbar reagierte Terence auch auf dieses chemische Wundermittel sehr heftig, wie auf alles zuvor, was sie schon ausprobiert hatten (asiatische Heilkräuter, indianische Heilkräuter, afrikanische Heilkräuter, Vitamine, Taurine, Protein in Mengen, die ganze Legionen von Bodybuildern glücklich gemacht hätten, und sogar diese grässliche Pumpe, aber an diese Episode wollte sie jetzt lieber nicht denken. Sie war sich vorgekommen wie eine Ingenieurin, die eine kaputte Pneumatikanlage zu reparieren hatte. Es hatte nicht funktioniert, denn sie hatte schließlich kein Ingenieursdiplom, Terence genauso wenig). Nie hätte sie gedacht, dass ausgerechnet er, dieser ein Meter neunzig große, durchtrainierte Mann, schon in relativ jungen Jahren solche Probleme hatte. Er war doch erst 47! Egal, dachte Sue, irgendeine Lösung wird es geben, aber jetzt interessiert mich nur noch eines: Schlafen.

Als der Wecker um sechs Uhr dreißig klingelte, zuckte Sue zusammen. Jeder Muskel tat ihr weh. Schwerfällig schleppte sie sich ins Bad, ließ sich auf die Toilette fallen und checkte ihr Blackberry. In drei Stunden mussten sie im Fernsehstudio sein, und sie war froh, dass sie nicht vor die Kamera musste, im Gegensatz zu Terence, der Stargast einer Talkshow zum Thema „Sex im Alter" war. Auf dem Display tauchte der Terminplan des vergangenen Tages auf. Vier Stunden Beauty-Marathon. So wie die Nacht verlaufen war, hätte sie sich das alles sparen können. Ein Jogginganzug und ein schlampig gebundener Pferdeschwanz hätten auch gereicht. Hatte Terence im Eifer des Gefechts möglicherweise zu viele dieser Pillen genommen? Nach der monatelangen Flaute konnte sie es ihm nicht einmal verdenken. Für ihn als Mann musste das Ganze eine Katastrophe sein. Neben dem Waschbecken lag die Packung. Sue zog den Beipackzettel heraus. Die Nebenwirkungen waren nicht ohne. Sie hoffte, dass Terence den Tag ohne Herzinfarkt, Schlaganfall oder Verlust des Sehvermögens überstand. Und dann wirkte dieses unschuldig aussehende

Pillchen auch noch 36 Stunden lang. Das wäre ja bis zum nächsten Morgen...
Was für ein Teufelszeug! Sie würde sich auf jeden Fall bis dahin von Terence
fernhalten. Da musste er alleine durch.

„Mrs Urquhart, Mr Urquhart? Ich hoffe, es war alles zu Ihrer Zufriedenheit?"
Die Rezeptionistin lächelte sie strahlend an.

Sue und Terence beschränkten sich auf ein Nicken. Sie sahen beide zum
Fürchten aus. Da war nichts vom inneren Strahlen nach einer gelungenen
Liebesnacht, nein, sie wirkten wie zwei Sherpas nach einem anstrengenden
Aufstieg ohne Sauerstoffflasche.

3

Während der Fahrt zurück nach London rutschte Terence unruhig auf seinem Sitz hin und her.

„Ist es denn schon etwas besser?", fragte Sue vorsichtig.

Er atmete tief durch. „Das kann ich leider nicht einmal zehnprozentig bejahen. Es zieht wie die Hölle." Er zupfte genervt an seiner Hose herum. „Leider steht im Beipackzettel nichts von einem Gegenmittel. Vielleicht sollte ich im Sender kalt duschen, um wenigstens bei der Aufzeichnung keine Gefahr für die weiblichen Gäste darzustellen."

„Vielleicht hätten die gar nichts dagegen", erwiderte Sue. Die an Terence gerichtete Fanpost enthielt in vielen Fällen eindeutige Angebote. „Bis zur Aufzeichnung hast du noch vier Stunden Zeit. Vielleicht beruhigen sich bis dahin deine Schwellkörper oder was auch immer."

Terence seufzte. „Ich hoffe, du hast recht." Dann überzog ein Lächeln sein Gesicht. „Aber insgesamt gesehen war es doch schön."

Sue zog es vor, auf einen Kommentar zu verzichten.

Dreieinhalb Stunden später, als sie bei den Studios von Channel A Pro im Norden von London angekommen waren, hatte sich die Lage bei Terence noch nicht entspannt.

„Geht es, Darling?", fragte Sue mitfühlend, obwohl ihre Beinmuskulatur ebenfalls aufjaulte, als sie sich in ihren Louboutins aus dem Auto wand.

Terence stöhnte auf und dehnte sich. „Eine kalte Dusche brauche ich nicht mehr, aber das Ziehen ist immer noch da. Verdammt, ich kann nicht einmal normal gehen. Ich werde einmarschieren wie ein gealterter Preisboxer."

Und ich im Schlepptau wie sein ebenfalls gealtertes Ringluder, dachte

Sue. Es war typisch, dass er nicht fragte, wie es ihr ging. Er gab sich der Illusion hin, dass die vergangene Nacht ein unvergessliches Erlebnis für sie gewesen war. Was gab es da noch nachzufragen?

Der Pförtner sollte der Einzige bleiben, der die Ankunft von Terence Urquhart mit einer lässigen Ignoranz hinnahm, denn kaum hatte der die zweckmäßig hässlichen, aber heiligen Hallen der Fernsehstudios betreten, schien es, als finge die stickige Luft an zu vibrieren. Alle lächelten. Die einen schüchtern, die anderen anzüglich, die nächsten wissend. Sex-Papst war man eben nicht ungestraft.

Da sie wie gewöhnlich spät dran waren, eilten sie ohne große Umwege direkt in die Garderobe, einer jungen Frau, die am Ende des langen Flurs stand und mit einem Mann sprach, kurz zuwinkend.

Sue fing an zu zählen. *Eins.* Terence begrüßte Paula, die Maskenbildnerin, mit einem strahlenden Lächeln und ließ sich mit der typischen Nonchalance eines Angehörigen der britischen Oberklasse in den Sessel fallen. *Zwei.* Terence zog sein Smartphone heraus. *Drei.* Die Tür wurde aufgerissen, und die junge Frau vom Flur, Fiona, stürmte herein. *Bingo.* Fiona war die Assistentin der Moderatorin Sondra Anderson, die in einer halben Stunde die Sendung *No Limits* moderieren sollte. Fiona stürmte immer. Es war, als schwebte eine Aura der Atemlosigkeit um ihren dünnen, busenlosen Körper. In ihrer Gegenwart fühlte Sue sich stets wie ein dicker, unbeweglicher Buddha. Während Fiona Küsschen mit Terence austauschte und die Maskenbildnerin ignorierte, checkte Sue kurz ihre Tasche. Sie waren da. Alles in Ordnung. Sie lächelte, denn jetzt war sie an der Reihe.

„Sue, meine Liebe, gut siehst du aus. Heiß heute, nicht wahr?", flötete Fiona, nachdem sie Sue von Kopf bis Fuß taxiert hatte. Dann, nach einem Blick Richtung Boden, kam der Aufschrei. „Du hast die *Lucifer Bow* von Louboutin!" Ihre Stimme drohte zu kippen.

Auf nichts war so sehr Verlass wie auf Frauen mit einem Schuhtick. Und Fiona hatte einen. Sue nicht, aber wie es der Zufall so wollte, hatte Terence der Leiterin des Showrooms bei einem heiklen Problem weiterhelfen können, und so kam Sue immer in den Genuss von Schuhen, die zwar in jeder Frauenzeitschrift angepriesen, doch ansonsten nur auf Warteliste zu erwerben waren. Tja, Dankbarkeit war etwas Schönes. Und noch schöner war es, Menschen, die einem ansonsten eher mit Geringschätzung (und das war noch vorsichtig ausgedrückt) begegneten, Neid zu entlocken.

Fiona betrachtete die fliederfarbenen Riemchen, denn aus viel mehr bestanden die Schuhe nicht, wie ein seltenes Ausgrabungsstück. „Oh mein Gott, ich würde sterben für diese Schuhe", hauchte sie.

„Lieber gestern als heute", murmelte Paula und drängte Fiona beiseite. „Ich müsste jetzt mal anfangen."

Fiona reagierte nicht.

„Sind ja nur Schuhe", murmelte Sue, der diese Verehrung allmählich peinlich wurde. Vielleicht sollte sie beim nächsten Mal Weihrauch mitbringen.

Fiona sah aus, als hätte Sue sie mit einem Zauberspruch aus einer Trance aufgeweckt. „Nur Schuhe! Sie wissen selbst, dass das nicht stimmt", meinte sie mit leichtem Kopfschütteln. „Kann ich Ihnen etwas zu trinken holen? Irgendwie sehen Sie beide aus, als hätten Sie einen Energieschub nötig. Wie wäre es mit", es folgte eine kleine, dramatische Pause, bevor sie auf deutsch „Einen Verlängerten, bitte?" radebrechte und die Urquharts Beifall heischend anlächelte, als wollte sie für ihre kümmerlichen Deutschkenntnisse, die sie sich bei ihren jährlichen Schiurlauben in Tirol angeeignet hatte, gelobt werden.

Doch Sue sah vor ihrem geistigen Auge keinen verdünnten Espresso, sondern Szenen der vergangenen Nacht mit einem fast schon verzweifelten Terence und ihrem frustrierten Selbst. Auf derartige Verlängerte konnte sie in Zukunft getrost verzichten. Sie suchte unwillkürlich den Blick ihres Mannes, doch der starrte unbewegt in den Spiegel, räusperte sich ausgiebig, schlug die Beine übereinander und schüttelte schließlich den Kopf.

„Nein danke", lehnte er Fionas Angebot ab, „Schweißperlen machen sich nicht gut auf dem Bildschirm."

„Ganz richtig", lautete Paulas Kommentar. „Bei den Royals ist das genauso. Die trinken auch nichts, um nicht am Ende mit Schweißflecken da zu stehen."

Fiona ignorierte die Maskenbildnerin. Sue wünschte ihr nur, dass sie niemals auf deren Künste angewiesen sein würde, denn für jahrelanges Ignoriertwerden würde sich Paula sicher mit einem entstellenden Makeup rächen.

Fionas Handy meldete sich mit einem wummernden Bass. Mit gespieltem Genervtsein nahm sie das Gespräch an. Es dauerte nur wenige Sekunden und endete mit einem „Ja." Fiona sah in die Runde. „Sondra wird gleich hier sein."

„Na, das nenne ich mal eine Neuigkeit", sagte Terence mit ironischem Tonfall.

Auch Sue musste grinsen. Sondra würde sich keine Gelegenheit entgehen lassen, um Körperkontakt zu Terence herzustellen. Das ging besonders leicht, wenn er auf dem Schminkstuhl saß und nicht fliehen konnte.

Sue lehnte sich an die kühle Wand. Sie hatte diese immer gleichen Spielchen satt. Jeder nahm sich furchtbar wichtig und tat, als hinge von seinem Job das Überleben der Menschheit ab. Fiona drehte wegen ihrer Schuhe durch, was Sue wiederum toll fand, weil diese Frau sie sonst genauso links liegen lassen würde wie Paula, die Maskenbildnerin. Andererseits war es erbärmlich, nur wegen seiner Schuhe bemerkt zu werden. Aber es war nicht nur Fiona. Diese ... ja, was war es eigentlich ... diese Zweitrangigkeit zog sich durch ihr ganzes Leben. Sie war immer nur existent in Zusammenhang mit jemand anderem. Die Frau/Managerin/Agentin von Terence, die Mutter von Amy und Philipp, die Tochter von Franz und Annemarie Wallner, die arme Halbwaise, die mit 15 ihre Mutter verloren hatte und dem Vater mit ihrem Dickkopf ganz schön eingeheizt hatte. Wann hatte sie jemals für sich selbst gestanden? Was und wer zum Teufel war sie? Ein saurer Geschmack kroch aus ihrem Magen hoch. Zum Glück hatte sie noch eine Flasche Wasser in ihrer Handtasche. Sie trank mit unverhohlener Gier. Es schmeckte zwar schon etwas abgestanden, aber es tat dennoch gut. Doch die Frage blieb: Wer war sie? Oder noch besser: Wer war sie schon? Das Anhängsel eines ziemlich bekannten TV-Arztes. *Bloß kein Selbstmitleid*, schimpfte sie sich selbst. *Mir geht es materiell gut. Ich bin für eine ganze Menge Menschen wichtig. Terence wüsste ohne mich nicht einmal, wo sich sein Verlag befindet. Ich organisiere alles, von Lesereisen bis zu Recherchterminen, ich kümmere mich darum, dass die Praxis läuft.*

Das sind doch alles keine Dinge, die man auf den Grabstein schreibt, flüsterte prompt ein böses Stimmchen, *du hast kein eigenes Leben.*

„Es kommt wahrlich nicht oft vor", meinte Paula, während sie stirnrunzelnd das Gesicht von Terence musterte, „aber in diesem Fall muss ich Fiona zustimmen. Sie sehen wirklich aus, als hätten Sie eine unruhige Nacht hinter sich. Ich fürchte, heute müssen wir unter den Augen mit dem Abdeckstift ran."

„Aber keinen zu dunklen", warf Sue ein. „Letztes Mal sah er aus wie ein Brillenpanda."

„Echt?", erwiderte Paula und runzelte die Stirn. „Ah, da war ich in Urlaub. Wer hat mich vertreten? Wahrscheinlich Terry. Die hasst alles, was heller ist als die Haut von Denzel Washington."

„Es war Olivia", meinte Sue.

„Olivia?" Paula stemmte die Hände in die Hüften. „Dann wundert mich nichts mehr." Sie machte eine Pause und zögerte, weiterzusprechen, tat es dann aber doch. „Wahrscheinlich war sie noch in Gedanken beim Musical ,Der König der Löwen'. Seit sie dort die Gazellen schminken darf, kleistert sie alles und jeden mit Terracottapuder zu."

Sues Kopf hämmerte. Sie betrachtete Terence, der schläfrig im Schminkstuhl saß und sich von Paula abpudern ließ. Es war, sie hatte nachgeschaut, das elfte Mal, dass Terence bei Sondra zu Gast war. Was waren sie bei der ersten Sendung aufgeregt gewesen! Drei Stunden zu früh waren sie erschienen, aus Angst, zu spät zu kommen. Wie hatten sie die prickelnde Atmosphäre genossen, den Duft der Schminke, die Kameras. Als die Sendung ein Erfolg wurde, schwebten sie im siebten Himmel. Dann gab es eine weitere Sendung. Und noch eine, und noch eine … Und jetzt herrschte nur noch Routine, zumindest für sie, die im Hintergrund agierte.

In der Luft hing der penetrante Geruch von Puder. Sie glaubte zu ersticken und musste husten. Niemand achtete auf sie. *Wahrscheinlich könnte ich hier tot umfallen*, dachte sie, *und keiner würde sich dafür interessieren*. Fiona würde sich natürlich schnell ganz unauffällig ihre Schuhe unter den Nagel reißen. Sue krallte sich ihre Tasche und stand auf. „Ich bin mal kurz weg."

Zum Glück war niemand auf der Toilette, und mit einem tiefen, erleichterten Seufzen ließ Sue sich auf den Toilettensitz sinken. Sie stützte die Ellbogen auf die Oberschenkel und legte den Kopf in ihre Hände. *Ich will nie wieder aufstehen.* Sie stellte sich vor, wie Terence sie suchte, wie er sein Hündchen vermisste, das alle Termine für ihn machte, seine Muse (ha ha, schöner Spruch, aber schon lange nicht mehr wahr), die ihm alles, was ihn in seiner Arbeit beeinträchtigte, vom Leib hielt (und das war mehr, als man für möglich gehalten hätte).

In der Stille ihrer Kabine spürte sie mehr als deutlich, wie müde sie war. *Ich will hier nicht mehr raus.* Da läutete das Handy und holte Sue aus ihrer Lethargie. Seufzend fischte sie es aus ihrer Tasche. Sie seufzte gleich noch einmal, als sie hörte, wer dran war. Melissa Brown-Harryman, die Vorsitzende des Elternbeirats von Philips Schule.

„Oh mein Gott Sue!", schrie sie völlig hysterisch. "Bin ich froh, dass ich dich erreiche!"

„Was gibt's denn?", fragte sie träge.

„Eine Katastrophe! Margret fällt aus, sie kann nicht kommen!"

Diese Art Katastrophe war nicht von der Art, die Sue aus ihrer Apathie reißen konnte. Sie raffte sich lediglich dazu auf, sich etwas aufrechter hinzusetzen. „Wieso kann sie nicht?"

„Margret hat kurzfristig einen Termin bei *Home and Country* für eine Home Story bekommen! Obwohl ich das nicht kommentieren möchte", fügte sie mit leicht pikiertem Unterton hinzu. „Es hat etwas Vulgäres an sich."

Und mein Mann spricht im Fernsehen über schlappe Schwänze, dachte Sue. Wie vulgär findet Melissa Brown-Harryman wohl das? „Wo ist das Problem? Ich bin doch sowieso eingeteilt."

„Könntest du eine Stunde eher kommen?", keuchte Melissa. „Wir haben niemanden für den Würstchenstand."

Sue riss gedankenverloren das Toilettenpapier in dünne Streifen.

„Sue! Ich höre dich nicht! Bist du noch dran?"

„Ja, ja", murmelte Sue und überlegte, welche Origami-Figur man aus dem Papier falten könnte. „Würstchenstand. Okay. Wann muss ich da sein?" Die frische Luft würde ihr sicher gut tun, und Terence kam mit Sondra wunderbar alleine zurecht.

„Sue, du bist ein Schatz!", jubilierte Melissa. „Also dann in einer Stunde. Ich zähle auf dich!"

„Wie schön", murmelte Sue und drückte Melissa weg.

Ihr Blick fiel auf ihre Tasche. Das luxuriöse Leder schimmerte sanft im

Neonlicht. Da drinnen waren sie, die Tabletten, die alles ein wenig leichter machen würden. Sie wusste, dass sie in letzter Zeit gefährlich viel von diesen Dingern genommen hatte. Aber dieses Absinken in die Müdigkeit konnte sie sich nicht leisten. Sue dachte an die Würstchen, an die Fernsehsendung. An die Abrechnung, die sie noch zu erledigen hatte, wahrscheinlich in einer Nachtschicht. An das Verlagsgespräch heute nach dem Schulfest, bei dem die große Lesereise von Terence besprochen werden musste. Was für ein Tag! Und das nach dieser Nacht. Sue streckte ihr Bein aus. Es zog unangenehm. Und dann war da noch am nächsten Tag die Geburtstagsfeier ihres Schwiegervaters auf dem Familienstammsitz. Sie dachte an die drei Kilo zu viel, die sie immer noch mit sich herumschleppte. Wie praktisch, dass dieses Aufputschzeug auch appetithemmend wirkte, zwei Kilo hatte sie schon abgenommen.

Sie riss die Tasche an sich wie eine Ertrinkende den Rettungsring und ließ den Verschluss aufschnappen. Schön sah die Verpackung aus, pastellfarben, apricot und grün. Optimistisch, Freude versprechend. Den Beipackzettel legte sie gleich weg, da stand sowieso nur das drin, was sie jetzt nicht sehen wollte. Sie arbeitete sich zielstrebig zum Blisterstreifen vor. Nur blöd, dass sie zum Hinunterschlucken Wasser brauchte und ihre Flasche in der Maske vergessen hatte. Sie wäre so gerne einfach hier sitzen geblieben. Langsam wurde es hier richtig gemütlich. An sich nestelnd und zupfend wand sie sich hoch, ohne die Tabletten aus der Hand zu geben.

Das war doch jetzt ganz einfach, dachte sie, als sie vor dem Waschbecken stand und eine Tablette geschluckt hatte. Alle machen das. Das ist keine Niederlage. Sie hob den Blick und betrachtete sich im Spiegel. Das hätte sie lieber nicht tun sollen, denn es erzeugte in ihr das dringende Bedürfnis, gleich noch einmal eine Tablette zu nehmen. Sie sah nach oben zur Beleuchtung. Diese Neonröhren. Die waren schuld. Von allein konnte niemand so beschissen aussehen wie sie gerade jetzt. Die Krone der Schöpfung – ha!

Plötzlich wurde die Tür zum Gang schwungvoll geöffnet. Bitte lass es nicht Sondra oder Fiona sein, betete Sue. Ihr Stoßgebet hatte Erfolg, es war eine ihr unbekannte Frau in den Sechzigern, die aussah, als käme sie gerade vom Segeln. Blauweiß gestreiftes Bretonenshirt, weiße Hose, marineblauer

Blazer, luftgetrocknete, grauschwarz melierte, knapp schulterlange Haare. Und ein unverschämt frischer, fast faltenfreier Teint, der einwandfrei verriet, dass die Dame Segeln nicht zu ihren Hobbys zählte.

Nachdem sie Sue kurz zugenickt hatte, ließ die Frau kaltes Wasser über ihre Handgelenke laufen. „Du liebe Güte, bin ich aufgeregt!" Sie drehte den Wasserhahn zu und sah zu Sue. „Ich bin heute das erste Mal im Fernsehen! Ich, Polly Myers!"

Sue lächelte. „Bei welcher Sendung treten Sie denn auf?"

„No Limits", antwortete Polly. Sie klopfte sich auf die Brust. „Mein Herz klopft wie wild."

Sue lächelte. „Ein bisschen Lampenfieber hat jeder, glauben Sie mir. Es wird bestimmt alles gut gehen."

Polly blickte skeptisch. „Arbeiten Sie hier, Mrs?""

„Urquhart", ergänzte Sue. „Nein, aber ich begleite meinen Mann, der ab und zu hier ist."

Polly hatte die Augen aufgerissen. „Urquhart? Dann ist Ihr Mann der Urquhart?"

Sue nickte.

Polly zog anerkennend ihre Augenbrauen hoch. „Dann sind Sie ja in besten Händen."

Sue schwieg.

„Ach, wäre ich nur wie meine Patienten." Polly seufzte.

„Wie sind die denn?" Sue kämmte sich die Haare. Manuel war auch schon mal besser gewesen. Die Föhnfrisur war keine mehr und sah nur noch desaströs aus.

„Dement. Die nehmen alles, wie es kommt und vergessen es sofort wieder. Das ist manchmal gar nicht so schlecht."

Dement? Was zum Teufel hatte eine Demenzärztin in einer Sexsendung zu suchen? Es ging zwar um Senioren, aber demente Senioren und S.., das wollte sie sich lieber nicht vorstellen.

„Und Sie sind tatsächlich bei No Limits? Da geht es heute um Sex", fragte Sue nach.

„Es geht doch immer um Sex", antwortete Polly lakonisch.

Sie klang wie eine Inkarnation von Terence, der stets das Gleiche behauptete. Musste er ja, er lebte schließlich davon, und das nicht schlecht.

Sue war verwirrt, was vielleicht auch daran lag, dass sich in ihrem Kopf alles drehte.

„Darf ich fragen, in welcher Funktion Sie an dieser Sendung teilnehmen?"

„Ich leite ein Seniorenheim, und wir haben Schlagzeilen gemacht, wenn ich das so sagen darf", meinte sie und betrachtete sich stirnrunzelnd im Spiegel. „Also der Lippenstift, den mir diese Maskenbildnerin da aufgetragen hat – das bin nicht ich." Sie nahm sich ein Papierhandtuch und wischte das dunkle Bordeaux resolut weg. „Da nehme ich doch lieber meinen eigenen", murmelte sie und trug einen dezenteren Rosenholzton auf.

„Schlagzeilen?" Sue konnte sich im Zusammenhang mit Altenheimen an keine Sensationen erinnern. Keine Morde aus Barmherzigkeit, keine Fesselungen, keine Hungertoten.

„Wir legen Wert darauf, dass das Sexualleben unserer Bewohner nicht zu kurz kommt."

Sue verspürte einen leichten Brechreiz. Okay, es war unfair, jeder wurde alt. Aber geriatrische Leiber, in Ekstase miteinander verbunden, das war, ja, was war es? Vorsichtig ausgedrückt gewöhnungsbedürftig.

„Es ist ein Tabu", sagte Polly und traf damit für Sue den Nagel auf den Kopf. „Die Alten werden ausgegrenzt, und dabei haben auch sie sexuelle Bedürfnisse. Sie würden sich wundern." Sie musterte Sue im Spiegel. „Schockiere ich Sie, Schätzchen?"

Sue hüstelte. Gott war das peinlich.

Polly lächelte. „Als ob man seine Libido ab dem Sechzigsten abgibt." Sie sah auf die Uhr. „Ups, jetzt haben wir uns richtig verplaudert. Und ich muss auch noch mal..."

„Aber natürlich", meinte Sue. „Nicht dass sie noch zu spät zur Sendung kommen."

Als sich die Tür zur Kabine schloss, rief Sue: „Ich drücke Ihnen die Daumen!"

„Danke", tönte es ein wenig atemlos zurück.

Auf einmal freute Sue sich auf die Sendung. Sie versprach, ziemlich spannend zu werden.

Als Sue in die Maske zurückkam, war Sondra Anderson, die Moderatorin von *No Limits*, bereits da. Irgendwie gelang es dieser Frau immer, ein Körperteil an Terence anzudocken. Vielleicht war sie gar nicht nymphomanisch, wie Sue immer gedacht hatte, sondern litt an Frotteurismus? Krank war diese Frau auf jeden Fall. Hätte Sue die Berichte der Klatschmagazine, die über die Affären dieses blond gefärbten, abgesaugten und zugegebenermaßen von einem begnadeten Schönheitschirurgen gestrafften Faktotums des englischen Fernsehens gesammelt – Sondra war seit mehr als einem Vierteljahrhundert aktiv –, könnte sie leicht ihren Vorgarten damit pflastern.

Gerade war es Sondras Fuß, der wie zufällig seinen streifte, als sie sich zu Fiona beugte, um einen Blick auf die Gästeliste zu werfen. Terence merkte jedoch nichts, da er gerade dabei war, Chris, dem Produktionsassistenten des Verlags, der im nächsten Monat sein neues Buch „Unlust als zweite Chance" herausbringen würde, einige Änderungsvorschläge in letzter Sekunde zu unterbreiten.

„Mir sind gestern noch einige Gedanken untergekommen, die ich gerne noch in einem Extrakapitel einfügen möchte."

Sue konnte förmlich spüren, wie sich Terences Gesprächspartner verkrampfte. Du liebe Güte, die Druckfahnen waren fertig! Die ganze Woche hatte sie Korrektur gelesen, weil das Manuskript morgen in Druck gehen würde, und jetzt kam ihr Gatte mit brandneuen Ideen. Zum Glück verkauften sich seine Bücher extrem gut – nur deshalb war der Verlag bereit, den immensen Verschleiß an Betreuungspersonal zu akzeptieren. Chris Lubin schien ihm jedoch ein ebenbürtiger Gegner zu sein, und Sue wunderte sich, dass Terence schließlich mit den Worten „Dann habe ich gleich den Aufhänger für mein nächstes Buch", nachgab.

Kaum hatte Terence das Gespräch beendet, setzte Sondra ihre zugegebenermaßen sehr anziehende Stimme ein (gerade so tief, dass sie nicht nach Stripperclub roch).

„Terence Darling", gurrte sie. „Wie immer auf den letzten Drücker."

„Ich bin begehrt, meine Liebe", gab Terence zurück, „was soll ich machen?"

„Still sitzen und mich meine Arbeit machen lassen", meinte Paula und drückte ihn wieder in den Sessel zurück. „Sie sind heute sehr unruhig,

Terence", tadelte sie ihn.

Er warf Sue einen hilfesuchenden Blick zu.

„Er hat heute sein Ritalin noch nicht genommen", erwiderte Sue.

„Ritalin?" Paula hörte auf, an Terence herumzunesteln.

„Kleiner Insiderscherz", lächelte Terence. „Vergiss es. Ich habe mich im Fitness-Studio etwas verausgabt."

So konnte man es auch nennen.

„Noch ein paar Worte zur Sendung", unterbrach Sondra das Gespräch. Sie konnte es nie leiden, wenn sich nicht alles um sie drehte.

„Gibt es was Neues?", fragte Terence, nur mäßig interessiert.

„Du musst heute ein bisschen vorsichtiger sein."

„Was soll das heißen? Sondra, bei uns geht es um Sex. Oder meinst du Safer Sex, dann spreche ich kurz über Kondome."

Fiona kicherte. „Das möchte ich sehen, wie dieses Krampfaderngeschwader sich Kondome anlegt."

Sondra warf ihr einen vernichtenden Blick zu. „Ich lieber nicht, aber die Senioren sind unsere Hauptzuschauergruppe. Und heute haben wir das Studio voll von Insassen eines Wohnstifts. Das heißt nicht weniger, als dass wir gewisse Regeln des Anstands wahren müssen."

Sue musste grinsen. Wenn das die Zöglinge von Polly Myers waren, würde sich die Dame ganz schön wundern.

Terence sah zu ihr auf. „Soll heißen?"

„Soll heißen, dass wir das Thema vielleicht ein klitzekleines bisschen entschärfen. Und vor allen Dingen", sie deutete mit dem Finger nach oben, „Order aus der obersten Etage: klare Ansagen, einfache Satzstellung und vor allem, keine schmutzigen Wörter. Die sind ein absolutes No go."

„Uh, jetzt habe ich aber Angst. Vielleicht sollte ich noch mal mitschreiben", sagte Terence.

„Ich kann es gerne noch mal wiederholen", setzte Fiona an.

„Nicht nötig", fuhr Sondra sie an. „Ich glaube, er hat verstanden."

„Entspanne dich", sagte Terence in seinem Therapeutentonfall, „bin ich der Experte oder die da oben?"

Sondra seufzte, als trüge sie die ganze Last dieser schrecklichen Welt auf ihren Schultern. „Fertig?"

„Übrigens Schatz", meldete Sue sich zu Wort. „Ich kann leider nicht bis zum Schluss bleiben."

Terence sah stirnrunzelnd zu ihr auf, während Sondra die Augen verdrehte. Es war ja auch eine Art Majestätsbeleidigung, wenn sich die uninteressante Frau des Stars mit einem belanglosen Wortbeitrag meldete.

„Mein Dienst auf dem Sommerfest fängt eine Stunde früher an. Wenn ich nicht pünktlich bin, macht Philipps Lehrerin mir wieder die Hölle heiß.

Terence hatte eine derart verständnislose Miene aufgesetzt, als hätte sie ihn gebeten, aus einer Ananas und einem Paar Schuhe ein Gulasch zu kochen.

„Dein Sohn. Sommerfest. Schule. Würstchenstand." Manchmal war es besser, Männer nicht mit einem übermäßig komplizierten Satzbau zu konfrontieren.

Sondra sah unglaublich gelangweilt aus.

„Das ist aber schade. Kann nicht jemand anders diese Würstchen ausgeben? Du weißt, dass ich dich immer gerne bei mir habe."

Oh ja, das weiß ich. Schließlich bekomme ich das jeden Tag zu spüren, dachte Sue. Das gute Frauchen war immer da und immer verfügbar. Zeit für sich allein? Die hatte sie schon lange nicht mehr gehabt.

„Du bist doch nicht allein, Terence Darling", sagte Sondra und strich ihm über das Haar, woraufhin Paula aufseufzte und nochmals mit dem Kamm nachbesserte.

„Und Philipp? Soll der wieder ausbaden, dass seine Eltern nicht da sind? Du weißt doch, wie wieder getratscht wird. Du kommst doch nach?"

„Sie denken an den Chat, Terence?", warf Fiona ein. „Der geht mindestens noch eine Stunde nach Ende der Aufzeichnung."

„Wir erwarten dich", meinte Sue knapp.

Es klopfte an der Tür, die gleich darauf aufgerissen wurde. Ein pummeliger junger Mann mit Lockenkopf bellte ein: „Wo bleibt ihr denn? Es geht gleich los!", worauf Sondra sich aufrichtete und mit leicht spöttischer Miene das Ehepaar Urquhart beobachtete, das sich tief in die Augen schaute.

„Okay, mal sehen, wie lange das hier dauert", meinte Terence schließlich.

„Fertig mit der Familienkonferenz?" Sondra stand in der offenen Tür.

„Wir müssen."

Wow, dachte Sue, die Königin hatte gesprochen. Sie musste kichern, als sie sich Sondra mit dem Habit und dem ganzen Schmuck vorstellte, wie die Queen ihn bei offiziellen Anlässen zu tragen pflegte. Da würde sie endlich einmal so alt aussehen, wie sie tatsächlich war.

„Ist etwas mit Ihnen, Sue?" Sondra drehte sich um. Ihr Tonfall war jedoch nicht interessiert, sondern rügend.

Klar ist etwas mit mir, dachte Sue. Ich finde dich zum Schreien komisch mit deinem dicken Makeup, der dicken Kette, die das faltige Dekolleté verdecken sollten, und dem festen Griff, mit dem du meinen, und ich betone: meinen! Mann festhältst. „Alles bestens", flötete sie gut gelaunt. Sie liebte diese Tabletten!

Sichtbar erleichtert und mit einem kaum merklichen Hochziehen der Augenbrauen wandte Sondra sich wieder dem einzig wichtigen Menschen außer ihr in dieser Runde zu.

„Terence Darling, solltest du es schaffen, Wörter wie Smegma, Analsex und Fisting nicht zu benutzen, gebe ich einen aus."

Terence lachte. „Du bist ja richtig nervös. Smegma, Smegma, Smeg..."

„Es ist gut, Terence! Ich hatte gedacht, du wärst schon etwas älter als fünf", herrschte sie ihn an. Die Fortsetzung ihrer Antwort wurde durch Sues Handy unterbrochen.

Wieder zog Sondra die Augenbrauen hoch, diesmal etwas deutlicher.

„Hi Mom. Alles klar bei euch?"

Sue wurde sofort misstrauisch. Sie kannte die weichgespülte Stimme ihrer Tochter. Ihr folgte in der Regel ein Wunsch, der unerfreuliche Diskussionen nach sich zog. Sie brachte es jedoch nicht übers Herz, eine Antwort wie „Was willst du?" ins Handy zu retournieren. Stattdessen gab es brisante Informationen aus dem Backstage-Bereich.

„Dein Vater ist fertig geschminkt und schreitet nun ins Studio."

„Hat er wieder zu viel Bräunungspuder drauf?" Amy kicherte.

„Wenig ist es nicht. Auf die Straße würde ich ihn so nicht lassen", meinte Sue. „Aber das Studiolicht schluckt gnädigerweise fast alles."

„Sag Daddy, ich drücke ihm die Daumen."

„Mach ich. Aber warum rufst du an?", fragte Sue. „Sicher nicht nur, um ihm alles Gute zu wünschen."

Einige Sekunden lang blieb es still in der Funkverbindung zwischen den Studios und dem Urquhart'schen Zuhause in Chelsea.

„Amy?", fragte Sue nach. Sie spürte förmlich, wie die optimale Strategie der Gesprächsführung überlegt wurde.

„Ma, Lilly hat mich eingeladen. Sie hat heute Geburtstag. Sie wird 16."

Das klang nicht gut. Irgendwie war alles einfacher gewesen, als die Jahreszahlen noch einstellig waren.

„Sie macht also eine Party?"

„Ja. Im *Funky Crow*." Amy hauchte nur noch.

Das *Funky Crow* war der angesagteste Club der Jeunesse dorée Londons. Natürlich war Lilly als Tochter des Sekretärs des Protokollchefs des Herzogs von Essex eines der angesagtesten Girls dieser Gruppe, seltsamerweise jedoch ein bodenständiges und richtig nettes Mädchen.

„Und du willst dort hin?" Sue war nicht der Meinung, dass das *Funky Crow* der richtige Aufenthaltsort für ein 15-jähriges Mädchen war. Immer wieder war in der Zeitung von Trinkexzessen zu lesen. Sie war sich auch sicher, dass die Einladung seit mindestens vier Wochen gut versteckt im Schulspind lag. Da Amy wohl geahnt hatte, dass es heftigste Diskussionen um den Veranstaltungsort geben würde, hatte sie sich für die Überrumpelungstaktik entschieden. Kluges Mädchen, dachte Sue. Ich hätte es nicht anders gemacht.

„Bitte Mama. Alle gehen!"

„Sie hat alle eingeladen?", fragte Sue scherzhaft. „Das sieht Lilly gar nicht ähnlich."

„Alle, die ich mag. Bitte, Mama, bitte."

Der Trupp war inzwischen vor der Studiotür angelangt.

„Was ist denn?", fragte Terence, der kurz vor einem Auftritt gerne die ungeteilte Aufmerksamkeit seiner Ehefrau beanspruchte.

„Amy will auf eine Party."

„Lass sie doch", war seine knappe Antwort.

„Die Party ist im *Funky Crow*."

„Die Kindheit scheint langsam vorbei zu sein", warf Sondra ein.

„Unglaublich, wie schnell die Kleinen groß werden."

„Sie darf also?" Sue wusste, wie Terences Antwort ausfallen würde.

„Klar."

Sue nahm ihr Handy wieder zur Hand. „Gut, Amy. Aber um halb zwölf bist du zu Hause."

„Mom!"

„Du kannst den Abend auch daheim verbringen."

Kurzes Schnauben. „Danke! Servus!" Aufgelegt.

„Sie lässt dich grüßen", schwindelte Sue.

„Terence, ich unterbreche euch ja nur ungern, aber ...", meldete Sondra sich wieder zu Wort.

„Wieso?" fragte Terence unschuldig. „Von mir aus können wir." Er straffte die Schultern und hielt seine Hand hoch. Das war ihr Ritual: Hand abklatschen und an den Ohren zupfen.

„Toi, toi, toi und bis heute Abend", sagte Sue.

„Danke, meine Liebe", bemerkte Sondra, die alles wieder auf sich zu beziehen schien. „Und viel Spaß beim Schulfest!" Sie legte so viel Überheblichkeit in diesen Satz, dass Sue fast schlecht wurde.

„Ein bisschen kann ich euch beide noch genießen", zwitscherte Sue zurück. Du liebe Güte, diese Pillen waren der Hammer. Diese Frau hatte plötzlich jeden Schrecken verloren. Sue sah sie das erste Mal als das, was sie (wahrscheinlich) war. (So ganz traute sie der chemischen Reaktion in ihrem Körper nicht. Vielleicht halluzinierte sie auch nur.) Dennoch war Sondra auf einmal nur eine bedauernswerte mittelalte Frau, die wahrscheinlich jeden Tag von früh bis spät um ihre Pfründe kämpfen musste. Denn, und das war ja wohl klar, eine zwanzig Jahre Jüngere, deren Schminkzeit um die Hälfte kürzer war, tat sich einfach leichter. Auch auf der Besetzungscouch. Sue kicherte. Dennoch, ihr Mitleid hielt sich in Grenzen. Sie war froh, dass sie Sondra an diesem Tag nur noch von hinten sehen würde. „Wenn ich ein zu braun gebranntes Würstchen auf dem Grill habe, denke ich an dich."

Der Kameramann drehte sich mit grimmiger Miene zu ihr um. Da hatte sie wohl laut gedacht. Sie lächelte ihn an. „Nicht an Sie." Sie deutete auf seinen Körper, dessen prägnantester Teil ein Stück Bauch war, das käsig weiß zwischen Jeans und T-Shirt herausquoll. „Passt ja auch gar nicht", fügte sie noch schnell hinzu. Was überflüssig war, denn der Bauchträger hatte sich schon wieder abgewandt und konzentrierte sich auf Sondra und Terence, die wie Gladiatoren unter dem Beifall des Publikums in die Arena einmarschierten. Sue lächelte. Terence sah fantastisch aus, als wäre er für die Bühne gemacht. Unsinn, dachte sie. Er sah immer gut aus, selbst beim Aufwachen. Darum beneidete sie ihn, obwohl sie ihr eigenes Äußeres ganz passabel fand. An guten Tagen sogar mehr als das. Aber wann waren schon mal gute Tage? Dummerweise sah ihr jeder sofort an, wenn sie sich nicht wohl fühlte, und manchmal, und das war besonders gemein, sah sie sogar bescheiden aus, wenn es ihr gut ging. Aber Terence ... Hatte das doch etwas mit den Oberschichts-Genen zu tun? Offenbar wirkte sich jahrhundertelanges Nichtstun auf einem feudalen Landsitz entspannend auf die Gesichtszüge aus. Im Gegensatz dazu hatten ihre Vorfahren im Salzkammergut immer viel gearbeitet, zum Beispiel unter unmenschlichen Bedingungen Salz abgebaut, und das in einem ziemlich rauen Klima. Wobei sie nicht ungerecht sein wollte. Das englische Wetter war stark verbesserungsbedürftig, und Terence arbeitete viel, sehr viel. Beifall brandete auf.

4

„Meine Damen und Herren", fing Sondra an. „Ich begrüße Sie recht herzlich zur heutigen Sendung von *No Limits*. Danke, danke für den freundlichen Applaus. Ich kann Ihnen heute eine spannende Sendung versprechen. Es geht um Sexualität im Alter."

Das Publikum fing zu johlen an. War das Polly Myers' Fanclub? Sue grinste und klatschte mit.

„Schön, dass die Stimmung hier im Studio so gut ist", rief Sondra in die Menge. „Damit ihre Fragen auch von einem echten Fachmann beantwortet werden, haben wir uns als Experten den momentan heißesten Sexualtherapeuten Großbritanniens geholt, Dr. Terence Urquhart!"

Wieder johlte das Publikum, auch einige bewundernde Pfiffe waren dabei.

„Schön, dass Sie heute bei uns sind!" Sondra machte eine beschwichtigende Bewegung mit den Armen, so dass der Applaus abflaute. „Aber wir haben natürlich auch noch weitere Gäste, die ich Ihnen vorstellen darf."

Sue musste der Redaktion ein Lob zollen, denn sie hatte wirklich eine lebendige Runde zusammengestellt. Außer Polly Myers und ihrem sexfreundlichen Altenheim waren da noch Percy Windermere, flotte 82 und nach eigenen Aussagen der älteste aktive Playboy der britischen Inseln; Barbara Lansing, eine rotgefärbte Endsechzigerin, die erotische Bücher schrieb; Rupert Algin, der Besitzer einer Internet-Partnervermittlung und Mick Happ, Sänger der Rockband *Sour*, die in den Siebziger Jahren des vorigen Jahrhunderts Dauergast in den Hitparaden gewesen war. Sue hatte ihre Songs auf Kassetten mitgeschnitten, die nun irgendwo in Hallstatt im Speicher des elterlichen Hauses lagerten. Mick Happs Zeiten als Sexsymbol waren seit mindestens dreißig Jahren vorbei, aber er strahlte immer noch etwas Wildes aus, das ihn verdammt jugendlich wirken ließ. Glücklicherweise war er klug genug, auf peinliche Altstar-Accessoires wie dicke Goldketten, Glitzerjacketts und Plateauschuhe zu verzichten.

Sondra fand ihn wohl ebenso anziehend, denn sie hörte gar nicht mehr auf, seine Hand zu tätscheln, selbst als seine Vorstellung längst beendet war. „Und wie immer können Sie direkt bei uns hier im Studio anrufen und Ihre Fragen stellen. Ich muss sagen, ich bin schon sehr gespannt!" Sondra lächelte. „Ich bin überglücklich, Mick Happ heute hier zu haben. Ich muss sagen, Mick, Sie sehen heiß aus!"

Pfiffe ertönten und der heiße Mick errötete leicht. Wie niedlich, dachte Sue.

„Was tun Sie, um so gut auszusehen? Und sagen Sie jetzt nicht, dass Sie einfach nur gute Gene haben." Sie sah ihm tief in die Augen. „Ist es die Liebe, die Sie jung hält?"

Mick Happ nickte. „Ich bin seit 28 Jahren verheiratet. Muss wohl so sein."

Sondra riss überrascht die Augen auf. „Die Ehe als Jungbrunnen. Das hätte mir jemand vor zwanzig Jahren sagen sollen!"

Das Publikum lachte brav. Dreißig Jahre hätten es wohl besser getroffen, dachte Sue.

„Rupert Algin", wandte sich Sondra nun ihrem nächsten Gesprächspartner zu, „Sie betreiben eine der größten Internet-Partnervermittlungen. Wie verhält es sich dort mit der Generation 60 plus?"

Der sehr seriös in einen dunklen Anzug gewandete Geschäftsmann fuhr sich durch die hellbraunen Haare und räusperte sich. „Seit ungefähr zwei Jahren verzeichnen wir einen rasanten Anstieg der Mitgliederzahlen in genau diesem Alterssegment."

„Mehr Männer oder Frauen?", wollte Barbara Lansing, die Autorin, wissen. Mit ihrem Bubikopf und den hellgrauen, mit schwarzem Kajal dramatisch umrandeten Augen sah sie aus wie eine französische Chansonnière.

„Das ist ausgeglichen", meinte Rupert Algin.

Sein Haaransatz sah irgendwie seltsam aus, dachte Sue. Ein wenig wie bei Berlusconi. Diese Transplantate waren eindeutig nicht für jeden die ideale Wahl.

„Wie sieht es mit der Vermittlungsquote aus?", fragte Sondra.

„Gut", antwortete Algin. „Wir haben schon einige Ehen gestiftet."

„Schön blöd in diesem Alter", spottete Barbara Lansing.

„Wie meinen Sie das?", hakte Sondra nach.

„Na, die alten Herren suchen doch nur nach einer Haushälterin und später einer Pflegerin zum Nulltarif." Sie schüttelte den Kopf. „Es wäre besser, wenn die Frauen ihre Freiheit genießen würden!"

„Frauen lieben es eben, Männer zu verwöhnen", sagte der Alt-Playboy, der mit aufreizendem Selbstbewusstsein in seinem Stuhl saß. Natürlich mit breiten Beinen. Wahrscheinlich handelte es sich dabei um eine Berufskrankheit.

„Ich sitze neben einem Dinosaurier!" Barbara Lansing klatschte begeistert in die Hände und ihre Ohrringe baumelten so heftig wie ein Pendel beim Aufspüren einer Wasserader.

Sondra ging nicht weiter auf die Entwicklung des Menschen ein, sondern zog sich mit einem Hinweis auf eine Anruferin aus der Affäre.

„Hallo, hier ist Helen Clement aus Rapsworth."

„Rapsworth?" Sondra hob fragend die Schultern. „Geben Sie mir einen kurzen Tipp, wo das liegt, Helen, ich darf Sie doch Helen nennen?"

„Selbstverständlich, liebe Sondra", flötete es aus den Lautsprechern. „Rapsworth liegt ungefähr elf Meilen westlich von Newcastle."

„Newcastle", sprach Sondra und nickte. „In unserem schönen Norden. Also Helen, was haben Sie für eine Frage?"

„Eine Frage eher nicht, mehr ein Anliegen."

„Ein Anliegen? Schießen Sie los."

„Mir fällt auf, nicht nur hier in dieser Diskussion, sondern allgemein in den Medien, dass man eigentlich nicht mehr alt sein darf. Anti-Aging und der ganze Kram. Auch sexuell. Haben Sie eigentlich schon einmal daran gedacht, dass es Menschen gibt, die eventuell ganz froh sind, wenn dieses Thema für sie erledigt ist?"

Sondra nickte anerkennend. „Ein sehr interessanter Aspekt, liebe Helen. Darf ich fragen, wie alt Sie sind?"

„64. Ich weiß ja nicht, ob Sie Erfahrungen mit Viagra haben…"

„Ich persönlich nicht", meinte Sondra unter allgemeinem Gelächter.

„Wie sieht es hier in der Runde aus?"

Wieder allgemeines Gelächter, wobei Sue an den Wangen von Mick Happ eine leichte Röte zu erkennen glaubte. Terence zeigte ein beeindruckendes Pokerface.

„Zweimal täglich", bellte Percy Windermere in die Runde.

„Dass das Ihr Herz mitmacht, wundert mich", frotzelte die Schriftstellerin.

„Ich ficke nicht mit dem Herzen, wenn Sie verstehen, was ich meine." Windermere beugte sich zu ihrer Seite.

Nun wurde Sondra leicht rot. „Herr Windermere, ich glaube wir verstehen alle, was Sie meinen."

„84 Jahre alt und noch immer nichts gelernt", warf Barbara Lansing in die Runde.

„Helen, entschuldigen Sie die Unterbrechung, aber was wollten Sie zu dem Thema sagen?"

„Ein Mann, der Viagra nimmt, kann ja ständig, und das bis zu drei Tage lang."

Sue nickte gequält, Percy Windermere wissend. Terence wirkte wie versteinert. Was für ein Glück, dass er im Moment nicht sprechen musste.

„Man kommt sich vor wie ein Sexualobjekt, und das sollten wir doch seit der Frauenbewegung hinter uns haben!"

Pfiffe kamen aus dem Publikum, ebenso begeistertes Johlen.

„Ich glaube, wir betreten hier ein vermintes Gebiet", sagte Sondra, die leicht nervös an ihrem Ohrstöpsel drehte. Wahrscheinlich machte ihr der Regisseur gerade die Hölle heiß. „Was sagt denn unser Experte dazu? Ist Viagra Segen oder Fluch?"

Terence schlug die Beine übereinander und hüstelte kurz. „Zu einer Beziehung gehört ganz unbestritten auch die körperliche Liebe", setzte er an. „Sie ist Ausdruck der intimsten Verbindung zwischen zwei Menschen. Im Laufe der Jahre kann, rein körperlich gesehen, die Lust auf Sex nachlassen."

„Liegt das an den Hormonen?" Sondra schien froh zu sein, das Gespräch in wissenschaftlichere Bahnen lenken zu können.

Terence nickte. „Der Testosteronspiegel..."

„Die männlichen Hormone", unterbrach ihn Sondra.

„Genau, so ist es, meine Liebe. Es wird weniger und damit nimmt auch die Lust ab, Liebe zu machen."

„Was ist denn so schlimm daran?", kam es aus dem Lautsprecher. „Bei Frauen ist es doch genauso.

„Die Konsequenz wäre dann nur noch – kuscheln?", warf Sondra ein.

„Dann kannste doch gleich in die Grube steigen", kommentierte Percy verächtlich.

„Wir haben einen Verein für Viagra-geschädigte Frauen gegründet …"

„Kittelschürzen aller Länder vereinigt euch", deklamierte Percy mit hoch erhobenen Händen.

„Unser Internetblog erfreut sich großer Beliebtheit", erzählte die Anruferin weiter. „Täglich kommen neue Teilnehmerinnen dazu. Und ich denke, lieber Herr Windermere, Kittelschürzen-Trägerinnen dürften in der Minderheit sein."

„Terence," übernahm Sondra wieder das Ruder, „wird dieser Konflikt in Ihrer täglichen Praxis auch thematisiert? Also der Viagra-willige Mann und die unwillige Frau?"

Terence nickte ernst. „Selbstverständlich, das ist ein Thema, das das Paar als Einheit betrifft. Diese Entscheidung sollte gemeinsam gefällt und dann auch getragen werden."

„So ein Schwachsinn, entschuldigen Sie, Herr Doktor", meinte Percy, aber wenn die Alte nicht mehr will, soll der Mann sich eine Jüngere suchen, und basta."

„Wie sehen Sie das, Mick, als ehemaliges Sexsymbol?", fing Sondra zu schmeicheln an.

„Ich bin mit meiner Frau seit 28 Jahren zusammen", sagte der Rockstar. „Alles im grünen Bereich." Mit diesen Worten sank er in seinen Sessel zurück. Dieser Mick war anscheinend eine richtige Plaudertasche.

Nun mischte sich Polly Myers ein. „Unsere Bewohner sind diesbezüglich sehr aktiv."

„Sie sind Leiterin einer Seniorenresidenz", erklärte Sondra. „Bei Ihnen gehört Sex für die Bewohner zum Konzept. Terence, was sagen Sie dazu? Kann Sex eine therapeutische Wirkung haben?"

„Jeder Mensch braucht körperliche Nähe, um sich wohl zu fühlen.

Gerade in Altenheimen sind die Menschen sehr einsam. Hinzu kommt, dass bei bestimmten psychischen und körperlichen Störungen gewisse sexuelle Hemmungen fallen", setzte Terence an.

„Nun, ich würde den Wunsch nach Nähe und Zärtlichkeit nicht als Symptome einer psychischen Störung auffassen." Langsam kam Polly in Fahrt. „Wir haben festgestellt, dass sich, wenn wir auf diese Bedürfnisse Rücksicht nehmen, die Notwendigkeit einer Medikation verringert."

„Holen Sie sich speziell geschulte Damen ins Haus?", fragte Barbara Lansing interessiert. Wahrscheinlich formten sich in ihrem Hirn gerade die Grundzüge eines neuen Romans.

Polly lachte. „Natürlich nicht. Die Partner finden sich innerhalb des Hauses."

„Ich habe eine weitere Anruferin!" Sondra schien erleichtert. „Wen darf ich begrüßen?"

„Kate."

„Kate, woher rufen Sie an?"

„Das möchte ich nicht sagen."

„Das ist kein Problem, liebe Kate", flötete Sondra. „Was möchten Sie los werden?"

„Mein Mann, wie soll ich sagen… Ich mag einfach nicht mehr von ihm angefasst werden."

Sondra heuchelte Betroffenheit, insgeheim freute sie sich sicher über dieses brisante Thema. „Das ist schade. Woran liegt es?"

Kate zögerte. „Er ist so ungeschickt mit seinen Händen. Er fuhrwerkt an mir herum wie an einer Maschine. Ich fühle nichts."

Sondra drehte sich zu Terence. „Was sagt der Experte?"

„Nun, Kate", fing Terence an. „Lieben Sie Ihren Mann?"

„Ja", kam es aus dem Lautsprecher.

„Hat Ihr Mann dieses Problem mit den Händen schon länger?"

„Es wurde im letzten Jahr immer schlimmer."

„Sie sollten mit ihm zuerst einmal zum Arzt", riet Terence. „Vielleicht hat er eine Sensibilitätsstörung in den Händen. Klären Sie das bitte ab. Und dann", nun beugte er sich in Richtung Kamera, „sollten Sie es einmal mit Massage versuchen."

„Massage?" Kate klang nicht überzeugt.

„Ja. Versuchen Sie es. Ein schön duftendes Massageöl, und dann massieren Sie sich gegenseitig von Kopf bis Fuß. Das macht die Gelenke geschmeidig und sorgt für eine erotische Stimmung."

„Sticken kann ich nur empfehlen", mischte sich Mick Happ unvermittelt ein.

Alle Köpfe wandten sich ihm ruckartig zu. Sondra blieb einige Sekunden lang der Mund offen stehen, bis sie ein ungläubiges „Sticken?" herausbrachte.

„Das schult die Feinmotorik", sagte Mick Happ, den Sue eigentlich immer als handfesten Typen eingeordnet hatte.

Sie sah auf die Uhr. Sticken gegen Grobmotorik? Sue sah schon ganze Männerclubs beim Erstellen von Zierkissen vereint. Würden Männer auch Blümchen oder Vögelchen sticken, oder eher männliche Sujets wie Maschinen oder vollbusige Damen? Sue hätte die Vertiefung dieses Themas gerne weiter verfolgt, aber es nützte nichts. Die Würstchen warteten.

5

Auch im 21. Jahrhundert gab es noch das alte England. Das Hanni-und-Nanni-England aus Sues Kindheit in den Siebzigern mit Cricket, schlechtem Essen und der Überzeugung, jedes Problem oder Wehwehchen mit einer Tasse Tee kurieren zu können. Die *St. Jacob School for Boys* in Marylebone Hill House, ein burgähnliches Gebäude aus edel gedunkeltem Backstein mit unzähligen Türmchen und Erkerchen, stand für dieses England.

Diese edle Aura war jedoch nicht umsonst zu haben. Die Jahresgebühr der Schule war so unverschämt hoch, dass sie dafür in Hallstatt etliche Liegenschaften hätten kaufen können. Sue als Kontinentaleuropäerin (die für die Briten immer im Ruf standen, etwas seltsam zu sein) stand öffentlichen Schulen nicht ablehnend gegenüber, aber für Terence hatte es nie zur Diskussion gestanden, seine Kinder nicht auf standesgemäße Privatschulen zu schicken. *Die Netzwerke, Sue, denk' an die Netzwerke, die sie dort knüpfen!* Bis jetzt hatte sich das jedoch noch nicht ausgezahlt, dachte Sue. Amys Freundinnen machten auf sie nicht den Eindruck, als hätten sie je die Absicht, sich mit einem Beruf den Lebensunterhalt zu verdienen. Lernen war ja so lästig, noch dazu, wo sich das gesamte Wissen alle fünf Jahre verdoppelte. Wieso dann überhaupt anfangen? Sie nahmen sich eher Frauen wie Pippa, die Schwägerin von Prince William, zum Vorbild und kultivierten äußere Werte und das geschäftige Nichtstun. Die Jungs waren allerdings auch nicht viel besser. Beruf: „Sohn" stand auf der Karrierewunschliste von Philipps Klassenkameraden ganz weit oben. Die einzige Alternative war das Gründen von Firmen (mit Daddys Geld natürlich), mit denen sie innerhalb kürzester Zeit immensen Reichtum anhäufen würden. Leider fehlte der Anreiz zu harter Arbeit, weil diese Jungs ja bereits reich waren. Diese Möglichkeit war Philipp verwehrt. Die Urquharts hatten zwar einen makellosen Stammbaum vorzuweisen, der bis ins 14. Jahrhundert zurückreichte, aber reich waren sie nicht mehr gewesen, seit der Ur-Ur-Großvater von Terence das Familiensilber beim Wetten verloren hatte. Anders sah es aus beim Sohn von Paulina Worthington, die gerade ihren Range Rover vor dem Schultor parkte (für Menschen wie sie schien immer gerade der gewünschte Parkplatz frei zu werden). Die gebürtige Tschechin war eines der Super-Models der Achtziger und hatte den dritten Sohn eines Earls geheiratet. Sie musste mittlerweile stramm auf die Vierzig gehen, war aber immer noch gut im Geschäft. Die Generation der Baby-Boomer wollte eben ihre Antifaltencremes lieber von einer Altersgenossin als von einer magersüchtigen Siebzehnjährigen beworben haben.

Sue zog unwillkürlich den Bauch ein und strich ihren Rock glatt. Bist du blöd, schalt sie sich selbst. Sie sollte ihre Energie lieber für andere Dinge einsetzen, als vor einem Model mit eingezogenem Bauch punkten zu wollen, denn eines war klar: Sie würde in diesem Leben nie mehr Größe 34 tragen (bereits Größe 38 war fraglich), und wie man um drei Uhr nachmittags noch wie frisch aus der Dusche aussehen konnte, würde sie bis zu ihrem letzten Tag nicht mehr herausfinden. Sie fühlte sich schmutzig, minderwertig und alt. Ja alt, gegenüber einer Frau, die genauso alt war wie sie.

Wie konnte man nur so glatte Haut haben? Sie war sich sicher, dass Botox im Spiel war, denn nicht einmal Amy mit ihren 15 Jahren hatte beim Stirnrunzeln eine glatte Haut. Und so tolle Haare, immer perfekt geföhnt? Wahrscheinlich musste diese Frau nicht einmal föhnen. Verdammt, irgendjemand saß da oben über dem dunstgrauen Himmel und machte sich einen Spaß daraus, die äußeren Reize der Gattung Mensch sehr ungerecht zu verteilen. Ein Zyniker war der Himmlische obendrein, denn diese Begünstigte war auch noch nett. Und intelligent. Über Paulinas Abschluss in internationaler Politik und Wirtschaft wollte Sue gar nicht nachdenken. Auch nicht über die Stiftung, die Paulina gegründet hatte und deren Wohltaten tschechischen Waisenkindern und misshandelten Frauen zugute kam.

„Sue", begrüßte Paulina Sue und lächelte ihr berühmtes Lächeln, das im

Moment auf allen Londoner Bussen durch die Stadt fuhr. Sue hatte vergessen, wofür es werben sollte. Nur das Lächeln war unvergesslich. Es war so weiß, dass es blendete. Sue machte sich eine mentale Notiz, sobald wie möglich zur Zahnreinigung zu gehen. Vielleicht sollte sie auch über ein Bleaching nachdenken. Das brachte angeblich ein paar Jahre.

„Ist Ihr Mann nicht dabei?" Paulina lächelte wieder.

„Er ist gerade im Fernsehstudio", antwortete Sue.

Terence. Irgendwie ging es in ihrem Leben immer nur um Terence. Sie selbst war anscheinend nicht Small-Talk-tauglich.

„Ach der Arme", meinte Paulina. „Ich gehe mittlerweile nur noch ins Studio, wenn es für meine Stiftung sein muss. Aber es ist schade, dass ich die Sendung nicht sehen kann. Ihr Mann ist so unglaublich telegen."

Sue lächelte gezwungen. „Na ja, Sie sollten ihn mal morgens beim Frühstück sehen. Sind Sie auch ohne Mann hier?"

Paulina seufzte und auf ihrer Stirn wurden für den Bruchteil einer Sekunde drei Querfalten sichtbar (wirklich gutes Botox, dachte Sue), doch ehe sie nachzählen konnte, waren sie schon wieder verschwunden (fantastisches Botox. Sie musste an die Adresse kommen!).

„Lester ist natürlich auch unabkömmlich. Als ich klein war, dachte ich immer, Earls und Prinzen müssten nicht arbeiten. Da habe ich mich wohl getäuscht."

Lester Worthington war eine große Nummer in der Immobilienbranche, die Familie selbst hatte mindestens fünf Häuser, besser gesagt, Residenzen. Allein in England. Paulina lachte, brach jedoch abrupt ab, als es von der anderen Straßenseite her klick machte. Sie seufzte genervt und wandte sich ab, Sue jedoch sah in die Richtung, aus der das Geräusch gekommen war. In einem alten Fiat saß ein glatzköpfiger Mann, der eine Kamera auf Paulina hielt. Sue drehte sich ebenfalls ab und folgte Paulina, die bereits das schützende Dunkel der Eingangshalle erreicht hatte. Sie hatte keine Lust, als Anhängsel der berühmten Paulina in einem Magazin wie *Grazia* oder *InStyle* zu erscheinen. Obwohl, wahrscheinlich würde man sie sowieso wegretuschieren, um das Bild dieser 1,80 Meter großen Nymphe, die in ihrem Etuikleid wie ein Gemälde wirkte, nicht zu zerstören. Da nützten auch ihre eigenen Louboutin Schuhe und ihr Stella-McCartney-Kostüm nichts.

„Das war Riff Jones", murmelte Paulina, als sie im schützenden Dunkel der Aula standen. „Einer der Schlimmsten. Muss der verzweifelt sein, wenn er schon vor einer Schule herumlungert. Was ist so interessant daran, wenn ich auf ein Schulfest meines Sohnes gehe?"

Sue zuckte mit den Schultern. „Vielleicht ist es wie bei den Piloten und er braucht ein paar Schnappschüsse, um seine Fotografenlizenz zu erneuern."

Paulina kicherte. Inzwischen hatten sie den Garten erreicht und tauchten in die erfrischende Kühle der riesigen Eichen und Buchen ein, die das Gewusel und den Lärm von schätzungsweise hundertfünfzig Menschen mit majestätischer Gelassenheit hinnahmen. Paulina atmete tief ein. „Ah, ist das schön hier. Allein der Garten ist das ganze Geld wert." Als sie ausatmete, verzog sie das Gesicht. „Achtung, Lady Wichtig ist im Anmarsch."

Melissa Brown-Harryman. Gott hatte bei ihrer Anfertigung offensichtlich etwas Zahnmaterial übrig gehabt, denn ihr Gebiss hätte jedem Vollblüter zur Ehre gereicht. Kein Kieferorthopäde hatte jemals Hammer und Meißel an diese Kreation gelegt, an der gerade Lippenstiftreste in einem süßlich pastelligen Pfirsichton hafteten. Sie trug ein Wickelkleid in einem lila-braunen Retro-Muster, das schlaff um ihre nur ansatzweise vorhandenen Brüste hing. Dazu trug sie schwarze Leggins und Jesus-Latschen.

„Liebste Paulina!", rief Melissa. Ihre Stimme drohte vor Enthusiasmus zu kippen. „Schön, dass es noch geklappt hat. Wir müssen dringend Fotos für den Jahresbericht machen. Sie haben doch nichts dagegen. Ich hatte mir gedacht, Sie als Profi?"

Paulina nickte ergeben.

„Und Sie, Sue", nun wurde Melissas Ton strenger, „Sie werden schon am Würstchenstand erwartet. Die Meute hat Hunger!" Sie klatschte in die Hände, und als sie lachte, sah sie mehr denn je aus wie ein Pferd, das sich für eine Burlesque-Show verkleidet hatte.

Nachdem Sue gefühlte tausend Hot Dogs zubereitet und abkassiert hatte, gab ihr Sohn Philipp sich zum ersten Mal an diesem Nachmittag die Ehre. Natürlich um eine kostenlose Mahlzeit zu schnorren.

„Mama, kann ich ein Würstchen?"

Trotz teurer Schule litt auch er an der Kinderkrankheit, konsequent das Verb bei Fragen wegzulassen. Er war völlig verschwitzt und hatte sich das Polohemd in den Schulfarben dunkelbraun und grün ausgezogen. Ein leichter Schweißgeruch umgab ihn, auf den Philipp mehr als stolz war. Jeden Abend gab es Theater, wenn Sue ihn unter die Dusche steckte. Mit leiser Wehmut strich sie ihm über den Kopf. Jetzt wurde auch ihr Kleiner langsam groß. Seine dünnen Arme und die Schulterblätter, die wie Engelsflügel aus seinem Rücken ragten, waren jedoch noch hundert Prozent Kind. Verlegen wand er sich aus ihrer Nähe. Sue trat einen Schritt zurück. Mutter kurz vor Schmuseanfall, wie peinlich. Sie konzentrierte sich darauf, ihm ein Hot Dog mit besonders viel Ketchup zu machen. Philipp riss es ihr aus der Hand, und sie konnte ihm gerade noch zurufen, etwas zu trinken, als er bereits wieder in den Weiten des Schulgartens verschwunden war, eine rote Tropfspur hinter sich lassend.

„Mrs Urquhart", riss eine Stimme, die nach quietschender Kreide auf einer Schultafel klang, Sue aus ihren Gedanken.

„Mr Shalby", rief sie erfreuter, als sie tatsächlich war.

Mr Shalby war der Schuldirektor und daher wichtig. Obwohl er ein Idiot war, der den Zusammenbruch des englischen Weltreichs noch nicht verinnerlicht hatte und wahrscheinlich in seinem Schrank ein Poster von Königin Victoria hängen hatte. Außerdem schien sein Adamsapfel ein Eigenleben zu führen. Als Shalby weiter sprach, hüpfte er irritierend vital unter der dürren Haut auf und ab.

„Ihr Mann ist nicht zufällig hier?"

Irgendetwas in ihr seufzte auf. *Verdammt noch mal, ich bin hier. ICH! Eine Frau von 41 Jahren, gesegnet mit zwei Kindern, einem übervollen Terminkalender und einem blockierten Leber-Galle-Meridian. Und Träumen! (Wobei ich momentan gar nicht weiß, wovon ich eigentlich träume.) Und merkt es euch alle: Ich bin nicht der nutzlose Wurmfortsatz von Terence Urquhart!* Es würde so verdammt gut tun, all das in diese sogenannte gute Gesellschaft hinaus zu schreien, aber natürlich benahm sie sich.

„Er wäre so unglaublich gerne gekommen", zwitscherte Sue, „aber er ist bei einer Live-Sendung im Fernsehen. Was soll man machen?"

Shalby zog anerkennend die Augenbrauen in die Höhe. „Erfolg kommt nicht von Nichtstun, nicht wahr?" Er beugte sich näher zu Sue, woraufhin sie zurückwich. Sie legte wenig Wert darauf, die Anzahl der geplatzten Äderchen auf seinen Wangen zählen zu können.

„Vielleicht könnten Sie mein Anliegen an Ihren werten Gemahl weiterleiten."

„Selbstverständlich." Jetzt war Sue aber gespannt.

„Wir haben in den unteren Klassen immer dieses leidige Thema ..." Er ließ den Satz mit besorgtem Vibrato ausklingen.

Leidiges Thema? Wovon redete dieser Mensch? Von brutalen Internetspielen? Mobbing? Politisch nicht korrekten, weil nicht von Jamie Oliver autorisierten Pausenbroten?

„Da Ihr Gemahl so eine Kapazität auf diesem gewissen Gebiet ist ..." Wieder schien seine Stimme hilflos in der Luft zu hängen.

Gemahl? Kapazität? Da kam nur ein Thema in Frage. Vielleicht sollte sie dem guten Mann auf die Sprünge helfen. „Meinen Sie Sexualtherapie?"

Nun hatte Sue alle Zuhörer auf ihrer Seite. Die Schlange, die geduldig vor ihrem Stand wartete, schwieg wie aufs Stichwort und lauschte gebannt, was nun folgen würde. Shalbys geplatzte Äderchen schienen eine Nuance zuzulegen.

„Äh, ja, im weitesten Sinne." Er räusperte sich. „Nein, es geht um den Aufklärungsunterricht, zu dem, wie Sie vielleicht wissen, wir als Bildungsinstitution verpflichtet sind. Vielleicht würde sich Ihr Gatte dazu bereit erklären? Es würde zum guten Ruf der Schule einen wesentlichen Beitrag leisten."

Selbstverständlich, dachte Sue. Terence als Aufklärungslehrer und Paulina als Model im Schulprospekt. Und alles umsonst. Von diesem vertrockneten Männlein konnte man lernen, wie man sich durchs Leben schnorrte. „Das ist eine entzückende Idee", sagte sie. War ihre Nase schon so lang wie die von Pinocchio?

„Finde ich klasse", sagte Kerry Mulligan, eine andere Mutter, die Würstchen-Dienst hatte. Auch die Warteschlange gab ein kollektives Nicken von sich.

„Bei meinem Ältesten in der *Blue Gates Fields Infant School* haben sie das mit Rollenspielen gemacht", gab eine Frau zum Besten. „Die Jungs spielten das Sperma und mussten durch einen Tunnel krabbeln, um zur Gebärmutter zu gelangen. Das war dann ein Igluzelt. Unser John war ganz begeistert."

Sue setzte ein Lächeln auf. Terence würde ganz und gar nicht begeistert sein, den Aufklärer für zwölfjährige Spermiendarsteller zu spielen. Sein Interesse an Kindern erschöpfte sich in seinen eigenen zwei Exemplaren. Und auch da hielt es sich manchmal in Grenzen. Sie kannte also bereits die Antwort, setzte jedoch ein Lächeln auf und meinte in einem Tonfall, als könnte sie sich nichts Schöneres vorstellen: „Ich werde Ihre Anfrage weiterleiten."

„Ich wäre Ihnen sehr verbunden", sagte Shalby, der sichtlich erleichtert wirkte.

„Wer würde diesen Unterricht sonst machen?", fragte Sue.

Shalby wand sich. „Ich fürchte, das bliebe dann an mir hängen."

Das wird es auch, mein Lieber, dachte Sue. Denn Terence würde sich eher eine Kugel durch den Kopf jagen.

„Das können wir den Kindern nicht antun", flüsterte Kerry, als Shalby sich ein paar Meter entfernt hatte.

„Ich wäre aber gerne dabei", erwiderte Sue.

„Lieber nicht", meinte Kerry. „Ich glaube, bei mir würde die Lust für immer flöten gehen."

„Vielleicht schreckt das unsere Jungs ab, und sie warten noch ein bisschen, bis sie loslegen." Das meinte Sue wirklich ernst, denn Philipp und Sex? Diese beiden Dinge bekam sie beim besten Willen nicht zusammen.

Ihr Handy klingelte. Sie wischte sich die Hände an einer Serviette sauber und zog das Gerät aus ihrer Handtasche, die sie unter dem Tisch deponiert hatte.

„Susi?"

„Papa! So eine Überraschung! Du, es ist gerade ganz schlecht, ich bin nämlich gerade am Würstl grillen –"

„Ich mach es auch ganz kurz."

Ein flaues Gefühl durchströmte sie. Das klang nicht gut.

„Die Hilde sie – sie ist tot."

Das flaue Gefühl machte etwas anderem Platz, das Sue nicht einordnen konnte. Sie hätte sich auf den heißen Grill legen können und hätte trotzdem gefroren. Sogar ihre Gedanken zitterten und schafften es nur noch zu einer einzigen Erkenntnis: Hilde ist tot. Wie in Trance wandte Sue sich ab, schaffte es irgendwie, der erschreckt dreinschauenden Kerry Mulligan ein „Kannst du mal übernehmen?" zuzuflüstern und taumelte in das Schulgebäude. In der Garderobe ließ sie sich auf die Bank fallen.

„Papa, bist du noch dran?"

Franz Wallner räusperte sich. „Ja."

„Wie ist es passiert?"

„Ein Unfall. Sie wollte über die Straße und da ist ein Auto gekommen." Seine Stimme verhallte voller Unglauben.

Diese Scheißstraße um den See. Eng, kurvig, unübersichtlich.

„War sie gleich ...?" Sie traute sich nicht, weiter zu sprechen.

„Ja. Sie hat nicht leiden müssen. In drei Tagen ist die Beerdigung." *Du kommst doch?* schwang in seinem Tonfall mit.

Sue schüttelte den Kopf. Das ging nicht. Sie hatte eine Beerdigung hinter sich, ihre Mutter vor 26 Jahren. Noch immer fing sie zu zittern an, wenn sie daran dachte. Und jetzt Hilde. Ihre Patentante und die beste Freundin ihrer Mutter, die versucht hatte, ihr den Verlust ein wenig zu ersetzen. Die ihre Hand gehalten hatte, fest und weich zugleich, als sie am Grab standen und beide weinten.

„Ich schaffe das nicht, Papa", brachte sie mit Mühe heraus.

„Die Arbeit, ich weiß." Sein Verständnis brach ihr fast das Herz.

„Ich wollte nur Bescheid geben. Weil es die Hilde ist. Sie war doch immer für Dich da."" Er klang unendlich traurig.

Sue hätte alles dafür gegeben, ihn in den Arm nehmen zu können. Und sich selbst auch von ihm halten zu lassen.

Die Tür ging auf und Kerry Mulligan schaute herein. „Ist alles in Ordnung?"

Sue sah auf, nickte, sprach ein „Papa, ich rufe dich später an, ja?" in das Handy und beendete das Gespräch.

„Schlechte Nachrichten?"

Sue nickte. Als sie nicht weiter sprach, meinte Kerry: „Geh ruhig nach

Hause, ich mache das schon."

Sue schüttelte den Kopf. „Nein, ist schon gut. Ich muss jetzt was tun."

„Wenn du meinst." Kerrys Blick blieb skeptisch.

„Ich meine." Das war auch immer Hildes Motto gewesen. Weitermachen. Auch wenn es nur so etwas Banales wie Würstchen grillen war.

Es half tatsächlich. Auch wenn ihr zwischen Senf, Ketchup und Currypulver immer wieder Hilde in den Sinn kam. Und ihre Mutter. Sie erinnerte sich an ein Foto, das die beiden als junge Mädchen lachend in Rom zeigte. Mit einer Jugendgruppe waren sie dorthin gereist und hatten sogar an einer Papstaudienz teilgenommen. Wie stolz waren die beiden immer gewesen, wenn sie davon erzählt hatten! Sue tat es jetzt noch leid, dass sie sich in ihrer pubertären Arroganz überhaupt nicht dafür interessiert hatte. Ihr Handy piepte.

Es war eine SMS von Peter Beardsley aus dem Verlag. Er wollte wissen, ob es bei dem Termin um 17 Uhr blieb. Sue seufzte. Es ging um Terences Lesereise. Das war ein wichtiges Treffen, denn man musste langfristig planen, um bei den großen Buchhandlungen berücksichtigt zu werden. *Weitermachen*. Das war Hildes Mantra. Natürlich blieb es bei dem Termin. Außerdem hatte sie ihrem Vater gesagt, sie hätte viel Arbeit und sie wollte nicht gelogen haben. Wie in Trance simste sie zurück. Sie musste Terence anrufen. Sie wählte seine Nummer, erreichte aber nur seine Mailbox. Sie verzichtete auf eine Nachricht. Der Chat nach der Sendung. Klar, der war wichtig. Dieser ganze Kram war so wahnsinnig wichtig. Resigniert starrte sie ihr Handy an.

„Eine Wurst mit viel Curry, bitte", piepste es vor ihr. Ein süßer Rothaariger mit einem Sommersprossenteppich über der Nase und den Wangen sah sie treuherzig aus blaugrünen Augen an.

Eine drängende Sehnsucht nach ihrem Sohn erfüllte sie. Sie wollte seinen überhitzten Körper spüren, seine Lebendigkeit und Kraft. Sie gab sich besondere Mühe mit der Bestellung und machte sich dann auf die Suche nach Philipp. Er hatte sich mit Klassenkameraden in einer stillen Ecke des Gartens zusammengerottet. Als sie sahen, dass sie sich näherte, brach Hektik aus. Was sie wohl gerade verstecken, dachte Sue und bemühte sich, locker zu wirken.

„Gibt's was?", fragte Philipp. Er wirkte nervös.

Schon tat es Sue leid, dass sie gekommen war. Sie schüttelte den Kopf. Sie wollte ihrem Sohn das Fest nicht verderben. Er würde noch früh genug von Hildes Tod erfahren.

„Ich wollte mich nur von dir verabschieden." Philipp würde heute bei seinem besten Freund Rick übernachten.

„Musst du schon gehen?", fragte er ohne großes Interesse. Immer wieder glitt sein Blick zu seinen Freunden.

„Ja. Ich muss in den Verlag."

Philipp nickte wissend. „Na dann, Mum, bis morgen. Holt mich aber nicht zu früh ab, wir wollen noch ein bisschen chillen." Und dann gab er ihr, große Überraschung, die Andeutung eines Kusses auf die Wange.

Am Würstchenstand war ihre Ablösung eingetroffen – Laura Neville-Turner, Tochter aus nordenglischem Hochadel, verheiratet mit einem Staatssekretär. Laura verbreitete eine unangemessene Hektik, und Sue freute sich auf die Ruhe des Taxis, das sie sich gleich rufen würde.

„Wie geht das, Sue?" Laura klang atemlos und völlig gestresst.

„Hot Dogs?" Machte die Frau Witze? Hot Dogs montierte man einfach zusammen, was gab es da zu erklären?

„Ja, ich habe das noch nie gemacht."

Während Sue den britischen Hochadel in die Geheimnisse der Hot-Dog-Zubereitung einwies, hegte sie revolutionäre Gedanken. In Österreich war nach dem Ersten Weltkrieg der Adel abgeschafft worden, und sie konnte beim besten Willen nichts Schlechtes daran finden. Für Frauen wie Laura waren Küchen Räume, in denen nur die Bediensteten arbeiteten. Ihre eigene befand sich wahrscheinlich im Keller und wurde von schwitzenden, hohlwangigen Sklaven bevölkert. Laura selbst schien nie zu essen und passte locker in Size Zero. Sie betrachtete die vor Ketchup triefenden Hot Dogs mit derselben Verachtung wie einen hochinfektiösen Schimmelpilz.

Als Sue sich bückte, um ihre Tasche zu holen, blieb sie mit dem Bein am Fuß des Tisches hängen. Besser gesagt an einer Schraube, die herausstand. Das Schicksal ihrer Strumpfhose war besiegelt, denn eine Riesenlaufmasche wand sich fröhlich vom Knie bis zu den Knöcheln.

„Mist", schimpfte Sue leise vor sich hin. „Auch das noch."

„Die kannst du wegwerfen", meinte Kerry, die sich ebenfalls zum Gehen fertigmachte. „Zieh sie doch einfach aus, es ist eh so heiß."

„Das geht nicht", stöhnte Sue, „ich habe noch einen Geschäftstermin in der City." Hektisch kramte sie in ihrer Tasche nach Ersatz. Vergeblich. Wie dumm, jetzt musste sie noch schnell eine neue besorgen.

„Ich kann dir eine leihen", bot Kerry an.

„Das wäre wunderbar." So könnte sie sich den Weg zum Supermarkt sparen.

Nun kramte Kerry ebenfalls in ihrer Tasche und zog etwas heraus, das nichts Gutes verhieß.

„Die ist lila", sagte Sue.

„Ich habe keine andere", entschuldigte sich Kerry. Sie musterte Sue von Kopf bis Fuß. „Ich finde, die passt."

Lila zu ihren beigefarbenen Schuhen und dem hellen Kleid? Im Juli? Das wäre sogar für eine Engländerin krass. Nein, sie brauchte jetzt etwas Luxuriöses. Etwas Vertrautes. Etwas Heimatliches. Ihre Wolford.

„Ich lasse es lieber. Dann fahre ich einfach schnell in der Praxis vorbei. Aber danke für deine Hilfe."

Sie sah auf die Uhr. Terence war natürlich nicht gekommen.

6

Sue hatte Glück, dass ihr Taxifahrer keine Neigung zum Plaudern verspürte (entweder war er Autist, oder er konnte kein Englisch), und so ließ sie sich nach der trommelfellstrapazierenden Geräuschkulisse des Schulfestes dankbar in diese Oase des Schweigens fallen. Knarzendes, abgewetztes Kunstleder wurde als Ruhekissen definitiv unterschätzt, und über die verschwenderische Parfümierung des Wageninneren mit etwas, das an Kuhmist vermischt mit Patschouli erinnerte, sah sie großzügig hinweg.

„Fitzmass Liss", wiederholte der Fahrer ihre Zielangabe mit hoher Stimme, die so gar nicht zu seiner recht athletisch wirkenden Statur passte. Außerdem schraubte er seine Stimme bei Liss in eine Höhe, die Raum für Fragezeichen ließ. Viele Fragezeichen. Der gute Mann hatte offensichtlich keine Ahnung, wohin er fahren sollte.

„Fitzmaurice Place", wiederholte Sue langsam, als ob dies dem armen Mann helfen würde.

Er sah sie erwartungsvoll an.

„Hyde Park?", testete sie ihn. Wenn er den nicht kannte, hatte er seine Taxilizenz wohl auf dem Mars erworben. Oder auf einem Flohmarkt billig gekauft.

Er nickte eifrig.

„Wunderbar. Sie nehmen die Piccadilly, rein in die Half Moon, über die Curzon in die Queen, dann in die Charles und wir sind da."

Er nickte immer noch eifrig, und nachdem Sues Angaben von seinem Gehirn aufgenommen, bewertet und entsprechend eingeordnet worden waren, fingen seine Augen an zu leuchten. Er hatte verstanden! Das feierte er mit einem Kavalierstart, der Sue wieder in die Polster zurückdrückte. Schön, von dort würde sie sich so schnell auch nicht wieder lösen. Die Fahrt würde bei dem Verkehr mindestens eine halbe Stunde dauern.

Ihr Blick versank in seinem sorgfältig ausrasierten Stiernacken und schließlich in Dunkelheit, aus der sie erst wieder aufwachte, als der Fahrer vor der Praxis eine Vollbremsung durchführte. Dank der Trägheit ihrer Masse und ihrer Sorglosigkeit, was das Anschnallen betraf, knallte Sue gegen die vordere Kopfstütze, die mit einem Stickbild, auf dem *Welcome to Azerbaidschan* stand, verziert war.

„Verdammt!", rief sie und tastete ihre Stirn ab. Wenigstens kein Blut.

Der Fahrer schien völlig unbeeindruckt; wahrscheinlich gehörte es in Aserbaidschan zum guten Ton, die Fahrgäste mit einer Beule am Zielpunkt abzuliefern. Oder waren die Westeuropäer schon zu kompletten Weicheiern mutiert? Egal, sie als Vertreterin der Weicheier regelte das, wie unter Westeuropäern üblich, pekuniär und gab ihm kein Trinkgeld. Immerhin hatte sie ihm Nachhilfe in Londoner Straßenkunde gegeben.

Einen Vorteil hatte der Zusammenstoß ihrer Stirn mit der Kopfstütze im Taxi: Sie war wieder hundertprozentig wach. Sue ging durch den kleinen Vorgarten auf die gepflegte Fassade der Hausnummer 5 zu. Schönheit, Ruhe und Ordnung hatten immer etwas Tröstliches. Zum Glück konnte der Stadtteil Mayfair mit jeder Menge davon aufwarten. Irgendwann hatte sie Tante Hilde das alles zeigen wollen. Es aber nicht konsequent durchgesetzt. Jetzt war es zu spät. Leider nicht für das schlechte Gewissen.

Sie tippte den Code ein und ging langsam die Treppe hoch in den ersten Stock, wo sich Terences Praxis befand. Auf dem Messingschild, das nur seinen Namen und Titel (Terence Urquhart, M.D.) trug – mehr wäre in dieser Bastion des Understatements schon zu viel gewesen –, waren Fingerspuren, die Sue mit einem Taschentuch und mehrmaligem Anhauchen wegwischte. Sie schloss auf und wunderte sich nur kurz, dass nicht zweimal abgeschlossen war. Sie hatte die hohen, hellen Räume gleich gemocht, als sie sie vor achtzehn Jahren besichtigt hatten. Sie war damals überzeugt gewesen, gute Schwingungen zu empfangen, und das war sie auch heute noch. Die unmittelbaren Vormieter waren langweilige Bankmenschen gewesen, und bei ihrer negativen Einstellung zur Finanzwelt (Halsabschneider war eines der netteren Prädikate, mit welchen sie Banker bedachte) konnte Sue sich nicht vorstellen, dass sie für deren Energie empfänglich wäre. Nein, die Erstbewohnerin war eine Lady gewesen, Lavinia de Lisle. 1760 war es noch nicht die Regel, dass eine Frau auf die Ehe pfiff. Lavinia tat es, und man munkelte, dass sie zeitweise die Geliebte des Thronfolgers gewesen war, ihn aber wegen Langeweile abservierte. *Genug mit deinen Ausflügen in die Historie,* schalt Sue sich, denn sie hatte nicht mehr viel Zeit.

Sie streifte ihre Schuhe ab und machte sich leichten Schrittes auf in ihr Büro. Erleichtert warf sie ihre Tasche auf den Schreibtisch und ließ sich auf den wunderbar weichen, uralten und völlig uncoolen Sessel fallen, den sie vor Jahren auf dem Trödelmarkt in Greenwich gekauft hatte. Sie hob die Beine an und ließ sie kreisen. Mann, die Laufmasche war wirklich heftig. Sie sah auf die Uhr, zog die unterste rechte Schreibtischschublade auf und griff mechanisch in die hintere linke Ecke, wo ihr Vorrat an Strumpfhosen lagerte. Doch anstatt der glatten Plastikverpackung ertastete sie nur ein braunes Fläschchen, das sich als Feng Shui Raumspray namens Purification entpuppte. Auch ganz schön, aber nicht das, was sie gerade brauchte. Sie sprühte dreimal und legte das Spray zurück. Komisch. Wo verdammt war die Wolford? Sie hatte doch immer eine in Reserve, denn, so albern das auch erschien, diese Strümpfe waren wie eine Ritterrüstung, die sie vor den Unbillen des Lebens schützte. *Stell dich nicht so an,* hörte sie die tadelnde Stimme Hildes mit ihrem leichten Sing Sang. *Das ist doch nur ein Stückerl Stoff.*

Du hast ja recht, Tante, murmelte Sue und ging in das Miniatur-badezimmer nebenan, um sich frisch zu machen. Das hatte sie auch bitter nötig, denn im Spiegel sah sie eine Frau, die keinen Tag jünger als 40 Jahre und gute 7 Monate aussah. Augenringe und eine speckig glänzende Haut, garniert mit hektischen Flecken. Sie nahm ihr Thermalwasserspray und konnte nicht aufhören, das kühle Wasser auf ihr Gesicht zu sprühen. Es tat einfach zu gut. Auch, dass die Tröpfchen über ihr Dekolleté auf dem Busen landeten. Sie hätte ewig unter der nebelfeinen Wasserdusche bleiben können, aber sie wollte sich im Verlag nicht als Wassernixe präsentieren. Widerwillig tupfte sie ihr Gesicht mit einem Papiertuch trocken, puderte sich kurz ab und gönnte sich eine Extraportion Rouge und eine neue Lage Lippenstift. Wenn sie jetzt nur noch die Strümpfe fände ... Egal, sie würde unterwegs welche besorgen.

Als sie in ihr Büro zurückging, horchte sie auf. Geräusche. Aus Terences Sprechzimmer. Sie runzelte die Stirn. Wieso war er hier? Hatte niemand Lust gehabt, zu chatten? Und wenn er schon früher fertig war, warum hatte er sich nicht auf dem Schulfest blicken lassen? Ärger stieg in ihr auf, der sich zu richtiger Wut steigerte, als sie ein Kichern hörte. In einer Tonlage, die ihr bekannt vorkam. Leise öffnete sie die Tür und musste an sich halten, um nicht loszuschreien.

Gefangen in einer Schockstarre blieb Sue an der Türschwelle stehen. Terence saß wie gewohnt auf seinem Therapeutensessel, lediglich die Patientin hatte sich im Platz geirrt. Sie saß auf dem Schoß des Arztes. Ihres Gatten. Die Patientin war Sondra und beide hielten ein Glas Champagner in der Hand.

„Was ist das denn?", fragte Sue, deren Stimme sich überraschend schnell wieder eingefunden hatte. „Eine neue Form von Körperarbeit?"

Es war erstaunlich, wie schnell menschliche Körper sich bewegen konnten, wenn genügend Stress auf sie einwirkte. Terence schoss nach oben, stellte sein Glas auf den Tisch und zog seine Hose glatt. Das hätte er lieber nicht tun sollen, denn das, was Sue nun sah, hätte der weite Leinenstoff sonst gnädig verdeckt. Terence hatte einen Ständer, der sich als sehr stressresistent erwies.

Sondra schien keinen Stress zu haben, ein deutliches Zeichen dafür, welche Wichtigkeit sie der Ehefrau von Terence zudachte.

„Entschuldigt vielmals", brachte Sue irgendwie heraus, „ich wollte nicht stören."

„Komm, trink mit uns", sagte Sondra, die sich aufreizend umdrehte.

Terence hatte sich mittlerweile abgedreht und versuchte wohl verzweifelt, seinen Penis wieder in Schlafstellung zu bringen.

„Worauf sollen wir denn trinken?", fragte Sue.

„Auf eine tolle Sendung", plapperte Sondra weiter. „Top-Quote, Top-Lob. Kein Wunder, bei diesem Top-Mann."

Sue hatte gute Lust, diese geliftete Schlampe aufzuklären, wie Top dieser Mann im ehelichen Schlafzimmer war, doch Terence war schneller.

„Komm Sue, trink mit uns."

Du liebe Güte, dachte Sue. Dieses Stiff-Upper-Lip-Dingsbums der oberen Klassen scheint immer noch zu funktionieren. Ob Weltkrieg, Ehebruch oder ein zusammengefallenes Soufflé: Diese Menschen konnte nichts erschüttern, mit Hilfe von Alkohol erst recht nicht. Dann fiel ihr Blick auf seinen Hals. Dort schlängelte sich etwas Hautfarbenes. Ihre Lieblingsstrümpfe.

Sie wusste, dass es albern war, quasi unterstes Kindergartenniveau, aber sie empfand das als Verrat. Fast mehr als die respektable Erektion gerade eben. Die war wohl eher den Nachwirkungen von Sildenafil geschuldet als den tatsächlichen Reizen, die Sondra auf Terence ausübte (zumindest hatte er hartnäckig und, wie Sue bisher gedacht hatte, auf sehr überzeugende Weise behauptet, dass er Sondra als Frau nicht anziehend fand). Terence sah momentan wirklich gequält aus und hätte sein bestes Stück wahrscheinlich auch in ein Abflussrohr gesteckt, um Erleichterung zu bekommen, aber warum Sondra? Wahrscheinlich hatte dieses Miststück seine Not gespürt und ihn mit Entschlossenheit in die Falle gelockt. Aber Spielchen mit ihren teuren Strümpfen für 20 Pfund das Paar? Im Farbton „Naked Sun", der so schwer zu bekommen war? Wo Terence genau wusste, dass Sue ohne diese Strümpfe nur ein halber Mensch war? Jedem Menschen stand ein Aberglaube zu, und den hatte Terence gefälligst zu respektieren und nicht mit solch einer Aktion zu besudeln. Sue bebte und zog mit spitzen Fingern den Nylonschlauch vom seinem Hals.

„Sorry Terence, Eigenbedarf." Hocherhobenen Hauptes verließ sie das Zimmer.

Das „Sue!", das Terence ihr nachrief, klang etwas jämmerlich.

Ihr Herzschlag stellte einen neuen Geschwindigkeitsrekord auf, als sie in der kleinen Küche mit angewiderter Miene die Strumpfhose in den Mülleimer warf. Eigenbedarf? Nicht mehr. Sie würde sich einen anderen Strumpflieferanten suchen.

Sue heulte vor Wut, als sie auf die Straße lief. Wie fein das hier alles war, wie seriös Mayfair sich gab. Und hinter den geschleckten Fassaden nur die gleichen Lügen und Betrügereien wie überall. Es widerte sie an.

Wie konnte er ihr das nur antun? Hatte er keinen Respekt? Vor sich und vor ihr, seiner Frau? Selbst wenn sie ihm einige Punkte wegen der Nachwirkungen von Viagra gutschrieb, war er sich nicht zu schade gewesen, Sondra an sich ran zu lassen. *Man kann immer Nein sagen.* Wie oft sagte er das zu seinen Patienten? Oft, sehr oft. Bei ihm selbst war dieses Mantra offensichtlich wirkungslos. Er war einfach ein Schwein wie alle anderen Männer auch. Wie auf Kommando fing es in ihrer Scheidengegend wieder zu brennen an. Sue schimpfte leise vor sich hin. Einer Lady, die gerade zwei Möpse spazieren führte und sie missbilligend ansah, hätte sie am liebsten zugerufen: „Wissen Sie, was Ihr Mann gerade treibt?".

Was soll ich denn nur tun, dachte sie. Ihn rauswerfen? Dazu verspürte sie im Augenblick die größte Lust, aber andererseits – sie hatten es ja noch nicht getan. *Lüg dir nicht in die eigene Tasche,* sprach sofort die Stimme der Vernunft, die sich vom gegenwärtigen Gefühlschaos nicht beeindrucken ließ. *Wärst du nicht gekommen, hätten sie es getan.* Sue schüttelte den Kopf. Ich muss zur Ruhe kommen, dachte sie. Tränenblind lief sie durch die Straßen, verzweifelt wie eine Figur von Charles Dickens. Was der wohl zur Viagra-Problematik geschrieben hätte, fragte sie sich bitter.

Wen kann ich anrufen, überlegte sie und ging im Kopf ihre Blackberry-Kontaktliste durch. Lulu? Die erholte sich wahrscheinlich noch von der letzten anstrengenden Nacht bei irgendeinem Konzert irgendeiner vielversprechenden Newcomer-Band. Tamara? Die lag gerade im Scheidungskrieg mit ihrem Mann und würde ihr sicher raten, gleich zum Anwalt zu gehen, was Sue im Moment für etwas verfrüht hielt. Helen? Mit der sprach sie immer nur über Banalitäten. Brian, der sich sicher alles anhören würde, ihr aber noch in zwei Jahren brühwarm jede Szene in Erinnerung rufen würde? Ellinor? Sue atmete pfeifend aus. Ellinor und Problem, einfach nicht kompatibel. Sophie? Da wäre sie an der richtigen Adresse. Sue musste automatisch grinsen. Sophie, die ihr seit Jahren in den Ohren lag, mehr Spaß zu haben. Spaß hieß für Sophie, Lover à la carte. Aber Sue war nicht Sophie, sie hatte noch nie etwas von Promiskuität gehalten. Es war vernichtend. Niemand kam in Frage. Wieder traten Tränen in ihre Augen. Was zum Teufel hatte sie die letzten Jahre getan, um keine Freundin zu haben, die sie zu jeder Tages-

und Nachtzeit anrufen konnte? Jede noch so naive Romanfigur hatte doch eine, warum nicht sie?

Mittlerweile taten ihre Füße weh – kein Wunder bei den hohen Absätzen –, und Sue sah sich um, wo sie gelandet war. In der Farm Street, vor einer Kirche, der *Church of the Immaculate Conception*, wie sie der Tafel am Eingang entnahm. Wenn das kein Zeichen war. Es war ein eher unscheinbarer Bau, eingebettet in einer unauffälligen Wohngegend, was Sue nur recht war. Mit Luxus, Ruhm und Glamour hatte sie für heute abgeschlossen. Sie ging zum Haupteingang und öffnete vorsichtig die honigfarbene Holztür. Sie wusste nicht, was sie erwartet hatte – einen vom Ruß der Kerzen geschwärzten Innenraum, eine klaustrophobische Enge, eine Düsternis, bei der man kaum die Hand vor den Augen erkennen konnte? Du hast zu viel Dan Brown gelesen, schalt sie sich selbst. Staunend blieb sie stehen und ließ den hellen, luftigen Raum auf sich wirken. Nichts wirkte hier streng oder furchteinflößend, angefangen von der weißen, mit einem filigranen Gittermuster durchbrochenen Decke bis hin zu den zierlichen Spitzbögen, die zum Altarraum führten, der in hellem Gold strahlte. Sie ließ sich in einer der hinteren Bänke nieder. Waren Kirchen magische Orte? Diese hier war es ganz eindeutig, denn seit sie den ersten Fuß hierher gesetzt hatte, spürte sie, wie sich eine angenehm schwere Ruhe in ihr ausbreitete. Bunte Flecken tanzten auf ihren Händen. Sie drehte sich um und entdeckte eine Glasrosette, deren intensives Blau im gleißenden Licht der Julisonne fast übersinnlich wirkte. Sie hätte sich in diesen Anblick verlieren können, wenn nicht zwei alte Frauen, in eine lautstarke Unterhaltung vertieft, die Kirche betreten hätten. Ein Hund war auch noch dabei. Vielleicht hatte er was ausgefressen und musste zur Beichte? Sue hatte gehofft, die beiden würden zu reden aufhören, sobald sie in einer Bank Platz genommen hatten, aber nichts da. Sie plauderten munter flüsternd weiter, wobei die eine immer ein quatschendes Geräusch von sich gab, wenn sich ihr Gebiss im Mund gelockert hatte. Und das geschah ungefähr alle fünfzehn Sekunden. Sue war es schon immer schwergefallen, solche Geräusche auszublenden, und auch jetzt steigerte sie sich richtiggehend hinein. Das Schmatzen wurde immer lauter und quälender und die Frau immer unsympathischer und gemeiner. Einen kurzen Moment lang überlegte Sue, ob sie zum Gegenschlag ausholen und ein Gespräch mit dem Handy führen sollte. Am besten mit Lulu, die waren immer besonders lebhaft. Aber das war natürlich Kinderkram. Außerdem befand sie sich in einer Kirche und sollte den Nächsten lieben wie sich selbst – das ging aber sowieso nicht, weil sie sich momentan selbst nicht ausstehen konnte. Sie hatte eine Nacht voll unbefriedigendem Sex hinter sich, und das ohne Kinderwunsch – was zum Teufel tat sie dann in einer Kirche, sie scheinheiliges Luder? Sie hasste sich mit ihrem Komplex, weniger wert zu sein als die hochwohlgeborenen Menschen, mit denen sie Umgang pflegte. Sie liebte sich nicht. Wie sollte Terence sie dann lieben?

Das Flüstern schwoll an zu einem gleichmäßigen Klangteppich aus Zischlauten. Sue hatte genug, scheute sich aber, nach draußen in den hektischen Londoner Alltag zu gehen. Sie hatte noch eine halbe Stunde bis zum Meeting mit Peter im Verlag. Natürlich konnte sie dort eher eintreffen und sich in aller Ruhe auf der schönen Marmortoilette frisch machen. Aber dann kam sicher wieder eine magersüchtige, karrieregeile Blondine herein und gab mit ihrer bloßen Existenz Sues Minderwertigkeitskomplex neue Nahrung. Nein, hier in der *Kirche der unbefleckten Empfängnis* war es besser. Aber nicht in Gegenwart zweier Seniorinnen, die an Logorrhöe litten und mit ihren dritten Zähnen klapperten. Sie stand auf. *Du lässt mir keine andere Wahl*, entschuldigte sie sich bei Gott, als sie sich auf zum Beichtstuhl machte. *Ich bin verwirrt und brauche Ruhe, dafür hast Du sicher Verständnis.*

Sie war leise, und doch drehten sich die Köpfe der alten Damen, als sie die Tür zum Beichtstuhl öffnete. Ihr Gehör funktionierte offenbar noch einwandfrei.

Die Enge der Kabine tat ihr gut. Nun war wirklich alles ausgeblendet, was störte. Gut, der muffige Geruch irritierte etwas, aber man konnte nicht alles haben. Aus purer Gewohnheit – eine katholische Kindheit legte man nicht einfach ab – faltete sie ihre Hände und stützte den Kopf auf die Hände auf. Und plötzlich war sie da, die Trauer. Um Hilde natürlich, aber auch um ihre Ehe. Was war nur mit ihnen passiert? Sie waren doch so glücklich gewesen! War sie zu naiv gewesen in ihrem Glauben, es könnte ewig so weitergehen, dass die Popularität ihre Beziehung nicht verändern würde? Sie und Terence hatten stets an einem Strang gezogen, doch es war immer nur wie selbstverständlich um seine Karriere gegangen, und dieser Strang entpuppte sich jetzt als das Mittel, das die Person Sue Urquhart ins Jenseits befördert hatte. Sie war nichts, ein Anhängsel, das außer einer abgebrochenen Fotografenlehre und Hotelfachschule nichts vorzuweisen hatte. War sie überhaupt noch attraktiv für ihren Mann? Was hatte sie schon zu bieten außer dem, was er sowieso schon bestens kannte? Er hielt sie für so selbstverständlich wie sein täglich frisch gebügeltes Hemd. Schluchzend saß sie im Beichtstuhl und ließ ihren ganzen Schmerz in ihre Tränen fließen.

„Kann ich Ihnen helfen, mein Kind?"

Sue, die nicht gehört hatte, dass der Pfarrer den Beichtstuhl betreten hatte, japste vor Schreck auf und schnappte nach Luft. Schnell packte sie ihre Tasche und stand auf. Dabei schlug sie sich zum zweiten Mal an diesem Tag den Kopf an. „Nein, alles bestens", stammelte sie und stürzte hinaus.

Alles bestens. Hatte sie jetzt gesündigt, weil sie gelogen hatte? Hier, im Beichtstuhl?

Sue hatte sich schließlich doch noch einige Minuten in die Erfrischungsräume des Verlags zurückgezogen. Sie fühlte sich müde und ausgelaugt, aber nach ihrem Weinkrampf in der Kirche erleichtert. Nun brauchte sie aber etwas, das sie auf Touren brachte. Diese rosaroten Dinger in ihrer Handtasche. Zwei davon und sie würde sich fühlen wie nach einem zehnstündigen Schlaf. Heute Morgen im Studio hatten sie bereits wunderbar geholfen. Es war ihr durchaus bewusst, dass sie sich mit vier Tabletten täglich bereits im grenzwertigen Bereich befand, aber heute war auch ein außergewöhnlich beschissener Tag. Sie zog sich die neue Strumpfhose, die sie im Kaufhaus um die Ecke noch schnell gekauft hatte, an und strich sie glatt. Hatte sie sich wirklich mit einer Laufmasche den ganzen Weg hierher getraut? Ein wenig Zwiesprache mit Gott ließ einen anscheinend wirklich locker werden. Mittlerweile war in ihrem serotoningeschwängerten Hirn Sondra zu einer notgeilen Lachnummer mutiert und Terence ein Mann, der eine kleine Rache verdient hatte. Kleine Rache? Wieso eigentlich klein? Aug' um Aug'. Zahn um Zahn. Die Bibel war wirklich inspirierend. Außerdem verabscheute Terence Kleinkrämerei. Mit diesem Vorsatz machte Sue sich auf den Weg zu Peter

Beardsley. Es galt ein paar schöne Orte für die nächste Lesereise ihres Gatten auszusuchen.

„Portknockie. Aber das ist nördlich von Aberdeen!" Peter Beardsley, im Verlagshaus Bromley & Petersen unter anderem verantwortlich für Lesereisen, riss seine Augen auf.

„Dort ist es sicher ganz wunderbar", antwortete Sue beschwingt. So richtig am Arsch der Welt. „Außerdem möchten die Menschen, die in dieser rauen Natur leben, sicher auch wissen, wie sie ihr Sexleben beleben können. Darf ich mal?" Sie deutete fröhlich auf Peters Computer. Peter nickte verständnislos, während Sue summend ins Internet ging und die Homepage dieser Perle des Nordens aufrief. Nach einigen Klicks rieb sie sich zufrieden die Hände.

„Und warum?" Peter musste sich räuspern, bevor er diesen Satz flüstern konnte.

„Sie können ruhig lauter sprechen", ermunterte ihn Sue. „Mein Mann ist nicht da." Der redete wohl gerade seinem besten Stück gut zu, sich wieder zu beruhigen. „Ich sage Ihnen warum. Dort gibt es kein anständiges Hotel zum Übernachten."

„Aber darauf legt Ihr Mann doch so großen Wert." Peter sah unglücklich aus.

Sue konnte es ihm nicht verdenken. Terence legte größten Wert auf Komfort, große Hörerzahlen und eine angemessene Presse. Die konnte Peter ihm nicht immer bieten, doch Terence pflegte dann zu schmollen wie eine Primadonna und machte aus dem jungen Oxford-Absolventen eine Art persönlichen Sklaven, den er mit Aufträgen aller Art durch die Pampa schickte. Einmal sollte er ihm zum Beispiel in einem Dorf im tiefsten Norfolk das neueste Exemplar des „Zero Tolerance"-Magazins besorgen, eine Heavy Metal-Postille, die man nicht einmal in London an jedem Kiosk kaufen konnte. So gesehen war Terence ein richtiger Scheißkerl, dem es mal gezeigt werden musste.

„Wir sollten unsere Strategie ändern", meinte Sue. „Man darf die kleinen Orte nicht vergessen. Deren Bewohner haben weniger Abwechslung und sind deshalb eher angewiesen auf ...?" Sie machte eine dramatische Pause.

„Na, was meinen Sie, lieber Peter?"

Der junge Mann wurde tatsächlich ein bisschen rot. „Sex?"

„Genau!"

„Haben Sie denn das mit Ihrem Mann besprochen?", sagte er.

„Keine Sorge, das mache ich schon noch."

„Aber ich weiß nicht, ob die dortigen Buchhandlungen das Honorar zahlen können", wandte er ein. „Wenn es dort überhaupt noch welche gibt. In den letzten Jahren haben so viele Buchhändler aufgegeben." Leichte Verzweiflung mischte sich in seine Stimme.

„Sie schaffen das, Peter". Sue tätschelte seine Hand, die eiskalt war. „Auch ein Erfolgsautor kann nicht nur vor großem Publikum lesen."

Peter seufzte, und Sue konnte ihn verstehen. Er war ein Melancholiker vor dem Herrn und schrieb tieftraurige Gedichte, die er in dem Kleinstverlag eines Studienfreundes veröffentlichte. Sie handelten vorzugsweise von tief hängenden Nebelfeldern und unglücklicher Liebe. Seine Bücher waren weit davon entfernt, ein Verkaufshit zu sein, und Sue hatte den Verdacht, dass Peter seine Leser in einem Zugabteil unterbringen könnte. Fatalerweise arbeitete er in einem Verlag, der sich auf so prosaische Dinge wie Kochbücher und Lebenshilfe spezialisiert hatte. So litt er ständig vor sich hin, was seiner Melancholie und seinem Schreibschub verlässlich neue Nahrung gab.

„Lieber kleine Orte mit treuen Lesern als die verwöhnten Großstädter, die sich fünf Minuten vor Veranstaltungsbeginn noch überlegen, ob sie nicht doch zur Ausstellungseröffnung in der Galerie des Schwagers des Herzogs von Kent gehen."

Peter verzichtete auf eine Antwort und hackte inzwischen leidlich motiviert auf seinem PC herum. Um seinen Mund zuckte es, Sue interpretierte das als etwas, das in Richtung Schadenfreude ging. Sie konnte es ihm nicht verdenken. Terence konnte eine richtige Zicke sein. Ein verzogener Bengel eben, ihrer Schwiegermutter Tessa sei Dank.

„Ich habe seit langem eine Anfrage aus Flamborough", sagte er schließlich und klopfte freudig auf seine Maus. „Der örtliche Frauenkulturverein hat fünfzigjähriges Jubiläum und würde gerne etwas ganz Besonderes machen. Die hätten sogar das Budget."

„Wunderbar!" Sue strahlte ihn an. Terence war schon gestraft genug, wenn er in der Pampa mit übereifrigen Kulturfrauen Sekt mit Cranberrysaft trinken musste. Ein niedriges Honorar wäre dann doch etwas zu viel Demütigung.

„Wo ist das genau?"

„Ziemlich weit hinten in Wales."

„Da war er noch nie", meinte Sue. Wahrscheinlich zu Recht, dachte sie. Wenn der Ort genauso trostlos war, wie sein Name klang, dann viel Spaß, Terence Urquhart.

Im Verlauf der nächsten Stunde schnürten die beiden ein hübsches Paket, das Terences landeskundliche Kenntnisse auf profunde Art erweitern würde. Wales war aber auch wirklich ein Landesteil, den es zu ergründen galt. Und der Norden Nordenglands erst.

„Peter, es ist eine große Freude, mit Ihnen zu arbeiten." Sue war bester Stimmung, als sie ihre Unterlagen in ihre Tasche räumte.

Der junge Mann, Sue schätzte ihn auf Anfang Dreißig, strahlte und schaffte es dennoch, seine melancholische Grundbefindlichkeit nicht vollends aufzugeben. Selbstverständlich trug er Schwarz, von Kopf bis Fuß bis hin zum Brillengestell. Der einzige Lichtblick waren seine babyblonden Haare. Er hatte bestimmt Horden von Verehrerinnen, denn Frauen, die mit einem Mutterkomplex gesegnet waren, starben nicht aus. Auch sie musste an sich halten, ihm nicht den Kopf zu tätscheln. „Was halten Sie davon, wenn wir diese harmonische Kooperation bei einem Drink fortsetzen?"

„Yep", war Peters knappe Antwort. Er fuhr seinen PC herunter, dann durch seine Haare, reichte ihr den Arm und meinte lächelnd: „Wurde auch mal Zeit."

Sue sah ihn verwundert an. Sie glaubte ja durchaus daran, dass sich für jede geschlossene Tür eine neue Tür öffnete, aber dass Peter Beardsley dahinter stehen würde, überraschte sie doch.

Sie entschieden sich, in eine Weinbar um die Ecke zu gehen, und bereits nach seinem zweiten Glas Chardonnay legte Peter los. „Ich finde Ihren deutschen Akzent unglaublich anziehend."

„Dieser Meinung sind nicht alle", meinte Sue und dachte an ihren ersten Arbeitsplatz in einem Londoner Hotel. Sie hatte einen schottischen

Bowlingclub betreut, dessen Mitglieder ein Durchschnittsalter von 70 plus aufwiesen. Sobald auch nur ein Wort ihren Mund verlassen hatte, zückte einer dieser Idioten die Hand zum Hitlergruß. Sie hatten sich köstlich über die unsichere Zwanzigjährige amüsiert, die sich den Tränen nah nach dem ersten Tag einer anderen Gruppe hatte zuweisen lassen.

„Das verstehe ich nicht." Er rückte etwas näher. „Sagen Sie was."

„Ich sage doch die ganze Zeit was."

„Wunderbar." Er seufzte begeistert. „Ihr Englisch ist fantastisch, verstehen Sie mich nicht falsch. Aber diese leichte Färbung der Vokale und diese minimal härteren Konsonanten. Das klingt so" – er sah in den Raum, während er mit entrücktem Blick nach Worten rang – „erdverbunden. Und autoritär."

Erdverbunden? Autoritär? Welches Kindermädchen hatte ihn denn auf dem Gewissen? Womöglich stand er auch auf Dominas und erniedrigende Sexspiele. Es war höchste Zeit, seine Aufmerksamkeit auf etwas anderes zu lenken.

„Meine Tante ist heute gestorben."

„Oh." Der schwärmerische Schleier vor seinen Augen verschwand innerhalb von Sekunden.

Das nannte man einen gelungenen Themenwechsel.

„Das tut mir leid." Er starrte auf die Tischplatte und hatte offensichtlich keine Ahnung, was in dieser Situation an Worten angebracht wäre. Plötzlich schien er eine Eingebung zu haben und er sah Sue tief in die Augen. „Vielleicht sollten wir noch etwas trinken?"

„Gerne", meinte Sue und winkte der Bedienung zu. Es war gut, mit der Trauerarbeit schnellstmöglich zu beginnen. Plötzlich fing Peter an, etwas zu murmeln, und Sue musste sich näher zu ihm beugen, um ihn verstehen zu können.

„Die Nacht dehnte ihre teerschwarze Lache
aus. Unheil verkündend
schlitzt der Uhu den Pfad
mit der Schreckensseite seines Flügels.
Nie wieder werde ich dich rufen,

denn schon verrichtest du dein Tagwerk nicht mehr.
Meine nackte Sohle eilt weiter,
die deine hat Ruh.

Nacht – ein endloses Band
aus wisperndem Schwarz.
Schwer lastet auf meiner Seele
zu wissen: nie mehr, nie mehr.
Um mich herum Stimmen, doch ich bin allein.
Wo bist du, mein Stern,
der meine nackten Sohlen führt
auf den Weg in die Unendlichkeit."

Sue starrte ihn an. Das Bild der nackten Sohlen tauchte als metergroßes Bild in ihrer Vorstellung auf. Sie waren schwimmen gewesen, obwohl der See eiskalt war. Mama hatte Schnitzel gemacht und Hilde einen ihrer wunderbaren Kuchen gebacken. Ein Picknick im Sommer. Grellblauer Himmel, Sonnenbrand, das Klicken von Papas Kamera. Er hatte Mamas nackte Füße fotografiert, die sie lachend vor seine Linse gehalten hatten. Sie hatte so lustige Füße gehabt, denn der zweite Zeh war deutlich länger als der große. Sue sah die Zehen vor sich, wie sie lustig hin und her wackelten und brach in Tränen aus. Das fiel ihr mittlerweile wirklich leicht.

Peter starrte sie erschrocken an, während die Tränen wie ein Sturzbach aus ihr heraus flossen. Natürlich weinte sie um Hilde, aber sie weinte auch um ihre Kindheit, die nun wieder ein Stück mehr geendet hatte (endgültig natürlich erst mit dem Tod des Vaters, aber daran wollte sie auch nicht einmal ansatzweise denken). Sie weinte um ihre Mutter, sie weinte, weil sie wütend auf Sondra war, und sie weinte, weil dieser wurmartige Fortsatz am männlichen Körper so eine Schlampe war, die sich mit dem billigsten Reiz, nur weil er neu war, zu verloren geglaubten Größen aufschwang. Irgendwann war der Sturzbach versiegt und alle verfügbaren Papiertaschentücher verbraucht.

„Entschuldigen Sie." Sue tupfte sich die Augen mit einer Serviette ab. „Ihr Gedicht war" – jetzt rang sie nach Worten – „sehr ergreifend."

Worauf Peter ihre Hand ergriff. „Das macht mich sehr glücklich."

Weinende Zuhörer, die einen glücklich machten. Sue war froh, dass Terence Sachbücher schrieb. Sonst würde sie früher oder später in der Klapsmühle landen. Peter schien jedoch Feuer gefangen zu haben und fing erneut zu deklamieren an. Seine Worte erreichten kaum ihr Ohr, ein leises Brummen hatte sich darin breit gemacht, erfüllte ihren Gehörgang und setzte sich im Kopf weiter fort.

„... wohlige Wärme,

die aus der dunklen Nacht ..."

Du liebe Güte, würde er jetzt den ganzen Abend aus seinen deprimierenden Werken zitieren? Glücklicherweise meldete sich ihr Handy. Sue dankte den Segnungen der modernen Informationstechnologie und nahm das Gespräch an. Es war Amy, und am Ende des Gesprächs dankte sie niemandem mehr für irgendetwas.

„Mama?" Amy klang verzweifelt.

„Was ist denn?"

Es folgte ein herzzerreißendes Schluchzen, das im mütterlichen Stoffwechselsystem umgehend dafür sorgte, dass der Alkohol- und Amphetamingehalt im Blut vollständig neutralisiert wurde. Sue war innerhalb einer Millisekunde hellwach. „Wo bist du denn?", rief sie ihrer Tochter zu.

„Im Krankenhaus."

„Warum?"

Auf diese völlig berechtigte Frage brach Amy wieder in Tränen aus.

„Was ist mit dir los?", fragte Sue so sanft wie möglich.

„Ich kann nichts dafür, Mama, ehrlich."

Das war wohl der am meisten missbrauchte Satz in jeder Art von Beziehung.

„Bitte hol mich ab."

Gott sei Dank, sie schien nichts Schlimmeres zu haben, wenn sie gleich entlassen werden konnte.

„Wo bist du denn?"

„Im Mile End Hospital."

„Okay Schätzchen, ich bin gleich da." Das Krankenhaus lag ja nur am anderen Ende der Stadt. Sue klappte das Handy zu und winkte der Bedienung.

„Probleme?" Peters Aussprache klang leicht verwaschen.

Sue nickte. „Meine Tochter. Eine Geburtstagsparty scheint völlig aus dem Ruder gelaufen zu sein."

„Hoffentlich nichts Schlimmes."

Sue zuckte mit den Achseln. „Ich glaube nicht, aber ich muss trotzdem los."

Am Taxistand hob Peter zu einer letzten Vorstellung an.

„Sommergewitter –

Ich ducke mich unter den Baum

Ohne dich."

„Das gefällt mir!", meinte Sue.

Peter lächelte unglücklich (das klang absurd, war aber tatsächlich so), während er ihr die Taxitür aufhielt. „Das ist das erste Mal, dass Sie das heute Abend sagen und auch meinen."

Sue errötete. Unterschätze nie einen Oxford-Absolventen, schwor sie sich, selbst wenn er betrunken ist.

„Soll ich Ihnen was verraten? Das Gedicht ist nicht von mir." In diesem Moment sah er aus wie der personifizierte Kummer. „Meine Putzfrau hat es geschrieben, sie besucht einen Haiku-Kurs in der Volkshochschule."

Sue hatte nicht die leiseste Ahnung, mit welchen Worten sie ihn trösten konnte und drückte ihm stattdessen kurz die Hand.

„Ich glaube, ich sollte mit dem Schreiben aufhören." Mit diesen Worten ließ er die Wagentür zufallen und warf ihr einen letzten traurigen Blick zu.

7

Sue drückte auf die rote Telefontaste ihres Handys. Gerade hatte sie eine Nachricht von Mrs Jackson erhalten, der Mutter einer Freundin von Amy. Offenbar war es im *Funky Crow* zu Handgreiflichkeiten gekommen und irgendjemand – Sue betete zu Gott, dass es niemand von Amys Freunden war – hatte eine Schusswaffe gezogen und im Club wild um sich gefeuert. Einer der Partygäste (Gerüchte gingen um, es handele sich um Simon Craig, Sohn des Kulturdezernenten) war von einer Kugel getroffen worden, aber anscheinend nicht in Lebensgefahr.

Sues Herz raste. Während sie kindische Rachepläne gegen Terence schmiedete, schwebte ihr Kind in Lebensgefahr! Eine Schussverletzung – das passierte doch nur anderen. Was war das nur für ein Tag – irgendwie schien sich alles gegen sie verschworen zu haben. Als der Taxifahrer vorschriftsmäßig an einer roten Ampel hielt, hätte sie ihn am liebsten angeschrien, durchzufahren. Jetzt dreh nicht durch, ermahnte sie sich selbst. Amy lebt, sie hat mit dir telefoniert. Vielleicht ist alles doch nicht so schlimm. Sie würde dieses Kind nie wieder aus den Augen lassen ...

Sue war völlig aufgelöst, als sie in der Notaufnahme des Krankenhauses ankam. Sie wurde noch panischer, als sie ihren Blick auf das Publikum im Wartebereich richtete. Blutende Köpfe, lallende Jugendliche, weinerliche Männer, die sich schmerzende Gliedmaßen hielten, Veilchen in allen Ausprägungen – was für eine schöne Art, in das Wochenende zu starten.

Sue legte einen Gang zu und atmete auf, als sie im hinteren Bereich Amy zwischen einem an die Decke starrenden Inder oder Pakistani oder was auch immer und einem Schwarzen, der sich ein Auge mit einem Packen

Mullbinden zuhielt, entdeckte.

Mit einem „Amy Schatz!" flog sie förmlich über den grün-grauen Linoleumboden und nahm ihre Tochter in die Arme. Gleich danach trat sie einen Schritt zurück, um sie zu begutachten. Äußerlich schien alles in Ordnung zu sein, sah man von dem Strippflaster, das auf ihrer Stirn klebte, und dem Tränenfluss, der über ihre Wangen lief, ab.

„Wo ist Papa?", piepste sie.

Das war wieder einmal typisch. Sie, die Mutter, raste durch die Stadt, um zu retten, was zu retten war, und alles, woran die Brut dachte, war der Vater.

„Er hat noch zu tun", erwiderte sie knapp und strich Amy über den Kopf. „Ich suche mal einen Arzt."

Amy nickte ergeben und ließ ihren Kopf an die Wand sinken.

Sue hatte Glück, denn auf dem Flur kam ihr ein sichtbar übermüdeter Mensch im weißen Kittel entgegen. Schmaelzle, M.D. stand auf seinem Namensschild.

„Ah ja, Mrs Urquhart", begrüßte er sie nach einem kurzen Blick auf seine Liste. „Ihre Tochter hat Glück gehabt", sagte er mit unverkennbar schwäbischem Akzent. „Wir haben einige Partygäste, die wir über Nacht hierbehalten müssen."

„Keine Gehirnerschütterung?", fragte Sue besorgt.

Dr. Schmaelzle schüttelte den Kopf. „Nein, es sieht alles sehr gut aus. Und es dürfte auch keine Narbe übrig bleiben." Er überprüfte noch einmal den Sitz des Pflasters. „Wäre auch schade." Er stupste Amy auf die Nase, als wäre sie ein Kleinkind.

Sie sah ihn angewidert an und ging einige Schritte zurück. „Ich will nach Hause."

Sue nickte. „Ich auch."

„Du solltest es morgen ein bisschen ruhiger angehen lassen", meinte Dr. Schmaelzle abschließend. „Keine Party am Wochenende, okay?"

„Geburtstagsfest bei den Schwiegereltern?", fragte Sue.

„Klingt nicht nach einer Schießerei", meinte Dr. Schmaelzle.

„Wollen wir es hoffen", entgegnete Sue. „Vielen Dank und auf Wiedersehen."

Als sie gingen, fiel ihr Blick auf ein leeres Bett, das im Gang stand. Sich einfach dort hineinlegen, die Decke über den Kopf ziehen ...

„Bitte Platz machen", bellte eine wuchtige schwarze Pflegerin und schob Mutter und Tochter resolut zur Seite.

Aus der Traum. Ein Krankenhaus war keine Ruheoase. Jetzt mussten sie nur noch zusehen, dass sie ohne großes Aufsehen nach draußen kamen. Beim Hineingehen hatte Sue einige Fotografen gesehen. Kein Wunder, es war Hochsommer, die Saure-Gurken-Zeit. Da waren sogar Geburtstagspartys von Eliteschülern eine Schlagzeile wert. Tja, es hatte nicht nur Vorteile, im Dunstkreis der sogenannten guten Gesellschaft zu leben.

Als sie mit dem Taxi vor ihrem Reihenhaus vorfuhren, parkte der Jaguar von Terence in der Einfahrt. Sue war einerseits gespannt, was in den nächsten Minuten passieren würde, andererseits war es ihr egal – ihr Aufnahmevermögen für jegliche Art von Streit, Provokation oder Problemen gleich welcher Art war für die nächsten Tage am Nullpunkt angekommen. Einige Sekunden nachdem Sue die Haustür aufgeschlossen hatte, stürmte Terence in den Flur.

„Amy Schatz, was ist passiert?" Sanft nahm er den Kopf seiner Tochter zwischen die Hände und beäugte das Pflaster. Gleichzeitig schaffte er es, Sue vorwurfsvolle Blicke zuzuwerfen.

„Sie hat Glück gehabt", entgegnete Sue kurz. „Die Kugel hat nur den Jungen getroffen, der neben ihr stand." Ihre Stimme troff vor Sarkasmus. Sie würde jetzt nicht anmerken, dass sie gegen den Besuch der Party gewesen war. Nicht vor Amy. Sie hoffte, ihr Tonfall und ihr Blick würden Terence ausreichend weh tun.

„Ich habe ständig versucht, euch zu erreichen, nachdem ich Amys Nachricht auf der Mailbox abgehört habe. Dein Handy", jetzt sah er Sue anklagend an, „war für mich offenbar abgeschaltet."

„Ich will ins Bett", sagte Amy mit schwacher Stimme und war damit die Einzige, die sich auf die wirklich wichtige Sache des Moments konzentrierte.

„Natürlich, meine Kleine." Terence war ganz hibbelig in der Rolle des besorgten Vaters. „Soll ich dich hinauf begleiten?"

Amy schüttelte konsterniert den Kopf und stapfte die Treppe hinauf.

Als sie nicht mehr zu sehen war, ging Sue in die Küche und goss Wasser in den Kocher. Was sie jetzt brauchte, war eine starke Tasse Tee, warm und tröstend. Sie lehnte sich an den Tisch und betrachtete die glänzende Spüle. Mariana, die polnische Zugehfrau, die sie sich einmal die Woche trotz heftigster Gegenwehr von Terence leistete – er hasste es, fremde Menschen im Haus zu haben, die seinen Dreck beseitigten – hatte wie üblich gut gearbeitet. Sie hörte Schritte, ein Räuspern, dann war Terence da.

Er öffnete den Kühlschrank und schenkte sich ein Glas Weißwein ein.

„Sue", setzte er an,

„Ich will jetzt nichts hören", unterbrach sie ihn barsch. „Nur so viel als kleines Update: Hilde ist tot."

„Oh", murmelte er. „Das tut mir leid."

„Ich habe es den Kindern noch nicht gesagt."

„Klar", sagte er. „Philipps Schulfest und Amy ..."

„Schön, wie viel Rücksicht du an den Tag legen kannst."

„Sue bitte –"

„Was heißt hier Sue bitte!"

„Du kennst doch Sondra!"

„Natürlich kenne ich sie und glaube mir, das macht es nicht besser."

„Da war nichts. Du kennst sie doch. Die spielt mit allem und jedem."

„Ich dachte, du wärst dir zu schade dafür, ‚jeder' zu sein."

Er seufzte. „Wie ist es passiert?"

„Was meinst du jetzt? Das mit Sondra in der Praxis? Da musst du dich schon selbst fragen. Oder die Schießerei bei Amy? Wahlweise hätte ich auch noch den Tod von Hilde anzubieten."

Sue, die Terence nicht aus den Augen ließ, bemerkte, dass die Ader, die an der linken Seite seiner Stirn leicht hervorstand, aussah, als drohte sie gleich zu platzen. Ein Zeichen höchster Erregung. Sie genoss es, ihn so wütend machen zu können.

„Hilde", sagte er schließlich mit gepresster Stimme.

„Aha, Hilde. Deine Tochter ist dir anscheinend egal!"

Der Ton von Terence wurde scharf. „Die Tochter", jetzt wurde er einen Hauch ironisch, „liegt unversehrt oben in ihrem Bett." Er schwieg eine Zeitlang, dann sagte er mit weicherer Stimme: „Ich weiß doch, wie viel Hilde dir bedeutet."

„Jetzt rede nicht so verdammt therapeutenmäßig daher. Kapier es endlich: Es gab eine Schießerei in deinen verdammten hochwohlgeborenen Kreisen. Auf der Party, auf die du sie hast gehen lassen. Sie hätte tot sein können!"

„Jetzt bin ich wohl schuld an allem."

„Ja. Nein." Sie drehte sich um und riss den Teebeutel in hohem Schwung aus der Kanne. Unzählige Tröpfchen verunzierten die vorher makellose Arbeitsfläche. „Verdammt." Hastig goss sie sich eine Tasse voll und wollte trinken. Natürlich verbrühte sie sich die halbe Zunge. Schnell drehte sie den Hahn auf und spülte sich den Mund mit eiskaltem Wasser aus.

Terence übte sich in der Zwischenzeit in Schweigen.

„Papa hat am Nachmittag angerufen. Hilde wollte die Straße überqueren, ein Auto hat sie übersehen. Sie war sofort tot."

„Tragisch."

Beide schwiegen.

„Soll das heißen, dass du hin musst?", sagte Terence schließlich.

Eine neue Welle der Wut flutete in Sue, die sich fast schon wieder beruhigt hatte, hoch. „Dass du nicht fährst, ist ja klar. Das wäre etwas zu viel der Heuchelei."

„Also bitte!"

Sue schüttelte den Kopf. „Du brauchst keine Angst um dein geregeltes Leben zu haben. Zumindest nicht, was Hilde betrifft. Ich will nicht zur Beerdigung." Sie schüttelte den Kopf. „Ich packe das nicht. Ich bin feige, ich weiß. Aber es ist auch so viel zu tun. Deine Vortragsreise, die letzte Korrektur für dein Buch, morgen die Feier bei deiner Familie. Das wird alles knapp, nein, das geht nicht." Hatte sie eben ständig *deine, deine, deine* gesagt? Was war eigentlich ihres? Oder unseres? Irgendwas in ihrem Leben lief gerade schrecklich schief.

„Wir geben einen Kranz in Auftrag."

„Prima, das wird meinen Vater für unser Nichtkommen hundertprozentig entschädigen."

Er seufzte, als bearbeitete er gerade den Fall eines hoffnungslosen Patienten. „Komm, lass uns ins Bett gehen. Es war ein schwerer Tag."

„Wie recht du hast. Aber mach dir keine falschen Hoffnungen: Du schläfst im Gästezimmer."

Terence widersprach nicht, sondern sah sie nur lange an. Dann trank er sein Glas aus und ging nach oben.

Sue blieb sitzen, bis sie keine Geräusche mehr aus dem ersten Stock hörte. Ihr Körper war so müde, dass sie sich flach auf den Küchenboden hätte hinlegen können. Andererseits war ihr Gehirn so überreizt, dass ein Gedanke den anderen ablöste, noch bevor der alte zu Ende gedacht war. Gemeinsam hatten sie nur eines: Sie waren nicht schön.

Ins Bett zu gehen kam nicht in Frage. Das würde sie nicht schaffen. Nicht ohne Tabletten. Und selbst ohne großes pharmakologisches Wissen ahnte sie, dass das im Moment die schlechteste Lösung war. Beruhigungshämmer auf einen Cocktail aus Alkohol und Aufputschmitteln ... Sue stellte sich gerade vor, dass sie in der gleichen Notaufnahme landen würde wie Amy. Mutter und Tochter eingeliefert in der gleichen Nacht. Die Tochter wegen einer Schießerei, die Mutter wegen Medikamentenmissbrauch. Was für ein schönes Gespann! Was für ein Affront für Terence und seine hochnäsige Familie! Aber das ging selbst ihr zu weit. Auch als Kontinentaleuropäerin hatte sie eine Würde.

Ihr fiel im Augenblick nur eine Lösung ein: Bob und Backen.

Wenn es in Krisenzeiten zu früh für Beruhigungsmittel war, suchte Sue Zuflucht bei einem Mann mit einem anachronistischen Afrokopf: Bob Ross. Sie war sein treuester Fan und besaß all seine Malkurse auf DVD. Wenn er mit seiner dunklen, sanften Stimme von Lichtern sprach, mit der man dunkle Stellen aufhellen konnte, war das besser als jedes Antidepressivum. Sie hielt stets den Atem an, wenn er auf ein Bild, das harmonisch und sanft schien, in ihren Augen also völlig perfekt, ein brutales Weiß oder Schwarz tupfte, aber zum Schluss fügte sich immer alles. Nur bei ihr nicht. Natürlich hatte sie anfangs selbst versucht, unter seiner Anleitung zu malen, aber es war hoffnungslos. Das hatte schon Frau Moosleitner, ihre Lehrerin an der Volksschule, mit leisem Bedauern in der Stimme geäußert. Alles, was über eine grüne Wiese oder einen blauen Himmel hinausging, war ein Angriff auf die Augen des Betrachters. Es sah immer so aus, als hätte eine armlose Kreatur einfach die Farbe auf das Papier gekippt und sich dann mit dem Körper darauf gewälzt. Vielleicht sollte sie es mal mit Action Painting versuchen? Dabei hatte sie so viel Spaß am Malen! Andererseits war sie in ihrer unerfüllten Liebe zur Kunst nicht allein: Gab es nicht zahllose Hobbymusiker (zum Beispiel Mr Henstringe von nebenan), die sich hemmungslos an unschuldigen Meistern wie Mozart oder Chopin vergriffen?

Sue besaß ein Profi-Arsenal an Farben, hatte alle Pinselgrößen und -formen, die es unter der Sonne gab, und unzählige Keilrahmen in den unterschiedlichsten Größen, die noch original verpackt im Keller lagerten. Wahrscheinlich waren sie mittlerweile vergilbt und die Farben eingetrocknet, denn keiner in der Familie verspürte einen ähnlichen Drang, sich künstlerisch auszudrücken, und Sue selbst fehlte mittlerweile die Zeit dafür. Terence und die Kinder betrachteten Bob Ross als Spleen, den sie mit nachsichtigem Lächeln hinnahmen. Eine Dauerschleife mit einem Althippie im Küchenfernseher war immer noch besser als eine durchgedrehte Mutter.

Als Hommage an Hilde wählte Sue eine Folge aus, in der Bob Ross ein Bergmotiv malte. Während sich Bobs schmeichelnde Stimme wie Balsam auf ihre überreizten Nerven legte, suchte sie die Utensilien und Zutaten heraus, die sie für eine Dobostorte benötigte. Praktischerweise war diese Aktion nicht völlig sinnlos, denn am nächsten Tag hatte ihr Schwiegervater Aubrey Geburtstag, und sie würde ihn mit einer Kreation der k&k Backkunst überraschen. Aubrey konnte sich wie ein Kind für Linzerschnitten, Esterhazytorte, Sachertorte und all die anderen Nockerl und Strudel und Fleckerl begeistern, für die die österreichische Küche berühmt war. Tessa rümpfte darüber die Nase – die üppigen Backwaren und der Appetit, mit dem Aubrey diese vertilgte, waren so … unenglisch. Da konnte ein Schmarrn hundertmal Kaiserschmarrn heißen und dem höchsten Adel zu Ehren kreiert worden sein – ein Schmarrn war ein Schmarrn. Keine Frage, dass Sue ihren Schwiegervater mochte. Er war auf seine Art – als passionierter Naturschützer und Baumzüchter, der auf Äußerlichkeiten nicht den geringsten Wert legte – ebenso ein Außenseiter wie sie.

Während sie die Biskuitmasse rührte, stellte sie befriedigt fest, dass sie sich langsam wieder erdete. Das Wichtigste war, dass Amy körperlich unversehrt war – die seelischen Folgen waren eine ganz andere Sache. Sie würde in der nächsten Zeit ein ganz besonderes Auge auf ihre Tochter haben müssen. Nicht auszudenken, wenn ihr etwas passiert wäre. Schon der Gedanke daran fühlte sich an, als würde ein Messer in ihrem Herzen herumwüten. Sie stellte Bob ein wenig lauter.

Vorsichtig verstrich Sue vier Esslöffel Teig auf dem Backpapier zu einem gleichmäßigen Kreis. Sie nickte zufrieden. Insgesamt musste sie sechs solcher Böden herstellen. Sie würden dann mit Buttercreme gefüllt werden, und als krönenden Abschluss gab es eine Karamellglasur, die den größten aller anzunehmenden Belastungstests für Zahnfüllungen darstellte.

Während sie wartete, bis der Teig durchgebacken war, verfolgte sie Bobs Wirken auf dem Bildschirm. Nichts schien diesen Mann aus der Ruhe bringen zu können. Terence wirkte genauso. Unfehlbar, souverän, gelassen. Die Wirklichkeit sah anders aus, mit Sicherheit auch bei Bob, aber seine Wirklichkeit interessierte sie nicht. Er war ihre menschliche Beruhigungspille, hatte zu funktionieren und basta.

Die Geschehnisse des Tages schienen mittlerweile ganz weit weg zu sein. War das mit Sondra wirklich passiert? Rückblickend war diese Situation so lächerlich gewesen, als entstammte sie einer billigen Telenovela. Und sie hatte mit ihrer Reaktion hervorragend in dem miesen Drehbuch mitgespielt.

Strümpfe! Sue schüttelte ungläubig den Kopf. Aus diesem Stoff waren keine Heldinnen gemacht. Hätte sie nur ... Was hätte sie denn? Sie wusste nicht einmal, wie sie souverän hätte reagieren sollen. Sie sollte sich damit abfinden, dass sie keine Heldin war, sondern eine zuverlässige, brave, pflichtbewusste Ehefrau. Und mehr als das. Sie war diejenige, die ihm die tägliche Routine aus dem Weg räumte, damit er draußen als strahlender Held glänzen konnte. Kein Wunder, dass seine Praxis von Frauen überlaufen war. Vielleicht würde sie gleich ein Blitz treffen, weil sie so naiv war, aber sie glaubte Terence, dass er unter normalen Umständen mit Sondra nicht fremdgehen würde. Genauso wie er mit ihr ohne Viagra nicht dreimal in der Nacht schlafen würde. Als sie mit genießerischer Langsamkeit die zerlassene Schokolade in die Buttercreme tropfen ließ, war ihr eines klar geworden: Wie konnte sie Terence vorwerfen, egoistisch zu sein, wenn sie dies tagtäglich mit ihrem Verhalten unterstützte? Sie nahm ihm alles ab, was außerhalb seines Fachbereiches lag, und das war viel. Sie hatte einen 16-Stunden-Tag, dessen Ergebnisse sich immer außerhalb des Rampenlichts zeigten: täglich frisch gekochtes Essen, saubere Kleidung; sie war Mutter, Reibungsfläche und Streitschlichterin für die Kinder, Finanzverwalterin (oder zumindest Ansprechpartnerin für ihren Steuer- und Bankberater), Krankenschwester, Facility Manager (Terence hatte, was den Heimwerkerbereich betraf, zwei linke Hände), Agentin (inklusive Prellbock für Menschen, die sich geschäftlich mit Terence abgeben mussten). Und dann sollte sie auch noch hübsch aussehen. Wo sie dabei blieb, wusste sie nicht. Dabei war ihr sehr wohl klar, wie privilegiert sie war. Aber das reichte nicht. Sie wollte ihr eigenes Leben zurück. Wenigstens ein bisschen.

„Verdammter Mist!" Terence knallte die Zeitung so wütend auf den Tisch, dass das Honigglas umfiel und sich ein träger goldgelber Fluss über den Sportteil der Daily Mail ergoss.

Nach einem spärlichen „Guten Morgen" waren dies die ersten Worte, die bisher zwischen den Mitgliedern der Familie Urquhart gefallen waren. Terence war das personifizierte schlechte Gewissen und hatte sich hinter der Zeitung verschanzt, Amy saß schweigend vor ihrem Müsli und starrte in ihre Teetasse (Sue würde sich intensiv um ihr Mädchen kümmern müssen, das stand fest), und sie selbst fühlte sich müde, aber gestärkt von ihrer nächtlichen Backtherapie. Sie war schließlich die Einzige, die sich am vorigen Tag nichts zuschulden hatte kommen lassen (von der rachelüsternen Planung der Lesereise einmal abgesehen, aber das war eine lässliche Sünde, quasi vom alten Testament abgesegnet).

Sie war also die Ruhe selbst, als sie auf seinen Ausbruch mit einem sachlichen „Was ist?" reagierte. Sie las grundsätzlich nie Zeitung zum Frühstück. Wenn sie Terence so ansah, wusste sie auch, warum. Einen Herzinfarkt konnte man sich auch auf angenehmere Weise heranzüchten.

„Was wird wohl sein?", antwortete er barsch.

„Mir würden da auf jeden Fall zwei Dinge einfallen." Sue ließ ihre Andeutung im Raum stehen und genoss es zu sehen, wie Terence ein wenig rot wurde.

„Lies selbst." Er schob ihr die Zeitung hin, einen Tick versöhnlicher, wie ihr schien.

Amy, die inzwischen einen flüchtigen Blick auf die Schlagzeile geworfen hatte, sank immer tiefer in ihren Stuhl. Ihre langen, vom Duschen noch feuchten Haare fielen wie ein Vorhang über ihr Gesicht.

Schließlich traute sich auch Sue, sich den Ergüssen der britischen Boulevardpresse zu stellen. SCHIESSEREI IN NOBELCLUB: ELITE KIDS GANZ UNTEN. Sie konnte sich Terences Meinung nur anschließen: verdammter Mist. Auf Seite drei wurde ausführlich über die eskalierte Geburtstagsparty berichtet, bei der die Sprösslinge der Hälfte des britischen Kabinetts zu Gast gewesen waren. Auf einem Foto blickte ihnen eine derangierte Amy entgegen, natürlich mit einem Verweis auf den prominenten Vater.

Sue atmete tief durch. Warum hatte sie nicht irgendeinen braven Kerl von zuhause geheiratet? Mit Mittelschulabschluss, einer Lehre und einem lebenslang gesicherten Arbeitsplatz? Einen Mann, der höchstens im Lokalblatt zitiert wurde, weil er seit 35 Jahren Mitglied im Vogelzüchterverein war? Die Reaktion von Tessa konnte sie sich lebhaft vorstellen – das war eine Gelegenheit für ein Schwiegertochter-Bashing vom Feinsten. Terence, dessen Gesicht eine ungesunde Blässe angenommen hatte, misshandelte seinen Toast mit einem Messer. Wahrscheinlich dachte auch er an seine Mutter. Schlagzeilen in Blättern dieser Sorte waren nichts, worüber sie *amused* sein würde. Sie übte sicher schon vor dem Spiegel einen ihrer berüchtigten Blicke, für die Mafia-Bosse Millionen bieten würden. Sue war froh, dass Philipp bei seinem Freund übernachtet hatte und noch nichts von der Angelegenheit wusste.

„Ich konnte doch nichts dafür", jammerte Amy. Sie hatte bisher keinen Bissen angerührt.

„Ich weiß, Schätzchen", beruhigte Sue sie.

„Kann ich hier bleiben?", bettelte Amy. „Ihr wisst doch, Oma ..."

Sue und Terence sahen sich an. Sie wussten.

„Da müssen wir durch, Kleine", sagte Terence schließlich. „Je eher, desto besser. Dann haben wir es hinter uns."

Amy seufzte unglücklich, dann stand sie abrupt auf. „Ich habe keinen Hunger. Ich gehe jetzt nach oben." Und weg war sie.

Sue war ihr dankbar, dass sie keine Szene gemacht hatte. Das Mädchen wusste, wann es höhere Instanzen gab, denen man nicht entrinnen konnte:

dem Rektor ihrer Schule, ihrer Großmutter und Zeitschriften wie *Glamour* oder *InStyle*.

Terence war inzwischen zur Spüle gegangen und wusch sein Geschirr ab. Das hatte er gefühlt seit Jahren nicht mehr gemacht. Er war offenbar auf Wiedergutmachung aus. „Du hast gebacken."

Sue nickte. „So gut ist sie mir noch nie gelungen."

„Sue, ich –" Seine Augen blickten ganz weich.

Nein, bloß keine gestammelten Entschuldigungen, dachte Sue. *Ich muss mich zusammenreißen. Nicht in seine Augen sehen.* „Ich fürchte, wir müssen los", unterbrach sie ihn.

Sein knappes „Okay" klang resigniert. Recht so, dachte Sue. Wieso fühlte sie sich dann so schlecht?

8

Urquhart Hall lag malerisch in der Sonne, aber Sue fühlte sich trotzdem, als wären sie auf dem Weg zum Schafott. Dabei war es lediglich die Clanmutter, der sie Reverenz erweisen mussten. Tessa hatte ihre Söhne und die nichtsnutzige Tochter (inklusive Schwiegertöchter) im eisernen Griff, während Aubrey, das Geburtstagskind, ein herzensguter Vater war, der keinem Kind etwas abschlagen konnte. Mit seiner Tochter Emma hielt er es immer noch so: Ohne seine monatlichen Schecks hätte sich die Gute in Ermangelung einer Ausbildung bei Tesco an die Kasse setzen müssen.

Philipp stocherte zielsicher immer weiter in den Wunden seiner Familie. „Da hat wirklich einer geschossen?", fragte er jetzt zum mindestens fünften Mal.

„Ja, und jetzt halt endlich die Klappe, du Opfer, sonst ruf ich den Täter an und geb ihm den Auftrag, dich zu killen. Und er wird nicht vorbei schießen." Amy klang wütend.

„Aber es ist doch nichts passiert", war sein Einwand. In seinem Alter zählten Konjunktive noch nicht. Ein paar Zentimeter daneben? Na und!

„Philipp", sagte Sue und legte ihrem Sohn die Hand auf die Schulter, „wir sprechen nicht weiter darüber, okay?"

„Und wenn Oma mich fragt?"

„Dann haust du am besten ab."

„Immerhin sind wir pünktlich", sagte Terence.

Das bedeutete ein Minenfeld weniger, das sie durchqueren mussten.

Als Tessa ihrer ansichtig wurde, gefror ihre Miene zu einem eisigen Lächeln. „Terence!!!! Philipp, mein Süßer!!!! Amy! Sue."

Ihre Begeisterungskurve sackte zum Ende der Namensnennung merklich ab, aber das hatte Sue auch nicht anders erwartet.

Aubrey hingegen freute sich aufrichtig, sie zu sehen. Der Jubilar drückte Amy fest an sich und umarmte Sue, nachdem sie ihm die Torte überreicht hatte.

„Du bist die Einzige, die nicht eine Standby-Leitung zu meinem Hausarzt hat", sagte er und konnte sich nicht beherrschen, einen Finger in die Cremeverzierung zu stecken. „Ich hoffe, darin versteckt sich keine Rohkost."

Tessa rollte entnervt mit den Augen. „Dass du in deinem Alter noch so unvernünftig bist", rügte sie ihren Mann. „Und du", sagte sie zu Sue, „solltest deinen Verstand einschalten. Du weißt ganz genau, dass das für ihn nicht gesund ist."

„Gerade in seinem Alter sollte er tun und lassen können, was er will", mischte sich Aubreys Bruder Selwyn ein. Der 78-Jährige war ein rotes Tuch für Tessa, fast noch schlimmer als Sue, denn er scherte sich um nichts – weder um Konventionen noch um seinen Ruf.

„Macht, was ihr wollt", beendete Tessa die Diskussion. „Ich muss zusehen, dass ich Mr Rossi finde. Er hat mir ein unvergessliches Buffet versprochen, und jetzt fehlt immer noch die Hälfte. Dabei war doch alles genauestens besprochen. Ich hätte doch bei Buckley bleiben sollen."

Bevor sich ihre Schwiegermutter abwandte, konnte Sue sich nicht verkneifen zu fragen: „Wo ist Alistair?"

Alistair war Terences älterer Bruder und Tessas einziges Kind, das nicht zum Sorgenkind mutiert war. Terence hatte den Fehler begangen, statt eines Mädchens mit einem albernen Doppelnamen sie zu heiraten, und Emma, seine jüngere Schwester, hatte eine tiefsitzende Allergie gegen alles Beständige, seien es Jobs oder Beziehungen. Sie war Mitte dreißig und flatterte als routiniertes und mittlerweile alterndes Society Girl durch die Gesellschaft Londons. Alistair hingegen war so trocken wie ein drei Tage altes englisches Weißbrot und arbeitete als Archivar im British Museum. Er war selbstverständlich mit einer Dame mit Doppelnamen verheiratet (Helen Trent-Basingstoke) und hatte mit ihr eine Nachkommenschaft hervorgebracht, die aussah wie vergessene Artefakte aus seinem Museum. Das war gemein, aber es stimmte. Es waren Kinder mit tiefliegenden, fast unheimlichen

Augen und einem Teint, der anscheinend noch nie Tageslicht gesehen hatte.

„Der ist noch nicht da", sagte Aubrey arglos, woraufhin Tessa schnaubte.

Es war aber auch unangenehm, wenn ausgerechnet Mamas Liebling an solch einem Tag das familiäre Glückwunsch-Defilee verpasste.

„Alles Gute zum Geburtstag, Vater", sagte Terence und überreichte Aubrey das Geschenk.

„Du siehst wieder hinreißend aus", flüsterte Selwyn in Sues Ohr.

„Du brillanter Lügner", flüsterte Sue zurück. „Aber trotzdem danke. Das sind die ersten netten Worte, die ich heute höre."

„Die Schießerei", nickte er verständnisvoll. „Unangenehme Sache für so ein junges Mädchen. Wie nimmt sie es auf?"

Wie nimmt sie es auf? Mehr Understatement ging wohl nicht.

„Sie spricht natürlich nicht darüber", sagte Sue. „Aber natürlich ist sie traumatisiert."

Selwyn runzelte die Stirn. „Traumatisiert? Also ich glaube nicht an diesen Unsinn. Wenn sie Pech hat, ist dies das Aufregendste, das je in ihrem Leben passieren wird. Damals in Shanghai, da kam das mehrmals täglich vor. Im Mandarin Club ..." Seine Augen blitzten vor Freude.

„Ist gut Selwyn", unterbrach ihn Sue. „Du warst ein stattlicher junger Mann."

Selwyn nickte.

„Ein Abenteurer."

Selwyn nickte wieder und lächelte.

„Amy hingegen ist ein behütetes Mädchen."

Selwyn schüttelte den Kopf. „Das mag sein, aber brauchen wir nicht alle ein bisschen Aufregung?"

Tessas schneidend kühle Stimme drang zu ihnen vor. Beide sahen zu ihr hin, wie sie gerade ein paar Kellner im Garten hin und her scheuchte.

„Sogar Tessa regt sich gerne auf, wenn auch künstlich", ergänzte er. „Ignoriere sie einfach. Ich praktiziere das, seitdem ich sie kenne und fahre wunderbar damit."

Sue sah ihn skeptisch an.

„Vielleicht habe ich etwas, das dich aufmuntert", sagte er verschwörerisch.

Sue ahnte Schlimmes. Selwyn hatte im Dienste der englischen Krone einen Großteil seines Lebens als hoher Diplomat in Südostasien verbracht. Besonders angetan hatten es ihm die erotischen Kulturgüter dieser Region, und er besaß die wohl beeindruckendste Sammlung von Lingams westlich des Ganges.

Sie hob die Augenbrauen, was Selwyn als Interesse deutete.

„Ich habe ein neues wunderbares Stück in meiner Sammlung." Seine Stimme wurde schwärmerisch. „Es ist oben, ich könnte es dir zeigen."

„Das freut mich für dich", sagte Sue schnell. „Aber ich glaube, ich muss jetzt nach Amy sehen."

„Ich glaube nicht, dass du sie hier vor schießwütigen Monstern beschützen musst", sagte er.

„Aber vielleicht vor etwas Schlimmerem", antwortete Sue.

„Du hast recht", sagte er. „Tessa kann in der entsprechenden Laune eine Körperverletzung sein."

Sue sparte sich eine Antwort, um nicht doch in die Hölle zu kommen. Was stand eigentlich auf Schwiegermutter-Hassen? Sie nahm sich vom Tablett, das eine reizende Kellnerin ihr präsentierte, einen Orangensaft und machte sich auf die Suche nach ihrer Tochter.

Auf einem Tisch stapelten sich bereits die Geschenke, und alle Vasen waren mit verschwenderischen Blumensträußen gefüllt. Dabei wäre es Aubrey sicher lieber gewesen, sie hätten die Blumen in der Erde gelassen und ihm stattdessen neue Setzlinge für sein Arboretum geschenkt. Aubrey plauderte glücklich mit den Gästen und sah dabei immer wieder verstohlen auf die Uhr. Es war kurz vor halb eins, und für Punkt halb war seine Eröffnungsansprache geplant. Wahrscheinlich ist er ein bisschen nervös, dachte Sue.

„Na, wonach suchst du denn?", fragte eine Stimme, auf die sie keinen Wert gelegt hatte. Sie gehörte Helen, Alistairs Frau mit dem Doppelnamen. „Ich nehme an, Amy. Ich würde sie keine Sekunde aus den Augen lassen."

„Natürlich nicht", antwortete Sue so ruhig wie möglich. „Ich kann mir auch schwer vorstellen, dass Zehn- und Elfjährige schon Geburtstage in Clubs feiern. Aber natürlich würdest du immer mitgehen. Was deine Kinder natürlich zu ziemlichen Außenseitern machen würde." Sie sah auf die Uhr.

„Ihr seid spät dran. Ist was passiert? Aubrey war schon etwas nervös."

„Alles bestens", flötete Helen. „Was war euer Geschenk?"

„Von uns allen eine prächtige Paulownia tomentosa, ein Blauglockenbaum, der morgen per Spezialtransport angeliefert wird. Und von mir eine Torte."

„Es ist entzückend, wie du bei Aubrey immer Hotel Sacher spielst. Hat Schwiegermama nicht bei Ladurée bestellt?"

„Kann sein", erwiderte Sue gleichmütig.

Ein Klirren ertönte. Aubrey stand mit einem Löffel in der Hand und einem Glas Champagner in der anderen neben dem Geschenketisch und bat um Aufmerksamkeit. Er räusperte sich kurz, bevor er anfing zu sprechen. Tessa präsentierte sich an seiner Seite, ein vornehmes Lächeln auf den Lippen.

„Liebe Gäste. Ich freue mich sehr, dass Sie und ihr alle gekommen seid, um mit mir meinen 75. Geburtstag zu feiern. Ich begrüße meine Familie, den Herrn Bürgermeister, unseren Anwalt, den Pfarrer, du liebe Güte, wenn ich weiterrede, stehe ich noch in zwei Stunden da, und dabei hängt mir der Magen schon in den Kniekehlen, weil ich heute Morgen vor Aufregung keinen Bissen herunterbekommen habe. Darum mache ich es kurz – ich danke meiner Frau, der lieben Tessa, dass sie das alles so wundervoll vorbereitet hat, und wünsche uns allen einen schönen Tag und ein unvergessliches Fest. Und jetzt kommt das Wichtigste: Ich bitte alle zu Tisch!"

Alle klatschten und begaben sich zu den Tischen, die auf dem Rasen aufgestellt worden waren. Sue und ihre Familie saßen natürlich an Aubreys Tisch, und sie war froh, als sie Amy mit Philipp kommen sah. Vielleicht war an diesem Tag sogar ein kleiner Bruder eine psychische Stütze. Es sei denn, er löcherte sie dauernd mit Fragen zur Schießerei. Aber die beiden sahen ganz entspannt aus.

Auch Emma saß am Tisch. Sie hatte wieder einmal einen Freund mitgebracht, der an einem anderen Tisch platziert war. „Hallo Amy", sagte sie. „Willkommen im Club." Emma war schon des Öfteren in derartige Vorfälle verwickelt gewesen.

„Emma, ich bitte dich", fuhr Tessa ihr mit schneidender Stimme dazwischen.

„Aber gerne doch, Mutter." Emma lächelte und widmete sich mit großem Appetit ihrer Suppe.

Sue bewunderte Amy für ihre Contenance. Sie hatte die Haare nach vorne fallen lassen und aß ungestört hinter diesem Vorhang.

Nach dem Essen und einigen weiteren, mehr oder weniger blumigen Reden war der Geräuschpegel etwas nach unten gesackt. Alle waren von einer angenehmen Trägheit erfüllt, bis auf Aubrey – und natürlich Tessa, die bereits wieder das Personal herumkommandierte.

„Wie wäre es mit einem kleinen Verdauungsspaziergang?", warf Aubrey in die Runde.

Die Begeisterung verhalten zu nennen wäre eine Übertreibung gewesen. Eigentlich mochte sich niemand melden, bis sich schließlich Terence erbarmte, und nach einem heftigen Stoß von Helens Ellbogen in Alistairs Rippe auch Letzterer. Helen, die größten Wert darauf legte, sich lieb Kind zu machen, kam natürlich auch mit, ebenso ihre beiden Sprösslinge. Etwas frische Luft würde vielleicht die Vampirblässe aus ihren Gesichtern vertreiben, dachte Sue.

Aubrey wanderte weiter zum nächsten Tisch und sammelte noch weitere Opfer ein, darunter den Pfarrer und den Bürgermeister.

Sue hingegen hatte heftige Kopfschmerzen. Das Geplapper der Gäste fühlte sich an wie Nadelstiche auf ihrer Kopfhaut, und sie beschloss, sich bis zum Kaffee kurz hinzulegen. Zum Glück konnte sie sich in Terences ehemaliges Zimmer zurückziehen. Als sie die Treppe hinaufgehen wollte, wurde sie von Tessa abgefangen.

„Amy ist viel zu jung, um zu solchen Veranstaltungen zu gehen. Ich hätte es ihr nicht erlaubt", fing Tessa ohne große Vorrede an.

„Du solltest nicht von etwas sprechen, von dem du keine Ahnung hast", sagte Sue. Die gepuderte Perfektion ihrer Schwiegermutter verursachte ihr Übelkeit.

„Wie darf ich das verstehen?"

„Bei dir wäre Amy bereits seit mindestens fünf Jahren im Internat. Du hast doch bei keinem deiner Kinder die Pubertät mitgemacht. Hast alles schön den anderen überlassen."

Tessa schnappte nach Luft und Sue, für die das Gespräch beendet war, setzte ihren Gang in den ersten Stock fort.

Sie fühlte eine gewisse Genugtuung, Tessa kurz außer Gefecht gesetzt zu haben, aber mittlerweile hatte sie das Gefühl, als hätte sie fünf Kopfschmerzarten auf einmal: klopfende, pochende, ziehende, stechende und Übelkeit verursachende.

Bevor sie sich hinlegte, ging sie zum Fenster und sah hinaus auf diese wunderschöne Kulisse mit den schön gekleideten Menschen in einem preisgekrönten Garten. Sie nickte. Das war es, zumindest für sie. Eine Kulisse. Sie war Zuschauerin. Sie gehörte nicht dazu. Sie legte sich auf das Bett und schloss die Augen. Die Kühle des Raumes und der steifen Laken tat ihr gut.

Sie erwachte, als sie Musik hörte. Erschrocken setzte sie sich auf und sah auf die Uhr. Du liebe Güte, sie hatte zwei Stunden geschlafen! Offenbar hatte sie auch niemand vermisst. Terence hätte ruhig einmal nachsehen können. Und sie Idiotin hatte ihr Kleid angelassen. Als sie aufstand und sich im Spiegel betrachtete, stöhnte sie auf. Alles war verknittert. So konnte sie sich auf keinen Fall unten zeigen. Sie brauchte dringend ein Bügeleisen. Dazu musste sie hinunter in den Hauswirtschaftsraum. Sie fuhr kurz mit dem Kamm durch die Haare und schlich sich ins Erdgeschoss.

Der Wirtschaftsraum befand sich im hinteren Teil des Hauses, und an diesem Tag würde sich sicher niemand dorthin verirren. Sue zog ihr Kleid aus und legte es auf das Bügelbrett. Während sie in Slip und BH vor sich hin bügelte, begleitet von den Partygeräuschen im Hintergrund, musste sie plötzlich schmunzeln. Die Szene hatte doch was. Von einem Porno zum Beispiel. Da käme jetzt der lüsterne Hausherr und würde sie auf dem Bügelbrett nehmen. Unwillkürlich kicherte sie los. Aubrey und lüstern – das war schlichtweg nicht vorstellbar. Vor allem, weil sie keine Pflanze war. In diesem Fall bestünden tatsächlich gewisse Chancen.

Als sie das Bügeleisen aussteckte, hörte sie auf einmal Tessas Stimme. Sie schien auf der Bank zu sitzen, die vor dem Fenster stand.

„Was ist mit Sue?", fragte sie.

„Was soll sein?" Das war Terence.

„Muss ich dir das wirklich sagen?"

„Sag es noch mal, es scheint dir viel Freude zu machen."

Oho, Terence war in Angriffslaune.

„Spar dir deine Ironie. Die Sache mit Amy…"

„War nicht ihre Schuld."

„Etwa deine?"

„Ich habe es ihr erlaubt."

„Trotzdem. Die Mutter spielt eine wichtigere Rolle. Und ich bin mir nicht sicher, ob sie die gut ausfüllt. Sie reagiert immer so", sie suchte nach Worten, „aufsässig."

Terence lachte. „Aufsässig? Das ist gut. Sie ist eine erwachsene Frau und sagt oft, was sie denkt. Das schätze ich übrigens an ihr."

Sue lächelte, doch es verging ihr gleich wieder, als Tessa sagte: „Was kann man von dieser kleinen Österreicherin schon erwarten, wenn man den Stall sieht, aus dem sie kommt? Der Vater ein gescheiterter Fotokünstler, die Mutter nicht vorhanden. Muss ich noch mehr dazu sagen?"

„Mutter!" Terence Stimme klang eher amüsiert als vorwurfsvoll.

Was für ein Waschlappen, dachte Sue.

„Übrigens, Moira ist wieder im Lande. Sie sieht umwerfend aus." Sue schüttelte ungläubig den Kopf. Die große Clanmutter hatte also schon eine Nachfolgerin für sie ins Auge gefasst. Wie reizend! Mit klopfendem Herzen wartete sie auf ein klares Wort von Terence. Spätestens jetzt wäre es fällig gewesen. Aber es kam nichts. Es war, als hätte er sich in Luft aufgelöst. Nach endlos erscheinenden Sekunden hörte sie, wie die beiden sich entfernten.

Sie fühlte sich, als hätte man ihr den Boden unter den Füßen entzogen. In ihrem Kopf drehte sich alles und sie setzte sich auf einen Schemel, der vor der Waschmaschine stand.

„Ihr lasst mir keine Wahl", murmelte sie, als sie den Blisterstreifen aus ihrer Handtasche zog. „Ich habe das Gefühl, als bräuchte ich einen kleinen Energieschub." Sie drückte eine Tablette heraus und spülte sie mit etwas Wasser aus dem Hahn hinunter.

Ein illoyaler Ehemann. Oder ein Mann, der nicht den Mumm hatte, sich seiner Mutter zu widersetzen. Beides war gleich mies. Damit würde er nicht so einfach davonkommen.

Während sie beim Hinausgehen noch überlegte, wen sie sich als Erstes zur Brust nehmen würde, Terence oder Tessa, forderte Aubrey seine Gäste zum Round Dance auf – ein Ritual, das auf keiner Feierlichkeit der Familie fehlen durfte. Die Männer der Familie waren alle begeisterte Tänzer, bis auf den staubtrockenen Alistair natürlich. Nun gut, sie konnte Terence auch beim Tanzen zeigen, was eine Harke war.

Die Band begann mit einem Cha-cha-cha und ihr erster Partner war der Bürgermeister.

„Sie tanzen, als sei der Cha-cha-cha für Sie erfunden worden", schmeichelte er ihr.

„Und Sie, als wären Sie dafür geboren worden", log sie geschmeidig zurück.

Er lachte, und schon kündigte der Bandleader den Partnerwechsel an. Sie landete bei Terence.

„Na, amüsierst du dich?", fragte sie.

„Es geht so", meinte er. „Bis jetzt ist es weniger schlimm als gedacht."

„Wenn man alles hinnimmt, sicher."

Terence war noch dabei, sich eine Antwort, oder, was wahrscheinlicher war, eine Frage zu überlegen, als die Partner wieder wechselten und Selwyn mit strahlender Miene zu ihr tänzelte.

Er wiegte seine Hüften so temperamentvoll, dass seinem Orthopäden, der ihm die künstliche Hüfte eingesetzt hatte, der Angstschweiß ausgebrochen wäre.

„Hallo meine Lieblingsösterreicherin", rief er gutgelaunt, „du siehst frisch aus wie eine Rose."

„Kommt aus dem Labor", entgegnete sie. Und damit meinte sie kein Rouge, sondern ihre Amphetamine.

„Nein, das kommt von innen", beharrte er.

Wie recht er hat, dachte Sue.

„So ein Leuchten in deinen Augen. Etwa ein kleines Schäferstündchen? Ich habe dich und Terence um die Mittagszeit ziemlich lange nicht gesehen."

„Wer weiß?", deutete sie kokett an.

„Oh là, là." Selwyn bedachte sie prompt mit einem feurigen Blick.

Mit ihm zu tanzen machte großen Spaß. Im Gegensatz zu der hüftsteifen Mehrheit der Briten hatte er keine Scheu, seine Gefühle im Tanz umzusetzen und dabei zum Beispiel auch die Arme einzusetzen. Was sich bei anderen, leider auch bei Terence, wie eine etwas peinliche Sportnummer anfühlte, war bei Selwyn Lebensfreude pur. Sue musste lächeln, als er sie temperamentvoll herumwirbelte und bedauerte es, als er sie an den Pfarrer übergab. Es folgte ein eher ereignisloses Intermezzo mit ihrem Schwager Alistair und dem Bürgermeister, bis sie wieder bei Terence landete.

„Was ist los?", zischte Terence. „Es ist fast schon peinlich, wie du dich hier produzierst. Hast du wieder was genommen?"

„Ja, Selwyn hat es auch schon bemerkt. Er findet es toll. Und ich auch." Sie hätte Bäume ausreißen können. „Wir vom Kontinent sind halt etwas dekadenter als ihr." Sie drehte sich einmal um die eigene Achse. „Übrigens: Ich habe euch gehört."

„Wen?"

„Dich und deine Mutter."

Er hörte zu tanzen auf. Mitten im Schritt, was für ein Mangel an Contenance! Gut, dass es keine Preisrichter gab.

„Es war schön zu hören, wie sehr du hinter mir stehst." Cha-cha-cha. Ihr Hüftschwung wurde immer besser.

„Partnerwechsel!", rief der Bandleader und weiter ging es mit Selwyn. Theoretisch, denn Terence zog sie wieder zu sich.

„Hör mal –"

„Du bist nicht im Takt, mein Lieber. Und ich bin nicht deine Partnerin." Sue deutete nach links. „Ach, Moira ist dran. Ist deiner Mutter sowieso lieber."

„Sue, so ein Unsinn!" Dann, zu Selwyn gewandt: „Onkel, gehst du bitte noch einmal zu Moira?"

„Wieso stehst du nicht zu mir?", fragte Sue leise. „Oder ist dir der Stall, aus dem ich komme, peinlich?" Nun sprach sie deutsch mit ihm. „Es ist schon traurig mitzuerleben, wie wenig sich die britische Gesellschaft seit dem Ende des Zweiten Weltkriegs weiterentwickelt hat. Für Menschen wie deine Mutter ist das Empire immer noch lebendig. Ihr seht auf alle anderen herab. Damit ist sie nicht besser als eure widerliche Boulevardpresse."

„Du übertreibst", warf Terence ein.

„Warum hast du ihr nicht widersprochen? Selten hat mir etwas so weh getan wie deine Feigheit heute Nachmittag." Sie trat einen Schritt von ihm zurück und schüttelte leicht den Kopf. „Wenn deine Leser und deine Patienten wüssten, wie du in Wirklichkeit bist."

„Was soll das heißen?"

Sue schüttelte resigniert den Kopf und fasste einen spontanen Entschluss. „Ich fahre mit den Kindern nach Hallstatt. Philipp ist gerne dort, und ich will Amy um mich haben. Es schadet nichts, wenn sie eine Weile aus London weg ist. Mir wird es auch gut tun, noch dazu, da wegen deines Buches unser Familienurlaub ins Wasser gefallen ist. Ich hole ihn jetzt einfach nach. Zwar ohne dich, aber du weißt ja, warum."

„Sue, das ist unfair, wir waren uns einig, dass wir den Urlaub in St. Barth stornieren, weil es mit meinem Buch nicht anders möglich war. Wir holen das –"

„Du hast uns mit deinem Terminplan überfahren, und wir haben wie üblich eingewilligt", fuhr Sue ihm über den Mund. „Aber jetzt geht es um mich und die Kinder. Ich fahre."

„Das halte ich nicht für gut", protestierte Terence. „Du überstürzt das."

„Vielleicht hast du mich überstürzt geheiratet?"

„So ein Unsinn."

Sue blieb fest. „Ich fahre."

Terence schloss kurz die Augen. „Wenn du meinst."

„Du kannst ja mit deiner Schwester nach London zurückfahren. Oder mit der standesgemäßeren Moira. Oder Deine neue Freundin Sondra holt Dich ab. Es sei denn, Du ziehst es vor, mit Deiner Mutter noch weitere Nettigkeiten über mich auszutauschen."

Passend zum letzten Takt des Cha-cha-cha ließ sie ihn stehen und sammelte ihre Kinder ein.

9

„Gut, dass wir abhauen. Es war total öde." Erleichtert ließ sich Amy in den Beifahrersitz sinken.

„Ich bin auch froh", antwortete Sue. „Morgen früh geht es gleich weiter."

„Cool. Wohin?" Amy sah sie neugierig an.

„Zum Franz-Opa."

„Das ist nicht dein Ernst!", rief Amy. „Soll das der Ersatz für St. Barth sein?"

„Doch. Das wird uns allen gut tun."

Amy setzte sich kerzengerade auf. „Als ob du wüsstest, was mir gut tut. Scheiße Mom, ich will nicht dahin. Das ist total langweilig, da ist überhaupt nichts los."

„Ich muss dich wohl nicht daran erinnern was passiert, wenn was los ist."

„Mann, du tust, als hätte ich die Schießerei zu verantworten. Du bist echt gemein." Amy schluckte aufkommende Tränen hinunter. Die waren ja uncool. „Aber auf die Woche St. Tropez mit Teresa verzichte ich auf keinen Fall." Sie setzte eine trotzige Miene auf.

„Das werden wir sehen."

„Wie lange willst du denn bleiben?"

Sue zuckte mit den Schultern. „Das weiß ich noch nicht genau. Vielleicht zwei, drei Wochen?"

„Hast du sie noch alle? Ich bleib doch nicht drei Wochen in dem öden Hallstatt! Da lasse ich mich lieber begraben."

„Jetzt komm aber mal runter, Amy. Dir hat es dort immer gut gefallen."

„Da war ich ein Kind!"

Dem Argument konnte Sue wenig entgegensetzen.

„Nur weil du Stress mit Papa hast, muss ich jetzt in die Einöde."

„Wie bitte?" Sue blieb kurz die Luft weg.

Hatte Amy etwas bemerkt, etwas gehört? Da taten diese Pubertierenden immer so, als interessierten sie sich für nichts und niemanden, und dann so was.

Ihr Handy klingelte. Sue ignorierte es und konzentrierte sich auf die Straße.

„Ma, das ist Daddys Klingelton."

Sue starrte auf das graue Asphaltband vor ihr und sagte nur: „Jetzt nicht." Sie spürte den fragenden Blick ihrer Tochter, war aber unfähig zu antworten.

Nach dem vierten Anrufversuch von Terence wollte Amy das Handy aus der Halterung nehmen.

„Lass das! Und tu das nie wieder." Sues Stimme klang so schneidend, dass sogar Philipp, der den Kopfhörer aufhatte und Musik hörte, kurz irritiert aufblickte.

„Das ist Privatsache."

Nun meldete sich Amys Handy. In Sekundenschnelle ging sie ran. „Hi Daddy." „Ja." „Okay." „Ich fahre nicht mit. *No way.*" „Was?" „Mann, ihr seid beide so gemein!" Genervt drückte sie die rote Taste.

„Was wollte er?", fragte Sue mit Unschuldsmiene, denn sie konnte es sich denken.

Amy sah sie aufreizend an. „Das ist Privatsache." Dann setzte sie sich demonstrativ ihren Kopfhörer auf.

Anscheinend war Terence zu der Erkenntnis gelangt, dass ein Aufenthalt am See doch nicht das Schlechteste für seine Tochter war. Ein kleiner Pluspunkt für ihn, aber nicht genug.

Die Basstöne aus Amys Kopfhörer reizten Sues Nerven fast zum Zerspringen, doch sie hielt sich zurück. Hinten bei Philipp herrschte Ruhe. Er hatte die Augen geschlossen und summte leise etwas Undefinierbares. Ihm war egal, was rings um ihn passierte. Sollte er nur, dachte Sue. In seinem Alter brauchte er noch ein wenig heile Welt.

Als Sue das automatische Garagentor öffnete und den Wagen abstellte, war es stockdunkel. Sie hatte keine Ahnung, wie sie es geschafft hatte, unbeschadet anzukommen. Die zurückgelegten Meilen formten sich in ihrem Kopf zu einem einzigen Gewirr aus roten Ampeln, leeren Kreuzungen und weißen Bändern.

Sie war todmüde und gleichzeitig hellwach. Wenn sie den Eurostar erreichen wollte, musste sie spätestens um zehn Uhr London verlassen haben.

Amy verzog sich sofort schmollend in ihr Zimmer – Sue war nicht sicher, ob sie packen würde, wie sie es ihr aufgetragen hatte. Philipp hingegen schnappte sich sofort seinen riesigen Pfadfinderrucksack und traf alle Vorbereitungen für Urlaub bei Opa.

Ohne große Überlegung warf sie selbst ein paar Sachen in den Koffer. Aus dem Wandtresor nahm sie die Reisepässe und einen Umschlag mit Euro-Scheinen. Sie kalkulierte kurz und nahm den entsprechenden Betrag aus dem Kuvert. Das Geld würde für die Fahrt nach Hallstatt locker reichen. Andererseits – wer weiß, wie lange sie bleiben würde. Vorsichtshalber steckte sie das ganze Kuvert ein.

Bevor sie selbst ins Bett ging, schaute sie wie üblich nach den Kindern. Beide schliefen tief und fest; Philipp hatte gepackt, Amys Reisetasche, die Sue ihr gebracht hatte, war immerhin halb voll. Irgendwo ganz tief drin war sie doch noch ihr braves Mädchen. Sie strich ihr sanft über die Haare und verließ auf Zehenspitzen das Zimmer.

Was wird Terence jetzt wohl machen, fragte sie sich. Automatisch griff sie zum Handy. Zumindest hatte er gesimst.

SMS 1: Lass uns reden.

SMS 2: Sue, bitte lass uns reden.

SMS 3: Ruf bitte an, bevor du fährst.

SMS 4: Soll ich euch zum Flughafen bringen?

SMS 5: SUE!

Sue löschte die weiteren sieben Nachrichten ungelesen.

Vier Stunden unruhigen Schlafes später fühlte Sue sich so gerädert, dass sie auf Autopilot schalten musste. Amy war so unausstehlich, dass Sue kurz überlegte, klein beizugeben und Amy doch bei ihrem Vater zu lassen. Aber die

Vernunft siegte – wie sollte das gehen? Terence hatte keine Zeit und würde in einigen Tagen zu seiner Motorrad-Tour aufbrechen. Die Androhung, dass sie dann bei ihrer Großmutter wohnen müsste, überzeugte Amy, schließlich doch in den Wagen zu steigen.

Bevor sie das Haus verließ, legte Sue den obligatorischen Zettel für die Putzfrau auf den Küchentisch. Sanft zog sie die Tür hinter sich zu und schloss ab. Der Abschied fiel ihr überraschend schwer. Wer weiß, ob ich je wieder hierher zurückkomme, schoss es ihr durch den Kopf.

Die Kinder saßen bereits im Volvo, Philipp hellwach und mit Begeisterung in den Augen, Amy mit starrer Miene. Seit sie wusste, dass sie nicht fliegen, sondern mit dem Auto fahren würden, war der Wert auf der nach oben offenen Schmollskala noch weiter nach oben geklettert.

„Okay", sagte Sue mit gespielt guter Laune. „Dann wollen wir mal."

Philipp grinste und zeigte mit dem Daumen nach oben, während Amy den Kopf zur Seite drehte und die Augen schloss.

10

„Warum sind Sie zu mir gekommen?"

Vor Terence saßen Pamela und Declan Barnes, ein Paar Anfang dreißig.

Die beiden sahen sich an, aus ihren Blicke sprachen Verlegenheit (*Gott, wird das peinlich!*), Erstaunen (*Wie konnte es nur so weit kommen, dass wir hier gelandet sind?*) und Unsicherheit (*Was wird dieser Typ mit uns anstellen?*). Die Frau errötete sogar leicht. In ihrem Schweigen demonstrierte das Paar Einigkeit, keiner wollte offenbar den Anfang machen.

Neue Patienten waren immer spannend. Würde man zueinander passen? Einen Draht zueinander finden? In der Aufwärmphase zu Beginn der Sitzung hatte Terence die Abläufe besprochen, die Honorarfrage geklärt und die Methode, nach der er arbeitete, erläutert. Bei diesem technischen Vorgang hatten sich die beiden – er war Versicherungsmathematiker, sie Product Managerin bei einem Lebensmittelkonzern – wohl gefühlt. Aber mit dieser einfachen Frage, „Warum sind Sie zu mir gekommen?", war die Schonzeit vorbei. Jetzt ging es ans Eingemachte.

Terence lehnte sich in seinen Sessel zurück und sah die beiden freundlich an. Er hatte kein Problem damit, zu schweigen. Ganz im Gegenteil – das schenkte ihm Zeit, die beiden in Ruhe zu betrachten.

Sie waren ein schönes Paar. Soweit er es abschätzen konnte, verbarg sich unter Pamelas weiter Tunika eine wunderbar weibliche Figur, die ihr wohl zu feminin war, da sie ständig an ihrem Oberteil herumzupfte, um ja keine Formen heraustreten zu lassen. Sie sah sehr gepflegt aus und wirkte – Terence musste schmunzeln, als ihm der etwas altmodische Begriff einfiel – appetitlich. Der schlaksige Declan liebte es sicher, sich an seine weiche Frau zu schmiegen und seine Hände in ihren wilden blonden Locken zu vergraben.

Im Augenblick lagen Declans Hände jedoch in leicht verkrampfter Haltung auf seinen Oberschenkeln. Er sah rechts an Terence vorbei an die Wand wie ein Schüler, der hoffte, dass er bei fehlendem Blickkontakt nicht aufgerufen werden würde.

Terence machte sich Sorgen. Nicht um Pamela und Declan, die würde er schon wieder hinkriegen. Wenn nicht er, dann ein anderer. Nein, es ging um Sue und die Kinder. Wenn Sue aufgewühlt war, und davon konnte man bei solch einer spontanen Handlung wie der heute Vormittag ausgehen, neigte sie zu Unkonzentriertheit, Impulsivität und durchaus verantwortungslosem Verhalten. Er hätte sie nicht gehen lassen sollen. Hoffentlich fuhr sie das Auto nicht an irgendeinen Baum. Er atmete tief ein und aus, um seiner Unruhe Herr zu werden.

„Ist ja gut", kam es schließlich von Declan.

Offenbar hatte er Terences tiefe Atemzüge als Kritik an seinem Schweigen aufgefasst. Ich bin unprofessionell, schalt Terence sich selbst und legte das Konfliktpaket rund um Sue auf einen imaginären Stapel mit der Aufschrift „später bearbeiten".

„So geht einfach nicht weiter", sagte Declan.

Nun atmete Pamela tief durch.

„Können Sie dieses ‚so' näher erläutern?"

Pamela sah aus, als würde sie am liebsten im Erdboden versinken.

„Immer wenn wir Sex haben, springt sie danach hektisch in die Dusche. Sie gibt mir das Gefühl, schmutzig zu sein, ekelhaft, widerlich." Die letzten Wörter wurden abgefeuert wie Gewehrgeschosse.

„Das stimmt nicht." Pamela schüttelte verzweifelt den Kopf.

„Was stimmt denn dann?", fragte Terence sanft. Unwillkürlich fiel sein Blick auf ihre Hände. Sie wirkten etwas rissig, was nicht zu ihrer sonstigen Erscheinung passte. Litt sie unter Waschzwang? Er machte sich eine Notiz.

Pamela schloss die Augen.

„Was stimmt denn dann?", wiederholte Terence.

„Ich liebe ihn doch."

„Warum darf ich dich danach nicht einmal anfassen?", brach es aus

Declan heraus. „Ein Scheißgefühl ist das, das kann ich Ihnen sagen."

„Das hat doch nichts mit dir zu tun", erklärte Pamela.

„Das tröstet mich ja ungemein." Declan sah sich um, als suche er von irgendwo her Bestätigung.

„Habe ich Sie richtig verstanden, dass Sie, Mrs Barnes, nach jedem Geschlechtsverkehr das Bett verlassen, um zu duschen?"

„Sie kommt danach voll angekleidet, also im Pyjama, zurück und legt sich ganz an den Rand des Betts, damit sie ganz weit weg von mir ist", antwortete Mr statt Mrs Barnes.

„Wie würden Sie das Ganze schildern, Mrs Barnes?", fragte Terence.

„Es ist nicht so, dass ich dich schmutzig finde", fing sie an. Sie rang mit den Worten und zupfte dabei an ihrem Ärmel herum. „Ich bin es, die schmutzig ist."

„Aber ich bin schuld daran", sagte Declan.

Pamelas Gesicht hatte einen gequälten Ausdruck angenommen. Sie schüttelte den Kopf und vermied weiter jeden Blickkontakt mit Terence. Vor ihm saß die personifizierte Scham.

„Was würde passieren, wenn Sie sich nach dem Sex nicht sofort waschen würden?"

Sie schüttelte den Kopf. Das schien weit jenseits ihrer Vorstellungskraft zu liegen. „Ich weiß nicht. Ich habe es versucht, aber es geht nicht."

„Dann schleicht sie sich heimlich ins Bad, wenn ich tief und fest schlafe", sagte Declan. Er hatte sich nach vorne gebeugt und wirkte leicht aggressiv. „Was ist Sex für Sie, Doktor Urquhart?"

Er wartete jedoch die Antwort nicht ab – was Terence ganz recht war, schließlich ging es hier nicht um seine Meinung zu dem Thema – sondern sprach ohne Pause weiter: „Ich will eins klar stellen. Wir haben tollen Sex. Echt geil, da wird nicht immer die gleiche Nummer abgespult, selbst nach so vielen Jahren nicht. Aber danach, wie soll ich das sagen, das ist so, als wäre sie eine andere. Ich frage mich nur, was ist echt? Das beim Sex oder das danach?"

Pamela war inzwischen noch tiefer in den Besucherstuhl gesunken.

„Nicht dass Sie glauben, sie sei katholisch", erklärte Declan. „Sie stammt zwar aus Irland, aber den ganzen Kram mit Schuld und so können Sie vergessen."

Aha, ein Freizeitpsychologe, konstatierte Terence.

Declan schüttelte den Kopf. „Mit Kirche hat Pamela nichts am Hut. Sie ist in einer Kommune aufgewachsen, unten in Somerset. Ihre Eltern laufen heute noch meistens nackt herum."

Terence nickte. Das Problem der beiden würde nicht in ein paar Sitzungen erledigt sein. Stattdessen müsste es tief reingehen in die Psychodynamik. Prägende Erfahrungen in der Kindheit, vor allem Defizite im Verhältnis zu den Eltern oder anderen Bezugspersonen, sowie eventuelle Übergriffe in der Latenzphase, in der sich das Schamgefühl entwickelte, müssten aufgespürt und aufgearbeitet werden.

Er sah auf die Uhr, die neben der Tür angebracht war. Die fünfzig Minuten waren abgelaufen. Terence brachte das Gespräch mit einigen abschließenden Bemerkungen zu Ende, sprach die Möglichkeit einer Einzeltherapie für Pamela an und gab den beiden einige Fragebögen mit. Auf seinen Hinweis, dass er die nächsten drei Wochen wegen Urlaubs nicht erreichbar sei, reagierte Declan mit Stirnrunzeln und Pamela mit spürbarer Erleichterung.

„Und was sollen wir jetzt tun?", fragte Declan. „Sollen wir jetzt einfach wieder gehen?" Er sah seine Frau mit der Miene eines „siehst-du-ich-habe-es-dir-ja-gleich-gesagt"-Rechthabers an. „Nicht einmal eine beschissene kleine Übung?"

Terence lächelte nachsichtig. Declan war einer der zahlreichen Patienten, die dachten, dass der Therapeut die ganze Arbeit leisten sollte. Sie erwarteten nicht nur Anleitungen und Übungen, sondern Betriebsanweisungen für ihr gesamtes Leben. Was für eine Fehleinschätzung, denn eine Therapie war harte Arbeit an sich selbst. Terence ahnte, dass Declan diese Tatsache nicht gefallen würde.

„Sie meinen so etwas wie Anfassen, ohne weiter zu gehen?"

„Hey, ja, genau so was."

„Kann nicht schaden", war Terences knapper Kommentar.

„Das glaube ich jetzt nicht." Declan starrte ihn fassungslos an.

Ich auch nicht, dachte Terence. Er hatte soeben zwei Klienten verloren.

Was ihm ziemlich gleichgültig war. „Das hat sich in der Praxis sehr bewährt."

„Und meine Frau soll sich nicht duschen, nehme ich an?" Declan ging hoch wie eine Rakete, weshalb Terence auf eine Antwort verzichtete.

Als sie gegangen waren, drehte er sich mit seinem Stuhl zum Fenster. Er hatte keine Lust mehr. Dieses ganze Gerede um Sex. Er konnte es nicht mehr hören. Er war urlaubsreif. Zum Glück waren es nur noch vier Tage bis zur Tour mit den Jungs. Nur fünf Männer und ihre Motorräder. Was für eine wunderbare Aussicht. Dann drängelte Sue sich in seine Gedanken. Hoffentlich ging es ihr und den Kindern gut. Verdammt, wieso musste sie ihm seine Vorfreude vermiesen? Und wieso verdammt noch mal lagen die ganzen Akten immer noch auf ihrem Tisch? Musste er denn alles selbst machen?

11

„Wieso habe ich vier davon, wenn jetzt kein einziges da ist?"

Die Kleiderbügel klackten wild aneinander, als Terence mit wachsendem Ärger seinen Kleiderschrank durchsuchte. Sein Lieblingshemd von Paul Smith. Wo war dieses verdammte Teil? Es verstand sich von selbst, dass er keiner dieser zwanghaften Typen war, die sich nur mit bestimmten Kleidungsstücken dem Tag stellen konnten, aber Fakt war, dass es für ihn *das* Hemd war. Es passte perfekt, nichts zwickte und, Originalton Sue, er hatte damit einen richtig knackigen Bauch. Und er wollte es jetzt anziehen.

Er sah auf den Wecker. Kurz nach acht. Sein erster Termin war erst um elf Uhr, also hatte er noch ausreichend Zeit, obwohl er länger geschlafen hatte als sonst. Kein Wunder, es war ja niemand im Haus, der herumlärmte. Er genoss die Ruhe, dennoch dachte er immer wieder an seine Drei. Was sie wohl gerade anstellten? Unwillkürlich musste er lächeln. Wenn sie es bis zur Beerdigung schaffen wollten, waren sie sicher schon in der Gegend um Salzburg. Hoffentlich trieben die Kinder Sue mit ihrer Streiterei nicht in den Wahnsinn, aber sie war im Gegensatz zu ihm in der Regel mit einer engelsgleichen Geduld gesegnet, wenn es um Philipp und Amy ging. Was ihn betraf, sah das anders aus. Er hoffte inständig, dass sie sich inzwischen beruhigt hatte. So richtig verstand er immer noch nicht, wieso Sue sich diese Aktion geleistet hatte. *Du bist nicht loyal!* Was sollte dieser Quatsch? Er war loyal zu ihr, indem er sie geheiratet hatte. Mit ihr zwei Kinder hatte. Arbeitete wie ein Blöder, um ihnen allen ein schönes Leben bieten zu können. Und sie hatten doch ein gutes Leben, oder etwa nicht? Keine Geldsorgen, eine gewisse Prominenz, was wollte sie mehr? Und was hatte seine Mutter damit zu tun, die 80 Meilen entfernt von ihnen lebte? Erstens mischte sie sich nicht in ihr Leben ein, und zweitens würde sie sich in diesem Leben nicht mehr ändern – außer, sie wäre einem heftigen Trauma ausgesetzt, aber das wünschte er ihr wirklich nicht. Was erwartete Sue also von ihm? Dass er jedes Mal für ihre Rechte kämpfte? Den Teufel würde er tun. Er war kein Hitzkopf wie Sue, und die Auseinandersetzungen mit seiner Mutter empfand er nur noch als lästig. Auf Durchzug zu schalten und nach seiner eigenen Fasson zu leben hatte sich bei ihr als die beste Strategie erwiesen. Schließlich war er erwachsen und hatte Besseres zu tun. Zum Beispiel sein Hemd zu finden.

Er ging hinunter ins Erdgeschoss in den Hauswirtschaftsraum, wo die gewaschene Wäsche aufbewahrt wurde, und durchwühlte die beiden Wäschekörbe. Alle vier Hemden waren da. Terence zog eines davon heraus und schüttelte verärgert den Kopf. Wieso bezahlte er eine Haushaltshilfe, wenn sie nicht einmal in der Lage war, ein einziges Hemd zu bügeln? Leise fluchend gab er sich seinem Unmut hin, doch bereits nach kurzer Zeit fand er sich in seiner Rolle als hilfloser Strohwitwer selbst lächerlich und schickte sich in das Unvermeidliche: Er schaltete das Bügeleisen ein.

Das tat er nicht zum ersten Mal in seinem Leben. Wie jeder anständige Neuling auf dem Internat war er als Zehnjähriger einem älteren Schüler zugeteilt worden, der sich hochtrabend Mentor nannte, in Wirklichkeit aber ein Sadist war, der ungeliebte Dienste von seinem Schützling durchführen ließ. Sein Mentor hieß Steve Fernham, und dieser Steve – bei rückblickender Betrachtung ein impulsgestörter Narziss, im Weltbild eines Kindes einfach nur ein Vollidiot – pflegte sich seine Wäsche von Terence bügeln zu lassen. Was aus ihm wohl geworden war? Weder im gesellschaftlichen noch im politischen Bereich war sein Name bekannt. Ein Glück für England. Die Presseberichte waren auch ohne seine Mitwirkung voll von Typen wie ihm. Auf jeden Fall hatte Terence dort bügeln gelernt, denn Steve war anspruchsvoll gewesen. Mit untrüglichem Blick entdeckte er jede noch so kleine Bügelfalte, und trat diese Katastrophe ein, musste Terence an die Unterhosen ran – selbst an die getragenen. Rückblickend war Terence ihm dankbar dafür, denn diese Tätigkeit am oberen Ende der Ekelskala hatte ihn später während seines ersten Studienjahres davor bewahrt, in Ohnmacht zu fallen, als es ans Sezieren von Leichen ging. Steves Unterhosen mit ihren fantasievollen Fleckenmustern hatten ihn abgehärtet (die Wände seines Mentors waren mit Postern von Cindy Crawford im Bikini, Sharon Stone in ihrer berühmten Verhörszene mit den übereinandergeschlagenen Beinen und Plakaten von Russ Myers-Filmen tapeziert. Noch Fragen?).

In der Jetztzeit bügelte normalerweise ihre Haushaltshilfe die Wäsche. Peinlicherweise vergaß er immer den Namen dieser Frau, die seit Jahren bei ihnen arbeitete. Kurz flammte der Gedanke in ihm auf, dass er ein genauso großer Snob war wie seine Mutter, aber schließlich sah er diese Frau nie. Alles, was mit ihr zu tun hatte, regelte Sue.

Bevor er loslegte, holte er sich eine CD aus dem Wohnzimmer. AC/DC. Eine Band, die Sue mit einem Bann belegt hatte, wenn sie anwesend war. Aber Sue war nicht da. Und er musste bügeln. Eine Arbeit, die nicht in seiner Jobbeschreibung stand. Dafür stand ihm eine Belohnung zu, und außerdem würde sein Trommelfell eine kräftige Massage sehr zu schätzen wissen.

Bereits nach dem dritten Song war Terence fertig und bestens gelaunt. So ein leeres Haus hatte definitiv etwas für sich. Er hatte zwar keine Lust, nackt durch seine Immobilie zu tanzen, aber sich ungestört Rock reinzuziehen war fast genauso schön. Jetzt noch ein paar Rühreier mit Speck, und fertig wäre der gelungene Start in einen frauen- und kinderlosen Tag. Er freute sich darauf, in Ruhe an seinem Artikel für *Psychological Science* arbeiten zu können. Wenn er ihn nicht verbockte, würde sich sein Renommee in der Fachwelt erhöhen. Denn ehrlich gesagt war seine TV-Präsenz seinem akademischen Ruf nicht allzu förderlich. Zu dekadent. Zu populär. Nicht angemessen für die vertrockneten Typen, die in der Psychotherapeutischen Vereinigung das Sagen hatten. Im Vergleich mit ihnen erschien sogar ein altes Foto von Sigmund Freud noch quicklebendig.

Das Telefon im Wohnzimmer klingelte. Es war Selwyn.

„Guten Morgen, mein Lieber", trötete sein Lieblingsonkel fröhlich durch den Hörer. „Ich hoffe, ich störe nicht."

„Überhaupt nicht, ich bin gerade beim Bügeln."

Selwyn, der, wie Terence vermutete, in seinem Leben seit der Militärzeit wahrscheinlich noch nie ein Haushaltsgerät in den Händen gehalten hatte, schien einen Moment lang sprachlos zu sein, und diese Zeit nutzte er, um den Stecker des Bügeleisens zu ziehen.

„Sie ist also tatsächlich nicht da", stellte Selwyn schließlich fest.

„Unsere Putzfrau ist nicht da und war offenbar schon länger nicht da beziehungsweise hat nicht gebügelt, und Sue ist es auch nicht. Das umfasst auch die Kinder."

„Dachte ich mir, dachte ich mir." Selwyn räusperte sich ausgiebig. „Nun, da du alleine bist und ich heute nach London fahre, könnten wir zusammen im Club zu Abend essen. Was hältst du davon?"

Terence überschlug kurz seinen Tagesplan. „Gerne, eine gute Idee." Eine sehr gute sogar, denn der Club war berühmt für seine bluttriefenden Steaks, seine zähe Minzsoße und seine vermatschten Kartoffeln. Alles Dinge, die Sue nicht leiden konnte. Er jedoch war damit aufgewachsen und somit wie ein Pawlow'scher Hund darauf konditioniert, diese Meilensteine der englischen Küche als feste Bestandteile seiner Wohlfühlzone zu empfinden.

„Sieben Uhr?", schlug Selwyn vor.

„Perfekt."

Dieser Tag ließ sich mehr als gut an. Beschwingt führte Terence noch ein paar Headbanging-Einheiten zu *Runaway Train* durch und zog sich dann sein Hemd an. Zufrieden strich er über den weichen, glatten Stoff. Steve war eine harte Schule gewesen, aber eine gute. Genau so sollte ein Hemd aussehen, dachte er. Und als er sich damit im Spiegel sah, fügte er hinzu: Genau so sollte ein Mann aussehen. Wie gut, dass es dank der Pillen auch mit seinem besten Stück wieder lief. Zwar etwas ausufernder, als ihm lieb war, aber an der Dosierung konnte er noch arbeiten. Ansonsten war die Nacht in Bath ja bestens verlaufen. Den Zwischenfall mit Sondra hakte er als unerwünschte Nebenwirkung ab, als sozusagen rein technisches Problem. Schließlich war ja nichts passiert. Das würde Sue schon irgendwann kapieren.

12

Kurz vor Bad Ischl war Schluss mit Sues entspanntem Dahingleiten auf der Straße. Sie sah nervös auf die Uhr. In zwanzig Minuten würde der Beerdigungsgottesdienst beginnen, und bis nach Hallstatt mussten sie noch ungefähr 18 Kilometer fahren. Höchste Zeit, sich umzuziehen, dachte Sue und bog rasant auf den nächsten Parkplatz ein.

„Was gibt's?", fragte Amy, die das Bremsmanöver aus ihrer iPod-Trance gerissen hatte.

Philipp fackelte nicht lange und riss ihr die Ohrhörer vom Kopf, worauf er einen wütenden Blick und einen heftigen Bauchstoß kassierte.

Philipps anschließendes Geheule gab einen ungefähren Eindruck davon, wie sich der Kampf der Indianer am Little Big Horn angehört haben musste.

„Umziehen", gab Sue unbeeindruckt von sich und drückte auf den Knopf, der den Kofferraum von innen öffnete.

„Philipp, für dich habe ich die schwarze Hose eingepackt und das weiße Hemd."

Philipp nickte angetan, denn er hatte schon immer Sinn für angemessene Kleidung besessen. So hatte er zum Beispiel an seinem ersten Kindergartentag daraufbestanden, eine Krawatte seines Vaters umzubinden. Dies hatte ihm bei der gesamten Belegschaft den Ruf eines Schnösels eingebracht, und erst nach mehreren Raufereien mit dem bulligen Sohn der Mersons war er diese Reputation wieder los geworden.

Amy schwang ihre dünnen Beine trotz völliger Unlust graziös aus dem Volvo. Die Ballettstunden waren offenbar nicht ganz umsonst gewesen. Amy war wie ein Rehkitz, staksig und rührend, aber nicht annähernd so hilflos.

Geschweige denn harmlos.

Sue reichte ihr ein kleines Schwarzes, das sie zu Hause in eine extra Tasche gepackt hatte. „Gut, dass deine Ballerinas schwarz sind. Die kannst du gleich anbehalten."

Amy machte ein Geräusch, das irgendwo zwischen Brummen, Seufzen und Stöhnen lag und machte sich auf den Weg zum Gasthaus, das gleich hinter dem Parkplatz lag.

„Bitte nicht trödeln, wir müssen so schnell wie möglich weiter!", rief Sue ihr nach.

„Soll ich auf die Herrentoilette?", fragte Philipp. Seinem Blick nach zu urteilen erwartete er nicht wirklich eine positive Antwort. Herrentoiletten waren für ihn unheimliche Orte mit starkem Geruchscharakter. Das einzig Reizvolle waren die Kondomautomaten, aber die gab es bei den Damen auch.

„Du kannst mit mir mitgehen", schlug sie ihm vor.

Er überlegte kurz, wog ab, was wohl peinlicher war: mit Mama wie ein Kleinkind zu den Frauen zu gehen oder den behaarten Hintern eines erwachsenen Mannes ansehen zu müssen. Er schüttelte entschieden den Kopf. „Ich ziehe mich im Auto um."

„Gut", meinte Sue und nahm ihre Tasche. „Ich bin gleich wieder da."

Das mit dem „gleich" sollte sich als etwas schwierig erweisen.

Schuld waren wahlweise ihr unzuverlässiger Stoffwechsel, der Monatszyklus oder die Schrumpfung von Stoffen durch physikalische Phänomene (gab es da nicht irgendein obskures Gesetz?). Fest stand jedenfalls, dass sie ihr Kleid nicht zubekam. Fassungslos starrte Sue auf den Reißverschluss, der sich weigerte, über dieses klitzekleine Fleischhügelchen an ihrer Taille zu gleiten. Und das, obwohl sie zwei Kilo abgenommen hatte! Wieso war sie keine der Glücklichen, die bei Stress nichts mehr essen konnten? Dann hätte sich das Thema Gewicht für den Rest ihres Lebens erledigt. Aber nein, Stress schraubte ihren Appetit in ungeahnte Höhen, und so ein Schokoriegel, der im Mund schmolz, hatte etwas ungeheuer Tröstliches. Mit den Beruhigungspillen war es zwar besser geworden, aber im heimischen Mülleimer landeten immer noch beschämend viele Schokopapierchen. Was sie weniger aß, war eher das Vernünftige. Vollkornbrot zum Beispiel.

Während Sue verzweifelt am Reißverschluss zerrte, haderte sie mit dem Schicksal. Scheiß vierzig – durfte man nicht einmal mehr ein paar Trostriegel essen, ohne zuzunehmen? Sie zog den Bauch ein, spielte sogar kurz mit dem Gedanken, sich auf den Boden zu legen, doch ein Blick auf die Fliesen, die aussahen, als hätten sie vor Monaten das letzte feuchte Wischtuch gesehen, ließ sie schnell davon abkommen. Mittlerweile nestelte sie mit frenetischem Eifer an allen Teilen des Kleides herum, zupfte und zerrte an Trägern und Rock. Vergeblich. Sie besaß einfach zu viel Masse. Langsam machte sich so etwas wie Panik in ihr breit. Sie hatte nichts anderes Dunkles dabei! Gut, da war noch der Blazer. Der würde die heikle offene Stelle gnädig verdecken.

„Bin fertig Mama!", rief Amy aus der anderen Kabine. „Ist bei dir alles okay?"

„Ja, ja", antwortete Sue. Das war aber auch zu peinlich. Da faselte sie vor den Kindern und Terence ständig von gesunder Ernährung und hatte selbst mindestens einen Hüftring zu viel. Sie sah sich schon zu Hosen mit Gummizug greifen. Gummizug? Sue schöpfte Hoffnung. Von Gummizug war es assoziationstechnisch nicht weit zu Sicherheitsnadeln, die sie in den Tiefen ihrer Tasche immer bereithielt, in einem Nähset aus diesem schnuckligen Hotel in den Cotswolds, das sie damals mit Terence ... . Schon wieder Terence! Nicht einmal einige Minuten schaffte sie es, nicht an ihn zu denken. Nachdem sie sich einige Male in den Finger gestochen hatte, verließ sie schließlich mit einer abenteuerlichen Konstruktion aus Sicherheitsnadeln die Damentoilette. Mac Gyver wäre begeistert gewesen. Wahrscheinlich war sie jetzt auch noch magnetisch.

Sue hatte das Letzte aus dem Volvo herausgeholt – was man ihm auch angehört hatte – und so gelang es ihnen tatsächlich, zu den Schlusstönen des Eingangsliedes die Kirche zu betreten. Also praktisch pünktlich. Für die eingefleischten Trauergäste natürlich zu spät. Viel zu spät. Hochgezogene Augenbrauen, tadelnde Blicke und dezentes Kopfschütteln geleiteten die Drei auf den Weg zur vordersten Bank, wo Sues Vater, Franz Wallner, saß. Er, der selbst ein eher großzügiges Verhältnis zur Zeit besaß, lächelte ihnen erleichtert zu und drückte Sues Hand, als sie neben ihm Platz genommen hatte.

„Schön, dass du endlich da bist", flüsterte er ihr zu. „Ich habe mir schon Sorgen gemacht."

Sue hätte am liebsten ihren Kopf auf seine Schulter gelegt. Es war gut, hier zu sein. Sie hatte die richtige Entscheidung getroffen. Zurück zu den Wurzeln. Vielleicht hatte sie in letzter Zeit ihre Bodenhaftung verloren. Dann war es höchste Zeit, etwas dagegen zu tun.

Als Sue den Blick durch das sonnendurchflutete Kirchenschiff schweifen ließ und die obligatorischen Staubteilchen sah, die wie wild gewordene Mücken durch die weihrauchgesättigte Luft tanzten, spürte sie, wie sich Ruhe in ihr ausbreitete. Wie oft hatte sie schon hier gesessen, als Kind noch relativ gerne, denn schließlich traf man hier sonntags seine Freundinnen. Als Teenager bereits etwas widerwilliger (bis auf die Maiandachten, als sie 14 war und heftigst verknallt in einen der Ministranten, den Brunner Wolfgang). Mit 15 war dann Schluss, denn sie hatte sich – Pubertät verpflichtet – geweigert, weiterhin ihren Sonntagvormittag für eine Messe zu opfern, und als dann ihre Mutter an Krebs gestorben war, war auch Gott für sie endgültig gestorben. Das Quietschen der schweren Holztür riss sie aus ihren Gedanken. Das erstaunte Flüstern und das Klicken von Fotoapparaten verrieten ihr, dass Touristen die Kirche betreten hatten. Es war ja auch toll, die Einheimischen in Aktion zu erleben. Dass da ein Mensch gestorben war – was machte das schon? Auch das war Teil der Folklore.

Dann kam, was kommen musste. Die Vorwürfe. Sie hätte Hilde öfter anrufen sollen. Hätte sie öfter besuchen sollen. Hätte, hätte, hätte. Hätte mal Terence nicht … Verdammt, sie bekam dieses entwürdigende Bild einfach nicht aus dem Kopf. Dieser Ständer und das triumphierende Lächeln dieser Schlampe. Die schrieb das womöglich ihrer sexuellen Anziehungskraft zu und nicht einem Wirkstoff namens Sildenafil.

Mittlerweile hatte sich eine auffallend gutaussehende Dame Mitte Sechzig ans Rednerpult gestellt. Sie nahm sich alle Zeit der Welt, um das Mikrofon passend einzustellen. Sue musste lächeln. Ruth Gebetshuber ließ es völlig kalt, dass sich ein unruhiges Getuschel entwickelte. Sie war eine der engsten Freundinnen von Hilde gewesen, eine kinderlose Arztwitwe, die in ihrem ganzen Leben nie gearbeitet und sich ganz der anspruchsvollen

Freizeitgestaltung gewidmet hatte. Sie war aktiv in mehreren Kulturvereinen der Region, ihr Golf-Handicap war eine beneidenswerte 8, und sie hatte in Japan die Kunst des Ikebana erlernt. Dort hatte sie die höchsten Weihen errungen und durfte sich sogar Iemoto – Meisterin – nennen. Aber das war nur das, was Sue bekannt war. Sie war sich sicher, dass Ruth noch viele andere Talente besaß. Zum Beispiel war sie eine überraschend versierte Rednerin.

„Wir nehmen heute alle Abschied von Hilde", begann sie. „Wir kannten uns seit der Volksschule, und Hilde hat das als Frau beibehalten, was sie bereits als Kind war: Sie war stark und ließ sich nichts gefallen – niemand hatte so eine starke Rechte wie sie. Der Brunner Maxl, der heute auch hier ist, kann ein Lied davon singen."

Nun fingen einige zu lachen an und drehten sich zu Besagtem um, der, peinlich berührt von der überraschenden Aufmerksamkeit, eine kräftige Röte im Gesicht entwickelte.

„Und mehr als einmal musste sie nachsitzen", fuhr Ruth fort, „weil sie sich auf dem Schulhof gegen jegliche Ungerechtigkeit gewehrt hatte. Sie hatte den Kopf voller Flausen, im Erwachsenenalter nennt man das wohl Pläne", hier fingen wieder einige zu lachen an, „und sie hat sie konsequent umgesetzt."

Sue nickte. Hilde hatte seit der Kindheit von der Sahara geträumt und sich geweigert, diese Träume als Fotokalender an der Wand hängen zu lassen.

Mit Anfang zwanzig, in den wilden siebziger Jahren, war sie allein nach Marokko aufgebrochen. Das war alles, was sie offiziell darüber bekannt gab. Inoffiziell war von einer großen Liebe zu einem Berber die Rede.

„Sie liebte es, die eingefahrenen Wege zu verlassen und ihren ganz eigenen Weg zu finden. Als ihre Ikebana-Iemoto kann ich das uneingeschränkt bestätigen. Ich sage nur: Moribana-Stil. Für die Uneingeweihten unter Euch sei nur kurz angemerkt, dass bereits Moribana eine Revolution war, doch Hilde versah selbst diese Technik mit ihrem eigenen Stil, ganz nach dem Motto: Regeln sind dazu da, um sie zu brechen. Hättest du das nur getan, liebste Hilde, möchte ich ihr zurufen. Wärst du nicht diese Straße gegangen, die du immer gegangen bist – dann wärst du noch unter uns und wir könnten heute nach Salzburg fahren und beim Tomaselli die obligatorischen Cremeschnitten essen, wie wir es eigentlich vorgehabt hätten." Ruths Stimme versagte, und sie musste sich die Tränen mit einem Taschentuch abtupfen.

„Ruhe in Frieden, Hilde", sagte sie abschließend. „Wir vermissen dich jetzt schon."

Philipp hatte sich während Ruths Rede damit beschäftigt, die Seiten des Gesangbuchs einzuknicken, worauf Sue es ihm wegnahm, und Amy war völlig weggedriftet, aber sicher nicht in Gedanken an Hilde. Wahrscheinlich irgendein Bill oder Joe oder wer auch immer. Hauptsache, sie dachte nicht an die Schießerei.

Als die Trauergäste unter den tosenden Klängen der Orgel die Kirche verließen, nahm Sue Philipp bei der Hand und folgte ihrem Vater nach draußen. Eigentlich wollte sie ganz unauffällig hinten stehen, doch Franz zog sie nach vorne an das ausgehobene Grab. Touristen glotzten ungeniert die Trauergesellschaft an, manche machten sogar Fotos. Sue merkte, wie Ärger in ihr aufstieg angesichts dieser Gedankenlosigkeit. Verlor man in der Fremde sein Mitgefühl und seine Menschlichkeit? Musste denn alles und jedes zu einer Sehenswürdigkeit verkommen? Sie erinnerte sich zu gut an den beklemmenden Augenblick, als das frisch mit Erde aufgehäufte Grab ihrer eigenen Mutter Minuten nach dem Ende der Trauerfeier als Picknickplatz für ein paar australische Teenager herhalten sollte. Wie eine Furie war sie damals auf die jungen Leute losgegangen. Sue wurde ungeduldig, auch wenn der Pfarrer wirklich einfühlsame Worte fand. Sie wollte weg vom Friedhof. Hier gab es zu viele Erinnerungen, zu viele Leute, zu viele Gefühle. Außerdem zwickten die Sicherheitsnadeln.

„Wird das bei der Hilde auch gemacht, Opa?", fragte Philipp, als die Zeremonie schließlich vorbei war und sie im Karner, einem Gewölbe auf dem Friedhof, in dem tausende Knochen lagerten, standen.

Immer wenn sie in Hallstatt waren, zog es ihn hierher. Es war aber auch eine abenteuerliche Mischung aus Grusel und pittoreskem Lokalkolorit. Ordentlich übereinander geschichtete Totenschädel waren mit den Namen der Verstorbenen beschriftet. Und weil das nicht genug war, gab es auch noch Verzierungen: Eichenlaub und Efeu für die Männer, Rosen und Blütenranken für die Damen. Diese Zurschaustellung menschlicher Gebeine entsprang jedoch nicht dem morbiden Charakter der Hallstätter, sondern einer schlichten Notwendigkeit, denn an einem Ort, der zwischen Bergen und See kaum Platz für die Lebenden bietet, gab es auch für die Toten nur Gräber auf Zeit. Bereits nach zehn Jahren mussten sie ihren Platz auf dem Friedhof aufgeben und wurden in den Karner umgesiedelt.

„Nein", sagte Franz. „Das war früher."

Philipp wirkte leicht enttäuscht. „Vielleicht hätte sie gar nichts dagegen. Sie hat Blumen doch sehr gemocht."

Amy verdrehte die Augen. „Im Garten, aber bestimmt nicht auf ihrem Schädelknochen", fuhr sie ihn an.

„Franz, Susi! Wo bleibt ihr denn? Auf geht's zum Gasthaus!", rief eine Stimme in das Beinhaus.

„Muss das sein?", fragte Sue. Sie verspürte nicht die geringste Lust dazu und legte weder Wert auf neugierige Blicke noch auf nett gemeinte Fragen. Zum Beispiel, wo denn ihr werter Ehemann abgeblieben war.

„Ja", antwortete Franz knapp. „Außerdem habt ihr sicher Hunger."

Ich sollte am besten nie wieder Hunger haben, dachte Sue und tastete nach ihren Sicherheitsnadeln.

„Aber wie", meinte Philipp.

„Ein Schnitzel wäre nicht schlecht", sagte Amy.

„Ich dachte, du willst Vegetarierin werden?", fragte Sue erstaunt.

„Doch nicht hier", konterte Amy. „Ich liebe Schnitzel!"

„Wo gehen wir denn hin?", fragte Sue.

„Ins Bräuhaus", antwortete ihr Vater.

„Na dann", sagte sie. „So ein Schnitzel zur Begrüßung ..." Oder besser ein Saibling. Der war weniger fett.

Es war zwar angesichts der Beerdigung etwas befremdlich, aber nicht zu leugnen: Sue fühlte sich wohl. Sie hatten beim Essen über Hilde gesprochen, Erinnerungen ausgegraben, gelacht und auch einige Tränen verdrückt. Keiner war in seiner Trauer und der Angst vor dem eigenen Tod allein geblieben, und alle waren froh, noch am Leben zu sein.

Nun saß sie mit angenehm gefülltem Bauch am Seeufer und blickte über das Wasser. Die Sonne zauberte Tausende von Glitzerpunkten auf die dunklen Wellen des fjordartigen Sees, und wie vom Fremdenverkehrsamt bestellt steuerte eine Plätte gemütlich ans Ufer. Gegenüber am Bahnhof legte der Passagierdampfer ab. Die Luft war warm und weich, und wie eine Erinnerung an den Winter grüßte der Krippenstein mit einer zarten Schneedecke. Doch jetzt war Sommer, und Philipp stand bis zu den Knien im Wasser. Er zerpflückte eine Kaisersemmel und warf kleine Brocken in den See, um die Schwäne zu füttern. Sie konzentrierte sich ganz auf den Anblick ihres Sohnes. Das half ihr, die Gedanken an Terence auszublenden, zumindest für den Moment.

„Da geht sie Jahr und Tag über diese Straße und dann kommt nach 64 Jahren einer daher und fährt sie um. Und aus is'."

Sue konnte nicht anders als lächeln, als sie sich umdrehte. „Mike!"

Es folgte eine heftige Umarmung, dann die gegenseitige Musterung. Mike – einmal Beachboy, immer Beachboy. Immer noch blondierte, wild zerzauste Haare, immer noch den Ring im Ohr und einen Talisman aus Hawaii um den Hals, immer noch eine tiefe Bräune. Nur etwas mehr Fältchen um die wasserblauen Augen. Sie wurden eben erwachsen. Oder alt, je nachdem wie man es betrachtete. Außerdem, und das hätte sie ihm nie zugetraut, pflegte er seine Mutter, die an Alzheimer litt. Sie war auch hier, saß brav an einem Tisch in ihrem besten Dirndl und schien sich blendend zu unterhalten.

„Deine Mutter ist ganz in ihrem Element."

Mike zog die Schultern gleichmütig nach oben. „Gefeiert hat sie immer schon gern. Aber wehe, wenn ihr was nicht passt, dann wird sie total fuchsig."

„Dass du damit so klar kommst…" Sue sah ihren alten Freund bewundernd an. „Ich habe den größten Respekt vor dir."

Er winkte ab. „Das hättest du einem Hallodri wie mir nicht zugetraut, gib's zu?" Er grinste und fragte übergangslos: „Kommt dein Mann nach?"

Sue zögerte.

„Versteh' schon", meinte er augenzwinkernd. „Die Arbeit. Die kühlen Engländer brauchen halt immer ein bisserl Nachhilfe in Sachen Erotik."

Wenn du wüsstest, wer in Wirklichkeit Nachhilfe braucht, dachte Sue und lächelte. „Du hast ja so recht."

„Bleibst länger?"

„Weiß noch nicht."

„Super. Du, heut Abend ist Strandparty in Obertraun. Du weißt schon, Reggae und Samba und Drinks."

Oh ja, sie wusste. „Und alle sind da, oder?"

„Freilich. Der Stefan und der Ulli und der Wolfi und der –"

Sue lachte. „Ist schon gut. Und am nächsten Tag liegt halb Hallstatt flach mit einem Wahnsinns-Kater." Sie legte ihren Arm auf Mikes Schulter. „Tut mir leid, Mike. Ich pack das nicht, die Fahrt hat mich total geschlaucht."

„Schade", sagte Mike. „Aber falls dich die Lust doch noch packt, weißt du Bescheid"

Hör mir nur auf mit Lust, dachte Sue. Ich bin hier, um mich davon zu erholen.

13

Darf ich das? Ist das pietätlos? Was wird Papa sagen? Und die arme Hilde? Wobei, ob die wirklich arm dran war? Vermutlich nicht. Sue sah sie förmlich vor sich, wie sie sich, befreit vom irdischen Gewicht und arthritischen Gelenken, genüsslich im ewigen Sonnenschein über den Wolken räkelte und all jene bedauerte, die sich auf der Erde abrackerten und sich Sorgen um viel zu viel Unnötiges machten.

Zum Beispiel um diese Strandparty, die ihr nicht aus dem Kopf ging. Machte das aus ihr eine eiskalte, vergnügungssüchtige Schlampe? Weil sie am Beerdigungstag ihrer Patentante an Zerstreuung dachte? Sue musste über sich selbst den Kopf schütteln. Wenn auch sonst nichts in ihrem Leben glatt lief, auf ihre katholische Erziehung und das dazugehörige schlechte Gewissen konnte sie sich hundertprozentig verlassen. Dabei hatte sie bis jetzt vorbildlich funktioniert: Hatte mit der Familie brav zu Abend gegessen. Hatte Konversation betrieben und dabei das Thema Terence nur mit einem knappen „Er ist zu beschäftigt" gestreift. Hatte die Kinder früh ins Bett geschickt und war dann selbst in ihr Zimmer gegangen. Hatte sich hingelegt, war aber getrieben von einer Unruhe, die viele Gründe hatte. Den Schlafmangel der letzten Tage zum Beispiel oder die lange, anstrengende Fahrt. Die Beerdigung. Amy und die Schießerei. Und natürlich Terence.

Klar war sie wütend auf ihn. Und doch meldete sich immer wieder eine innere Stimme, die fragte, ob sie nicht überreagiert hatte. Trotz und Verletztheit waren immer schlechte Ratgeber. Andererseits war Terence langsam in dem Alter, in dem er seiner Mutter Contra bieten könnte. Er hatte sie nicht verteidigt, und das tat weh. Sie ärgerte sich über sich selbst, dass sie dieser Gedanke so quälte. Sie hatte gehofft, mit zunehmendem Alter souveräner zu werden und ihre Selbstzweifel ablegen zu können, doch seltsamerweise war genau das Gegenteil der Fall. Das Schlimmste war, dass jetzt auch noch die Alterserscheinungen dazu kamen. Jedes Fältchen und jedes Speckröllchen schloss sie mehr und mehr aus der Glamourwelt aus, in die sie dank Terences Popularität hineingeworfen worden war. Ach Terence! Es tat weh, an ihn zu denken.

Wie sein Tag heute wohl ausgesehen hatte? Sie sah kurz in ihrem Blackberry nach. Nur ein Patient um elf Uhr, danach hatte er sich die Zeit bis 15:30 freigehalten, um an einem wichtigen Artikel zu arbeiten. Anschließend musste er kurz an die Uni, um über die Finanzierung eines Forschungsprojekts zu sprechen und um 18:00 war ein wichtiges Telefonat mit einem Kollegen geplant, bei dem es um eine gemeinsame Patientin ging. Ob er all die Termine hinbekommen hatte? Einerseits hoffte sie, dass nicht alles glatt gelaufen war und er am eigenen Leib spürte, wie wichtig ihre Arbeit für die reibungslose Organisation des Unternehmens Urquhart war. Andererseits schämte sie sich ein wenig für diese Gedanken, denn Schadenfreude war normalerweise nicht ihre Art. Terence arbeitete viel, vielleicht sogar zu viel. Er saß oft bis tief in die Nacht über seinen Patientenakten, weil ihm die Fernseh- und Radiotermine wertvolle Zeit raubten. Auf die Charity-Abende und sonstigen Veranstaltungen legte er keinen Wert und beehrte nur die mit seiner Anwesenheit, die unumgänglich waren. War sie zu egoistisch gewesen, einfach abzuhauen? Aber wieso ließ Terence sie einfach so gewähren und meldete sich nicht? Hoffte er, dass sie sich schon wieder abregen und mit neugefundenem inneren Gleichgewicht nach Hause zurückkehren würde? Oder war er froh, sie los zu sein? Die Gedankenmühle in ihrem Kopf drehte und drehte sich und führte zu immer absurderen Vermutungen. Als ihr die Idee durch den Kopf schoss, dass alles, inklusive der Schießerei, nur eine Intrige ihrer ausländerfeindlichen Schwiegermutter sei (war deren Vater nicht beim Geheimdienst, dem MI6 gewesen?), richtete sie sich genervt auf.

Ich muss raus, wusste Sue auf einmal mit traumwandlerischer Sicherheit, und sprang aus dem Bett. Sie zog eine Jeans aus der Reisetasche, schnappte sich ein gold-braun gestreiftes Top und nahm noch eine leichte Wolljacke dazu.

Als sie die Hose zuknöpfte, dankte sie kurz dem Erfinder von Stretchfasern und lächelte voller Vorfreude. Jetzt würde sie doch noch zu ihrer Samba kommen, wenn auch nicht mit Terence.

14

Nerviger Stop-and-Go-Verkehr und Autofahrer, die einem den Stinkefinger zeigten: London war wirklich kein Paradies für Motorradfahrer, aber an diesem Abend konnte nichts Terence die Stimmung vermiesen. Alles hatte wie am Schnürchen geklappt. Das Projekt an der Uni lief so gut, dass der Rektor aus einem obskuren Geldtopf eine Summe gezaubert hatte, die es ihm erlaubte, eine zweite Doktorandin einzustellen. Außerdem war er mit seinem Artikel fast fertig, so dass er den Abgabetermin mühelos einhalten konnte. Beste Vorzeichen also für eine ungetrübte Tour mit seinen Kumpels. Am späten Nachmittag hatte er seine BMW aus der Werkstatt geholt, und er freute sich, wie geschmeidig dieses Kraftpaket über den Asphalt rollte.

Er war auf dem Weg nach Hampstead, und nachträglich gesehen war Terence froh, dass Selwyn ihn am Nachmittag nochmals angerufen und ihm mitgeteilt hatte, dass er keine Lust auf die alten Schrumpfköpfe im Naval & Military Club hatte. Nun wollten sie sich in einem urigen Lokal am Stadtrand treffen, und Terence nutzte die Gelegenheit, um sich wieder mit seiner Maschine vertraut zu machen.

Obwohl es im Pub sehr voll war, fand er seinen Onkel sofort, denn mit seiner großen Statur, gekrönt von einer weißen Haarpracht, stach dieser aus der Menge, die sich in doppelter Reihe um den Tresen scharte, wie ein Leuchtturm heraus. Selwyn unterhielt sich gerade mit einem bullig gebauten Mann im Holzfällerhemd. Genau das gefiel Terence an ihm: Selwyn war von einer Neugier und Lebendigkeit, die ihn trotz seiner 78 Jahre unglaublich jung wirken ließen. Er war so ganz anders als sein Bruder Aubrey, Terences Vater, der ein Eigenbrötler war und sich am liebsten in einen Wald zu seinen geliebten Bäumen zurückgezogen hätte.

„Selwyn."

„Terence." Selwyn Urquharts dicke, schneeweiße Augenbrauen tanzten über den wasserblauen Augen auf und ab.

Bereits als Kind hatte die lebhafte Mimik seines Onkels Terence fasziniert, und eines Tages, er war vielleicht fünf oder sechs Jahre alt gewesen, hatte er ihn gefragt, ob er die Augenbrauen anfassen dürfe. Natürlich durfte er, und fast andächtig hatte er mit seinen kleinen Fingern die dicken Haarbüschel berührt. Leider hatten sie sich ganz anders angefühlt, als er es sich vorgestellt hatte. Nicht weich und buschig, sondern hart wie eine Drahtbürste.

„Darf ich dir Chris vorstellen?"

Terence nickte und meinte dann: „Wollen wir uns setzen? Ich könnte was zu essen vertragen."

„Aber natürlich. Auf Wiedersehen, mein Lieber", sagte Selwyn nun zu Chris gewandt, „es hat mich gefreut, Sie kennenzulernen."

„Ebenfalls."

„Worüber habt ihr gesprochen? Über Hunderennen?"

Selwyn war ein leidenschaftlicher Wetter und kannte jeden Rennhund im Vereinigten Königreich sozusagen persönlich.

„Auch. Aber Chris brauchte ein wenig Rat in puncto Frauen. Seine Freundin ist mit seinem besten Freund abgehauen."

„Der Klassiker", meinte Terence trocken.

Was Selwyn dem Armen geraten hatte, wollte er lieber nicht wissen. Sein Onkel, ganz der Militär, liebte es bei der Eroberung der Frauen eher rustikal, was aber offenbar gut ankam. „Wie viele Vertreterinnen der Damenwelt buhlen derzeit um deine Gunst?"

„Vier." Selwyn prostete Chris mit seinem Ale, das die etwas tranige Bedienung endlich gebracht hatte, noch einmal zu.

„Vier?" Darauf musste Terence einen großen Schluck nehmen. „Ich dachte immer, es wären nur drei."

Selwyn winkte ab. „Wurde auf die Dauer zu langweilig."

Terence war beeindruckt. Er war sich sicher, dass sein Onkel ihn nicht auf den Arm nahm. Als Privatier ohne irgendwelche Verpflichtungen hatte er jede Menge Zeit. Nur eine Sache interessierte ihn: Wie um alles in der Welt schaffte das nur sein doch recht betagter Körper, der ganz im Sinne Churchills Sport für Mord hielt? Ohne Hilfsmittel konnte das doch nicht gehen. Terence hätte ihn zu gerne danach gefragt, hielt sich aber zurück. Es ging ihn schließlich nichts an. Er für seinen Teil war froh, dass dieses lästige Spannungsgefühl in seinen Beinen endlich verschwunden war.

Eine halbe Stunde später legte Terence das Besteck auf seinen Teller. Dunkelbraune Sauce schwappte leicht um den Klecks Kartoffelpüree und gegen die Reste der grünen Bohnen mit Speck. Er lehnte sich auf seinem Holzstuhl zurück und konnte sich ein Lächeln nicht verkneifen, als Selwyn mit unerreichter Grandezza die ölige Spur auf seinen Lippen mit der karierten Papierserviette wegtupfte. Sein Onkel war ein richtiges Original – ein Mann, den man sich genauer ansah, ein Mann, der den nicht näher erklärbaren Eindruck hinterließ, dass er aus einer geheimnisvollen Fremde kam. Was genau genommen kein Wunder war, denn vierzig Jahre Indien hatten ihre Spuren hinterlassen. Vielleicht war dies das Geheimnis seiner scheinbar unerschöpflichen Liebeskraft? Es würde sich eventuell lohnen, in jener Ecke der Welt diesbezüglich nachzuforschen.

„Hat es geschmeckt?" Die Kellnerin nahm mit langsamen, aber routinierten Bewegungen die Teller auf, wartete gar nicht erst die Antwort ab und hinterließ einen leichten Schweißhauch, gemischt mit einem süßlich-fruchtigen Deo.

Der Pub war brechend voll mit Stammgästen, und nur an wenigen Tischen saßen Touristen. Nachdem fast alle Gäste mit dem Essen fertig waren, wurde das Stimmengewirr wieder lauter.

Selwyn schob den Salz- und Pfefferstreuer in die Mitte des Tisches. „Wie geht es meiner österreichischen Salzprinzessin? Hat sie die Beerdigung einigermaßen überstanden?"

Terence hatte die Frage erwartet und hätte sogar den Zeitpunkt exakt voraussagen können, wenn ihn jemand danach gefragt hätte. Während des Essens hatten sie sich angeregt unterhalten. Über die letzten Steuererhöhungen, die Situation an der Börse, die Gefahren im Straßenverkehr und im Besonderen die Risiken des Motorradfahrens in der Gruppe. Selwyn steuerte eine haarsträubende Geschichte bei, in der ein Motorrad, eine thailändische Polizeieskorte und die Gehhilfe von Urgroßtante Beth eine Rolle spielten, und zum Schluss waren sie bei seiner bevorstehenden Mini-OP gelandet. Zwei weitere kleine Narben in seinem Gesicht, diesmal direkt über der Nase und über der rechten Augenbraue, würden den fünf anderen, die bereits gut verheilt waren, Gesellschaft leisten. Der Hautkrebs kam immer wieder und ließ sich nicht abschütteln. Ein weiteres Souvenir aus seiner Zeit in Indien.

Terence verzichtete auf eine Antwort, nahm stattdessen einen Schluck Ale und wappnete sich für den kommenden Vortrag.

„Junge, du weißt, dass ich mich nicht einmischen will. Aber ich konnte nicht umhin, mehr zu hören, als für meine alten Ohren bestimmt war. Ich kenne deine Mutter und weiß, wie hart sie sein kann." Er nickte noch einmal Chris zu, der gerade am Gehen war. „Mir ist schleierhaft, wieso du noch hier mit deinem alten Onkel rumsitzt, anstatt in den nächsten Flieger zu steigen, um das mit Sue wieder geradezubiegen."

„Ich glaube, du übertreibst. Sue wird sich schon wieder einkriegen. Sie braucht einfach eine kleine Pause."

Selwyn blinzelte einige Male. „Verdammte Augentrockenheit. Ohne die Tropfen fühlt es sich an, als befände ich mich mitten in einem Sandsturm. Vielleicht sollte ich mehr trinken." Er gab der Bedienung ein entsprechendes Zeichen und machte dann sofort mit seinem Verhör weiter. „Wieso bist du eigentlich nicht mitgefahren?"

Terence setzte zu seiner Verteidigungsrede an, wusste aber im Voraus, dass sie in Selwyns Ohren mehr als kläglich klingen würde. „Ich kann unmöglich spontan aus der Praxis weg. Schon gar nicht jetzt, wo ich nächste Woche sowieso fünf Tage nicht da bin."

Wie erwartet blieb Selwyn völlig unbeeindruckt. „Diese Hilde war einer der wichtigsten Menschen in ihrem Leben."

„Sue hat die Kinder, die werden ihr Halt geben. Und ihr Vater ist ja auch noch da."

Selwyn warf seinem Neffen einen Blick zu, der größten Zweifel ausdrückte. „Nun gut, du bist der Psychologe in der Familie."

Was nicht richtig war, denn Terence war Psychotherapeut und kein

Psychologe. Wäre er das gewesen, hätte er vielleicht ahnen können, warum seine Frau sich so verhielt, wie sie es im Augenblick tat, und weshalb sie ihre Vorwürfe mit Wörtern wie *Loyalität* spickte.

Doch Selwyn feuerte weiter. „Trotzdem, ist da etwas, was du mir als altem, weisem Mann erzählen möchtest?"

Terence wich Selwyns Blick aus und meinte dann in Richtung Tischplatte: „Okay, wir hatten ein bisschen Stress, aber das legt sich wieder."

„Ich habe das Gefühl, dass es nicht nur um die Beerdigung geht."

Terence schwieg und trank. Er würde mit Selwyn sicher nicht über so etwas Abstraktes wie Loyalität sprechen.

„Du musst mir beileibe keine Rechenschaft ablegen, aber ich habe Sue noch nie so wütend gesehen. Was ihr übrigens ganz hervorragend stand."

„Selwyn! Ich wäre dir dankbar, wenn du meine Frau aus deinen erotischen Fantasien ausschließen würdest."

Selwyn hob beide Hände abwehrend vor seinen Oberkörper und lachte. „Manchmal bist du so bieder wie deine Mutter. Pass nur auf, dass sich das nicht verschlimmert." Er hob scherzhaft mahnend seinen Zeigefinger und wurde dann schlagartig ernst. „Nur noch ein Wort, und dann gebe ich Ruhe: Du weißt, wie sehr ich Sue mag und schätze. Setz nicht aufs Spiel, was euch beide verbindet. Noch einen Schnaps?"

„Um Himmels willen, ich bin mit dem Motorrad da."

„Dafür hast du jetzt schon zu viel getrunken. Also komm, sei kein Spielverderber."

„Na gut, aber nur wenn du mir von den vier Damen deines Herzens erzählst."

Selwyn war der Prototyp des ewigen Junggesellen. Im familiären Flurfunk ging die Mär um, dass er sich als junger, schneidiger Offizier in Indien rettungslos in eine Muslima verliebt hatte, die jedoch bereits einem anderen versprochen war. In der Folge hatte er sich angeblich geschworen, sein Herz nie wieder ausschließlich einer Frau zu schenken. Soweit Terence zurückdenken konnte, hatte er diese Regel nie gebrochen.

„Evelyn kommt erst in zwei Wochen von ihrer Kreuzfahrt zurück, Mona ist bei ihrer Tochter und passt auf ihre Enkelkinder auf, die sie demnächst noch zum Wahnsinn treiben werden, und Nelia" – er machte eine Pause – „Nelia ist derzeit nicht besonders gut auf mich zu sprechen. Also alles im grünen Bereich." Er berührte Terence am Arm. „Ich dachte immer, dass ich diesen Teil meines Lebens gut im Griff hätte, aber heute denke ich anders darüber. Du und Sue – das ist meine Vorstellung von einer idealen Ehe. Verbock es nicht, mein Lieber."

Terence nickte brav. Das hatte er auch nie vorgehabt. „Und ich habe immer gedacht, du hättest die ideale Lebensform für dich gefunden. Das ungetrübte, freie Glück. Ich hatte sogar schon erwogen, dich als Forschungsobjekt vorzuschlagen."

Selwyns Augenbrauen rutschten geschmeichelt nach oben. „Du weißt, ich erzähle immer gerne aus meinem Leben."

„Oh ja." Terence erinnerte sich an zahlreiche Familienfeiern, bei welchen seine Mutter mit schmalen Lippen den Ausführungen ihres Schwagers gefolgt war.

Die Ouvertüre aus „Die schöne Galathee" erklang aus Selwyns Sakkotasche. Es war sein Handy. Beim Blick auf das Display begann er, offenbar auf das Angenehmste überrascht, breit zu grinsen.

Das ist sicher nicht sein Steuerberater, dachte Terence.

„Bei dir oder bei mir?", schmeichelte Selwyn in sein Handy.

Nein, das war eindeutig nicht sein Steuerberater.

„Lass mich raten", meinte Terence, nachdem sein Onkel das Gespräch mit den Worten: „Ich freue mich" beendet hatte.

„Mona oder Nelia. Oder doch eher Evelyn? Moment – das sind nur drei. Wie heißt die Vierte?"

Selwyn schlug genüsslich die Beine übereinander. „Beatrice. Eine unglaubliche Frau. Viel zu jung für Enkel und Kreuzfahrten."

Der MUSS doch was nehmen, dachte Terence, der sich plötzlich alt und schwach fühlte.

„Beatrice hat heute noch Zeit."

„Meinen herzlichen Glückwunsch."

Selwyn legte den Kopf ein wenig schief und sah Terence mit einem leichten Schmunzeln an. „Sie hat eine ganz bezaubernde Freundin."

Terence ließ die Worte sacken, dann schüttelte er den Kopf. „Was soll das? Erst hältst du mir einen Vortrag, wie wichtig es ist, meine Ehe zu retten, und jetzt lädst du mich zu einem flotten Vierer ein?"

Selwyn seufzte bedauernd. „Man merkt, dass du nicht beim Militär warst. Als Offizier wärst du Zweifrontenkriege gewohnt. Also, was ist?"

Terence seufzte. „Auch wenn ich mir im Vergleich zu dir wie ein Mönch vorkomme, fahre ich brav mit dem Taxi nach Hause."

Dort schenkte er sich ein Glas Talisker ein. Während er einen Schluck des leicht rauchigen Getränks nahm, gingen ihm Selwyns Worte nicht aus dem Kopf. *Setze nicht aufs Spiel, was euch beide verbindet.*

Er stand auf und kontrollierte den Anrufbeantworter. Nichts. Auch nicht auf seinem Handy, dafür drei SMS von Amy. Eine leichte Enttäuschung machte sich in ihm breit, die er mit einem weiteren Glas Whisky betäubte.

Sollte er Sue anrufen? Nein, dafür hatte er zu viel getrunken. Außerdem war sie bestimmt schon im Bett. Das musste bis morgen warten.

15

Als Sue in der Lahn fast am Ende des Sees ankam, konnte sie schon die Musik hören. Ach, war das schön! Wann hatten sie und Terence das letzte Mal Spaß gehabt? Oder zumindest etwas unternommen, das nichts mit Karriere und Beruf zu tun hatte? Natürlich spielten sie Samba, die ins feuchte Salzkammergut so gut passte wie Fellstiefel an die Copacabana. Bereits nach wenigen Schritten spürte sie, wie der Rhythmus langsam in ihren Körper drang und ihm etwas von der Schwere der letzten Tage nahm. Jetzt einen Caipirinha, etwas tanzen und dann die Füße in den See halten.

Die Bierbänke, die gefährlich nah am Ufer standen, waren voll besetzt. Aus dem Grill stob eine schwarze Rauchwolke, weshalb sie auf jeden Fall auf Essbares verzichten würde, schon um ihrem Körper den Nitrosaminschock zu ersparen. Ein leichter Wind wehte und ließ die in den Boden gerammten Fackeln und Kerzen auf den Tischen flackern. Gelächter und lautstarke Gespräche wetteiferten in der Dezibelstärke mit der äußerst engagiert agierenden Sambagruppe. Alles war wie immer, doch plötzlich wurde es Sue zuviel. Diese Fröhlichkeit, dieses Laute ... Plötzlich fühlte es sich falsch an.

Sie war kurz davor, wieder umzukehren, als sie ein „Servus Susi!" hörte.

Es kam von Mike, der ihr mit alkoholseligem Übermut zugerufen hatte und damit ein allgemeines Köpfedrehen bei den anderen Gästen provozierte.

Wenn ich jetzt gehe, denken sich die anderen bestimmt wieder weiß der Himmel was. Ich bleibe einfach auf einen Drink und verschwinde dann.

Sie winkte zurück und nickte auf ihrem Weg zu Mikes Tisch dem einen oder anderen bekannten Gesicht zu. Und da waren sie alle: Heli (Meister in der Elektrodenfabrik in Steeg, ein Haus, zwei Kinder), Joe (er war mittlerweile Abteilungsleiter bei der Sparkasse) und Karin (Joes Frau und etwas übermotivierte Kindergärtnerin, selber kinderlos) standen auf und begrüßten sie mit einem Küsschen (wobei Mikes Exemplar für Sues Geschmack ein bisschen zu lang ausfiel; auch in diesem Punkt hatte er sich offensichtlich nicht geändert). Babsi, ihre Lieblingsfeindin bereits aus Kindergartentagen und Gattin von Heli, blieb sitzen und lächelte ihr verspannt zu.

„G'scheid, dass du noch gekommen bist", rief Mike, nachdem er sich endlich von ihr gelöst hatte. „A bisserl Spaß im Leben kann ned schaden."

Ob das ein Spaß wird, wird sich noch zeigen, dachte Sue in Anbetracht von Babsis sauertöpfischer Miene und wandte sich ab, um nicht sofort von Mikes Alkoholfahne ins Koma geschickt zu werden.

„Setz dich her!" Joe tippte auf den Platz neben sich und lächelte sie auffordernd an. „Muss erst jemand sterben, damit du dich mal wieder hier blicken lässt?"

„Weißt du, wie oft ich den Spruch heute schon gehört habe?", seufzte Sue.

„Wenn es doch auch stimmt", gab er zurück.

„Ich bin halt nicht allein. Die Kinder kann ich nicht mehr einfach unter den Arm nehmen und hierher bringen. Die haben ihre eigenen Pläne."

„Das kann ich mir vorstellen", sagte Heli. Er war als Erster von der Schule abgegangen und hatte den ortsüblichen Lebenslauf mit Lehre, früher Heirat und Kindern hingelegt.

„Ah geh", warf seine Gattin Babsi ein. „Als ob du dich darum kümmern würdest. Bist ja nie daheim."

Heli ignorierte seine Frau, deren Aussprache schon verdächtig verwaschen klang.

„Jetzt fehlt nur noch Vanessa", sagte Sue. Dann wäre die alte Clique wieder vollständig.

„Die ist sich mittlerweile zu gut für so was", giftete Babsi.

„Die Vanni zu gut?", protestierte Mike. „Ich würde eher sagen: zu weit weg. Seit Indien lebt die einfach auf einem anderen Planeten. Aber sie schaut immer noch scharf aus."

„Hört, hört", kommentierte Karin und lachte. „Darauf trinken wir. Hey

Susi, du hast ja noch gar nichts."

Mike sprang sofort auf. „Ich hole dir was. Was hättest du denn gerne?"

Sue überlegte kurz. Plötzlich meldete sich eine vernunftähnliche Stimme in ihr und riet ihr von einem Cocktail à la Caipirinha ab. Vielleicht bekäme sie statt eines frisch gemixten Drinks nur ein üppigst aromatisiertes Fertigprodukt aus der Dose. „Ein Bier bitte."

Als Mike sich entfernte, entstand eine Pause. Niemand schien zu wissen, was er sagen sollte, da ergriff Karin, als Erzieherin versiert im Umgang mit schwierigen Situationen, das Wort.

„Mein Beileid wegen der Hilde."

Babsi rollte mit den Augen.

Sue bedankte sich artig und war froh, dass die Sambagruppe mit einem temperamentvollen, sehr lauten Stück einsetzte, dem sie vorerst ihre Aufmerksamkeit widmen konnte. Plötzlich stutzte sie und drehte sich zu den anderen um.

„Seit wann spielt Stefan bei der Sambagruppe?" In Stefan war sie als Fünfzehnjährige 27 Tage lang unglücklich verliebt gewesen.

„Seit er aus Graz zurück ist", antwortete Joe.

„War wohl nichts mit der Arbeit an der Uni", lästerte Babsi. „Jetzt fährt er wieder bei seinen Eltern Taxi und hält den Fahrgästen Vorträge über Literatur."

Du liebe Güte, muss die frustriert sein, dachte Sue und setzte zu Stefans Verteidigung an. „Die Unis müssen sparen. Da bist du ganz schnell draußen. Das muss nicht an seinen Fähigkeiten liegen."

Babsi schnaubte. „Du musst es ja wissen. Hast ja nie eine Uni von innen gesehen."

„Da haben wir wenigstens eine Sache gemeinsam", konterte Sue. „Aber Heli", nun wandte sie sich demonstrativ an Babsis Mann, „dir geht es gut?"

Er nickte halbherzig.

Mike stellte Sues Bier schwungvoll auf den Tisch. „Er bräucht halt mal wieder eine Herausforderung."

Sue sah ihn sich genauer an. Augenringe, fahle Haut, aus jeder Pore sprach eine gewisse Müdigkeit. Herausforderung? Heli wirkte eher wie ein Mann, dem die Krankenkasse eine mehrwöchige Regenerationskur spendieren sollte.

„Ich weiß nicht", sagte sie. „Dass du nicht genug kriegen kannst, Mike, wissen wir alle."

Sie meinte damit die endlosen Abfolgen von Triathlons, Bergrennen, Tauchwettbewerben und was es sonst noch alles gab. Sie waren Mikes Lebensinhalt. Nicht zu vergessen seine Balzwettbewerbe. Darin war er wahrscheinlich Weltmeister, denn es war verbürgt, dass innerhalb einer Woche zwei Frauen von ihm ein Kind bekommen hatten. In zwei Bundesländern, Salzburg und der Steiermark. Ein schnelles Motorrad war sein Geheimnis, wie er lachend auf allen Stammtischen erzählte.

„Irgendwie hat er recht", brummte Heli in sein Bierglas.

„Ich kenne ihn doch, meinen Heli!", rief Mike begeistert und schlug seinem Freund auf die Schulter. „Der ist ein Abenteurer! Was ist – gehst mit?"

Auf einmal wirkte Babsi hellwach. „Wohin?"

„Auf den Klettersteig. Wird Zeit, dass wir's den Gosauern zeigen."

Heli wirkte durchaus interessiert, was natürlich auch die alarmierte Babsi bemerkte.

„Du hast zwei Kinder. Schon vergessen?", erinnerte sie ihren Mann.

„Du sorgst schon dafür, dass ich des nie vergess." Damit war das Thema für ihn erledigt. „Ich wüsste noch jemanden." Heli stand auf und winkte zu einem anderen Tisch. „Hey, Hubsi, komm her."

Hubsi entpuppte sich als schmächtiges, bebrilltes Männchen mit korrektem Seitenscheitel.

„Zeigen wir der Susi mal, was wir noch so drauf haben", versuchte Heli ihn zu motivieren.

„Der Susi?" Hubsi musterte sie. „Freilich. Und wir zwei haben eh noch was miteinander zu regeln."

Mike lachte und stupste Hubsi in die Magengrube. „Sag bloß, die Niederlage beim Triathlon stinkt dir immer noch." Er beugte sich verschwörerisch zu Sue. „Da habe ich ihn g'scheid abgehängt."

„Weilst mich beim Radfahren geschnitten hast."

„Weilst langsamer warst."

Karin verdrehte die Augen nach oben. „Irgendwie erinnert ihr mich an meine Igel-Gruppe. Wer ist der Größte und der Stärkste."

„Und der Deppertste", fügte Babsi hinzu.

„Dieser Steig ist gefährlich", setzte Karin mit betont ruhiger Erzieherinnenstimme erneut an. „Aber das wollt ihr natürlich nicht wissen."

„Richtig, Karin, genau richtig." Mike war begeistert. „No risk, no fun. Und die Susi darf die Zeit messen."

„Okay." Sue dachte sich nichts dabei, denn sie nahm den Wettbewerb sowieso nicht ernst. Morgen, oder besser übermorgen, wenn sie alle wieder nüchtern waren, wäre dieser bescheuerte Plan längst vergessen.

„Unsere Susi!" Mike lächelte glücklich. „Warst halt schon immer für alles zu haben."

Babsi durchbrach mit einem resoluten Schlag auf den Tisch die gute Stimmung. „Das ist ja wieder mal typisch. Madame fliegt alle paar Jahre hier ein und schon benehmen sich die Männer wie Bekloppte."

„Babsi-Maus, sei doch kein Spielverderber", rief Mike mit soviel Verführung, wie er nach wer weiß wieviel Bier noch aufbringen konnte. „Lass uns doch auch mal unseren Spaß."

„Das ist doch kein Spaß mehr." Babsi wirkte auf einmal vollkommen nüchtern. „So ein Blödsinn, der Klettersteig. Vier Tote hat es dort oben letztes Jahr gegeben! Und nur wegen ihr", jetzt deutete sie auf Sue, „führt ihr euch so auf. Die lacht euch doch nur aus. Die meint doch, sie ist was Besseres..."

Wenn du wüsstest, dachte Sue. Vielleicht sollte sie ihre Schwiegermutter und Babsi in einen Raum sperren. Dann könnten sie in Ruhe darüber diskutieren, ob Sue Urquhart alias Susi Wallner nun etwas Besseres war oder für nichts oder niemanden (vor allem für Terence) gut genug. Aber, und das fiel ihr nun wirklich nicht leicht, sie konnte Babsi verstehen. Der Klettersteig war etwas für erfahrene Alpinisten und nichts für Kindsköpfe wie Mike, die nur ihren Spaß haben wollten. Sie hätte Terence mit allem, was sie hatte, daran gehindert, da hinaufzusteigen. Er war der Vater von zwei Kindern. Genauso wie Heli. Babsi hatte recht. Am besten sagte sie das gleich laut, sonst würde dieser historische Moment unbemerkt an der Welt vorüberziehen.

„Du hast recht, Babsi. Der Klettersteig ist eine blöde Idee. Ihr seid keine zwanzig mehr."

Babsis Blick war sensationell. Sue hatte mit ihrer Bemerkung wohl gerade ein Weltbild zum Wanken gebracht.

„Wir gehören doch noch nicht zum alten Eisen", protestierte Mike und prostete allen zu.

„Sagt ja auch keiner", meinte Sue. „Aber vielleicht sollten wir langsam zu denen gehören, die nachdenken, bevor sie etwas tun."

„Schöner hätte ich das jetzt nicht sagen können", pflichtete Karin ihr bei.

„Immer diese Bedenkenträger", moserte Mike und schlurfte zur Bar, um sich Nachschub zu holen. Als er wiederkam, meinte er: „Susi Maus, wir könnten mal wieder Fallschirm springen."

Sue musste lachen. „Was heißt wir? Ich habe das noch nie gemacht."

„Dann wird es Zeit. So ein Tandemsprung, wir zwei. Allein zwischen den Wolken."

„So hoch hinaus willst du mit mir?"

„The sky's the limit", antwortete Mike.

„Ach Mike", seufzte Sue und tätschelte seine Hand. „Mein Limit ist hier unten. Gibst mir noch ein Bier?"

Irgendwann, so gegen zwei Uhr nachts, konnte Sue sich nichts Schöneres vorstellen als ihr Bett.

„Bringst mich heim?", fragte sie Stefan, der, immer noch beseelt von seiner Sambamusik, versunken vor sich hinsummte und tatsächlich zwischen zwei Takten ein Nicken zustande brachte. Musik macht glücklich, dachte Sue und sah ihn versonnen an. *Dumdidum*. Sie wünschte, sie könnte sich auf diese Weise verlieren. Dieser Flow, von dem man immer las, der Zeit und Raum vergessen ließ. Musste schön sein, so ein Flow. Doch sie hatte keine Ahnung, bei welcher Tätigkeit sie das erreichen sollte. Sie war unmusikalisch, konnte nicht malen und bewegte sich nur äußerst ungern. Verdammt noch mal, was machte sie eigentlich gerne?

„Ist was mit mir?", fragte Stefan plötzlich und unterbrach sein Dumdidum.

Sue hob fragend die Augenbrauen.

„Du runzelst die Stirn und starrst mich an."

Das klang nicht gut, denn es machte sie sicher um Jahre älter. Sie lächelte. „Mit dir ist alles in Ordnung."

„Sag das bitte meinen Eltern." *Dumdidum.* Er stand auf und reichte ihr die Hand. „Komm her meine Schöne." Er verbeugte sich. „So nimm meinen Arm."

„Danke, mein Prinz." Sie hatte vielleicht doch ein paar klitzekleine Bierchen zu viel getrunken, denn Prinz, das wäre nun so ziemlich das Letzte gewesen, womit sie Stefan bezeichnet hätte. Außerdem glaubte man mit vierzig nicht mehr an Prinzen.

Irgendwie schafften sie es zu seinem Taxi, das in gewagter Schräglage am Straßenrand stand.

Mit einem wohligen Seufzer ließ sich Sue in die weichen Lederpolster sinken. „Was für eine himmlische Ruhe."

„Die Babsi hat dir ja ganz schön zugesetzt."

„Die war schon immer furchtbar. Ich erwarte von ihr gar nichts anderes." Sue dachte an ihre Schwiegermutter. „Furchtbare Weiber pflastern meinen Weg."

„Der Mensch wächst mit seinen Herausforderungen."

Sie kicherte. „Hast du noch mehr solche Kalenderweisheiten auf Lager?" Sie kitzelte ihn am Kinn, das sich angenehm stoppelig anfühlte. „Von einem studierten Germanisten erwarte ich schon etwas Originelleres."

Stefan lachte. „Und das sagt eine die, ich zitiere, nie eine Uni von innen gesehen hat."

Da hatte die Nachrichtenübermittlung wieder einmal hervorragend funktioniert. Sie knuffte ihn in die Seite. „Seit wann ist Babsi zitierwürdig?" Sie richtete sich halb auf und nahm seinen Kopf zwischen ihre Hände. „Sag mal, stehst du auf die Babsi? Du scheinst von ihr besessen zu sein."

Er verzog schmerzvoll das Gesicht. „Meine masochistische Phase habe ich hinter mir."

Sue richtete sich auf. „Echt? Erzähl! Ich habe schon gehört, dass Unidozentinnen recht versaut sein sollen."

Auf einmal schien es, als wäre eine Klappe gefallen. Eine Unidozentin also. Da hatte sie mit der Feinfühligkeit eines Mammuts einen wunden

Punkt getroffen. Das würde sie wieder gut machen. Aber nicht mehr heute. Irgendwann später. Aber bald. Wenn ihr Kopf wieder klarer wäre.

„Es tut mir leid, ich wollte dich nicht ..."

Stefan startete den Motor. „Ich glaube, du gehörst ins Bett."

„Jetzt bist du mir böse."

Er seufzte und sah sie nachsichtig an. „Ich bin dir nicht böse."

„Bist du schon."

Er lachte. „Ich sage jetzt nichts mehr."

„Wirklich nicht böse?" Das Leder fühlte sich verdammt weich an. Sue verstellte den Sitz in Liegestellung, während er losfuhr.

„Dann ist ja alles gut." Sie räkelte sich im Sitz. „Du fährst sehr gut. So weich." Dann machte sie versuchsweise die Augen zu.

Das Nächste, woran sie sich erinnerte, war, wie Stefan auf dem Marktplatz vor dem Haus ihres Vaters bremste. Da rutschte sie nämlich unfreiwillig etwas nach vorn.

„Ich war ja gar nicht angeschnallt", beschwerte sie sich. „Du musst das nächste Mal besser auf mich aufpassen."

„Das sagst du genau zum Richtigen."

Dieser Mann steckte wirklich in der Krise. Willkommen im Club.

16

Was war das nur für ein penetrantes Klopfen? Sie versuchte, es mit einem Stöhnen wegzuscheuchen, was wider Erwarten erfolgreich war. Doch kaum war sie für eine gefühlte Zehntelsekunde erneut in einen komaähnlichen Schlaf gefallen, quälte sie eine Art Schlurfen. Es war, als reibe jemand mit Sandkörnern ihre Hirnhaut entlang. Das war ein klarer Fall für Amnesty International.

„Susi", brüllte eine männliche Stimme. Ihr Folterknecht. Warum nannte er sie Susi? Wenn sie die Kraft gehabt hätte, hätte sie sich die Ohren mit dem Kissen zugehalten.

„Nicht so laut!", krächzte sie.

„Ich flüstere doch eh nur", kam es zurück.

Oh ja, es war allseits bekannt, wie perfide Folterknechte waren. Lullten einen ein mit Freundlichkeit. Und dann stießen sie mit dem Messer zu. Oder tauchten den Kopf ins Wasser. Sie sollte besser wachsam sein. Ein Auge riskieren.

Sue erkannte den Typ sofort. „Papa!" Kein Folterknecht, aber momentan nicht viel besser. Außerdem hatte sie ungebetenen Besuch beim Aufwachen noch nie geschätzt.

„Was ich dir jetzt sage, wird dir nicht gefallen, aber ich fürchte es nützt nichts. Du hast einen Termin beim Notar."

Ruckartig setzte Sue sich auf. Ihr Jugendzimmer mitsamt Vater drehte sich einmal um die Achse.

„Hilde?"

Franz nickte. „Hilde."

„Papa, kannst du nicht für mich hin? Mir geht es wirklich nicht gut. Es geht sicher nur um eine Kleinigkeit." Sue atmete tief ein und aus, vielleicht half etwas Sauerstoff.

„Das geht nicht, du musst selbst erscheinen. Hier." Franz reichte ihr eine Tasse.

Sie roch misstrauisch an dem dunklen Gebräu. „Was ist das?"

„Espresso mit Zitrone. Ich habe gleich einen Doppelten gemacht. Ich weiß doch, wie es auf den Strandpartys zugeht." Er lächelte.

Sue erforschte sein Gesicht nach irgendeinem Vorwurf, konnte jedoch keinen entdecken.

Sie nahm einen Schluck und zog eine Grimasse. „Das schmeckt furchtbar." Wenigstens kamen so ihre Gesichtsmuskeln zu einem unverhofften Training.

Er nickte, ohne eine Miene zu verziehen. „Das ist der Preis für einen klaren Kopf."

„Blöder Tauschhandel", brummte Sue. „Wieso gibt es eigentlich nichts einfach mal so?"

„Darauf gebe ich dir jetzt keine Antwort", meinte ihr Vater milde lächelnd. „In einer halben Stunde müssen wir fahren. Das müsste fürs Herrichten reichen, oder?"

„Für dich Papa, für dich", murmelte Sue. „Aber nicht mehr für vierzigjährige Frauen." Als die Tür schon fast ins Schloss fiel, rief sie ihn zurück. „Was machen die Kinder?"

Franz linste durch den Türspalt. „Amy ist in ihrem Zimmer und hackt auf ihr Handy ein und Philipp ist mit dem Nachbarsbuben am See."

Jetzt war Sue endgültig wach. „Am See? Nicht dass was passiert!"

„Wo warst du denn den ganzen Tag, als du klein warst? Außerdem ist der Nachbar Rettungsschwimmer. Mach dir keine Sorgen, sondern lieber dich fertig."

Mach dich fertig? Dieser Mann hatte leicht reden. Sie fühlte sich wie hundert, dreckig wie nach einem verlängerten Wochenende in der Kanalisation, und ihr Kopf wog eine Tonne. Mach dich fertig. Ha! Und das Ganze vermutlich wegen ein paar Puppen aus Hildes Sammlung, mit denen sie als Kind so gerne gespielt hatte.

So widerlich das Kaffee-Zitronengebräu auch war, um 14:30 Uhr saß Sue in Begleitung ihres Vaters in geistig relativ wachem Zustand und seriös in ein hellgraues Sommerkostüm gekleidet im Besprechungsraum des Notariats Geiger in Bad Ischl und konnte nicht fassen, was sie soeben gehört hatte.

„Ich habe was?"

Der Notar sah sie angesichts des stilistisch nicht gerade hochstehenden Satzes leicht vorwurfsvoll über den Rand seiner Brille an. „Ich lese es gerne noch einmal."

„Wir bitten darum", sagte Franz, und seine Augen blitzten vor Freude.

„Mein Haus mitsamt Möbeln erbt Susanne Urquhart, die Tochter meiner besten Freundin Anneliese Wallner, die nach deren Tod ein wenig meine Tochter wurde und viel Freude in mein Leben gebracht hat."

„Viel Freude?" Wann denn? Sie hatte doch nie Zeit für sie gehabt! Das schlechte Gewissen drückte Sue fast die Kehle zu. Sie legte die Hand über ihre Augen und versuchte, den Tränen Herr zu werden, die mit aller Macht fließen wollten.

Ihr Vater reichte ihr wortlos ein Taschentuch.

„Ich kann jetzt nicht ...", stammelte sie, nachdem sie sich wieder halbwegs gefasst hatte. „Das muss ich mir ..."

„Sie haben sechs Monate Zeit für eine Entscheidung", sagte der Notar und wollte die Blätter gerade zu einem sauberen Stapel zusammen schieben, als Franz in einem Tonfall, der keinen Widerspruch duldete, meinte: „Die brauch' ma ned."

Sue sah ihren Vater verständnislos an. Was sollte das jetzt wieder? Meinte er immer noch, sie wäre ein Kind, das keine Entscheidungen allein fällen konnte? „Papa, das ist meine Sache. Und ganz allein meine. Ich lasse mich nicht unter Druck setzen." Während sie flüsterte, spürte sie Wut in sich aufsteigen.

Der Notar lächelte derweil nachsichtig und hielt die Hände vor dem Gesicht gefaltet.

Franz blieb völlig unbeeindruckt. „Das hat nichts mit Druck zu tun, sondern mit gesundem Menschenverstand."

Täuschte sie sich, oder schien der Notar zustimmend zu nicken? Dabei hatte sie immer geglaubt, Notare sollten neutral sein.

„Das Haus ist Gold wert."

Mann, ihr Vater konnte wirklich hartnäckig sein.

„Die Substanz ist grundsolide, und die Hilde hat alles instand gehalten, so gut sie konnte. Und dann die Lage – so ein Grundstück am See gibt es heutzutage gar nicht mehr."

Der Notar nickte wieder auf fast unmerkliche Weise. Sue konnte es ihm nicht verdenken, denn jeder Punkt, den ihr Vater aufgeführt hatte, war ihres Wissens korrekt.

„Da bist du leicht bei einer viertel Million."

Das waren pi mal Daumen an die 200.000 Pfund. Dafür müsste sogar Terence ein Weilchen arbeiten. Zweihunderttausend Pfund! Angesichts dieser Summe konnte sie wirklich noch einmal auf ihren Vater hören. Sie würde endlich eigenes Geld besitzen und unabhängig sein, und Terence und sein arroganter Clan könnten ihr den Buckel hinunterrutschen. Warum nur krampfte sich ihr Herz bei diesem Gedanken zusammen?

„Wenn du es nicht verkaufst, kannst du es vermieten oder als Ferienhaus nutzen. So oder so bist du fein raus." Franz drückte ihre Hand. „Sei nicht dumm, Mädel. Wer weiß, wozu es gut ist."

Sue sah ihren Vater an. Sein Blick sagte ihr, dass er nur das Beste für sie wollte. Und dass er ahnte, dass sie in Schwierigkeiten war.

Der Notar räusperte sich.

„Die Hilde hat schon gewusst, was sie tut. Jetzt komm." Franz sah sie auffordernd an.

Sie fasste das Ganze noch einmal für sich zusammen: Hilde hatte gewusst, was sie tat. Ihr Vater wusste, was er mit seiner Gehirnwäsche tat. Der Notar wusste hoffentlich auch, was er mit seinem dezenten Nicken tat. Zweihunderttausend Pfund. Wieso zierte sie sich eigentlich? Wovor zum Teufel hatte sie Angst? Vor einem Batzen Geld? Vor einer Vorzeige-Immobilie? Vor dem, was Terence dazu sagen würde?

Noch bevor sie länger überlegen konnte, kam ein „Okay, dann nehme ich die Erbschaft an" über ihre Lippen. Ein innerer, spontaner und hoffentlich klügerer Teil von ihr hatte anscheinend die Regie übernommen.

„Ich beglückwünsche Sie zu Ihrer Entscheidung", sagte der Notar in feierlichem Tonfall. „Wir stellen die Unterlagen fertig und lassen Ihnen die Dokumente zukommen."

Auf dem Weg nach draußen lächelte ihr Vater breit. „Du bist jetzt eine gute Partie."

„Noch besser als vor einer Stunde? Und überhaupt: Betonst du nicht immer sehr ausdrücklich, wie wichtig innere Werte sind?"

„Die Kombination von inneren mit äußeren Werten hat sich noch nie als schlecht erwiesen", gab Franz zurück.

„Aha. Jetzt mal ehrlich – hast du das gewusst?"

Mittlerweile standen sie auf der Straße, und Sue musste ihre Sonnenbrille aufsetzen, sonst hätte ihr das Kaiserwetter mit seinem makellos blauen Himmel und dem gleißenden Licht den Rest gegeben.

„Was?"

„Jetzt tu nicht so – dass Hilde mir alles vermacht."

„Ich hatte wirklich keine Ahnung." Er schüttelte den Kopf und wich einer Gruppe von jungen Osteuropäerinnen aus, die laut kichernd an riesigen Eistüten schleckten.

Es war Hochsaison in Bad Ischl, der ehemaligen Sommerfrische von Kaiserin Sisi. Zu ihrer Zeit war der Ort ein Treffpunkt der Hautevolee Wiens gewesen, bereichert mit bunten Vögeln aus den Bereichen Kunst und Wissenschaft. Heute wandelten Touristen in bequemen Sandalen, weißen Socken und Siebenachtelhosen auf den Spuren des österreichischen Kaiserreichs zwischen der Esplanade und der Residenz Sisis hin und her.

„Darauf müssen wir einen trinken", meinte Franz und hakte sich bei seiner Tochter unter.

Sue blieb abrupt stehen. Ein leichtes Schwindelgefühl machte sich in ihr breit. „Ich glaube, Sisi hätte sich in meinem Zustand unverzüglich in ihr Schlafzimmer zurückgezogen."

Franz nickte verständnisvoll, konnte aber seine Enttäuschung nicht verbergen. Zu gerne saß er beim Zauner an der Esplanade und aß eine der berühmten Mehlspeisen. Ein Besuch in Ischl, ohne in der berühmten Konditorei gewesen zu sein? Da konnte man ja gleich daheim bleiben.

„Nicht einmal einen Espresso?", fragte er vorsichtig nach. „Der würde dich wieder auf die Beine bringen."

„Nein, Papa, wirklich nicht. Aber wir holen das nach, versprochen. Wir nehmen uns einfach Kuchen mit nach Hause, dann haben die Kinder auch was davon."

„Von mir aus. Hoffentlich haben sie noch die Mokkatrüffeltorte."

Sie hatten die Mokkatrüffeltorte und noch vieles mehr, was für zwei Tage Kuchenschlacht reichen würde.

Als kleine Entschädigung ließ Sue ihren Vater während der ganzen Rückfahrt Bob Dylan hören. Das war wirklich nett von ihr, denn Sue konnte Dylan nicht ausstehen. Seine Songs klangen für sie alle gleich, und dann diese krächzende, meckernde Stimme! Ihr natürlicher Impuls wäre Flucht gewesen, was als Beifahrerin jedoch kaum möglich war. Also blieb ihr nur noch das Totstellen, und noch bevor das Auto die Ischler Stadtgrenze verlassen hatte, schlummerte sie selig, eingekuschelt in ein uraltes Nackenhörnchen.

17

„Wo bleibt denn die Akte von Mrs Baker?" Terence spürte, wie Ärger in ihm aufstieg.

„Ich habe sie nicht gefunden", tönte Kate, seine Sekretärin, unbeeindruckt aus dem angrenzenden Zimmer.

Was für eine unfähige Kuh, dachte er und speicherte den Entwurf seines Artikels. „Und jetzt?"

Kate war an die Tür gekommen und zog sich eine dünne Jacke über das ärmellose Shirt. „Jetzt muss ich gehen. Ich habe einen wichtigen Termin. Das habe ich Ihnen bereits gestern gesagt. Mehrmals."

Terence schloss kurz resigniert die Augen. Es stimmte, irgendetwas hatte sie gesagt und er hatte wie üblich zerstreut genickt. Sein Fehler. Aber wozu verdammt noch mal war eine Sekretärin da? Bleib ruhig, ermahnte er sich selbst. „Die Akte ist auch wichtig, Kate. Mrs Baker kommt in zehn Minuten."

„Ich habe wirklich überall gesucht."

Klar, dachte Terence. Überall bedeutete bei Kate alles, was in ihrem Gesichtsfeld lag. Und das war bei ihr kleiner als das eines Säuglings.

„Sie ist weg. Vielleicht ist sie bei Ihnen auf dem Schreibtisch? Da liegt ja genug, wenn ich das so sagen darf. Aber jetzt muss ich wirklich weg. Okay?" Sie blitzte ihn aus ihren dunkelbraunen Augen, die sie immer mit schwarzem Kajal (diesen Fachausdruck hatte ihm Sue beigebracht) dick umrandete, an.

Terence stieß ein resigniertes „Okay." aus.

Wieso war Sarah, seine langjährige Sekretärin, nur schwanger geworden und musste bereits jetzt, im siebten Monat, wegen einer Erweichung des Muttermundes liegen? Kate, ihre Vertretung, verdiente diese Bezeichnung in keinster Weise. Sie war schlampig, gleichgültig und konnte ihr loses Mundwerk nicht immer in Zaum halten. Auf die Schnelle hatten sie leider keine bessere Hilfe gefunden, aber wenn das so weiterging, würde Terence lieber allein arbeiten. Vielleicht könnte Sue ja einspringen, zumindest vormittags, wenn die Kinder in der Schule waren.

Kates Parfüm, ein beklemmend intensiver Vanilleduft, hing in der Luft, als er im Vorzimmer vor dem Sideboard stand, um sich einen Kaffee zu machen. Leider signalisierte die Espressomaschine rot und unübersehbar, dass der Kaffeesatz entsorgt werden musste. Terence seufzte und machte sich an die Arbeit. Dass dieses teure Wunderwerk der Technik nicht ohne frisches Wasser und eine Mindestportion an Espressobohnen funktionieren konnte, war ihm klar. Dass Kate, deren zweiter Vorname Phlegma war, und die seines Wissens außer zuckerfreiem Cola nichts zu sich nahm, sich dafür nicht zuständig fühlte, war ebenfalls keine Überraschung. Wider Erwarten beruhigte ihn das Herumhantieren mit der Maschine ein wenig, und als die Tasse mit dem dampfenden Espresso vor ihm stand, war er wieder gnädiger gestimmt. Jeder hatte seine Schwächen und Stärken. Zu Kates Pluspunkten zählte, dass sie ihn wie ein Kampfhund am Telefon abschirmte. Das war eine Tugend, die man heutzutage nicht hoch genug schätzen konnte.

Prompt klingelte das Telefon. Offenbar hatte Kate den Anrufbeantworter nicht eingeschaltet. Typisch. Mechanisch griff Terence nach dem Hörer. Es war Mrs Trent, eine Patientin, die seit einigen Wochen bei ihm war. Sie klang merkwürdig heiser.

„Mrs Trent, ich grüße Sie. Sind Sie erkältet?"

„Danke, sehr aufmerksam. Ich wollte mich nur melden."

„Sie rufen sicher wegen eines Termins an, nicht wahr?"

„So ist es. Und zwar geht es um den 12. September."

Terence blätterte im Terminkalender. „Tut mir leid, Mrs Trent, da geht es nicht, ich bin die erste Hälfte des Monats auf Lesereise. Wir müssen das auf Oktober verschieben. Ist das in Ordnung für Sie oder soll ich Sie vertretungsweise an einen Kollegen verweisen?"

„Nein, nein, Dr. Urquhart, ich rufe genau wegen Ihrer Lesereise an."

„Sind Sie nicht Mrs Ursula Trent?" Terence war verwirrt. Mit wem zum

Teufel sprach er da? Wieso war Kate nur weg? Sie hätte diese Frau gleich in die Wüste geschickt.

„Ich heiße Louise."

„Louise Trent."

„Richtig, Dr. Urquhart." Die Frau klang ungeduldig, wie eine Grundschullehrerin. „Es geht um den Termin in Flamborough."

Flamborough? Wo war das denn? Bislang hatte er nur in Orten gelesen, die auf einer Karte der Britischen Inseln im Maßstab 1:4,9 Millionen noch verzeichnet waren, also Städte in der Größenordnung von Exeter oder Plymouth. Aber Flamborough?

„Wie bitte, ich fürchte, ich habe das akustisch nicht ganz erfasst." Terence zwang sich, ruhig zu bleiben, was nach dem Espresso nicht ganz einfach war. „Könnten Sie mir bitte noch einmal sagen, um welchen Ort es sich handelt?"

Die Stimme am anderen Ende der Leitung klang nun noch eine Nuance ungeduldiger. „Flamborough in Wales. Ich habe Ihnen eine E-Mail geschrieben, die leider bis jetzt nicht beantwortet wurde. Es geht wie gesagt um Ihre Lesung in Flamborough am zwölften September. Ich habe vor kurzem die Leitung der Flamborough Library übernommen und möchte, dass diese Veranstaltung zu unser aller Zufriedenheit abläuft. Als wichtige kulturelle Institution in unserem ländlichen Gebiet sehe ich mich in der Verantwortung ..."

Gütiger Himmel, was für ein Blabla. Terence nahm den Hörer in die Hand und ging zurück in sein Behandlungszimmer. Vielleicht lag Mrs Bakers Akte doch auf seinem Schreibtisch. Mrs Trent laberte derweil irgendetwas von einem Jubiläum und großen Feierlichkeiten und hatte sich gerade in eine hörbare Begeisterung geredet, als Terence die gesuchte Akte fand. In der untersten rechten Schublade, wo er alle Patientenunterlagen aufbewahrte, in denen etwas nachzutragen war. Es waren deprimierend viele, und Terence wurde klar, dass er in Kürze einen Verwaltungstag einlegen musste. Währenddessen redete Mrs Trent unverdrossen weiter und erzählte etwas vom Bürgermeister und Ehrengästen. Es reichte.

„Darf ich Sie kurz unterbrechen?" Terence vernahm ein leises Schnappen und interpretierte das als positive Antwort. „Was den Ablauf meiner Lesungen angeht, sprechen Sie am besten mit Peter Beardsley von meinem Verlag. Er hat die Reise geplant und kann mit Ihnen alle Details durchgehen."

Entgegen seiner Hoffnung war das Gespräch damit noch nicht beendet.

„Kann ich damit rechnen, dass Sie nach der Lesung für Fragen aus dem Publikum zur Verfügung stehen werden?"

„Keine Sorge, Mrs Trent, ich werde so lange bleiben, bis keine Fragen mehr offen sind." Das dauerte in der Regel keine Viertelstunde, da sich niemand traute, seine Wissenslücken zum Thema Sex zu offenbaren, wenn der Nachbar oder der Lehrer der Kinder neben einem saß.

„Sehr schön, Dr. Urquhart. Ich möchte noch betonen, dass wir uns sehr freuen, dass Sie zu uns kommen."

„Sehr gerne, Mrs Trent."

„Ich denke, das war es fürs Erste."

Fürs Erste? Die Frau träumte wohl. „Wie gesagt, wenden Sie sich für alles Weitere an Peter Beardsley vom Verlag Bromley & Petersen. Ich gebe Ihnen gerne die Nummer." Das war nicht einmal gelogen.

Als Mrs Trent endlich aufgelegt hatte, konnte er gerade noch eine zweite Tasse Kaffee trinken, als es an der Tür klingelte. Das war sicher Mrs Baker. Er stellte die Tasse in die Spüle und öffnete.

„Mrs Baker."

„Dr. Urquhart", schnaufte die leicht übergewichtige Frau in den Dreißigern. „Sie sind meine letzte Rettung."

„Mrs Baker", meinte Terence und ging ihr in sein Behandlungszimmer nach. „Sind Sie nicht bei mir, weil sie immer an die falschen Männer geraten?"

„Ja", sagte sie und kämpfte mit den Tränen.

„Machen Sie bei mir nicht den gleichen Fehler."

18

Als Sue wieder aufwachte, dämmerte es bereits. Das Nickerchen im Auto hatte ihre Müdigkeit und die Kopfschmerzen verschlimmert, weshalb sie den ganzen Nachmittag im Bett verbracht hatte. Aber nun fühlte sie sich besser. Viel besser. Sie brauchte jetzt nur noch ein wenig frische Luft. Als sie das Fenster geöffnet hatte, lehnte sie sich nach draußen und betrachtete den Marktplatz. Mit seinen bunten Häusern, die sich stufenartig an die Felsen schmiegten, und dem Brunnen in der Mitte sah er aus wie eine Puppenstube. Für Sue war es immer wieder ein kleines Wunder, dass Hallstatt noch nicht in den See gefallen war. Es war schon sehr vermessen, ausgerechnet an dieser engen Stelle eine Siedlung anzulegen. Typisch Mensch, dachte Sue. Er will immer das Unmögliche.

Von unten hörte sie das Gemurmel ihres Vaters und die aufgeregt erzählende Stimme ihres Sohnes, die von abgeklärten Kommentaren ihrer Tochter unterbrochen wurde. Plötzlich übermannte sie eine große Sehnsucht nach ihnen. Sie zog sich eine Jeans und eine Tunika an und ging nach unten. Ohne Kopfschmerzen, wie sie zufrieden registrierte.

„Mama!", begrüßte Philipp sie und winkte ihr zu.

Amys Gesicht hingegen war ein einziger Vorwurf, während Franz sie erwartungsvoll ansah.

„Geht es dir jetzt besser?", fragte er.

„Bestens", antwortete Sue.

„Schlafen ist auch das Beste, was man hier machen kann", murmelte Amy.

„Was hast du denn heute so gemacht?"

„Was wohl?" Amy rollte mit den Augen. „Ich bin einmal kurz an den See gegangen und dann war ich hier. Ist ja überhaupt nichts los in diesem Kaff."

Das waren genau meine Worte vor fünfundzwanzig Jahren, dachte Sue. „Es ist nicht London, da hast du recht", versuchte sie ihre Tochter zu trösten. „Aber in den Ferien soll man doch etwas anderes machen als sonst. Außerdem, wenn nichts los ist, hast du wunderbar Zeit zu lernen."

Diese Äußerung zwang Amy dazu, wieder mit den Augen zu rollen, dieses Mal aber so heftig, dass Sue befürchtete, die Iris würde irgendwo in der Tiefe des Schädels unwiederbringlich verloren gehen.

„Du hast es echt drauf, einem die Laune so richtig zu verderben!"

„Hab ich ein Glück, dass ich nichts lernen muss." Philipp tat wirklich alles dafür, um bei der Wahl zum kleinen Bruder des Monats zu gewinnen.

Sue warf ihm einen tadelnden Blick zu. „An deiner Stelle würde ich das nicht zu laut sagen. Mir würde da schon das eine oder andere einfallen."

„Lass sie doch erst einmal richtig Ferien machen", mischte Franz sich ein.

„Kann sie doch", wiegelte Sue ab. „Sie muss ja nicht den ganzen Tag was für die Schule tun."

Amy stöhnte.

„Ist denn gar keiner deiner alten Freunde da?", fragte Sue.

„Komplette Fehlanzeige", antwortete Amy. „Es wundert mich auch überhaupt nicht, dass alle abgehauen sind."

„Was gibt es zu essen?" Sue hatte beschlossen, dass ein Themenwechsel besser war, als weiteres Salz in Amys Wunden zu reiben. "Ich habe ziemlichen Hunger. Ist noch was vom Kuchen da?"

Franz schüttelte den Kopf. „Ist alles schon weg."

Sue runzelte kurz die Stirn. „Schade. Na ja, ist vielleicht auch besser so. Ich muss eh auf meine Figur achten."

„Du immer mit deiner Figur", meinte Franz und schüttelte den Kopf.

„Mummy, stimmt das mit Tante Hildes Haus? Dass du es geerbt hast?" Philipp, der an seine Figur keinen Gedanken verschwendete, bestrich eine dicke Scheibe Brot mit einer noch dickeren Schicht Butter und ließ frisch geschnittenen Schnittlauch in einem Spiralmuster darauf rieseln.

„Sieht ganz so aus." Sue lächelte, als sie sah, dass er schon eine leichte Bräune entwickelt hatte. Und einige süße Sommersprossen auf der Nase. Für ihn, den kleinen Naturburschen, der er hoffentlich noch einige Jahre blieb, war Hallstatt genau das Richtige. Dabei hatte es einmal eine Zeit gegeben, in der es auch für Amy nichts Schöneres gegeben hatte, als die Ferien bei ihrem Großvater am See zu verbringen. Aber nun war sie fünfzehn und auf ihrer Out-Liste standen das einmalige Bergpanorama und der Titel als UNESCO-Weltkulturerbe sicherlich ganz weit oben.

„Cool."

Sue sah zu Amy, doch die starrte auf die Tischplatte und hatte das Gesicht hinter ihrem dichten Haarvorhang verborgen. Ihre Meinung zur Erbschaft würde sie ihr noch früh genug kundtun.

Philipp kaute konzentriert, gleichzeitig schien er über etwas nachzudenken. Mit vollem Mund, aber deutlich zu verstehen, verkündete er schließlich: „Ich will aber bei Opa wohnen bleiben, wenn wir hier sind."

Franz grinste geschmeichelt. „Du kannst immer hier wohnen", sagte er und strich seinem Enkel über die Haare.

„Ist doch logisch, Opa", erwiderte Philipp in dem unerschütterlichen Vertrauen, dass er als einziger männlicher Enkel auf die nie endende Solidarität seines Großvaters zählen konnte. „Außerdem, was sollen wir in dem Haus ohne Tante Hilde? Ist doch langweilig."

Sue wunderte sich wieder einmal über die treffende Analyse ihres Sohnes. Das Haus ohne Hilde? Das war nicht nur langweilig, sondern auch kaum vorstellbar.

„Habt ihr Lust, an den See zu gehen?", fragte sie schließlich unvermittelt, weil sie diesen Gedanken nicht weiterspinnen mochte.

Philipp schüttelte gleich den Kopf. „Ich möchte gerne die Simpsons sehen."

Auch Amys Blick war nicht gerade enthusiastisch. Aber immerhin auch nicht vernichtend. „Okay", murmelte sie schließlich, hinterließ aber den Eindruck, als täte sie nur ihrer Mutter einen Gefallen.

„Was hast du eigentlich immer so gemacht, als du so alt warst wie ich?"

Sie standen am Ufer und sahen in die Dunkelheit, in der sie dank des Mondes alle Umrisse der Berge erkennen konnten. Der See lag mit sanft plätschernden Wellen ruhig vor ihnen.

Sue lachte und warf einen Stein ins Wasser. „Das habe ich gemacht. Mein Rekord waren 15 Sprünge. Die Jungs haben sich so was von geärgert, keiner hat je mehr als zwölf geschafft. Außerdem habe ich von der großen weiten Welt geträumt."

Amy schüttelte unzufrieden den Kopf. „Jetzt komm schon, Mom! Du musst doch irgendwas gemacht haben außer Steinewerfen und träumen!"

Als ich so alt war wie du, ist meine Mutter gestorben, dachte Sue, und ich habe versucht, irgendwie damit klarzukommen. Es war so leer ohne sie gewesen, und Papa so weit weg mit seinen Gedanken. Er hatte selber keine Ahnung gehabt, wie sein Leben ohne Anneliese aussehen sollte. Wie gut, dass ich wenigstens Hilde hatte.

„Fällt dir wirklich nichts ein?", insistierte Amy. „Oder wart ihr immer nur Bergwandern und so?"

Sue musste lachen. „Ehrlich gesagt fand ich den ganzen Bergkram in deinem Alter genauso uninteressant wie du jetzt."

Amy wirkte erleichtert.

„Bis auf Mike, der war der Einzige, der immer sportlich war."

„Das ist doch dieser blond gefärbte Typ, der dich gestern unbedingt zu dieser seltsamen Strandparty schleppen wollte. Voll peinlich, in diesem Alter noch einen auf kalifornischer Surfboy zu machen", meinte Amy.

Sue grinste in die Dunkelheit hinein. „Aber er ist ein netter Kerl."

„Du bist also meiner Meinung", sagte Amy triumphierend.

Sue verzichtete auf einen Kommentar. Was wusste sie schließlich schon von Mikes jetzigem Leben? „Du willst wissen, was wir hier gemacht haben? Wir haben uns immer zu Hause getroffen, immer abwechselnd. Für Lokale hatten wir nicht genug Geld. Wir haben Musik gehört, ab und zu gingen wir auf Konzerte und ins Kino. Und dann war da natürlich noch die Schule. Auch wenn es nicht sonderlich aufregend klingt, war es schön, und ich denke gerne daran zurück."

Amy schien ihr nicht mehr richtig zuzuhören. Sie setzte sich auf die Ufermauer und deutete auf ein Gebäude am gegenüberliegenden Ufer, in dem einige Fenster beleuchtet waren. „Wer da wohl wohnt?"

„Auf Schloss Grub?" Sue hatte sich als Kind immer vorgestellt, wie es wäre, dort zu leben. Als Prinzessin, mit einem Prinzen als Mann, der sie auf Händen trug. Die Wahrheit war wie immer viel profaner. Prinz und Prinzessin hatte es dort nie gegeben, und in den letzten Jahren hatten die Schlossbesitzer Bäumchen wechsle dich gespielt. „Opa hat erzählt, dass es ein Russe gekauft hat."

„Irgend so ein superreicher, korrupter Öl-Typ?" Amy verzog angewidert das Gesicht.

„Vielleicht. Andere munkeln, dass es eine Versicherung gekauft hat."

„Wie unromantisch." Amy schüttelte den Kopf. „Da sollten Prinzen wohnen."

„Ach was? Du bist ja eine richtige Kitschtante!" Sue drückte Amy an sich, die gleich wieder wegrückte.

„Quatsch, aber Versicherung ist doch total blöd. Schade um das schöne Schloss."

„Da hast du recht. Es muss ja auch nicht stimmen. Die Leute reden halt."

„Wie du das ausgehalten hast, dass alle immer alles wussten. Ich finde London viel besser."

„Da steht nur alles am nächsten Tag in der Zeitung", konnte Sue sich nicht verkneifen.

„Mann, Mama!"

„Ist doch wahr."

„Das mit Tante Hildes Haus ..." fing Amy an.

„Hm?"

„Das gehört jetzt wirklich dir?" Amy klang verunsichert.

„Im Grunde auch dir. Und Philipp."

Amy nickte und starrte auf den See hinaus. Sue merkte, wie es in ihr arbeitete.

„Wir gehen aber wieder zurück, ja?" Amy riss die Augen auf. „Zu Papa?"

Sue erstarrte. Was für eine Frage! Sie dachte an Terence, die verunglückte Nacht in Bath, an den Streit. An das permanente Gefühl, nicht dazuzugehören. Sie schwieg offenbar einige Sekunden zu lang.

„Wenn du glaubst, ich bleibe hier, hast du dich aber getäuscht!", rief Amy zornig und sprang auf.

„Amy, ich habe doch gar nichts gesagt!" Sue sah ihrer weglaufenden Tochter hinterher, sprang ebenfalls auf und folgte ihr bis zu ihrem Elternhaus am Marktplatz. Als *Grande Finale* ließ Amy die Haustür mit einem gewaltigen Rums zuknallen.

Sue ließ Amy einige Minuten Zeit, um in ihr Zimmer zu gehen, bevor sie selbst das Haus betrat. Als sie den Schlüssel umdrehte, um abzuschließen, wurde die Tür zum Fotostudio geöffnet, und Franz linste heraus.

„Ärger?"

„Man hat so schnell was Falsches gesagt", sagte Sue und seufzte.

„Das geht schon wieder vorbei, das kenne ich, glaub mir."

„Ich habe dir manchmal ganz schön eingeheizt, nicht wahr?"

Er lachte. „Manchmal?"

„Was ist mit Philipp?"

„Der schläft."

„Na wenigstens einer, der nicht herumzickt."

„Komm rein, oder bis du schon zu müde?"

Sie schüttelte den Kopf.

„Ich könnte dich schnell als Double brauchen. Morgen ist eine Familienfeier."

„Wem zu Ehren?"

„Die Frau Gstettner wird achtzig."

„Na, dann spiele ich mal die Frau Gstettner", meinte Sue und grinste.

„Du hast dich gut gehalten für achtzig", sagte Franz, während er den Scheinwerfer auf seine Tochter ausrichtete. „Bleib schön sitzen."

Sue sah sich um. In diesem Studio hatte sie praktisch ihre ganze Kindheit verbracht. Hatte mit ihrer eigenen kleinen Kamera geknipst und mit großer Begeisterung die Dekorationen arrangiert: Schultafeln für die Erstklässler (sie durfte sogar den Satz „Erster Schultag" mit Kreide darauf schreiben, weil ihre Schrift so schön war), die Kunstblumen für Hochzeiten und farblich unterschiedliche Hintergründe für alle möglichen Gelegenheiten. Fasziniert von der Dunkelkammer mit all ihren geheimnisvollen Apparaten und Chemikalien, hatte sie eine Zeitlang sogar geglaubt, dass sie die Fotografie zu ihrem Beruf machen könnte, doch schon nach wenigen Wochen Lehre in einem Fotostudio in Ischl war der Zauber verflogen, sehr zum Leidwesen ihres Vaters.

„Im Frühjahr war in London eine Ausstellung von Steve McCurry", sagte sie. „Schade, dass du nicht gekommen bist. Wir waren auf der Vernissage, du hättest ihn kennen lernen können."

„Ich mag immer weniger von hier weg", sagte Franz. „Außerdem ist McCurry nicht hundertprozentig mein Fall."

„Na du bist ja ganz schön anspruchsvoll, wenn du auf die Begegnung mit einem der besten Fotografen verzichtest. Wen müsste ich dir denn bieten, damit du deinen Fuß aus dem Salzkammergut hinaussetzt?"

Franz musste nicht lange überlegen, während er durch die Kamera schaute und probeweise den Auslöser drückte. „Man Ray."

„Okay", sagte Sue und überlegte kurz. „Der ist doch tot!" Sie schüttelte den Kopf. „Du bist unmöglich." Sie massierte eine schmerzende Stelle im Nacken. „Hast du es bald, Papa? Ich würde gerne ins Bett gehen."

„Alles fertig, Susi", sagte Franz. „Frau Gstettner wird zwanzig Jahre jünger aussehen."

Sue umarmte ihren Vater, drückte ihm einen Kuss auf die Wange und wünschte ihm eine gute Nacht.

Nachdem sie nach den Kindern gesehen hatte – Philipp schlief bereits, und Amy hatte sich wie erwartet eingeschlossen –, prüfte sie nach, ob auf dem Handy Nachrichten gekommen waren. Keine. Enttäuscht ließ sie das Handy auf die weiche Tagesdecke fallen und ging ins Bad. Wieso meldete Terence sich nicht? Dass sie nichts von sich hören ließ, war ja sonnenklar, denn eine Schmollphase war das Mindeste, was ihr zustand. Aber Terence? Er war doch mit seinem miesen Verhalten schuld an allem. Was er sicher ganz anders sah. Der arme Terence als Opfer der pharmazeutischen Industrie und seiner unwiderstehlichen Anziehungskraft. Wenn er auf ihr Mitleid hoffte, konnte er lange warten. Sie trocknete ihr Gesicht ab und betrachtete sich im Spiegel. Eigentlich bin ich noch ganz gut in Schuss, dachte sie und wunderte sich gleichzeitig darüber, denn so einen Gedanken hatte sie in London schon sehr lange nicht mehr gehabt. Die Luftveränderung und die Selbstverständlichkeit, mit der sie hier aufgenommen wurde, taten ihr gut.

Hier war sie einfach die Susi und fertig. Aber dass Terence nicht einmal auf die Erbschaft reagierte? Die Kinder hatten ihm doch sicher davon erzählt, vor allem Philipp, die kleine Plaudertasche. Interessierte ihn das gar nicht? Das wurmte sie mehr als ihr lieb war, und sie massierte die Nachtcreme heftiger als gewohnt ein. Mit neuer Energie schraubte sie den Deckel auf den Tiegel. Du wirst dich noch wundern, mein Lieber. Wie hatte ihr Vater gesagt? Sie war jetzt eine gute Partie.

„Mummy, stimmt das eigentlich, dass im See ganze Autos liegen?" Mit diesem Satz eröffnete Philipp die Frühstückskonversation. Seine obere Semmelhälfte brach bei dem Versuch, noch mehr Honig auf die harte Butter zu streichen, in zwei Teile.

„Philipp bitte, pass ein bisschen auf. Du kleckerst." Sue wischte die klebrige Masse von der Tischplatte, bevor sie weiter nach unten tropfen konnte.

„Da ist doch auch das ganze Nazigold drin, oder?" Amy tupfte sich den Mund ab, über dem ein Kakaobärtchen gethront hatte.

Sue nahm Philipp das Honigglas mit dem goldtriefenden Löffel aus der Hand. „Ich glaube, du bist Winnie Poohs großer Bruder."

Philipp kaute unbeirrt weiter. Honig hatte sich auf seinem Kinn und an seiner Nase verteilt, seine Augen blickten neugierig auf Sue, während er genussvoll die Reste der Semmel auf einmal in den Mund stopfte.

Sue schüttelte lachend den Kopf. „Man könnte meinen, du bekommst zuhause nichts zu essen."

„Und, Mummy, stimmt das?"

„Eines? – Ich weiß von einem ganzen Bus und mindestens drei alten Karren."

Sie schenkte sich aus der dickbauchigen Kanne aus Gmundner Keramik Kaffee nach.

„War da noch Benzin und Öl drin?" Amy verzog angewidert das Gesicht. „Das wäre ja die pure Umweltverschmutzung! Ich gehe nie wieder in das Wasser."

„Der See ist sauber, keine Angst", versuchte Sue ihre Umweltaktivistin zu beruhigen.

„Mummy, wie kommt ein Auto in den See? Und ein Bus?" Philipp lagen offenbar andere Aspekte am Herzen als seiner Schwester.

Sue runzelte die Stirn. Unmöglich, dass Mike geplaudert hatte. Oder doch nicht?

„Philipp, kannst du dich nicht mehr erinnern? Ich hab dir doch von der Lawine erzählt und dem Auto, das genau in dem Moment da entlang fuhr, obwohl die Straße nach Goisern gesperrt war. „

„Da war Phil doch noch ein Baby. Aber Opa hat es mir erzählt", meldete Amy sich zu Wort. „Und dieser Bus in der Nähe vom Hundseck wurde aus reinem Jux und Tollerei in den See geschubst. Den hatte sich jemand ausgeliehen und dann geschrottet. Aus Angst vor dem Entdecktwerden wurde er dann in den See gefahren."

Sue wurde plötzlich etwas heiß.

„Das weiß ich auch", sagte Philipp abwertend und wischte sich den restlichen Honig am Arm ab. „Von Mike."

„Von Mike? Da weiß er aber mehr als alle hier im Ort. Die Sache mit dem Bus war immer ein großes Geheimnis." Ganz lässig goss Sue sich eine zweite Tasse Tee ein und fragte unschuldig weiter: „Hat er sonst noch was erzählt?" Mike würde doch nicht – nein, daran wollte sie nicht denken.

Philipp schüttelte den Kopf. „Wenn ich will, zeigt er es mir." Seine Stimme klang stolz und fragend zugleich. „Er kann nämlich ganz gut tauchen."

„Das kommt nicht in Frage." Mike wäre wirklich der Letzte, dem sie ihren Sohn bei so einer gefährlichen Sportart anvertrauen würde. „Außerdem", Sue fischte in ihrem Kopf nach einem Argument, „außerdem ist Tauchen nicht so einfach, wie Mike es dir schildert. Mike ist ein Meister der Untertreibung." Sie stand abrupt auf und räumte das Frühstücksgeschirr in die Spüle.

„Aber Mum, es kostet keinen Penny", bettelte Philipp, „Mike zeigt mir, wie es geht. Sogar die Ausrüstung leiht er mir."

Sue schüttelte den Kopf. „Philipp, Tauchen ist ein gefährlicher Sport. Das muss man lernen. Und Mike ist kein Tauchlehrer."

Doch Philipp gab nicht so schnell auf. „Darf ich dann bitte bitte einen Kurs machen?" Als Sue nicht sofort reagierte, legte er nach. „Wenn Daddy hier wäre, würde er mir das erlauben. Der würde sogar mit mir einen Kurs machen."

„Daddy?" Amy lachte auf. „Du träumst wohl. Der kriegt doch schon beim Schnorcheln keine Luft mehr."

Sue legte es zwar nicht darauf an, Terences Status bei Philipp zu demontieren, aber Amy hatte recht. Ihr Gatte hatte viele Vorlieben, aber ein Aufenthalt unter Wasser gehörte nicht dazu. Sue erinnerte sich an den Urlaub am Roten Meer, als die Kinder ihre ersten Tauchversuche gestartet hatten. Terence hatte sich damals mit einem Sonnenbrand elegant aus der Affäre gezogen und die Kinder vom Ufer aus beim Schnorcheln beobachtet.

„Wie du richtig gesagt hast, Philipp, ist dein Vater nicht hier. Und ich sage nein. Das Tauchen ist hier viel gefährlicher als im Roten Meer, das Wasser ist viel kälter, die Sicht ist gleich Null – nicht vergleichbar mit dem, was du kennst. Hier ist nichts mit bunten Korallen und neonfarbenen Fischen. Außerdem gibt es einfach zu viele riskante Stellen."

Philipp rollte mit den Augen. „Gegen die Kälte gibt es doch Anzüge, und wir nehmen Lampen mit nach unten. Und Mike kennt sich super aus."

Klar, dachte Sue. Mike kennt sich super aus. Hat alles im Griff. Das Hundseck, ein heißer Sommertag 1986. In Gedanken sah sie einen bunt bemalten VW-Bus vor sich, sie hörte die laute Musik, das Quietschen der Bremsen, das grelle Geräusch, als der Bus das nagelneue Straßengeländer mit gelber, brauner und roter Lackfarbe verzierte und bis zur Schmerzgrenze dehnte. Und die große Stille, die danach eingesetzt hatte. „Ich habe nein gesagt, und dabei bleibt es", sagte sie so ruhig wie möglich.

„Du musst ihr Zeit lassen", wandte Amy sich in schwesterlicher Großmut an Philipp. „Mummy ist nicht so spontan."

Franz, der inzwischen in die Küche gekommen war, um sich einen Kaffee zu holen, zog überrascht die Augenbrauen hoch. „Nicht spontan? Das wäre mir neu. Also ich könnte euch da schon Dinge erzählen ..."

Amy winkte ab. „Das war früher. Ich meine jetzt, in ihrem Alter."

Sue war fassungslos. Jetzt spielte Amy auch noch Psychologin! Es war höchste Zeit für einen Themenwechsel.

„Wir könnten auf den Siriuskogel fahren", schlug sie enthusiastisch vor.

Amy rollte mit den Augen und fragte: „Was soll das denn?"

Auch Philipp, sonst eine sichere Bank, was die Loyalität zu seiner Mutter betraf, wirkte nicht völlig überzeugt. Sue konnte förmlich sehen, wie die Krake der Pubertät ihn langsam umschlang.

Sie schüttelte den Kopf. „Okay, kein Problem. Gegenvorschläge?"

„Machst du Witze?", sagte Amy. „In diesem Kaff?"

„Glaubst du nicht, dass du in letzter Zeit Aufregung genug hattest?", konnte Sue sich nicht zurückhalten zu erwähnen.

„Du bist echt ätzend", sagte Amy, stand auf und verließ mit einer Aura von Verachtung die Küche. Sue vermutete, dass gleich die Handyverbindung zu den Freundinnen in London glühen würde.

„Das sind die Hormone", sagte Philipp altklug und schnappte sich noch eine Semmel. Wahrscheinlich musste er sich für die Tauchabfuhr trösten.

Als sein Großvater und Sue in lautes Gelächter ausbrachen, hörte er kurz damit auf, die Krume aus einem Loch, das er mit dem Zeigefinger gebohrt hatte, herauszupulen. „Habe ich was Falsches gesagt?"

„Nein, mein Süßer, überhaupt nicht." Am liebsten hätte sie ihn ganz fest an sich gedrückt.

Als sie sich wieder beruhigt hatten, fragte Franz ihn: „Wir könnten auf den Berg. Das Wetter ist heute wunderbar. Dann würdet ihr mal die Fünf Finger sehen."

„Fmf Fngr?" Man konnte Philipp vor lauter Kauen kaum verstehen.

„Die Aussichtsplattform. Die kennst du noch nicht. Da stehst du direkt über dem Abgrund."

„Cool", meinte Philipp und schüttete sich noch eine Extraportion Kakaopulver in seine Milch.

Franz lächelte und hielt das Ganze bereits für abgemacht, bis Philipp schließlich verkündete: „Nein, keine Lust."

Sue sah ihren Vater tröstend an. Sie hatte es sich gleich gedacht. Mit den Bergen hatten es ihre beiden Kinder nicht so. An sportlicher Betätigung interessierte ihren Sohn nur das, was mit einem Ball oder mit Wasser zu tun hatte. Und Amy, tja, für die war bereits das Auftragen von Mascara eine sportliche Betätigung.

Sue lehnte sich entspannt in ihren Stuhl und beschloss, da ihr Vater wohl entschieden hatte, sich heute seinen Enkeln zur Verfügung zu stellen, die

Diskussion über die Tagesgestaltung den beiden zu überlassen. Sie würde auf jeden Fall in aller Ruhe zu Ende frühstücken. Nach einer durchaus hitzigen Diskussion waren Großvater und Enkel übereingekommen, ins Hintertal zum Erlebnispark zu fahren. Amy konnte sich sogar dazu durchringen mitzukommen, da es dort angeblich eine Wasser-Kart-Anlage gab. Sue selbst hatte beschlossen, nach Steeg zu fahren, zu Hildes Haus, und es war ihr ganz recht, dass sie bei diesem Lokaltermin allein war.

Ein Makler hätte in etwa Folgendes gesagt: Rustikales Haus am Seeufer, mit eigenem Steg, 160 qm Wfl., Garten und Wiese 2.000 qm. Sue wäre mit einem Wort ausgekommen: Paradies. Denn das war es. Und ein Teil ihrer Kindheit. Erinnerungen an nicht enden wollende Sommertage, an selbst gepflückte Marillen und Äpfel, an taunasses Gras und barfuß laufen, an Wasserbomben am Steg. Behütet von den Bergen, die sie wie ein Wall vor der Welt da draußen schützten.

Sue setzte sich auf den Steg. Der See lag da wie gemalt und hatte nichts von seiner gewohnten Düsternis, die ihm die bis ans Ufer reichenden Berge verliehen. Sie hielt ihr Gesicht in die Sonne und genoss die orangefarbenen Blitze, die vor ihren Augen tanzten. Sie konnte es immer noch nicht glauben, dass es IHR Steg war, auf dem sie gerade saß. *MEIN Steg.* Lächelnd legte sie sich auf die alten Holzplanken und streckte sich genüsslich aus. Das hatten sie in England nicht. Mit einem Mal vermisste sie Terence so schmerzhaft, dass ihr Tränen aus den Augen flossen. Was hatte Hilde sich nur dabei gedacht, ihr das Haus zu vermachen, wo sie genau wusste, dass Terence sich hier nicht wohlfühlte (denn eines war klar: Hildes Intention war bestimmt nicht gewesen, dass sie das Haus verkaufte, sondern selbst bewohnte)? Er behauptete immer, er fühle sich zwischen den Bergen wie in einem Gefängnis, und wenn sie ehrlich war, war es ihr früher ebenso ergangen. Auch sie hatte sich in Hallstatt eingesperrt gefühlt und mit einem fast schon beängstigenden Drang weg gewollt. Dass sie nicht hier lebte, war daher nicht die Schuld von Terence, auch wenn ihr Vater es manchmal so darstellte. Sie wusste, wie sehr er darunter litt, dass sie so weit entfernt wohnte, aber so war das Leben nun einmal.

Sie drehte sich auf den Bauch und genoss die Wärme auf ihrem Rücken. Zum Teufel mit diesen düsteren Gedanken – heute würde sie das Prinzip des *Carpe Diem* in die Tat umsetzen. Es war ihr erster wirklich freier Tag, sie hatte keine Verpflichtungen, und Terence konnte ihr gestohlen bleiben.

Jetzt eine Erdbeermilch, wie sie Hilde oft gemacht hatte, mit Eiswürfeln, so wie sie es liebte. Am besten in Gegenwart von Vanessa, ihrer besten Freundin, denn mit niemandem ließ es sich so schön über die unmöglichen Jungs am Ort lästern. Wie gerne waren sie mit dem alten Ruderboot auf den See gefahren, hatten dort ihre Oberteile abgelegt und sich in dem frivolen Wissen gebadet, dass der alte Fischer Wolfi mit einem Fernglas an seinem Gartenzaun stand und ihre Schönheit bewunderte. Manchmal hatten sie ihm sogar zugewunken. Vanni. Sue lächelte wehmütig.

Von ihrem Vater wusste sie, dass Vanessa seit ihrer Rückkehr aus Indien ganz in der Nähe wohnte. Seit zwei Jahren war sie Witwe und lebte als Künstlerin auf dem alten Hof der Gamsjäger. Sie hatte ein bewegtes Leben hinter sich: eine Ehe mit einem Fabrikantensohn (typisch Vanni hatte sie sich natürlich das schwarze Schaf der Familie ausgesucht), Wanderjahre in Indien und nun Bildhauerin in der alten Heimat. Sie hatte sicher viel zu erzählen. Wie gerne würde sie wieder mit ihr stundenlang reden und lachen und trinken und einfach wieder unbeschwert sein ...

Sue setzte sich auf. Warum eigentlich nicht? Genau, sie würde bei Vanni vorbeischauen. Unangemeldet, aber wenn Vanni noch die alte war, hatte sie sicher kein Problem damit. Chaos in der Wohnung oder dreckiges T-Shirt? Egal, Hauptsache, man amüsierte sich. Voller Vorfreude sprang Sue auf und ging zurück ans Ufer. Das Innere des Hauses musste warten, irgendwie war sie noch nicht so weit.

19

Darf ich tauchen, bitte, bitte?

Das war bereits die zweite SMS zu diesem Thema, die Philipp ihm an diesem Morgen schickte. Terence nahm sich fest vor, ihm noch diesen Vormittag darauf zu antworten, aber zuerst musste er das blödsinnige Formular ausfüllen, das eine Patientin für ihre Versicherung benötigte. Es fiel ihm schwer, sich darauf zu konzentrieren, denn der Ölfleck, den er an diesem Morgen unter seiner BMW in der Garage entdeckt hatte, ging ihm nicht aus dem Kopf. Aber das konnte doch nicht sein, die Maschine kam schließlich frisch von der Inspektion, und die Fahrt zur Praxis war ohne Probleme verlaufen. Sie hatte geschnurrt wie ein Kätzchen, die Bremsen hatten einwandfrei funktioniert und die Kupplung ebenfalls. Nein, da war sicher nichts. Dennoch war er fast froh, als Kate die Tür zu seinem Zimmer aufriss. Ihm war momentan jede Ablenkung recht.

„Ich habe eine Mrs Trent am Apparat, die Sie dringend sprechen möchte."

„Ursula oder Louise?"

Kate sah ihn verwirrt an. „Ihren Vornamen hat sie nicht genannt. Ehrlich gesagt klingt sie etwas furchteinflößend. Und sie behauptet, dass sie bereits gestern mit Ihnen gesprochen hätte."

Resigniert starrte Terence auf das Formular, das ihm auf einmal gar nicht mehr so schlimm erschien. Alles war angenehmer als diese Louise aus diesem Kaff in Wales. „Geben Sie sie mir." Vielleicht sollte er aufhören, Bücher zu schreiben. Die Arbeit mit seinen Patienten hatte den Vorteil, dass es feste, von ihm aufgestellte Regeln gab, an die sich alle hielten.

Er setzte ein Lächeln auf und meldete sich mit einem betont freundlichen

„Noch was vergessen, Mrs Trent?"

„Ja, Dr. Urquhart", setzte sie an und in der Folge gab Terence geduldig Auskunft über seine Vorlieben bei Tee (Assam), Gebäck (nein danke), Wasser (still), Leselampe (aber keine billige neue, die stank und laut brummte) und Mikrofon (unbedingt). Zur Anzahl der Bücher für den Lesetisch bat er sie nochmals eindringlich, sich direkt an den geschätzten Peter Beardsley im Verlag zu wenden. Die musikalische Umrahmung der Lesung überließ er bereitwillig der Organisatorin, obwohl zwei Geigen und eine Flöte aus den Reihen der Musikschule nicht ganz das waren, was er als optimal bezeichnet hätte.

Als er schon dachte, das Gespräch zu einem guten Ende gebracht zu haben, setzte Louise zu ihrem letzten Coup an. „Ich habe mir gedacht, es wäre nett, wenn Sie anstatt im örtlichen Pub in meinem Gästezimmer übernachten. Das ist doch viel persönlicher."

Terence verfiel in eine kurze Schockstarre, in der ihn Visionen von muffigen Zimmern mit vergilbten Blümchentapeten, debilen Verwandten, die im Nebenzimmer seit Jahrzehnten versteckt wurden und aggressiven Haustieren, die ihm nachts die Augen auskratzten, heimsuchten.

Er räusperte sich kurz, bevor er seine Ausflüchte in Worte kleidete. „Sie haben doch jetzt schon so viel Arbeit mit mir, Mrs Trent, dass Sie nach der Lesung sicher froh sind, mich nicht mehr zu sehen."

„Ich bitte Sie, Dr. Urquhart, es wäre mir eine große Ehre. Außerdem habe ich schon häufiger honorige Persönlichkeiten von außerhalb beherbergt. Sie nächtigen also nicht irgendwo, wenn ich das so sagen darf."

Als er endlich und nach mehrmaliger Bekräftigung, dass er definitiv im Pub übernachten würde, auflegte, fasste Terence einen Entschluss. Diese Lesung musste umgehend abgesagt werden – keine Macht der Welt würde ihn dazu bringen, in diesem Kaff vor einem Publikum, das diese schreckliche Frau wahrscheinlich noch persönlich aussuchte, zu lesen. Wild entschlossen nahm er den Hörer und drückte auf die Kurzwahltaste.

„Peter? Wir müssen reden."

„Weißt du noch, wie der Schmidt die Fliege verschluckt hat und mit hochrotem Kopf aus dem Klassenzimmer gestürzt ist?" Vanni klopfte sich auf die Schenkel, Lachtränen kullerten über ihr Gesicht.

Erst seit zwanzig Minuten war Sue hier und bereits 25 Jahre jünger. Gerade waren sie dabei, ihre Schulzeit unter dem ungeliebten Deutschlehrer aufzuarbeiten.

Vanni sah sensationell aus. Sie war immer noch der Uschi-Obermaier-Typ und trug ihr dunkelbraunes, mit einigen Silberfäden durchzogenes Haar mit Pony und überschulterlang. Eine ausgewaschene Jeans und ein enges T-Shirt betonten ihre beneidenswerte Figur. Wenn nicht die kleinen Fältchen um die Augen und an der Stirn gewesen wären, hätte man sie für einen Twen halten können.

Sue strich sich über ihren Bauch, der eindeutig kugeliger war als der von Vanni. „Sag mal, isst du manchmal was?"

Vanni sah sie fragend an. „Klar. Wieso fragst du?"

„Schau mich an."

„Du bist schön. Weiblich."

„Ich fühle mich pummelig."

Vanni seufzte. „Du bist es nicht. Diese blöden westlichen Gedanken. Ich wette, Männer lieben deine Kurven."

Oh ja, das stimmte. Vor allem ältere Semester wie Aubrey und Selwyn. Sue verzog das Gesicht.

„Habe ich was Falsches gesagt?"

Sue winkte ab.

Plötzlich stand Vanni auf und umarmte Sue. „Es ist so schön, dass du da bist."

Sue erwiderte die Umarmung und blinzelte heftig. Mist, heute hatte sie wirklich zu nahe am Wasser gebaut. „Wieso kommt man nur, wenn was Schlimmes passiert?"

Vanni sah sie prüfend an. „Es geht doch nicht nur um Hilde, oder?"

Sue seufzte. Obwohl es gut getan hätte, wollte sie jetzt nicht über ihre Ehe reden. Sie hätte Terence schlecht gemacht, und das wollte sie nicht. Noch nicht.

Vanni lächelte. „Alles klar."

Alles klar? Sie insistierte nicht? Vanni war also doch weise geworden. Wer hätte das gedacht?

Als Vanni ihr eine Strähne hinter das Ohr strich und sie danach in den Arm nahm, stieg ihr ein warmer, süßer, leicht strenger Duft in die Nase, der sehr beruhigend wirkte. Sue hätte ewig so stehen können, doch plötzlich löste Vanni die Umarmung.

„Komm mit", sagte sie und zog Sue in den Garten, wo eine lebensgroße, halbfertige Skulptur stand. Sie hatte eine entfernte Ähnlichkeit mit einer Frau, wenn man davon ausging, dass die Brüste unten waren und der Venushügel oben. Schön war ein großes Wort und sehr subjektiv, dennoch hatte Sue das Gefühl, dass dieses Objekt auch objektiv nicht schön war.

„Sie ist", Sue kämpfte mit ihrer Irritation und den Worten, „überwältigend."

Vanni lachte. „Wenn du es ernst meinst, ist es okay."

„Und wenn nicht?"

„Dann solltest du dir das Lügen abgewöhnen."

Dann sollte ich mir mein halbes Londoner Leben abgewöhnen, dachte Sue und rief sich die Situationen ins Gedächtnis, in denen es ohne Lügen gar nicht ging. Es waren viele.

„Es ist totaler Mist", sagte Vanni plötzlich und grinste breit. „Und dein schlechtes Gewissen steht dir so was von im Gesicht geschrieben!"

„Du bist unmöglich", rief Sue und boxte Vanni in die Seite.

„Ich weiß, schon mein Leben lang." Vanni ging zu einem großen Tisch, zog die Schublade auf und wühlte in deren chaotischem Inhalt. Endlich hatte sie gefunden, wonach sie gesucht hatte. Sie drückte Sue ein Foto in die Hand, stellte sich in Position und fing an zu deklamieren.

„Vanessa Ederers Werke weiten sich bisweilen in surreale Bereiche und gewinnen dadurch an Mehrdeutigkeit. Ihr Oeuvre fasziniert durch seine Spannung und spontane Rauheit. Es kann als ironischer Kommentar und/oder kritische Reflektion der menschlichen Existenz interpretiert werden. Formkontraste und brutale Schnitte reizen den klassischen Formbegriff bis zum Äußersten aus, lassen jedoch zugleich die Assoziation einer spielerischen Leichtigkeit aufkommen." Sie deutete mit dem Finger auf Sue. „Du siehst, ich bin einer Doktorarbeit würdig."

„Würdig? Doktoren sind auch nicht mehr das, was sie mal waren", gab Sue zurück. Das hatte sie am eigenen Leib erfahren. Ein Sexpapst, der aus eigener Kraft keinen mehr hochbekam und nur dank Viagra zur frauenausbeutenden Sexmaschine wurde – wenn das *OK!* wüsste, könnte Terence so was von einpacken ...

Vanni winkte ab. „Egal. Ich finde es auf jeden Fall abartig, welche Gedanken mir da untergeschoben werden."

„Du machst dir also bei dem da", Sue deutete auf die Frau in Arbeit, „keine Gedanken?"

Vanni schüttelte den Kopf. „Das ist quasi mein ganzer innerer Dreck. Das Unbewusste. Meine Seele. Nenne es, wie du willst."

Plötzlich hatte Sue das Gefühl, als schreie ihre Seele nach Freigang. „Darf ich auch mal?"

Vanni grinste. „Selbstverständlich." Sie ging in eine Ecke und holte eine Motorsäge. „Da, nimm."

Sue näherte sich respektvoll dem imposanten Gerät. Eigentlich hatte sie an kleinere Werkzeuge gedacht. So etwas wie Hammer und Meißel. Oder ein nicht allzu großes Schnitzmesser. „Ich habe so etwas noch nie in der Hand gehabt."

„Dann wird es höchste Zeit."

Das große Unbekannte. So fühlten sich wahrscheinlich auch Terences Patienten, wenn sie das erste Mal in seine Praxis kamen. Vorsichtig nahm sie die Säge und beäugte sie misstrauisch. „Dass du mit so was arbeitest. Du warst doch immer die mit den langen, lackierten Fingernägeln."

„Mit den Jahren verschieben sich die Prioritäten. Ich war auch die mit den Stringtangas, und heute trage ich Bequemes aus Feinripp im Oma-Stil."

Die Säge war noch schwerer, als sie aussah, und zwang Sue fast in die Knie. „Und was mache ich jetzt damit?"

Vanni schleppte einen rohen Holzblock heran. Sue sandte bereits mentale Entschuldigungen an ihn ab.

„Filigran wird das nicht werden, das sage ich dir gleich", warnte sie Vanessa vor und legte die schwere Säge vorsichtig auf den Boden.

„Das würde mich auch wundern", gab Vanni zurück. „Du warst immer eher eine Grobmotorikerin. Hier, zieh vorher die noch an." Sie warf Sue Arbeitshandschuhe und eine Schutzbrille zu.

Andächtig legte Sue die Utensilien an, nahm die Säge und nickte Vanni zu. „Wir können."

Vanni lächelte. „Du kannst. Der Block gehört dir. Zeig's ihm."

Aber irgendwie funktionierte es andersherum. Als die Säge loslegte, riss es Sue nach hinten. Erschrocken ließ sie das Gerät fallen, wo es wie ein wild gewordenes Tier auf dem Boden herumkreischte. Vanni lächelte wissend.

„Ich bin mir nicht sicher, ob du das nicht absichtlich gemacht hast." Sue keuchte vor Schreck.

„Grenzen erkennen ist eine Form des Erwachsenwerdens."

„Bete mir jetzt nichts vor, sondern schalt dieses Monster aus", rief Sue und hielt sicheren Abstand. „Ich wusste auch schon vorher, dass ich mit so was nicht umgehen kann."

Ungerührt hob Vanni die Säge hoch und hielt sie Sue vor die Nase.

„Willst du mich jetzt desensibilisieren?"

„Wir machen es einfach noch einmal. Ich helfe dir."

Sie stellte den Block wieder auf und brachte sich und Sue in Stellung, wobei sie hinter ihr blieb. Sue spürte Vannis Körper, der so ruhig und fest da stand, als könnte ihn nichts erschüttern.

„Stell dich fest hin, suche deine Mitte."

Also doch Esoterik, dachte Sue, als Vanni sie plötzlich anstupste. „Hey, was soll das?"

„Das soll fest hinstellen sein, wenn du umfällst wie ein Stückchen Holz?"

Sie sahen sich herausfordernd in die Augen. Es war wie früher. Nur war es da um etwas anderes gegangen. Jungs zum Beispiel.

„Okay, okay. Ich suche meine Mitte."

„Stell dich einfach fest hin, als würden deine Füße von Wurzeln im Boden festgehalten."

„Das klingt besser als Mitte suchen", grummelte Sue und versuchte, sich im Boden zu verankern.

Vanni stubste sie an. Sue blieb stehen.

„Gut."

Vanni stellte sich direkt hinter Sue und umfasste mit ihren Armen die von Sue. „Du musst mit deinem Körper arbeiten, deine kleinen Händchen schaffen das nicht alleine."

Sie schaltete das Monster ein, das sofort wieder laut zu kreischen anfing. Vanni ging nach vorne, Sue musste mit. Als die Säge sich dem Holzblock näherte, fing ihr Herz an, schneller zu schlagen. Hatte sie etwa Angst? Vor einem toten Holzblock? Doch als die Säge in das Holz stieß, war es wie eine Befreiung. Während sie die Säge nach oben und unten führte, bemerkte sie nicht, wie Vanni sie losließ. Es ging nur nach oben, nach unten, irgendwohin in den Raum, der sich ihr bot. Irgendwann erwachte sie aus ihrer Trance und betrachtete zufrieden ihr Werk. Sie hatte den Block in lauter Einzelteile zerlegt. Besser gesagt, fein säuberlich in Scheiben geschnitten.

„Aha", meinte Vanni.

„Schön, gell?" Sue betrachtete ihre Scheiben, als wären es antike Artefakte von unschätzbarem Wert.

Vanni nickte verhalten. „Schöne Scheiben."

„Danke." Andächtig legte Sue die Säge auf den Boden. Das war besser als Shiatsu, Klangschalen-Massage, Ohrkerzen und der ganze Kram zusammen. Diese Körpertherapie hatte eindeutig ihre Berechtigung. Sie würde in London sofort in den Baumarkt fahren und eine Säge kaufen. Das würde ihr sicher auch einige Respektspunkte bei ihren Kindern einbringen. „Jede Frau sollte so ein wunderbares Gerät besitzen."

„Gut, ich glaube, du bist auf dem richtigen Weg." Vanni lachte und sammelte die Scheiben auf. „Was willst du damit machen?"

„Das wird ein Puzzle."

„Ein Puzzle?" Vanni sah zum ersten Mal ein wenig ratlos aus.

„Ja, ich kann es auseinandernehmen und wieder zusammenlegen. Die verschiedenen Teile meines Ichs."

„Mann oh Mann", murmelte Vanni. „Irgendwie merkt man, dass du sehr engen Kontakt zur Psychoszene hast."

Sue kicherte.

„Lust auf ein Bad?"

Sue sah an sich herunter. Sie war dreckig, klebrig und voller Späne, und wie ihre Haare aussahen, daran wollte sie nicht einmal denken. „Unbedingt." Sie überlegte kurz. „Du hast nicht zufällig Erdbeermilch? Mit Eis?"

Vanni schüttelte den Kopf. „Leider nein. Ich trinke seit Jahren keine Milch mehr."

„Weil die Kühe heilig sind?"

„Blödsinn. Laktoseintoleranz."

„Kein Patschuli, kein Moschus?" Sue deutete auf Vannis Kosmetiksammlung. „Indien hat hier nicht viele Spuren hinterlassen." Vanni hatte die Augen genießerisch geschlossen und schmiegte ihre Wangen in den weichen Schaum, der nach Jasmin und Rosen duftete. „Nicht nur hier nicht."

Sue hatte nun ebenfalls die Augen geschlossen. „Wo sonst noch nicht? Ich hoffe, du machst wenigstens jeden Tag Kopfstand und Yoga und zündest Räucherstäbchen an."

Vanni stupste sie mit den Zehen an. „Ich habe so viel Yoga gemacht, das reicht für drei Leben."

„Meditierst du wenigstens?"

„Nein. Manchmal hatte ich das Gefühl, Meditieren ist für die meisten nur eine Ausrede, um nichts tun zu müssen. Meine Synapsen haben sich jedenfalls zu Tode gelangweilt."

„Aha." Das klang ernüchternd. „Und Thomas? Hat der das genauso gesehen?"

Vanni lachte. „Wir haben in Indien alles mitgemacht, was man auf dem

Pfad der Erleuchtung nur mitmachen kann. Ich kenne jeden Ashram zwischen Himalaya und Madras. Weißt du was? Jeder verdammte Guru erzählt dir was anderes. Der eine lässt dich nur meditieren, den Rest der Zeit musst du übrigens Haus und Hof in Ordnung halten, aber das nur nebenbei. Die anderen predigen Sex, die nächsten totale Enthaltsamkeit, dann kommt der andere, der sagt, alles Quatsch. Kein Yoga, keine Meditation. Die Erleuchtung ist in uns. Immer. Dann sagte Thomas, er sei durch seine Liebe zu mir schon erleuchtet." Sie schwieg und wirkte einen Moment lang völlig nach innen gekehrt. Als sie wieder sprach, leuchteten ihre Augen. „So gesehen haben wir etwas gelernt."

„Mein Gott ist das schön." Sue war richtig ergriffen.

„Meine Gelenke waren jedenfalls froh, als der Yoga-Unsinn endlich vorbei war."

„Es tut mir so leid, dass er tot ist."

Vanni tauchte in die Schaumberge ab. Sue konnte sie verstehen. Sie würde auch kein Bedürfnis verspüren, über den Tod der großen Liebe zu sprechen. Die nächsten Minuten hörten sie den Schaumbläschen beim Zerplatzen zu.

„Kannst du dir vorstellen, jemals wieder einen anderen Mann zu haben?", fragte Sue schließlich.

Vanni schüttelte den Kopf. „Ich bin immer noch mit Thomas verbunden. Er hat mir so viel gegeben, das reicht für ein Leben. Was kommt, wäre nur ein müder Abklatsch und darauf habe ich keine Lust."

„Und wenn du doch mal Lust hast?"

„Nehme ich mir, was ich will."

Vanni tauchte unter und kitzelte Sue am Bauch. Es folgte eine kleine Schrecksekunde. Wenn sie so offen für alles war, betraf das dann auch das eigene Geschlecht? Sue räusperte sich. „Auch Frauen?"

Vanni prustete los. „Hast du jetzt Angst bekommen?"

Sue schüttelte beschwichtigend den Kopf. Vanni lachte noch immer. „Nicht mehr. Ich habe es mal versucht, aber ich mag es wild und behaart. Und ich stehe auf den Testosterongeruch. Da kann man nichts machen. Du bist also völlig sicher."

Sue lächelte erleichtert, jedoch nicht lange, denn Vanni startete einen unerwarteten Angriff.

„Was ist jetzt mit Terence?"

„Terence?" Sue wurde es trotz des heißen Badewassers plötzlich kalt.

„Dein Mann, wie du dich hoffentlich erinnerst."

„Ach", prustete Sue und drehte das heiße Wasser auf, um wieder warm zu werden. „Weißt du," fing sie danach an, und auf einmal folgte eine nicht ganz kurze Schilderung ihres scheinbar so tollen Lebens in London. Dem übervollen Terminkalender, der mangelnden Anerkennung ihrer als selbstverständlich erachteten Arbeit, die Probleme beim Sex, die frustrierenden Versuche, sie zu lösen, ihre demütigende Rolle als Sexobjekt am Hochzeitstag, die Szene mit Sondra und die Tatsache, dass sie sich nicht traute, sich Botox in die Stirnfalten spritzen zu lassen, obwohl diese sie wirklich tierisch nervten.

Bei Botox zog Vanni lediglich belustigt die Augenbrauen hoch. „Terence tut mir fast ein bisschen leid."

„Wie bitte? Ich glaube, ich bin in der falschen Wanne!"

„Hast du schon mal versucht, dich in seine Lage zu versetzen?"

„Ja, schon."

„Als Mann definierst du dich zum großen Teil über die Leistung deines besten Freundes. Eines Tages mag der nicht mehr. Das ist doch schlimmer als PMS, Hängebusen und Orangenhaut zusammen. Damit können wir Frauen immer noch Sex haben. Aber die Männer ..."

„Glaubst du, das weiß ich nicht?"

„Dann wirfst du dir so Pillchen ein und fühlst dich wie der King."

Sue nickte. „Stundenlang." Nur dass sie sich nicht wie eine Königin gefühlt hatte.

„Kannst du dir vorstellen, so lange geil zu sein? Alles spannt und ziept?"

„Das klingt, als hättest du es selbst schon genommen."

„Brauche ich nicht. Aber ich kannte einen. Es ist doch gruselig, so fremdbestimmt zu sein. Die armen Kerle würden wahrscheinlich mit jedem rohrförmigen Etwas in die Kiste springen, wenn es ihnen Erleichterung verschafft. Für Terence ist das bestimmt ein Alptraum."

Sue gefiel der Vergleich von Sondra mit einem Installationsartikel. „Außerdem würde mich seine Mutter am liebsten loswerden."

„Was hat das mit Terence zu tun?" Als Sue nicht gleich antwortete, seufzte Vanni. „Mann, bin ich froh, dass Thomas das schwarze Schaf der Familie war. Ein Mutterproblem hatte der nicht."

„Du Glückliche. Ich bin nicht englisch genug, nicht vornehm genug, nicht reich genug, nicht akademisch genug, nicht was weiß ich genug."

„Du bist genug, glaub es mir. Vielleicht wird es Zeit, dass du es deiner verehrten Schwiegermutter mal zeigst."

„Wie denn?"

„Besuch sie das nächste Mal mit einer Säge. Soweit ich weiß, stehen Upper-Class-Zicken auf Arbeitercharme."

21

Terence drückte auf „Senden" und atmete erleichtert auf. Sein Artikel für den *Psychological Digest* war per Email auf dem Weg in die Redaktion, und das einen Tag früher als geplant. Er hatte über Mittag sehr konzentriert daran gearbeitet – ein kleines Wunder angesichts dessen, was er im Gespräch mit Peter erfahren hatte. Was war dieser verhinderte Dichter aber auch für ein Weichei, dass er sich von Sue so um den Finger wickeln ließ. Eine Reise in die hinterste Pampa! Peter hätte ihr diesen Blödsinn ausreden müssen, denn der Aufwand stand in keinem Verhältnis zum Nutzen, sprich erhöhten Einnahmen. Wenn sie dort vier Bücher verkauften, wäre das schon viel. Außerdem sollte der gute Mann nicht vergessen, dass er einer ihrer Starautoren war. Ein anderer Verlag war schnell gefunden für jemanden wie ihn.

Über Sue konnte er nur den Kopf schütteln. Was war das nur für eine billige Racheaktion, ihn auf eine derart extreme Landpartie zu schicken. Das war eigentlich gar nicht ihr Stil. Wieso stellte sie sich so an? Sie hatte doch alles, was sie brauchte. Waren das vielleicht schon Anzeichen der Wechseljahre?

Sein Handy piepste. Eine SMS von Amy.

Haben Haus von Hilde geerbt.

Terence schnaubte. Auch das noch. So wie er Sue und ihre Sentimentalitäten kannte, freute sie sich auch noch darüber und wollte es behalten. Bei diesem Gedanken schüttelte es ihn. Er hasste die Berge und würde auf keinen Fall dort seine künftigen Urlaube verbringen. Er nahm das Telefon. Ein Grund mehr, mit Sue zu sprechen.

Er drückte den Kurzwahlknopf zu ihrem Handy und musste sich anhören, dass der Teilnehmer *temporarily not available* war.

Terence schmiss das Handy auf den Tisch. Gute Idee, dann würde er die nächsten fünf Tage ebenfalls nicht mehr verfügbar sein, und zwar nicht nur momentan, sondern rund um die Uhr.

Am allerbesten ab sofort. Rigoros schaltete Terence den Anrufbeantworter an, denn Kate war natürlich bereits wieder unterwegs zu einem wichtigen Termin. Und er wäre es jetzt auch. Er würde sich noch eine letzte Trainingsfahrt auf dem Motorrad gönnen, bevor es am nächsten Abend mit dem Treffen im Pub endlich losging. Nur noch zwei Termine morgen, und dann bin ich für fünf Tage ein freier Mann, dachte er. Was für eine Aussicht.

Die Vorfreude währte nicht lange. Genauer gesagt bis zu dem Zeitpunkt, als er die frisch glänzende Öllache unter dem Motorrad sah. Hätte er seine Maschine nicht so geliebt, hätte er mit dem Fuß gegen das Hinterrad geschlagen. So fluchte er minutenlang leise vor sich hin, bis er ruhig genug war, um in der Werkstatt anzurufen und den Chefmechaniker gepflegt zusammenzufalten.

22

Als Sue endlich aufbrach, war es bereits dunkel. Ein Teufelchen namens schlechtes Gewissen regte sich, weil sie schon wieder einen Tag nicht mit den Kindern verbracht hatte. Andererseits tat ihnen etwas Abstand voneinander sicherlich gut. Dass sie sich das Ganze wie so oft schön redete, merkte sie, als sie in das Haus stürzte und sofort ihren Vater, der an seinem Computer saß, fragte: „Wo sind die Kinder?"

Ihr Vater grinste. „Schon im Bett. Philipp war todmüde."

„Und Amy?"

„Wir haben zusammen Fernsehen geschaut. Endlich kann ich auch bei dieser Fotomodell-Sendung mitreden. Danach hat sie sich nach oben verzupft. Und, was hast du gemacht?"

„Ich war bei Vanessa."

„Ah, da schau her. Wie geht es ihr?"

„Sie ist, wie sie immer war. Das Leben muss Spaß machen."

Franz lächelte. „Oh ja, so war sie schon als Kind." Er musterte sie liebevoll. „Der Besuch bei ihr hat dir gut getan. Du schaust zum ersten Mal entspannt aus, seit du hier bist."

„Sie hat mir gezeigt, wie sie arbeitet. Mit der Motorsäge."

„Du und eine Motorsäge? Du kannst ja nicht einmal einen Nagel einschlagen."

„Du wolltest doch immer alles selber machen, Papa."

„Das könnte mir jetzt nicht mehr passieren. Ich wäre froh, wenn mir jemand was abnehmen tät."

Sue fühlte sich sofort wieder schuldig, dass sie nicht Fotografin und somit seine Nachfolgerin geworden war. Obwohl ihr Vater es sicher nicht so gemeint hatte. Sie vergaß oft, dass er bereits 65 war. War es da ein Wunder, dass er sich Gedanken machte, wie es weitergehen sollte?

„Komm her." Jetzt klang Franz wieder unternehmungslustig wie immer.

Sue, die erleichtert wegen des Stimmungsumschwungs war, holte sich einen Hocker und setzte sich neben ihn an den PC. Ihr Vater öffnete eine Datei. Sue hielt kurz den Atem an, als ihr Gesicht plötzlich den ganzen Bildschirm ausfüllte. Es war ein Porträt von ihr in Schwarz-Weiß. Ungeschminkt. Mit Augen, die schon einiges gesehen hatten. Meine Güte, dachte Sue, das Oberlid fängt ja schon an, schlaff zu werden. Das war keine junge Frau mehr, die ihr da entgegensah. Ein freundlicher Kommentator würde sagen, sie war erwachsen.

„Wenn man es ausgiebig retuschiert, kann ich es freigeben", sagte sie, um einen leichten Ton bemüht.

„Nichts da", fegte Franz ihren Einwurf hinweg.

„Ist das von gestern?"

Er nickte.

„Du hättest es mir sagen müssen. Ein Double für die Beleuchtung!"

„So hast du wenigstens natürlich geschaut. Das fällt dir doch sonst so schwer. Ich finde es schön."

Er holte eine Mappe hervor, öffnete sie und durchsuchte den Fotostapel, den sie enthielt. Endlich hatte er gefunden, was er suchte. Er hielt das Foto neben den Monitor. Es zeigte nicht Sue, sondern die mehr als zwanzig Jahre jüngere Susi. Pausbäckiger, glatter, unbedarft. Sue konnte es selbst nicht glauben, dass sie einmal so jung ausgesehen hatte. Dass sie es gewesen war, hatte sie nicht vergessen. Manchmal fühlte sie sich jetzt noch so unsicher wie mit siebzehn.

„Gehöre ich jetzt auch zu deinem Projekt, Papa?"

Ihr Vater fotografierte, seit sie denken konnte, Menschen aus dem Salzkammergut. Porträtaufnahmen, ganz nah. In der Art von Yousuf Karsh und August Sander, die seine künstlerischen Vorbilder waren. Sein großer Traum war es, die Aufnahmen in einem Fotoband herauszubringen. Damit wollte er allen zeigen, dass er mehr drauf hatte, als Hochzeitsgesellschaften abzulichten.

„Fotografierst du alle deine Models zwanzig Jahre später?"

Er stutzte. „Das ist gar keine schlechte Idee."

Sue starrte wieder auf den Monitor und haderte mit dem, was sie sah.

„Sei nicht so streng mit dir", sagte er mit sanfter Stimme. „Du bist immer noch meine schöne Tochter."

Sue umarmte ihn gerührt. „Danke, Papa. Ich geh jetzt schlafen."

Schöne Tochter, von wegen. Väter waren einfach nicht objektiv.

Zuerst war da dieses unregelmäßige, dumpfe ‚Plop'. Dann kamen sanfte Xylophonklänge dazu. Eigentlich nicht unangenehm, aber bitte nicht jetzt, mitten in der Nacht. Sue drehte sich stöhnend um und zog sich die Decke über den Kopf. Doch dieses verdammte Xylophon hörte nicht auf, und das Plop beschleunigte seinen Rhythmus.

Unwillig beschrieb höchst unzureichend das Gefühl, mit dem sie sich in Zeitlupentempo aus dem dicken Federbett aufrichtete. Nach einer kurzen Orientierungsphase waren ihre Sinnesorgane im normalen Betriebsmodus: Das Xylophon war ihr Handy – Debussy von einem jüdischen Musiker, den sie auf der Straße irgendwo in Soho gehört und der sie spontan verzaubert hatte – und das Plop war der Regen, der auf das Fenstersims prasselte. Der Sound des Salzkammerguts. Jetzt war sie wirklich wieder zu Hause. Sich jetzt einkuscheln und diesem Klang lauschen, dabei von der großen weiten Welt träumen wie mit fünfzehn oder sechzehn. Angeblich war die unbändige Regenlust dieser Landschaft sogar der Grund für die ausufernden Kreativitätsschübe der hier sommerfrischelnden Künstler. Was im Grunde logisch war, denn was sollte man hier bei strömendem Regen schon anderes machen als Bilder zu malen, Operetten zu komponieren oder Romane zu schreiben?

Auf jeden Fall hatte der Regen etwas Beruhigendes, wenn man die Muße hatte, sich seinem leisen Rauschen hinzugeben. Was das ekstatisch vor sich hin xylophonierende Handy erfolgreich verhinderte. Es war der Klingelton von Terence. Bequemte er sich nach drei Tagen endlich, mit ihr direkt zu kommunizieren und nicht über die Kinder? Mit beherztem Griff nahm sie das Handy und registrierte missmutig, dass sich ihr Herzschlag beschleunigte.

Das waren keine guten Voraussetzungen für ein souveränes Gespräch.

Sie räusperte sich, dennoch klang ihr anschließendes „Ja?" brüchiger als gewünscht. Wie unfair von ihm, sie vor dem Frühstück, der für sie wichtigsten Mahlzeit des Tages, wie er nach so langer Ehe wissen sollte, zu überfallen.

„Ich hoffe, ich habe dich nicht geweckt."

Das war doch mal ein kreativer Gesprächsanfang nach drei Tagen Funkstille. Sie ließ sich nicht dazu herab, darauf zu antworten, vor allem auch deshalb, weil ihr keine originelle Antwort einfiel.

„Entschuldige Darling."

Offenbar hatte ihr Schweigen sein schlechtes Gewissen geweckt. Und mit dem „Darling" konnte er durchaus punkten. Sie musste sich eingestehen, dass dieses abgenutzte Wort die richtigen Saiten in ihrem Körper zum Schwingen brachte. Eine wohlige Wärme breitete sich in ihr aus. Das schöne Gefühl von Geborgenheit und Vertrautheit. Wie sie das vermisste! Wie sie ihn vermisste! Seine Grimassen beim Rasieren; seinen konzentrierten Blick, wenn er sich die Zehennägel schnitt, oder seine ausufernden Vorbereitungen, wenn es um das fachmännische Einschlagen eines Nagels ging. Gleichzeitig war sie so unglaublich wütend auf ihn. Wurde sie langsam schizophren?

„Ohne dich herrscht hier das reinste Chaos."

Das freute sie zu hören. „Wieso denn?", fragte sie unschuldig (obwohl scheinheilig das bessere Wort gewesen wäre).

„Ich komme mit den Terminen für heute nicht klar. Kannst du mal nachschauen, wann diese Radiosendung ist und dieser Vortrag an der Uni? Ich habe mir nichts dazu notiert."

Das tust du doch nie, dachte sie bitter. Irgendetwas in ihr schmerzte, als hätte sie einen K.-o.-Schlag abbekommen. Wieso fragte er nicht, wie es ihr ging, wieso sagte er nicht, dass es ihm Leid tat, dass sie weg war, wieso gab er nicht zu, dass er ein Scheißkerl war, weil er immer noch nicht wusste, wo verdammt noch mal seine Loyalität zu liegen hatte. Elendes Muttersöhnchen, dachte sie bitter, denkt immer nur an sich selbst.

Dennoch, denn Gewohnheiten waren unausrottbar, rief sie den Terminplaner in ihrem Blackberry auf. Da stand es. Um 11:45 Uhr auf Radio 1 „Das Tagesgespräch" und um 15:30 Uhr der Workshop an der Uni mit dem

Titel „Das Erstgespräch – ein Vademecum für Therapeuten". Sie setzte bereits an, um ihm die Termine durchgeben, dann hielt sie inne, markierte die Einträge und löschte sie.

„Tut mir leid, Terence, aber ich habe hier auch nichts. Ich fürchte, du musst dich selbst darum kümmern."

Terence blieb stumm. Wahrscheinlich stand er unter Schock. Sich selbst kümmern? Ein völlig neues Konzept für diesen Mann, zumindest wenn es um intellektuell anspruchslosere Tätigkeiten wie Organisation und Terminplanung ging. Die genau aus diesem Grund in ihr Ressort fielen. Sie war die Frau für die niederen Dienste. Die Frau, die beschlossen hatte, nicht mehr zur Verfügung zu stehen.

„Was ist das für eine Geschichte mit diesem Haus?", sagte er schließlich. „Amy hat mir eine SMS geschickt."

„Da gibt es nicht viel zu erzählen. Ich habe Hildes Haus geerbt. Du kennst es ja. Direkt am See mit großem Garten. Eigentlich ein Traum."

„Ja, nur leider steht es im falschen Land", kommentierte Terence knapp.

Sue erwog kurz, ihm einen Termin bei seinem Supervisor nahe zu legen, denn an diesem Morgen machte dieser Mann alles falsch, was er nur falsch machen konnte.

„Für dich oder für mich?" Ihr Ton wurde schärfer, was nur kaschieren sollte, dass sie den Tränen nahe war. Und sie sich von Terence weiter entfernt fühlte als jemals zuvor, und das lag nicht an den 1000 Kilometern Luftlinie.

„Für uns. Wir leben in London. Schon vergessen?" Ihr Schweigen schien ihn zu irritieren, denn plötzlich wurde seine Stimme weicher. „Sue, Darling, du fehlst mir. Das ist alles einfach blöd gelaufen. Und Sondra, gütiger Gott, die kannst du doch wirklich nicht ernst nehmen. Sie ist völlig überraschend in die Praxis geschneit und hat ihre übliche Show abgezogen."

„Und du hast schön mitgespielt, du Armer. Mit jedem Wort, das du sagst, wird dein Verhalten noch erbärmlicher."

„Sue, was kann ich denn noch sagen? Ich verstehe ja, dass du sauer bist –"

Ach ja? Er verstand? Diesen Eindruck hatte Sue ganz und gar nicht.

„– aber was der da unten macht, entzieht sich in solch einer Situation leider meiner Kontrolle. Das weißt du doch am allerbesten."

Sue schüttelte resigniert den Kopf. Das Schlimmste war, dass er nicht einmal kapierte, dass es nicht nur um Sondra ging.

„Vielleicht hast du selbst auch ein bisschen überreagiert."

Wie bitte? Jetzt wagte sich der Herr aber ganz schön weit vor. Dass sie selbst schon darüber nachgedacht hatte, stand auf einem ganz anderen Blatt.

„Dass du alles andere als ein Unschuldslamm bist, brauche ich nicht extra zu erwähnen. Ich sage nur, die Lesung in Flamborough. Aber was soll's. Schwamm drüber."

Schwamm drüber? Damit machte er es sich doch ein wenig zu leicht.

„Ich würde sagen: Schwamm drüber zu diesem Gespräch." Damit beendete sie die Verbindung.

Eigentlich hatte sie Terence nach seiner Meinung zu Philipps Tauchplänen fragen wollen, aber warum sollte er sich ausgerechnet jetzt als kompetenter Vater geben, wenn er schon als Ehemann auf der ganzen Linie versagte? Am meisten getroffen hatte ihn sicher, dass sie mit keinem Wort die Motorradtour erwähnt hatte, die am nächsten Tag starten sollte. Sie war einer seiner Höhepunkte des Jahres, und es war ihm immer wichtig gewesen, dass sie ihm dafür ihren Segen gab.

Reglos blieb sie im Bett liegen und registrierte mit wachsender Besorgnis den Aufruhr in ihrem Inneren: Druck auf die Brust, Herz- und Gedankenrasen, Unruhe und abwechselndes extremes Hitze- und Kältegefühl. Hilfe, dachte sie und richtete sich abrupt auf. Waren das etwa Entzugserscheinungen? Schließlich hatte sie seit ihrer Ankunft keine Tabletten mehr genommen, weder die On- (aufputschend) noch die Off-Version (beruhigend). *Okay, kein Grund zur Panik. Ich atme tief ein und aus. Ich kann stolz auf mich sein. Ich bin auf dem richtigen Weg. Das hier ist eine Auszeit, nicht nur von Terence, sondern auch von diesen vermeintlichen Lebensrettern aus der Blisterpackung. Ich bin nicht am Ende. Ich bin am Anfang. Von was auch immer. Und ich muss raus.*

Irgendwie hatte sie es fertiggebracht, sich zu duschen und die Zähne zu putzen, irgendwie hatte sie nach dem Frühstück, das lediglich aus einer Tasse Kaffee bestand, den Beschluss gefasst, einkaufen zu fahren, und irgendwie hatte sie den Einwand ihres Vaters, dass doch alles da sei, mit einem Lächeln und einem „Für die Kinder, du weißt doch, die haben immer Sonderwünsche" kommentiert. Und irgendwie war es ihr egal, dass er ihr offensichtlich kein Wort glaubte.

Einkaufen war eine der angenehmeren Arten von Ersatzhandlung, dachte Sue, als sie durch den SPAR-Markt in Goisern schlenderte. Sie war die Herrin, sie bestimmte, was in den Einkaufswagen hineinkam. Sie hatte die Macht. Sue musste kichern, als ihr diese Gedanken vor dem Kühlregal kamen. Ich habe die Macht, wiederholte sie, und wenn es sich auch nur um Lebensmittel handelt. Prompt legte sie die mit Mandeln gefüllten Oliven, die außer Terence eigentlich niemand mochte, wieder zurück. Sie hatte irrsinnige Lust auf fetten Sahnejoghurt und trauerte kurz dem mit Toffeegeschmack von *Marks and Spencer* nach, als sie die spärliche Auswahl sah. Ein hoher Fettgehalt war offenbar mittlerweile Gift für den Umsatz. Diätjoghurts gab es in Hülle und Fülle, aber bei der Sahnevariante hatte sie lediglich die Wahl zwischen Erdbeer, Zitrone und Birne. Die Erdbeervariante schied sofort aus, denn sie hatte keine Lust, das Aroma von Sägespänen und Schimmelpilzen zu essen. Birnen hatte sie noch nie gemocht, die hatten so was Muffiges an sich. Blieb Zitrone. Sie packte zehn Stück in den Wagen. Dazu kam noch eine ganze Batterie Smoothies (sie verspürte das dringende Bedürfnis, ganze Obstbäume zu trinken) und Griebenschmalz mit Äpfeln und Zwiebeln, etwas, das Philipp in Österreich leidenschaftlich gerne aß, in London jedoch nicht anrührte (vor zwei Jahren hatte sie einen Vorrat von 10 Gläsern gekauft, die sie dann alle an die polnischen Nachbarn verschenkt hatte). Dann fielen ihr Marillenknödel ein, die die Kinder ebenfalls liebten. Sie hoffte, dass das auf Amy immer noch zutraf, obwohl sie bereits öfter nach dem Fett- und Kohlenhydratgehalt von Lebensmitteln fragte. Schnell ging sie zur Tiefkühltruhe und holte drei Packungen heraus. Und weil Ferien waren, grüne, superscharfe Kartoffelchips, drei 300-Gramm-Tafeln Schokolade (die mit dem Keks drin) und eine Schachtel Trüffelpralinen. Kalorien, kommt zu mir, dachte Sue. Ich habe die Macht.

Bereits auf dem Parkplatz riss sie die Pralinenschachtel auf. Es sind die kleinen Freuden, auf die es ankommt, sprach sie sich selbst Mut zu. Das funktionierte hervorragend bis zur dritten Praline, als ein älteres Ehepaar in ihrem Blickfeld auftauchte. Nachdem sie aus einem verbeulten VW Passat ausgestiegen waren, schlenderten sie Hand in Hand Richtung Supermarkt und unterhielten sich angeregt. Sue brach ob dieser innigen Vertrautheit in Tränen aus, warf schluchzend die Pralinen auf den Beifahrersitz und fuhr los. Dass sie dabei einen Tränenschleier vor den Augen hatte, war in diesem Moment nicht von Bedeutung, da der Nieselregen von draußen den gleichen Effekt hatte. Die Natur als Spiegel der Seele, dachte Sue, doch es hatte nichts Tröstliches an sich. Zum Glück zuckelten vor ihr zwei Reisebusse aus Holland gemütlich in Richtung Hallstatt. Diesem Tempo war sie auch mit gefühlten zehn Litern Tränenflüssigkeit in den Augen gewachsen. Nach einem Kilometer waren diese jedoch versiegt, nach zwei Kilometern war sie bereits unendlich genervt, und fünfhundert Meter weiter schimpfte sie wie ein Rohrspatz. Und merkte, wie gut es ihr tat. Sie steigerte sich richtig in ihre Wut hinein, sagte Terence, Sondra und ihrer Schwiegermutter die Meinung, und als die Busse abrupt bremsten, war sie die Ruhe selbst.

Im Radio sang Aura Dione *365 Days of the year, running round, running round, going nowhere*. Sue summte mit. Wie recht die gute Frau hatte. Eine richtige Philosophin. Erst als das Lied zu Ende war, wurde ihr bewusst, dass sie immer noch stand. *Going nowhere.* Nun wurde sie doch ungeduldig. Sue stieg aus, um besser nach vorne sehen zu können. Zum Glück machte der Regen gerade Pause. Direkt vor den Bussen blockierte ein Taxi die Straße, Stimmen drangen zu ihr. Dann sah sie Stefan, der die Motorhaube öffnete und einen Blick hineinwarf.

Dieser Blender, dachte Sue, Stefan kennt sich mit Motoren so gut aus wie mit dem Häkeln von Klorollenhüllen. Während sie zu ihm ging, bewunderte sie ihn für die Ernsthaftigkeit, die er an den Tag legte.

„Servus Stefan", sagte sie. „Woran liegt's?"

„Keine Ahnung", stöhnte er. Wenigstens war er ehrlich. „Scheiß Job."

„Musst wieder aushelfen?" Das war das Schicksal aller Kinder, deren Eltern in irgendeiner Form selbstständig waren, egal ob als Landwirte, Hotelbesitzer, Fotografen oder, wie in Stefans Fall, als Taxiunternehmer. Was in ihrer Jugend den Vorteil hatte, dass Stefan immer ein Auto zur Verfügung stand.

Er nickte. „Betonung auf ‚müssen'. Mein Vater hat eine widerliche Magen-Darm-Geschichte, und die Mama ist selber unterwegs. Dabei müsste ich mich auf die Tour nächste Woche vorbereiten."

„Was für eine Tour?"

„Ich leite eine Adalbert-Stifter-Wanderung für japanische Germanisten."

Sue nickte, war aber innerlich fassungslos. Ihrer Meinung nach musste man schon eine masochistische Ader besitzen, wenn man hunderte Seiten voller Schachtelsätze und betulicher Landschaftsbeschreibungen reizvoll fand. Wie kam es nur, dass sich im zehntausend Kilometer entfernten Japan Menschen für die Werke dieses Schriftstellers begeistern konnten und dann noch hierher kamen, um auf seinen Spuren zu wandeln? „Respekt."

„Endlich mal wieder was Gescheites." Er sah unglücklich aus.

„Es läuft wohl nicht so gut im Moment?"

Stefan seufzte resigniert. „Die Unis sparen sich noch zu Tode, und sonst sind die Jobs rar. Germanisten gibt es zum Saufüttern."

Sue linste in das Taxi. Der Kunde war groß und blond, sprach in sein Handy und steckte sich nebenbei ein Bonbon in den Mund. „Was machst du jetzt mit ihm? Du kannst ihn ja schlecht hier sitzen lassen."

„Verdammter Mist", brummelte Stefan leise vor sich hin und ließ resigniert die Motorhaube zuschnappen. Ein paar Sekunden lang betrachtete er das Blech und wischte dann einige Regentropfen mit seinem Ärmel weg.

„Susi, könntest du mir einen Gefallen tun?"

„Solange es nichts mit Adalbert Stifter zu tun hat."

Er lächelte. „Auf keinen Fall. Der Typ da drin hat garantiert noch nie was von dem gehört."

„Also?"

„Könntest du ihn bitte zur Talstation fahren?"

„Zum Krippenstein?"

„Susi, es ist doch nicht so ganz weit", versuchte er sie zu überreden. Sue dachte an die Situation, die im Auto folgen würde. Zwei Fremde, das unangenehme Schweigen. Sie konnte sich viele schönere Dinge vorstellen.

„Du hättest auch was bei mir gut", war sein finaler Bestechungsversuch.

Sue hatte zwar keine Ahnung, welchen Gefallen sie bei Stefan jemals einlösen könnte, aber hey, sie waren in einem Dorf und alte Freunde, da half man sich. „Okay", willigte sie schließlich ein.

Der blonde Hüne hatte inzwischen sein Telefonat beendet. Als er ausstieg, ging Sue unwillkürlich einen Schritt nach hinten. Er gehörte zu der Sorte Mann, der durch seine Körperpräsenz alles ausfüllte, sei es ein Auto, eine Konzerthalle oder eine Straße. Da hatte sonst nicht mehr viel Platz, weder so ein schlaksiger Kerl wie Stefan noch sie mit ihren 1 Meter 64.

„Susi bringt dich hin", sagte Stefan.

Der Hüne lächelte sie kurz an. Natürlich hatte er perfekte weiße Zähne und gletscherblaue Augen, das musste bei blonden Hünen wohl so sein. Wahrscheinlich war er auch noch Schwede. „Susi? Schön."

Tatsächlich, da steckte ein klitzekleiner Akzent drin. Etwas Dunkles, Nordisches.

„Ich bin Leif."

„Leif? Schön." Was er konnte, konnte sie auch.

Und dann war sie für ihn offensichtlich abgehakt, denn er stellte sich bedrohlich nahe vor Stefan. „Du musst mir das Teil bis morgen bringen. Um acht. Pünktlich." Er gab ihm einen Zettel. „Das ist die Adresse in Ischl. Wenn das nicht klappt, bist du einen Kopf kürzer."

„Kein Problem", versicherte Stefan wie ein braver Schüler. Fehlte nur noch, dass er sich verbeugte.

Sue musste grinsen, Leif ebenso. Sie sahen sich in die Augen und ihr wurde heiß, bei fünfzehn Grad Außentemperatur und erfrischendem Nieselregen, der gerade wieder eingesetzt hatte.

„Mein Auto steht da hinten", brachte sie schließlich hervor.

„Gut."

An verbaler Inkontinenz schien dieser Mann nicht zu leiden. Nicht einmal, als er bei dem Versuch, sich auf den Beifahrersitz zu setzen, mit dem Fuß auf die Pralinenpackung trat.

Wie peinlich war das denn! Jetzt dachte er sicher, sie wäre eine frustrierte Kuh, die ihre besten Tage hinter sich hatte und ihren Weltschmerz mit Schokolade zu betäuben pflegte.

„Mir tut es leid, dass ich deine Pralinen zerstört habe." Er untersuchte die Packung, aber da war nichts mehr zu retten. Die Plastikverpackung war ausgefüllt mit einem klebrigen, dunkelbraunen Fladen, der nach außen gequollen war.

„Ist vielleicht besser so."

Er taxierte sie kurz von oben nach unten. „Von mir aus hättest du sie ruhig aufessen können."

Jetzt nur nicht rot werden, dachte Sue und sah konzentriert nach unten auf seine Schuhe. „Sollen wir sie nicht kurz abwischen?"

Er betrachtete die Sauerei auf seinen Sohlen. „Das wäre vielleicht nicht schlecht. Sonst muss ich nachher noch die Gondel putzen. Das sieht sehr klebrig aus."

„Das waren Marc-de-Champagne-Trüffel."

„Das klingt zwar gut, aber ich müsste die Gondel trotzdem putzen. Der Gustl versteht da keinen Spaß."

Sie lachte auf. „Der Gustl macht immer noch Dienst? Der muss doch schon uralt sein!"

Leif überlegte kurz. „Das kommt hin. Aber ich sollte mich mit ihm gut stellen, denn ich arbeite dort oben."

Sue hatte im Handschuhfach tatsächlich Feuchttücher gefunden. Sie waren zwar schon leicht eingetrocknet, aber besser als gar nichts. „Soll ich?", fragte sie Leif und wedelte mit dem Tuch in Richtung seiner Schuhe herum.

„Nein, das mache ich schon, aber danke für das Angebot." Er grinste, und es sah zweideutig aus.

Nachdem die Schuhe wieder einigermaßen sauber waren und Sue das Auto an den Bussen vorbeimanövriert hatte, trat für einige quälend lange Momente das Befürchtete ein: peinliches Schweigen. Dafür klopfte ihr Herz wie wild. Sie konnte nur hoffen, dass er es nicht hörte.

„Du bist aber nicht von hier", startete sie einen Konversationsversuch, denn das Schweigen machte sie fertig.

Er lachte. „Wie hast du das herausgefunden?"

Weil es bekannt wäre, wenn hier in der Gegend so jemand leben würde. Die Frauen würden Schlange stehen. Ein paar Männer vielleicht auch. Und Leif werden Kinder von hier nicht genannt.

„Dein Vorname. Und dein Akzent."

„Ich komme aus Norwegen."

Da war sie mit Schweden gar nicht so falsch gelegen. In irgendeinem Magazin hatte sie einmal gelesen, dass die Norweger noch einen Tick uriger waren als ihre Nachbarn.

„Und was führt dich hierher?"

„Ich bin Pilot, spezialisiert auf Bergregionen."

Pilot. Norwegen. Gletscherblaue Augen. Muskeln. Blond. Gut aussehend. Ein Herz, das wie wild klopft und Blut, das hörbar durch den Körper rauscht. Du liebe Güte, das klang wie eine schicksalhafte Begegnung in einem Heftchenroman.

Und dann war wieder Schweigen. Bis ...

„Ginge es nicht durch den Tunnel schneller?", fragte er schließlich, nachdem er auf seine Armbanduhr, ein protziges Pilotenmodell, gesehen hatte. Leichte Ungeduld in seiner Stimme inklusive.

Bye-bye Heftchenroman. Eine Charmeoffensive sah anders aus, offensichtlich wollte er so schnell wie möglich raus aus diesem Käfig, in dem es immer noch penetrant nach Marc-de-Champagne-Trüffeln roch.

„Oder hast du Angst davor?"

Jetzt provozierte er auch noch.

„Ich bin vor einigen Tagen durch den Eurotunnel gefahren." *Vorsicht, nur nicht zickig klingen.* „Noch Fragen?"

Er grinste. „Nein."

„Außerdem fahre ich immer so. Und es ist durch den Tunnel nicht schneller."

Er nickte. „Ich würde nur gerne die Bergfahrt um 11:25 Uhr erreichen."

Wenn ich dich nicht fahren würde, würdest du gar nichts erreichen, dachte Sue. Sie ärgerte sich, weil sie sich ärgerte und er sich offensichtlich prächtig über dieses dumme, verfressene Weib amüsierte. Wahrscheinlich fielen alle weiblichen Wesen in seiner Gegenwart auf das intellektuelle Niveau der Steinzeit zurück.

Die Fahrt zur Talstation dauerte normalerweise nicht einmal zehn Minuten, Sue kam es zehn Mal länger vor. Irgendwann hielt sie es nicht mehr aus und schaltete das Radio an. Dusty Springfield ertönte. Er summte sofort mit. Wenigstens hatte er einen anständigen Musikgeschmack. Die Klänge von *Son of a preacherman* trugen sie zur Talstation, die an diesem trüben Tag nicht gerade überlaufen war.

Nachdem der Motor aus war, wartete Sue. Worauf, wusste sie selbst nicht. Dem Norweger schien es ähnlich zu gehen, auch er rührte sich nicht. Dusty sang irgendetwas von Augen und Blicken und gestohlenen Küssen ... Wenn es nach ihr gegangen wäre, hätte Dusty noch ewig singen können, doch eine in einen roten Parka gewandte Frau, die resolut an die Scheibe klopfte, sah das wohl anders. Sie war flankiert von zwei Huskys, die mit großem Engagement die Tür ankläfften.

„Kommst rauf?", schrie sie.

Bring deine Hunde zum Schweigen, dann brauchst du nicht so schreien, dachte Sue. „Na los", sagte sie, „dir pressiert es doch."

Er stieß die Tür auf und draußen war er, bei dieser Frau, die genauso sturmerprobt wirkte wie er. Zufrieden registrierte sie, dass sie im Gegensatz zu ihm nicht wie ein Model aussah.

Sue war sauer. Wenigstens Danke hätte er sagen können. Anscheinend war das heute ihr Männer-sind-blöd-Tag. Erst Terence, dem es nur um seine Termine ging, und jetzt dieser muffige Nordmann.

„Danke", sagte er, und sie musste ihre Meinung revidieren.

In diesem dunklen, norwegischen „a" lag so viel Charme, dass sie ihn fast gebeten hätte, es noch hundert Mal zu sagen.

Stattdessen meinte er: „Du hast was gut bei mir."

Das war nach Stefan schon der zweite Mann an diesem Tag, der ihr dieses Angebot machte. Anders als bei Stefan war sie auf die Einlösung bei Leif wirklich gespannt.

Der Rest des Tages verging wie im Flug: Zu Mittag gab es die Marillenknödel (beruhigt registrierte Sue, dass Amy nicht nach deren Kohlenhydratanteil gefragt hatte, sondern mit großem Appetit drei Stück verspeiste), dann folgte ein kleines Schläfchen, und den restlichen Nachmittag spielte sie mit den Kindern Monopoly. Abends gab es ein schnelles Abendessen mit Tomate-Mozzarella und Ciabattabrot, und als sie friedlich vereint vor dem Fernseher saßen, aßen die Kinder die grünen Kartoffelchips, und Sue gönnte sich einen Sahnejoghurt. Kurz vor dem Höhepunkt des Films, als der nur in ein Unterhemd gewandete Held in einer Gletscherspalte hing und Sue sich beim besten Willen nicht vorstellen konnte, wie er aus dieser Nummer wieder herauskommen würde (und es ihr ehrlich gesagt auch ziemlich egal war), holte sie sich noch einen zweiten. Als sie aus der Küche zurückkam, war dem Helden inzwischen eine blonde Dame mit diversen Silikonimplantaten zu Hilfe gekommen.

So ein Helfer in der Not ist eine feine Sache, dachte sie und rührte den Joghurt gedankenverloren um. Zum Beispiel so ein großer, gut gebauter Norweger mit blauen Augen. Genussvoll gab sie sich diesem inneren Bild hin. Warum auch nicht. Ein bisschen träumen war doch erlaubt. Das geschah Terence ganz recht.

23

Es grenzte an ein Wunder, dass Terence mit nur einer halben Stunde Verspätung im Pub ankam. Er hatte gute Lust, einen Auftritt hinzulegen mit folgenden Worten: „Leute! Vor euch steht ein Mann, der ein gnadenlos langweiliges Radiointerview und einen trotz fehlender Vorbereitung überraschend inspirierten Workshop hinter sich gebracht hat." Aber das wäre so jämmerlich, so typisch Midlife-Crisis-mäßig gewesen, und außerdem sah Dick, der am Tresen stand, stinksauer aus. Zurückhaltung war also angebracht. Für männliches Imponiergehabe war die nächsten fünf Tage Zeit genug.

Trotz des fortgeschrittenen Abends war es noch immer angenehm warm, und so unterhielten sich vor dem Pub die Gäste mit dem Bierglas in der Hand in kleinen Grüppchen und genossen ihren Feierabend.

„Hi, Dick." Terence erkämpfte sich geduldig einen Platz an seiner Seite, während er dem jungen Mann mit dem dünnen Ziegenbart hinter der Theke seinen Wunsch nach einem Ale signalisierte. „Sorry, ging nicht eher."

Richard Sullivan, genannt Dick, sah ihn skeptisch an und widmete sich dann wieder seinem frisch gefüllten Pint.

Terence erschrak, als er Dick genauer ansah. Sein sonst eher hageres Gesicht wirkte aufgedunsen, was den Gesamteindruck völlig veränderte. Entweder soff er, oder er nahm Medikamente. Beides war möglich, denn Dick war ein introvertierter Typ, der alles im wahrsten Sinne des Wortes hinunterschluckte. Aber jetzt war nicht die Zeit, um über eventuelle gesundheitliche Probleme zu sprechen; sie waren die nächsten Tage schließlich noch lange genug zusammen. Vielleicht erfuhr er dann mehr. Terence sah sich um, konnte aber weder Tom noch Rufus noch Neil entdecken. „Wo ist der Rest?", fragte er.

Dick zuckte resigniert mit den Schultern. Allmählich verstand Terence, warum Dick keine Spur der erwarteten Begeisterung zeigte. Dieser Mann war nämlich die Zuverlässigkeit in Person und erwartete nichts weniger als das bei jedem anderen. Er leitete die Disposition bei einem großen Speditionsunternehmen und war traditionell für die Touren-Planung zuständig. Er stellte die Etappen zusammen, buchte die Zimmer, druckte jedem Infos zu den Tourzielen aus, kurz, er machte den ganzen Kram, den sonst keiner machen wollte, und dann schaffte er es als Einziger, zum verabredeten Zeitpunkt anwesend zu sein.

„Wieso soll man auch pünktlich sein, wenn man einen Deppen hat, der sich im Vorfeld um alles kümmert?", knurrte er schließlich.

„Immerhin sind wir jetzt schon zu zweit", lautete Terences kümmerlicher Aufmunterungsversuch.

Zog man die vergangenen Touren als Erfahrungswert heran, war es nicht verwunderlich, dass die restlichen drei Mitfahrer noch nicht erschienen waren.

Tom MacAdams hatte ein besonderes Verhältnis zur Zeit, sie existierte für ihn ganz einfach nicht. Der Erbe eines Feinmechanikunternehmens (es stellte ein winziges Teil her, dessen Name Terence sich nie merken konnte, das aber in fast jedem Gerät auf dem Erdball Verwendung fand) musste sich nicht mit den Mühen regelmäßiger Arbeit quälen. Seine Tätigkeit in der ehemaligen Firma seines Onkels, die jetzt ihm und seiner Schwester gehörte, beschränkte sich auf gelegentliche Pressetermine und seine Präsenz anlässlich der Ehrung langjähriger Mitarbeiter und einer jährlichen Charity-Aktion. Den eher unerfreulichen Alltag hatte er gerne seiner Miterbin überlassen, die darin ihren Lebenszweck gefunden hatte. Den Rest der Zeit bemühte er sich redlich, keine Minute seines Lebens mit schlechter Laune oder Langeweile zu verschwenden.

Im Gegensatz dazu war Dr. Rufus Caine, der gerade das Pub betrat, am anderen Ende der Workaholic-Skala zu finden. Er arbeitete wie ein Besessener und haute gerade mit seiner riesigen Pranke Terence auf die Schulter.

Danach traf es Dick. „Dick, altes Haus", dröhnte Rufus. „Der Tag, an dem du nicht als erster hier bist, ist der Tag, an dem die Tour nicht mehr stattfindet."

Terence machte dem übergewichtigen Mediziner ein Zeichen, die Klappe zu halten, aber Rufus war so aufgedreht, dass er nichts davon bemerkte.

„Mein Gott, hier ist heute aber was los. Vielleicht müssen wir uns künftig ein ruhigeres Pub suchen", schwadronierte er weiter und trank gierig sein eiskaltes Bier.

„Sieh mal einer an, der gute Fruchtbarkeitsdoc ist auch schon da", brummte Dick nicht mehr ganz so schlecht gelaunt wie noch vor wenigen Minuten.

Terence schmunzelte. Das war wieder einmal der Beweis dafür, dass man durch pures Ignorieren einer schlechten Laune dem Träger derselben jeglichen Wind aus den Segeln nehmen konnte. Vielleicht bekam er das mit Sue auch auf diese Weise wieder hin.

Ein paar Minuten später gab sich endlich Tom MacAdams die Ehre und legte den Auftritt hin, den Terence kurz zuvor für sich erwogen hatte. Mit ausgebreiteten Armen ging der nur 1,65 große Privatier auf das Dreiergrüppchen am Tresen zu und bestellte eine Runde für alle. Es fehlte nur noch, dass er zwei Bikinihäschen an seiner Seite präsentiert hätte.

„Na, Rufus? Alle Eier gut untergebracht?", fing Tom seine Begrüßungsrunde an.

„Wenn es danach geht, könnte ich durcharbeiten", antwortete Rufus. „Die jungen Männer kriegen heutzutage nichts mehr gebacken."

Dr. Rufus Caine war spezialisiert auf Reproduktionsmedizin und half Paaren mit unerfülltem Kinderwunsch, ihren Traum zu erfüllen. Er hatte einen hervorragenden Ruf, auch wenn seine Dienste nicht billig waren.

„Ich verstehe nicht, wie man sich so verzweifelt Kinder wünschen kann", gab Tom von sich. „Ohne ist das Leben doch viel unkomplizierter."

„Als ob du schon jemals auf etwas verzichtet hättest, alter Schwerenöter", meinte Terence.

„Das Leben ist viel zu kurz, um irgendwas zu versäumen."

„Wenn ich es richtig sehe, fehlt noch einer", bemerkte Rufus und verhinderte so, dass die Unterhaltung weiter ins Philosophische abglitt.

„Neil lässt sich entschuldigen", warf Dick seelenruhig in die Runde.

„Machst du Witze?" Terence war mehr als überrascht. „Wir haben heute

Nachmittag telefoniert, und da hat er keinen Ton davon gesagt, dass er das hier schwänzen wird."

Dick zuckte gleichmütig mit den Schultern. „Seine alte Ducati hat Probleme, ziemlich große sogar. Ein Teil der Öffner und Schließer der Desmodromik hatte starkes Pitting. Die Schließer hat er noch aufgetrieben, aber bei den Öffnern war Schluss. Also blieb nur eins –"

„Hardverchromen", warf Tom ein.

„Genau. Es kam ganz plötzlich, heute Nachmittag."

Die anderen nickten verständnisvoll.

Tom meldete sich zu Wort. „Neil wird der Werkstatt schon Dampf machen, schließlich ist er extra aus den Staaten hergeflogen."

Terence nickte. Er kannte Neil, den genialen Softwareentwickler, der in den USA eine höchst erfolgreiche Firma aufgebaut hatte, seit dem Studium in Cambridge, und ihm war klar, dass er alles daran setzen würde, rechtzeitig morgen zum Tourstart da zu sein. Seit acht Jahren fuhren sie gemeinsam, und es war ein wichtiger Termin für jeden von ihnen.

Rufus stellte sein Glas ab. „Wollen wir?"

Das war ihr Signal zu dem, was sie ihre „Andacht" nannten: das Begutachten ihrer Maschinen auf dem Parkplatz des Pubs.

Alle nickten und begaben sich nach draußen. Terence merkte, wie allmählich das Lampenfieber stieg. Man brauchte einfach ab und zu etwas, das einen aus dem Alltag ausbrechen ließ. Und dann wartete auch noch eine Überraschung auf sie, denn Neil stand da, lässig an die Mauer gelehnt.

Aus seinen Augen blitzte der Schalk. „Sprachlos?" Er sah von einem zum anderen.

„Neil, altes Haus – was ist mit deiner Lady?" Tom klatschte ihn ab. „Läuft sie wieder?" Tom sah sich um, dann folgte er Neils Blickrichtung und riss die Augen auf. „Das glaube ich nicht."

Auch Terence war vor Ehrfurcht erstarrt. Da stand eine Aprilia. DIE Dorsoduro. Aus der 89er-Baureihe, von der es nur 37 Stück gab.

Schweigend gingen sie zu ihr und betrachteten das Schmuckstück.

„Na, was sagt ihr zu meinem E-Bay-Schnäppchen?" Neil warf sich in die Brust wie ein stolzer Vater.

„E-Bay-Schnäppchen?" Terence beugte sich über die Maschine. Was für ein wunderbares Motorrad. Er sollte sich vielleicht doch einmal mit diesem Internetzeugs befassen, wenn man dort solche Schätze ergattern konnte.

„Habe sie heute in Surrey geholt. Es hat dem Verkäufer fast das Herz gebrochen."

Die anderen nickten voller Mitgefühl.

„Aber der Typ brauchte das Geld. Arbeitslos und die ganze Scheiße." Neil strich über den Motor. „Sie fährt sich wie eine Stradivari."

„Seit wann kennst du dich mit Klassik aus?", fragte Rufus.

„Gar nicht, aber hat nicht jemand gesagt, Frauen sind wie Stradiviaris? Das hier ist eine Frau, und damit kenne ich mich aus."

„Hey, hey", protestierte Tom. „Frauen sind mein Revier."

„Das wüsste ich aber", konterte Neil. „Aber jetzt muss ich noch eure Schätzchen begrüßen."

Als Dicks Honda 1981 X 500 Custom, Toms Ducati, Rufus' Goldwing Honda und Terences BMW gebührend gewürdigt worden waren, tranken sie noch einen Absacker und gingen anschließend brav in ihre Zimmer. Sie waren keine zwanzig mehr, und eine Tour war anstrengend genug, auch ohne einen One-Night-Stand mit einer Schönheit vor Ort.

24

Am ersten Tourtag ließen sie es traditionsgemäß langsam angehen. Geplant waren an die 200 Meilen (Dick konnte bis auf *feet* genau die Entfernung angeben), die sie bis in die Gegend nordwestlich von Nottingham führen würden. Der dichte Verkehr des Londoner Speckgürtels lag längst hinter ihnen, und sie folgten den kleinen Nebenstraßen, die Dick in ihre GPS-Geräte eingespeist hatte. Es war bemerkenswert, wie leicht sie ihre Rollen gefunden hatten: Terence und Dick wechselten sich an der Spitze ab, Rufus und Neil fuhren in der Mitte, und Tom bildete das Schlusslicht.

In der Nacht war ein Gewitter über das südliche Mittelengland gezogen, doch nun war der Asphalt bereits wieder vollständig getrocknet, und zarter Nebel stieg von den morgendlichen Wiesen auf. Terence dankte dem Wettergott dafür, richtig Gas geben zu können. Seine schwere BMW lag souverän auf der Straße, und der Sound ihres Motors machte ihn fast ein wenig high. Die Trainingsmeilen, die er seit Sues Abwesenheit abgespult hatte, rentierten sich, wobei der Stop-and-Go-Verkehr in London ein eher zwiespältiges Vergnügen gewesen war und kein Vergleich mit dem, was er gerade erlebte.

Terence blickte in den Rückspiegel und beobachtete Rufus auf seiner Honda Goldwing, die eigentlich viel zu groß für ihre Tour war – schließlich fuhren sich nicht auf der Panamericana von Alaska bis Feuerland. Aber bei Rufus musste immer alles eine Nummer größer sein. Riesen-Penthouse in Belsize Park, Riesenbrüste für Anne, seine Frau, (es wurde gemunkelt, dass Rufus' Tochter Serena schon die Zusage für eine Brustvergrößerung nach den A-Levels im nächsten Jahr bekommen hatte. Mit gerade mal 18!), und alles deutete darauf hin, dass künftig auch sein Bauch zur Kategorie

„riesig" gezählt werden würde. Die Nähte der Lederkluft mussten auf jeden Fall eine Menge aushalten. Wenn Rufus so weitermachte, wäre nächstes Jahr eine Sonderanfertigung fällig. Etwas kurzatmig war er ihm gestern Abend auch erschienen. Na ja, dachte Terence, ob wir es wollen oder nicht, wir sind im gefährlichen Alter. Ob Pumpe, Prostata oder Penis, alles blähte sich auf oder verstopfte oder gab seinen Geist auf. Terence sah in den Rückspiegel auf die drei schwarz gekleideten Figuren. Was soll's, dachte er. Und wenn wir nächstes Jahr tot sind: Das Jetzt zählte, und jetzt fuhren fünf alte Freunde im besten Mannesalter ganz gemütlich übers Land. Er gab Gas und überholte mit einem „Jippie!" Dick, der grinste und ebenfalls beschleunigte. Es war Zeit, mal so richtig auf die Tube zu drücken.

Zwei Stunden später saßen sie im Garten eines Pubs und tranken brav Apfelschorle. Zu essen gab es eine hausgemachte Fleischpastete, über deren Inhalt sie lieber nicht groß nachdachten. Hauptsache, sie machte satt.

„Wollen wir nicht doch kurz nach Nottingham hineinfahren?", fragte Tom zum wiederholten Male.

„Wenn du so weitermachst, ernenne ich dich zum Quengler des Monats", sagte Neil. „Hast du nicht genug Hasen an der Hand?"

Wie Neil richtig vermutete, war der Grund für Toms Interesse an der Stadt nicht ihr Reichtum an kulturhistorischen Schätzen, sondern der Ruf, der ihren Frauen vorauseilte: Sie zählten angeblich zu den schönsten des Königreichs.

„Wir fahren jetzt gleich durch den Sherwood Forest", meinte Dick, „vielleicht kannst du dort eine Maid vor Banditen retten."

Tom drehte gelangweilt die Augen nach oben. „Man könnte meinen, ich bin mit Klosterbrüdern unterwegs."

„Und du hast die Pubertät noch nicht überwunden", konterte Terence und trank aus. „Ich würde sagen, alle noch mal zum Pinkeln und dann geht's weiter."

Eine Viertelstunde später waren sie wieder auf der Straße und tauchten ein in ein Paradies, als sie das Gebiet des Sherwood Forest erreichten. Es war ein wunderbares Waldgebiet, dessen uralte Eichen die Sonne in goldenes Licht tauchte. Fast schämte Terence sich dafür, dass sie mit ihren Motoren die Stille so rücksichtslos durchschnitten. Doch sie waren offenbar nicht die Einzigen, die die Idylle störten. Von irgendwoher hörte er durch das geschmeidige Schnurren seiner BMW leise Musikfetzen.

Plötzlich durchbrach ein unangenehmes Geräusch das Dröhnen der Motoren. Terence sah im Rückspiegel, wie Tom mit seiner Shadow Spirit über den Asphalt schlitterte. Er bremste und wendete, ebenso wie Dick. Besorgt standen sie anschließend um Tom, der sich mühsam aufrappelte, während Rufus und Neil die Maschine aufrichteten.

„Was ist passiert?", fragte Terence.

Tom schüttelte verwundert den Kopf. „Auf einmal ist irgendwas wahnsinnig Hartes gegen meinen rechten Arm geprallt. Da hat es mich total verrissen. Verdammte Scheiße." Er rieb sich den Arm.

Zum Glück war ihm anscheinend nichts weiter passiert.

Dick, der inzwischen die Umgebung abgesucht hatte, kam mit etwas Länglichem von der Straßenböschung zurück. „Könnte es das gewesen sein?", fragte er.

Es war ein Pfeil aus Plastik.

„Kämpft Robin Hood immer noch gegen die Reichen?", fragte Tom fassungslos.

25

Als Sue die Tür aufschloss, dröhnte Edith Piaf durch das Haus. Dabei hatte sie sich so auf etwas Ruhe gefreut nach dem Geschnatter, das Hildes engste Freundinnen im Auto auf sie abgefeuert hatten. Sie hatte sich dazu bereit erklärt, mit den Damen nach Altaussee zu fahren, wo wieder einmal ein „Zu schade für die Motten"-Tag stattfand. Dort gab es Dirndl aus zweiter oder höherer Hand zu günstigen Preisen, und Hilde hatte sich keinen dieser Tage jemals entgehen lassen. Obwohl Sue sich selbst nichts gekauft hatte, war ihr dieser Ausflug wichtig gewesen, und sie betrachtete ihn als eine Art Hommage an ihre Patentante.

„Was ist denn hier los?", fragte sie ihren Vater, der mit Philipp am PC saß und mittels Photoshop unschuldige Kunden des Wallnerschen Fotostudios zu verzerrten Monstern transformierte.

Philipps Wangen waren vor Erregung knallrot, und auch Franz wirkte wie ein ertappter Lausbub.

„Da du Amy heute Vormittag zum Französischlernen verdonnert hast, habe ich mir gedacht, dass ich das Ganze ein bisschen peppiger machen könnte."

„Peppiger? Mit Edith Piaf?" Sue kam aus dem Staunen nicht mehr heraus.

„Das klappt wunderbar", rechtfertigte sich Franz. „Das läuft schon die ganze Zeit."

„Leider", war Philipps knapper Kommentar, während er mit verzücktem Gesicht einem älteren Mann, der Sue fatal an Herrn Schmauser von schräg gegenüber erinnerte, Spock-Ohren zauberte, aus denen grüne Haare wuchsen.

Großväter sind leichter zu manipulieren als Mütter, dachte Sue. Amy hing sicher am Computer und chattete oder machte weiß Gott was. Vokabeln lernen war mit Sicherheit nichts davon. Edith Piaf! Für diese Kids waren ja schon Songs aus den Neunzigern hoffnungslos altmodisch. Außerdem, was sollte sie von der Piaf schon lernen. *Non, je ne regrette rien?* Das könnte Amy so passen.

Philipp druckte seine Kreation aus und hielt sie Sue mit einem stolzen Glucksser vor die Nase.

„Ist das Herr Schmauser?", fragte sie vorsichtshalber und musste selbst lachen.

Ihr Vater nickte.

„Das Schlimme ist, dass man ihn trotzdem sofort erkennt."

„Der Schmauser war schon immer der Greislichste von uns", meinte Franz.

„Es hat sich nicht verwachsen", amüsierte sich Sue.

Die drei lachten Tränen, bis Amy den Kopf durch die geöffnete Tür steckte. „Schön, dass wenigstens ihr Spaß habt", sagte sie.

„Schau doch", sagte Sue in einem Versuch, Amys offensichtlich schlechte Laune wenigstens etwas zu heben, „erkennst du den Herrn Schmauser?"

Beim Anblick des Fotos musste sogar Amy grinsen, zumindest ein wenig. „Fast wie normal."

„Genau", sagte Sue, „die Aliens sind unter uns." Dann schaltete sie um auf verantwortungsvolles Mitglied der Gesellschaft. „Ihr zwei seid wirklich unmöglich. Man kann doch Leute nicht so bloßstellen."

„Du hast recht", erwiderte Franz mit gespieltem Ernst, „aber es macht Spaß."

Mittlerweile hatte Amy ihrem Bruder die Maus abgenommen und erstellte gerade ihre eigenen Monster.

„Wenn du nicht willst, dass wir so einen Blödsinn machen, dann musst du uns zum Tauchen schicken", sagte Philipp.

Sue war fassungslos. Was für eine raffinierte Taktik! Erst gemeinsame Sache mit dem Feind, sprich der Mutter machen, für eine entspannte, ja heitere Stimmung sorgen und wusch – knallharte Forderungen in die Runde werfen. Damit steckte er mühelos jeden Unterhändler eines Schurkenstaates in die Tasche. Sie fühlte sich auf einmal sehr, sehr müde. Erst der Psychodruck von Hildes Golden Girls und jetzt ihre eigene Brut.

„Kommt nicht in Frage", sagte sie kurz angebunden. „Das Thema ist ausdiskutiert."

„Diskutieren nennst du deinen diktatorischen Erziehungsstil?" Amy flippte total aus. „Das ist so unfair, was du machst. Wieso sind wir überhaupt hier? Das war überhaupt nicht ausgemacht! Nur weil du eine verdammte Auszeit oder was weiß ich brauchst! Mit Daddy wäre es ganz anders." Sie haute mit dem Fuß gegen einen Unterschrank.

„Na, na", murmelte Franz, was für Amy wieder die völlig falsche Reaktion war.

„Mann, immer nur brav sein, das ist alles, was euch interessiert!" Sie drosch noch einmal mit dem Fuß gegen den Schrank. „Ich hasse euch. Euch alle!" Mit diesen Worten verließ sie das Büro und rannte nach oben, gefolgt von Philipp, der solidarisch verkündete: „Warte, ich komme mit!"

Eine Zeitlang schwiegen sich Vater und Tochter an.

„Sie hatte doch Asthma, als sie klein war", sagte Sue schließlich entschuldigend und sah ihren Vater an, auf Vergebung oder was auch immer hoffend.

„Ich habe heute den Schmaranzer, weißt schon, den vom Tauchclub, getroffen. Im Kurs für Jugendliche wären noch Plätze frei."

Als Sue schwieg, fuhr er fort: „Die haben einen guten Ruf. Ich verstehe ja, dass du vorsichtig bist, bei dem, was du damals erlebt hast, aber wenn die beiden es richtig lernen ..."

„Ist gut Papa." Sie klang unwirscher, als sie wollte. Weil sie sich überfahren fühlte. Unter Druck gesetzt. Dabei wollte sie einfach nur ihre Ruhe. Wieso war das so schwer?

Franz zuckte verständnislos mit den Achseln und meinte: „Ich muss weitermachen mit der Buchhaltung."

Lasst mich nur alle allein, dachte Sue und ließ sich ernüchtert auf den Bürostuhl fallen. Eigentlich war sie ihrem Vater dankbar, dass er sich nicht in ihre Erziehungsmethoden einmischte, aber sich wie ein Unbeteiligter fortzustehlen war irgendwie auch daneben. Und vor allem die bequemste Lösung. Sie seufzte. Was war sie denn eigentlich für ihre Kinder? Konsequent oder nur gemein und unflexibel? Sie nahm Schwung und drehte einige Runden mit dem Bürostuhl. Wieso war es immer so schwer, das Richtige zu tun? Sie hatte sowieso den Verdacht, dass ihre Kinder viel zu sehr verwöhnt waren. Amy zum Beispiel, die in der letzten Ferienwoche direkt von Salzburg nach Nizza fliegen würde, um in der Riesenvilla ihrer Freundin bei St. Tropez die letzte Ferienwoche zu verbringen. Für Amy war das Herumflattern in diesen Kreisen normal, für Sue ganz und gar nicht. Sie legte großen Wert auf Bodenständigkeit und wollte unter allen Umständen vermeiden, zwei arrogante, verwöhnte Fratzen großzuziehen. Musste man denn unbedingt tauchen? Natürlich nicht, andererseits taten das viele, die an einem See lebten. Es täte gut, einmal nein sagen zu können, ohne gleich Gewissensbisse zu bekommen. Sie war versucht, nach oben zu gehen und eine Beruhigungstablette zu schlucken. Aber dann fiel ihr etwas Besseres ein.

Anneliese Wallner war zwar seit 25 Jahren stumm, aber immer noch eine gute Ratgeberin.

Sue kniete an ihrem Grab und riss Unkraut heraus, das sich zwischen die Glockenblumen und die Margeriten drängen wollte.

Ach Mama, ich verstehe ja, dass es Amy total langweilig ist. Alle, die sie von früher kennt, der Thomas zum Beispiel, oder die Marlene von den Grubers, sind weg oder unterwegs oder was weiß ich. Amy ist halt eine Großstadtpflanze. Da ist ihr Anspruch natürlich schon riesengroß. Ich weiß, ich weiß, du lässt nichts auf dein Hallstatt kommen, und für so einen kleinen Ort ist hier erstaunlich viel los, aber ein Mozartfestival und ein Seerundlauf reißen eine Fünfzehnjährige nicht gerade vom Hocker, vor allem dann nicht, wenn einem unter gar keinen Umständen etwas gefallen will.

Sue knüllte das Unkraut zu einem Ball zusammen und warf ihn in den Behälter für Grünabfälle. Dann füllte sie eine Gießkanne mit Wasser und kehrte zum Grab zurück. Sie hatte Blumen mitgebracht, kleine gelbe Röschen, die ihre Mutter immer so geliebt hatte.

Weißt du, was der Papa heute gemacht hat? Er hat gemeint, er könnte sie mit der Piaf zum Französischlernen motivieren! Ein knackiger junger Austauschschüler hätte da wahrscheinlich bessere Chancen. Aber sollte ich nicht froh sein, dass sie sich für überhaupt etwas, und sei es Tauchen, interessiert? Soll ich Philipps Abenteuerlust nicht eher fördern als bändigen, wo er als Großstadtjunge eh so ein künstliches Leben lebt?

Liebevoll arrangierte sie die Rosen in der Vase zu einem buschigen Bouquet.

Nur weil es damals mit dem Mike schiefgegangen ist ... Aber ich habe echt eine Scheißangst gehabt damals ... Hab nicht mehr gewusst, wo oben und unten ist. Die totale Panik. Ich war überzeugt, dass ich nie mehr aus dem Wasser rauskomme. Ich weiß, ich weiß, Kinder müssen ihre eigenen Erfahrungen machen. Und ich weiß genau, was passiert, wenn Eltern ihre Kinder mit ihren Ängsten impfen. Die Praxis von Terence ist voll von solchen Menschen. Ich will nicht schuld sein, die Welt um zwei Neurotiker bereichert zu haben.

Nein, das wollte sie wirklich nicht. Sue stand auf und klopfte sich Staubreste von ihrer Hose. „Dann sollen sie halt in Gottes Namen tauchen", sagte sie laut.

Danke Mama. Sie streichelte das Bild, das eine hübsche Frau mit wachen Augen und dichten dunklen Haaren zeigte. Irgendwie hatte Sue immer das Gefühl, dass die Augen ihrer Mutter ihr direkt in die Seele sahen.

Als sie zurück zum Marktplatz ging, fühlte es sich um ihre Herzgegend wesentlich leichter an. Zu ihrer großen Überraschung saß Amy im Schneidersitz vor dem Brunnen und hatte nicht einmal ihre Knöpfe im Ohr. Sie ließ sich tatsächlich auf das reale Leben ein, wie schön! Freudig ließ Sue sich neben ihrer Tochter nieder, die jedoch nicht reagierte.

„Du, ich habe mir überlegt –", fing sie an.

„Vergiss es", fiel Amy ihr ins Wort und drehte den Kopf weg.

Ach so ist das, dachte Sue. Offene Konfrontation, vor aller Augen. So nicht, mein Fräulein. Erpressen lässt sich deine Mutter nicht. Ohne ein weiteres Wort stand sie auf und ging.

26

„Ich glaube, da haben es meine *Merry Men* etwas übertrieben", sagte ein großer, stattlich gebauter Mann mit grünem Wams, braunen Strumpfhosen und weichen Lederschuhen, deren Enden vorwitzig spitz in Bobs Richtung zeigten. Er hatte sich durch die Büsche auf die Straße geschlagen und wischte sich einige lästige Blätter aus dem Gesicht.

„*Merry* – lustig? So würde ich das nicht nennen", erwiderte Tom knapp. Er, der ein Meter fünfundsechzig kleine Mann, baute sich vor dieser lächerlich gewandeten Figur auf. Sein Zorn ließ ihn keinen Zentimeter kürzer wirken als sein großgewachsenes Gegenüber. „Was soll dieser verdammte Scheiß, Sie Idiot?" Er fuchtelte mit dem Pfeil vor der Nase des fremden Mannes herum. „Ich zeige Sie an, Sie und Ihre ...", er sah zu dem Grüppchen ebenfalls Verkleideter, die sich mittlerweile um ihren Anführer geschart hatten, „ ... lächerlichen Schergen. Was führen Sie hier auf? Robin Hood und seine entlaufenen Psychopathen?"

„Robin Hood und seine Merry Men, wie es korrekt heißt." Der Spitzbeschuhte ließ sich nicht aus der Ruhe bringen. „Ab übermorgen bin ich wieder Steve Barley."

„Ist mir egal, mit welcher Ihrer multiplen Persönlichkeiten ich gerade spreche. Sie können doch nicht mit Pfeilen in der Gegend herumschießen. Das ist hochgradige Fremdgefährdung! Mit so einer Maschine zu stürzen ist keine Kleinigkeit. Ich hätte mich schwer verletzen können. Und wenn ein Auto gekommen wäre – dann gute Nacht!" Tom stand jetzt direkt vor Robin alias Steve und schnaubte ihm ins Gesicht. „Ich hätte gute Lust, den Sheriff von Nottingham zu rufen. Ein guter Freund von Ihnen, wie mich dünkt."

„Wir sind wohl wieder im Kindergarten", flüsterte Dick Terence zu, der sich spontan an einen Zwergenaufstand erinnert fühlte.

Genauso beeindruckt reagierte Robin Hood. „Immer dieses ‚hätte, könnte' et cetera." Er lächelte wie ein gütiger Vater, der ein renitentes Kind ins Gebet nahm. „Es ist ja zum Glück nichts passiert. Sie sind unverletzt, wie mir scheint, zumindest lässt ihre ausgereifte Rhetorik darauf schließen, und ich möchte mich im Namen des Robin-Hood-Clubs aus Essex in aller Form bei Ihnen entschuldigen."

Tom knurrte, rückte aber immerhin einige Zentimeter von Robin ab.

„Wir haben einige neue Mitglieder dabei, die im wahrsten Sinne des Wortes bisweilen über das Ziel hinausschießen", fügte Robin hinzu. „Heißsporne sozusagen. Wir kennen das doch alle ..." Seine Augen bekamen einen schwärmerischen Glanz. „Ich darf Sie als Entschädigung für Ihr erlittenes Ungemach in unser Lager einladen, zu Speis und Trank und Spiel und Gesang."

„Klingt wie ein All-inclusive-Club", flüsterte Dick. „Aber wir müssen weiter, sonst ..."

„Okay", sagte Tom. „Aber Finger weg von meiner Maschine."

„Ehrenwort", erwiderte Robin Hood.

„Verdammter Mist." Dick drehte sich kopfschüttelnd ab.

„Das ist doch kein Problem, Dick. Wir wollten heute doch sowieso zelten", sagte Rufus. „Dann bleiben wir einfach hier. Außerdem braucht mein Allerwertester eine Pause."

„Versteh ich nicht", konterte Terence, „wo du so gut gepolstert bist. Hättest halt trainieren sollen. Aber ich bin auch dafür, hier zu bleiben. Ist mal was anderes. Fünf Biker treffen aufs Mittelalter, das hat doch was."

Dick schüttelte verständnislos den Kopf. „Ich habe nicht die geringste Lust, den Abend mit Fremden zu verbringen, die verkleidet durch die Wälder streifen. Außerdem wird die morgige Tour dann verdammt lang."

„Dick, Alter, bleib cool und mach die Augen auf", mischte sich nun Neil ein. „Ich habe mindestens zwei fremde schöne Frauen gesehen, die ganz reizend verkleidet sind. Vielleicht findest du deine Lady Marian?"

„Blödmann, aber wenn ihr meint. Ich bin offensichtlich überstimmt."

Dick zuckte resigniert mit den Achseln und ging zu seiner Maschine.

Als sie umringt von Robin Hoods Gesellen im Schritttempo zum Lager fuhren, fragte Tom: „Wer von euch hat mich denn eigentlich getroffen?"

Robin schüttelte den Kopf. „Einer für alle, alle für einen. Ist doch egal."

„Ist es nicht, und außerdem ist das aus den Drei Musketieren."

„Spielt das eine Rolle?"

Gegen diesen Gleichmut sah selbst der Dalai Lama alt aus.

Das Lager wirkte, soweit Terence es beurteilen konnte, halbwegs authentisch. Auf jeden Fall nicht so, wie es Disneyland planen würde. Was hieß, dass es eher dreckig und dunkel war. Sogar die englische Fahne, die auf einem großen braunen Zelt gehisst war, hätte eine Wäsche gut gebrauchen können. Sie wurden zum Lagerfeuer geleitet, auf dem offenbar gerade eine Mahlzeit in einem Metallkessel vor sich hinköchelte. Die Luft war erfüllt von einem würzigen, süß-herben Geruch.

Als sie alle saßen, hob Robin einen Krug aus Steingut hoch. „Auf unsere Gäste, sie leben hoch!"

„Hoch, hoch", fielen seine Gesellen ein.

Robin nahm einen großen Schluck, dann reichte er den Krug an seinen Nachbarn weiter – Tom.

„Was ist das?", fragte er misstrauisch und schnüffelte ohne große Begeisterung.

„Bier", beruhigte ihn Robin.

„Hoffentlich nicht selbstgebraut?"

Robin schüttelte vehement den Kopf. „Miller Ale aus Gore. Keiner hier will Dünnpfiff kriegen. Haben wir alles schon gehabt." Dröhnendes Gelächter folgte.

„Gute Entscheidung", meinte Tom. „Sehr gute Entscheidung. Dann mal her damit."

Und so saßen Biker und Outlaws harmonisch vereint unter dem englischen Sternenhimmel. Terence fühlte sich an alte Pfadfinderzeiten erinnert, als sie Stockbrot am Lagerfeuer geröstet hatten. Er freute sich schon auf den warmen, knusprigen Teig, denn der großzügig gepfefferte Eintopf mit seiner abenteuerlichen Gewürzmischung sandte brennenden Sod seine Speiseröhre hinauf, den das Brot hoffentlich aufsaugen würde.

„Du kommst mir irgendwie bekannt vor." Eine Lady, sehr hübsch und, wie Terence schien, recht unmittelalterlich freizügig dekolletiert, hatte sich neben ihn gesetzt. Ihre Augen glänzten, und ihr Atem roch sehr hopfig. Sie hatte sich das Essen wohl auch schön trinken müssen.

Terence schüttelte den Kopf. „Kann nicht sein. Oder vielleicht doch? Keine Ahnung. Das habe ich schon öfters gehört." Es fehlte noch, dass er der versammelten Runde Tipps fürs Zwischenmenschliche geben sollte. Das sah Rufus offenbar auch so.

„Ich glaube nicht, dass du den Chefentwickler einer Sanitärfirma kennst, Schätzchen", schwindelte er routiniert. „Der Typ neben dir ist spezialisiert auf Nanotechnik im Entsorgungsbereich. Da wird es schmutzig, sehr schmutzig." Er legte der Maid seinen Arm um die zarte Schulter, woraufhin sie etwas näher an Terence rückte. „Ich dagegen bin Arzt. Und ein weißer Kittel ist sauber, sehr sauber. Wie heißt du schönes Kind?"

„Isabella."

Bei der Abwägung zwischen Schmutz und Sauberkeit hatte letztere wohl gewonnen, denn die Lady wandte ihre Aufmerksamkeit nun eindeutig Rufus zu, was Terence nur recht war.

Nach dem Stress mit Sondra, die ihn seit dem Zwischenfall in der Praxis noch einige Male zu oft angerufen hatte, und den eindeutigen Angeboten von Louise Trent aus Flamborough wünschte er sich an der Frauenfront nichts weiter als Ruhe. Er schloss die Augen und gab sich den Klängen von Laute und Flöte hin, die durch die Nacht schwebten. Zuerst hatten die Musiker nur mittelalterliche Balladen gespielt, doch nun machten sie sogar vor Rock und Pop keinen Halt. Bei *Angie* von den Stones schnappte er sich eine Gitarre, die unbeachtet umherlag, und schrubbte begeistert mit. Manche Dinge vergaß man eben nie, und wenn es nur drei Akkorde waren.

Nach der fünfzehnten Wiederholung von *Whisky in the jar* hatten sich alle in eine glückselige Schlaftrunkenheit gesungen und verzogen sich in ihre Schlafsäcke oder was auch immer der Robin-Hood-Club seinen Mitgliedern als Nachtlager empfahl. Der Chef hatte Terence und seine Freunde in sein Zelt eingeladen – das große, braune, das mit der Flagge Englands dekoriert war. Robin Hood schnarchte, dass die Heringe in der Erde bebten, doch Terence störte es nicht. Die ungewohnten Gewürze und der Alkohol hatten seine Synapsen so betäubt, dass die Adrenalinproduktion (sprich Ärger und/ oder Stress bezüglich jeglicher Lärmbelästigung) vorübergehend stillgelegt war. Bevor er in den Schlaf fiel, lächelte er glücklich. Es war gut, hier zu sein. Jeder brauchte mal eine Auszeit. Wahrscheinlich war es Sue genauso gegangen. Einfach mal weg sein von allem und neue Kraft schöpfen. Essen, Alkohol, Schlafen und auf der Straße die Sau rauslassen. Warum war das Leben nicht immer so einfach?

27

Langsam wurde es dunkel, und Amy saß immer noch vor dem Brunnen in Hallstatts Mitte. Jeder sollte sie sehen, und jeder sah sie auch, und wie in einem Dorf üblich nahmen die Mitmenschen an solch einem Event regen Anteil. In der letzten Stunde hatten einige wohlmeinende Menschen angerufen und „Nur mal nachgefragt, was denn mit der Emmy los sei." Darunter waren natürlich einige von Hildes Freundinnen sowie sämtliche Nachbarn, die leicht beunruhigt waren, weil sich zu Amy mittlerweile drei weitere Jugendliche gesellt hatten, ein Mädchen und zwei Jungs (darunter einer mit überschulterlangen Rastalocken – „definitiv kein Hiesiger, bestimmt einer von der Holzfachschule, vielleicht aus Wien?"), die eine Wasserpfeife ihr eigen nannten. Es sah aus wie ein Mini-Woodstock, nur ohne Bands.

„Wie lange soll ich ihr geben?", fragte Sue Vanni. Sie hatte ihre Freundin angerufen, weil sie die gar nicht anders kannte als gegen ihre Eltern rebellierend.

„Ich würde sie die Nacht da draußen durchmachen lassen, damit sie was zu erzählen hat", schlug Vanni vor.

Was denn noch, dachte Sue. Reichte die Schießerei nicht? Sie konnte Amy doch nicht die ganze Nacht ... „Irgendwie merkt man, dass du keine Kinder hast."

„Jetzt komm schon – in Hallstatt passiert doch nichts!"

„Die sind schon zu viert und hängen an der Wasserpfeife!"

Vanni lachte herzhaft. „Ich bin schockiert, Susanne. Ruf die Polizei."

„Darf man das, Wasserpfeife öffentlich?"

„Darf man das, Zigaretten öffentlich?", fragte Vanni zurück. „Komm runter, Susi. Immerhin hast du sie im Blick, und sie ist nicht irgendwohin verschwunden."

„Das fehlte noch. Mein Vater hat ihnen vorher sogar was zu essen gebracht."

„Dieser alte Anarchist, ich wusste es schon immer. Aber jetzt mal im Ernst: Frage dich doch lieber, was sie mit dieser Aktion erreichen will. Und was du willst."

„Sie will mich provozieren, lächerlich machen, eine Entscheidung erzwingen. Alles wegen diesem blöden Tauchkurs!"

„Das glaubst du doch selbst nicht."

Sue ging in sich. Wand sich.

„Hast du deine bezaubernde Tochter nicht ein bisschen arg an der kurzen Leine gehalten? Nur lernen und Ausflüge mit Opa und dem kleinem Bruder machen? Also ich will ja nicht lästern, aber unter Sommerferien stelle ich mir was anderes vor."

„Du hast sie ja nicht das ganze restliche Jahr", verteidigte sich Sue ziemlich lahm, wie sie selbst fand. „Sie ist gerade so schlecht in der Schule."

„Quatsch, sie ist fünfzehn. Da darf man das. Du, ich muss jetzt weitermachen. Übermorgen wird die ‚Matrone auf dem Kopf' abgeholt."

„Wer?"

„Der Frauentorso, den du so schrecklich fandest. Er wird künftig irgendwo im Burgenland stehen."

Armes Burgenland, dachte Sue und verabschiedete sich.

Amy konnte ihr zwar verbieten, sich zu ihr zu setzen, aber sie konnte ihr nicht verbieten, einen Happy Hour Cocktail zu trinken. Philipp und Franz war es eh egal, was sie machte – sie sahen sich irgendetwas im Fernsehen an –, und so schlenderte sie lässig ins Café gegenüber, nahm sich eine Zeitschrift von der Theke, bestellte einen Caipirinha und setzte sich nach draußen. Als sie den ersten Schluck nahm, merkte sie erst, wie durstig sie war. Das Glas war in null Komma nichts leer, und Sue bestellte sich ein zweites. Bring deine Mutter nur zum Saufen, dachte sie an Amy gerichtet, die sich mit ihren neuen Freunden prächtig amüsierte.

Aus dem *Grünen Baum* trat eine Gruppe von Männern, die sich lautstark voneinander verabschiedeten. Ja, lacht nur alle, dachte Sue, freut euch des Lebens. Terence kurvt ja auch mit seiner bescheuerten Maschine durch die englische Pampa und findet sich und das Leben toll. Was war das nur für eine blöde Idee, hierher zu kommen. Ob Hallstatt oder London: Sie kam sich hier wie dort verdammt allein vor.

„Hallo, Sue."

Um Himmels willen, das war Leif! Sofort fing es in ihrem Bauch zu kribbeln an, und ihr wurde plötzlich ziemlich heiß. Er lächelte. Er war immer noch groß, blond und blauäugig. Immer noch WOW. Ruckartig setzte sie ihr Glas ab. Was dachte er wohl jetzt von ihr? Dass sie schokoladensüchtig und alkoholkrank war?

„Ein kleiner Sundowner?"

„Eher ein Nightstarter. Die Sonne ist hier schon viel früher weg." Sie sah kurz zum Brunnen, doch Amy ignorierte sie.

Leif folgte ihrem Blick. „Ein Happening?"

„Oh ja. Eine davon ist meine Tochter. Sie macht eine Art Sitzstreik."

Er betrachtete das Vierergrüppchen. „Sie sehen sehr entspannt aus. Wogegen demonstrieren sie?"

„Gegen mich."

„Oh."

„Setz dich doch."

„Okay. Warum?"

„Warum du dich setzen sollst? Weil du so groß bist, dass du mir die Aussicht verstellst."

„Warum sie gegen dich demonstriert."

„Ich bin eine Spaßbremse, eine Diktatorin, verbiete alles. Es ist langweilig, nichts los, ich bin schuld. Kurz, ich bin ihre Mutter."

„Wie sich alles wiederholt." Er lächelte milde.

„Hast du auch einen Sitzstreik gegen deine Mutter abgehalten?"

„Nicht ganz, aber die Probleme waren die gleichen. Und du?"

„Meine Mutter hat sich elegant aus der Affäre gezogen. Sie ist gestorben, als ich 15 war."

„Das tut mir leid."

„Bei mir hat mein Vater alles abbekommen. Möchtest du was trinken? Ich lade dich ein."

Er schüttelte den Kopf. „Danke, aber ich habe für heute schon genug."

Der Mann sandte Wellen aus, die jede einzelne ihrer Billionen Zellen erreichten und offensichtlich ihr Denkvermögen außer Kraft setzten. Anders konnte sie sich ihre folgenden Fragen nicht erklären. „Hast du Kinder? Eine Frau?" Jetzt dachte er bestimmt, sie wäre scharf auf ihn und checkte ihn ab.

„Nichts von beidem."

Wie schön. „Also vogelfrei."

„Vielleicht."

Aha. Täuschte sie sich, oder lag da in seiner Stimme ein Versprechen?

„Du sagtest, dass Amy es hier langweilig findet?"

„Oh ja. Die Hölle auf Erden."

„Vielleicht kann ich dem abhelfen."

Sue sah ihn verwundert an. „Da bin ich aber gespannt."

Leif stand auf und ging zu den Streikposten. Sprach mit ihnen, deutete Richtung Dachstein. Sie lachten. Es dauerte keine zwei Minuten, bis Amy lässig zu ihr an den Tisch geschlendert kam.

„Dieser Typ da, mit dem du dauernd gequatscht hast, nimmt uns mit dem Hubschrauber auf einen Rundflug mit. Über den Dachstein und so." Dieser Teil ihrer Rede kam ebenfalls noch sehr lässig daher, im Gegensatz zu dem, was folgte. „Das wird sowas von geil!" So geglänzt hatten Amys Augen schon lange nicht mehr.

„Wen meint er mit ,uns'?" Sues Herz hoppelte ein bisschen.

„Na mich und Steffi, Chris und Lobo. Unsere Gruppe."

Unsere Gruppe. Na, das ging ja schnell. Eine klitzekleine Enttäuschung machte sich breit, aber was dachte sie sich nur? Dass die vier Lust hätten, mit einer uralten Mutter in die Lüfte aufzusteigen? Sie sollte langsam ihre Naivität ablegen. Außerdem gab es mit ihr im Hubschrauber sicher Platzprobleme. Und wenn sie mitflog, wollte Philipp auch mit. Sie brachte ein ehrliches Lächeln zustande. „Wann soll das Ganze stattfinden?"

„Morgen kann ich es einschieben." Leif war wieder zu ihnen gestoßen.

„Ich glaube nicht, dass die Vier erst ihren Terminplaner konsultieren müssen."

„Wahrscheinlich nicht. Also morgen um neun an der Talstation."

„Ganz schön früh", stöhnte Amy.

„Amy!", rügte Sue ihre Tochter. Das war doch nicht möglich! Ein super Angebot bekommen und dann noch meckern.

„Ist ja gut, okay", lenkte Amy ein.

„Dann sollten wir jetzt nach Hause gehen, damit du morgen fit bist", sagte Sue und stand auf. „Danke für alles. Du hast was gut bei mir."

Er grinste. „Eigentlich sind wir quitt. Aber der Gedanke gefällt mir. Ich denke mir was aus."

Sue wurde heiß. Das waren sicher die beiden Caipirinhas. Hoffte sie.

28

Tom winkte sie bereits zum zweiten Mal raus, und dabei waren sie kaum fünfzig Meilen gefahren.

„Im nächsten Bioladen kaufe ich dir Kürbiskerne", frotzelte Terence. „Die sollen bei vergrößerter Prostata helfen."

„Dann nimm gleich eine Großpackung", gab Tom zurück. „Bis jetzt war ich beim Schiffen nie allein."

Sie waren von Robin Hoods Lager etwas nach Süden gefahren, zum Peak District Nationalpark, und befanden sich nun in der Gegend von Hathersage, einem wildromantischen Heidehochmoor.

„Nicht alle auf einmal!", rief Tom aufgedreht, als Rufus sich zu ihm gesellte, um sich ebenfalls zu erleichtern. „Nicht dass eure Pisse den pH-Wert des Bodens völlig durcheinanderbringt! Bei dem, was wir gestern gebechert haben, wäre das kein Wunder."

Dick sah bereits nervös auf die Uhr. Sie waren ziemlich spät aufgebrochen, und wahrscheinlich sah er wieder seinen ausgeklügelten Plan in Gefahr.

„Entspann dich, Dick", meinte Neil, der einige Dehnübungen machte. „Bei dem Wetter schaffen wir es locker bis Yorkshire."

Er hatte recht, denn kein Wölkchen trübte den vielversprechend blauen Vormittagshimmel.

„Vielleicht sollten wir das Museum lassen", schlug Dick vor.

„Das ist nicht dein Ernst", protestierte Rufus. „Das ist doch einer der Höhepunkte unseres Trips."

„Du mit deinem Fahrzeug-Tick", brummte Dick.

„Hey, ich bin ein Mann", sagte Rufus. „Räder sind das Schönste für mich."

„Weiß das deine Frau?", sagte Tom, der gerade den Reißverschluss seiner Hose zuzog. „Ich persönlich ziehe sanft geschwungene Hügel Rädern vor. Vor allem, wenn es zwei sind."

„Bei deiner letzten Eroberung kann man aber nicht mehr von sanft geschwungenen Hügeln sprechen", wandte Terence ein. „Mount Everest oder K2 trifft es besser."

Sue, die eine offen ausgelebte Vorliebe für Klatschzeitschriften hegte, hatte ihm vor einiger Zeit anzüglich grinsend ein Foto von Tom gezeigt. Er war Gast einer Wohltätigkeitsgala und in Begleitung einer sehr blonden Blondine mit einer fast schon aggressiv aufragenden Oberweite im aufreizenden Dekolleté.

„Ich weiß nicht, ob die auf dieser Charity-Gala richtig sind", hatte sie spöttisch gemeint. „Nicht dass sie noch ihre Silikonkissen spendet. Die haben Übergröße und bringen vielleicht richtig was ein."

Terence musste bei der Erinnerung daran unwillkürlich lächeln. Er mochte Sues freches Mundwerk, und die Promis konnten froh sein, dass sie keine Klatschreporterin war. Der Einzige, der sich freuen würde, wäre ihr Anwalt, der sich an ihr dumm und dämlich verdienen würde.

„Extreme sind ab und an auch mal schön", gab Tom gelassen zurück und schwang sich auf sein Bike. „Die fackeln meinen Spieltrieb erst so richtig an. Genau wie dieses Baby hier." Er ließ den Motor aufjaulen und sah in die Runde. „Gentlemen, auf ins Königreich der Tramfetischisten!" Dass er einen Kavalierstart hinlegte, verstand sich fast von selbst.

Die Meilen flogen nur so dahin auf der B6001 nach Süden, und schon nach kurzer Zeit erreichten sie das Crich Tramway Village. Das Museum lag in einem stillgelegten Steinbruch, und Rufus strahlte wie ein Fünfjähriger, als sie in einer alten Straßenbahn eine viktorianische Straße entlangfuhren. Natürlich war alles nur nachgebaut, aber seit wann störte das einen Mann, dessen Herz fünf Jahre alt war?

„Wollte einer von euch jemals Straßenbahnfahrer werden?", fragte Rufus.

Terence dachte kurz nach. Irgendwann hatte er LKW-Fahrer toll gefunden, aber Straßenbahn? Nein. Er schüttelte den Kopf.

„Wisst ihr, welche Vorstellung ich am geilsten fand?" Rufus strich liebevoll über eine alte Lederschlaufe.

„Mund zu Mund-Beatmung bei einem ohnmächtigen weiblichen Fahrgast, der sich als Playmate entpuppt?", schlug Tom vor.

Rufus ignorierte ihn und erzählte strahlend weiter: „Ich sitze als Fahrer vorne und alle starren auf meinen Rücken."

„Und?", fragte Neil.

„Was, und?", fragte Rufus zurück.

„Das kann doch nicht alles sein", sagte Neil.

„Doch."

Neil sah ihn an. Verblüfft und ein bisschen angewidert. „In den Staaten wärst du seit Jahren beim Therapeuten", war sein knapper Kommentar.

„Ich geh einmal im Monat mit Terence einen heben, das muss reichen", erwiderte Rufus.

Neil sah nicht sehr überzeugt aus.

Als Rufus endlich alle zur Verfügung stehenden Straßenbahnen gesehen, berührt und besetzt hatte, fuhren sie ostwärts auf der B5035 nach Dovedale, dem schönsten Flusstal des Peak Districts. Dicht bewaldete Hänge, Trittsteine, vom Wind geformte Felsen. Eine perfekte Stelle für eine erneute Pinkelpause mit anschließendem Snack, der aus Energieriegeln und Sportschorle bestand.

Danach ging es wieder nordwärts, und nach einem kurzen Abstecher über Arbor Low, dem Stonehenge des Nordens, war ihr nächstes Etappenziel Englands zweithöchstgelegenes Pub, das Cat & Fiddle.

Als Terence am Parkplatz des Pubs seinen Helm absetzte, waren seine Haare feucht vor Anstrengung. Die Strecke, laut Statistik die gefährlichste Straße im ganzen Vereinigten Königreich, verlangte den Fahrern einiges ab. Nicht enden wollende Haarnadelkurven, ein Mörderverkehr und als Krönung ein Schaf, das mit nonchalanter Grazie die Bundesstraße überquerte. Es hatte diesen grauen, festgetretenen Weg, dem die Menschen den Namen A537 gegeben hatten, wohl mit einem Laufsteg verwechselt. Er war heilfroh, dass sie die Statistik nicht um einen weiteren Unfall bereichert hatten. Gleichzeitig durchströmte ihn ein Glücksgefühl, wie er es schon lange nicht mehr empfunden hatte. Er war stolz, ausgelaugt, euphorisch und hätte die ganze Welt umarmen können, kurz: Alles, was seine interne Hormonfabrik hergab, wurde gerade im Überfluss ausgeschüttet. Den anderen schien es ähnlich zu gehen – Neil grinste über beide Ohren und tätschelte seine Maschine, und auch Dick wirkte zum ersten Mal seit Beginn ihrer Tour völlig entspannt und zufrieden. Rufus und Tom, die beiden Männer für den großen Auftritt, klatschten sich ab wie zwei Teamkapitäne, die einen unerwarteten Sieg errungen hatten.

„War das nicht ein Traum?", rief Neil mit strahlenden Augen.

Einhelliges Nicken folgte.

„Gentlemen, jetzt haben wir uns ein schönes Mittagessen verdient!" Mit diesen Worten führte Rufus den Treck ins Innere des Pubs.

29

„Mom, wir müssen los!" Amys Stimme gellte durch das Haus, als müssten sie wegen eines Angriffs einer Alienarmee das Land verlassen.

Sue war im Bad noch damit beschäftigt, letzte Hand an ihr Makeup zu legen. Das erforderte ihre ganze Konzentration, denn selbstverständlich wollte sie ungeschminkt aussehen, aber trotzdem frisch wie eine Blüte im Morgentau. Oder so ähnlich. Auf jeden Fall so, dass Leif sie nicht für eine Tussi mit Kriegsbemalung hielt. Getönte Tagescreme, ein Hauch Abdeckcreme für die Augenringe, die mittlerweile selbst nach acht Stunden Schlaf nicht mehr verschwanden, vanillefarbener und steingrauer Lidschatten und ein Hauch Mascara und Lipgloss. Dazu Jeans und ein grünes, dekolletiertes T-Shirt. Als sie sich im Spiegel betrachtete, war sie einigermaßen zufrieden. Mehr konnte man um diese Uhrzeit in einem belagerten Badezimmer – Philipp hämmerte an die Tür, weil er dringend aufs einzige Klo der Wallnerschen Wohnung musste – nicht erreichen.

Pünktlich um neun Uhr waren sie an der Talstation, wo sie von Leif bereits erwartet wurden. In seiner engen Jeans und dem weißen, auf Figur geschnittenen Hemd sah er noch besser aus, als Sue in Erinnerung gehabt hatte, und sie war heilfroh, dass sie sich ein wenig Mühe mit ihrem Aussehen gegeben hatte. Unter dem dünnen Stoff seines Hemdes zeichneten sich beneidenswerte Bauchmuskeln ab. Sue tröstete sich kurz damit, dass Leif auch keine zwei Kinder geboren hatte, aber so richtig funktionierte das als Rechtfertigung nicht.

Bauchschänderin Nummer eins alias Amy machte derweil wieder eine denkwürdige Metamorphose vom muffigen Teenager zu einer jungen Dame mit der Begeisterungsfähigkeit eines Cheerleaders durch und hätte Leif wahrscheinlich die Gläser seiner Pilotenbrille einzeln zur Bergstation getragen, wenn er sie darum gebeten hätte. Auch die drei anderen, Steffi, Chris und Lobo, hätte die Queen sofort zu ihrer nachmittäglichen Teeparty eingeladen.

Sue und Philipp begleiteten die Fünf auf den Krippenstein, um sich endlich die von Franz gepriesenen Five Fingers anzusehen. Dadurch kam der Junge wenigstens einmal auf den Berg.

Der Herdentrieb sorgte dafür, dass es in der Gondel recht eng wurde: Eine deutsche Seniorenwandergruppe fand es für ihre psychische Stabilität offenbar förderlicher, sich zu ihnen zu drängen, als die nächste, vollkommen leere Gondel zu besetzen, und so stand Sue schließlich in engstem Körperkontakt mit Leif. Das war ihr alles andere als unangenehm, doch seine Nähe schien ihr Denkzentrum zu blockieren.

Sie rang mit einer angemessenen Gesprächseröffnung, doch alles, was sie zustande brachte, war: „Dass es so früh schon so voll ist."

„Macht mir persönlich gar nichts aus."

Wie meinte er das nur? Dass ihm die frühe Stunde nichts ausmachte oder dass es so voll war und seine Bauchmuskeln fast die ihren streiften? Dieser Mann war ein Meister der Zweideutigkeiten, und sie hatte keine Ahnung, wie sie darauf reagieren sollte. Ach, was soll's dachte sie. Die Zeit für eine schlagfertige Antwort war bereits abgelaufen, und so beschränkte sie sich auf ein unverbindliches Lächeln und genoss den Duft, den er verströmte. Wieder diese unwiderstehliche Mischung aus frischer Luft und einem Hauch After Shave. Sie wusste nicht, welches Teufelchen sie ritt, aber am liebsten hätte sie ihr Gesicht in seiner Halsbeuge vergraben, um diesen Geruch tiefer in sich einzusaugen. Ich Schlampe, schimpfte sie sich selbst. Kaum läuft es mit dem eigenen Mann nicht mehr, träume ich von unsittlichen Nahkörperkontakten zu fremden Männern. Als Reaktion darauf rückte sie ein paar Zentimeter von ihm ab. Und sie war Philipp unendlich dankbar, dass er ihre Aufmerksamkeit auf sich zog.

„Kann ich wirklich nicht mit?", quengelte er zum gefühlten zehntausendsten Mal, seit er von Amys Ausflug erfahren hatte.

Wenigstens gibt er nicht vorschnell auf, dachte Sue. Auch eine gute

Charaktereigenschaft. „Schatz, der Hubschrauber ist voll. Das stimmt doch, Leif, nicht wahr?"

„Stimmt. Er ist absolut ausgelastet."

„Ich bin doch noch so klein", bettelte Philipp weiter.

„Auf einmal, das ist ja interessant. Wenn es um Kinofilme oder PC-Spiele geht, machst du dich immer älter."

„Manno", schmollte Philipp.

Leif, der ganz entspannt an der Wand lehnte, grinste sich einen ab, während Sue ihre Rolle als Motivationskünstlerin spielte.

„Auf den Five Fingers ist es auch ganz toll. Da kannst du durch die durchsichtige Scheibe ganz nach unten schauen. Fast wie im Hubschrauber."

„Mama!" Philipps Gesicht zeigte ihr ganz deutlich, was er von ihrer Argumentation hielt: *Verarschen kann ich mich auch alleine.*

Wenn du wüsstest, mein Kleiner, dachte Sue, wie gerne ich auch mitfliegen würde. Natürlich nur wegen der einmaligen Gelegenheit, die majestätische Bergwelt des Dachsteins und einen Teil des Salzkammerguts aus der Wolkenperspektive zu sehen.

Sues Herz schlug bis zum Hals, als sie mit den Jugendlichen zum Hubschrauber ging, der auf einem Landeplatz einige Meter weiter oben stand. Konnte sie ihre Tochter wirklich mitfliegen lassen? Was, wenn etwas passierte? Sie hatte diese Aktion nicht mit Terence abgesprochen. Andererseits hätte er das sicher erlaubt. Terence vertraute jeder Maschine. Und Leif flog sicher schon jahrelang und lebte immer noch. Und wie – er sah so gut aus, dass ihr fast der Atem stockte. Hinzu kam, dass er in seinem Cockpit mit einer Lässigkeit agierte, die schon fast unverschämt war. Wie er die Knöpfe drückte und Hebel umlegte ... Sue sah schnell weg. Der Mann war nichts für ein braves Mädchen wie sie. Ihr Höschen sah das anders. Da unten wurde es eindeutig feucht.

Ich werde ernsthaft über eine Psychotherapie nachdenken müssen. Sonnenbrillen und Männerhände, die Maschinen liebkosen. Ich hab sie doch nicht mehr alle.

Sie strich Amy kurz über die Haare, bevor sie in den Hubschrauber stieg. „Mach ein paar schöne Fotos", gab sie ihr abschließend auf den Flug mit.

Dann geschah ein kleines Wunder, denn Amy drehte nicht die Augen genervt gen Himmel, sondern wedelte eifrig mit ihrem Handy. „Ist doch klar, Mom."

Sue lächelte glücklich. Leif sollte seinen Geschäftsbereich erweitern: Hubschrauberflüge für Pubertierende. Die führten offenbar zu einem eindrucksvollen Stimmungsausgleich, wie sie an Amy gerade gesehen hatte.

Sie wechselte einen letzten Blick mit Leif. „Bring sie bitte wieder gut zurück."

„Du bekommst sie heil wieder."

Sie wusste nicht, wie er das machte, aber sie glaubte ihm.

„Und mich auch", flüsterte er ihr anschließend zu.

Sekunden später waren sie in der Luft, und Sue konnte nun sehen, was sie mit seinem Abschiedssatz anfangen sollte. Wieder einmal war es Philipp, der ihr nicht viel Zeit zum Überlegen ließ.

„Und was hast du für mich geplant, wenn Amy so was Tolles machen darf?"

„Gibt es bei euch in der Schule ein Fach ,Wie erpresse ich meine Eltern'?", fragte Sue, während sie dem Hubschrauber nachwinkte.

Philipp verzichtete auf eine Antwort und warf ihr stattdessen die folgende These an den Kopf: „Man darf kein Kind bevorzugen, sonst bekommt es ein Trauma."

Terence ließ eindeutig zu viel Fachliteratur im Haus herumliegen. Und Philipp war eindeutig viel zu neugierig, um Erwachsenenbücher, die theoretisch immer etwas Verbotenes enthalten konnten, links liegen zu lassen.

„Amy geht nicht auf die Five Fingers, reicht das?" Sue ahnte, dass dieser klägliche Versuch, Philipp zu besänftigen, zum Scheitern verurteilt war.

„Ich will da gar nicht hin."

„Dann willst du auch nicht tauchen", meinte Sue gleichmütig.

„Das heißt, ich bekomme das eine nur mit dem anderen?"

„Was bist du nur für ein kluges Kerlchen." Sue nahm ihren Sohn in den Arm. „Also, willst du noch tauchen? Ich habe es mir überlegt. Ihr könnt es mal mit einem Kurs versuchen."

„Super Mama!" Philipp hüpfte begeistert auf und ab. „Ich freue mich schon auf Mike."

„Nicht bei Mike. In der Tauchschule."

Hoffentlich war er jetzt nicht enttäuscht. Philipp runzelte tatsächlich kurz die Stirn, dann glättete sich wieder alles, und er sagte, als würde er ihr einen Gefallen tun: „Okay."

„Dann müssen wir heute Nachmittag zum Arzt, wegen der Tauchuntersuchung."

„Cool." Philipp nickte anerkennend. „Obwohl das nicht nötig ist. Mit mir ist alles in Ordnung."

Diese Kinder! Wie gerne hätte Sue deren Selbstbewusstsein. *Mit mir ist alles in Ordnung.* Wann hatte sie das zum letzten Mal von sich gedacht?

Für Philipp war der Ausflug zu den Five Fingers dennoch kein völliger Flop, da Sue, die ein wenig unter Höhenangst litt, es nicht bis ganz nach vorne ans Geländer schaffte. Im Gegensatz zu ihrem Sohn, der nicht müde wurde zu betonen, wie cool er das alles absolvierte. Er legte sich sogar mit dem Gesicht nach unten auf die verglaste Aussparung im Boden, eine Vorstellung, die Sue Angstschweiß auf die Stirn trieb.

Doch es kam noch besser, denn Leif machte sich den Spaß, einmal relativ nah über der Aussichtsplattform zu kreisen. Philipp winkte ihm begeistert zu und hüpfte dabei zusammen mit einem anderen Jungen unermüdlich auf und ab. An der vordersten Spitze. Das Gestell bebte, und Sue betete, dass die Statiker, Geologen, Ingenieure oder wer auch immer für diese Konstruktion verantwortlich war, die größtmöglichen Belastungstests simuliert hatten. Eine wildgewordene Elefantenherde zum Beispiel, denn genauso fühlte es sich gerade an. Sie dachte kurz an ihre Beruhigungstabletten, aber die waren zum Glück in ihrem Nachtkästchen in Hallstatt. Die Blisterpackung wäre spätestens jetzt leer gewesen. Stattdessen marschierten sie zur nächstgelegenen Hütte, wo sie Philipp ein großes Eis spendierte und sich selbst ein riesiges Stück Kuchen mit viel Sahne.

Angenehm gesättigt spazierten sie zum Landeplatz zurück und mussten nicht lange warten, bis der Hubschrauber kam.

„Mama hat sich nicht bis ganz nach vorne getraut", lautete Philipps Begrüßung, doch das interessierte weder Amy noch ihre Begleiter, und Leif war mit irgendwelchen Reglern in seinem Cockpit beschäftigt.

Als er fertig war, stieg auch er aus. „Es scheint ihnen gefallen zu haben."

„Oh ja. Vielen, vielen Dank. Ich brauche mir nur meine Tochter anzusehen, um zu wissen, dass es toll war."

„Mir hat es auch Spaß gemacht. Viel besser, als ständig Lasten hin und her zu fliegen. Und das Wetter war perfekt."

Sue nickte. „Musst du jetzt weiter?"

„Ja. Die Arbeiten am Lift müssen in vier Tagen fertig sein."

„Na dann, guten Flug weiterhin. Auf Wiedersehen."

„Das nächste Mal vielleicht zu zweit." Er deutete auf seinen Heli.

Sue schüttelte den Kopf. „Ich –" und das tat ihr momentan wirklich leid – „fliege nicht so gern."

„Oh." Er wirkte kurz überrascht und machte dann den Eindruck, als würde er über eine Alternative nachdenken. „Okay."

Als sie sich verabschiedeten, wurde Sue das Gefühl nicht los, dass das Thema Leif noch nicht abgehakt war.

30

Jetzt ein Bett, dachte Terence, als er die Gabel auf den leer gegessenen Teller legte. Das Essen – eine butterzarte Kalbsleber mit Selleriepüree und herrlich dicker Zwiebelsoße – war unerwartet gut gewesen. Zu gut. Seine Hose spannte ein wenig, und seine Lider waren so schwer, dass sie immer wieder über die Augen zu kippen drohten.

„Ich brauche dringend einen Espresso, sonst wird das heute nichts mehr mit Yorkshire", stöhnte er und lehnte sich zufrieden zurück. Boten die hier auch Zimmer an? Vielleicht könnten sie hier bleiben und die tolle Aussicht auf die Cheshire Plains genießen.

„Die frische Luft macht dich schon wieder wach", meinte Dick.

Die anderen nickten zustimmend und wirkten tatsächlich so, als hätten sie durch das Essen neue Energie getankt. Eine unerwartet frühe Siesta konnte er sich also abschminken. Vielleicht hätte er wie seine Begleiter auch nur ein Steak essen sollen, aber bei Leber konnte er einfach nicht widerstehen, zumal Sue Innereien hasste und sie aus ihrem Kochrepertoire verbannt hatte.

„Espresso für alle!", rief Tom. „Die A537 war doch nur das Vorspiel! Ich habe Lust auf mehr von diesen engen, kurvigen Straßen. Das ist es doch, warum man ein Bike hat, oder?"

Eine halbe Stunde später konnte Terence ihm nur zustimmen. Der Espresso hatte Wunder gewirkt, und er konnte sich wieder voll auf jede einzelne Kurve konzentrieren. Er liebte Yorkshire mit seinen kargen, weitläufigen Bergtälern, deren Grün- und Brauntöne sich mit dem Spiel der vorüberziehenden Wolken ständig veränderten.

Bei der Tourplanung hatten sie sich für das Teesdale entschieden.

Dort wollten sie am Mickle Fell übernachten, einem 792 Meter hohen Berg, in dessen Umgebung der geneigte Besucher eine überraschend vielfältige Pflanzenwelt vorfand. Alpine, kontinentale und südliche Flora wuchsen hier im Norden Englands einträchtig nebeneinander her. Terence zählte sich nicht zu den geneigten Besuchern (wahrscheinlich eine Reaktion auf die Baumleidenschaft seines Vaters), ebenso wenig wie Tom, Rufus und Neil, die „Blumen pflücken" eher im metaphorischen Sinne verstanden. Dieser Tourstopp war eine Reverenz an Dick, der ein passionierter Gärtner war und auf der Chelsea Flower Show vor Jahren einmal einen Preis für das schönste Blumenbeet gewonnen hatte.

Während also vier Männer müde am Lagerfeuer saßen und wahlweise ihre Schultern, Hände oder Waden massierten, stapfte Dick begeistert durch die Flora.

„Blümchen-Dick", murmelte Tom und nahm einen Schluck Bier aus der Flasche. „Was der nur mit seinem Grünzeug hat?"

„Sie sprechen nicht dauernd", antwortete Terence, „vor allem nicht über sich."

„Du kannst jetzt nicht mich meinen?", fragte Tom kokett. „Er meint doch nicht mich, oder, Neil?"

„Iss ein Würstchen und halt endlich mal die Klappe", war Neils Antwort.

„Das nennst du Würstchen?" Tom stupste einen der Weidenstöcke an, auf dem statt einer fetttriefenden Bratwurst ein schwarzer Klumpen hing. „Die Holzkohle im Cat & Fiddle sah besser aus."

Neil warf ihm eine frische Wurst zu. „Mach's selber, du super Gourmet."

Während Tom mit seiner Wurst zugange war, hielt er tatsächlich für einige Minuten den Mund. Terence, der es sich auf einem Stein bequem gemacht hatte, tunkte seine Wurst tief in den Senf. Nichts schmeckte so gut wie Essen unter freiem Himmel. Und Bier.

„Hey, Terence", rief Rufus, der sich mit Neil auf dessen iPad die Fotos des Tages ansah. „Hier habe ich was Schönes für Sue." Mit einem breiten Grinsen reichte er ihm das Tablet.

Terence sah sich das Foto an. Er, breit grinsend, in einer altmodischen Bimmelbahn, mit einer Puppe in Vorkriegsuniform im Arm.

„Soll ich es gleich an sie mailen?", bot Rufus an.

„Untersteh dich!" Terence schüttelte den Kopf. Irgendwie hatte er das Gefühl, das käme bei Sue momentan nicht so gut an.

Obwohl Rufus' Bemerkung absolut harmlos gewesen war, hatte sie einen Schatten auf seine Stimmung geworfen. Es fiel ihm schwer, es vor sich selbst zuzugeben, aber das tägliche Telefonat mit Sue fehlte ihm. Es war immer sie, die abends kurz anrief und sich nach den Pleiten und Pannen des Tages erkundigte, und er liebte es, ihr davon zu erzählen und ein bisschen zu prahlen. Ohne dieses Ritual war die Tour nicht das Gleiche. Immerhin hatten sie heute die gefährlichste Straße des Landes hinter sich gebracht. Diese Großtat wollte er mit ihr teilen, und wenn sie sich nicht meldete, musste er eben ran. Er nahm das Handy und drückte ihre Kurzwahl. Sie mussten reden. Entspannt und erwachsen. Was war denn schon passiert? Nichts. Das mit Sondra hatte er erklärt, und das mit seiner Mutter war nur so eine fixe Idee. *Die gewählte Nummer ist momentan nicht erreichbar.* Er fragte sich, wie lange sie ihre verdammte Schmollphase noch durchzuziehen gedachte. Genervt stand er auf. Er wollte jetzt nur noch allein sein und sich in sein Zelt zurückziehen.

Kurze Zeit später, als er schon am Einschlafen war, hörte er noch das Zischen einer Dose, die geöffnet wurde. Irgendjemand gönnte sich noch einen Absacker.

31

„Lust auf Tango heute Abend?" Vanessa war am Telefon.

„Mit dir? Lieber nicht.", meinte Sue.

„Wieso? Wenn Männermangel herrscht, und das tut es bei Tanzveranstaltungen hier immer, tanzen halt die Frauen miteinander. Im Frühjahr hat die Sobranetz von der Musikschule eine heiße Sohle mit der Conny vom Grünen Baum hingelegt. Also da hätten wir freie Bahn. Aber ich kann dich beruhigen. Wir schauen uns das Ganze nur an, denn das Tanzen übernimmt ein Paar aus Buenos Aires. Die sollen super sein. Außerdem muss ich unbedingt mal raus. Ich kann mein Zeug nicht mehr sehen, taugt eh alles nichts."

Das klang nach einer handfesten künstlerischen Krise. Da war Abwechslung sicher nicht die schlechteste Therapie. Eigentlich hatte Sue sich mit einem schönen, langen Schaumbad verwöhnen wollen. Und danach? Was machte man allein in einem kleinen Ort wie Hallstatt? Philipp wollte sich mit Franz einen Actionfilm im Fernsehen anschauen, und Amy ließ via Facebook alle an ihrem Flug teilhaben. Sie würde also allein am Küchentisch sitzen und die Weinreste ihres Vaters zusammentrinken. Was für Aussichten! Sue schüttelte sich.

Vanni dauerte Sues Denkpause offenbar zu lange. „Gehst jetzt mit oder nicht?", drängte sie. „Sonst frage ich meine Nachbarin. Aber mit dir wär's lustiger."

„Okay", sagte Sue. „Wann und wo?"

„Um halb acht im Festsaal in Goisern."

Was ziehe ich an, überlegte Sue. Bei einem Tangokonzert war ein Kleid quasi Pflicht, doch leider war die Auswahl, die sie vor einer Woche in London in den Koffer geworfen hatte, eher bescheiden. Das einzig Annehmbare wäre das kleine Schwarze gewesen, das sie bei Hildes Trauerfeier getragen hatte, aber auf das wollte sie zu diesem Anlass lieber verzichten. Also blieb das beige Etuikleid. Aber das war zu dezent, zu businessmäßig. Ihr war doch so nach etwas Weiblicherem! Nach Rüschen, die raschelten, nach einem bunten Stoff, nach einem tiefen Dekolleté. Was war nur los mit ihr? Obwohl nichts Konkretes zwischen ihnen geschehen war, hatte sie das Gefühl, als hätte Leif ihr *Chi* neu aufgeladen. Es erfüllte sie mit Lebensfreude, mit Abenteuerlust, und das Leben fühlte sich plötzlich wieder spannend an. Selbst in einem seriösen, langweiligen Etuikleid. Da kam ihr eine Idee – sie könnte ja auch verdeckt arbeiten ... Sie wühlte in den Tiefen ihrer Tasche. Jawohl. Mit einem Lächeln zog sie den schwarzen Spitzen-BH mit dem dezenten Push-up-Effekt heraus. Sie allein wusste, was sie unter ihrem braven Kleidchen trug – wenn das nicht wahre Raffinesse war! Als sie die üppige Kette mit den bunten Steinen anlegte und einen Hauch Eau de Toilette über sich versprühte, kribbelte es in ihrem Körper vor Vorfreude. Wie schade, dass Terence sie so nicht sehen konnte. Es würde ihr Spaß machen, in dieser Stimmung über den hoffentlich matschigen, ungemütlichen Zeltplatz der Motorradjungs zu marschieren. Der stets willige Tom würde sie sicher sofort anbaggern, und Terence könnte mal sehen, was er versäumte.

Vanni erwartete sie bereits im Festsaal und brachte den ihr eigenen Glamour in den nüchternen Vorraum. Sie trug eine smaragdgrüne Pluderhose, mit dicken Strasssteinen verzierte Sandalen mit bleistiftdünnem Absatz und eine weiße Bluse, die sie unter der Brust verknotet hatte. Die Haare hatte sie mit einem bunten Seidenschal zu einem Pferdeschwanz gebunden; das einzige Makeup war ein knallroter Lippenstift.

„So, wie du aussiehst, denkst du pausenlos an Sex", begrüßte Vanni Sue.

„Das Kleid ist businesstauglich!", protestierte Sue.

„Aber nicht die Frau, die es trägt."

Sue schoss das Blut in die Wangen, und sie fühlte sich, als hätte jemand in ihrem Inneren tausend Heizstäbe angeschaltet.

„Ertappt!" Vanni umarmte sie. „Wer ist der Glückliche? Oder ist Terence überraschend gekommen?" Sie sah Sue an und schüttelte den Kopf. „Nein, ist er nicht."

„Nein, ist er nicht", bestätigte Sue. „Und hör bitte auf, das ist peinlich."

„Die brave Susi. In all den Jahren in London nichts gelernt?"

„Hör auf und lass uns lieber hineingehen. Wo sitzen wir?"

Man sah es ihr also an. Was immer das ‚es' bedeuten mochte, denn passiert war ja nichts. War sie tatsächlich so ausgehungert, dass sie auf zwei harmlos klingende Sätze mit einem Hormonschub reagierte? *Und mich auch.* *... Das nächste Mal vielleicht zu zweit.* Zu zweit konnte man viel tun. Tischtennis spielen zum Beispiel. Oder Klavier. Oder schwere Kisten schleppen. Mrs Urquhart, rief sie sich selbst zur Ordnung. Diese Gedankenspielchen mussten aufhören. Vielleicht sollte sie meditieren oder kneippen.

„Schau dir den Bandoneonspieler an!" Vanni hatte mit sicherem Blick sofort das Sahneschnittchen unter den durchweg attraktiven Künstlern ausgemacht. „Diese Latinos haben schon was an sich. Übrigens", und nun zeigte sie mit dem Finger auf Sue, „ich will alles wissen. Betrachte das hier als Vorspiel."

Vorspiel? Das war gut, dachte Sue. Wenn das hier ein Vorspiel war, bekomme ich beim Höhepunkt wahrscheinlich einen Herzinfarkt.

Doch dazu kam es nicht, denn bereits nach wenigen Minuten hatte die Geschichte, die das Tanzpaar erzählte, Sue vollkommen in ihren Bann gezogen. Die Annäherung, die Ablehnung, das Wiederfinden, die Verschmelzung, Ekstase, Schmerz, Kummer und unstillbare Sehnsucht. Es war, als wäre Sue diese Frau, die mit atemberaubend schnellen Beinbewegungen den Mann zu ihrem willfährigen Sklaven machte. Und Minuten später die Unterlegene war. Die litt und austeilte, die spielte und verlor, um dann wieder zu gewinnen. Was blieb am Schluss? Zwei einsame Seelen.

Als die Vorführung zu Ende war, fühlte Sue sich völlig ausgelaugt und blieb mit feuchten Augen noch einige Minuten sitzen. Es war, als hätte ihr dieser Tanz die Augen geöffnet. Darüber, was die Liebe war. Ein ständiges sich Annähern und sich wieder voneinander entfernen. Terence war weit weg und doch ein Teil von ihr. Wieso verdammt noch mal sehnte sie sich dann danach, von Leif und nicht von Terence so in den Arm genommen zu werden wie die Tänzerin von ihrem Partner? Fest und dramatisch und leidenschaftlich. Entschlossen stand sie auf. „Lass uns was trinken gehen", sagte sie zu Vanni, die mit verträumtem Blick den Bandoneonspieler fixierte.

Die sprang von ihrem Stuhl auf und raunte ihr ein „Okay, aber zuvor kaufe ich mir noch schnell eine CD" zu.

Überflüssig zu erwähnen, dass eben dieser Bandoneonspieler am Verkaufstisch saß und die CDs signierte.

Anschließend gingen sie ins *Village* nach Ischl. Es wurde eine lange Nacht, und nach dem vierten Tequila hörte Sue auf zu zählen.

32

Franz drückte mit dem rechten Ellenbogen den Lichtschalter im Studio, während er seine schwarze Fototasche, die schon bessere Zeiten gesehen hatte, an ihren gewohnten Platz stellte.

Nach seiner Tour ins Gosautal hatte er Hunger und Durst, aber auch noch jede Menge Arbeit vor sich. Schließlich wollte er seinen Bildband an seinem 65. Geburtstag in den Händen halten. Bis dahin waren es nur noch acht Monate, was wahrlich nicht lang war, da er keinen Verlag hatte und alles selbst machen musste. Aber es war seine Herzensangelegenheit und ein Vermächtnis, das er Susi hinterlassen wollte. Sie sollte nicht vergessen, wo sie herkam. Immer wieder versetzte es ihm einen Stich, wenn ihm bewusst wurde, wie weit weg von ihm sie lebte. Aber so war das Leben halt. Umso wichtiger war es, dass er sich seinen Traum erfüllte und kein verbitterter alter Mann wurde.

Während der Computer hochfuhr, sortierte er unlustig den Stapel Post, der auf seinem Arbeitstisch lag: Werbung, Werbung, Werbung und Rechnung, Rechnung, Rechnung. Alle wollten etwas von ihm, und auch der Anrufbeantworter hatte Nachrichten gespeichert. Sollte er doch.

Wie üblich kontrollierte er die Aufnahmen im PC, markierte die besten und fertigte eine Sicherheitskopie an. Sein Magen knurrte vernehmlich, aber nicht um alles in der Welt hätte Franz diese Routine geändert. Er fühlte sich sicherer, wenn er wusste, dass seine Arbeit zusätzlich auf der Festplatte gespeichert war. Als er fertig war, ließ sich sein Magenknurren nicht mehr überhören, und er beschloss, nebenan im Beisl einen Happen zu essen. Den Computer ließ er an, da er danach noch weiterarbeiten würde.

Ingrid, die Wirtin, stellte Franz unaufgefordert eine Flasche Bier auf den Tisch und schrie: „Magst was zum Essen?"

Franz verzichtete auf eine akustische Antwort, nickte nur und bedeutete Ingrid, dass sie die Mahlzeit einpacken sollte. Bei diesem Lärm verging ihm die Lust aufs Essen.

Im Beisl war die Hölle los. Franz hatte vollkommen vergessen, dass an diesem Abend die legendäre Sommerparty *Love, Peace and Rock'n'Roll* zelebriert wurde. Die Musik aus den Siebzigern dröhnte aus den alten Lautsprechern, und die Figuren um ihn herum, die sich fast ausnahmslos mit wallenden Hippiegewändern verkleidet hatten – verkleidet deshalb, weil niemand im authentischen Hippie-Alter, also um die Sechzig war –, bemühten sich redlich, eine Art Woodstock-Atmosphäre herbeizuzaubern. Er brauchte heute Abend so etwas nicht. Franz trank sein Bier in drei Zügen aus und nahm dankbar sein in Alufolie gewickeltes Abendessen in Empfang.

Als er zurück im Studio war, legte er zunächst auf seinem alten Braun-Plattenspieler eine Jazzplatte aus den Siebzigern auf, bevor er voller Vorfreude die Alufolie öffnete. Sofort stieg ihm ein herrlich intensiver Zwiebelgeruch in die Nase. Genauso musste ein Zwiebelrostbraten sein, und Adi, Ingrids Mann, war ein Meister darin. Genüsslich schob er sich gerade den ersten Bissen seines Lieblingsgerichtes in den Mund, als die Tür leise geöffnet wurde. Es war Amy.

„Hi Opa! Das riecht aber." Sie fächelte sich etwas übertrieben Luft zu.

Manchmal hatte Franz den Eindruck, dass Essen für diese jungen Mädchen etwas Lästiges war. Es steckte voller Gefahren – Ehec, Acrylamid, Salmonellen, Hormone und wer weiß noch alles. Doch vor allem machte es dick. Dabei war Amy schon so zart, dass er sich ein wenig Sorgen um sie machte. Aber er würde sich hüten, irgendetwas in dieser Richtung zu erwähnen, sonst aß sie womöglich aus Trotz noch weniger.

„Willst was?", sagte er stattdessen, völlig unverfänglich, wie er hoffte.

„Nein, danke", antwortete sie erwartungsgemäß und ging stattdessen zum Monitor. „Ich habe schon gegessen." Sie begutachtete ein Porträt, das Franz an diesem Nachmittag von Therese Mittermeier, einer Sennerin aus Schreier Alm, gemacht hatte.

„Ist das von heute? Pah, hat die Falten. Richtig gruselig."

„Geh, Amy, das ist doch nicht gruselig. Das ist das Leben. Und die Sonne dort oben auf dem Berg."

„Trotzdem, ganz schön krass." Amy konnte ihren Blick nicht von der alten Frau losreißen.

„Wo kommst du denn um diese Zeit überhaupt noch her, junge Dame? Sogar deine Mutter scheint schon im Bett zu sein."

„Reg dich ab, Opa. Ich war nur mit Chris und Lobo in der Lounge, gleich ums Eck. Also ohne Auto, und Mom hat es erlaubt."

„Aber du hast Alkohol getrunken."

Amy verdrehte die Augen. „Nur Cola mit Rum. Überhaupt nicht schlimm." Plötzlich horchte sie auf. „Hey, was ist das?" Sie deutete auf den Plattenspieler. „Das klingt wie ein Mash-up von Jerome Ventura."

„Ventura? Wer ist das?", traute Franz sich zu fragen.

„Ein DJ. Der ist überall in den Hitparaden."

„Das kann nicht sein." Franz sah von seinem Essen auf. „Das wurde aufgenommen, als du noch gar nicht auf der Welt warst." Genauer gesagt am 15. April 1971 in London in den Abbey Road Studios. Er hätte die Sängerin, die Sänger und jeden Musiker nennen können, wenn Amy danach gefragt hätte. Besonders die Sängerin.

Amy sah sich mittlerweile das Cover der Langspielplatte an. „Brooke Ada", las sie leise vor. "Sag ich doch, Jerome Ventura featuring Ms Ada. *A man with a mission.*"

Franz sah so ungläubig drein, dass Amy ihr Smartphone aus der Jeanstasche zog und durch ihre Musiksammlung flippte. „So", meinte sie schließlich, stoppte den Plattenspieler und stellte ihr Handy auf laut. „Wenn das nicht der gleiche Song ist."

Franz war wie elektrisiert und gleichzeitig schockiert. Klar, das war Brooke Ada, aber auch wieder nicht. Ihre herrliche Stimme, die am besten mit einer sparsamen Instrumentierung zur Geltung kam, war unterlegt mit stumpfsinnigen Beats. Mit ihrer ursprünglichen Musik, die er so liebte, hatte das nichts zu tun. Aber Amy schien es zu gefallen. Und noch mehr schien sie es zu genießen, dass sie ihrem alten Großvater etwas Neues präsentieren konnte.

„Ich zeige dir noch was", sagte sie fast übersprudelnd vor Eifer. Sie klickte einige Male, und plötzlich lief das Video von *A Man with a Mission*. Neben dem DJ wurden immer wieder Bilder von der jungen Brooke eingeblendet. Fasziniert starrte er auf den Monitor.

„Und das ist echt deine Lieblingssängerin?"

„Ja, kann man so sagen."

„Das ist ja witzig."

„Wieso?"

„Die scheint hier am See zu sein."

Franz hörte abrupt zu kauen auf. „Brooke Ada? Das hätte hier doch die Runde gemacht."

Amy sah ihn mitleidig an. „Opa, ich will dich ja nicht kränken, aber die Frau muss doch schon ziemlich alt sein. Keiner von meinen Freunden hat jemals was von ihr gehört. Ich glaube nicht, dass irgendjemand ausflippen würde, nur weil sie hier ist."

Tja, so war das, dachte Franz. Aus der Presse, aus dem Sinn. Ende der Siebziger Jahre hatte Brooke Ada zum Leidwesen ihrer Fans einen Millionär geheiratet und sich vollständig aus dem Musikgeschäft zurückgezogen. Das war über vierzig Jahre her und somit für jemanden wie Amy fast ein Gruß aus dem Reich der Toten. Aber wenn sie tatsächlich hier wäre – das wäre der absolute Wahnsinn. Für ihn. Als Fotograf natürlich.

„Wieso glaubst du denn, dass sie hier ist?" Franz wandte sich betont lässig seinem Braten zu.

Amy winkte gelangweilt ab. „Ach, da war so ein blöder Typ in der Lounge, vielleicht sechzehn oder so. Der hat einen Limes nach dem anderen getrunken und war schon ziemlich blau. Mann, hat der angegeben! Wie viel Kohle sein Vater hätte und dass die Alte, die da singt, da lief also gerade dieser Song, Opa, also dass die bei ihnen wohnen würde. Auf Schloss Grub. Ausgerechnet."

Plötzlich schien das Essen fade zu schmecken. „Und, hast du nachgefragt? Hast du noch mehr erfahren?"

Sie sah ihn an, als hätte er den Verstand verloren. „Wieso denn? Was interessiert mich sein Gequatsche? Außerdem wollte ich nichts über diese Sängerin wissen, sorry, Opa. Wenn ich gewusst hätte, dass dir so viel daran liegt, hätte ich ...“

„Ist schon gut, Kleines“, unterbrach Franz sie und legte seine Gabel ab. „Das ist Schnee von gestern. Und du solltest jetzt ins Bett.“

Als Amy weg war, starrte er versonnen auf das Plattencover. *A Man with a Mission*. Das klang fast wie eine Aufforderung.

33

Sue hatte Mühe, ihre Nervosität zu verbergen. Sie hatte von ferne zugesehen, wie die kleine Gruppe, die aus drei Mädchen und zwei Jungs bestand, sich mehr oder weniger ohne fremde Hilfe in die engen Taucheranzüge gequält hatte. Der Tauchlehrer, der sich als Schorschi vorgestellt hatte, und seine Helfer überprüften den Sitz der Tauchmasken und die Flaschen und watschelten danach schwerfällig bis zur Brusthöhe ins Wasser.

Heute war die erste Stunde, und laut Lehrplan standen Übungen auf dem Plan wie das Austauschen der Atemgeräte, die Bedeutung von Handzeichen und das Schweben im Wasser. Amy musste mit ihrer Schatzsuche also noch etwas warten. Es schien ihr jedoch Spaß zu machen, denn gerade eben hatte sie ihr ein Daumen-hoch-Zeichen geschickt.

„Und was ist mit dir?" Mike war plötzlich neben ihr aufgetaucht. „Wir sollten wieder mal tauchen gehen, was meinst du?" Er stupste sie mit der Faust spielerisch in die Seite.

„Spinnst du?" Sues Antwort war schärfer ausgefallen, als sie es geplant hatte.

„Wow, da ist jemand wohl ein bisserl empfindlich. Sorry. Hast Lust, gehen wir was trinken?" Mike deutete auf das kleine Café am Ufer. „Der Schorschi schafft das schon ohne dich, und die Kinder sind sicher lockerer, wenn die Mama nicht jeden ihrer Schritte kritisch beäugt."

„Wahrscheinlich hast du recht. Ein schöner Fruchtsaft wäre jetzt nicht schlecht." Und ein Aspirin dazu auch nicht. Sie war nicht mehr so trinkfest wie früher.

Sue zog ihren Stuhl in die Sonne. Ihr war ein wenig kalt – klar, bei dem Kater.

„Ist es gestern länger geworden?"

„Woher weißt du das schon wieder?"

„Du hast wohl vergessen, wie das hier läuft", meinte Mike. „Alles hat hier Augen und Ohren. Du warst mit der Vanni bis vier Uhr im *Village*. Sie hat eine weiße Bluse angehabt, bauchfrei, aber erste Sahne, wie mir gesagt wurde, und ..."

„Stopp, das reicht!" Sue schüttelte den Kopf. „Wie hältst du das nur aus, dass jeder alles über dich weiß?"

„Ich scheiß mir nichts und mag's, wenn die Leut' über mich reden."

„Du bist und bleibst eine Rampensau."

Mike lachte.

„Wieso hast du Philipp von dem Bus erzählt?" Ihre blauen Augen musterten ihn vorwurfsvoll.

Mikes Lachen fand ein abruptes Ende. Er schüttelte den Kopf. „Keine Ahnung – ich weiß auch nicht. Er ist ein aufgewecktes Kerlchen, dein Sohn."

„Ja, eben, und jetzt fragt er mir Löcher in den Bauch."

„Jetzt krieg dich wieder ein. Das ist über 20 Jahre her. Und es ist ja nichts passiert."

Sue sah ihn fassungslos an. „Nein, nur dass ich fast ertrunken wäre."

„Ich habe dich gerettet, oder?" Als Sue nicht wie erhofft mit Dankbarkeit reagierte, machte er weiter. „Außerdem haben wir dafür gesorgt, dass die Taucher ein skurriles Ziel mehr im See haben. Gleich daneben steht jetzt ein Altar für die Taucher, die sich im Wasser trauen."

„Du meinst ins Wasser."

Er schüttelte den Kopf. „Nein, nein, für die Hochzeiten unter Wasser."

Sue sah ihn ungläubig an.

„Susi, ob du es glaubst oder nicht: Manche Leute können vom Tauchen nicht genug bekommen. Selbst am Hochzeitstag nicht." Mike machte eine Pause, er sah sie immer noch mit einem Blick an, den sie nicht deuten konnte. „Wer weiß, wenn du geblieben wärst – vielleicht wär doch noch was aus uns geworden...?"

„Du spinnst. Wir waren nicht mal 18."

Mike grinste über das ganze Gesicht. „Ich schon, falls du das vergessen hast. Sonst hätte ich den Führerschein noch nicht in der Tasche gehabt."

„Gib nicht so an. Wenn ich mich recht erinnere, hattest du ihn erst zwei Tage lang."

„Übertreib nicht, es war einer." Er schien sich köstlich darüber zu amüsieren.

Heute konnte Sue es schwer nachvollziehen, aber damals hatte sie einen kurzen Sommer lang Mike angehimmelt und atemlos seinen Zukunftsplänen gelauscht. Surfschule und Beachbar auf Oahu, wahlweise auch Jamaica oder Tauchschule am Barrier Reef. Mike war ständig in Bewegung, hatte einen tollen Körper und die sprichwörtlichen Hummeln im Hintern. Mit ihm war es nie langweilig, und er verkörperte etwas Helles, Strahlendes an diesem oft dunklen See.

Einen Tag nach seiner bestandenen Führerscheinprüfung kam er mit leuchtenden Augen und der Neuigkeit, er könnte am Abend einen VW-Bus organisieren, ins Strandbad, wo ihre Clique unter dem siebten Baum von links ihren Stammplatz hatte.

Sogar Vanni, die damals vorübergehend als Gruftikönigin in der Salzburger Szene unterwegs war, fand das interessant, obwohl sie ansonsten Mike mit seinem Surferlook für ein abartiges Wesen hielt. Stefan machte brav alles mit, solange er dabei irgendwie ein Buch lesen konnte (ein Grund, weshalb Sue ihre Schwärmerei von ihm auf Mike verlagert hatte, denn einen Jungen zu küssen, der währenddessen in seine Lektüre versunken war, entsprach nicht ihrer Vorstellung von Romantik), und Heli und Babsi, die vor allem mit sich und ihrer Knutscherei beschäftigt waren, sahen im Bus eine Möglichkeit, dieser Tätigkeit endlich einmal ungestört nachgehen zu können.

Sie trafen sich bei Einbruch der Dunkelheit vor der Kfz-Werkstatt, in der Mike während der Ferien jobbte, und fuhren nach Ischl, wo es damals die einzige angesagte Disco gab. Sie tanzten, sie tranken, und als Sue nach Hause musste (ihr Vater erwartete sie um Punkt Mitternacht zurück), war Mike ziemlich angetrunken. Stefan hatte überraschenderweise ein Mädchen aufgerissen und wollte noch bleiben, Heli und Babsi waren verschwunden, und Vanni hatte sich einer Gruppe Schwarzgekleideter angeschlossen. Endlich allein mit Mike, hatte Sue gedacht und keinen Gedanken daran verschwendet, dass er gar nicht mehr in der Lage war zu fahren. Bis St. Agatha war die Fahrt auch gut gegangen, doch hatte er angefangen, ihre Brüste zu befummeln. Das ungelenke, viel zu feste Geknete gefiel ihr nicht, und sie hatte Angst, weil Mike sehr schnell fuhr, aber – und so war Susi Wallner nun mal – sie traute sich nichts zu sagen. Sie war eh immer die Brave und wollte endlich etwas gegen diesen Ruf tun. Sie schloss einfach die Augen, um wenigstens die Straße nicht mehr zu sehen, und wartete vergebens darauf, dass sich bei ihr so etwas wie Lust einstellte. Gerade wollte sie anfangen zu gähnen, als ein ohrenbetäubendes Krachen an ihrer Seite ihr Herz fast zum Stillstand brachte. Sekunden später waren sie im kalten See gelandet. Sue konnte sich noch erinnern, dass sie fassungslos vor sich hingestarrt hatte, während Mike sofort aktiv geworden war. Auf seiner Seite war das Fenster heruntergekurbelt gewesen (den Arm lässig auf die Fensteröffnung zu legen war für einen wie ihn Pflicht), und er begann, sich nach draußen zu winden. Sue ruderte mittlerweile verzweifelt mit den Armen und verhinderte so, dass Mike sie packen und aus dem Bus ziehen konnte, der immer weiter nach unten sank. Als sie es endlich auch geschafft hatte, hatte sie jegliche Orientierung verloren. Ihr ganzer Körper zuckte unkontrolliert, während sie immer wieder kurz unterging. Dieser Kampf mit dem Wasser schien endlos lange zu dauern, und es war wie eine Erlösung, als sie Mikes harten Griff spürte und ans Ufer gezogen wurde. Sue hatte panisch nach Luft geschnappt und Mike – das war kein Witz, sie sah es noch heute vor sich – mit einem goldenen Licht um den Kopf wahrgenommen. Sie wäre jetzt nicht so weit gegangen, diese Vision als Heiligenschein zu bezeichnen, aber das kam ihm ziemlich nahe. Ihr Retter. Es gab sie also doch, diese Prinzen. Mike ritt zwar nicht auf einem weißen Pferd daher, sondern auf einem Surfbrett, aber immerhin. Doch dann, und da war eine Welt für sie zusammengebrochen, hatte er sie nicht in den Arm genommen und getröstet, sondern wüst beschimpft. Sie blöde Kuh hätte mit ihrer Panik fast verhindert, dass sie heil aus diesem ganzen Schlamassel herauskamen. Wieso hatte sie so blöd um sich geschlagen, jetzt bekäme er lauter blaue Flecken. Und wie sollte er seinem Chef das mit dem Bus erklären? Am besten, du hältst einfach den Mund, hatte er gemeint. Und ich auch, sonst bin ich den Lappen gleich wieder los. Zum Glück waren am nächsten Tag die Ferien zu Ende, und sie mussten sich nicht mehr ständig begegnen, da sie unterschiedliche Schulen besuchten. Die Schürfwunden, die sie sich zugezogen hatte, verheilten relativ schnell. Ihr Herz brauchte viel länger, um sich von diesem Vorfall zu erholen, und die Angst vor dem Abtauchen unter Wasser war geblieben. Der Verbleib des VW-Busses blieb ein Rätsel, über das sich nur die Versicherung der Werkstatt wunderte (alle anderen Autos im Werkstatthof waren wesentlich wertvoller gewesen). Niemand hatte den Unfall bemerkt, und an der Unglücksstelle gab es keine verräterischen Leitplanken. Nur Mike verlor seinen Ferienjob, da der Meister ahnte, dass er mit dessen Verschwinden zu tun hatte. Ihrem Vater hatte Sue nie etwas davon erzählt und die Standpauke wegen ihres verspäteten Heimkommens widerstandslos über sich ergehen lassen. Erst einige Jahre später entdeckten Taucher das Wrack, das mittlerweile in einschlägigen Kreisen als Geheimtipp galt, da sich dort viele Fische ansiedelten, darunter vor allem die eher seltenen Trüschen.

„Im Ernst, Susi, ich finde, du solltest es noch mal versuchen."

Sue war etwas verwirrt, so real war ihre Erinnerung gewesen. Erleichtert stellte sie fest, dass sie auf festem Grund war. „Tauchen?"

Er nickte. „Dann wirst du deine Angst endlich los."

„Ach Mike", seufzte Sue und überprüfte kurz, ob ihre Kinder noch am Leben waren. „Was weißt du schon von meiner Angst." Die vor dem Tauchen stand dabei auf ihrer Liste ganz weit unten.

„Kann schon sein. Aber man kann ja mal mit einer anfangen. Das ist wie der Dominoeffekt. Wenn eine Angst geht, gehen auch die anderen."

„Ach Mike, du hast immer so leichte Antworten auf alles. Aber so funktioniert das nicht."

„Doch, genau so."

Sie sah ihn skeptisch an. „Hast du irgendwelche Seminare besucht? Du wirst mir langsam unheimlich."

Mike lachte. „Mein Seminar ist die Natur, und da gibt es kein Verstecken."

Sie nickte. „Verstecken war ja noch nie dein Ding."

„Warum auch? I bin so, wia i bin. Es gibt eh schon genug Leut, die immer nur schauspielern."

Sue fühlte sich, als hätte sie ein Pfeil getroffen. Verblüfft starrte sie Mike an. Der lächelte unschuldig, doch sie hatte das Gefühl, als durchschaute er sie bis in die letzte Zelle.

„Susi, du bist so eine klasse Frau, aber immer mit angezogener Bremse. Geh halt mal an deine Grenzen."

Sie atmete tief durch. An die Grenzen gehen. Als ob das so einfach wäre. Sie wusste ja nicht einmal, wo genau ihre Grenzen lagen.

34

Es nieselte, die Straßen waren eng, die Kurven anspruchsvoll, und in der romantischen Hügellandschaft ging es ständig auf und ab. Daher fuhren sie, wie man es ihrem Alter entsprechend erwartete: gemütlich, auch wenn der eine oder andere immer wieder einmal ausbrach und nach vorn preschte. Rufus hatte die Führung übernommen, und Terence lag direkt hinter ihm. Er wunderte sich, dass sein Freund so unruhig fuhr; es wirkte fast, als wäre er betrunken. Auf einen Kommentar verzichtete Terence vorsichtshalber, um ihn nicht abzulenken. Plötzlich machte Rufus einen Schlenker und kam an einer kleinen Brücke zum Stehen.

„Diese Scheißhose bringt mich noch um!" Entnervt riss er sich den Helm vom Kopf.

„Was soll das?", fragte Dick.

„Ich hatte schon gestern das Gefühl, dass du ordentlich zugelegt hast, Alter", sagte Tom, ganz der Diplomat.

„Manche Hersteller sollte man verklagen wegen Verbrechen gegen die Menschlichkeit!", deklamierte Rufus und wühlte in seiner Tasche.

„Sind wir Mädchen oder was?", brummte Dick. „Ich dachte echt, es sei was passiert."

„Willst du die Hose haben, ich habe nämlich noch ein zweites Exemplar dabei. Ich leihe sie dir, dann sehen wir mal, wie lange du es damit aushältst." Rufus hielt die Hose hoch.

Tom grinste dreckig. „Warum, zum Teufel, nimmst du sowas mit auf die Tour?"

„Sowas" war ein rot-blau karierter Stofflappen, der am Gesäß sehr minimalistisch geschnitten war.

„Sieht eher nach Table Dance als nach Funktionsunterwäsche aus." Neil bewegte sich so lasziv hin und her, wie es seine Lederkluft erlaubte.

„Diese beiden Prachtexemplare hat mir mein liebes Töchterlein zum Geburtstag geschenkt."

Tom seufzte. „Was habe ich gleich noch mal über Kinder gesagt? Machen nichts als Ärger."

„Willst du nicht lieber pinkeln gehen, bevor du solchen Blödsinn redest?", fuhr Dick ihn an. „Ich habe keine Lust, in zehn Minuten wegen dir wieder stehen bleiben zu müssen."

Tom lachte verächtlich auf. „Meine Blase scheißt auf deine Lust."

„Und ich scheiß auf dich", gab Dick zurück.

„Das würde ich nicht." Tom verstellte seine Stimme so, dass sie so schnöselig wie die von Prinz Charles klang. „Dann müsste ich dich bestrafen, denn ich bin wie deine geliebten Pflanzen ein schützenswertes Wesen der Natur. Einzigartig."

Dick schüttelte resigniert den Kopf. „Einzigartig eingebildet." Dann drehte er sich um und ging zurück zu seinem Bike. „Das war übrigens eine grottenschlechte Parodie", rief er über die Schulter.

Bereits während ihres kargen Frühstücks hatte Terence zum ersten Mal die leichte Spannung bemerkt, die zwischen den beiden herrschte. Sie waren die beiden extremsten Typen ihrer Gruppe – auf der einen Seite der eitle, extrovertierte, laute Tom, auf der anderen der stille Dick, der es anderen mit seinem manchmal passiv-aggressiven Verhalten nicht leicht machte. Zum Glück baute sich durch das Motorradfahren, das den ganzen Körper und höchste Konzentration forderte, viel Konfliktpotenzial ab, so dass am Abend meistens Ruhe herrschte.

Es dauerte, bis Rufus sich umgezogen hatte. Sie standen unter einer Brücke, und die anderen nutzten die Zeit, um entweder ihr Handy zu checken (Terence – wieder nichts von Sue; sowie Dick, der ebenfalls auf was auch immer wartete), die Kupplung zu überprüfen (Neil) oder die Blase und den Darm zu entleeren (Überraschung: Tom!).

Bevor sie wieder losfuhren, überließ Rufus mit dem Pathos eines

Hohepriesters seine Unterhose der heimischen Flora und Fauna zur Weiterbearbeitung.

Die unangenehme Kühle, die sich trotz des Regenschutzes über der Lederkombi und den Bikerstiefeln im Körper ausbreitete, trug nicht dazu bei, die Laune der fünf Männer zu heben. Da war es noch das Beste, weiterzufahren, denn während der Fahrt spürte man die Kälte nicht. Doch der Regen wurde immer dichter. Sie fuhren über Penrith nach Ullswater und passierten das, was Reiseführer als „schönstes cumbrisches Gewässer" bezeichneten. Doch alles, was sie sahen, waren Kulissen in verschiedenen Grautönen. Beschissen und kläglich. Hinzu kam das Gefühl von kalten Füßen, als der Regen allmählich in die Stiefel eindrang und für ein nicht bestelltes Kneippbad sorgte. Terence fuhr hinter Neil, der eine Wolke aus Sprühwasser aufwirbelte.

An einer Tankstelle hielten sie an, um sich bei heißem Kaffee aufzuwärmen. Terences schweifender Blick blieb an einer Tafel mit Veranstaltungshinweisen hängen. Unglaublich – Depeche Mode, diese alten Recken, waren wieder auf Tour. Wie sie selbst. Es wäre direkt mal interessant, die wieder zu sehen. Ob sie noch so gut waren wie damals?

„Scheißwetter", versuchte der Tankwart sie aufzuheitern. „Letzte Woche war hier volles Haus, Biker-Treff in Hawes. Wem gehört die Dorsoduro?"

Neil meldete sich stolz; er als Amerikaner musste auch nicht die typisch englische Zurückhaltung üben.

„Geiles Teil. Wenn Sie sie verkaufen wollen, ich wüsste wen."

„Wird nie der Fall sein", antwortete Neil lächelnd.

„Gute Entscheidung. Noch einen Kaffee, die Herren?"

Alle lehnten ab, denn sie wollten so schnell wie möglich weiter. Der Himmel war – schwer vorstellbar – noch grauer geworden.

Als er bei seiner Maschine stand, registrierte Terence genervt, wie Regentropfen in seinen Kragen liefen. Er ging zurück unters Dach und rief den Wetterbericht auf seinem Handy ab. „Vorschlag: Wir fahren direkt nach Windermere und gönnen uns das Lakeside Hotel. Für heute ist keine Besserung in Sicht."

„Das hätte ich dir auch ohne App sagen können, dass diese Pisse nicht aufhört", sagte Dick.

„Und, hast du eine bessere Idee?", sagte Tom.

„Von mir aus. Mein Tourenplan ist sowieso schon für den Müll."

„Pläne sind nicht alles", meinte Neil.

„Schön, dass du mir das nach acht Jahren mal sagst." Dick war auf 180.

„Bis jetzt haben dich meine Pläne nie gestört."

„Das tun sie auch heute nicht", sagte Neil, „ich meine ja nur, dass du dich ein bisschen lockerer machen sollst."

„Lockerer?" Dick stand so nahe vor Neil, dass er die Intimitätszone von Angelsachsen und Amerikanern massiv verletzte. Er konnte sicher jedes Barthaar in Neils Gesicht zählen. „Ihr Geldscheißer könnt locker von locker reden! Ihr habt doch keine Ahnung, wie es uns Normalos geht."

„Und wie geht es euch so?" Toms Tonfall klang ätzend.

„Noch ein Kaffee?" bot der Tankwart mit leicht beunruhigtem Blick an.

„Nein, vielen Dank", sagte Terence schnell. „Wir sollten lieber weiterfahren."

„Das sehe ich auch so", meinte Neil.

„Ich nicht." Tom baute sich vor Dick auf. „Ich hätte gerne eine Antwort auf meine Frage. Und ich wüsste gerne, wieso du seit dem ersten Tag so aggressiv bist."

Irgendwie gelang es Neil und Terence, die beiden aus der Tankstelle zu bugsieren, doch kaum war die Tür mit einem leisen Klingelton ins Schloss gefallen, schoss Dick einen Kinnhaken auf Tom ab. Das schien ihm gerade recht zu kommen, denn er schüttelte sich nur kurz und verpasste Dick einen Schlag in die Magengrube. Der war offenbar so gut platziert, dass Dick laut aufstöhnte und am Boden landete.

„Wo ist das nächste Pub mit Hotelzimmern?", fragte Rufus ungerührt in die Stille hinein. „Wenn ich noch länger in diesem Dreckswetter stehe, bin ich die dritte Partei."

„Vergiss es", sagte Terence, der sich zwischen die beiden Kontrahenten gestellt hatte. „Dort sitzen wir viel zu eng beieinander. Wir brauchen was Größeres, ein Hotel."

„Das Lakeside", krächzte Dick. „Hatte ich als Alternative auch in meinem Plan."

„Und was wäre die Alternative zu dem gewesen, was gerade passiert ist?", fragte Neil.

Dick richtete seine Kluft, die etwas verrutscht war. Als er sprach, richtete er seinen Blick ins Leere. „Ein Arbeitgeber, der nicht von einem großen Konzern geschluckt wird und seine Belegschaft in die Wüste schickt. Seit fast vier Monaten suche ich einen neuen Job, aber ich bin zu alt." Er zögerte kurz. „ Ach, und fast hätte ich es vergessen – meine Frau hat mich verlassen. Will sich selbst verwirklichen." Er atmete tief ein und aus. „So, jetzt wisst ihr Bescheid, und ich möchte nicht mehr darüber sprechen."

Tom klopfte ihm auf die Schulter und nickte. Dick nickte zurück.

„Mir ist alles recht", sagte Rufus, „Hauptsache trocken."

Es wurde also das Lakeside in Windermere, und Terence war selig, als er nach einer heißen Dusche, eingepackt in den flauschigen Hotelbademantel, auf dem Bett lag. Seine nasse Kleidung hatte er im Bad über die Heizung gelegt, in der Hoffnung, dass sie am nächsten Morgen wieder benutzbar wäre.

Immer wieder dachte er an Dick. Was für ein Scheißgefühl, sich unter lauter Gutverdienern aufzuhalten, wenn einem selbst Arbeitslosenhilfe drohte. Und wenn kein Ausweg in Sicht war, weil man angeblich zu alt war. Einen größeren Schlag für das Selbstwertgefühl gab es kaum. Natürlich war es keine Lösung für Dick, seine Aggression nach außen abzulassen, aber ein Typ wie Tom verkraftete das schon. Er drehte sich zur Seite und sah das zweite Kopfkissen. Wie gerne würde er sich jetzt an Sue kuscheln, ihre weiche Haut spüren, ihren zarten Duft nach Vanille und Blüten. Der arme Dick, jetzt hatte ihn auch noch Karen verlassen. Terence hatte sie nur einige Male getroffen, aber die temperamentvolle, warmherzige Frau war ihm sofort sympathisch gewesen.

„Jetzt steht sie den ganzen Tag in einem miesen Friseursalon, schuftet für einen lächerlichen Lohn und wohnt in einem miesen Apartment", hatte Dick geknurrt, als Terence ihn nach dem Abendessen an der Bar auf Karen angesprochen hatte. Obwohl Dick es sich bei seiner Ansprache verbeten hatte, ein weiteres Wort über diese Sache zu verlieren, schien er dennoch froh zu sein, sich bei Terence aussprechen zu können.

„Ich verstehe sie nicht. Unser Haus ist abbezahlt. Sie hat es nach ihren Wünschen eingerichtet. Warum geht eine Frau? Und warum sagt sie, sie wäre jetzt endlich wieder glücklich?"

Terence hatte mit den Schultern gezuckt. Er verstand es auch nicht. Empfand Sue ähnlich? Hatte sie die Nase voll von ihm? Von ihrem Leben? Langsam keimte in ihm die Erkenntnis, dass er sein Eheproblem nicht einfach aussitzen konnte. Das brachte ihn auf eine Idee. Er holte sein Handy. Manchmal waren diese Dinger Gold wert.

35

„Ist hier irgendwo eine versteckte Kamera?" Sue war einigermaßen fassungslos.

„Opa sieht lustig aus", meinte Philipp.

Damit hatte er nicht Unrecht. Franz, angetan mit einer geblümten Schürze und neongrünen Putzhandschuhen, polierte gerade den Couchtisch im Wohnzimmer. In der Luft waberte ein schwerer, süßlicher Duft, und als musikalische Untermalung lief in ohrenbetäubender Lautstärke eine alte Jazzplatte. Sue hatte sie ewig nicht mehr gehört, wusste aber, dass sie zu seinen Favoriten zählte.

„Gibt es einen Grund für das hier?", fragte sie.

Franz hielt nicht einmal inne, als er antwortete. „Nein, wieso? Das war schon längst einmal fällig. Außer mir macht es ja auch keiner."

Oh oh, dachte Sue, sind wir wieder so weit. Ihr Vater hatte den Punkt erreicht, wo ihn sein Besuch nervte. Klar, sie brachten seinen ruhigen Tagesablauf durcheinander, aber war es wirklich so schlimm, wenn ein paar Comichefte auf dem Tisch lagen und das Geschirr nicht sofort abgespült wurde? Sie rechnete kurz nach. Es war heute der sechste Tag, dass sie hier waren. So schnell war die Krise noch nie gekommen. Lag es am Alter? Täuschte sie sich, oder waren seine Wangen geröteter als sonst? Sein Blick etwas unruhiger und ausweichender? Verbarg ihr Vater etwas und steckte hinter seinem Aktionismus vielleicht etwas – oder jemand – ganz anderes?

„Hey Opa, du nimmst Billy Bang", meinte Philipp bewundernd. „In der Werbung geht da alles weg. Das solltest du auch mal kaufen, Mom."

„Nur wenn du mir beim Putzen hilfst", meinte Sue. „Aber es sieht toll aus, Papa. Darf ich in der Küche was kochen oder störe ich?"

„Na, was zu essen wär nicht schlecht. Was gibt's?"

„Ich habe mir gedacht, einfach ein paar Schinkennudeln und Salat."

Er nickte zufrieden. „Passt schon."

Beim Essen summte Franz ständig vor sich hin. „Was habt ihr am Nachmittag vor?"

„Wieso?", neckte ihn Sue. „Willst du uns loswerden, weil du Besuch bekommst?"

„Schmarrn", entgegnete Franz. „Ich will es halt nur wissen."

„Aha." Sue schaute in die Runde. „Ich würde gerne zu Hildes Haus fahren. Die Ruth Gebetshuber hat mich vorhin angerufen und gefragt, wann sie Hildes Puppen für das Heimatmuseum haben kann. Ich muss mich langsam mit dem Thema befassen."

„Ach ja, das Haus, ja, ja", murmelte Franz. „Hast recht."

Hallo? dachte Sue. Was ist denn hier passiert? Erst war er so scharf darauf, dass ich das Haus nehme, und jetzt hat er es fast vergessen? Da war doch irgendwas im Busch! Sie würde es schon noch herausfinden, aber nicht jetzt. Wenn sie ihren Vater jetzt unter Druck setzte, würde er nur mauern.

„Wollt ihr mitfahren?", fragte sie ihre Kinder.

Amy schüttelte den Kopf. „Ich treff mich mit den anderen, wir gehen baden."

„Und ich geh zum Tobi. Der hat ein neues Playstation-Spiel."

„Damit kann ein altes Haus natürlich nicht mithalten", meinte Sue lächelnd, doch insgeheim war sie froh, dass sie allein hinfahren konnte. Ohne die Ablenkung durch die Kinder konnte sie sich besser auf ihre Wahrnehmungen oder was auch immer konzentrieren. „Wunderbar, gell Papa? Dann bist du heute Nachmittag dein eigener Herr."

Franz wand sich. „Ich freue mich ja, wenn ihr da seid. Aber ein bisserl eine Ordnung ..."

„Ist schon gut, Papa, ich kann dich ja verstehen. Ich spüle jetzt nur noch ab, und dann bin ich weg."

Das Wetter war so schön, dass sie mit dem Fahrrad nach Untersee fuhr. Sie stellte es in der alten Garage ab und ging langsam um das Haus herum zur

Eingangstür. Seltsam, wie man es einem Gebäude anmerkte, ob es bewohnt war oder nicht. Auch Hildes Haus umgab eine Aura von Verlassenheit. Hier sollte unbedingt jemand leben, dachte Sue, und zwar dauerhaft. Sollte sie dieser Jemand sein? Das wäre eine schwerwiegende Entscheidung, und ein seltsames Gefühl in ihrem Bauch signalisierte ihr, nichts zu überstürzen. Das würde sie auch nicht. Außerdem ging es nicht nur um sie, denn drei andere Personen besaßen in dieser Angelegenheit ein Mitspracherecht – und würden sowieso ihr Veto einlegen.

Vorsichtig drehte sie den Reserveschlüssel um, den sie aus dem Blumentopf über dem Türsims gefischt hatte. Es war das erste Mal, dass sie allein in dieses Haus ging, und sie kam sich vor wie ein Eindringling. Die Luft war ein wenig abgestanden, und Sue öffnete die Fenster. Jeder Winkel war ihr vertraut. Die Eckbank, wo sie immer Schwarzer Peter gespielt hatten, als sie klein war. Die vollgeräumte Küche, in der es immer leicht nach Kuchen duftete, das Wohnzimmer mit dem imposanten Ohrensessel, in den sie sich immer gekuschelt hatte. Nachdenklich ging sie nach oben; vorher schloss sie jedoch noch die Fenster – eine Londoner Vorsichtsmaßnahme. Andererseits konnte man auch hier in dieser Idylle nicht mehr alles offenstehen lassen.

Gespannt öffnete sie die Tür zu Hildes Schlafzimmer. In der Luft hing noch der Geruch, den sie mit diesem Raum Haus verband – ein ganz spezieller Weichspüler. Sue setzte sich auf das Bett und lächelte wehmütig. Ach Hilde, dachte sie und streichelte über das Kissen. Wie oft hatten sie hier Kissenschlacht gespielt! Sie streckte sich aus und betrachtete die Holzdecke. Hier würde sie also liegen. Theoretisch. Mit Terence. Oder ohne? Da im Moment alles auf der Kippe zu stehen schien, war jede Variante möglich.

Okay, dann stelle ich mir die entscheidende Frage: Wie wäre es, tatsächlich wieder am See zu wohnen?

Kein nettes Geplauder mit Jamshed, dem pakistanischen Besitzer des kleinen Lebensmittelmarktes, bei dem sie oft etwas Vergessenes einkaufte und dessen Frau ihr manchmal aus der Hand las. Keine Spezialitäten mehr von Harrods, vor allem nicht diese himmlischen Whiskey Truffles, die es wirklich nur dort gab. Stattdessen der Spar in Goisern oder dieser neue kleine Laden am Landeplatz. Andererseits ungehinderten Zugang zu Zauners

Tortenparadies oder diesen verführerischen Törtchen von *Feine Sachen* (die paar Kilometer Anfahrt waren es wert). Und ob sie so etwas wie ihre Lieblingsboutique hier fände, darüber bräuchte sie gar nicht erst nachzudenken (vielleicht hatten sie mittlerweile einen Online-Handel?). Kein Bummel am Wochenende mehr über den wunderbaren Old Spittalfields Market. Und sie müsste sich einen neuen Frisör suchen. Maxim war in ihrem Leben bisher der Einzige, der mit ihren widerspenstigen Locken fertig wurde und sie zu einer halbwegs glamourösen Frisur bändigen konnte. Genervt richtete sie sich auf. Was bin ich nur für eine oberflächliche blöde Kuh, schimpfte sie sich selbst. Das sind doch Dinge, die nicht wichtig sind. Ich könnte meinen Vater öfter sehen, sogar täglich, wenn ich will. Auch die Nähe zu Vanni wäre schön, denn eine Freundin wie sie hatte sie leider nie wieder gefunden. Mike, Stefan und die anderen? Na ja. Das war Vergangenheit und musste nicht unbedingt wiederbelebt werden. Aber was sollte sie hier beruflich machen? Als geläuterte Tochter den Fotoladen übernehmen? Auf keinen Fall! Das klappte vielleicht in kitschigen Filmen, aber sie? Es schien, als legte sich ein schweres Gewicht auf ihren Brustkorb. Genau wie damals, als ich wegwollte! Sue begann zu schwitzen und fächelte sich Luft zu. Was für blöde Gedankenspiele! Im Grunde wusste sie ganz genau, dass sie nicht aus London fortwollte. Sie liebte diesen Moloch von einer Stadt. Ihre Lebendigkeit und ihre Verrücktheit, ihre Traditionen und ihre Geschichte. Zu jeder Tages- und Nachtzeit, im Frühling, Sommer, Herbst und Winter.

Da ich hier sowieso klar Schiff machen muss, fange ich am besten jetzt damit an. Also stand sie auf und öffnete die Tür zum Kleiderschrank. Neben Hildes übersichtlichem Bekleidungssortiment stapelten sich dort einige alte Kartons. In ihnen hatte Hilde alte Kleider verstaut, die zum Teil noch von ihrer Mutter stammten. Als sie klein war, hatte Sue sich oft mehrere übereinander angezogen und von der Opernsängerin bis zu Hexe alle Rollen gespielt, die ihr einfielen. Es war ein Paradies für Kinder gewesen.

Eine Kiste fiel ihr auf. Sie war klein und aus Holz und überhaupt nicht staubig. Vorsichtig öffnete Sue den metallenen Verschluss. Das erste, was sie sah, war ein Foto. Was für ein schöner Mann, dachte Sue. Großgewachsen, mandelförmige, fast schwarze Augen und ein hinreißendes Lachen. Dazu das strahlende Blau seines Berbertuchs. Hildes marokkanischer Lover! Also war es doch kein Gerücht gewesen. Ein anderes Foto zeigte die beiden in inniger Umarmung. Sue hatte Hilde nie zuvor so glücklich gesehen. Gut drauf, gut gelaunt, das ja, denn Hilde war ein positiver Mensch gewesen. Aber so glücklich, so strahlend – nein, das war eine unbekannte Hilde. Was war nur geschehen, dass diese Liebe geendet hatte?

Außer den Fotos lagen in der Kiste noch unzählige Briefe mit marokkanischen Briefmarken, es mussten an die hundert sein. Sie waren bereits ein wenig vergilbt und verströmten einen leicht muffigen, exotischen Duft. Was sollte sie mit diesen Briefen machen? Sie würde sie auf keinen Fall lesen, denn das käme ihr wie ein Vertrauensbruch vor. In den Sarg konnte sie sie nicht mehr legen, denn dazu war es zu spät. Im Garten vergraben? Verbrennen und im See verstreuen? Oder auf irgendeinem Berg? Behutsam legte Sue die Briefe wieder in die Kiste und ließ den Verschluss zuschnappen. Alle hatten ein Geheimnis. Ihr Vater offenbar auch, denn was sonst sollte die Putzorgie heute Vormittag bedeuten? Nur sie hatte keines, war wie ein offenes Buch. Wie langweilig. Ernüchtert ging sie wieder nach unten, doch als sie das sonnendurchflutete Wohnzimmer sah, dessen Boden wie karamellisierter Honig schimmerte, besserte sich ihre Laune abrupt. Dieses Haus stürzte sie in ein Wechselbad der Gefühle. Sie setzte sich auf die Eckbank in die Sonne und sah durch das Fenster auf den Krippenstein. Wie erhaben das alles war, so anders als ihr Haus in London mit dem Ausblick auf die Straße oder wahlweise ihren Minigarten. Ein Piepston ihres Handys signalisierte ihr, dass eine SMS eingetroffen war.

Damit du dein Sweetheart nicht vergisst. Haben viel Spaß. Rufus

Das Foto zeigte einen lachenden Terence im Arm einer leider recht attraktiven jungen Frau. Sie sah etwas verlottert aus, aber Männer standen ja auf den Schlampenlook. Am Bildrand konnte man ein Lagerfeuer erkennen. Wie romantisch. Was war das nur für eine Veranstaltung? *Haben viel Spaß?* Das glaubte sie ihnen aufs Wort, wenn sie sich Groupies an Land gezogen hatten. Der Ärger über dieses blöde Foto und Rufus' kindischen Text trafen sie bis ins Mark. Und wo war ihr Spaß? Kurz tauchte Leif vor ihrem inneren Auge auf, aber das zählte nicht. Das war nur eine Spinnerei. Tatsächlich machte sie sich ständig Sorgen um die Kinder, Franz benahm sich merkwürdig, sie hatte dieses Haus, das sie nicht gewollt hatte, am Hals, und plötzlich fiel ihr wieder Ruth mit ihren blöden Puppen ein. Körperliche Arbeit wäre jetzt die perfekte Ablenkung. Also würde sie die Kleider der Puppen waschen, damit die liebe Ruth nichts zu meckern hätte.

36

„Du blöder, arroganter, selbstgefälliger Schnösel."

Sue schwitzte, während sie auf Terence schimpfte. Das lag nicht nur daran, dass sie sich während des Aufhängens der Puppenkleider in Rage geredet hatte, sondern dass die Wäschespinne in der prallen Sonne stand. Sie hätte sich am liebsten alles vom Leib gerissen, aber nackt die Wäsche aufzuhängen erschien ihr doch etwas zu frivol, noch dazu, weil der Nachbar zur linken mit etwas krimineller Energie durchaus einen ungehinderten Blick auf sie werfen konnte. Falls er das tat, sah er sie nun mit einem BH, der notfalls als Bikinioberteil durchgehen konnte.

„Am liebsten würde ich jeden einzelnen eurer blöden Reifen zerstechen, damit ihr aus der Pampa nie wieder rauskommt. Dann könntet ihr sehen, was ihr für tolle Typen seid. Besonders du, Rufus, mit deinen blöden Machosprüchen. Mit deinem dicken Bauch könntest nicht einmal fünf Kilometer zu Fuß gehen, bis du zusammenbrichst."

„Soll ich wieder gehen?"

Sue ließ vor Schreck eine kleine Unterhose fallen, registrierte kurz, dass die Stimme Leif gehörte, und sah dann sofort an sich hinunter. Nicht präsentabel war das freundlichste Wort, das ihr für ihr Aussehen einfiel. Schnell schob sie den über die Schulter nach unten gerutschten BH-Träger nach oben. Hätte ich doch nur meinen Bikini angezogen, dachte sie. Hätte ich nur nicht geweint und mir nicht die Haare gerauft. Wäre ich nur nicht hierher gekommen. Was will er hier? Sie wischte sich mit der Hand den Schweiß von der Stirn. Jetzt war sowieso schon alles egal. „Heiß heute."

„Ich mag den Geruch von frisch gewaschener Wäsche. Besonders, wenn sie so sexy ist wie das hier." Leif hatte das Spitzenunterhöschen vom Boden aufgehoben. „Hier bitte."

Sue musste sich räuspern, um überhaupt einen Ton herauszubringen. Als er ihr das Höschen gab, berührten sich ihre Finger. Ganz leicht nur, wie die Berührung einer Feder, und dennoch kam es Sue vor, als würde ihre Hand lichterloh brennen. Dankbar umfasste sie den feuchten Stoff und beugte sich nach unten, um zwei Wäscheklammern aus dem Korb zu holen.

„Woher weißt du von dem Haus?", fragte sie, um etwas Zeit zu gewinnen. Wofür auch immer.

„Amy hat es mir gestern auf dem Flug gezeigt. Sie hat erzählt, dass du es geerbt hast. Ich war gerade mit dem Mountainbike unterwegs und habe gedacht, ich schaue mal vorbei."

„Und helfe beim Wäscheaufhängen."

„Und helfe beim Wäscheaufhängen." Er sprach sehr leise und sah sehr ernst aus.

Ein feines Schweißrinnsal perlte an seinem Hals hinunter zum Schlüsselbein. Und weiter hinab zu seinen perfekten Bauchmuskeln … Eine plötzliche Hitzewelle erfasste sie. Sie hatte das Gefühl zu zerfließen. Schnell griff sie in den Wäschekorb und fischte das nächstbeste Teil heraus. Hauptsache, es war feucht und kühl. Es war eine grüne Dirndlschürze. Prima, die war wenigstens frei von erotischen Assoziationen.

„Schön ist es hier", sagte er und hielt ihr eine Wäscheklammer hin.

Wieso stand er so nah? Sie roch wieder seinen eigentümlichen Duft nach Gletschern und Meer und frischer Luft und hatte das Gefühl, als bekäme sie gerade eine Sauerstoffinfusion. Während sie die winzige Schürze aufhängte, spürte sie die Wellen seines warmen Atems in ihrem Nacken. Und so ging es weiter, mit zarten Berührungen, wenn er ihr die Wäscheklammern reichte, und dem erregenden Gefühl, ihn in ihrem Rücken zu spüren, wenn sie die Teile aufhängte. Endlich war der Korb leer. Endlich oder leider? Sue konnte keinen klaren Gedanken mehr fassen.

„Ich brauche etwas zu trinken", sagte sie. „Du auch?"

„Gerne." Er nahm den Korb und folgte ihr ins Haus.

In der wohltuend kühlen Küche goss sie eiskaltes Wasser in zwei Gläser und reichte ihm eines.

Als sie beide ausgetrunken hatten, nahm er ihr das Glas aus der Hand. „Du hast meine Frage noch nicht beantwortet: Soll ich wieder gehen?"

Plötzlich ging alles ganz schnell. Irgendetwas in ihr spielte verrückt. Sie war verrückt. Die Welt war verrückt. Sie kannte sich selbst nicht wieder, aber das war jetzt völlig egal. Vor Jahren hatte sie eine Folge von Ally McBeal gesehen, in der Ally einen Quickie in einer Autowaschanlage gehabt hatte. Schon damals hatte sie gedacht, wow, das wäre mal was. Sie sah in seine Augen. Natürlich hätte sie in ihnen versinken können. Aber noch besser waren seine starken, gebräunten Arme. Zum Teufel mit den Augen. Sie wollte umarmt werden, so fest es nur ging. Sie wollte diesen Mann, den sie kaum kannte. Sie wollte ihn wirklich. In diesem Moment. Jetzt. Sie legte ihre Hand auf seinen Arm, und er verstand sofort. Zog sie an sich, kraftvoll und fordernd, so wie sie es sich gewünscht hatte. Kurz tauchte das Bild von Terence vor ihrem geistigen Auge auf, aber es war nicht stark genug, um irgendetwas an der Situation zu verändern.

Sie hielten sich nicht lange damit auf, nach oben in eines der Betten zu gehen. Sie blieben im Wohnzimmer, auf dem weichen Teppich, und legten beim Ablegen von immerhin einem BH, einem Rock und Slip sowie seinerseits T-Shirt, Jeans (wobei der Gürtel eine gewisse Herausforderung war) und Boxershorts eine Geschwindigkeit vor, als müssten sie ins Guinnessbuch der Rekorde. Doch Sue ging es immer noch nicht schnell genug. Ihr ganzes Inneres bebte vor Lust, und sie hatte das Gefühl, als würde sie jeden Moment explodieren. Ich werde keine Sekunde davon vergessen, dachte sie kurz, bevor ihre Vernunft endgültig aufgab.

Seine Hände fühlten sich rau an und fremd, bewegten sich anders und trafen andere sensible Stellen als die, die sie bisher kannte. Ich bin eine andere, dachte sie, doch die andere gefällt mir. Sie agierte anders als bei Terence, fordernder und aggressiver. Ihre Bewegungen wurden so wild, dass es fast weh tat, aber das war genau das, was sie in diesem Augenblick brauchte. Gierig saugte sie seinen Geruch und seinen Geschmack in sich ein, und als sie glaubte, keine Sekunde mehr warten zu können, nahm sie ihn tief in sich auf. Eine unendlich lustvolle Zeit wiegten sie sich hin und her, bis sie gemeinsam kamen. Als sie schwer atmend und mit heißen Körpern nebeneinanderlagen, registrierte Sue, dass sie sich genau in Blickrichtung des Herrgottswinkels über der Eckbank befanden. Er wird mich schon nicht gleich in die Hölle schicken, dachte sie und kuschelte sich an Leif. Plötzlich hörten sie ein Motorengeräusch. Erschrocken setzte Sue sich auf.

„Wer ist das?", fragte sie.

Leif stützte sich auf die Ellbogen und sah sie amüsiert an. „Weiß nicht. Auf jeden Fall keine Sekunde zu früh."

Sue suchte hektisch nach ihrem BH und dem Slip und lugte durch das Küchenfenster nach draußen. „Holy Shit!", murmelte sie. Es waren Amy und ihre neuen Freunde.

Der Fahrer, den Sue noch nie gesehen hatte, ließ den Motor noch einmal aufjaulen, als das Fahrzeug bereits stand und seine Begleiter johlend vom Wagen sprangen.

Sue duckte sich unter dem Fenster und schlich zur Haustür.

„Und, kennst du sie?" Leif streckte sich in seiner ganzen Pracht auf dem Teppich aus.

„Psst," flüsterte sie beschwörend und versuchte, mit dem Schlüssel das Schloss zu treffen, doch ihre Hand zitterte, als hätte sie Parkinson. „Bleib bloß auf dem Boden und rühre dich nicht." Endlich traf sie. Schritte kamen näher. So leise wie möglich drehte sie den Schlüssel um, nur Sekunden, bevor jemand an der Tür rüttelte.

Das muss er doch gehört haben, dachte sie, bereits auf das Schlimmste gefasst. Wie sollte sie Amy erklären, dass sie sich hier im Haus mit einem nackten Mann, der nicht ihr Vater war, versteckte?

Doch der Junge, Sue glaubte, es war Chris, zog sich kommentarlos zurück. Es folgte ein unverständliches Gemurmel, dann hörte sie, wie jemand um das Haus herumlief.

Sue stöhnte erleichtert auf. Sie durfte nicht daran denken, was passiert wäre, wenn sie nicht abgeschlossen hätte.

Schließlich rief Steffi: „Hast du denn keinen Schlüssel?"

„Ich schaue ja schon nach", erwiderte Amy.

Sue hörte, wie der Blumentopf, in dem der Reserveschlüssel seit

Jahrzehnten verlässlich auf seinen Einsatz wartete, umgedreht und geschüttelt wurde.

„Ich verstehe das nicht. Der Schlüssel war doch immer da! Hey, pass doch auf!"

Dann hörte Sue Gekicher und einen dumpfen Knall. Hildes sorgsam gehegter, selbst getöpferter Blumentopf war zu Bruch gegangen.

„Shit!", rief Amy.

Sue hörte ihrer Tochter an, dass ihr die Situation langsam über den Kopf wuchs, zumal die Stimmen der Jungs immer ungeduldiger klangen. Sie liefen ein weiteres Mal um das Haus und lugten in alle Fenster.

„Ich kann nichts sehen", rief Lobo, der sein Gesicht gegen das Fenster presste, unter dem sich Leif und Sue verbargen.

Leif grinste. „Zum Glück." Er war immer noch splitternackt und schien die Situation zu genießen.

Sue, die sich vergeblich bemühte, ihren Atem unter Kontrolle zu bringen, hatte keinen Blick für den Adonis an ihrer Seite. Vielmehr versetzte sie die Tatsache in Panik, dass zwischen ihr und Amy nur die Wände und das dicke Holz der alten Haustür waren.

„Bist du verrückt, lass das!"

Vor der Veranda gab es eine kleine Rangelei zwischen Amy und Lobo. Als sie ihn schließlich an seinen Rastalocken zog, jaulte er auf vor Schmerz und ließ den großen Stein fallen, den er in der Hand gehalten hatte.

„Du kannst doch nicht einfach ein Fenster einschlagen." Amys Stimme überschlug sich fast vor Wut.

„Wir können doch auch hier sitzen bleiben und ein Feuer machen. Oder, Amy?" Steffi hatte es sich bereits auf der Gartenbank bequem gemacht.

„Kein Feuer. Und mach die Musik leiser." Amy stand auf der Terrasse.

Sue spürte, wie Amy mit sich rang.

„Was machen wir jetzt?" Ein Sue nicht bekanntes Mädchen mit üppiger Oberweite lehnte sich unzufrieden an den Jeep. „Kein Feuer, keine Musik. Das ist ein bisschen öde."

„Wir machen es uns auf dem Steg gemütlich und genießen den Sonnenuntergang mit ein paar Bierchen. Und danach, wer weiß ... In Goisern tritt heute Abend eine neue Band aus Salzburg auf. Da könnten wir hin."

„Und was machen wir jetzt?", flüsterte Sue. „Ich habe das Gefühl, die richten sich hier für länger ein."

Leif legte eine Hand auf ihren Nacken und gab ihr einen zarten Kuss auf die Wange. „So wie ich das sehe, haben wir beide momentan Hausarrest."

„Dieses Luder. Und Alkohol haben sie auch dabei!"

„Lass sie doch. So viel ist das nicht, soweit ich sehen kann. Sei froh, dass Amy jemanden kennengelernt hat. Lass ihr doch den Spaß."

„Der wollte ein Fenster einwerfen!"

Leif lächelte beschwichtigend. „Deine Tochter hat das ja verhindert. Du kannst stolz auf sie sein."

„Stolz? Das fehlte noch." Sue war hin- und hergerissen. Klar, sie war sauer, weil Amy geschwindelt und sie in diese Situation gebracht hatte. Andererseits hatte sie selbst den größeren Knaller geliefert. Sex mit einem Fremden.

Sie musste das Ganze beenden, bevor es zu einer Farce wurde. „Ich glaube es ist besser, wenn du jetzt gehst."

„Heimlich, durch die hintere Tür? Wie im Film?"

Sie nickte. „Ich fürchte ja. Du musst aber zusätzlich noch durch den Keller."

Leif sah sie lange an und spielte mit ihren Haaren. Sie schloss kurz die Augen und lehnte sich an ihn. Sie wollte ihn noch einmal kurz spüren, doch es war nicht mehr dasselbe. Es war erstaunlich, wie fremd man sich innerhalb von Minuten werden konnte.

„Ich möchte, dass du eins weißt", flüsterte er. „Als wir vorhin zusammen waren, gab es für mich nur dich. Jede einzelne Sekunde. Ich werde dich nie vergessen."

Sue lächelte. „Ich dich auch nicht." Dieses „vorhin" war vorbei. Und es war gut so. Sie war wieder die alte Sue.

Als sie nach Hallstatt zurückradelte, war es bereits dunkel. Amy und ihre Begleiter waren noch ungefähr eine Stunde auf dem Steg geblieben und dann wohin auch immer gefahren. Sue hatte wie auf Kohlen gesessen. Sie machte sich Sorgen, denn der Fahrer hatte zwar nur ein kleines Bier getrunken, wie sie von ihrem Aussichtspunkt im ersten Stock gesehen hatte, aber die

Gruppe war völlig aufgekratzt gewesen. Und auf diesen Straßen passierte doch so viel ... Aber sie musste jetzt einfach auf Amys Schutzengel vertrauen.

Der See glitzerte im Mondlicht, umrahmt von den Lichtern von Hallstatt und Obertraun. Auch Schloss Grub und die Engländervilla waren erleuchtet und wirkten wie Inseln in der tiefschwarzen Nacht, in der die Umrisse der Berge kaum zu erkennen waren. Nur der Krippenstein war dank seiner Orientierungslaterne zu erkennen. Kaum ein Laut zerstörte die Idylle. Was Leif jetzt wohl machte? Ihr Körper war immer noch erfüllt von ihm. Sie hatte es tatsächlich getan! Ihr kam es vor, als würde sie schweben. Jetzt hatte auch sie ihr Geheimnis. Und die Frage, ob sie in Hildes Haus wohnen würde, ob mit oder ohne Terence, hatte sich hiermit erübrigt. Es war ihr One-Day-Stand-Haus. Geprägt von einer unwiederholbaren Erinnerung. Sie würde es verkaufen, und noch bevor dieser Gedanke zu Ende gedacht war, spürte sie, dass es die richtige Entscheidung war. Sue lächelte. Nein, so ganz die alte Sue war sie nicht mehr. Sie öffnete die Haustür so leise wie möglich und huschte hinauf in den ersten Stock. Sie wollte jetzt mit niemandem sprechen. Zum Glück war ihr Vater im Wohnzimmer und hörte wieder diese alte Jazzplatte.

Als erstes kontrollierte sie, ob wenigstens Philipp dort war, wo sie ihn vermutete. Als sie ihn in seinem Bett liegen sah, leicht verschwitzt und mit engelsgleichem, gerötetem Gesicht, überwältigte sie ihre Liebe zu ihm. Und zu Amy. Was war das nur für ein Glück, diese Kinder zu haben, auch wenn sie immer mehr das Gefühl hatte, dass ihr Mädchen ihr entglitt. Verdammt, niemand bereitete einen darauf vor, wie weh das tat. Sie strich sanft über das Haar ihres Sohnes. Wie lange würde er ihr noch bleiben? Sie sollte jede Sekunde mit ihm genießen, und was tat sie stattdessen? Sprang mit einem fremden Mann in die Kiste. Sie war nicht besser als die Groupies von Terence. Tränen schossen ihr in die Augen. Was hatte sie nur getan? Sie hatte doch eine Familie und trug Verantwortung.

Plötzlich sah sie ihre Schwiegermutter vor sich. Doch anstatt das Bild wie bisher wegzuscheuchen, sah Sue dieses Mal genauer hin. Wie würde Tessa ihr Verhalten beurteilen?

Sue, du liebe Güte, was soll ich zu dieser Person sagen? Sie ist nicht souverän und hat sich nicht im Griff. Einfach zu verschwinden war eine völlig unangemessene

Reaktion, aber ich habe es gleich gewusst. Sie weiß nicht, wie man mit Krisen umgeht.
Dass man würdevoll daraus hervorgehen soll, um nicht den Respekt der anderen
zu verlieren. Wie kann sie da erwarten, dass ein Mann wie Terence, der weiß Gott
etliche bessere Partien hätte machen können, immer ohne Fehl und Tadel bleibt.
Und dann wirft sie sich dem Erstbesten an den Hals. Einem Piloten, auch das noch.
Andererseits, damals in den Siebzigern, dieser Gärtner ...

Jetzt ging ihre Fantasie mit ihr durch. Hätte ihre Schwiegermutter wirklich? Sue überlegte. Waren nicht die heftigsten Verleugner die, die den meisten Dreck am Stecken hatten? War Aubrey, dieser verschrobene, stille, entrückte, wundervolle Mensch, wirklich Schwiegermutters Traummann gewesen? Es war schwer vorstellbar, dass die steife Tessa überhaupt von etwas träumte. Aber, und dieser Tatsache musste sie sich stellen, es war kein Wunder, dass ihre Schwiegermutter sie nicht ernst nahm. Einfach abzuhauen war wirklich keine erwachsene Reaktion. Und diese schrecklichen Orte, die sie für die Lesereise von Terence ausgesucht hatte ... Wie tief konnte man noch sinken?

Die Kirchturmuhr schlug Mitternacht.

Amy war immer noch nicht zurück.

Sue schwankte zwischen Verständnis und Sorge. Klar, Amy war 15 und wollte einfach nur Spaß haben, aber andererseits war sie ERST 15, und Mitternacht war für ihr Empfinden sehr spät. Noch dazu, wenn sie nicht wusste, wo sich ihr Fräulein Tochter aufhielt, denn eines war klar: Hallstatt war nicht mehr das abgelegene Idyll wie vor dreißig Jahren. Drogen waren auch hier einfach zu beschaffen, Alkohol war sowieso überall präsent, und dann die engen Straßen rund um den See ... Hilde hatte die schließlich auch nicht überlebt. Sie tappte zum Fenster und lugte hinunter auf den Marktplatz. Alles war ruhig. Keine Spur von Amy, weder allein noch mit ihrer Entourage.

An Schlaf war jetzt nicht zu denken, an ein ablenkendes Gespräch mit ihrem Vater schon eher. Mit tobendem Herzen rauschte sie die Treppe hinunter ins Wohnzimmer, doch der Raum war leer. Damit hatte sie nicht gerechnet, und wie sie so verloren dastand, spürte sie, wie jegliche Energie aus ihr entwich wie die Luft aus einem Schwimmflügel. Auf einmal empfand sie nur noch eine leere, bleierne Müdigkeit, die alle Sorgen überdeckte. Amy? Die würde schon zurückkommen. Irgendwann, irgendwie. Und das mit Leif, war das wirklich passiert? Bereits jetzt kam ihr dieser … dieses – wie sollte sie das nennen, Vorfall? Episode? Abenteuer? Verfehlung? – unwirklich vor. Ihr Leben hatte das gewohnte Gleis verlassen und rauschte durch unbekanntes Gebiet. Kein Wunder, dass sie sich völlig orientierungslos fühlte. Erschöpft lehnte sie ihren Kopf an den Türrahmen.

„Was ist denn mit dir los?" Plötzlich stand ihr Vater mit einem Weinglas an der Tür.

„Das fragst du noch?"

Erstaunt zog er die Augenbrauen nach oben. „Habe ich etwas nicht mitbekommen?"

„Wo ist Amy?"

„Aha."

Das war Sue definitiv zu knapp. „Das ist nicht die Antwort, die ich erwartet habe."

Franz setzte sich seelenruhig auf einen Stuhl und trank einen Schluck. „Weißt du noch, wie du mit der Vanni und dem Stefan und den anderen immer weg warst?"

Sue stöhnte. Wie billig war das denn? Wollte er jetzt Strichlisten führen, wer wann wie lange fort war?

„Auf dich warten war meine Hauptbeschäftigung, als du in Amys Alter warst."

„Die sind mit einem verdammten Auto unterwegs und dieses Bürschchen, der gefahren ist, hat mit Sicherheit erst seit einer Woche seinen Führerschein!" Ihre Stimme kiekste vor Erregung.

Nun wurde auch Franz ein wenig blass. „Auto?"

„Ein Jeep, wenn du es genau wissen willst."

Franz sah sie stirnrunzelnd an. „Das verstehe ich nicht."

„Das beruhigt mich aber kolossal."

„Wenn du das weißt, musst du sie doch gesehen haben. Wieso hast du nicht eingegriffen?"

Ertappt. Eltern fanden immer den Schwachpunkt. Amy brachte das zur Weißglut. Sie auch. Aber sie war kein Kind mehr. „Jemand anderer hat sie gesehen", log sie.

Franz runzelte die Stirn. „Ob das dann so stimmt. Die Leute hier reden viel." Er sah sie lange an. „Was ist eigentlich mit dir los? Wo ist Terence? Wieso erzählst du nichts?"

„Es gibt nichts zu erzählen."

„Tatsächlich?" Er machte eine kurze Pause und betrachtete sie forschend.

„Tatsächlich!", fuhr sie ihn an.

„Was ist denn hier los?" Amy stand auf einmal mit großen Augen vor ihnen.

„Schön, dass du auch einmal nach Hause kommst", fuhr Sue sie barsch an.

„Opa hat es mir erlaubt ..."

„Moment, junge Dame", ging Franz dazwischen. „Was war das mit dem Auto?"

Amy sah fassungslos zwischen den beiden hin und her. „Wir haben doch nur ..."

„Siehst du überall die Marterl rumstehen?", rief Sue.

Amy starrte in den Boden und knetete den Ärmel ihrer Lederjacke.

„Das sind keine Dekorationsteile von Habitat. Da sind Leute gestorben. Und die meisten sind jung. Sehr jung. Zu jung."

„Und ich bin zu jung, um hier lebendig begraben zu sein! Das hast du übrigens auch gesagt, als du so alt warst wie ich. Das ist aber anscheinend schon zu lange her, als dass du dich daran erinnern könntest!" Amy drehte sich auf den Fersen um und stürmte nach oben.

„Hey, du kannst jetzt nicht einfach gehen", rief Sue ihr nach.

„Lass sie", sagte Franz und setzte einen Gesichtsausdruck auf, der Sue in Rage brachte.

„Was gibt es hier zu schmunzeln?", herrschte sie ihn an.

„Ich glaube, ich hatte gerade ein Déjà-vu."

Sue ließ sich auf den nächstbesten Stuhl fallen. „Ich habe dir ganz schön eingeheizt, nicht wahr?"

„Habe?" Er lächelte, dann wurde er ernst. „Ich dachte eigentlich auch immer, dass es vorbei geht. Aber es hört nie auf, denn man macht sich halt immer Sorgen um die Kinder."

Sue kamen fast die Tränen, als sie die Wehmut in seinen Augen sah.

„Ich hoffe, du weißt, was du tust", sagte er leise.

„Ach Papa." Sie legte ihre Hand auf seine. „Ich hole mir jetzt ein Glas und dann trinken wir."

„Auf was?"

„Auf die Déjà-vus. Und alles, was neu dazu kommt."

37

So kann mein See auch aussehen, dachte Sue, als sie am nächsten Morgen die Fensterläden des Wohnzimmers öffnete und in den strahlenden Sonnenschein blickte. Eingefasst von den dunklen Bergen, breitete er sich vor ihr aus wie ein blank polierter Smaragd.

Lächelnd legte sie ihre Arme auf das Fensterbrett und sah hinaus. Wie privilegiert sie gewesen war, umgeben von so viel Schönheit aufzuwachsen. Andererseits hatte Amy recht: Es konnte hier so eng und bedrückend sein, dass man mit aller Gewalt weg wollte. So wie sie damals ohne Erlaubnis und Wissen ihres Vaters zum Konzert nach Berlin. Wie konnte sie dann ihrer Tochter für ihre ablehnende Haltung böse sein? Aber da war immer diese Angst, dass ihr etwas zustoßen könnte, wenn sie die Langeweile auf Teufel komm raus überwinden wollte. Diese Sorgen hatte Leif nicht. Glaubte sie zumindest, denn eigentlich wusste sie nichts von ihm. Sie wunderte sich, dass sie ohne große Wehmut an ihn dachte. Fast so, als wäre er ihr gleichgültig gewesen. Aber das war er nicht, keinesfalls. Sie hatte sich ihm tief verbunden gefühlt, als sie zusammen waren. Dieses Aufbranden von Leidenschaft, diese unbeschwerte, nur im Augenblick existierende Lebenslust. Für diese Erfahrung war sie ihm dankbar, doch sie würde nicht mit seinem Leben tauschen wollen. Ein Leben ohne ihre Kinder? Unvorstellbar.

Sie duschte schnell und lief hinunter in die Küche. Die alte Wanduhr zeigte halb acht, und alles war still. Heute würde sie die Semmeln holen. Sue nahm sich einen Stoffbeutel und ihre Geldbörse und verließ das Haus.

Eine Gruppe laut schnatternder Asiaten in Wanderkleidung ergoss sich aus dem *Grünen Baum*. In der Mitte der Gruppe stand, wie ein Fels in der Brandung, Stefan. Als Doktor der Germanistik schien er sich eindeutig wohler zu fühlen als in der Rolle des Aushilfstaxifahrers.

„Guten Morgen Stefan!", rief Sue ihm zu.

„Servus Susi."

„Sind das deine germanistischen Wandervögel aus Fernost?"

Stefan nickte und versuchte gleichzeitig, einer eifrig auf ihn einredenden, stämmigen Frau zuzuhören. Sie schien unzufrieden zu sein. Sue hoffte, dass es sich um kein größeres Problem handelte. Sie sah ihn fragend an.

„Sie ist enttäuscht," erklärte er ihr.

Verwundert runzelte sie die Stirn. „Wieso denn um alles in der Welt? Das Wetter könnte nicht schöner sein. Oder hast du irgendwas beim Frühstück vermasselt? War kein Algensüppchen mehr vorrätig?"

Stefan lachte. „Alles bestens. Wir haben ein original Adalbert-Stifter-Frühstück hinter uns."

„Was soll das denn sein?"

„Sechs Gänge: Suppe, Räucherlachs, Eier in allen Variationen, Würstl, Speck, Croissants, etc. Stifter war ein Fresssack."

„Das sieht man auf den Fotos von ihm auch deutlich." Sue sah zu der unzufriedenen Japanerin, die skeptisch in den Himmel schaute und anklagend auf ein dekoratives, flaumig weißes Wölkchen deutete. „Vielleicht hat sie Sodbrennen. Oder Bauchweh."

Stefan schüttelte den Kopf. „Sie ist sauer wegen des Wetters."

Jetzt sah Sue skeptisch in den Himmel. „Es könnte doch nicht besser sein!"

„Das ist Ansichtssache. Die meisten sind enttäuscht."

„Wie bitte?"

„Als Nicht-Fan von Stifter, der du bist, soweit ich mich erinnern kann, weißt du nicht, dass er von tiefster Melancholie geprägt war."

„Lustig sind seine Texte jedenfalls nicht", meinte Sue und dachte an nicht enden wollende Deutschstunden, in denen sie Mädchenzeitschriften unter der Bank gelesen hatten, anstatt ihrem Lehrer mit Stifter durch die ausladend geschilderten Naturschönheiten der Dachsteinregion zu folgen. „Ich folgere also, dass deine Akademiker schlechtes Wetter und einen trüben, windgepeitschten See mit wolkenverhangenen Bergen erwarten, um ihrem

Dichterfürsten ganz nahe zu sein."

„So ist es. Sie wollen ein sinnliches Erlebnis."

„Ihr braucht doch nur ein paar Stunden warten", frotzelte Sue. „Dann schlägt es wieder um. Geht ihr ins Echerntal?"

„Hey", meinte Stefan anerkennend, „du hast in der Schule ja richtig aufgepasst!"

In dieses romantische Tal südlich von Hallstatt mit seinem beeindruckenden Wasserfall war Adalbert Stifter mit dem berühmten Dachstein-Forscher Friedrich Simony gewandert. Als sie wegen eines schweren Regengusses nach einem Unterschlupf suchten, trafen sie auf zwei Kinder, einen Jungen und ein Mädchen. Diese Begegnung war die Initialzündung für Stifters berühmte Erzählung „Bergkristall".

Als sich ein sehr jung aussehendes Pärchen mit müdem Schritt zur Gruppe gesellte, zählte Stefan seine Schäfchen durch. „Ich glaube, wir können."

„Dann wünsche ich euch viel Spaß", gab Sue ihm mit auf den Weg.

„Danke, den werden wir haben", sagte Stefan. „Am Waldbachstrub machen wir eine Lesung."

Seine Augen leuchteten, und Sue freute sich mit ihm.

„Viel Spaß!" rief sie der Gruppe zu.

Die winkte ihr als Antwort freundlich und mit ausgiebigem Kopfnicken zu.

Gemütlich schlenderte sie anschließend zu der neu eröffneten Gemischtwarenhandlung am See.

Als sie mit einer Tüte voll wunderbar duftendem Gebäck auf dem Weg zurück war, rief jemand „Frau Örkwart, Frau Örkwart!"

Sue musste sich erst in dem Gewirr von Gärten und Dächern und Balkonen, die irrwitzig nahe beieinander standen, orientieren, bis ihr Blick auf eine Frau in einem dunkelroten Jogginganzug fiel, die gerade resolut den Deckel ihrer Mülltonne zuwarf. „Guten Morgen, Frau Beer."

„Gut dass wir uns sehen", schnaufte sie. „Sie müssen meinen Aufzug entschuldigen, aber ich bin grad mit meiner Pilates-Gymnastik fertig geworden."

Da schau her, dachte Sue. Auch mit 60+ legt man noch Wert auf einen festen Beckenboden. „Da sind Sie disziplinierter als ich." Bis auf den kurzen Bergausflug mit Philipp herrschte bei ihr bewegungstechnisch eine große Flaute. Es sei denn, man zählte die Leibesübung mit Leif dazu. So engagiert hatte sie bisher an keiner Gymnastikstunde teilgenommen. Sie spürte, wie sie errötete.

„Mei, Sie sind ja ganz rot im Gesicht, Frau Örkwart. Der Wechsel, gell, geht's langsam los?"

Sue schüttelte den Kopf. „Nein, nein, ich war gestern nur zu lange in der Sonne."

„Ach so. Na ja. Es geht um die Puppen", setzte Mathilde Beer fort. „Die Ruth hat es Ihnen sicher schon gesagt."

„Natürlich", sagte Sue. „Ich habe auch schon daran gedacht. Die Kleider habe ich gestern gewaschen und in der Sonne aufgehängt."

Prompt kribbelte es an ihrem ganzen Rücken, dort, wo Leif am Tag zuvor gestanden hatte. An der Wäschespinne. *Ich mag den Geruch von frisch gewaschener Wäsche.* In ihrem Unterleib regte sich etwas, das in der gegenwärtigen Situation absolut unangebracht war. Sie versuchte, langsam und kontrolliert zu atmen, um die Erinnerung abzuschütteln. Der Blick auf Frau Beers Gesicht mit den dicken Tränensäcken war dabei eine große Hilfe.

„Wunderbar! Ich würde sie gerne so bald wie möglich abholen, denn die Ruth hat keine Zeit, sie fährt heute zum Golfen nach Marokko. Und in zwei Wochen kommen Journalisten von einem Magazin, die wollen das Dorf und das Museum porträtieren. Da hätte ich die Puppen gerne dabei."

„Selbstverständlich", antwortete Sue. „Sie können jederzeit kommen. Ich muss nur noch vorher die Kleider bügeln."

„Fein." Mathilde Beer wirkte begeistert. „Übermorgen, um drei?"

„Sagen wir lieber, um fünf." Sie hatte noch keine Ahnung, was sie übermorgen tun würde, aber drei Uhr war mitten am Tag und würde jede Planung für was auch immer erschweren.

„Auch recht. Und?" Erwartungsvoll sah Mathilde Beer sie an.

Sue sah ebenso erwartungsvoll zurück. Sie hatte keine Ahnung, was diese Pilates-Jüngerin außer Tante Hildes Puppen von ihr wollte.

„Wissen S'schon, was mit dem Haus machen?"

Sue nickte. „Ich werde es verkaufen."

„Da haben S' recht. Mei, im Grunde ist es ja ein alter Kasten. So wie meines hier auch. Dauernd hat man was zum Richten. Und wer soll denn auf das Haus aufpassen, wenn Sie das ganze Jahr über nicht da sind? Der Herr Papa hat ja auch keine Zeit."

„Eben, ich kann nicht von ihm verlangen, dass er sich darum kümmert."

Mathilde Beer sah verschwörerisch um sich und trat dann einen Schritt näher auf Sue zu. Gleich würde also ein Geheimnis offenbart werden. „Na ja, unser Neffe, also der von meinem Mann genauer gesagt, der sucht was hier in der Gegend."

Das tun viele, dachte Sue. „Frau Beer, da ist noch nichts entschieden, und wenn, dann läuft es über einen Makler."

„Ach." Sie wirkte enttäuscht. „Ich habe ja auch nur gefragt."

„Ist schon recht." Sue lächelte. „Auf Wiederschaun, Frau Beer."

Irgendwie war es schön, etwas zu haben, das bei anderen Leuten Begehrlichkeiten weckte. Leise vor sich hinsummend schlenderte sie nach Hause, wo sie ihren Vater in der Küche antraf. Er goss sich gerade eine Tasse Pulverkaffee auf.

Noch bevor sie ihrem Vater die prall gefüllte Gebäcktüte präsentieren konnte, drückte er ihr einen dicht beschriebenen Zettel in die Hand.

„Was ist das?"

„Du musst mich vertreten."

„Wie vertreten? Wo?" Sie sah ihn fragend an.

„Im Geschäft."

„Papa! Das geht nicht, ich habe seit Jahren ..."

„Ich weiß, dass du es kannst."

Sue las konsterniert die Liste durch. „Dich im Laden vertreten, ist ja in Ordnung. Aber da sind fünf Termine für Porträts!"

„Drei davon sind Passfotos. Die kriegen auch Automaten hin."

„Dann schicken wir sie doch zum Automaten."

„Die Leute wollen was Gescheites."

„Ich kann das nicht. Schon allein die Beleuchtung. Und deine Kamera ist mir auch nicht vertraut."

„Das mit der Ausleuchtung musst du aber noch von deiner Ausbildung her wissen, da hat sich nichts verändert." Er klang ungeduldig. „Was eine Softbox ist, weißt du noch?"

Jetzt war Sue genervt. „Ja, Papa."

„Na also. Und was die Kamera betrifft, kannst du noch üben. Der erste Termin ist in zwei Stunden. Da kommt der Rossbauer Heini. Der will auf seine alten Tage nach Südamerika und braucht die Bilder für seinen ersten Pass." Er schmunzelte. „Beim Heini musst du aufpassen, der hat ziemlich große Ohren. Geh so weit wie möglich Richtung Halbprofil, wenn er nicht wie Dumbo aussehen soll. Aber halte dich trotzdem an die Vorschriften"

„Vielen Dank. Auch dafür, dass du mir überhaupt Bescheid sagst."

„Jetzt komm und stell dich nicht so an. Außerdem kannst du jederzeit Philipp fragen, der spielt sowieso die ganze Zeit mit der Kamera herum."

Sue schüttelte fassungslos den Kopf. „Professionell ist das ja nicht. Hast du keine Angst, dass wir die Kundschaft verprellen?"

Ihr Vater winkte ab. „Das wird schon passen. Aber", jetzt sah er tatsächlich auf die Uhr, „ich muss jetzt wirklich los."

Sue seufzte und fügte sich in ihr Schicksal. Mehr Informationen würde sie nicht aus ihm herauskitzeln. Außerdem war sie nicht verantwortlich für das, was er tat. „Und was ist das hier?" Sie deutete auf die letzte Eintragung.

Franz linste ungeduldig auf sein Gekritzel. „Eine Hochzeit. Susi, du kennst das doch. Einmal die ganze Truppe, dann ein paar Einzelaufnahmen im Boot. Das kriegst du schon hin."

Jetzt platzte Sue der Kragen. „Papa, die haben einen Profi gebucht. Das soll der schönste Tag in ihrem Leben sein! Die Leute wollen eine Erinnerung daran haben. Schöne Fotos!"

„Und die wirst du auch machen. Du hast ein gutes fotografisches Auge. Aus dir hätte eine anständige Fotografin werden können, aber leider hängt dein Herzblut nicht daran."

„Ja, es tut mir auch leid, Papa, dass ich nicht deine Nachfolgerin werden wollte. Ich dachte, das Thema hätten wir ausdiskutiert." Wo zum Teufel führte dieses Gespräch hin? In eine Art Familienaufstellung?

„Ach Kind, das ist doch Schnee von gestern. Ich weiß, dass du das gut hinbekommen wirst. Außerdem können wir alles am Computer nachbearbeiten."

Sue legte den Zettel auf den Tisch. „Was ist mit dir los, Papa? So kenne ich dich gar nicht. Du würdest mich normalerweise nie solche Aufträge übernehmen lassen. Das ist ja so, als würde Terence mich in seine Therapiestunden setzen, wenn er mal keine Zeit hat. Oder keine Lust."

„Wahrscheinlich würde keiner den Unterschied merken."

Dieser Kommentar drückte äußerst dezent aus, was Franz von Psychotherapie und allem, was damit zusammenhing, hielt – nämlich nichts.

„Übrigens: Ich habe keine Zeit. Nicht keine Lust." Er öffnete die Tür. Seltsam beschwingt, wie ihr schien.

„Wo gehst du denn hin?", versuchte sie es noch einmal. „Und wie lange?" Er winkte ihr nur zu und verschwand.

Sue war so durcheinander, dass sie es versäumte, ihrem Vater nachzusehen. Hätte sie es getan, hätte sie gesehen, dass er sich zur Schiffhütte aufmachte und Minuten später in seine Plätte stieg.

38

Als hätte es den vorigen Tag nicht gegeben, spannte sich der Himmel blitzblau über die Waterhead Bay, und so gab es nach dem Frühstück nur noch eines: fahren, fahren, fahren. Aufgrund der unfreiwillig kurzen Etappe vom Tag zuvor musste einiges nachgeholt werden – die nicht absolvierten Meilen und vor allem die Freude, auf den Maschinen zu sitzen.

Rufus setzte sich immer wieder an die Spitze und legte sich so tief in jede Kurve, als wollte er sie persönlich mit Handschlag begrüßen. Tom brüllte in regelmäßigen Abständen Juchzer in sein Mikro, die nicht alle jugendfrei waren (einige davon hatten mit seinen Flatulenzen zu tun, die sich nach seinem üppigen Frühstück – eine doppelte Portion *Baked Beans* – gebildet hatten), während Terence, Dick und Neil die ruhigen Genießer gaben.

Mittags erreichten sie die Küste und waren sich schnell einig, hier ihre zuvor gekauften Steaks und Würstchen zu grillen. Das gesammelte Holz hatte gerade die richtige Glut erreicht, als ein Mann, der eine weite weiße Hose und eine sonnengelbe Tunika trug, mit federndem Schritt von der sanften Anhöhe zum Strand spazierte. Nachdem er ihnen kurz zugenickt hatte, ließ er sich etwa fünfzig Meter von ihnen entfernt auf einem Felsen nieder, ging in den Lotussitz und sah hinaus aufs Meer.

„Einer von diesen Meditationsspinnern", lästerte Tom erwartungsgemäß.

„Regelmäßig meditieren macht glücklich", widersprach Terence und schob schnell ein „sagt die Gehirnforschung" nach, bevor ihn jemand aus der Truppe lynchte.

Erstaunlicherweise folgten keine Kommentare, was vor allem daran lag, dass jeder damit beschäftigt war, die beste Stelle auf dem Grill für sein

Steak zu finden. Als sie nach ungefähr zwanzig Minuten fertig gegessen hatten, saß der Mann immer noch da.

Tom, der gerade seine Zähne mit einem Zahnstocher bearbeitete, ließ ihn nicht aus den Augen. „Der macht mich wahnsinnig", knurrte er schließlich.

„Der tut uns doch nichts." Terence betrachtete Tom argwöhnisch. Und tatsächlich, er meinte, ein angriffslustiges Funkeln in seinen Augen feststellen zu können. Vielleicht war es aber auch nur die Wirkung des Energy-Drinks, den Tom literweise konsumierte.

„Ich gehe jetzt zu ihm hin." Energisch richtete er sich auf.

Terence, Neil und Dick tauschten Blicke, die höchste Bedenken ausdrückten. Rufus war das alles egal – er hatte sich auf seiner Matte ausgestreckt und gönnte sich ein Nickerchen.

„Um was zu bewirken?", fragte schließlich Dick.

Tom verzog seinen Mund zu einem schiefen Grinsen. „Einfach so." Und weg war er.

„Einfach so?" Neil schüttelte den Kopf, während er ihm nachsah. „Tom macht nie etwas *einfach* so."

Diese Aussage beruhte auf dem Erfahrungswert ihrer mehr als zwanzigjährigen Freundschaft und bewahrheitete sich auch in diesem Moment.

„Ich habe so etwas geahnt", stöhnte Terence, als er sah, wie Tom sich neben den Meditierenden stellte, sein bestes Stück auspackte und ins Meer urinierte.

„Na ja, zum Glück hat der andere keine Waffe dabei", sagte Neil. „Wird schon nicht so schlimm werden." Mit dieser Einschätzung hatte er recht, denn wenige Minuten später kam die beiden zu ihnen geschlendert. Von weitem betrachtet wirkten sie wie alte Freunde, die sich angeregt unterhielten.

„Das ist Mark", stellte Tom ihn den anderen vor. Dann flüsterte er Terence zu: „Der Typ hat den totalen Knall. Ich dachte mir, er könnte ein bisschen zu unserer Unterhaltung beitragen."

Terence wurde von einer heftigen Fremdschäm-Attacke ereilt und wurde ihrer nur Herr, indem er Mark Würstchen oder Steak anbot.

„Nein danke, ich bin Vegetarier. Aber Tom hat mir ein *Monster Cat* versprochen. Darauf stehe ich total."

„Wenn es weiter nichts ist", sagte Neil und reichte ihm eine Dose der tauringeschwängerten Zuckerplörre.

„Was machst du so, außer am Strand zu meditieren?", fragte Dick.

„Ich bin Schamane."

„Hab ich's nicht gesagt", flüsterte Tom viel zu laut in Neils Ohr. „Der Typ hat den totalen Knall."

„Diese Reaktion kenne ich", erwiderte Mark gleichmütig. „Das ist in Ordnung."

„Echt?", staunte Tom. „Und wenn ich sage, dass ich das ganze Eso-Schamanen-Heiler-Zeug, das Typen wie du von sich geben, für den größten Mist unter der Sonne halte?"

Er zuckte gleichmütig mit den Schultern. „Auch das ist in Ordnung."

Tom nickte. „Sich wehren, in die Luft gehen, die Wut rauslassen. Das ist alles nicht dein Ding?"

„Doch, aber ich lasse es nicht zu, dass meine Aggressionen meine Seele vergiften." Er berührte Tom an der Schulter. „Ich schaue in mich und frage, was ist in mir an Hässlichem, an Negativem, das diese Gefühle in dir auslöst."

„Ich glaube nicht, dass Toms Gefühle irgendetwas mit dir zu tun haben", winkte Neil ab. „Der war schon immer so."

Doch Mark ließ sich nicht beirren. „Für alles, was mir passiert, trage ich Verantwortung. In diesem Augenblick bin ich mit seiner Ablehnung konfrontiert. Die im Übrigen keine wirkliche ist, wie er selbst sicher am besten weiß."

Tom lachte auf, wurde aber gleichzeitig knallrot. „Das ist ja toll, wie du mich durchschaust." Seine Stimme troff vor Ironie. „Die anderen auch?"

Mark nickte. „Fast jeder Mensch leidet an mangelnder Selbstliebe."

In diesem Punkt musste Terence ihm zustimmen. Das erlebte er jeden Tag mit seinen Patienten.

Rufus, der inzwischen aufgewacht war, prustete los. „Tom definitiv nicht."

„Ich denke schon", gab Mark trocken zurück und sah in die Runde. „Wenn ihr einverstanden seid, würde ich gerne mit euch ein hawaiianisches Ritual durchführen."

„Okay", schoss es aus Tom heraus, während Dick angewidert, Rufus genervt, Neil gelangweilt und Terence abwartend aussah. Vielleicht war dieses Ritual das gleiche, mit dem eine geschätzte Kollegin sehr gute Erfahrungen gemacht hatte. Mal sehen, vielleicht wurde es ganz interessant. „Einverstanden", sagte er.

Rufus zeigte mit dem Finger auf ihn und sprach ihn mit seinem Spitznamen an: „T? Du? Ich hatte dich immer für einen seriösen Mediziner gehalten." „Zumindest, bis dich Sondra in ihre Senioren-Hausfrauen-Fernsehsendungs-Finger gekriegt hat."

„Blödmann", gab Terence zurück. Das Stichwort Sondra war das Letzte, worauf er im Moment Wert legte.

Mark gab weiter den Motivator. „Es dauert nicht lange, nur ein paar Minuten. Gebt euch diese Chance."

„Was soll's", seufzte Neil.

„Wenn's sein muss", brummte Dick.

„Mann oh Mann", stöhnte Rufus.

Sie setzten sich im Kreis auf den Boden.

„Denkt an etwas, das euch belastet. Fühlt euch hinein, seid ganz bei euch. Fragt euch: Welche Erfahrung soll ich machen? Warum ist dieses Problem Teil meines Lebens?", sagte Mark. „Und jetzt sprecht mir einfach nach: Es tut mir leid, dass ich diese Gefühle in mir habe. Es tut mir leid. Es tut mir leid, es tut mir leid." So ging es noch einige Male weiter.

Terence hörte, wie Tom schnaubte und Rufus sich beim dritten *Es tut mir leid* ausklinkte. Interessanterweise glaubte er zu spüren, dass ihm diese mantraartig aufgesagte Formel gut tat.

„Und jetzt sprecht bitte mit innerer Überzeugung: Bitte verzeihe mir. Ich verzeihe dir, ich verzeihe mir."

Neil begann schwer zu atmen, während Tom aufstand und den anderen den Vogel zeigte. Terence schloss die Augen und vertraute sich weiter Marks Stimme an.

„Ich liebe mich, ich liebe dich. Danke für das Wunder, das geschehen ist. Danke, danke."

Einige Sekunden blieb es still. Widerwillig öffnete Terence die Augen.

Er fühlte sich irgendwie seltsam. Natürlich war kein Wunder geschehen, aber irgendetwas in seinem Brustkorb hatte aufgemacht. Er schloss noch einmal die Augen und gab sich seinen Empfindungen hin.

„Ich muss zurück." Mark stand auf und klopfte sich Sand von der Hose.

„Wieder meditieren?", frotzelte Tom.

„Zu meinen Bienen. Ich verkaufe Honig."

Tom nickte selbstgefällig. „Ich habe auch Bienen. Und meine Bienen trinken Honig. Meinen, wenn du verstehst ..."

„Du bist so was von peinlich", stöhnte Dick und wandte sich ab.

Mark lächelte milde. „Vielleicht solltest du in dir auf Honigsuche gehen."

Alle merkten, wie Tom nach einer Antwort suchte, aber zu mehr als einem verwunderten Blick und einem offenstehenden Mund reichte es nicht.

Mark kramte in seinem grob gewebten Beutel, den er umgehängt hatte, und zog einige Blätter heraus. „Hier steht die Anleitung für dieses Ritual, falls es jemanden interessiert. Ich lasse es einfach hier liegen." Er legte die Hände vor der Brust aneinander und verbeugte sich leicht. „Ich wünsche euch alles Gute. Auf Wiedersehen."

Terence nahm den Zettel und steckte ihn in seine Hosentasche.

„T, du machst mir Angst", sagte Rufus. „Fall bloß nicht auf diesen Möchtegern-Guru herein."

„Rein berufliches Interesse", gab Terence zurück. „Die Patienten kommen ständig mit so was an, da sollte ich wenigstens ein bisschen Bescheid wissen."

Tom hatte sich inzwischen von seiner Schockstarre erholt. *„Es tut mir leid, okay, das geht ja noch. Schadet nie, sich zu entschuldigen. Bitte verzeih mir",* jetzt sprach er mit weibisch hoher Stimme. „Ich verzeihe dir, ich verzeihe mir."

„Das Beste ist ‚ich liebe dich'. Wir sind doch hier kein Verein von Schwuchteln", ätzte Dick. „Vergiss bloß nicht, dich zu bedanken!", rief Rufus. „Danke!", schrie er in den Himmel hinaus und hüpfte herum wie ein Medizinmann. „Danke, danke, danke!"

Terence konnte seine Kumpels verstehen, denn auch er stand diesen oft als Wundermittel verkauften Formeln skeptisch gegenüber. Dennoch hielt er sich mit dem verbalen Abwatschen des sogenannten Schamanen zurück. Er war zwar Mediziner, aber nicht verbohrt genug, um zu ignorieren, dass bei

Heilungen auch die energetische Ebene eine große Rolle spielte. Außerdem konnte er nicht leugnen, dass sich irgendetwas in ihm gelöst hatte.

„Fahren wir, bevor noch so ein Spinner daherkommt", sagte Dick.

Er erhielt keine Gegenstimmen, und so brachen sie auf. Neil war übrigens der Einzige außer Terence, der sich einen Zettel einsteckte. Am späten Nachmittag kamen sie endlich am Zeltplatz in der Nähe von Cockermouth an.

„Wetten, dass ich schneller bin?", rief Tom in die Runde, als sie ihre Zelte aufbauten.

„Nur dann, wenn du ein sich selbst Aufblasendes hast." Rufus sah ihn herablassend an.

„Ich hatte meinen ersten Sex im Zelt, als ich mit zwölf im Sommerlager in Frankreich war. Da habt ihr wahrscheinlich noch Lego gespielt."

„Was hat das mit Zelt aufbauen zu tun?", fragte Dick.

„Der Sieger bekam die Schönste der Mädchengruppe. Also habe ich mich beeilt und meine Technik verfeinert."

„Ich glaube, heute wird dir dieser Anreiz fehlen", sagte Neil und deutete auf die Gruppe, die ihnen am nächsten kampierte. Ältere Frauen und ein paar Männer, alle über sechzig.

In der Zwischenzeit baute Terence in sich versunken und voll konzentriert sein Zelt auf. Obwohl er sich mehrmals auf den Daumen gehauen hatte, als er die Heringe in die Erde rammen wollte, war er der Erste, der seine Unterkunft aus Polyester präsentieren konnte. Er hatte jedoch keine Lust auf ein Siegerbier, sondern gönnte sich eine Siesta, bevor sie am Abend das örtliche Pub mit seiner angeblich sensationellen Mikrobrauerei testen wollten.

Mark ging ihm nicht aus dem Kopf. *Mangelnde Selbstliebe.* Er sollte in der Tat wieder mal reden. Mit sich selbst. Und vielleicht sogar mit seinem Schwanz. Er faltete den Zettel des Schamanen auseinander. Auch ich sollte meine Komfortzone verlassen, dachte er selbstkritisch. Nicht nur meine Patienten. Ein Versuch konnte nicht schaden. Er setzte sich bequem hin, was auf dem harten Boden nicht so einfach war, noch dazu, wo seine linke Wade etwas schmerzte. Schließlich legte er sich wieder hin. Die Körperhaltung dürfte bei diesem Ritual wohl egal sein. Er atmete einige Male tief ein und aus, bis er einen gleichmäßigen Rhythmus gefunden hatte. Dann fing er an. *Es tut mir leid, dass ich* ... Und schon stockte er. Verdammt, wie sollte er sein Problem formulieren? Dass er seinen Schwanz nicht mehr hochkriegte? Oder, etwas eleganter formuliert, dass er an erektiler Dysfunktion litt? Dass er von Medikamenten abhängig war, damit überhaupt noch was ging? Dass er sich wie der letzte Versager vorkam? Dass er Schiss hatte, dass Sex in den Jahren, bis er ins Gras biss, nur noch ein Wort sein würde? Dass er Angst um seine Ehe hatte? Dass er seiner Mutter nicht die Meinung gesagt hatte? Dass ihm eigentlich alles langsam zu viel wurde? Dass ihn dieses Sex-Papst-Getue und der Promi-Tamtam manchmal tödlich langweilten? Dass er sich mehr als alles andere eine Auszeit wünschte? Plötzlich sah er glasklar: Es ging Sue nicht in erster Linie um seinen Penis und dessen wankelmütige Einsatzbereitschaft. Die Erkenntnisse brachen aus ihm heraus wie der Jackpot aus einem Glücksspielautomaten. Es ging um sie und ihn, beziehungsweise darum, dass es in ihrem gemeinsamen Leben immer nur um seine Bedürfnisse ging. Dass er wie selbstverständlich angenommen hatte, sie wäre glücklich, wenn er Erfolg hatte. Doch was hatte seine Arbeit mit ihr zu tun, mit ihren Wünschen und Bedürfnissen? Sie war zum Beispiel, auch wenn sie es nicht wahrhaben wollte, eine durchaus begabte Fotografin. Vereinnahmte er sie zu sehr? Und wenn sie am Ende so reagierte wie Karen, die Dick verlassen hatte? Sein Puls wurde schneller, und er fing an zu schwitzen. So fühlte sich wahrscheinlich ein Patient während einer Traumatherapie. Das war nicht schön, aber es war der erste Schritt zur Heilung. Da muss ich jetzt durch, feuerte er sich selbst an. Also noch einmal alles auf Anfang. *Es tut mir leid, dass ich als Ehemann ein Versager bin.*

39

Die erste Porträtserie war zum Glück ganz gut geworden. Sues Aufregung legte sich langsam und machte einer Erleichterung Platz, zu der sich ein kleines bisschen Stolz gesellte. Es war schon etwas anderes, allein verantwortlich zu sein, ohne ihren Vater im Hintergrund. Dennoch war es sehr beruhigend zu wissen, dass es als letzten Ausweg die Nachbearbeitung am Computer gab.

Am Abend zuvor hatte sie noch in Fachbüchern ihres Vaters gelesen, um sich auf einen halbwegs akzeptablen Wissensstand zu bringen. Philipp war dabei eine große Hilfe gewesen und hatte ihr Begriffe aus der Digitalfotografie nur so um die Ohren gehauen. Dieser Junge saugte wirklich alles auf, was ihm unter die Finger kam. Hoffentlich stieß er nie auf eine Anleitung zum Bau einer Atombombe.

Bevor die nächste Kundschaft kam, eines der Passfotos von der Liste, hatte sie noch ein wenig Zeit. Sue beschloss, den Makler anzurufen, den Vanni ihr empfohlen hatte. Er sei zwar ein bisschen schmierig wie alle diese Typen, aber er würde das meiste für sie rausschlagen, hatte sie gemeint. Sue nahm den Hörer in die Hand.

„Was machst du da, Mom?", fragte Philipp.

„Ich rufe einen Makler an."

„Wegen Tante Hildes Haus?

„Genau."

„Lass dich bloß nicht über den Tisch ziehen", meinte er mit ernster Miene. „Der wird dir bestimmt einen zu niedrigen Preis nennen."

„Was meinst du denn, welcher Preis angemessen wäre?" Sie rechnete schon mit einer Fantasiesumme im mehrstelligen Millionenbereich, doch da hatte sie sich getäuscht.

„Unter 350.000 Euro würde ich nicht gehen."

Sue schluckte. Das klang richtig professionell. „Ich bin beeindruckt. Sag mal, wo hast du denn das her?"

Er zuckte gleichmütig mit den Schultern. „Ich habe ein bisschen in Opas Zeitung recherchiert. Da ist doch die Immobilienseite, und man bekommt einen guten Überblick."

„Was würde ich nur ohne dich tun?", fragte sie. „Aber du brauchst dir keine Sorgen zu machen: Bevor ich mich für irgendetwas oder irgendjemanden entscheide, werde ich natürlich alles mit euch besprechen."

Ein paar Minuten später meinte sie: „Morgen kommt er vorbei."

Der Makler, ein Herr Mackenroth, hatte jung und dynamisch geklungen, mit einem charmanten Anflug eines Wiener Dialekts. Und selbstverständlich ein wenig schleimig. Kein Wunder, wenn eine potenzielle Kundschaft am Telefon war, bei der eine kräftige Provision winkte.

Philipp nickte zufrieden. „Wenn das Haus verkauft ist, bist du doch reich. Bekomme ich dann einen Computer nur für mich alleine?"

„Ach, daher weht der Wind." Sie lachte und umarmte ihn. „Wir werden sehen. Und reich, mein Süßer, reich bin ich dann noch lange nicht."

„Echt? Macht auch nichts." Er schien kurz nachzudenken. „Wir sollten noch putzen, damit das Ganze einen guten Eindruck macht bei diesem Makler. Dann holen wir mehr raus."

Sue war wieder beeindruckt. Zum einen von seiner Weitsicht, zum anderen vom Gebrauch des Wortes *wir*. „Heißt das, du hilfst mir?"

„Klar. Und Amy überrede ich auch noch."

Sue war froh, dass er ihr diese Aufgabe abnahm, denn seit zwei Tagen sprachen sie nur das Nötigste miteinander.

Plötzlich wurde die Ladentür aufgerissen, und Sabine, die Bedienung vom Café nebenan, schaute herein. „Habt's des scho g'hört?"

„Was?"

„Vom Stefan seiner Gruppe, die Japaner. Zwei von denen werden vermisst."

„Cool." Philipp strahlte über das ganze Gesicht.

„Er meint es nicht so", entschuldigte sich Sue und feuerte einen mahnenden Blick auf ihren Sprössling ab.

„Das glaube ich schon", meinte Sabine trocken. „Endlich ist mal was los hier, gell?"

40

„Das hier sollte es nur auf Rezept geben." Dick betrachtete das Glas mit der malzfarbenen Flüssigkeit anerkennend. Bereits nach dem ersten Schluck war es zur Hälfte leer.

„Sollte kein Problem sein", meinte Neil. „Wir haben zwei Ärzte dabei."

„Lass mich für heute aus dem Spiel", wehrte Terence ab. Sein Daumen schmerzte noch immer, und er würde auf keinen Fall seinen Servus unter was auch immer setzen. Er wollte nur hier sitzen und seine Ruhe haben. Das war hoffentlich nicht zuviel verlangt.

„Du bist ein echtes Trüffelschwein, Dickie", lobte Neil weiter. „Wie hast du dieses Kleinod entdeckt?"

„Ich arbeite bei einer Spedition. Oder besser gesagt, habe gearbeitet." Seine Augen waren bereits etwas glasig. „Auch falsch. Ich werde dort gearbeitet haben. Denn Schluss ist erst Ende des Monats. Unsere Fahrer kommen viel herum und kennen jedes anständige Pub."

„Klingt nach einem ehrenwerten Job. Für dich auch, Terence?"

Der nickte, und Neil bestellte Nachschub, während der Wirt lautstark einen unvergesslichen Karaokeabend ankündigte.

„Wenn man es so sieht." Dick nahm ein paar Erdnüsse aus einer Schale, die auf dem Tresen stand. „Vielleicht sollte ich umsatteln. Mein Job kotzt mich sowieso an. Schreibtisch ist Scheiße."

„Liegt das am Alter?" Neil zählte exakt zehn Nüsse ab und warf sie sich in den Mund.

„Was?"

Neil schob sein Glas hin und her. „Dieses Schreibtisch-ist-Scheiße-Ding, dieses Rumsitzen vor dem Computer. Bis vor ein, zwei Jahren konnte ich mir nichts Schöneres vorstellen, als den ganzen Tag zu programmieren. Meistens auch noch die ganze Nacht. Aber jetzt …"

„Ist Keira weg?" Keira war seit Ewigkeiten Neils Freundin.

„Die auch."

„Schade."

„Ja, echt schade", stimmte Terence ihm zu. Er hatte Keira immer gemocht – ein dunkelhaariges, elfengleiches Wesen aus den Südstaaten mit sanften grünen Augen und einem hinreißend dreckigen Lachen. Es schien wohl ein Virus zu sein, dass ihnen die Frauen abhanden kamen. Obwohl, bei ihm war das hoffentlich nur vorübergehend. Sue würde sich schon wieder einkriegen.

„Aber du hast wenigstens deinen Job", machte Dick weiter. „Und Geld."

„Hab viel verloren. Mein Banker hat sich davon den dritten Ferrari gekauft."

Dick gab dem Barkeeper ein Zeichen, nachzuliefern. „Das Gerede vom freien Menschen ist ein verdammter Blödsinn. Irgendwer schiebt uns wie Marionetten hin und her und amüsiert sich königlich dabei."

„Ich will nicht mehr", sagte Neil und starrte sein Glas an.

Dick nickte verständnisvoll. „Kein Problem. Dann trink ich dein Bier."

„Hey, lass das. Ich meine den Job. Ich hau ab."

„Das bist du doch schon. Du bist ungefähr 5.000 Meilen weg von Kalifornien."

Neil sah ihn konsterniert an. „Du hast recht, Dickie, du hast recht. Ich bin weg. Alles ist weit weg."

„T! Neil! Dick!", dröhnte es plötzlich aus den Lautsprechern. Tom stand wild gestikulierend auf der kleinen Bühne, flankiert von Rufus, der bereits ein Mikrofon in der Hand hielt.

„Nein", sagte Dick spontan und widmete sich seinem Glas.

Neil und Terence winkten ab und versuchten so zu tun, als hätten sie die beiden aufgekratzten Herren im besten Alter noch nie gesehen. Doch sie hatten die Rechnung ohne das überwiegend jüngere Publikum gemacht, das lautstark „Singen! Singen! Singen!" skandierte, und als auch der Barkeeper sie auffordernd ansah, gab es kein Zurück mehr.

Knapp zehn Minuten später verließen die Fünf unter lautem Gejohle die Bühne. Sie hatten das Pub mit *Kung Fu Fighting* gerockt und als Zugabe *WMCA* in das Lokal gegrölt. Höchst zufrieden beruhigten sie anschließend mit ausgiebig Bier ihre strapazierten Stimmbänder.

Everybody was Kung Fu Fighting. Terence bekam das Lied nicht aus dem Kopf. Tom schien es genauso zu gehen. Er summte ausgelassen vor sich hin, genau wie Rufus, der dazu mit seinen imposanten Hüften wackelte. Selbst Dick wirkte ungewöhnlich fröhlich, und Neil leerte die gesamte Nüsschenschale auf einmal. Die jüngeren Gäste warfen immer wieder belustigte Blicke zu ihnen herüber.

Ich glaube, wir sind ein kleines bisschen peinlich, dachte Terence. Aber, und das war das Schöne am Älterwerden, das ist uns allen scheißegal.

41

„Susi! Susi Wallner! Fräulein Wallner! Frau Örkart!"

Sue zuckte zusammen, als sie ihren Namen in dieser unverwechselbaren Stimmlage hörte. Früher oder später, das wusste sie, wäre sie einem Kontakt nicht entkommen. Sue drehte sich so langsam wie möglich um, denn sie brauchte Zeit, um sich innerlich zu wappnen. Mit einem höflichen Lächeln erwartete sie die rote Vroni, die auf sie zuhastete, nahm jedoch vorsichtshalber ihren leeren Einkaufskorb in beide Hände und hielt ihn wie ein Schutzschild vor sich. Bei der roten Vroni wusste man nie.

Die Frau war Anfang 70, aber kein Mensch hätte ihr dieses Alter zugetraut. Sie war dünn und knochig, trug immer Dirndl, und das Rot in ihrem Namen kam von den mit Henna gefärbten Haaren, die sie zu einem schlampigen Dutt zusammengesteckt hatte.

„Grüß Gott, Frau Hinterbichler."

„Aber geh, früher hast doch auch Vroni zur mir g'sagt."

Vroni? Wenn du wüsstest. Feuermelder haben wir dich genannt, und ich schätze, das wusstest du ganz genau. „Vroni", Sue wiederholte den Namen höflich.

„Geht's dir gut? Bleibst noch lang da?"

Sue nickte. „Naja, die Kinder haben Ferien, ein bisserl bleiben wir schon noch."

„Freilich, bei dem Wetter ist das hier ja ein Paradies. Deinen Kindern wird die frische Luft auch gut tun. Zwei hast, gell?"

Als ob es in London keine frische Luft gäbe. Sue hoffte, dass Vroni endlich zur Sache käme, denn der Drogeriemarkt würde pünktlich um acht Uhr schließen. Was nach einem Blick auf die Kirchturmuhr in zwanzig Minuten wäre. Sie brauchte dringend Putzmittel für die Aktion „Pimp your geerbtes Haus", wie Philipp so treffend auf Denglisch formuliert hatte. Schließlich galt es den Makler zu beeindrucken. Außerdem brauchte sie dringend etwas für ihre Haut, denn sie war so hektisch aus London aufgebrochen, dass sie ihr Badeöl, die Körperlotion und ihre Kaviar-Feuchtigkeitsmaske vergessen hatte. In Hallstatt waren diese Dinge natürlich nicht aufzutreiben, aber irgendetwas würde sie schon finden. Ein Salzpeeling vielleicht?

„Mein Beileid wegen der Hilde", fuhr Vroni fort. „Ist schon tragisch, gell, was da passiert ist? Wo sie wohl um die Zeit noch hinwollte?"

Sue wich einem Lieferwagen aus, der die enge Straße passieren wollte und sich geduldig im Schritttempo zwischen den Flanierern voranschob. Die Hinterbichlerin war auf den gleichen Gedanken gekommen, und so standen sie eng aneinandergedrückt mit dem Rücken gegen eine alte Haustür. Sue hielt den Atem an. Die Duftwolke war unbeschreiblich – eine Mischung aus ungelüftetem Loden, fettem Speck, lange nicht gewaschenen Haaren und den Dieselabgasen des Lieferwagens. Als der Lkw endlich vorbeigefahren war, sprang sie fast fluchtartig aus dem Hauseingang und atmete tief durch. Dabei stolperte sie über die niedrige Treppenstufe und wäre fast auf dem brüchigen Asphalt gelandet, wenn Vroni sie nicht abgefangen hätte. Die Frau hatte einen Griff, als wäre sie eine Verwandte der Klitschkos. Das kam sicher vom Antiquitäten-Schleppen, denn Vroni war arm wie die sprichwörtliche Kirchenmaus und besserte ihre kleine Rente durch einen privaten Trödelhandel auf.

„Ich hab gehört, du hast das Haus in St. Agatha geerbt. Susi, was ich dir sagen wollte: Bevor du was wegschmeißt oder verkaufst, sagst es mir schon, gell?"

„Mach ich", sagte Sue, und sie meinte es ernst. Bevor sie Hildes Möbel einem unbekannten Händler in den Rachen warf, überließ sie sie lieber Vroni. Jeden Samstag war sie im Wertstoffhof zu finden und half den Leuten, ihren Krempel loszuwerden. Viele waren froh darüber, dass sich jemand um das alte Zeug kümmerte. Und Vroni kümmerte sich wirklich – sie war in dieser Hinsicht ein Genie.

„Ich kann dir auch helfen, wenn dir das alles zu viel wird."

Das musste jetzt auch nicht sein, dachte Sue. „Wir sind zu dritt, das schaffen wir schon. Aber danke für das Angebot."

Doch Vroni war hartnäckig. „Ich kann die Woche einmal bei dir vorbeischauen."

„Ich weiß noch nicht, was die nächsten Tage alles ansteht", wehrte Sue ab. „Ich ruf einfach an, wenn ich was für dich habe. Jetzt muss ich aber wirklich weiter, sonst macht das Geschäft zu."

Sue verabschiedete sich und brach auf in Richtung Uferstraße.

„Ich mach dir auch einen guten Preis!", rief Vroni ihr noch nach.

Sue atmete auf, als sie endlich wieder allein war. Selbst das eher magere Angebot des Drogeriemarktes im Hinblick auf Verwöhnartikel konnte ihre gute Laune nicht beeinträchtigen. Schließlich fand sie ein interessant aussehendes Schokoladenbad, das erwartete Salzpeeling von den heimischen Bergen und eine Schlammmaske vom Roten Meer. Das versprach eine riesige Sauerei im Badezimmer, aber sie hatte zum Ausgleich schließlich genug Putzmittel in XXL-Größen gekauft.

Als sie auf dem Rückweg am Marktplatz um die Ecke bog, glaubte sie für einen Moment an eine Fata Morgana, als sie Vroni vor ihrer Haustür stehen sah.

„Ah, Susi, da bist du ja selber. Ich wollte dir grad meine Telefonnummer einwerfen – damit du weißt, wo du mich erreichen kannst." Mit einer schnellen Handbewegung steckte sie ihr einen verknitterten Zettel zu, bevor sie sich mit einem „Pfiat di – bis bald" auf den Weg machte.

Sue stellte ihren Korb neben der Eingangstür ab und suchte in ihren Taschen nach dem Schlüssel. Seit ein paar Jahren musste ihr Vater das Haus abschließen. Er hatte sich lange geweigert. So lange, bis er eines Tages einen australischen Touristen in seiner Küche vorfand, der sehr interessiert die Einrichtung eines *local* begutachtete und fotografierte.

Wenn heute einer käme, dachte Sue, bekäme er was zu sehen. Eine Göttin mit Schlammmaske, der das Schokoladenbad vom Körper tropft. Was man mit dem Schokoladenbad sonst noch alles machen konnte, stellte sie sich lieber nicht vor. Leif gab es nicht mehr, und Terence mochte keine Schokolade.

42

„Ich weiß nicht, Dick, aber ganz optimal ist die Routenplanung heute nicht", sagte Rufus, als sie vor dem Gatter hielten.

Es war bereits das vierte, das sie in der letzten halben Stunde auf ihrer Fahrt Richtung Osten öffnen und wieder schließen mussten. Zugegeben, dafür war die Landschaft wunderbar mit ihrem Meer aus sanften Hügeln, die sich harmonisch mit dichten Wäldern abwechselten. Aber was nützte diese Idylle, wenn die Fahrfreude ständig ausgebremst wurde? Bei dem Tempo hätten sie auch mit Kinderrollern unterwegs sein können.

„Vor allem weiß man nicht, wofür die blöden Teile sind", moserte Rufus weiter. „Keine Schafe, keine Pferde, kein was auch immer. Nicht mal ein verdammter Bauernhof."

„Keine Ahnung, was das soll," stöhnte Dick und hämmerte nervös auf sein Navi ein „ich habe das neueste Programm genommen."

„Echt Scheiße Mann", meckerte Tom, „mir tut schon mein Fuß weh vor lauter Bremsen."

„Es kann ja nicht mehr weit sein", meinte Terence und deutete nach Osten. „Da vorne sieht man schon die größere Straße. Dann können wir wieder loslegen."

„Ich weiß nicht, was ihr habt", sagte Neil, der entspannt die Arme in die Luft streckte und seine Schultern lockerte. „Ich wollte sowieso vorschlagen, dass wir uns nächstes Jahr wieder auf das altmodische Kartenlesen verlassen. So richtig rustikal, mit Überraschungen und ohne Vorab-Bewertungen aus dem Netz. Mit dem IT-Kram geht doch die ganze Romantik flöten."

„Als nächstes schlägst du vor, dass wir auf Pferde umsteigen und in den

Sonnenuntergang reiten", knurrte Rufus.

„Abgesehen davon, dass man dein Gewicht keinem Pferd zumuten kann, ist das keine schlechte Idee", entgegnete Neil.

Seufzend klappte Rufus sein Visier hinunter. „Fahren wir weiter, sonst will er nächstes Jahr zu Fuß die Panamericana runter."

Doch lange sollte ihre Freude nicht währen. Bereits nach knapp vier Meilen mussten sie wieder bremsen. Dieses Mal war es kein Gatter, sondern eine Straßensperre, hinter der sich eine Art Volksfest auftat. Beziehungsweise eigentlich ein Demonstrantencamp, wie man an den zahlreichen Bannern und Schildern erkennen konnte, die sich wie riesige Blüten zwischen das Grün der Bäume und Sträucher schoben. *Nein zum Windpark. Störwind. Infraschall macht krank. Ruhe für die Vögel. Rotoren verschandeln unsere Heimat.*

„Hier hast du deine Überraschung, mein lieber Neil", sagte Tom. „Mein Vorschlag für nächstes Jahr wäre der australische Outback. Tausende Meilen ohne eine nennenswerte menschliche Population. Klingt doch himmlisch."

„Hallo", wurden sie von einem jungen Mann begrüßt, der sein blasses Gesicht mit mindestens einem Dutzend Piercings verziert hatte. „Ihr könnt hier momentan nicht weiter."

„Das haben wir auch schon bemerkt", sagte Dick. „Warum veranstaltet ihr das Theater hier?"

„Die wollen einen Windpark bauen", klärte sie der junge Mann auf.

„Guter Plan. Wind habt ihr genug", meinte Tom. „Und Platz auch."

Der Körperschmuckliebhaber zog seine Augenbrauen angriffslustig zusammen. „Dann zieh du doch neben einen solchen Riesenspargel, dessen Infraschall dich krank macht."

„Ach komm!" Tom schlug ihm gönnerhaft auf die Schulter. „Das ist doch nicht bewiesen. Es kommt immer nur darauf an, wer eine Studie finanziert. Außerdem gibt es nichts umsonst. Jeder will Strom, aber keiner will auch nur irgendwie in seiner kleinen Welt gestört werden."

Der Aktivist rückte einige Schritte von Tom ab. „Ich glaube, bei euch besteht noch ein großes Informationsdefizit. Schaut euch doch mal um, wir haben jede Menge Material. Die Petition zu unterschreiben würde auch nicht schaden. Ihr könnt natürlich auch umkehren und einen Umweg machen. Circa dreißig Meilen. Es sei denn, ihr unterschreibt, dann lassen wir euch durch."

Tom nickte beeindruckt. „Das Prinzip von Geben und Nehmen habt ihr jedenfalls kapiert. Gibt es auch was fürs leibliche Wohl? Politisches Engagement macht mich immer sehr hungrig."

„Und durstig," ergänzte Terence.

„Da dürften keine Wünsche offen bleiben."

„Ich nehme dich beim Wort – sonst kannst du mich gleich von deiner Unterstützerliste streichen." Tom zog den Reißverschluss seiner Jacke auf und rieb sich voller Vorfreude den Bauch.

Der junge Mann grinste.

Es gab unzählige Stände, an welchen alles angeboten wurde, was das hungrige Herz begehrte. Von der Biobuttermilch über den Öko-Cider bis hin zum berühmten Yorkshire-Schinken. Wie von einem unsichtbaren Magnetfeld angezogen, landeten die Fünf vor einem riesigen Grill. Dass er von zwei niedlichen Aktivistinnen in eng geschnittenen T-Shirts mit der Aufschrift *Rühr meine Landschaft nicht an* bedient wurde, trug nicht unerheblich dazu bei, die Tofu-Burger von nebenan links liegen zu lassen.

„Ist aber schade", flirtete Tom die beiden an, „dass man eure Landschaft nicht anrühren darf."

Die beiden kicherten. „Was möchten Sie stattdessen anrühren?", fragte die Brünette kess und stieß ihre blonde Kollegin in die Seite.

Tom schien zu überlegen und deutete schließlich auf das Steak, das am wenigsten verbrannt aussah. „Das zweite von rechts. Ist zwar nur ein schwacher Ersatz, aber ...""

Wieder Gekicher. Terence kam sich vor wie im Kindergarten. Dass Tom sich überhaupt die Mühe machte ... Offenbar kannte er keine Altersgrenzen nach unten. Toms Eroberungsfeldzug wurde jedoch von einem jungen Mann unterbrochen, der leicht hektisch durch die Reihen lief.

„Gibt es unter den Anwesenden einen Arzt?" rief er.

Terence, der gerade mit großem Appetit sein Fleisch anschneiden wollte, warf Rufus einen resignierten Blick zu. Das war die Frage, die alle Mediziner hassten. Vor allem im Urlaub. Dennoch hoben beide brav ihre Hand.

43

„Von mir aus kann er kommen." Sue sah sich um. Sie war nicht hundert-prozentig zufrieden, aber für den Moment musste es reichen.

Mackenroth, der Immobilienmakler, würde in ein paar Minuten hier sein, und sie wünschte, dass sie mit dem Ausräumen schon weitergekommen wären. Dabei hatten sie am Tag zuvor bis zum Umfallen geschuftet, damit das Haus einigermaßen präsentabel wirkte. Amy und Philipp, die sie vom Tauchkurs abgeholt hatte, waren ganz eifrig bei der Sache gewesen. Gemeinsam hatten sie geputzt und gewienert und mit dem Ausräumen des Kellers angefangen. Amy war selig, als sie einige Kleidungsstücke aus den siebziger Jahren entdeckte. Bauchfreie Blusen mit opulenten Blumenmustern und bauschigen Ärmeln, Schlaghosen und sogar Plateauschuhe in allen Farben des Regenbogens. Damit würde sie in der Schule Furore machen.

Sue hörte das Lachen ihrer Kinder durch das offene Fenster. Neugierig lugte sie hinaus. Amy hatte den Hoolahoop-Reifen für sich entdeckt. Sue hatte ihr gezeigt, wie sie ihn möglichst lange auf den Hüften kreisen lassen konnte, und sich dabei an ihre eigene Kindheit erinnert. Schon damals hatte sie sich königlich amüsiert über das alte Ding, das bei jedem Frühjahrsputz zuverlässig aus den Untiefen des Hauses auftauchte. Es war aber auch zu komisch, die in ihren Augen uralte Hilde dabei zu beobachten, wie sie mit leicht debilem Gesichtsausdruck den Reifen auf ihren nicht existenten Hüften kreisen ließ – zugegebenermaßen mit großem Geschick.

In dem Moment, als Philipp an der Reihe gewesen wäre, fuhr ein Jaguar in die schmale Einfahrt. Es war Mackenroth, auf die Minute pünktlich. Und wie aus dem Ei gepellt: Der Enddreißiger, dezent gebräunt und mit einer gerade noch akzeptablen Menge Gel in den blonden Haaren, trug eine dunkelbraune Hose aus teuer schimmerndem Nappaleder, ein blütenweißes Hemd, das so weit aufgeknöpft war, dass eine Andeutung seiner beeindruckenden Brustbehaarung zu sehen war, und ein beiges Leinensakko, das ganz nach Paul Smith aussah.

Angesichts dieser gepflegten Erscheinung strich Sue unwillkürlich ihr Kleid glatt und blickte prüfend in den schmiedeeisernen Flurspiegel, an dessen Rand sie ein paar Spinnweben entdeckte. Die hatten sie ganz offensichtlich übersehen. Sie seufzte. Die Natur war etwas Wunderbares, aber warum musste sie dauernd ins Haus kommen? Sie nahm sich vor, bei ihrem nächsten Besuch im Drogeriemarkt eine Riesendose Insektenvernichtungsmittel mitzunehmen. Unwillkürlich musste sie über sich selbst lächeln – Insektenspray! Hilde würde sie auf der Stelle enterben, wenn sie das wüsste. Mit einem strahlenden Lächeln öffnete sie die Tür, um Mackenroth einzulassen. Amy und Philipp schlüpften mit neugierigen Gesichtern hinter ihm ins Haus.

Als der Makler vom Dachboden bis zum Keller alle Räume besichtigte, kam es Sue vor, als würde auch sie das Haus mit den Augen eines Fremden begutachten. Zum ersten Mal fiel ihr auf, wie renovierungsbedürftig alles war.

Hilde hatte zwar immer davon gesprochen, einen Maler zu beauftragen, aber es war nie dazu gekommen. Die Wasserspülung in der Toilette ließ sich nie ganz abstellen, und der Ausguss in der Küche war ebenfalls nicht ganz dicht. Eine Wand im Keller war leicht feucht, und die Heizung war hoffnungslos überaltert. Zwischen die dünnen Glasscheiben der Fenster hatte Hilde alte Pferdehaarpolster gelegt, um die Zugluft, die durch die undichten Holzrahmen einströmte, einigermaßen einzudämmen.

An keinem Punkt der Besichtigung ließ Mackenroth sich anmerken, was er von dem Haus hielt, und als Sue ihm als Letztes die Garage, den Holzschuppen und den Garten zeigte, war ihr Enthusiasmus der vergangenen Tage verflogen. Finanzielle Unabhängigkeit? Von diesem Gedanken musste sie sich wohl verabschieden. Wahrscheinlich konnte sie froh sein, wenn sie 100.000 bekam. Andererseits hatte er ständig Fotos gemacht. Vielleicht war das doch kein so schlechtes Zeichen?

Etwas wehmütig saß sie nun auf der Terrasse und blickte auf den See, der in der Sonne blinkte, als wäre er mit Bergkristallen übersät. Geradeaus grüßte der mächtige Bergstock des Krippensteins, links die hohe Wand des Sarsteins, rechts der tiefe Einschnitt, den der Gosaubach in Millionen von Jahren in die Felsen gewaschen hatte. Bis weit hinaus in den See konnte man das hellere, mit Sand versetzte Flusswasser ausmachen, das sich nur zögernd mit dem Wasser des Sees vermischte. War dieser Ausblick gar nichts wert?

Mackenroth stellte betont langsam seine Espressotasse auf den wackeligen Peddigrohrtisch. „Frau Örkert", er blickte in Richtung Wohnzimmer, „also ...," Er räusperte sich.

Für einen Moment war es sehr still auf Hildes kleiner Terrasse, kein Vogelruf, kein Muhen der Kühe von den Seewiesen war zu hören. Ein leiser Windhauch verbreitete den intensiven Duft der tiefroten Kletterrose, die sich von der hölzernen Veranda bis hinauf zum Schlafzimmer rankte. Die Ruhe vor dem Sturm.

„Urquhart" hörte Sue sich sagen.

Der Makler sah sie irritiert an, wiederholte ihren Namen, der in seinen Ohren nicht viel anders klang als ein von deutschen Zungen ausgesprochenes Örkert.

„Ich muss Ihnen ja nicht sagen, dass das Haus renovierungsbedürftig ist. Da ist wohl lange nichts gemacht worden. Und bezüglich der Erfordernisse der neuen Energiesparverordnungen, ich glaube, da müssen wir hier fast bei Null anfangen."

Sue hörte nichts anderes, als sie befürchtet hatte, dennoch legte sich ein Druck auf ihre Brust.

„Aber die Lage, die Lage ist wirklich sehr gut. Genauer gesagt sensationell. Da möchte man gar nicht mehr weg. Die Zufahrtstrasse ist zwar ein bisserl arg schmal, aber wer mit seinem Cayenne nicht gscheid fahren kann, soll's halt bleiben lassen."

Da fallen mir spontan einige Ladies aus London ein, dachte Sue. „Gut, Herr Mackenroth, dann kommen wir mal zur Sache. Was ist das Ganze hier wert?"

Er schloss kurz die Augen, wiegte den Kopf hin und her und spitzte die Lippen, bevor er mit fester Stimme meinte: „Wir fangen bei 350.000 Euro an.

Ich habe mindestens drei Kunden im Auge, die in Frage kommen könnten." Er schob die Espressotasse in die Mitte des Tisches und sah Sue an.

Der Druck auf ihrer Brust war wie von Zauberhand verschwunden. Beziehungsweise seit der Nennung des Betrags. Er lag vierzigtausend Euro über dem, den ihr die örtliche Sparkasse genannt hatte und entsprach genau der Summe, die Philipp, das Immobiliengenie, vorgeschlagen hatte.

„Also, Frau Örkert, kommen wir ins Geschäft?"

„Ja", sagte Sue. „Sehr gerne. Ein Schnapserl?"

„Aber immer." Er knöpfte sein Jackett auf und lehnte sich zurück. Die geschäftliche Phase des Gesprächs war offensichtlich vorbei.

„Mom, Mom!", johlte Philipp, nachdem Mackenroth schließlich aufgebrochen war. „Ich hab's dir doch gesagt!"

„Ja mein Großer", lachte Sue und nahm ihn begeistert in den Arm. „Du solltest das berufsmäßig machen."

„Er hat aber total viel beim Staubwischen übersehen", stichelte Amy. „Ich musste immer nacharbeiten."

„Bist du blöd?", protestierte Philipp. „Mom meint den Wert, den ich geschätzt habe."

„Du bist so ein Opfer!" Amy knuffte ihn in den Arm. „Ich habe dich doch nur gedisst. Wow, Mom, so viel Geld!" Sie wippte aufgeregt mit den Füßen auf und ab. „Da fällt doch bestimmt was für uns ab, oder?"

Sue grinste. „Ich denke schon."

„Cool, Mom!", schrie Philipp begeistert. „Kann ich mir das Notebook schon im Internet bestellen?"

„Moment, mein Lieber", wiegelte sie ab. „Noch ist das Haus nicht verkauft." Sehnsüchtig sah sie auf den See hinaus. „Am liebsten würde ich jetzt mit dem Boot rausfahren und den restlichen Tag schwimmen und faulenzen."

„Ja, Mom!" Philipp war völlig aus dem Häuschen. „Lass uns deinen Reichtum feiern!"

„Das geht leider nicht, Schätzchen. In eineinhalb Stunden ist die Hochzeit, die Opa uns aufgedrückt hat. Da sollten wir lieber nicht zu spät kommen."

44

„Worum geht es?", fragte Rufus. „Kreislaufkollaps? Dehydrierung? Sonnenstich?"

„Nö", war die Antwort des jungen Mannes, an dem alles rund wirkte: die Frisur aus schwarzen Bürstenhaaren, die wie ein Passepartout sein Gesicht umrahmten, die Brille mit den weit aufgerissenen Augen dahinter und nicht zuletzt sein Körper, der geschätzte 15 Kilo Übergewicht mit sich herumtrug.

Philipp hätte ihn einen Nerd genannt, dachte Terence und musste schmunzeln.

„Das Baby kommt."

„Wie bitte?", riefen Terence und Rufus, perfekt synchron, wie Chorsänger in einem griechischen Drama, umrahmt von Neil, Dick und Tom, die dem Ganzen fasziniert lauschten.

„Ich vermute, das ist nicht Teil deines Reiseplans", flüsterte Tom Dick zu, der resigniert den Kopf schüttelte.

Der Nerd sah das Grüppchen irritiert an. „Eine Entbindung. Geburt. Sind Sie wirklich vom Fach?"

„Sind wir", beruhigte ihn Rufus. „Und Sie haben Glück, denn wir sind Gynäkologen. Alle beide." Dass seit mehr als zwanzig Jahren weder er noch Terence eine Entbindung betreut hatten, verschwieg er lieber.

„Ob Maisie das so gut findet ..." Der junge Mann warf ihnen einen skeptischen Blick zu. „Sie wollte es ganz natürlich, nur mit einer Hebamme, zu Hause."

„Dann wäre die gute Maisie besser dort geblieben", kommentierte Terence. Sie hätte ihnen damit eine ganze Menge erspart. Was, wenn etwas schief ging? Bei einer Geburt gab es Hunderte von Risiken. Er hoffte inständig, dass seine Haftpflichtversicherung auch Fälle wie diesen abdeckte.

„Sie kennen Maisie nicht", sagte der Nerd und ließ seinen Satz bedeutungsschwer ausklingen.

Das riecht nach Schwierigkeiten, dachte Terence und wünschte sich ganz weit weg.

„Okay", sagte Rufus schließlich. „Es geht also um Maisie. Und wie ist Ihr Name?"

„Simon Burchall."

„Simon, wie stehen Sie zu der Patientin?"

„Sie ist meine Frau."

Rufus und Terence sahen sich an, und in ihren Blicken stand die gleiche Frage: *Und da steht dieser Kerl so seelenruhig herum?*

„Und wo liegt Ihre Frau?" Terence sah sich um. „In einem der Zelte?"

„Nein. Da oben." Simon deutete auf das Baumhaus, vor dem ein riesiges Banner mit den Worten *Keine Verspargelung unserer Heimat* sanft im Wind flatterte.

„Das ist nicht Ihr Ernst." Rufus schüttelte ungläubig den Kopf.

„Wie ist sie da hinaufgekommen?"

„Zu Fuß", antwortete Simon, etwas verständnislos, wie Terence schien.

Tom, der dem Trialog ganz gegen seine Gewohnheit als stiller Zuhörer beigewohnt hatte, stieß ein leicht hämisches Lachen aus. „Das scheint ja eine ganz Überzeugte zu sein, wenn sie sich hochschwanger da hinaufwagt."

„Meine Frau hat das Ganze hier organisiert", meinte Simon stolz. „Die Demo ist sozusagen ihr Baby. Und jetzt scheint das echte zu kommen, obwohl der Geburtstermin erst in drei Wochen ist."

„Die Natur schert sich nicht um drei Wochen", knurrte Rufus. „Zum Glück ist es keine Frühgeburt."

„Das hätte uns gerade noch gefehlt", murmelte Terence. „Warum glauben Sie, dass die Geburt unmittelbar bevorsteht?"

Simon wiegte seinen Oberkörper hin und her. Er schien zu überlegen. „Die Wehen kommen alle fünf Minuten", gab er endlich von sich.

„Fünf Minuten? Dann wird es höchste Zeit." Terence schälte sich aus seiner Lederkluft. „Simon, wir brauchen heißes Wasser und saubere Tücher. Und zwar schnell. Schaffen Sie das?"

„Klar." Sein Tonfall war irritierend gleichmütig. „Ich bin mir nicht ganz sicher, ob der Typ nicht unter Drogen steht", flüsterte Rufus Terence zu. „Als Jen in den Wehen lag, bin ich fast durchgedreht. Bei beiden Kindern."

„Mir ging es genauso." Terence sah zum Baumhaus, aus dem gerade ein gellender Schrei erklang. „Wir sollten dann mal, alter Knabe."

Rufus rieb sich die Hände. „Unser erster Job als Geburtshelfer in einem Baumhaus. Irgendwie geil."

„Wie lange wird das dauern?", fragte Dick.

„Keine Ahnung", antwortete Terence. So eine Frage konnte auch nur ein absolut Ahnungsloser stellen. „Gönnt euch einfach eine Pause. Oder tut was für die Natur Englands und demonstriert ein bisschen mit. Wir machen einstweilen unsere Arbeit."

„Ihr Ärzte seid so was von selbstverliebt", frotzelte Tom.

„Du bist nur neidisch, weil dich eine Frau noch nie so gebraucht hat wie die da oben uns."

„Wer's glaubt", sagte Tom und entließ die beiden in luftige Höhen. „Wir gehen einstweilen einen trinken, stellvertretend für den Vater in spe."

Als Terence und Rufus auf der Leiter waren, schrie die Gebärende wieder herzzerreißend.

„War die letzte Wehe nicht vor ungefähr zwei Minuten?", flüsterte Rufus.

Terence nickte. „Austreibungsphase. Also, husch husch, Doktor, sonst kommt das Kind noch ohne uns."

„Wollen Sie mit?", fragte Rufus den werdenden Vater.

„Nö", meinte der. „Lieber nicht."

Terence schloss sich dieser Einschätzung an. Simon machte nicht den Eindruck, als wäre er eine große Hilfe, selbst wenn man diesen Begriff sehr weit auslegte. „Wie Sie meinen. Ich vermute, dass es da oben ein bisschen eng wird."

„Ich soll ja sowieso das Wasser und die Tücher besorgen."

„Ganz hervorragend, Simon. Prima." Damit entließ Terence ihn in das Chaos des Demonstrantenlagers.

„Werden wir ihn wiedersehen?", fragte Rufus.

„Ich weiß es nicht."

Ein weiterer Schrei gellte durch die Baumwipfel, und die beiden wandten sich dem wirklich wichtigen Programmpunkt des Tages zu.

Maisie, die selbst in der leicht gebeugten Haltung, die sie gerade einnahm, eine beeindruckend große Frau war, stand mit dem Gesicht zur Wand und stützte sich mit den Armen ab. Eine ältere Frau mit grauem Pagenkopf stand neben ihr und rieb ihr sanft den Rücken.

„Möchten Sie sich nicht hinlegen?", fragte Terence, nachdem er sich und Rufus kurz vorgestellt hatte.

„Auf keinen Fall", keuchte Maisie. „Das ist die einzige Stellung, in der ich es einigermaßen aushalte." Sie strich sich eine Strähne ihres welligen, dunkelblonden Haares zurück.

„Gut, wie Sie möchten", sagte Rufus, der sich wie Terence die Hände mit einem Gel, das sie immer im Gepäck hatten, desinfizierte. „Dann sehen wir mal nach, wie weit Sie und Ihr Kind sind."

„Weit, sehr weit", stöhnte Maisie. „Wenn dieser Schwachkopf Simon auch so lange braucht, um Hilfe zu holen."

„Ich konnte das Köpfchen schon spüren", flüsterte die ältere Frau den beiden Ärzten zu.

„Du brauchst nicht zu flüstern, Ann, ich weiß selber, was Sache ist. AAAAAAAHHH."

Erstaunlich gelenkig kniete Rufus sich auf den Boden und begutachtete Maisie von unten. „Bei der nächsten Wehe ist der Kopf draußen. Sie haben gleich das Schlimmste geschafft."

Nachdem Terence sich ebenfalls einen Überblick verschafft hatte, fragte er sie nochmals: „Möchten Sie sich nicht doch lieber hinlegen?"

Maisie zog amüsiert die Augenbrauen nach oben. „Sie meinen, weil Sie sonst unter mir liegen müssen und Sie das irgendwie erniedrigend finden?"

„Erniedrigend nicht", meinte Rufus, „aber nicht gerade günstig."

„Vergessen Sie's. Ich bleib stehen. Passen Sie lieber auf, dass mein Baby nicht auf den Boden knallt."

„Wie Sie möchten." Terence wusste auf einmal wieder, warum er nicht

Geburtshelfer geworden war. Die Launen einer Gebärenden waren auf die Dauer sehr, sehr anstrengend für jemanden, der als Mann ja sowieso von nichts eine Ahnung hatte. Er konnte doch nichts dafür, dass Männer keine Kinder bekamen.

Maisie schloss die Augen und konzentrierte sich. Die nächste Wehe war offenbar im Anmarsch. Maisie erinnerte Terence in diesem Moment ein wenig an Sigourney Weaver. Ein bisschen streng, intelligent und in ihrer Herbheit irritierend anziehend.

„Pressen!", rief Rufus. „So fest sie können."

„Was glauben Sie, was ich die ganze Zeit mache?", fuhr sie ihn an.

Und sehr aufbrausend, fügte Terence seiner Charakterisierung hinzu.

„Sch, sch, ist ja gut." Ann tätschelte Maisies Rücken. Ihr schien die Gesprächsführung der Gebärenden peinlich zu sein.

„Sie machen das sehr gut", lobte Terence sie. „Darf ich fragen, wie Sie zu Maisie stehen?"

„Ich bin mit ihr im Organisationskomitee. Wir arbeiten sehr eng zusammen und sind befreundet."

„Jetzt quatsche nicht dauernd herum, Ann, sondern mach wieder das am Rücken, was du vorhin gemacht hast."

Ann warf Terence einen entschuldigenden Blick zu und machte sich an die Arbeit.

Die nächsten drei Wehen brachte Maisie hinter sich, ohne ihre Geburtshelfer anzublaffen. Dann war das Baby da, aufgefangen von Terence, der nicht verhindern konnte, dass ihm angesichts dieses Wunders Tränen in die Augen schossen. Es war ein Mädchen. Es strampelte, war rosig und schrie.

„Ganz die Mutter", flüsterte Rufus, woraufhin Ann kichern musste.

Maisie wischte sich den Schweiß von der Stirn. „Ich glaube, ich möchte mich jetzt doch hinlegen."

„Mir scheint, die Kleine ist topfit", meinte Terence, nachdem er das Baby begutachtet hatte.

Rufus nickte. „Spitzenwert beim Apgartest, würde ich sagen."

„Und ein Glückskind noch dazu", sagte Terence, als er den Säugling auf den Bauch seiner Mutter legte, wo er sofort ruhig wurde und neugierig um sich schaute.

„Was ist das weiße Zeug auf ihr?", fragte Maisie besorgt.

„Die Fruchtblase ist intakt geblieben", klärte Terence sie auf. „Das ist sehr selten, weshalb man es auch Glückshaube nennt."

„Glückshaube – wie schön. Mein kleines Glückskind." Vorsichtig strich sie ihrer Tochter über die Wangen. „Ist sie nicht wunderschön?"

„Oh ja", sagte eine Stimme im Hintergrund.

„Tom, was machst du denn hier?", fragte Terence.

„Dieser Simon hat mir die Handtücher und den Topf mit ziemlich heißem Wasser in die Hand gedrückt und sich dann vom Acker gemacht."

„Hey, wenn Sie mich weiter so anstarren, verlange ich Eintritt", wies Maisie ihn mit strenger Stimme zurecht. Gleichzeitig musterte sie ihn mit unverhohlenem Interesse.

Rufus absolvierte währenddessen einige Dehnübungen. Anscheinend war die ungewohnte Geburtshelferstellung nicht spurlos an ihm vorübergegangen. „Sollten wir nicht doch Ihren Mann holen?"

„Meinen Mann? Ach, Sie meinen Simon. Typisch, nicht wahr, Ann?"

Die nickte wissend.

„Das wäre er wohl gerne. Wir sind nicht verheiratet."

„Aber er ist der Vater?"

„Ja. Aber ich glaube nicht, dass wir beide ihn groß brauchen, nicht wahr, meine Süße?" Sie gab dem Baby einen zarten Kuss auf den Kopf.

„Aber er will doch bestimmt sein Kind sehen", meinte Terence. „Tom, holst du ihn bitte?"

Einige Minuten später kehrte Tom zurück. Allein. „Ich konnte ihn nirgends finden."

„Das ist ja wieder einmal typisch." Maisie schüttelte den Kopf. „Möchten Sie sie mal halten?", fragte sie Tom auf einmal.

„Ich?" Er sah aus, als hätte man ihn gebeten, als Prinzessin den Frosch zu küssen.

„Ja, Sie. Ich fände es ganz gut, wenn die Kleine ein bisschen männliche Energie auffangen würde. Die beiden Alternativen in diesem Raum arbeiten sich gerade an meiner Unterleibsregion ab und scheiden daher aus."

„Die Nachgeburt ist wichtig", protestierte Rufus, wurde jedoch von Tom abgelenkt, der den Säugling etwas unbeholfen in die Arme nahm.

„Sie müssen schon ihren Kopf abstützen", rügte Maisie ihn.

Ja, dachte Terence, das ist eindeutig Sigourney Weaver in *Alien*.

„Okay, okay. Ich glaube, jetzt habe ich es raus." Tom schnaufte erleichtert auf.

Wieso haben wir gerade keine Hand frei, um ein Foto zu schießen, bedauerte Terence, als er in den nächsten Sekunden Zeuge eines nie gesehenen Schauspiels wurde: Tom, der bekennende Kinderhasser, strahlte das Baby selig an und bekam tatsächlich feuchte Augen!

„Nun schau sich das einer an", flüsterte Rufus ihm zu.

„Tja", entgegnete Terence, „gegen die Wunder der Natur ist selbst der überzeugte Egozentriker Tom machtlos." Er dachte an die Geburt seiner beiden Kinder und daran, wie wunderschön Sue mit den Babys ausgesehen hatte. Sein Herz krampfte sich vor Wehmut zusammen.

45

Es war alles so seltsam. Sue war ihrem Vater tatsächlich dankbar, dass er sie ohne Vorwarnung allein gelassen hatte. Denn Arbeit bedeutete Ablenkung von diesen verdammten Schuldgefühlen, die sie überfallartig heimgesucht hatten – in der Dusche.

Die Euphorie nach dem Angebot des Maklers? Im Ausfluss verschwunden wie das Wasser, das über ihren Körper lief. Die Erinnerung an Leif? Böses, böses Mädchen! Was hatte sie nur getan? Was hatte sie sich dabei gedacht? Sie hatte Terence nicht verdient. Sie war schlecht. Sie war untreu. Sie hatte sich einem fremden Mann hingegeben und es genossen. Sie würde das büßen müssen, genauso wie das gute Angebot von Mackenroth. Oh Terence, du verdammter Idiot. Eine rasende Sehnsucht nach ihm überfiel sie. Sie hatte es vermasselt. Nie wieder konnte sie das gutmachen. Tausend ähnliche Gedanken marterten sie, bis sie schließlich aus der Dusche taumelte, weil ihre Haut begann, vom Schrubben mit der Sisalbürste zu schmerzen.

Doch bald hatte sie keine Zeit mehr, sich für das, was sie getan hatte, gedanklich zu geißeln, denn sie steckte mitten in den Vorbereitungen für die Hochzeitsfotos des frischgebackenen Ehepaares Buchecker. Dabei wurde sie interessiert von einem japanischen Fernsehteam beobachtet, das am Ufer ein Päuschen einlegte. Offenbar gab es bezüglich des immer noch verschwundenen Germanisten-Pärchens nichts Neues, das sich journalistisch verarbeiten ließ.

Zusammen mit Philipp, der mit Begeisterung die Rolle als einziger Mann im Haus übernahm, stellte sie das Podest auf, auf dem später die Hochzeitsgäste Platz nehmen sollten, während Amy das Boot dekorierte, in dem das verliebte Paar posieren würde. Als die Drei ihr Werk betrachteten, fingen die Kirchenglocken an zu läuten.

„Jetzt kommen sie gleich", sagte Sue.

„Sollen die Leute gleich aufs Podest?", fragte Philipp.

„Ja", meinte Sue. „Wenn wir mit dem Gruppenfoto fertig sind, können die Gäste ins Wirtshaus vorgehen und ich mache noch die Fotos vom Brautpaar im Boot."

„Darf ich auch eins machen?", bettelte Philipp.

„Schau'n wir mal", antwortete Sue ausweichend. Einen herumzappelnden Elfjährigen konnte sie heute nicht gebrauchen. Nicht dass irgendjemand noch ein unfreiwilliges Bad nahm – so unvergesslich müsste die Hochzeit auch wieder nicht werden. Sie nickte Martha und Melitta zu, zwei von Hildes besten Freundinnen, die von der Kirche zum Ufer spaziert kamen. Die beiden waren keine Hochzeitsgäste, sondern lediglich neugierig. Leider nicht nur wegen der Trauung. Jetzt kamen sie auch noch direkt auf sie zu. Sue betrachtete konzentriert die Kamera und drehte völlig sinnfrei am Objektiv.

„Grüß dich, Susi", kam es im Duett und zuckersüß. Was hieß, dass die beiden Informationen wollten.

Sue sah sich hilfesuchend um, doch Philipp und Amy waren wie von Zauberhand verschwunden.

„Wo ist denn dein Vater?", fragte Melitta.

„Hat einen Auswärtstermin", murmelte Sue vage.

„Da kann er aber froh sein, dass er dich hat", meinte Martha. „Der Huber Pepi hat ihn gestern auf dem Boot gesehen. Drüben, Richtung Schloss Grub."

Auf dem Boot? War das überhaupt fahrtüchtig? Philipp und sie hatten damit nicht fahren dürfen, weil er noch irgendetwas daran reparieren musste. Was sollte das alles? Und Schloss Grub – das war auf der anderen Seeseite!

„Er will halt das schöne Wetter genießen", antwortete sie ausweichend.

„Ein schönes Kleid hast du an." Melitta strahlte.

Sue sah an sich herunter. Es war ein geblümtes Sommerkleid, das von allem etwas hatte: ein bisschen Dekolletee, ein bisschen Ärmel, die ihre Oberarme schlanker aussehen ließen, und die richtigen Nähte um die Taille, die vom Bäuchlein ablenkten. „In Jeans wollte ich heute nicht so gerne kommen."

„Mei, die Kleine vom Moser Franz." Marthas Augen wurden feucht. „Ich weiß noch, wie sie bei mir in Handarbeit war. So schöne Topflappen hat sie gehäkelt. Aber jetzt hat sie eine gute Stelle bei einer Versicherung in Salzburg. So ein braves Mädel. Und jetzt ist sie eine Braut. Kennt ihr den Bräutigam?"

Sue schüttelte den Kopf, und Melitta rollte genervt mit den Augen.

„Kriegst du jetzt wieder deinen Moralischen?" zeterte sie, und wandte sich dann unvermittelt wieder an Sue. „Du hast heute Vormittag mit dem Mackenroth gesprochen."

Da ist es wieder, das Hallstatt-Syndrom, dachte Sue. Oder das Dorfsyndrom ganz allgemein. Die Leute reden über einen, noch bevor irgendetwas passiert ist. „Und – wisst ihr auch, wie viel er mir geboten hat?", ging sie in die Offensive.

„Lippenlesen können deine Nachbarn nicht. Leider", setzte Melitta nach und fing an zu lachen. „Furchtbar, gell, in London interessiert sich niemand für einen, und hier alle."

Sue musste mitlachen. „Da ist was dran. Jetzt müsst ihr mich bitte entschuldigen, die Arbeit ruft." Sie deutete auf die Gäste, die von der Kirche herbeiströmten.

Philipp und Amy waren auf einmal wieder da und wiesen die Leute auf geeignete Plätze. Oder weniger geeignete – Philipp stellte einen älteren Herrn von zwerghänlichen Dimensionen auf die oberste Reihe, vermutlich, weil er selbst am liebsten ganz oben gestanden hätte.

Schnell lief Sue zu ihrem Sohn. „Philipp, die Kleinen nach vorne, die Großen nach hinten."

„Die Kleinen müssen immer vorne hin, wo es langweilig ist", maulte er.

„In ein paar Jahren hast du das überstanden", tröstete sie ihn und lotste gleichzeitig den Herrn nach unten, wo er sich sichtlich wohler fühlte.

„Da wird sich dein Mann aber auch freuen", tönte auf einmal wieder Melittas Stimme hinter Sues Rücken, während sie versuchte, aus dem chaotischen Haufen der bestens gelaunten Gäste ein akzeptables Gruppenbild zu formieren.

Ignorieren, dachte Sue. Einfach ignorieren. Sie musste dies gut über die Bühne bringen, sonst bekam das Fotostudio Wallner gewaltigen Ärger.

„Jetzt komm und lass die Susi in Ruhe." Martha zog Melitta am Ärmel. „Du siehst doch, dass sie beschäftigt ist."

Melitta lenkte überraschend willig ein. „Na gut, dann schauen wir halt von weitem zu."

Langsam, sehr langsam entfernten sich beiden, blieben aber wie erstarrt stehen, als Amy rief: *„Here comes the bride!"* Ihre Augen ruhten fasziniert auf dem weißen Tutu-Traum der Braut.

Sue lächelte, als sie ihre schwärmerisch verzückte Tochter sah. Bei aller Coolness waren die Jungmädchenfantasien offenbar die gleichen geblieben. Der Prinz, die ewige Liebe, alles auf Rosen gebettet. Aus der japanischen Ecke wurde geklatscht, die Kameras surrten.

„Das Kleid macht sie ein bisserl wuchtig um die Hüften", lästerte Melitta.

„Ich finde es schön", widersprach Martha und verdrückte ein paar Tränen.

„Ich auch", hauchte Amy.

„Sie sieht aus wie Zuckerwatte", meinte Philipp.

„Dann schauen wir mal, dass wir sie genauso süß aufs Bild bekommen", sagte Sue.

Das war kein Problem, denn die Braut strahlte ohne Unterbrechung wie eine Million Watt. Sue freute sich schon auf die Paarfotos im Boot. Im Hintergrund die Berge, der blaue Himmel – konnte man besser in eine Ehe starten?

„Darf ich?" Fast andächtig arrangierte Amy die Schleppe des Brautkleids in der Plätte.

„Noch ein bisschen mehr nach rechts", rief Sue, "dann sieht es perfekt aus!" Sie sah durch das Objektiv und alles war dort, wo es sein sollte. „Ihr könnt los!", rief sie dem Bootsführer zu.

Zufrieden sah sie dem Trio nach und machte dem Ruderer im Stillen ein großes Kompliment, denn nichts wackelte und schaukelte. Man merkte gar nicht, dass das Boot in Bewegung war.

„Stopp!", rief sie ihm zu, als er die richtige Entfernung erreicht hatte. Konzentriert schaute sie in das Objektiv, stellte alle Parameter richtig ein und kontrollierte alles zur Sicherheit noch zwei Mal.

„Jetzt so hinstellen, wie wir es besprochen haben!", rief sie auf den See hinaus.

Für das erste Motiv sollten die beiden stehen und sich verliebt in die Augen sehen. Sue machte fünf Aufnahmen und hatte so ein Gefühl, dass die Dritte perfekt war. Nun ging es an das zweite Motiv. Die Braut sollte sitzen, während ihr Mann das Ruder in der Hand hielt. Über diese Symbolik wollte Sue nicht intensiver nachdenken. Hauptsache, die beiden hatten kein Problem damit. Mit ihren Händen bedeutete sie dem Bootsfahrer, dass er so bleiben sollte. Wieder machte sie einige Aufnahmen, als plötzlich irgendetwas an ihrem rechten Fuß zwickte. Als sie nach unten sah, blickte sie auf das wuschelige Fell eines Hundes, der offenbar einen Narren an ihren pinkfarbenen Schuhen gefressen hatte.

„Geh weg", zischte Sue und versuchte, den Hund loszuwerden. Offenbar war es jedoch das falsche Kommando: Jetzt fing er auch noch an, an ihrem Kleidersaum zu spielen.

„Braver Hund", versuchte sie es noch einmal. Als das nichts nützte, rief sie: „Philipp, Amy!" Funkstille. Typisch, wenn man die beiden brauchte, waren sie nicht da. Plötzlich verschob sich der Schwerpunkt in ihrem Körper. Nach vorne. Sie hatte das Gefühl, sich selbst dabei zusehen zu können, wie sie sich der Oberfläche des Sees näherte. Doch als sie in das kalte Wasser platschte, war sie wieder sehr bei sich. Sie hörte das Klicken diverser Kameras und das aufgeregte Schnattern der Japaner. Das war Tourismuswerbung mit Körpereinsatz. Sie sollte mit der Gemeinde über ein Honorar sprechen.

Sue versuchte, würdevoll aus dem Wasser zu steigen. Ursula Andress und Halle Berry hatten das in den James Bond Filmen doch auch ganz anständig hinbekommen. Immerhin waren ihre Haare nicht vollständig nass.

Mit flatterndem Herzen hob sie die Kamera ihres Vaters auf, die auf dem Grasstreifen lag. Im Gehäuse konnte sie einen Kratzer erkennen, ansonsten schien sie unbeschädigt zu sein. Schnell überprüfte sie im Durchlauf die gemachten Aufnahmen. Alles noch da. Ein Stein fiel ihr vom Herzen.

„Die Fotos sind in Ordnung", beruhigte sie die Brautmutter, die ihm Gegensatz zu ihrer Tochter keine Strahlemiene aufgesetzt hatte und wie ein Zerberus neben ihr stand. „Alles bestens."

In der Zwischenzeit war das Hochzeitsboot ans Ufer zurückgekehrt. Als das Brautpaar ausstieg, hielten die japanischen Filmleute voll darauf.

„Ist Ihnen etwas passiert?", fragte die Braut besorgt, ohne ihr Strahlen zu unterbrechen.

Sue winkte ab. „Alles ist noch dran, und den Fotos geht es bestens."

„Starker Auftritt", kommentierte der Bräutigam. Nur mühsam konnte er ein Lachen unterdrücken. „Das werden wir nicht vergessen, gell, Schatzi?"

Das Schatzi schüttelte den Kopf. „Nein, Mausebär, bestimmt nicht."

Sie sah zu Amy, die sich mit knallrotem Kopf abwendete, und zu Philipp, der mit dem Hund spielte. Diese Verräter.

Wunderbar – jetzt war sie die ultimative Lachnummer. Und das alles wegen eines Schuhfetischisten auf vier Beinen.

46

Seit zwei Tagen wurden die beiden Japaner vermisst. Bei aller Tragik war das ein Segen für die Fernseh- und Radiosender, die auf diese Weise das Sommerloch stopften, sowie für die Hotellerie, die in Hallstatt eher am Hungertuch nagte, da die meisten Touristen lediglich Tagesgäste waren. *Japan TV* hatte die Pension *Gundi* fest in seiner Hand, sogar ein Sushi-Service wurde aus Ischl organisiert, und das Studio Oberösterreich des ORF hatte ein Team ins Salzkammergut geschickt.

Sue hatte Stefan seit der Vermisstenmeldung nicht mehr gesehen, hatte aber von seinen Eltern erfahren, dass er mit den Hubschraubern der Bergwacht unterwegs war. Er tat Sue leid: Da konnte er einmal beweisen, dass er mehr drauf hatte als Aushilfstaxler zu spielen, und dann passierte ihm so etwas. Dabei war Sue sich sicher, dass er keine Schuld daran trug. Schließlich handelte es sich bei den Teilnehmern der Tour um Erwachsene, die eigentlich gut genug auf sich aufpassen konnten.

Sue starrte konzentriert auf den PC-Monitor im Arbeitszimmer ihres Vaters und überarbeitete Porträtfotos, als völlig überraschend Franz mit großem Gepolter ins Studio einfiel.

„Gar ned so übel", meinte er nach kurzer Begutachtung von Sues Arbeit und tätschelte ihr die Schulter.

„Danke", antwortete Sue knapp. „Grüß dich erst einmal. Bleibst jetzt hier?"

„Noch nicht."

„Was soll das heißen, noch nicht?"

„Ich hab noch etwas zu erledigen."

„Und was genau?"

Franz winkte ab. „Es ist noch zu früh."

„Da schau her. Ein Geheimprojekt also. Weißt Papa, langsam werde ich richtig neugierig." Sie warf ihm, wie sie hoffte, einen gnadenlosen und unerbittlichen Blick zu, doch Franz hatte sein Pokerface aufgesetzt. Da ging nichts. Und war da nicht ein leichtes Grinsen, das sich anbahnte? Der verarschte sie! Ihr eigener Vater! Gut, wenn er meinte. Dann fragte sie halt nicht weiter. Ältere Herrschaften wurden ja mitunter seltsam. Die einen kauften sich eine Harley, die sie mit ihren schwindenden Muskeln gar nicht mehr beherrschen konnten, die anderen eine Stereoanlage für 30.000 Euro, deren fein austarierte Frequenzen einem Senioren-Ohr nicht mehr zugänglich waren, und manche fuhren mit reparaturbedürftigen Booten auf dem See herum. Bitte schön. Jetzt grinste er sie auch noch breit an. So breit, dass sich in ihrer Magengegend ein ungutes Gefühl aufbaute.

Endlich ließ er seine Neuigkeit los. „Weißt du, dass du unser neuer Star im Netz bist?"

„Nein", antwortete sie ein wenig zickig. „Ich muss ja arbeiten und habe keine Zeit fürs Surfen."

„So viel Zeit muss schon sein." Franz schnappte sich die Maus und klickte auf das Icon für den Internetzugang. Nach wenigen Sekunden war sie da, ihre Blamage am Hochzeitstag der Bucheckers. Leider gestochen scharf. Obwohl Sue vor Scham fast im Boden versinken wollte, konnte sie ihren Blick nicht von dem Video wenden. Es war peinlich. Nein, mehr als das. Es war demütigend. Wie unbeholfen sie sich aus dem Wasser kämpfte – das konnte von einem Bond-Girl gar nicht weiter entfernt sein. Hatte sie sich wirklich mit Ursula Andress und Halle Berry verglichen? Begossener Pudel traf es schon eher.

Franz lachte schallend. „Ich wette, wir kriegen bald viele auswärtige Hochzeitspaare, die sich von dir im Boot fotografieren lassen wollen."

Sue schüttelte fassungslos den Kopf, und nun merkte auch Franz, dass ein paar tröstende Worte nicht schaden würden. „In ein paar Tagen ist das nicht mehr interessant."

„Das geht nie mehr weg!" Sie schloss resigniert die Augen. „Das war dieses blöde Fernsehteam aus Japan. Die sollen lieber ihre Vermissten suchen, als Unschuldige zum Affen zu machen."

„Ich muss dann mal wieder", sagte Franz schließlich unvermittelt.

„Wann bist du wieder da?", fragte Sue, ohne auf eine wirkliche Antwort zu hoffen.

„Schwer zu sagen."

Diese Antwort war höchst unbefriedigend. Erst jetzt bemerkte sie, dass ihr Vater eine große Sporttasche neben dem Tisch abgestellt hatte.

„Was ist da drin?", fragte sie.

„Nichts Besonderes", wich Franz aus.

„Lass mal sehen", insistierte sie.

„Was soll das?", protestierte Franz, eher kläglich.

„Okay", murmelte Sue und zog den Reißverschluss auf. In der Tasche waren Flossen, Schnorchel, Taucherbrille, Taucheranzug. Vaters komplette Tauchausrüstung. Das Einzige, was fehlte, war die Flasche mit Pressluft.

„Du planst einen Tauchausflug?" Sue sah ihren Vater verwirrt an. „Warum machst du daraus so ein Geheimnis?"

Franz zuckte leicht mit den Schultern. „Du hast es ja nicht so mit dem Tauchen."

„Ach so. Ja dann." Sie glaubte ihm kein Wort. Und sie hatte die Nase langsam voll von der fortgesetzten Geheimnistuerei. Sie musste ihn aus der Reserve locken. „Wenn du tauchen gehst und mir nicht sagen kannst, warum und für wie lange, dann sperre ich zu – Betriebsferien!"

Franz protestierte nicht, im Gegenteil, er nickte ihr zustimmend zu, allerdings wirkte sein Blick seltsam abwesend.

„Ich sperre zu, Papa. Betriebsferien", wiederholte sie langsam und deutlich. Er nickte.

Sue schüttelte den Kopf. Noch nie in vierzig Jahren hatte Franz Wallner seinen Laden wegen Urlaubs geschlossen. Und getaucht hatte er ihres Wissens auch schon ewig nicht mehr. Da musste etwas Gewaltiges im Busch sein. Das ungute Gefühl in ihrer Magengegend wurde stärker.

47

Am Tag nach der Baumhaus-Geburt lief alles glatt. Der Himmel über dem Süden Yorkshires war mit malerischen Schäfchenwolken betupft, die einen höchst angenehmen Schatten auf die Erde warfen. Es gab keine Staus, keine Gatter, keine wild grasenden Schafe. Keine Demonstrationen und unbedarft mit Pfeilen um sich schießende Imitatoren mittelalterlicher Helden. Dann fanden sie auch noch in einem Pub trotz der Mittagszeit einen großen Tisch für sich, und das Essen – Frikadellen mit Stampfkartoffeln und dicker Zwiebelsoße – schmeckte hervorragend.

„Dick?", fragte Neil, nachdem er seinen Teller zufrieden von sich geschoben hatte.

„Mh?" Der Angesprochene kaute noch auf seinem Fleisch herum.

„Was hast du dir heute noch Unvorhergesehenes für uns ausgedacht? Eine Ufo-Landung?"

Dick musste schlucken, bevor er antwortete. „Gab's nicht. Die hat uns eine Reisegruppe aus Phoenix, Arizona, vor der Nase weggeschnappt."

Überflüssig zu erwähnen, dass Neil dort lebte.

„Die wissen halt, was gutes Entertainment ist. Wie seht ihr das?" Neil blickte in die Runde. „Irgendwie ist es heute richtig langweilig."

„Kann ich nicht bestätigen", widersprach Terence. „Aber du bist der lebende Beweis für den Gewöhnungseffekt. Fürs nächste Jahr wirst du vorschlagen, einen Animateur mitzunehmen."

Neil signalisierte mit seinem Zeigefinger ein Nein. „Wenn, dann eine Animateurin."

„Diese Antwort hätte ich jetzt eher von Tom erwartet", meinte Rufus.

Doch der telefonierte schon wieder mit Maisie. Wie bereits beim Frühstück. Und was er tat, wenn die anderen nicht dabei waren, wusste nur seine Telefongesellschaft.

„Schon allein dafür hat sich die Tour gelohnt." Dick deutete auf Tom, der breit lächelnd in sein Smartphone sprach.

„Und wie geht es der kleinen Prinzessin?" säuselte er regelrecht.

Rufus riss erstaunt die Augen auf. „Das könnte fast eine Weihnachtsgeschichte sein. Der Egozentriker wird geläutert."

„Dann hat Simon bei Maisie vermutlich ausgespielt", sagte Terence. So wie es aussah, war der arme Kerl dieser Frau noch nie gewachsen gewesen. Maisie. Sie war einen Kopf größer als Tom, mit einem Sozialverhalten wie frisch von der Militärakademie. Vielleicht war sie genau das, was dieser bequeme, oft selbstgefällige Playboy brauchte.

Er selbst hatte auf jeden Fall noch am vorigen Abend einen Blumenstrauß für Sue bestellt. Irgendwie wollte er zeigen, wie glücklich er war, dass er sie hatte.

48

„Wie wäre es mit einem Badetag auf dem Boot? Mit Picknick?", fragte Sue, als sie ins Wohnzimmer lugte, wo Amy und Philipp einträchtig das Sofa besetzten und eine dieser unsäglichen Dokusoaps ansahen, die nachmittags im Fernsehen liefen. „Das Wetter passt, und das sollten wir ausnutzen."

„Mit Schnitzel und Kartoffelsalat?", fragte Philipp.

„Natürlich. Die könnt ihr beiden beim Fleischhauer holen, während ich die Sachen zusammenpacke."

„Okay", meinten die beiden großzügig, und bereits zwanzig Minuten später waren sie auf dem Weg zu Hildes Schiffhütte. Zu Fuß wären es keine zehn Minuten dorthin gewesen, doch mit dem Auto dauerte es eine gute Viertelstunde. Genau genommen war es nicht Hildes Bootshaus, sondern das ihres Nachbarn. Aber es war ihr Ruderboot, das sie immer schon dort einstellen konnte. Das schwere Holzboot war von ihrem Vater und Philipp vor einigen Tagen frisch geputzt worden, weshalb Philipp es quasi als sein Eigentum betrachtete. Fachmännisch installierte er die Ruder und setzte sich auf die Ruderbank.

Amy hatte es sich in ihrem Bikini auf der halb aufgepumpten Luftmatratze vorne im Bug bequem gemacht und kramte hektisch in ihrer Tasche. Was für eine wunderbar feingliedrige Figur sie hat, dachte Sue ohne jeden Anflug von Eifersucht. So hätte sie in diesem Alter auch gerne ausgesehen – was sie, wenn sie die Bilder von damals anschaute, auch getan hatte, zumindest fast. Auf jeden Fall war sie nicht der Bauerntrampel gewesen, als den sie sich immer gesehen hatte. Wieso hatte sie das damals nicht gewusst? Das hätte ihr einiges an Seelenpein erspart. Zwar hatte ihr Vater immer gesagt:

„Spinnst jetzt?", wenn sie wieder über ihre Formen gejammert hatte, aber welcher Teenager glaubte schon seinem Vater? Apropos Vater – sie konnte sich immer noch keinen Reim auf sein seltsames Verhalten machen. Vielleicht begegneten sie ihm auf dem Wasser und konnten so etwas Licht in sein geheimnisvolles Projekt bringen. Aber jetzt war es höchste Zeit, dass sie selbst auf den See kamen.

„Willst du steuern?", fragte sie ihre Tochter, die nun den Inhalt ihrer Tasche auskippte und leise fluchend zwischen den Massen an Mini-Nagellacken, Lipgloss, Kaugummis, Haargummis, Tampons und uralten Kinoeintrittskarten herumfuhrwerkte.

"Keine Zeit, Mom", murmelte sie zerstreut. „Außerdem muss ich die neue Glamour lesen. Da ist ein Artikel über Chloë Moretz drin, den ich unbedingt lesen muss. Ich habe sie mir gerade vorhin heruntergeladen."

Natürlich, so ein Artikel über eine Sue völlig unbekannte Schauspielerin oder was auch immer war natürlich wichtiger als im echten Leben Kapitän spielen zu dürfen.

„Dafür rudere ich Mom, okay?", verkündete Philipp, der Meister der rhetorischen Fragen. Er umklammerte die Rudergriffe, als würde er sie nie wieder hergeben.

Sie lächelte ihren Sohn an. „Na, dann mal los."

„Halt, nein, ich muss noch mal ins Auto." Amy war so abrupt im Boot aufgesprungen, dass es bedrohlich schaukelte. „Mein Phone muss im Auto aus der Tasche rausgerutscht sein."

„Mensch, pass doch auf!" Philipp schrie fast vor lauter Angst und ließ eines der Ruder los.

Sue zog das Steuerruder sanft nach links und konnte so das Boot wieder stabilisieren. „Amy, ein bisschen Nachdenken ist manchmal nicht schlecht."

„Das alles nur wegen einer blöden Zeitschrift. Mädchen sind so was von bescheuert." Verärgert spritzte er mit dem Ruder in Richtung Amy.

Die bekam den Platscher auf den Rücken und ließ einen spitzen Schrei los. Sie drehte sich um und zeigte ihrem Bruder den Stinkefinger. „Warte nur, bis ich zurück bin", drohte sie ihm.

„Ruhe, ihr beiden", ging Sue dazwischen. „Sonst geht es sofort zurück, und ihr bleibt im Haus." Kaum hatte diese Drohung ihren Mund verlassen, wurde ihr bewusst, wie wirkungslos sie war. In Zeiten von Internet, Smartphones und PC-Spielen war das Zuhausebleiben keine Strafe mehr. Also legte sie nach: „Und alle Geräte bleiben aus."

Die Kinder begriffen den Ernst der Lage und mutierten zu braven Lämmchen. Kurze Zeit später glitt das Boot ruhig über das Wasser. Sue hatte Philipp den Takt vorgegeben, ganz so, wie sie es früher von Hilde gelernt hatte, und nach anfänglichen Schwierigkeiten hatte er den Dreh schnell heraus. Wie sehr hatte sie diese Ausflüge geliebt, die natürlich nur sonntags stattfanden. Sie lächelte, als sie daran dachte, wie sie sich als Teenager davor gedrückt hatte. Wieso eigentlich? Sie erinnerte sich, dass man nicht im Badeanzug mit dem Boot unterwegs war, sondern im Sommerkleid, oder noch schlimmer, im Dirndl. Egal, wie heiß es war. Dann klebte die Dirndlbluse am Körper, und der Gummibund der Ärmel hinterließ tiefe Eindrücke im Oberarm.

„Mom, pass auf den Schwan auf!", rief Amy plötzlich von vorn. Ein Wunder, dass sie ihn bemerkt hatte, so vertieft war sie bis jetzt in ihr Handy gewesen. Der Artikel über diese Chloë Dingsbums war offenbar so aufwühlend, dass unzählige SMS Richtung Heimat gesendet werden mussten.

Zum Glück hatte die EU die Roaminggebühren drastisch gesenkt.

Der Schwan schlug bereits mächtig mit den Flügeln. Erst jetzt bemerkte sie, dass in geringer Entfernung das Weibchen mit seinen Jungen unterwegs war.

„Philipp, schnell, mach ein paar schnelle Schläge, damit wir von hier fortkommen." Sie lenkte das Boot weg von den beiden wunderschönen Tieren und den Untiefen der Halbinsel. Ein prüfender Blick Richtung Westen bestätigte sie. „Wir sind zu nah an die Schwaneninsel am Durchlass gekommen", klärte sie ihre Kinder auf.

„Was ist denn daran so schlimm?", fragte Philipp, der seine Mutter ob ihres Manövers verwundert ansah.

„Wenn Schwäne ihre Jungen dabei haben, solltest du niemals zu nahe an sie herankommen. Dann fühlen sie sich bedroht und greifen dich an."

Philipp wirkte nicht überzeugt. „Die sind doch nicht besonders groß, was soll da schon passieren?"

„Das täuscht. Wenn ein Schwan sich aufrichtet, ist er sehr, sehr groß. Und ein Biss tut sehr weh." Sue rieb unwillkürlich ihr rechtes Schienbein. Als kleines Kind hatte sie das am eigenen Leib erfahren. Eine Erfahrung, die sie Philipp gerne ersparen würde.

Der nickte kurz, und dann ging es ungestört weiter, bis sie schließlich an ihrem Ziel in Obersee anlegten. Voller Appetit stürzten sie sich auf die kalten Schnitzel und den Kartoffelsalat. Zum Nachtisch gönnte Sue sich ein Schläfchen, und die Kinder holten sich ein Eis vom nahe gelegenen Kiosk.

Stunden später, wie es Sue schien, wachte sie wieder auf. „Wie spät ist es?", fragte sie verwirrt. Nach einem kurzen Blick auf ihr Smartphone antwortete Amy:

„Kurz nach vier."

„Dann habe ich ja gar nicht so lange geschlafen."

„Aber tief", lachte Amy. „Du hast geschnarcht."

„Nein."

„Doch."

„Das stimmt", mischte Philipp sich ein.

Das auch noch, dachte Sue. Wurde man ab 40 immer peinlicher? Sie hatte doch noch nie geschnarcht, zumindest hatte Terence sich nie darüber beklagt. Vielleicht waren auch nur ihre Nebenhöhlen etwas verstopft. Es trat eine kurze Denkpause ein. Verstopfte Nebenhöhlen im August? Eher nicht. *Du wirst alt*, Sue Urquhart. Bald bist du ein sabberndes Etwas mit schütterem, grau-gelbem Haar, das ohne Windelhöschen nicht mehr über den Tag kommt.

„Mom", sagte Amy ungewohnt zaghaft und lenkte Sue netterweise von ihren Zukunftsvisionen ab.

„Ja, mein Schatz?"

„Mit Dad ist doch alles in Ordnung, oder?"

Sue fühlte, wie sie rot wurde. Das fehlte gerade noch, dass sie vor Amy die Fassung verlor. Sie fächelte sich Luft zu. „Mann, ist das heiß hier. Dein Vater? Klar ist mit ihm alles in Ordnung. Dem geht es gut. Der ist mit seinen Freunden unterwegs. Keine Neuigkeiten sind gute Neuigkeiten."

Amys Blick war skeptisch. „Und mit dir?"

„Mit mir ist auch alles in Ordnung. Das siehst du ja." Sie strich Amy über die Wange. „Alles bestens. Wunderbar." Noch ein Wort mehr und ein Blitz würde sie erschlagen.

Amy schien jedoch immer noch nicht zufrieden zu sein. „Wenn wir wieder zu Hause sind, ist doch alles wie immer, oder?"

Das hoffe ich nicht, dachte Sue. „Klar", sagte sie.

Sie setzte ein Lächeln auf und hoffte, dass niemand ihr ansah, wie elend sie sich plötzlich fühlte.

„Wir sollten zurück", sagte sie. „Sonst wird es zu spät."

Wenn es das nicht schon war.

Es war bereits der dritte Tag, an dem die japanischen Stifter-Fans vermisst wurden, und Hallstatt befand sich mittlerweile fest in japanischer Hand. Der Bürgermeister Markus Kronreiter gab vor dem Brunnen am Marktplatz den engagierten Lokalpolitiker und hielt Hof, umgeben von einem Aufnahmeteam von *Iyama TV*. In breitem Austro-Englisch sprach er in das lila Puschelmikrofon eines Reporters, der so zart gebaut war, dass sogar Amy neben ihm wie eine Matrone aussehen würde. Sue musste grinsen, wie schamlos Kronreiter, den sie von der Schule her kannte, seinen Rustikaldialekt übertrieb. Denn er konnte auch anders – schließlich war er ein Jahr als Austauschschüler in den USA gewesen und hatte sich nach seiner Rückkehr ständig seinen Midwest-Akzent heraushängen lassen. Nun ja, die Zeiten änderten sich, und als einer der Honoratioren von Hallstatt wollte er offenbar für ein wenig Lokalkolorit sorgen. Dazu gehörte wohl auch das Tragen einer Bergrettungsmontur. Was für eine wunderbare Verkleidung für diesen Mann, der, soweit Sue sich erinnern konnte, außerhalb der obligatorischen Schulausflüge niemals freiwillig auf einen Berg gegangen war.

Nun war das Interview offenbar beendet, und der Reporter ließ auf der Suche nach weiteren Hallstätter Sensationen seinen Blick schweifen. Noch ehe Sue sich verstecken konnte, hatte er sie bemerkt. Aufgeregt zupfte er seinen Kameramann am Ärmel und lief zu ihr.

„You are the lady who fell into the lake, ha ha ha." Der Reporter konnte sich ob seines phänomenalen Gedächtnisses nicht mehr beruhigen.

Du mickriger kleiner Witzbold, dachte Sue. *Ich hasse das Internet. Ich hasse es, eine Witzfigur zu sein, über die sich jeder Idiot von Timbuktu bis zur Seiseralm amüsieren konnte. Ich sollte mich zum Hacker ausbilden lassen und als Rächerin aller unfreiwilligen Opfer im Netz agieren. Gibt es das als Fernstudium?*

„Yes, and I loved it", *log Sue ungerührt. Und wie ich es erst lieben würde, dir deinen lächerlich dünnen Hals umzudrehen. Du Zwerg hast mich zu einer Lachnummer gemacht.* „Und ich liebe auch die vielen Klicks, die ich auf *You Tube* schon bekommen habe." Sie lächelte so strahlend, als wäre ihr im Leben noch nie etwas Schöneres widerfahren. *Am liebsten würde ich dich an deinen gegelten Haaren verkehrt herum aufhängen und dich nackig, nur mit deinem Mikrofonpuschel bekleidet, auf einer Plätte mit Leck unmittelbar vor einem Gewitter mitten auf dem See aussetzen. Und ja, du blöder Depp, ich würde deinen Überlebenskampf filmen und fünf Minuten später bei allen Foren einstellen, die ich im Netz finden kann.* „Ich liebe es, berühmt zu sein." Sie lachte fast schon so übertrieben wie Sondra.

Irgendetwas an ihrem Tonfall brachte den Moderator dazu, mit seinem Jungmädchengekichere aufzuhören und stattdessen sein T-Shirt, auf dem ein weißes Kätzchen abgebildet war, zurechtzuzupfen.

„Uyeda ist anstrengend", bestätigte Markus. „Er ist ein bisserl hyperaktiv. Kein Wunder bei dem vielen Quecksilber im Trinkwasser von Tokio. Und bei der Radioaktivität überall." Er lächelte ihm zu. „Aber was soll's, da müssen wir durch. Dafür bin ich jeden Tag im japanischen Fernsehen."

„Tatsächlich? Und was machst du da so?"

„Ich bringe den Japanern unsere einzigartige Kultur näher."

„Sehr schön, Markus. Schick diesen Uyeda doch mal ins Bergwerk. Zwerge wie er tun sich da traditionell leicht."

Markus sah sie lange an. „Bist du sauer wegen dem Video im Internet?"

Sie rollte die Augen gen Himmel. „Begeistert bin ich nicht gerade."

„Nimm's leicht. Ist doch eh schon Schnee von gestern."

„Ich hoffe, du hast recht."

„Freilich habe ich recht. Mittlerweile sind schon zig andere auf *You Tube* voll bekleidet ins Wasser gefallen. So leid es mir tut, Sue, du bist schon aus den Schlagzeilen."

„Schade, jetzt hätte ich mich gerade daran gewöhnt." Sie zupfte ihm seine Jacke zurecht. „Ich kann nicht glauben, dass du wirklich rauf auf den Berg gehst."

„Als Bürgermeister ist es meine Pflicht, die Rettung der beiden nach Kräften zu unterstützen", sagte Markus.

„Die Phrasen kommen dir so was von locker über die Lippen", wunderte sich Sue. „Aus dir ist tatsächlich ein richtiger Politiker geworden."

„Das sind keine Phrasen, es ist mir ernst", bekräftigte er.

Ein Hubschrauber flog Richtung Plassen. Beide sahen ihm nach, bis er aus dem Sichtfeld verschwunden war.

„Was meinst du, wo die beiden sind?", fragte Sue.

„Ich könnte mir vorstellen, dass die zur Höhle wollten. Wie die Kinder aus Stifters Erzählung."

Sue nickte. „Wenn sie ein bisschen romantisch veranlagt sind, war das sicher ihr Plan. Vielleicht wollte er ihr in der Höhle sogar einen Heiratsantrag machen."

Markus knuffte sie in den Oberarm. „Du bist auf jeden Fall romantisch, Susi." Er schüttelte belustigt den Kopf. „Ein Heiratsantrag. Das wäre allerdings eine gute Geschichte." Noch bevor er sich weiteren Visionen von sich als japanischem Fernsehstar hingeben konnte, meldete sich sein Handy. Es war ein kurzes Gespräch, das hauptsächlich aus Kopfnicken und einem kurzen „Ja" bestand. Danach sagte er bedauernd zu Sue: „Ich muss los".

„Pass auf dich auf, oben am Berg!", rief sie ihm nach, während er von Uyedas Kameramann verfolgt wurde.

„Was ist jetzt an einem Heiratsantrag in einer eiskalten Höhle romantisch?", fragte Philipp.

Sue zog überrascht die Augenbrauen nach oben. „Hey, ich dachte, du hast gar nicht bei dem langweiligen Erwachsenengespräch zugehört."

„Ich hatte gerade nichts Besseres zu tun. Also?"

Sein Tonfall war so betont lässig, dass Sue beinahe laut aufgelacht hätte. Aber sie beherrschte sich und überlegte stattdessen kurz. In einer Höhle war es dunkel und kalt und frau sah streng genommen nicht genau, auf wen sie sich einließ. „Wenn ich es mir recht überlege, gar nichts."

„Okay. Gehen wir jetzt endlich heim? Ich habe Hunger."

Nach dem Essen sahen sie sich ein Roadmovie an. Eigentlich mochte sie dieses Genre, doch sie konnte sich beherrschen, wenn die Hauptpersonen vier infantile Möchtegernerwachsene Mitte 30 waren, die sich auf einem Junggesellenabschiedstrip nach Las Vegas befanden und sich darüber amüsierten, nach einer durchzechten Nacht ein Baby in einem Schrank zu finden und ihm eine riesige Sonnenbrille aufzusetzen. Auf diesem Niveau dümpelte die Handlung dahin, doch Amy und Philipp kreischten vor Lachen. Sue hingegen war mit ihren Gedanken ganz woanders. Dort, wo sie seit ihrer Erkenntnis in der Dusche am Tag zuvor war. Dass sie schlecht war, bla bla bla. Sie konnte es selbst nicht mehr hören, wie sich ihre Gedanken im Kreis drehten. Daher war sie ganz froh, als es an der Tür klingelte. Träge rappelte sie sich vom Sofa hoch und öffnete einem großen Blumenstrauß. Nein, nicht groß. Riesig. Mit dünnen Beinchen, die in Jeans steckten.

„San Sie de Sue Urkwart?"

Der Blumenstrauß war offenbar ein Einheimischer.

„Ja."

„Dann ist der für Sie."

„Einen größeren haben S' nimmer gehabt?"

„War so bestellt. Aus England."

Sue drückte dem Boten ein Trinkgeld in die Hand und betrachtete den Strauß. Es war ein Traum aus Rosen, weißen Knopfchrysanthemen, Kornblumen und Levkojen – ihren Lieblingsblumen – mit viel Grün in allen Schattierungen. Das Herz schlug ihr bis zum Hals. Terence dachte an sie, obwohl er mit seinen Jungs unterwegs war. Sie war gerührt. Gott, wie sie ihn vermisste. Und sie war durcheinander, denn so einfach war das nicht. War nicht Terence schuld an dem ganzen Schlamassel? Plötzlich konnte sie den Strauß nicht mehr sehen.

„Wenn du glaubst, du kannst dich so billig freikaufen, mein lieber Terence, hast du dich getäuscht", murmelte sie, ging nach draußen auf den Marktplatz und warf den Strauß in den Abfallkorb.

Zwei ältere Damen, die ihren Weg kreuzten, unterbrachen ihr angeregtes Geplauder und warfen ihr vorwurfsvolle Blicke zu. Sue zuckte mit den Schultern. Es tat ihr ja leid um die Blumen, aber nicht um die Geste. Und der dicke Umschlag, der im Strauß steckte? Der kam ins Altpapier. Was sollte da schon groß drin stehen? Vermutlich nichts als Banalitäten, die mit ‚Darling' endeten.

Durch das Fenster sah sie, wie eine der beiden Damen den Strauß aus dem Abfall holte. Ich wünsche euch viel Freude damit, dachte Sue.

„Philipp, stell sofort den Schlauch ab!"

Sues Nerven waren zum Zerreißen gespannt. Heute kam Mackenroth mit den ersten Interessenten für das Haus, und sie fühlte sich wie vor einer wichtigen Prüfung. *Es geht nicht um dich persönlich*, versicherte sie sich immer wieder, woraufhin sofort das Gegenargument kam: *Aber es geht um meine Zukunft und die Zukunft des Hauses*. Sie wusste nicht, ob sie es ertragen könnte, wenn jemand dieses Haus schlecht machen würde, und das würden sie tun, die feinen Damen und Herren, die ihre Geldbündel in dieses Stück Land investieren wollten.

„Sorry Mom, aber du hast gesagt, dass heute alles glänzen soll." Sein Unschuldsblick war oscarverdächtig.

„Glänzen schon, mein Schatz, aber ich wollte hier kein neues *Water World* eröffnen. Es reicht, wenn die Blumen wie vom Tau geküsst aussehen. Jetzt komm und pack den Schlauch weg, in ein paar Minuten kommen die Ersten zur Hausbesichtigung."

„Nicht in ein paar Minuten, Mom", sagte Amy und deutete auf den roten Ferrari, der sich in die schmale Einfahrt zwängte, gefolgt vom Jaguar des Maklers.

„Wow, das ist der Testarossa", rief Philipp aufgeregt, „weißt du, der mit den 500 PS. So einen hat der Papa vom Colin auch in der Garage. Aber den fährt er so gut wie nie, sagt Colin."

Aus dem Ferrari schälte sich eine üppige Blondine in einem perfekt geschnittenen Wickelkleid (war das von Fürstenberg oder doch eher von Issa?) und High Heels. Einen größeren Kontrast zu Hilde konnte man sich nicht vorstellen. Was um Himmels willen wollte diese Frau mit diesem Haus? Kostümfeste feiern unter dem Motto „Unterm Dirndl wird gejodelt"?

Ich will es gar nicht sehen, wie diese Frau jeden Winkel hier begutachtet, dachte Sue und begab sich mit ihren Kindern auf die alte, von Wildrosen umrankte Holzbank im hinteren Teil des Gartens. Von dort aus beobachteten sie, wie Mackenroth die Interessentin, die einen kahlgeschorenen, stämmigen Begleiter im Schlepptau hatte, in das Haus lotste.

„Mom, meinst Du, die wollen es haben?" Philipp versuchte, ein Gänseblümchen mit seinen Zehen zu pflücken.

Sue zog ihre Schultern hoch und ließ sie wieder fallen. „Ich weiß es nicht. Kannst du dir vorstellen, dass die hier lebt?"

„Nein", kam es wie aus der Pistole geschossen von Philipp, und Amy meinte: „Das Haus passt doch überhaupt nicht zu der. Da gehört jemand rein wie Tante Hilde."

„Dann sind wir ja einer Meinung", sagte Sue zufrieden. „Mackenroth hat ja noch mehrere Kunden, die in Frage kommen. Heute sind angeblich drei weitere Termine vereinbart." Sie scheuchte eine Schwebfliege von ihrer Hand. „Wir werden sehen."

„Frau Urkwart, haben Sie einen Moment Zeit?" Mackenroth kam von der Veranda auf sie zu.

Das Pärchen folgte ihm langsam und machte währenddessen Fotos mit dem Handy.

„Darf ich vorstellen: Frau Rubicenko und ihr Architekt, Herr van Vaalen – Mrs Urkwart."

„Das ist ein schöner Platz, das muss man sagen."

Sie sprach mit einem kaum wahrnehmbaren, slawischen Akzent, und ihre Stimme war eine Überraschung: Kein quengelndes Kleinmädchen-Blondinen-Gepiepse, sondern ein volltönender, schmeichelnder Alt. Das war ein kleiner Pluspunkt, und Sue beschloss, ihre Vorurteile bezüglich falscher Blondinen mit künstlich optimierter Oberweite für den Moment links liegen zu lassen.

Frau Rubicenko sah sich mit gespitzten Lippen um und ließ ihren Blick über den Garten schweifen. „Maarten, der Pool müsste dann da drüben Platz haben – was meinst du?" Sie zeigte genau dorthin, wo Philipp und Amy saßen.

Du liebe Güte – wozu brauchte man einen Pool, wenn man einen Steg am See hatte? Und wollte die allen Ernstes das lauschige Plätzchen mit der Bank und den Rosen dem Erdboden gleichmachen? Hatte die sie noch alle? Der Pluspunkt wegen der Stimme hatte sich soeben in Luft aufgelöst. Sue warf Mackenroth einen befremdeten Blick zu, doch der zeigte keine Regung. Wahrscheinlich war ein Pool direkt am See noch der harmloseste aller Sonderwünsche bei dieser Klientel.

„Aber ich weiß nicht", wandte sie ein und schüttelte nachdenklich den Kopf. „Mein Mann braucht viel Platz für sein Studio, und ich fürchte, das Grundstück ist dafür nicht ausreichend groß." Sie deutete auf den Garten zu ihrer Linken. „Wäre Ihr Nachbar bereit, diese Wiese zu verkaufen?"

Der alte Lohmeier? Sue musste sich zusammenreißen, um ernst zu bleiben. Nach den optisch eher mageren Jahren mit Hilde scharrte der bestimmt jetzt schon mit den Hufen, um endlich eine kurvige Blondine im Bikini anstarren zu können. Der und verkaufen bei diesen Aussichten? Niemals. Und was sollte das mit dem Studio? Wer war Rubicenkos Mann, dass er so etwas benötigte? Ein Musiker? Ein Masseur? Ein Filmproduzent? Kurz blitzte das Wort Erotik vor ihrem geistigen Auge auf. Wieso nicht? Diese Stimme wäre perfekt für Pornos geeignet – da hätten sogar Blinde ihren Spaß.

„Zur Not müsste man sich überlegen, das Haus da oben mitzukaufen."

Das wurde ja immer besser. Der Lohmeier und sein Haus abgeben?

Sue hatte Mühe, ernst zu bleiben. „Ob das möglich wäre, entzieht sich leider meiner Kenntnis. Ich bin sicher, Herr Mackenroth wird Ihnen hier weiterhelfen können."

Der nickte mit gezügeltem Enthusiasmus – schließlich kannte er Lohmeier nicht, dessen Familie seit unzähligen Generationen hier am See lebte. Das Gespräch zwischen den beiden wäre wahrscheinlich nach zehn Sekunden beendet. Sie lächelte und war froh, nicht Mackenroths Job zu haben.

„Papa, du kannst es dir nicht vorstellen." Sue war immer noch außer sich.

Wie gut, dass Franz ihnen an diesem Abend die Ehre seiner Anwesenheit gab, so dass sie sich bei ihm abreagieren konnte.

„Weißt du, was sie gesagt hat?" Sue setzte einen gelangweilten Gesichtsausdruck auf und sagte in breitestem Wienerisch: „So eine Villa im Bauhaus-Stil würde einen spannenden, neuen Akzent am Seeufer setzen."

Franz wollte lachen, verzog jedoch das Gesicht.

„Was ist los?", fragte Sue besorgt. „Hast du Schmerzen?"

„Halb so schlimm. Ich bin nur beim Tauchen gegen einen Stein gerammt."

„Papa, lass das doch mit dem Tauchen. Das ist nichts mehr für dich. Und dann bist du auch noch alleine unterwegs. Das gefällt mir gar nicht. Soll ich mir das mal anschauen?" Sie näherte sich ihm, doch er winkte ab.

„Das passt schon, lass gehen."

Okay, wenn er nicht wollte. Typisch Mann, nur keine Schwäche zeigen. Dafür wieder vom Thema ablenken: „Entspann dich, Susi. Da würde der Lohmeier niemals zustimmen. Unter den Plan für eine Bauhaus-Schuhschachtel setzt der niemals seine Unterschrift."

Sue spielte nachdenklich mit dem Flaschenöffner. „Ich kann mir schon denken, was die vornehme Unternehmensberaterin vorhätte. Straße sperren, Wege für die Spaziergänger blockieren und dann alles weiträumig umzäunen. Wie am Wolfgangsee, wo die Einheimischen draußen bleiben müssen."

Franz sah sie nachdenklich an. „Mei, die schmeißen halt mit Geld um sich – da willst du dir dann alles kaufen, auch deine Ruhe. Er nahm einen Schluck Bier. „Aber die Entscheidung liegt doch bei dir. Wenn dir die Frau nicht zusagt, kriegt das Haus halt jemand anders. Der Mackenroth hat doch angeblich eine ganze Liste von Interessenten."

Amy hatte sich in der Küche einen Joghurt geholt und setzte sich zu ihnen. „Opa, die Dritten haben mir am besten gefallen. Die hatten einen süßen Cockerspaniel, ein Puppy, weißt du?

„Die waren aber auch sehr speziell", wandte Sue ein. Ein deutsches Ehepaar, das ein *Retreat* suchte, um sich von den negativen Resonanzen ihrer Arbeitsplätze zu erholen. Die wollen auch alles abreißen und etwas Neues bauen. Streng baubiologisch bla, bla." Sue seufzte. „Dabei müsste man Hildes Haus ganz behutsam renovieren, das Sanitäre erneuern, hier und da ein bisschen was machen – dann würde es wieder ein echtes Schmuckstück werden."

Franz suchte den Blick seiner Tochter. „Der richtige Käufer kommt schon noch. Überstürze nichts."

„Ich hätte das Ganze nur gerne über die Bühne gebracht, bevor ich wieder zurückfahre."

„Es wird schon klappen", meinte Franz zuversichtlich.

„Ich würde es keinem von denen geben. Wieso kaufen die das Haus, wenn sie es abreißen wollen?", echauffierte sich Philipp.

„Das Grundstück", sagte Franz, „das Grundstück."

Philipp schüttelte den Kopf. „Das verstehe ich nicht. Aber wir geben das Haus keinem von denen, oder, Mom?"

„Es hat auch noch keiner ein Kaufangebot abgegeben", erwiderte Sue. Wie gerne würde sie jetzt mit Terence hier sitzen und über diese unmöglichen Menschen lästern. Heute war der letzte Tag seiner Tour. Dann würde sie ihn anrufen. Sie mussten reden. Sie musste reden. Sie wollte reden.

„Ich geh noch mal ins Studio, an den Computer", verkündete Franz und stand auf.

Da schau her, dachte Sue. Urlaub nehmen und freiwillig an den eher ungeliebten Computer gehen. Da war doch was im Busch.

50

Franz biss die Zähne zusammen, als er eine großzügige Portion Octenisept auf seinen Unterarm sprühte, um die Schnittwunde zu desinfizieren. Gut, dass Susi ihn nicht so sah, denn die würde ihn im Handumdrehen ins Krankenhaus in die Ambulanz verfrachten. Außerdem würde sie Erklärungen verlangen, die er ihr nicht geben wollte. So weit käme es noch, dass er als Vater sich vor seiner Tochter rechtfertigen müsste! Nein, das war seine Privatsache, da musste er allein durch.

Als könnte er nicht genug davon bekommen, tastete er zum wiederholten Male seinen Brustkorb ab. Seine Hand glitt behutsam die Rippen entlang, um das Schmerzzentrum zu lokalisieren, doch aus Erfahrung wusste er, dass das wahre Ausmaß des Schmerzes erst am nächsten Tag kommen würde, zusammen mit einem blauen Fleck, der sich gewaschen hatte. Wieso zum Teufel hatte er das gemacht? Er benahm sich wie ein hormonbesoffener Backfisch. Seufzend nahm er die Speicherkarte aus der Kamera und hielt unwillkürlich die Luft an. Das Seufzen sollte er lieber lassen, denn dann schmerzte es noch mehr. Atmen allein war schon schlimm genug.

Vorhin, als Sue ihn gemustert hatte, war es ihm schwergefallen, nichts zu sagen. Sein lädierter Körper hätte gegen ein wenig töchterliche Zuwendung nichts einzuwenden gehabt, aber sie durfte nichts von seinem Plan erfahren, sonst wäre er die längste Zeit eine Respektsperson gewesen.

Gott sei Dank hatte die Kamera bei seinem Ausrutscher im Wald hinter dem Schloss nichts abbekommen. Nun konnte er es kaum erwarten, die Fotos endlich im Computer hochzuladen. Reflexartig hatte er die Hand mit der Kamera hochgehalten, als er von dem kleinen Felsen gefallen war, den er im dichten Unterholz übersehen hatte. Mit schnellem Blick ging er jede der fast hundert Aufnahmen durch. Die Qualität war erwartungsgemäß nicht berauschend, und nur schemenhaft erkannte man auf einigen Fotos eine Figur, die hinter den großen Fenstertüren gestikulierend auf und ab lief. Leider gab es nur wenige Aufnahmen, in der die Person nahe genug an den Scheiben entlangging. Wieso hatte er nicht das größere Objektiv mitgenommen? Erst als er die jeweiligen Ausschnitte entsprechend vergrößert hatte, war mehr zu sehen. Und das genügte – jetzt hatte er die Gewissheit: Sie war hier, ganz in seiner Nähe. Nach so langer Zeit.

Er holte sich eine Flasche Bier und setzte sich zurück vor den Monitor. Lud sich auf YouTube den Hit des DJs herunter und trank und litt wie ein liebeskranker Trottel.

Nachdenklich betrachtete er das Foto. Das musste sie einfach sein. Die Größe, die Figur, die dunklen Haare, ihr unnachahmlicher Gang – alles stimmte. Aber er musste sich überzeugen, ob er einer Fata Morgana aufgesessen war. Er stellte die beiden Bierflaschen in der Küche neben die Spüle und ging dann hinauf ins Bad. Dort musterte er mithilfe seines Rasierspiegels nochmals seine Blessuren. Der Schnitt würde bald verheilt sein, aber die Prellung – das mit dem Schwimmen würde ein Problem werden. Hätte er bloß besser aufgepasst … Im Badezimmerschrank fand er ein Röhrchen Schmerztabletten und las kurz den Beipackzettel. Zwei konnte er problemlos nehmen, bevor er ins Bett ging. Nach ein paar Stunden Schlaf sah morgen früh das Ganze vielleicht schon viel besser aus. Kurz blitzte die Selbsterkenntnis auf, dass er ein alter Depp war. Aber die Hoffnung starb ja bekanntlich zuletzt.

51

Als Terence die Augen schloss und sich dem Blubbern der Wasserblasen, die an seinem Körper zerplatzten, mit genussvoller Trägheit hingab, fragte er sich kurz, ob das nicht der schönste Moment der Tour war. Und ob er die Kraft aufbringen würde, jemals wieder aus dem Whirlpool zu steigen. Das einzige Lockmittel wäre eine Frau. Aber nicht irgendeine, er war ja nicht Tom. Nein, es musste schon Sue sein. Ob sie die Blumen schon bekommen hatte? Er hoffte so sehr, dass sie sich darüber freute. Und über den Inhalt des Umschlages. Am liebsten hätte er sie angerufen und nachgefragt, aber das wäre kindisch. Der richtige Zeitpunkt würde schon noch kommen.

„Immer rein mit euch reizenden Wesen", rief Tom drei jungen Frauen zu. „Für euch machen wir gerne Platz."

„Wieso haben die wohl abgedreht?" Dick verzog seinen Mund zu einem ironischen Grinsen.

„Eine hoffentlich rhetorische Frage", frotzelte Neil. „Das grenzte ja fast schon an eine Einladung zum Kindesmissbrauch. Fünf alte, verbrauchte Knacker halbnackt im Pool. Unsere heißen Zeiten sind vorbei, meine Freunde. Wir sollten uns keine Illusionen mehr machen."

Zum Abschluss ihrer Tour gönnten sie sich wie immer eine Nacht in einem Fünf-Sterne-Hotel mit großem Wellnessbereich. Je älter sie wurden, desto mehr schätzten sie die Wohltaten dieses Rituals, denn die vergangenen Tage hatten ihren Körpern einiges abverlangt. Jeder hatte kleine Prellungen, Abschürfungen und den obligatorischen Muskelkater. Aber sie fühlten sich wie Helden und feierten sich nach dem Badespaß bei einem ausgezeichneten Abendessen. Danach okkupierten sie die Hotelbar und ließen die Reise Revue passieren.

„Mein Gott, allmählich freue ich mich auf mein eigenes Bett", stöhnte Rufus und nahm einen großen Schluck von seinem Whisky. „Die Isomatte, auf der ich gut schlafen kann, muss erst noch erfunden werden."

„Ich wüsste eine Lösung, aber sie wird dir nicht gefallen", meinte Neil.

Rufus sah ihn misstrauisch an und folgte dann Neils Blick, der an seinem deutlich definierten Bauch hängenblieb. „Du hast recht, das gefällt mir nicht", sagte er schließlich.

Tom orderte eine neue Runde für alle, und als alle versorgt waren, prostete er den anderen zu. „Auf unsere nächste Tour."

„Ohne Navi", erinnerte Neil.

Dick verzog schmerzhaft sein Gesicht. Da hatte Neil seine Schwachstelle getroffen. Dick ohne Navi? „Warum nicht", sagte er schließlich. „Wer weiß, was nächstes Jahr bei mir sein wird, jetzt, wo der Job weg ist. Vielleicht sollte ich mich von liebgewonnen Gewohnheiten lösen."

„Das würde unser Schamane aber gerne hören", lästerte Rufus. „Danke, dass ich das erleben darf. Danke, danke, danke."

Terence fühlte sich peinlich berührt, denn er hatte seit der Begegnung mit dem Schamanen jede Nacht vor dem Einschlafen mit dieser Technik gearbeitet. Mittlerweile kannte er die Formel auswendig und hatte beschlossen, eine Fortbildung auf diesem Gebiet zu machen. Aber er würde den Teufel tun und den anderen davon erzählen.

„Und wohin? Also ich hätte Lust auf Afrika. Was dieser Schauspieler McGregor kann, können wir auch." Rufus sah beifallheischend in die Runde.

„Afrika?" Dick, an dem immer alles Organisatorische hängen blieb, sah nur mäßig begeistert aus. Er blickte in die Runde. „Aber nur, wenn mir einer bei der Planung hilft. Die Bürokratie dort ist der reinste Horror."

Wie in der Schule meldete sich niemand. Neil musste auf einmal Nüsse essen, Terence zählte die Eiswürfel in seinem Glas, Rufus wurde von der schlechten Imitation einer Hustenattacke heimgesucht und Tom las auf seinem Smartphone eine gerade eingegangene SMS.

„Ich glaube, damit ist Rufus' Vorschlag vom Tisch", stellte Dick fest. „Gott sei Dank. Leb deine Jungmännerfantasien bitte woanders aus."

„Das wäre aber noch das Harmloseste gewesen", konterte Rufus mit gespielter Enttäuschung. „Ich weiß nicht, wo meine Energie sonst mit mir durchgeht."

„Das kann ich dir schon sagen", erwiderte Terence. „Mit Messer und Gabel und überall dort, wo es etwas zu essen gibt."

„Und vergiss nicht ein wohlgefülltes Glas, T. Noch eine Runde!", rief Rufus dem Barkeeper zu.

„Wann fliegst du eigentlich ab?", fragte Terence Neil. „Oder bleibst du hier?"

„Wie kommst du denn auf diese Idee?"

„Wolltest du nicht alle Brücken hinter dir abbrechen?"

„Wann?" Neil zwickte irritiert die Augen zusammen.

„Kurz bevor wir Karaoke-Stars wurden."

Er riss die Augen kurz auf und schüttelte den Kopf. „Das, lieber T, war wirklich eine Ausnahmesituation. Ein Prä-Karaoke-Blues sozusagen. Nein, IT ist mein Ding. Ich kann es, ehrlich gesagt, kaum noch erwarten, nach Hause zu kommen. Ich habe da eine Idee für ein neues Spiel", nun nahm seine Stimme einen schwärmerischen Klang an, „das wird der Hammer."

„Finde ich gut", sagte Terence. Sein Ding war die Psychotherapie, aber vielleicht konnte er dem Ganzen eine andere Richtung geben. Er war gespannt. Was konnte man von einem Urlaub mehr erwarten, als sich auf das zu freuen, was vor einem lag? Sogar dann, wenn eine große Aussprache mit der Ehefrau bevorstand. Jetzt konnte er in die Tat umsetzen, was er als Therapeut sonst ständig von sich gab: Krise als Chance. Er wollte diese Chance bei Sue, unbedingt. „Und was ist mit dir, Tom?"

„Ich fahre kurz noch mal rauf zu Maisie. Sie hat mich gefragt, ob ich der Pate von Lula werden möchte. Ich habe ja gesagt." Er sagte das so feierlich, als wäre er vom Bischof von Canterbury persönlich dazu ernannt worden.

„Hört, hört", rief Neil. „Wir werden langsam alt und weise. Aber dass es dich als Ersten trifft, mein lieber Tom, hätte ich nie im Leben gedacht."

52

Die grelle Mittagssonne erleuchtete das sonst dunkle und enge Treppenhaus mit der steilen Stiege bis in den letzten Winkel. Staubflusen tanzten ihren sommerlichen Swing und lenkten den Blick auf die unübersehbare Staubschicht am unteren Rand des hölzernen Treppengeländers.

Papa sollte sich wirklich eine Putzfrau nehmen, dachte Sue, und wusste gleich, wie er auf einen entsprechenden Vorschlag reagieren würde: „Bist narrisch? Ich hol mir doch keine fremde Person ins Haus, die überall herumschnüffelt!" In diesem Punkt war er mit Terence ausnahmsweise einer Meinung. Was stellten die Männer sich nur so an? Sie hatten kein Problem damit, Dreck und haufenweise verschwitzte Wäsche zu fabrizieren, aber wenn jemand kam und es wegmachen wollte, mit dem sie nicht Tisch und Bett teilten, fremdelten sie auf einmal wie kleine Kinder.

Auf der Mitte der Stiege hielt Sue inne und atmete tief ein. Der etwas muffige Geruch, der so oft in den Hallstätter Häusern hing, hatte eine trockene Holznote angenommen. Das war der endgültige Beweis, dass Sommer war. Die seidige Luft hatte das Haus erobert und jede Pore der alten Ziegel mit Wärme erfüllt. Diesen Duft hatte sie schon als Kind geliebt, und selig ging sie weiter in die Küche, wo sie den Kühlschrank öffnete und ihn Sekunden später lustlos wieder schloss. Joghurts, Griebenschmalz und eine Flasche Multivitaminsaft waren nicht gerade das, was ihr als Mittagsmahl vorschwebte. Wieso ging sie eigentlich nicht essen? Ihr Vater war weiß der Himmel wo, und Amy war mit ihren neuen Freunden Chris, Lobo und Steffi zum Slacklining aufgebrochen. Die Vier hatten sich gnädigerweise bereit erklärt, Philipp mitzunehmen und angedeutet, dass es später werden würde –

es sei denn, Zitat Amy, „der kleine Scheißer würde Schwierigkeiten machen". Sue dankte dem Marketing-Gott für die Erfindung von Trendsportarten und machte sich auf in Richtung Landesteg. Wie immer waren die Bänke um den Brunnen mit Jugendlichen besetzt, die nach dem Besuch der Keltenausstellung im Museum völlig erschöpft waren und dringend ihre Energiereserven mit Cola und Schokoriegeln auffüllen mussten. Die meisten Besucher waren trotz der Hitze mit Jacken und festen Schuhen ausgestattet, ein Muss für den Besuch im Salzbergwerk oder in den Eishöhlen.

Sue fröstelte unwillkürlich bei dem Gedanken, an so einem herrlichen Tag in das eisige Innere der umgebenden Berge fahren zu müssen. Ein paar Schritte weiter hörte sie in der Ferne das leise Rattern eines Zuges. Sie zögerte einen Augenblick, bevor sie die Richtung änderte. Sie hatte gehört, dass in dem kleinen, kaum zugänglichen Gastgarten am unteren Ende des Platzes ein neuer Pächter sein Glück versuchte. Vage erinnerte sie sich an den Garten, den sie nur vom Wasser aus kannte. Nur ein paar Meter weiter hatte sie den belebten Marktplatz bereits hinter sich gelassen und war zwischen zwei hohen Häuserwänden hindurch in einem kleinen Paradies gelandet. Ein paar Boote schaukelten träge auf dem windstillen See, und am anderen Ufer schlängelte sich der Zug wie ein Kinderspielzeug am Bergrücken entlang.

Während Sue die kleine Speisekarte studierte, legte das große Personenschiff am Bahnhof gegenüber ab. In ein paar Minuten würden seine Passagiere am Landesteg eintreffen. Sie bestellte zur Feier des Tages – ein paar Mußestunden allein waren jede Feier wert – einen großen Salat mit geräuchertem Saibling und ein Viertel Meinklang. Es schmeckte köstlich, und als sie alles bis auf den letzten Krümel aufgegessen hatte, lehnte sie sich zufrieden in dem unbequemen Biergartenstuhl zurück und genoss die Aussicht. Sie war froh, dass sie niemanden getroffen hatte, der sie kannte. Nichts sagen müssen, nicht reagieren müssen, keine Rücksicht nehmen müssen. Ein Traum.

„Signora, bitte, Sie können gerne Caffè in Liegestuhl nehmen. Per piacere...". Der junge Kellner, oder war es der Pächter selber, Sue wusste es nicht, zeigte auf einige Liegestühle, die weiter vorne am Ufer unter einem kleinen Baum standen.

Soviel zu nicht reagieren müssen, aber in diesem Fall tat sie es gerne. Der Wein hatte sie ein bisschen schläfrig gemacht und ein paar Minuten länger in dieser wunderbaren Oase der Ruhe wären herrlich. „Gerne, aber vorher bringen Sie mir bitte noch die Rechnung."

Sue fühlte sich plötzlich wie eine ganz normale Urlauberin. Ihr Blick verlor sich auf der ruhigen Oberfläche des Sees, der an diesem Tag etwas Mediterranes an sich hatte. Sie räkelte sich wohlig, streckte ihre Beine aus und bemerkte hocherfreut, dass die grau-blauen Riemchensandalen auf ihrer leicht gebräunten Haut viel besser wirkten als bei der Anprobe in London. Sie legte ihre Beine auf die Fußstütze, stopfte sich ein Kissen in den Rücken und schloss die Augen.

„Stop Hajo, bei Fuß!"

Sue schreckte auf und blinzelte orientierungslos herum. Der offensichtliche Verursacher der Ruhestörung, ein braungebrannter Mann Anfang fünfzig mit drahtiger Figur, machte gerade seine Plätte unweit ihres Zauberplätzchens fest. Der dazugehörige Hund war aus dem Boot gesprungen und kühlte sich in dem flachen Wasser ab. Sollte er nur, das ging sie nichts an. Mit einem zufriedenen Seufzer schloss sie die Augen und lehnte sich wieder zurück. Doch die Ruhe war dahin, denn die Auseinandersetzung zwischen Herr und Hund wurde temperamentvoll fortgesetzt. Es ging um Enten und um gutes Benehmen, was vom Hund mit unwilligem Bellen und Knurren kommentiert wurde. Jetzt reichte es. Gerade hatte sie den Entschluss gefasst, sich von diesem Kriegsschauplatz zweier Alphatiere zu entfernen, als ihr eine unerwartete Dusche zuteil wurde.

„Hajo, Stopp!" Hajos Herrchen klang nun sehr, sehr ungehalten, eine Reaktion, die Sue zu hundert Prozent mit ihm teilte.

„Entschuldigen Sie vielmals. Er ist nicht daran gewöhnt, dass ein Liegestuhl besetzt ist".

„Er kann ihn gerne haben. Mein Bedarf an diesem Liegestuhl ist für heute gedeckt." Wütend starrte Sue den Mann an, der halb gebeugt vor ihr stand und mit beiden Händen seinen nassen Hund abdrängte. Dann erst sah sie an sich herunter. Ihr Kleid hatte stellenweise einen dunkleren Farbton angenommen, leider an den falschen Stellen. Diese Beurteilung hing jedoch vom Auge des Betrachters ab, das im Falle des Hundeherrchens nicht sehr diskret auf dem dünnen Stoff ruhte, der sich eng an ihren Körper schmiegte.

„Es tut mir wirklich leid", versicherte der Mann. „Ich besorge Ihnen sofort ein Handtuch."

„Das ist nicht nötig." Sue wollte so schnell wie möglich weg von hier. „Es ist nicht so schlimm, bei dieser Hitze trocknet es schnell. Hoffentlich." Sie drückte ihr Rückgrat durch und versuchte, möglichst ladylike zu wirken.

„Normalerweise ist Hajo ein guter Junge und tut, was ich sage."

„Das Gleiche könnte ich von meinem Sohn sagen", erwiderte Sue. „Da gibt es nur den absolut unberechenbaren Faktor des Vorführeffekts."

Er hob anerkennend die Augenbrauen. „Sie sind nicht nur hübsch, sondern auch amüsant. Eine unwiderstehliche Mischung."

Ja, ja, dachte Sue. Typen wie dich kenne ich, die laufen mir in London im Dutzend über den Weg. Und was hatten diese Schmeicheleien zu bedeuten? Nichts. Es waren nur leere Worte. Ich habe mich noch gar nicht vorgestellt. Raoul de Jong." Er lüftete seinen Panamahut und lächelte. Dabei wurde eine kleine Lücke zwischen den Schneidezähnen sichtbar.

Was war denn das für ein Name? Das konnte doch nur ein Pseudonym sein. Ihrer Meinung nach ein ziemlich Missglücktes. Sie überlegte gerade, was schlimmer klang, Rex Gildo oder Raoul de Jong, als er ihren Gedankengang unterbrach.

„Halb Holland, halb Uruguay."

Sie sah ihn irritiert an.

„Sie wirkten wegen meines Namens etwas verwirrt."

Konnte der Typ Gedanken lesen? Sie lächelte entschuldigend. „Sie müssen zugeben, dass er in diesem Teil der Welt nicht gerade üblich ist."

„Das ist meine Familie auch nicht. Wir sind eine wilde Mischung aus zwei Kontinenten, Ms ?"

„Urquhart, Sue Urquhart."

„Ihr Name ist aber auch nicht typisch für diesen Teil der Welt, wie Sie so schön sagten."

„Hundertprozentig Hallstatt und ein englischer Ehemann." Langsam fing sie trotz der Hitze an zu frieren. „Ich glaube, ich sollte mich jetzt umziehen."

„Du liebe Güte, ich halte Sie hier auf, und Sie frieren. Wie unhöflich von mir. Dürfte ich Sie als kleine Entschädigung auf einen Drink einladen?" De Jong sah auf die Uhr.

Es war eine Jaeger LeCoultre. Teuer, genauso wie jede Faser der Kleidung, die seinen Körper bedeckte. Edelstes weißes Leinen. Wer war er? Was machte er in Hallstatt? Wieso hörte sie seinen Namen zum ersten Mal?

„Ich habe gleich einen Termin im Gemeindeamt. Aber danach stehe ich Ihnen gerne zur Verfügung."

Täuschte sie sich oder flirtete der Typ mit ihr? Dann musste sie ihn sofort in die Schranken weisen. Ihr Soll an Männerbekanntschaften hatte sie bereits übererfüllt.

„Das ist sehr nett, danke, aber ich habe keine Zeit. Die Familie, Sie verstehen." Tat er sicher nicht, so wie er sich gab. Dazu wirkte er zu entspannt. Ein gestresster, alleinerziehender Familienvater war das nicht, eher einer, der für alles und jeden sein Personal hatte. „Ich muss jetzt wirklich gehen."

Mit einer resoluten Geste nahm sie ihre Tasche, und de Jong ließ es sich nicht nehmen, sie mit einem Handkuss zu verabschieden. Bevor sie den Gastgarten verließ, streichelte sie den Hund, der jetzt lammfromm im Schatten unter dem Birnbaum lag. Ein Entlenburger Sennenhund. Auch teuer. Etwas anderes kam seinem Herrchen wahrscheinlich nicht in sein Leben. Als sie auf der Straße stand, atmete sie auf.

Ich und Hunde, dachte sie. Wir haben in diesem Urlaub eine sehr nasse Beziehung zueinander.

53

Während Terence mit verspanntem Rücken und müden Beinen auf der M1 Richtung London fuhr, stieg ein ungutes Gefühl in ihm hoch. Die Aussicht, in London in ein leeres Zuhause zu kommen, schreckte ihn ab. Er hatte Sehnsucht nach etwas Warmem, Wohligem. Gib's zu, Alter, dachte er, du willst Kind sein und dich verwöhnen lassen. In ihm machte sich etwas breit, das allen Menschen zu eigen ist: die Hoffnung wider besseres Wissen. Seine Mutter war keine Kuschelmutter, aber sie war nun einmal die einzige, die er hatte. Außerdem konnte es nicht schaden, wieder einmal zu Hause vorbei zu schauen. Und sei es nur, um zu prüfen, wie sich die Stimmung bezüglich Amy und Sue entwickelt hatte.

Er nahm die Ausfahrt 15A bei Northampton und fuhr auf der 43 Richtung Towcester. Es war ungewöhnlich heiß, und trotz des Fahrtwinds schwitzte Terence unter seiner Ledermontur. Er drosselte das Tempo, um das üppige Grün der Landschaft genießen zu können. Der häufige Regen nervte zwar manchmal, aber dieses Grün war für ihn Entschädigung genug. Er könnte nie in einer braunen, verdorrten Gegend im Süden leben. Wie dieses Mosaik aus Hecken und Wiesen in der sanften Nachmittagssonne strahlte – als wäre es mit Gold überzogen. Er fühlte sich wie in einem Landschaftsbild von Turner. Für einen glückseligen Moment war er mit sich vollständig im Reinen, was er mit einem spontanen Lustschrei feierte. Mittlerweile hatte er bereits die kleine Straße nach Marsh Gibbon erreicht, und unbewusst fuhr er wieder etwas schneller. Der Ruf der Heimat. Hoffentlich war seine Mutter überhaupt zu Hause, was bei ihren unzähligen ehrenamtlichen Aktivitäten, die sie übernommen hatte, nicht sehr wahrscheinlich war. Dabei gab sie sich ihren wohltätigen Werken nicht aus tiefer Überzeugung hin, sondern weil man das als Bewohnerin eines Herrenhauses zu tun hatte, auch wenn man nicht einmal zum untersten Adel gehörte. Was Lady Saye and Sele, die in Broughton Castle residierte, konnte, konnte Tessa Urquhart schon lange. Aber er sollte nicht lästern, er selbst war schließlich auch ziemlich ehrgeizig. Sonst wäre er nicht dort, wo er heute war. Endlich erreichte er Marsh Gibbon. Sein Heimatdorf, wenn man so wollte, wobei er nur die ersten acht Jahre hier verbracht hatte. Danach war es ab ins Internat gegangen. Marsh Gibbon zählte um die 900 Einwohner und hatte zwei Pubs, drei Kirchen, eine Schule sowie einen Laden, der Post und General Store zugleich war.

Golden leuchteten die riesigen Bäume, verträumt duckten sich die alten Häuser in die üppige Pracht des Sommers. Er bog nach rechts in die Church Street ein und kam in der West Edge am Greyhound Pub vorbei, vor dem bereits viele Autos parkten. Kurz verspürte er eine unbändige Lust auf ein kühles Ale, aber seine Mutter schätzte keinen Alkoholatem, es sei denn, er wäre von einem 30 Jahre alten Manzanilla verursacht. Also fuhr er weiter und bog in die Scotts Lane ab, die ihn nach weiteren 10 Minuten zu seinem Elternhaus brachte.

Geschmack hatte er besessen, sein Ur-Ur-Großvater, als er einem überschuldeten Landadligen dieses Herrenhaus abgekauft hatte. Für Terence hatte das zweistöckige Backsteingebäude genau die richtigen Proportionen, es war nicht zu groß und nicht zu klein und stellte etwas dar, ohne zu protzen. Schwungvoll bremste er auf der Kieszufahrt und läutete.

Mrs Johnson, die Haushälterin, öffnete die Tür und brachte den dampfigen Duft frischer Bügelwäsche mit. Sofort fühlte sich Terence noch schmutziger.

„Guten Tag, Mrs Johnson, ein kleiner Überfall", sagte Terence und zog seine Stiefel aus. „Ich war gerade in der Gegend und wollte nur kurz hallo sagen."

„Wie schön, Mr Urquhart." Zwei bezaubernde Grübchen tauchten auf ihren Wangen auf. „Ihre Mutter wird sich sehr freuen."

Dessen war sich Terence nicht ganz sicher.

„Haben Sie wieder ihre Motorradtour gemacht?" Sie bückte sich, um seine Stiefel genau parallel auszurichten. Diese Exaktheit hatte dazu geführt, dass

Mrs Johnson bereits seit mehr als zehn Jahren bei den Urquharts arbeitete, länger als jede andere Haushälterin vor ihr. In dieser Beziehung strahlten sie und Tessa Urquhart, so unterschiedlich die beiden auch sein mochten, die gleichen Schwingungen aus.

„So ist es, Mrs Johnson. Einmal im Jahr wollen wir Männer echte Kerle sein."

„Das geht natürlich nur ohne Frauen, nicht wahr?" Sie sah ihn schmunzelnd an.

„Sie sind eine kluge Frau, Mrs Johnson. Ich sollte Sie als Partnerin in meine Praxis aufnehmen."

Sie winkte ab. „Ich bleibe lieber bei meinem Putzen. Da sehe ich abends wenigstens, was ich gemacht habe. Der Dreck ist weg und die Wäsche ist gebügelt. Aber so eine Therapie, wie Sie sie machen – das dauert doch Jahre."

„Und nützt nichts", ergänzte Terence. „Das wollten Sie doch sagen, geben Sie es zu."

Statt einer Antwort deutete sie auf ein paar Pantoffeln. „Nehmen Sie doch diese hier."

„Gute Idee." Er würde aussehen wie ein Idiot, in diesen Pantoffeln zu seiner Lederkluft. Aber für seine Mutter sah er in Leder sowieso inakzeptabel aus. „Wo finde ich meine Mutter?"

„In ihrem Arbeitszimmer."

Was für eine Übertreibung, dachte Terence, das Unterschreiben von Grußkärtchen und das Planen von Partys als Arbeit zu bezeichnen. Da war Sue schon ein anderes Kaliber. Ein Stachel der Sehnsucht bohrte sich irgendwo in seine rechte Herzklappe.

„Übrigens, Mrs Johnson. Sie haben recht mit Ihrer Vermutung. Meine Arbeit ist oft sinnlos."

„Aber nicht immer", meinte sie mit tröstendem Unterton.

„Und das, meine liebe Mrs Johnson, macht den Reiz der ganzen Sache aus."

Tessa Urquhart, wie immer makellos gekleidet, geschminkt und frisiert, saß an ihrem Schreibtisch in ihrem in Rosétönen gehaltenen Arbeitszimmer und machte sich mit konzentrierter Miene und geradem Rücken Notizen auf ihrem Block aus teurem Bütten. Ein Motiv wie aus einem dieser Filme, in denen wir der Welt ein Bild von England verkaufen, das es eigentlich nicht mehr gibt, dachte Terence. Eine englische Lady, die sich im Griff hat. Auch ihre Gefühle. Oft hatte er sich gewünscht, es wäre nicht so gewesen. Er klopfte an den Türrahmen.

Stirnrunzelnd sah Tessa auf, innerlich wahrscheinlich darauf gefasst, Mrs Johnson eine Rüge ob dieser Störung zu erteilen.

„Oh!", rief sie aus und stand auf. „Terence, mein Lieber!" Sie brachte es fertig, ihn zu umarmen, ohne mit seiner zweifelsohne staubigen Lederkluft in Berührung zu kommen. „Was für eine Überraschung!"

Überraschungen waren etwas, das Tessa nicht schätzte.

„Na, Mutter", meinte Terence und lachte, um die diskrete Rüge zu überspielen. „Welche bahnbrechenden Wohltaten planst du heute?"

„Frechdachs", tadelte sie ihn. „Ich bereite gerade den Wohltätigkeitsbasar vor. Eigentlich sollte Molly Hickley alles organisieren, aber die Gute ...", ungläubig schüttelte sie den Kopf, „lange Rede kurzer Sinn, ich habe übernommen."

„Tja, es ist und bleibt schwer, gutes Personal zu bekommen", scherzte Terence. „Wo ist Vater?"

Tessa winkte ab. „Dreimal darfst du raten."

„Stowe?"

Die Stowe Landscape Gardens waren eine der schönsten Gartenanlagen Englands, geplant im 18. Jahrhundert, um der wilden Natur in Punkto Schönheit ein Schnippchen zu schlagen. Vaters Ashram, sein Nirvana.

Tessa nickte gelangweilt. „Irgendein Baum trägt gerade Früchte."

„Na, wenigstens etwas." Ein nagendes Gefühl der Enttäuschung machte sich in ihm breit.

„Wie meinst du das? Ist irgendetwas passiert?" Tessa betrachtete ihn kritisch.

Terence schüttelte den Kopf. „Nein, nein, alles bestens."

„Du bist also wieder zurück von dieser äh, Tour. Wie war es?"

„Das willst du nicht wirklich wissen, oder?", frotzelte Terence, obwohl es sicher der Wahrheit entsprach. Dann verfiel er in ein verschwörerisches Flüstern. „Rufus hat Prostataprobleme. Wir mussten dauernd Pinkelpausen einlegen."

Tessa hob die Augenbrauen. „Du bist unmöglich, Terence." Sie sah ihn von Kopf bis Fuß an. „Meinst du nicht, dass du langsam zu alt dafür bist?"

Terence, dem es immer besser gefiel, seine Mutter zu reizen, lachte auf und ließ sich auf der Chaiselongue nieder. Was für ein Bild, dachte er. Alternder Biker auf Chippendale Möbelchen. Er konnte nicht anders, als seine Arme breit über die Rückenlehne zu legen.

„Für dich wäre ich auch mit neunzehn zu alt dafür gewesen, gib es zu."

„Ich räume ein, dass ich dem Ganzen nie etwas abgewinnen konnte."

„Nun, es ist definitiv ungefährlicher, als mir bei einer Fuchsjagd ein Gewehr in die Hand zu geben. Ich hätte mittlerweile die halbe Grafschaft ausgerottet."

Tessa seufzte. „In der Zeitung war übrigens noch einmal ein Artikel über diesen Vorfall, an dem Amy beteiligt war."

„Du meinst das Geburtstags-Komasaufen mit anschließender Schießerei?" Terence hatte das Gefühl, als führte seine Zunge ein Eigenleben. Sie hatte voll auf Angriff geschaltet.

„Was ist los mit dir?" Sie schüttelte den Kopf. „Ich hätte es nicht für möglich gehalten, aber Sue scheint doch einen mäßigenden Einfluss auf dich zu haben. Ist sie noch in Österreich, an diesem See?" Es klang, als handelte es sich dabei nicht um ein europäisches Land, sondern um eine noch unentdeckte Galaxie, die bisher ohne einen esoterisch angehauchten Kronprinzen und die segensreiche Einrichtung des *Five O'Clock Tea* auskommen musste.

„Sie hat an diesem See sogar ein Haus geerbt", sagte er.

Für Sekunden entgleisten ihre Gesichtszüge – wahrscheinlich sah sie ihren Sohn gerade in Tracht beim Schuhplatteln –, erholten sich jedoch sehr schnell. „Nun ja, sie gehört doch irgendwie dorthin."

„Du meinst, eher als hierher?" Sein Tonfall wurde scharf.

„Das habe ich nicht gesagt."

„Nein, natürlich. Du sagst ja nie, was du denkst. Du deutest an, du stichelst, du ..."

„Genug!", herrschte Tessa ihn an. „Du vergisst, mit wem du sprichst."

„Nein, durchaus nicht. Aber ich beginne zu verstehen, wie sich Sue hier fühlen muss. Es gibt da ein Gefühl namens Empathie. Ein Begriff, der dir nichts sagen wird."

Er ging in die Vorhalle und zog seine Stiefel an.

„Du willst gehen? Ich dachte, du bleibst zum Abendessen?" Nach jahrelangem Training erkannte er, dass ihre Stimme ein klein wenig zitterte.

„Damit du mir dabei eine deiner Ehebruchskandidatinnen vorstellen kannst?" Resolut zog er den Reißverschluss seiner Jacke zu. „Nein danke. Ich bin diesbezüglich bestens versorgt."

Seine Sehnsucht nach Sue wurde unerträglich, und er traf eine Entscheidung. „Sag Dad liebe Grüße. Es tut mir leid, dass ich ihn nicht angetroffen habe. Und das meine ich ehrlich."

„Oh Terence." Tessa wirkte hilflos.

„Solltest du uns, also meine Familie, in den nächsten Tagen erreichen wollen, musst du die Vorwahl für Österreich wählen."

„Du hast doch Termine. Im Radio – "

„Natürlich", unterbrach er sie, mittlerweile wieder bestens gelaunt. „Große Neuigkeit, Mutter: Termine kann man verschieben." Er konnte es nicht erwarten, wegzukommen. Im Laufschritt verließ er sein Elternhaus, schwang sich aufs Motorrad und fuhr. Selbstverständlich in den Sonnenuntergang hinein. Grinsend und voller Vorfreude.

54

„Wieso macht denn keiner auf?", rief Sue in die feuchtneblige Luft des Badezimmers. Sie war gerade aus der Dusche gekommen und trocknete sich ab. Jetzt fühlte sie sich wieder besser.

Der gute Hajo hatte an ihr offenbar eine starke Duftmarke gesetzt, denn nach der Rückkehr nach Hause hatte sie den Eindruck, sie röche nur noch Hund. Erst nach einer doppelten Portion ihres Zitronengras-Duschgels war sie wieder sie selbst. Schließlich wollte sie beim großen Sommerfest, das an diesem Abend zu Ehren des unversehrt aufgetauchten japanischen Pärchens veranstaltet wurde, keine falschen Signale an vierbeinige Dorfbewohner senden.

Es klingelte wieder, dieses Mal etwas resoluter.

„Das Haus ist voller Leute, und alles muss man selber machen", schimpfte sie leise vor sich hin. Verärgert riss sie in einem letzten Versuch die Badezimmertür auf und schrie: „Papa, die Glocke!"

Da ihr Vater sich offenbar immer noch nicht zuständig fühlte und die Glocke mittlerweile auf Sturmmodus geschaltet hatte, wickelte sie sich ein Handtuch um ihre nassen Haare, schlüpfte in den grün-schwarz gestreiften Bademantel ihres Vaters und stürzte nach unten, wo sie schwungvoll die Haustür aufriss. Als sie sah, wer da so dringend Einlass begehrte, musste sie lächeln. Es war ein klassisches Déjà-vu, denn vor ihr stand, wie zwei Tage zuvor, ein Blumenstrauß auf dünnen Beinchen. Nur war dieser Strauß noch größer als der erste. Terence lässt sich wirklich nicht lumpen, dachte sie höchst zufrieden. Dieses Buhlen um ihre Gunst stimmte sie außerordentlich gnädig, und mit einem großzügigen Trinkgeld entließ sie den Boten. Wie auf Wolken schwebte sie hinauf in die Küche, um das prachtvolle Bouquet aus weißen Rosen, Lilien, Campanulas und exotischen Blüten sofort ins Wasser zu stellen. Diesen Strauß würde sie nicht wegwerfen – sie würde seine Schönheit genießen und sich wie eine begehrenswerte Frau fühlen.

Im Wohnzimmerschrank überprüfte sie kurz das Angebot an Vasen, doch für so ein XXL-Format war ihr Vater nicht gerüstet. Also holte sie aus dem Küchenschrank einen Eimer. Das musste für den Moment genügen. Immerhin harmonierte sein dunkles Blau wunderbar mit den Campanula-Blüten.

Nun war es soweit – sie griff nach dem Kuvert. Ihr Herz schlug ein bisschen schneller, als sie ihn öffnete. Was Terence sich wohl ausgedacht hatte? Zehn Sekunden später ließ sie die Karte auf den Tisch fallen. Nichts hatte er sich ausgedacht, denn die Blumen waren nicht von ihm, sondern von de Jong. Sie war sich nicht sicher, ob ihr das gefiel. Es war ein bisschen aufdringlich, ein bisschen zu viel. Nicht für einen Ehemann mit schlechtem Gewissen, aber für eine Zufallsbekanntschaft schon. Das Angebot allerdings, das auf der Karte stand, war unwiderstehlich.

Um Zeit zu gewinnen, zog sie sich wieder ins Badezimmer zurück, um die Haare zu föhnen, die mittlerweile schon fast trocken waren. Danach räumte sie noch ihre sechs T-Shirts nach Farbfamilien geordnet in den Schrank und putzte drei Paar Schuhe. Ich könnte zwar noch das Haus von oben bis unten wienern und polieren, dachte sie, aber irgendwann muss ich ihn anrufen. Und sie würde ihm zusagen. Eine Einladung aufs Schloss konnte sie nicht ignorieren. Schon immer hatte sie dorthin gewollt. Und eine Gartenparty klang weiß Gott nicht nach einem intimen Tête-à-Tête.

Sie hatte gerade den Hörer in die Hand genommen, als ihr Vater die Küche betrat.

"Von deinem Mann?" Franz begutachtete den Strauss und blickte fragend auf seine Tochter, der jedoch erst einmal etwas anderes auf der Zunge lag.

„Wo kommst du denn her? Und wie siehst du überhaupt aus?" Mit spitzen Fingern zog sie eine Spinnwebe aus seinen Haaren.

„Ich habe nur im Keller ein bisschen herumgeräumt."

„In deinem Urlaub, na toll. Fällt dir da nichts Besseres ein?"

Er ignorierte ihre Frage und zeigte stattdessen mit einem staubigen Finger auf das Blumenarrangement. „Mich geht das ja nichts an, aber entweder hast du jemandem das Herz gebrochen oder es ist eine Entschuldigung."

„Das zweite stimmt. Aber die Blumen sind nicht von Terence." Sue, die das Telefon sorgfältig in die Halterung zurücksteckte, vermied es, ihren Vater anzusehen.

„Es geht mich ja nichts an", begann Franz, „aber was ist denn mit euch beiden los? Wenn du sonst alleine hier bist, telefoniert ihr jeden Tag mindestens einmal miteinander, aber heuer?" Als Sue nicht reagierte, sprach er weiter. „Wenn du möchtest, kannst du gerne mit deinem alten Vater reden."

Sue schluckte vor Rührung. „Das ist lieb von dir, Papa, aber das möchte ich momentan nicht." Sie konnte doch nicht mit ihrem Vater über die Potenzprobleme seines Schwiegersohnes reden. Offenheit war ja schön und gut, aber es gab auch Grenzen. „Nicht böse sein. Ich weiß dein Angebot sehr zu schätzen. Vielleicht ein anderes Mal."

„Du wirst schon das Richtige tun. Also, von wem ist jetzt dieser Riesenstrauch?

„Von einem gewissen de Jong", antwortete Sue. „Anscheinend ist er der neue Besitzer von Schloss Grub, denn er hat mich zu einer Gartenparty dorthin eingeladen."

Franz wurde von einer heftigen Hustenattacke überfallen. Sue klopfte ihm sanft auf den Rücken und schenkte ihm ein Glas Wasser ein.

„Geht es wieder?", fragte sie besorgt, als Franz' Gesicht wieder eine normalere Tönung angenommen hatte.

„Eine Gartenparty? Auf Schloss Grub?", krächzte er schließlich.

„Ja, man muss sich nur vom richtigen Hund nass spritzen lassen, und schon öffnen einem die Schlossherren Tür und Tor."

„Meinst du", druckste Franz herum, „dass ich mitkommen könnte?"

Sue überlegte. „Es ist eine Gartenparty, theoretisch könnte es also möglich sein. Ich werde einfach fragen."

Franz strahlte wie ein kleines Kind. „Dann ruf schnell an."

Ganz die folgsame Tochter nahm sie den Telefonhörer und wählte.

Das „Hallo" am anderen Ende der Leitung klang knapp und sehr geschäftsmäßig.

„Sue Urquhart", meldete sie sich ebenso sachlich. Mal sehen, wie sich das Gespräch weiterentwickelte.

„Ich grüße Sie", erwiderte de Jong, dessen Stimme nun wärmer klang, voll und dunkel. „Wie schön, dass Sie sich melden."

„Der Strauß ist wunderschön. Vielen Dank." Sie war kurz davor, zu sagen: „Das wäre aber wirklich nicht nötig gewesen", doch ein Blick auf das feuchte Bündel, das einmal ihr Kleid war und nun zum Trocknen über einem Stuhl hing, hielt sie davon ab.

„Sie haben den ersten Teil meiner Entschuldigung also angenommen. Dann hoffe ich, dass Sie mir den zweiten Teil ebenfalls nicht abschlagen werden. Sie würden mir eine große Freude machen. Ihr Sohn, der mit dem Vorführeffekt, ist natürlich auch herzlich eingeladen."

Sehr gut, damit hatte er ihr eine Steilvorlage gegeben, um Amy und ihren Vater auch noch auf die Gästeliste zu setzen. „Herr de Jong, wir kommen sehr gerne. Seit ich ein Kind bin, wollte ich auf das Schloss. Wäre es eventuell möglich, auch noch meine Tochter mitzubringen? Ihr Vorführeffekt ist ganz außerordentlich", setzte sie scherzhaft hinzu.

„Aber selbstverständlich", meinte de Jong, „Ich lasse Sie und Ihre Kinder um halb eins von meinem Fahrer abholen."

Sein Tonfall klang so endgültig, so nicht verhandelbar, dass Sue es nicht wagte, de Jong auch noch ihren Vater aufzudrängen. Aber ein Fahrer? Das kam nicht in Frage. Sie wollte sich dem Schloss auf dem Wasserweg nähern. Das erschien ihr passender.

„Vielen Dank", wiegelte Sue ab, „aber wir nehmen das Rundfahrtschiff."

„Ganz stilecht. Wunderbar. Ich erwarte Sie dann um 13 Uhr." Abrupt beendete de Jong das Gespräch.

Sie sah ihren Vater entschuldigend an. „Tut mir leid Papa, aber ich konnte nicht. Der hat mir einfach das Wort abgeschnitten."

„Ist schon gut, Susi, die Wallners drängen sich nicht auf. Aber mach Fotos und erzähl mir dann, wie es war. Und wer alles da war."

„Seit wann interessierst du dich für Klatsch und Tratsch?"

„Seit meine Tochter von Schlossbesitzern belästigt wird."

„Dann geh du lieber mal duschen, denn so nehme ich dich auf das Dorffest heute nicht mit."

Als Sue über den Marktplatz schlenderte, geschah etwas Seltsames mit ihr. Sie vermisste London. Was ist denn jetzt mit mir los, dachte sie. Eigentlich konnte es doch gar nicht schöner sein als hier. Da hatte sie den See, die Berge, die schönen Häuser, die wunderbare Luft und das gute Essen. Aber das reichte nicht. Ihr fehlten das städtische Treiben, die Lebendigkeit, die Überraschungen, die hinter jeder Ecke auf einen warteten. Der pakistanische Miniladen an der Ecke, wo sie ihre Lieblingsbonbons kaufte. Ihren an allen Seiten von Mauern eingefassten Garten, der ihr kleines Paradies war. Ein wenig fehlten ihr sogar die Wichtigtuer, die London für den Nabel der Welt hielten.

Wichtigtuer? Die hatte sie hier allerdings auch. Auf einer vor dem *Grünen Baum* eilig zusammen gezimmerten Bühne ließ sich Markus Kronreiter zusammen mit dem wiedergefundenen Paar feiern. Aber eines musste man ihm lassen: Er hatte ganze Arbeit geleistet. Wenn er als Bürgermeister ebenso engagiert arbeitete wie an diesem Abend, konnte Hallstatt sich glücklich schätzen. Bunte Lampions, wahrscheinlich aus dem Asia-Shop in Ischl, tauchten den Platz in ein märchenhaftes Licht. Er war wie die Bühne in einem Theater und die Schauspieler taten ihr bestes, um eine gute Vorstellung abzuliefern. Als Zeichen der Völkerverständigung präsentierte sich das gesamte japanische Fernsehteam in Tracht. Besonders entzückend sah Uyeda aus: Er hatte eine Lederhose und ein weißes Hemd an und wirkte mit seiner zierlichen Figur wie eine Puppe.

Im Gegenzug hatten sich die Kinder der Musikschule in kleine Japaner verwandelt – sie trugen geknotete Stirnbänder, Hachimakis, und trommelten mit der Ernsthaftigkeit und Ausdauer von Samuraikriegern.

Die Biertische waren bis auf den letzten Platz besetzt, und von jeder Seite ertönte eine andere Musik – Hallstatt und Umgebung machten ihrem Ruf als Musikdorado alle Ehre.

„Markus, ich bin baff", beglückwünschte Sue den Bürgermeister, der gerade durch die Reihen defilierte. „Das sieht wunderschön aus."

Ihr alter Schulfreund strahlte. „Wir haben so viel gearbeitet, da haben wir uns alle ein Fest verdient. Und dann ist es auch noch gut ausgegangen." Markus musste gegen die Trommelgruppe anschreien, die gerade links an ihm vorüberzog und wippte gleichzeitig im Takt mit.

„Aber das Beste kommt noch", brüllte er. „Das Feuerwerk, das wird der Hammer!"

„Und das Fernsehen ist immer mit dabei und zeigt Hallstatt von seiner schönsten Seite", meinte Sue. „Du bist ein Marketinggenie."

„Eh klar." Markus grinste wie ein Honigkuchenpferd. „Du, ich muss weiter."

„Ist schon klar, immer unterwegs in einer Mission." Sue lächelte. Da war der richtige Mann am richtigen Platz.

Auch das Wetter spielte mit. Hier in den Bergen war es abends selbst im Hochsommer normalerweise recht frisch, aber an diesem Abend legte sich die schwül-warme Luft schmeichelnd wie ein Pashmina-Schal um ihre Schultern. Sie schloss genießerisch die Augen, bis Amy „Mama, Achtung!", rief.

Sue öffnete verwundert die Augen, gerade rechtzeitig, um die Ankunft von Stefan mitzubekommen. Er griff von hinten an, mit einer deftigen Umarmung.

„Susi, ich bin so froh!"

Sue drehte sich zu ihm um. Ein froher Mensch sah anders aus. Gut, Stefan war schon immer der blasse, vergeistigte Typ gewesen, aber an diesem Abend dominierten dunkle Augenringe sein Gesicht. Die Mutter in ihr verspürte den intensiven Drang, ihm eine Vitamininfusion legen zu lassen.

„Ich bin auch froh, dass alles gut ausgegangen ist", antwortete Sue. Sie wartete darauf, dass er sich von ihr löste. Vergeblich. Sie tätschelte noch ein wenig seinen Arm, bevor sie ihn sanft von sich schob und ihn auf die Bank setzte. Amy hob indigniert die Augenbrauen und machte Platz. In diesem Moment hatte sie eine fatale Ähnlichkeit mit ihrer Großmutter Tessa.

„Jetzt trinken wir erst einmal ein Glaserl", versuchte Sue, ihren alten Freund aufzumuntern. „Amy, wärst du so nett und holst uns was?"

Begeisterung sah anders aus, aber sie tat wie geheißen.

„Ich kann nicht einmal eine Gruppe von Erwachsenen betreuen, ohne dass jemand Schaden nimmt", jammerte Stefan.

„Das ist nicht deine Schuld." Sue tätschelte seine Hand. „Die beiden hatten das so geplant."

„Trotzdem, es hätte nicht passieren dürfen. Stell dir vor, die wären verhungert."

„Sind sie aber nicht. Die hatten jede Menge Energieriegel im Rucksack." Amy war inzwischen zurückgekommen. Sue nahm ihr das Glas ab und drückte es Stefan in die Hand. „Da, jetzt trinken wir erst einmal was."

Stefan führte sein Glas zum Mund und stürzte den Wein mit einem Schluck hinunter.

Amy sah ihn leicht angewidert an. Sue hob entschuldigend die Schultern. „Dieses Fest hätten wir ohne diesen Zwischenfall nicht gehabt", meinte Sue.

„Zwischenfall", stöhnte Stefan. „Du redest genauso blöd daher wie unser Gschaftlhuber-Bürgermeister."

„Wenn man kein Gschaftlhuber ist, wird man auch kein Politiker. Und jetzt versinke bitte nicht in Selbstmitleid. Dir ist schließlich nichts passiert. Und was zwei verliebte japanische Germanisten treiben, liegt nicht in deiner Verantwortung."

„Oho, Frau Urquardingsbums wird streng und kommt mit ihrer Psychokacke daher."

„Vorsicht, denn wenn ich mit der Psychokacke, die ich mir angelernt habe, loslege, kannst du dich warm anziehen", drohte Sue.

„Ich bin ein Versager", insistierte Stefan. „Ich hätte Taxler bleiben sollen. Das hätte viel Zeit und Geld gespart."

„Darauf erwartest du jetzt im Ernst keine Antwort", gab Sue zurück und stand auf. „Ich gehe jetzt, denn ich wollte einen schönen Abend verbringen."

Stefan winkte ab. Sollte er sich im Selbstmitleid suhlen. Aber nicht mit ihr. Außerdem musste sie sehen, wo Philipp abgeblieben war. Auch Amy stand auf, sichtlich erleichtert. Sie überließen Stefan seinem selbst gewählten Schicksal und machten sich auf ans Ufer, wo sich unzählige Kinder – große und kleine – beim Wasserball-Angeln tummelten.

„Da ist Phil", rief Amy und lief zu ihrem kleinen Bruder, der aufgeregt hin und her hüpfte.

Seine Hosentaschen sahen bereits sehr ausgebeult aus.

„Das habe ich alles schon gewonnen", sagte er voller Stolz und packte seine Schätze aus.

Sue seufzte, als sie die Ausbeute sah. Flummibälle, Radiergummis, Stifte, Schlüsselanhänger aus billigstem Plastik. Lauter Dinge, die sie bereits tausendfach zu Hause hatten. Bis auf die Haargummis vielleicht. Aber auch die sahen aus, als würden sie nach dem ersten Gebrauch den Geist aufgeben. Außerdem brauchte Philipp keine Haargummis, das war in seinem genetischen Bauplan nicht vorgesehen.

„Du bist ja unten ganz nass", stellte sie fest.

„Ist doch egal", meinte Philipp lapidar. „Ich will noch einmal."

„Schatz, die anderen Kinder wollen auch drankommen. Schau mal die lange Schlange an."

„Manno."

Bevor die Diskussion ausschweifender wurde, schoss eine Feuerwerksrakete in den Himmel. Und da hatte das Wasserball-Angeln bei Philipp keine Chance mehr. Mit offenem Mund starrte er nach oben, wo sich funkelnde Sterne in silber, blau, grün und rot zu Blütenkaskaden vereinten. Als sie sich umdrehte, um kurz nach Amy zu sehen, stand auf einmal Stefan neben ihr.

„Na, ausgelitten?", fragte sie.

Er schwieg und drückte ihr stattdessen einen Kuss auf den Mund. Einen ziemlich drängenden. Das ging gar nicht.

„Weißt du was, Stefan?" Sie schob ihn, mehr als unangenehm berührt, von sich weg.

Er gab nach wie ein Stück Vorhang und starrte sie erschrocken an.

„Ich habe doch noch etwas bei dir gut."

„Ja?" Er wirkte immer noch erschrocken.

„Dann lass das bitte sein."

„Es tut mir leid", flüsterte er, und lief davon.

Sie war froh, dass Amy nicht da war. Wie hätte sie das erklären sollen? Sie sah wieder in den Himmel. Beim letzten Feuerwerk, es war bei irgendeinem Jubiläum irgendeines Museums, war sie Arm in Arm mit Terence gestanden. Er fehlte ihr.

Verdammt, war Hallstatt nicht ihre Heimat? Warum fühlte sie sich dann so unendlich einsam? Sie wünschte sich doch nichts mehr, als sich wieder zu Hause zu fühlen. Aber Ihr Zuhause war, das wurde ihr jetzt klar, nicht London oder Hallstatt, das war Terence. Zu ihm wollte sie. Gleichzeitig wurde ihr schmerzlich bewusst, dass sich etwas ändern musste. Würde Terence mitziehen? Sie hoffte es so sehr. Eine kleine Träne tropfte aus ihrem rechten Auge. Alberne Kuh, schimpfte sie sich selbst. Ich bin auch nicht besser als Stefan, wenn ich so in Selbstmitleid versinke. Sie holte sich noch ein Glas Sangria. Alkohol war zwar keine Lösung, aber heute Abend die beste, die sie auftreiben konnte. Am nächsten Tag würde sie sich noch das Schloss ansehen und dann die Koffer packen. Es war höchste Zeit, nach Hause zu kommen.

55

Sue sah nervös auf die Uhr. Es waren nur noch vier Minuten bis zur Abfahrt des Passagierdampfers, der sie zum Schloss Grub bringen würde. „Wann kommt er denn endlich?", fragte sie Amy, ohne wirklich eine Antwort zu erwarten.

„Reg dich ab, Mum", beruhigte Amy sie, „der schafft das schon."

„So viel Vertrauen in deinen kleinen Bruder hätte ich dir gar nicht zugetraut."

Amy zuckte gleichmütig mit den Achseln. Sie sah bezaubernd aus in ihrem Hippielook à la Hilde, der aus einer engen, weißen Schlaghose bestand, orangefarbenen Plateausandalen und einer Rüschenbluse mit einem psychedelischen Muster in Lila-Orange. Auch Sue hatte sich besondere Mühe mit ihrem Aussehen gegeben, denn schließlich wurde man nicht jeden Tag auf das Traumschloss seiner Kindheit eingeladen. Sie war extra nach Ischl gefahren und hatte dort in einer kleinen Boutique ein Kleid in einem wunderschönen Pflaumenblau gefunden. Der zarte Chiffonstoff fiel weich um ihren Körper, so dass sie sich ständig fühlte, als würde sie ein leichter Sommerwind umwehen. Außerdem brachte die Farbe ihre Augen zum Strahlen, was nie schaden konnte. Ihre Haare hatte sie glatt geföhnt, weil sie sich ohne Locken immer ein wenig gepflegter fühlte, und in ihren Ohrläppchen baumelten große Kreolen für ein wenig Côte d'Azur-Glamour.

Nur noch drei Minuten. Allmählich wurde ihr heiß. Wie peinlich wäre es, wenn sie zu spät kämen! Dabei war alles ihre Schuld. Sie waren so knapp dran gewesen, dass sie in der Eile das Gastgeschenk für de Jong auf dem Küchentisch vergessen hatte. Bemerkt hatte sie das natürlich erst, als sie ihren

Geldbeutel für das Bezahlen der Schifftickets in ihrer Tasche gesucht hatte. Da Philipp der schnellste Läufer von ihnen war, hatte sie ihn zurück nach Hause geschickt, um die CD eines Eisklang-Konzertes aus der Dachstein-Eishöhle mit einem in Bad Ischl geborenen Künstler zu holen. Sue hoffte, das das für de Jong ausgefallen genug war.

Der Matrose traf bereits Vorkehrungen, um die eiserne Gangway zurück aufs Deck zu schieben, als ein kleiner Blitz in karierten Shorts und einem grellgrünen T-Shirt um die Ecke bog und auf das Schiff zuschoss.

„Gott sei Dank!", stieß Sue erleichtert hervor und rief dem Matrosen zu, noch einen Moment zu warten.

Eine junge Frau in Kapitänsuniform beugte sich aus dem Fenster. „He, Bua", rief sie, „jetzt schick dich aber, wenn's noch mit willst!"

„Ich komme ja schon", rief er zurück und stand endlich keuchend, aber mit zufriedenem Gesichtsausdruck vor seiner Mutter. Stolz drückte er ihr eine kleine Tüte in die Hand. „Ich habe das Päckchen da rein getan, weil ich es beim Laufen so besser halten konnte."

Sekunden später ertönte das Signalhorn und das Schiff legte ab.

„Mummy, wie lange müssen wir denn da bleiben?"

Entgegen ihrer Erwartung war Philipp ganz und gar nicht von der Einladung begeistert gewesen, während Amy sich aufgeregt den ganzen Abend überlegt hatte, was sie anziehen sollte.

„Wir bleiben, so lange es uns gefällt. Ich bin mir sicher, dass es dir dort nicht langweilig wird. Außerdem gibt es bestimmt etwas Gutes zu essen."

Da der Hallstätter See an seiner breitesten Stelle nur 2,3 km breit ist, erreichten sie bereits nach wenigen Minuten das Ostufer.

Kurze Zeit später standen sie vor dem Schloss, das sich im Klammergriff zwischen Berg und Ufer wie der letzte Vorposten der Zivilisation erhob. Mit seinem lichtgrauen Mauerwerk, dem schiefergrauen Dach und den harmonisch verteilten Türmchen wirkte es auf Sue fast ein wenig französisch, aber nicht auf diese prunkvolle Versailles-Art. Sie dachte eher an eine kleine, feine, mittelalterliche Burganlage, in der eine Adelaide oder Ghislaine mit bebendem Herzen auf ihren Ritter wartete. Aber sie waren hier, in der Gegenwart, und so kontrollierte sie vorsichtshalber ihren Lippenstift, bevor sie das große Tor erreichten, warf einen prüfenden Blick auf Amy und wies Philipp an, seine Hose hochzuziehen.

Wie aus dem Nichts erschien ein fitnessgestählter, schwarz gekleideter Mann Mitte dreißig und öffnete ihnen. „Folgen Sie mir bitte."

Der Weg zum eigentlichen Schloss war dann weiter, als Sue gedacht hatte. Sie verfluchte ihre High Heels, die immer wieder im groben Kies der Auffahrt versanken. Ich grantle hier vor mich hin, und Papa würde wer weiß was darum geben, hier zu sein, ermahnte sie sich selbst. Wie enttäuscht er ausgesehen hatte, als das mit der Einladung für ihn nicht geklappt hatte. Ein kleiner Stich fuhr durch ihr Herz. *Nun gut, ich werde alles in mich aufsaugen, damit ich ihm jedes noch so kleine Detail erzählen kann.*

Von weitem waren bereits fröhliche Stimmen zu hören, die von Gläserklirren und leisem Hundegebell begleitet wurden. Sue spürte ein leises Kribbeln in sich aufsteigen, und instinktiv nahm sie Philipp an die Hand, der sich ihr jedoch sofort mit grimmigem Blick entzog.

De Jong hatte das Innere des Schlosses konsequent von jeglichem Ballast der Vergangenheit befreit und ganz auf edles, kühles Design in Weiß, aufgelockert mit edlem Holz und Naturstein, gesetzt. Ich weiß nicht, ob sich Adelaide oder Ghislaine hier wohl fühlen würden, fuhr es Sue kurz durch den Kopf, denn so könnte es auch in jedem Loft in New York oder London aussehen, aber dann traten sie aus den großen Flügeltüren auf die Terrasse, und sie war überwältigt von einem herrlichen Blick auf den See und das gegenüberliegende Ufer, wo Hallstatt in strahlendem Sonnenschein lag.

Der Hausherr löste sich aus einer Unterhaltung, und als er sie herzlich begrüßte, blieb sein Blick ein wenig zu lange auf Amy liegen und viel zu lange auf ihrem eigenen Dekolleté, weshalb Sue froh war, dass sie ihm zur Ablenkung ihr Gastgeschenk überreichen konnte. Sie nahm das Päckchen aus der Tasche und erstarrte. Das war nicht das, was sie für de Jong vorgesehen hatte.

„Wo hast du das her?", zischte sie Philipp zu. „Das ist das Falsche." Aber es war zu spät, denn de Jong musterte das Geschenk bereits mit großem Interesse.

„Wie nett", sagte er. „Ich bin sehr gespannt, was Sie sich für mich ausgedacht haben."

Ich auch, dachte Sue, der immer übler wurde, je länger sie über die Herkunft dieses Geschenks nachdachte. Es kam nämlich, sie traute sich den Gedanken nicht zu Ende zu denken, von der roten Vroni, als Dankeschön für die schönen Stücke, die sie ihr aus Hildes Haus zum Verkauf zur Verfügung gestellt hatte. Immerhin war es auch eine CD, weshalb sie Philipp etwas Abbitte leisten musste. Aber hatte sie ihm nicht gesagt, in welches Geschenkpapier es eingewickelt war? In lackglänzendes Schwarz mit einer gestreiften Schleife. Das, was de Jong jetzt in der Hand hielt, waren Glockenblumen auf Gelb. Philipp hatte einfach wie so häufig nicht aufgepasst, als sie es ihm beschrieben hatte. Sie hoffte nur inständig, dass es keine Sammlung von irgendwelchen Laien-Dreigesängen war. Oder Kuschelrock Volume 5000.

„Na so etwas", rief er belustigt, als er ausgepackt hatte. „Tango de Amor."

Kann mich bitte irgendjemand von hier wegbringen, flehte Sue im Stillen und lächelte beschwichtigend. „Ich dachte, weil sie doch aus Uruguay sind", improvisierte sie.

Hoffentlich dachte er jetzt nicht, dass die CD eine Art erotisches Angebot darstellte, denn nichts lag ihr ferner. Mit seinem extrem enganliegenden roséfarbenen Hemd, das mindestens einen Knopf zuviel aufgeknöpft war und den Blick auf einen glattrasierten Brustkorb und eine dicke, silberne Halskette mit einem Tieranhänger freigab, und der sehr körperbetont geschnittenen, weißen Hose wirkte er ein wenig wie aus der Zeit gefallen – die Siebzigerjahre des vorigen Jahrhunderts ließen grüßen. Sie zog bei Männern ein moderneres und subtileres Auftreten vor.

„Und Sie vermuten, dass wir in Montevideo den ganzen Tag Tango tanzen", unterbrach er ihre Gedanken und musterte sie mit seinen seltsam türkisfarbenen Augen.

„Tun Sie das etwa nicht?"

„Nicht den ganzen Tag."

Sie stöhnte innerlich auf. De Jong hielt die CD tatsächlich für einen Flirtversuch – seine anzügliche Miene sprach Bände. Und das in Gegenwart der Kinder. Sie suchte fieberhaft nach einem geschmeidigen Themenwechsel und war froh, als ihr ein Blick auf die Wand hinter ihm eine Gelegenheit dazu bot.

„Kein Wunder, sie verbringen sicher viel Zeit damit, dieses wunderbare Bild zu bewundern." Sie deutete auf das großformatige Ölgemälde, dessen intensive Primärfarben die puristische Umgebung zum Leuchten brachten. „Ein Gugushvili, nicht wahr?"

Sie hatte einige Bilder dieses georgischen Malers in einer Londoner Galerie gesehen und sich im Gegensatz zu Terence sofort von seinem Stil angesprochen gefühlt, der unangestrengt zwischen abstrakt und naiv pendelte.

De Jong nickte. „*Die Frau mit dem Bügeleisen*. Ich habe es vor Ort in seinem Atelier in Tiflis gekauft.

„Wie außergewöhnlich!" Sue war tatsächlich ein wenig beeindruckt und übertrieb aus Höflichkeit ein bisschen. „Ich war noch nie in Georgien. Es soll ein ganz wunderbares Land sein."

„Ich kenne im Grunde auch nur den Flughafen von Tiflis", entgegnete de Jong. „Eine Zwischenlandung auf dem Rückweg von einem Meeting in Shanghai. Die Gelegenheit wollte ich mir nicht entgehen lassen. Exzellente Wertsteigerungs-Perspektiven."

So konnte man natürlich auch über Kunst sprechen. Sue hoffte, dass die anderen Gäste nicht die gleiche Einstellung besaßen – ansonsten drohte dieser Nachmittag eine Enttäuschung zu werden.

Mit bereits etwas nach unten geschraubten Erwartungen folgte sie de Jong in den Garten, wo sie auf die anderen Gäste trafen.

„Der Typ ist irgendwie schräg", flüsterte Amy ihr ins Ohr.

„Da kann ich dir nur zustimmen", wisperte Sue zurück.

Nachdem er ihnen für Sues Geschmack zu viele Menschen aus dem Bankensektor vorgestellt hatte, führte er sie zu ihrem Tisch, an dem zumindest nach optischen Gesichtspunkten eine etwas bunter zusammengestellte Runde saß.

„Sue, darf ich vorstellen, Brooke Merriweather, eine liebe und geschätzte Freundin meiner Familie, sowie Professor Lavsik aus Harvard und sein Kollege, Professor Lindström aus Toronto. Beide sind herausragende Forstwissenschaftler."

Die offenbar eine gemeinsame Vorliebe für altmodische Brillengestelle, verknitterte Karohemden und ausgebeulte Chinos besitzen, dachte Sue.

Schade, dass ihr Schwiegervater Aubrey nicht hier war. Er wäre hier in seinem Element und könnte sich mit den beiden über alle Aspekte rund um seine geliebten Bäume unterhalten.

Zwischen diesen beiden Männern, die wie der Prototyp des zerstreuten Professors wirkten, erschien Mrs Merriweather wie die Inkarnation der Perfektion. Es war schwer, ihr Alter zu schätzen, denn ihre Gesichtshaut war bis auf einige Mimikfältchen um die Augen auffallend glatt (ein sensationelles Lifting, dachte Sue. Diese Frau war nicht nur eine geschätzte, sondern offenbar auch eine sehr gut betuchte Freundin der Familie). Ihr weißes, togaartiges Kleid saß, als wäre es aus Stein gemeißelt, und kein Haar entschlüpfte dem streng frisierten Knoten. Kein Zweifel – hier saß eine Diva, eine afrikanische Königin, die zwischen zwei blassen Nerds Hof hielt.

Ebenfalls am Tisch platziert waren ein gewisser Ildriz Teriogokun und seine chinesische Ehefrau Gong, sowie Randolf Lell, der Investment-Berater von de Jongs Unternehmen.

„Und das Unternehmen wäre?", fragte Sue ein wenig provokant.

„Sagen Sie bloß, sie haben mich nicht gegoogelt", kokettierte de Jong.

Sie schüttelte den Kopf. „Ich habe Urlaub, und da geht es bei mir informationstechnisch zu wie in der Steinzeit. Also, verraten Sie mir Ihr Metier?"

De Jong sah sie wieder irritierend intensiv an. Wenn er nicht reich wäre, könnte er problemlos als Hypnotiseur arbeiten, dachte sie. „Das werden Sie gleich erfahren."

Dieser Satz klang nicht nach einem entspannten, unbeschwerten Nachmittag. Amy sah zwar nicht besonders begeistert aus, behielt jedoch brav die Contenance, während Philipp sich sichtlich langweilte. Sue hatte ihm verboten, irgendein Teil aus seinem Spielgerätepark mitzunehmen, was sie nun bedauerte. Um die Riege der fehlbesetzten Minderjährigen voll zu machen, winkte de Jong einen Teenager zu sich.

„Darf ich vorstellen, mein Sohn Ivan."

„Oh nein", stöhnte Amy auf, zum Glück leise genug, so dass nur Sue sie hören konnte.

„Ivan absolviert hier ein Chinesisch-Tutorial mit einem Privatlehrer.

Er wird im Herbst die Internationale Schule in Hongkong besuchen und möchte sich noch ein bisschen fit machen."

Ivans Gesichtsausdruck nach zu urteilen, entsprach das Wort „möchte" eher dem Wunsch seines Vaters als seinem eigenen.

„Ich hoffe, dass dennoch genug Zeit für ein wenig Ferienspaß bleibt", erwiderte Sue und empfing dafür einen irritierten Blick ihrer Tochter.

Ivan zuckte phlegmatisch mit den Schultern und ließ sich ohne jede Begeisterung auf den Stuhl fallen. Sein Vater hingegen verabschiedete sich mit einem kurzen Nicken und eilte davon, um Neuankömmlinge zu begrüßen.

„Und dafür habe ich gestern Abend noch Tante Hildes Bluse gebügelt", ärgerte sich Amy leise. „Ich habe mir das alles ein bisschen anders vorgestellt."

„Wieso hast du eigentlich ‚Oh nein' gestöhnt, als Ivan uns vorgestellt wurde?", flüsterte Sue.

„Der Typ ist total gestört. Der war neulich in Hallstatt in der Lounge und hat sich voll betrunken und in einer Tour angegeben, wie reich sein Alter wäre und bla. Aber langsam wundere ich mich nicht mehr, dass der total durchgeknallt ist. Bei dem Vater."

„Mum, ich habe Hunger", quengelte Philipp.

„Ich fürchte, das dauert noch ein wenig", tröstete sie ihn und sah mit einem unguten Gefühl auf die Unterlagen, die von einigen jungen Damen und Herren verteilt wurden. Es handelte sich um Prospekte.

„Waldinvestment Terra ParaSelva", las sie leise vor sich hinmurmelnd. „Ist das hier eine Art Präsentation?", fragte sie irritiert in die Runde.

„Völlig unverbindlich und ganz locker", beeilte sich Lell, der Investment-Berater, zu sagen.

„Bei Raoul geht es immer um Geschäfte", unterbrach ihn Mrs Merriweather. „Aber wir haben Glück, heute geht es um Wald und nicht um Schweinebäuche." Ihr Lachen klang, als hätte sie ihr halbes Leben Kette geraucht.

Sue fasste es nicht. Sie kam sich über den Tisch gezogen vor. Von wegen Entschuldigung – sie war von de Jong nur eingeladen worden, um ihm als potenzielle Kundin auf den Leim zu gehen. Sie schaltete komplett ab, hörte nur noch Wortfetzen wie Setzlinge, Riesen-Ertragserwartungen, Paraguay, ethische Rendite und war ansonsten ziemlich damit beschäftigt, ihre Kinder bei Laune zu halten.

Zum Glück war nach einer guten halben Stunde der Spuk zu Ende.

„Und nun wünsche ich mir, dass Sie für ein paar Stunden das schnöde Geschäft vergessen und mit mir diesen herrlichen Tag genießen." De Jong erhob sein Glas. „Fühlen Sie sich nach dem Essen frei, das zu tun, wozu Sie Lust haben. Der Badesteg, die Ruderboote, die Liegen – es steht alles zu Ihrer Verfügung. Wer mit dem Elektroboot eine Runde fahren möchte, wendet sich bitte an Gregory. In diesem Sinne – à votre santé".

Er setzte sein Glas ab und gab dem Personal ein Zeichen, mit dem Servieren zu beginnen.

„Was ist das?", fragte Philipp ziemlich angewidert und laut, als er der auf einem dunklen Kraut gebetteten, dunkelroten Würfelchen ansichtig wurde.

„Lies die Menükarte und sei still", flüsterte Sue ihm zu.

„Salat aus gepresstem Rotkohl und Arame mit Sesam-Dressing", zitierte er. „Das esse ich nicht." Resolut schob er den Teller weit von sich.

„Mann, mit dir kann man nirgendwo hingehen", beklagte sich Amy. „Wir sind hier Gäste, also benimm dich."

Das könnten glatt meine Worte sein, dachte Sue und sah ihre Tochter anerkennend an. Ihre Erziehungsbemühungen waren doch nicht vollkommen für die Katz gewesen.

„Man weiß nicht, wo man anfangen soll", murmelte Ildriz, der links neben Sue saß und etwas hilflos auf den Teller starrte. „Es gibt nicht einmal etwas, womit man sich das hier schön trinken könnte."

„Wir können es ja mal versuchen", wisperte Sue zurück und nahm das edle Kristallglas, in dem der Grassaft in wässrigem Grün funkelte.

Sie prosteten sich zu und tranken tapfer. „Schön trinken wird schwer werden", lautete Sues Fazit.

Ildriz nickte und rief de Jong, der an einem anderem Tisch saß und seinen Teller bereits zur Hälfte geleert hatte, zu: „Raoul, und wann kommt das richtige Essen?"

„Ja! Schnitzel mit Pommes!", rief Philipp.

Alle lachten, sogar de Jong. „Wartet auf das Dessert, ich glaube, das wird auch die Schnitzelfraktion zufrieden stellen. Und überhaupt weiß ich nicht, was es daran auszusetzen gibt, es schmeckt wunderbar. Alles so naturbelassen wie möglich."

„Ich hoffe doch, dass alles streng regional ist, mein lieber Raoul", meldete Mrs Merriweather sich zu Wort, und Sue war sich nicht sicher, ob das ironisch gemeint war.

„Natürlich, liebste Brooke, du weißt doch, ich mache keine Kompromisse."

„Ich meine nur, weil du dir dein Mineralwasser aus Italien kommen lässt", erwiderte sie mit einem spitzbübischen Lächeln.

„Aber dann nur handgetragen über die Alpen, von Sherpas, damit die CO_2-Bilanz stimmt", ergänzte Ildriz, wofür er von seiner Frau einen zustimmenden Blick erntete.

Sue verspürte ebenfalls Lust, de Jong ein wenig aufzuziehen. „Und dieser Saft? Ist der aus echtem Hallstätter Gras?" Sue sah ihren Gastgeber unschuldig an.

„So original hallstätterisch wie Sie, verehrte Sue."

Einen Moment lang ruhten alle Blicke auf ihr, als wäre sie eine Sensation.

„Sind Sie tatsächlich hier aufgewachsen?", fragte einer der Professoren, die auseinanderzuhalten Sue sich nicht die Mühe machte.

„Ja, aber Gras haben wir nie getrunken."

Ildriz nahm tapfer einen weiteren Bissen. „Wenn man die Erinnerung an alle Gerichte, die man jemals genossen hat, aus seinem Gedächtnis löscht, kann man das durchaus essen."

Und schon gab es den Hauptgang, ein grünes Röllchen aus Wirsing und Mangold, gefüllt mit Rote-Bete-Stiften und Räuchertofu.

„Immerhin keine Algen mehr", kommentierte Mrs Merriweather, „ich kam mir beim letzten Bissen schon vor wie ein Fisch."

Sue beobachtete Philipp, wie er die Röllchen, wie schon zuvor die Vorspeise, unauffällig in der Botanik entsorgte. Amy legte eine bewundernswerte Contenance an den Tag und aß brav ihre Portion, die sie mit einem Riesenschluck Wasser, das es als einziges Getränk neben dem Grassaft gab, hinunterspülte.

„Jetzt wird mir klar, warum die arme Madonna manchmal so verhärmt aussieht. Die ernährt sich doch ausschließlich makrobiotisch, wie unser geschätzter Gastgeber." Gong pickte den Tofu aus ihrem Röllchen und kaute ohne große Begeisterung auf ihm herum. „Typisch Raoul, alle kochen jetzt vegan, aber er setzt auf Makrobiotik. Immer muss er gegen den Strom schwimmen."

„Chérie, ich habe gehört, es gibt Menschen, die ernähren sich ausschließlich von Licht", sagte Ildriz. „Das erscheint mir im Moment außerordentlich verlockend."

„Das wäre heute bei diesem herrlichen Sonnenschein auch kein Problem", stimmte Sue ihm zu. „Ildriz, was halten Sie von dem Fonds?"

„Mein Garten kommt mich schon teuer genug", wehrte er ab. „Vor allem der Gärtner. Das Ganze ist mir zu spekulativ. Da kann der gute Raoul die Setzlinge kombinieren, wie er will. Außerdem möchte ich nicht erst in 30 Jahren Erträge sehen."

„Das sehe ich auch so." Sie hatte zufällig vor einiger Zeit im Fernsehen eine Finanzsendung zu genau diesem Thema gesehen und war trotz des grünen Mäntelchens, das sich die Anbieter anzogen, nicht überzeugt.

Wie versprochen entschädigte das Dessert auch kulinarisch konservativere Gemüter. Es bestand aus einem flaumigen Schokoladenkuchen mit Sojasahne, mit dem Philipp hemmungslos das Loch in seinem Magen stopfte. Schön, dachte Sue, wenigstens ein versöhnlicher Abschluss.

Danach ging es weiter, wie es sich für eine Gartenparty gehörte. Es wurde gebadet, und Philipp musste natürlich mit Gregory eine Runde auf dem Elektroboot fahren, wobei Amy und Ivan sich ihm anschlossen. Sue genoss es einfach, faul in einem watteweichen Liegestuhl zu liegen und hinüber nach Hallstatt zu schauen. Das ging ungefähr eine Stunde lang so. Dann stürzte als Erster einer der Professoren ins Badezimmer. Unmittelbar darauf bemerkte Sue ebenfalls, wie sich ihre Eingeweide unangenehm verkrampften. Eine Viertelstunde später saß sie auf der luxuriösen Toilette, für deren Raffinessen, wie eine durchsichtige Decke und wechselnde Farben der Beleuchtung, sie jedoch aufgrund ihrer Blähungen keinen Blick hatte.

„Ich will nach Hause", keuchte sie, als Amy und Philipp endlich von ihrem Bootsausflug zurück waren. „Geht es euch wenigstens gut?"

„Klar", sagte Philipp.

„Natürlich", fiel Sue es wieder ein, „du hast das Essen ja der Natur zurückgegeben."

„Du bist ganz blass, Mummy." Amy sah sie besorgt an. „Und du hast Schweißperlen auf der Stirn."

„Wie fast alle anderen hier. Wieso du nicht?"

Amy druckste herum.

„Also, warum?", fragte Sue ungeduldig.

„Ich habe mir den Finger in den Hals gesteckt."

„Wie bitte?" Litt Amy an Bulimie? Sue war fassungslos.

„Ich schwöre, Mom, das mache ich wirklich nie. Hätte ich es dir sonst erzählt?"

Da war was dran.

„Außerdem ist Brechen eklig. Aber das Essen war noch ekliger. Ich wollte das nicht in mir behalten."

„Bei mir will es auch raus, nur auf der anderen Seite. Kommt, wir fahren nach Hause."

Sie verabschiedeten sich von einem untröstlichen de Jong und fuhren mit Ildriz und seiner Frau zurück, die ebenfalls angegriffen wirkten.

„Also Susi, erzähl mal."

„Papa, ich bin auf dem Klo."

„Das weiß ich, aber wer weiß, wann du da wieder herauskommst, und ich muss in einer Viertelstunde beim Stammtisch sein."

„Mir geht es nicht gut." Gerade durchzuckte ein Messerstich ihren Unterleib. Das mit der Heimfahrt am nächsten Tag konnte sie vergessen. Sie zitterte ja bereits, wenn sie das Toilettenpapier abreißen wollte – wie sollte sie da ein Lenkrad festhalten?

„Ich habe dir schon die Heilerde hingestellt. Du wirst sehen, dann geht es dir schnell wieder besser."

„Das ist lieb von dir. Kannst du mich jetzt bitte alleine lassen, mir ist das peinlich, wenn du die Geräusche hörst."

„Ich habe dich als Baby sauber gemacht, das kannst du also vergessen."

Sue war perplex. An diesem Mann prallte alles ab wie an einer Gummiwand.

„Was ist denn das mit dir und dem Schloss? Kann das nicht warten?"

„Ich denke an ein neues Fotoprojekt, und ich werde nicht jünger."

Dafür führst du dich auf wie ein Fünfjähriger. „Aber ich altere jede Sekunde dieses Gesprächs auf dramatische Weise."

Franz schwieg, aber Sue hatte nicht das Gefühl, als würde er aufgeben. Sie hörte keine Schritte, die sich entfernten.

„Also gut, was willst du wissen?" Sie sah ein, dass sie nur dann Ruhe haben würde, wenn sie seine Neugier stillte.

„Wer war alles da?"

„Also, da hätten wir ein türkisch-chinesisches Ehepaar namens Terigokun. Ich habe keine Ahnung, was er beruflich macht, aber er scheint de Jong recht nahe zu stehen, denn er durfte ihn ungestraft aufziehen. Dann waren da noch zwei ein wenig schlampig aussehende Professoren der Forstwissenschaft. Willst du die Namen?"

„Nein."

„Gut, weil ich hätte sie eh schon wieder vergessen. Dann ein gewisser Lell, Investmentberater von de Jong ..."

„Weiter ...", trieb Franz sie an.

„Eine sehr beeindruckende ältere Dame. Eine schwarze Amerikanerin, Brooke Merriweather."

Vor der Tür herrschte Stille.

„Das waren alle an unserem Tisch. Nein, da war noch der Sohn de Jongs, aber der hat die ganze Zeit kein Wort gesagt."

Keine Reaktion.

„Papa, bist du überhaupt noch da?"

„Ja."

Was machte er da draußen vor der Tür? Meditieren? „Bist du jetzt zufrieden?"

„Ja. Nimm bitte nicht zu viel Papier. Du weißt, wie schnell das Rohr verstopft."

Es ging wirklich nichts über echte elterliche Anteilnahme.

Einige Blähungen später hörte sie wieder Schritte, die vor ihrer Tür stoppten.

„Ich halte heute keine Audienzen mehr!", rief sie vorsichtshalber.

„Braucht's auch nicht", brummte Franz. „Das war im Altpapier. Schau dir das lieber mal an, es ist von deinem Mann."

Ein weißer Umschlag schlitterte ihr vor die Füße. Es war der Begleitbrief von Terences Blumenstrauß, den sie glaubte, entsorgt zu haben. Damals war sie wütend gewesen, jetzt hingegen erschien ihr dieser Brief wie ein Zeichen aus einer besseren Welt. Wie ehrlich erschien ihr Terence im Vergleich zu de Jong, der ihr diese Sitzung hier eingebrockt hatte. Neugierig öffnete sie den Umschlag. Er enthielt nur eine Botschaft: *Remember Berlin?*, und zwei Konzertkarten für ein Depeche Mode Konzert. In Berlin. Wo ihre Liebe begonnen hatte.

Auf einmal erschien ihr dieser schmale Raum mit seiner grünen Siebziger-Jahre-Blümchentapete wie der schönste Ort der Welt.

56

„Dann stimmt es also doch", stellte Vanni nüchtern fest, als sie Sues karges Mittagessen auf dem Tisch begutachtete. „Tee und Zwieback nach der gepflegten Magen-Darm-Geschichte made in Schloss Grub."

„Vielen Dank nochmals dafür." Sue hob mit zittriger Hand ihre Teetasse hoch und brachte den Toast auf das Schloss aus, das am gegenüberliegenden Ufer unschuldig da lag wie immer. „Das einzig Positive daran ist, dass mein Bauch ein bisschen flacher geworden ist. Die Jeans ging zu wie nichts."

„Alles hat seine zwei Seiten", kommentierte Vanessa. „Ich hoffe, du hast nichts dagegen, wenn ich mir etwas anderes zu trinken hole."

„Natürlich nicht, was möchtest du haben?" Sue machte Anstalten, aufzuspringen, wurde jedoch von Vanni resolut in den Liegestuhl zurückgedrückt.

„Bleib du mal schön liegen, ich kann mir doch mein Wasser selbst holen. Ich weiß ja noch, wo alles ist, es sei denn, dein Vater hat umgeräumt."

„Hat er nicht. Danke", krächzte Sue schwach und ließ sich wieder zurücksinken. Sie war dankbar für den Schatten, den das Blätterdach des Apfelbaums auf das kleine Rasenstück hinter dem Haus warf, doch selbst hier war es ungewöhnlich heiß. Philipp war beim Nachbarsjungen, und Amy hatte sich tatsächlich zum Lernen zurückgezogen. Jetzt, wo die Reise nach Frankreich immer näher rückte, hatte sie so etwas wie Ehrgeiz gepackt. Der bestand darin, dass sie sich einige Apps heruntergeladen hatte, mit denen sie üben konnte.

Obwohl Sue sich ausgelaugt und kraftlos fühlte, empfand sie das als zweitrangig. Viel wichtiger war, dass sich dieser traurige Druck auf ihrem

Brustkorb, der in den letzten Tagen stärker geworden war, aufgelöst hatte.

„Du lächelst ja", bemerkte Vanni, die mit einem Glas Wein zurückkam. „Ich habe den Chablis im Kühlschrank gefunden und plötzlich unwiderstehliche Lust darauf bekommen. Ist das in Ordnung?"

Sue nickte.

„Also, warum lächelst du? Bist du ins Lager der Masochisten gewechselt?"

„Nein. Aber Terence …"

„Ah, habt ihr euch ausgesprochen? Sehr gut." Zufrieden nahm Vanni einen großen Schluck.

„Nein."

„Nein? Dann wird es aber Zeit. Ist er noch mit dem Motorrad unterwegs?"

Sue schüttelte den Kopf. „Seine Tour ist zu Ende. Er müsste wieder in London sein."

„Hat er dich angerufen?"

„Nein."

„Hast du ihn angerufen?"

„Nein."

„Aber wieso lächelst du dann und säuselst glückselig seinen Namen?"

Sue zog den Umschlag hervor, den sie neben den Liegestuhl gelegt hatte. „Den hat er mir geschickt."

Vanni nahm ihn. „Depeche Mode. Berlin. Ohne die Jungs von der Insel hättet ihr euch nie kennengelernt." Sie musterte Sue. „Wenn ich mir dich so anschaue, hat er damit alles richtig gemacht." Vorsichtig steckte sie die Karten in den Umschlag zurück. „Der Gedanke gefällt mir, alles auf Anfang zu stellen."

„Mir auch. Da ist so viel verloren gegangen in letzter Zeit – und dann noch diese Szene mit seiner Mutter." Sue klappte den Liegestuhl hoch und klopfte auf das Kissen. „So deutlich hat sie es noch nie gemacht, dass ich nicht gut genug für diese Familie bin. Sie macht mich verantwortlich für diesen Vorfall mit Amy. Ein Skandal!, hat sie gefaucht. Als ob ich was dafür könnte." Sue schlug ihren Ellbogen in das Kissen.

„Es geht doch nicht um seine Mutter." Vanni sah in den Himmel. „Weißt noch, wie wir immer in den Himmel geschaut haben und Figuren erkennen mit den Wolken gespielt haben?" Ihre Stimme klang weich und verträumt.

„Da oben, schau, da ist ein dicker, trächtiger Dinosaurier."

Sue starrte nach oben. „Wenn du meinst." Es war ihr doch egal, wer sich da am Himmel herumtrieb. „Weißt du, es dreht sich permanent alles um Terence. Auf den Parties", Sue holte tief Luft, „was heißt Parties, es ist eigentlich egal wo, Vanni, das kannst du dir nicht vorstellen, die Weiber haben keinen Respekt, für die bin ich Luft. Die flirten mit ihm, obwohl ich direkt daneben stehe und alle wissen, wer ich bin. Solange er nur Radio gemacht hat, war alles okay, aber seit er oft als Experte ins Fernsehen eingeladen wird, kennt ihn jeder. Auf jeden Fall 70 % der weiblichen Einwohner Großbritanniens europäischer Herkunft. Das hat er seit dem letzten Panel schwarz auf weiß." Sue sog tief die Luft in ihre Lungen und atmete langsam und kontrolliert aus. „Der Witz ist, dass wir so sehr darauf hingearbeitet haben, dass die Sendung ein Erfolg wird. Und dann wird nichts besser. Im Gegenteil, man hat immer weniger Zeit füreinander."

„Hallo Vanni." Amy kam in den Garten, in der Hand einen Blumenstrauß.

„Grüß dich Amy." Vanni sprang auf und umarmte sie. „Ist der für mich?"

„Nein, für Mom. Von de Jong."

„Ich glaube, der hat ein Abo bei *Blatt & Blüte*", murmelte Sue. Zum Glück war der Strauß aus Lilien, cremefarbenen Rosen und Chrysanthemen kleiner als der letzte, denn im Haushalt von Franz gab es ihres Wissens nach nur einen Eimer.

Ohne große Begeisterung öffnete sie den Umschlag und reichte ihn dann kopfschüttelnd Vanni, die ihn neugierig an sich riss.

„Ein exklusives Dinner im Hangar 7", las sie vor und zog die Augenbrauen nach oben. „Als Entschuldigung für das Malheur." Sie schnaubte verächtlich. „Der sucht wohl eher eine zweite Chance, um dir seine windigen Papiere zu verkaufen."

„Da sucht er vergeblich."

„Genau, Mom", ergriff Amy das Wort. „Der Typ soll sich seine Blumen sonst wo hinstecken."

„Bravo Amy, das ist die richtige Einstellung", lobte Vanni. „Aber schön ist er schon…" Sie roch an den Rosen und schloß für einen Moment genießerisch die Augen. „Also, wenn ihr ihn nicht wollt, nehme ich ihn."

„Gerne", sagte Sue. „Ich bin froh, wenn mich nichts mehr an diesen Mann erinnert. „Und jetzt einen Themenwechsel, wenn ich bitten darf."

„Kein Problem. Wie steht es eigentlich mit dem Hausverkauf?"

Sue winkte ab. „Interessenten gibt es einige, aber alle wollen nur das Grundstück und dann das Haus abreißen. Das kommt für mich nicht in Frage."

„Das Haus wird seinen neuen Besitzer schon finden, wenn die Zeit reif ist. Apropos, " Vanni sah auf die Uhr. „ich muss allmählich zurück ins Atelier. Kommst du mal mit?"

Voller Erwartung ließ Sue sich von ihrer Freundin in die Küche ziehen, wo auf dem Tisch ein großes Paket auf sie wartete. Fragend sah sie Vanni an.

„Ich verrate dir nicht, was drin ist, du musst es schon aufmachen."

Gespannt riss Sue das dicke Geschenkpapier auf. Es war eine Säge.

„Die war im Sonderangebot. Und du wolltest doch eine. Da konnte ich nicht widerstehen."

„Das ist wunderbar", stammelte Sue und umarmte Vanni.

„Die gibt dir die nötige Power."

„Das glaube ich auch. Vielleicht sollte ich sie de Jong zeigen?"

„Das wäre zu überlegen. Auf jeden Fall deiner Schwiegermutter. Und jetzt erzähl mal – wer war alles auf der Gartenparty und wie sieht es da drüben aus?"

Sue schloss resigniert die Augen. „Gerade wollte ich dir sagen, wie schön es ist, wieder mit dir zusammen zu sein, und jetzt merke ich, dass du mich nur ausnutzt."

„So ist die Welt, meine Liebe. Du gibst und ich nehme."

„Ich glaube, du musst jetzt ganz schnell zurück in dein Atelier, sonst sehe ich mich gezwungen, meine brandneue Säge gegen dich zu erheben."

Den Rest des Nachmittags verbrachte Sue dösend im Liegestuhl. Sie genoss diesen entrückten Zustand, denn sie war durchdrungen von der Überzeugung, dass alles gut werden würde. Beweis eins: Ihr Verdauungsapparat hatte sich beruhigt. Beweis zwei: die Konzertkarten von Terence. *Remember Berlin?* Und ob. Sie erwachte erst aus ihrer Traumwelt, als Amy nachfragte, wann es Abendessen gäbe.

Träge richtete sie sich auf. „Wir könnten tatsächlich etwas essen. In mir regt sich sogar so etwas wie Appetit. Wo ist eigentlich dein Bruder?"

Amy zuckte gleichgültig mit den Schultern. „Der müsste bei den Hofstallers sein."

„Ruf doch bitte an, und sag ihm, dass er rüberkommen soll."

Einige Minuten später, als Sue bereits in der Küche stand und den Inhalt des Kühlschranks inspizierte, kam Amy zurück. Allein.

„Philipp ist nicht dort. Und der Edi auch nicht. Seine Mutter hat gemeint, dass die beiden schon mittags zu Mike gegangen sind."

„Zu Mike?"

„Der wollte ihnen irgendwas zeigen."

„Mike?" Bei Sue läuteten die Alarmglocken. Unter Gefahrenstufe dunkelrot gab sich dieser Mann mit einer Sache gar nicht erst ab. Was wollte er zwei Elfjährigen zeigen? Fallschirmspringen ohne Schirm?

Amy bemerkte offenbar, dass Sue unruhig wurde, und legte einige beruhigende Worte nach. „Edis Mutter war aber ganz cool. Die meinte, das ginge schon in Ordnung."

„Dann wollen wir das mal hoffen. Abgesehen davon sollte dein Bruder seit einer halben Stunde hier sein."

„Ich geh hin und hole ihn."

„Du bist ja ganz schön fürsorglich", wunderte sich Sue. Diese Eilfertigkeit war höchst verdächtig. Wahrscheinlich hatte Amy anstatt zu lernen wieder Hunderte SMS verschickt.

„Wo war das gleich wieder?"

„In der Gosaumühlstraße, fast am Ortseingang."

„Mom, es ist bestimmt nichts passiert. Die beiden sind sicher nur in ein Spiel versunken. Oder sie sehen sich eine nicht kindgerechte Serie im Fernsehen an."

Sue zog zweifelnd die Augenbrauen hoch. „Mike hat es noch nie mit Indoor-Aktivitäten gehabt. Es sei denn, ein Bett und eine Frau sind dabei."

Amy grinste. „Stimmt das, dass der zur gleichen Zeit Vater von zwei Kindern mit zwei verschiedenen Frauen geworden ist?"

Sue grinste ebenfalls. „Ja, das ist Mike. Nur nichts anbrennen lassen.

Weißt du was? Wir gehen zu zweit. Ich möchte zu gerne sehen, wie Mike sich als Babysitter macht. Außerdem muss mein Kreislauf wieder in die Gänge kommen."

Als sie vor seinem Haus standen, stellte sich heraus, dass Amy mit ihrer Einschätzung richtig gelegen hatte. Philipp und Edi waren, wie Sue und Amy durch das Küchenfenster in voller Deutlichkeit sehen konnten, tatsächlich in ein Spiel versunken. Das gackernde Lachen der beiden Jungs konnte man bis nach draußen hören. Und sie waren nicht allein.

„Das glaube ich jetzt nicht", murmelte Sue.

„Ist das ekelhaft", flüsterte Amy indigniert.

„Übertreib mal nicht", wiegelte Sue ab. „Nicht jeder steht auf Dessous von La Perla." Sie konnte nicht anders als loszukichern. Außerdem war sie unendlich erleichtert, dass Philipp wohlbehalten war.

„Mom!" Amy schien schockiert.

„Ich gehe jetzt hinein. Kommst du mit oder ist das zuviel für dich?"

Amy brummte, was nach einer Art Zustimmung klang.

Sue klingelte. Kurz darauf hörte sie ein kindliches Fußtappen, dann wurde die Tür geöffnet. Vor ihr stand Edi mit schokoladeverschmiertem Mund.

„Servus Edi", begrüßte Sue ihn freundlich. „Wir wollten den Philipp abholen."

„Der ist drin mit der Mama vom Mike", informierte Edi artig.

„Können wir kurz reinkommen?"

„Ich weiß nicht." Jetzt wirkte er etwas nervös und wischte sich sogar den Mund ab.

„Ist der Mike da?"

„Nein, der hat weg müssen. Mit seinem Mountainbike."

Wieso wundert mich das nicht, fragte sich Sue.

„Aber die alte Frau Drexl ist ja da."

„Ja, das sehe ich. Und ich sehe auch, dass sie mit einem BH über der Schürze bei euch am Tisch sitzt."

Edi lief knallrot an, soweit Sue das unter der Schokoladenschicht auf seinem Gesicht feststellen konnte. Sie drückte sich an dem Jungen vorbei ins Haus und ging nach rechts in die Wohnküche.

Philipp fielen seine Spielkarten aus der Hand, als er seine Mutter sah. „Mama!"

Amy stand wie gebannt an der Tür und starrte die alte Frau an, die mit einem fleischfarbenen Büstenhalter über einer geblümten Kittelschürze selig lächelnd mit ihren Karten wedelte.

„Griaß eich!", rief sie. „Kommt's her und spielt's mit!"

„Grüß Gott, Frau Drexl. Philipp, was macht ihr da?"

Er war gerade dabei, seiner Mitspielerin eine Jacke über die Schultern zu legen, wohl um ihr gewagtes Outfit vor seiner Mutter zu verbergen.

„Wir spielen Uno."

„Und was machst du da gerade?" Sie deutete auf die schwarze Strickjacke. „So fürsorglich kenne ich dich gar nicht."

Philipp zog es vor zu schweigen. Schade, dachte Sue, die sich schon auf eine kreative Ausrede gefreut hatte.

„Habt ihr beide der Frau Drexl den BH angezogen?"

Die beiden Jungs sahen sich an und prusteten los.

Als Edi sich wieder beruhigt hatte, keuchte er: „Nie im Leben! Den hat sie schon angehabt, ich schwöre es. Das macht sie öfters! Die ist schon ein paar Mal so auf die Straße gegangen."

„Na gut", gab sich Sue zufrieden. „Und was ist das?" Sie deutete auf die Berge von Schokoladenpapier, die über den Tisch verteilt waren.

„Das sind die Preise", antwortete Edi. „Der, der gewinnt, kriegt an Schoklad."

„Dann hat die Frau Drexl aber noch nichts gewonnen", sagte Sue. „Schummelt ihr beide etwa?"

Edi winkte ab. „Des braucht's ned. Die Oma Drexl kapiert eh nichts mehr."

„Geh, Edi, so was sagt man nicht."

„Wieso?" Er sah sie treuherzig an. „Das ist doch nicht schlimm."

Sue betrachtete die alte Frau, die sich äußerst wohl zu fühlen schien. „Vielleicht hast du recht." Wenn sich das eigene Universum derart in sich zurückzog, gab es nicht mehr viel, was einen störte.

„Wollen wir ein Lied singen?", fragte Frau Drexl und fing bereits an, mit ihren knochigen Händen zu dirigieren.

Sue schüttelte den Kopf. „Das geht jetzt nicht, Frau Drexl, weil wir heim müssen. Komm, Philipp. Zuvor räumt ihr zwei aber noch den Saustall auf dem Tisch auf."

„Das passt schon, das mache ich."

Sue drehte sich um. Mike war wieder aufgetaucht und hatte tatsächlich die Chuzpe, ihr zwei Begrüßungsbussis auf die Wange zu geben.

Sie trat einige Schritte zurück. „Mike, was denkst du dir dabei, die beiden allein mit deiner Mutter zu lassen?"

„Wieso, das passt doch alles. Hey, sie ist dement und kein Monster. Eher zu gutmütig."

Das stimmte wohl, wenn sie die Limoflaschen und den Süßigkeitenmüll auf dem Tisch betrachtete.

„Freu dich lieber, dass ich sie deinem Sohn anvertraue."

„Ich freue mich wahnsinnig. Wirklich."

„Geh Susi-Mausi, es ist doch nichts passiert. Alle drei sind glücklich."

Das musste sie zugeben. Frau Drexl summte bestens gelaunt ein Lied und die Jungs kicherten schon wieder um die Wette.

„Wieso hast du die beiden eigentlich hierher zitiert? Die sollten doch bei den Hofstallers spielen."

„Ich habe ein bisserl Fleisch übrig gehabt, weil die Mama die Tür von der Tiefkühltruhe offen gelassen hat. Da habe ich mir gedacht, bevor das Ganze schlecht wird, machen wir ein Experiment, das ich schon lange machen wollte. Und der Edi ist immer für alles zu haben. Genauso wie dein Bub. Ein super Kerl, der Philipp."

„Das war so krass, Mom", rief der super Kerl dazwischen. „Wir haben ein Steak explodieren lassen und dann gegessen."

„Explodieren lassen?" Sue schluckte. „Mit Sprengstoff?"

„Logisch, mit was sonst", antwortete Mike so lässig, als ginge es darum, ob man Erdbeeren mit Sahne oder Vanilleeis essen sollte. „Es war ganz harmlos. Die Kindervariante."

Sue schüttelte den Kopf. „Ich glaub, das größte Kind bist du."

„Es hat super geschmeckt", meinte Edi.

„Das habe ich auch schon mal im Fernsehen gesehen", mischte sich Amy plötzlich ein. „Da wird das Fleisch ganz zart."

„Das Steak zergeht förmlich im Mund", fiel Mike in ihre Schwärmerei ein. „Schad, wenn ich gewusst hätte, dass du vorbeikommst, hätten wir dir eins aufgehoben."

Sue schloss für einen Moment die Augen. Waren die jetzt alle verrückt geworden? Wussten die nicht, dass Explosionen gefährlich waren? Okay, sie wollte nicht mehr darüber nachdenken. Außerdem war nichts passiert. „Wieso hast du die beiden alleine gelassen? Die Gutmütigkeit deiner Mutter in allen Ehren, aber trotzdem."

„Mei, wie es halt so geht. Als ich mit ihr auf dem Klo war, habe ich gemerkt, dass ihr die Windelhosen ausgehen. Da bin ich schnell nach Goisern zur Apotheke geradelt, bevor die zumachen."

Okay, das konnte als triftiger Grund durchgehen.

Mike war ein Phänomen. Erst ärgerte man sich über ihn und dann drehte er alles so um, dass man sich am Schluss wie ein Spielverderber fühlte und ihn am liebsten um Verzeihung bitten wollte.

57

Es war halb neun, und Susi war vor zehn Minuten aufgebrochen, um Vanni zu besuchen. Endlich hatte Franz freie Bahn, zumal seine Tochter angedeutet hatte, dass es später werden könnte. Nachdem er kurz aus dem Fenster geschaut hatte – es war leicht bedeckt und noch relativ mild –, zog er sich ein extra gekauftes, dunkelgraues Sweatshirt und die schwarze Levis an. Die Jeans war ihm eigentlich etwas zu weit, nachdem er im Jahr zuvor wegen eines Hefepilzes im Darm eine strenge Diät hatte halten müssen, aber sie war dunkel und bequem und erlaubte auch ausladendere Bewegungen. Schließlich konnte er nicht wissen, was heute Abend noch alles auf ihn zukam. Die Diät hatte übrigens nichts genutzt, denn sein Darm war immer noch das gleiche Sensibelchen wie zuvor, aber er hatte dadurch seinen recht beachtlichen Bierbauch verloren und bisher nicht wieder zugelegt. Gut so, dachte er. Ein dicker alter Mann würde ihr sicher nicht gefallen.

Leise pfeifend ging er die Treppe hinunter ins Wohnzimmer, um sich von Amy und Philipp zu verabschieden, doch die beiden bemerkten seine Anwesenheit nicht einmal, so gefesselt waren sie von dem, was im Fernsehen lief.

Die zwei scheinen bestens aufgehoben zu sein, dachte er erleichtert und stellte ihnen noch zwei Flaschen Cola und eine Packung Chips auf den Tisch. Es sollte niemand behaupten, er kümmere sich nicht um seine Enkel. Susi und die ganze Bande dieser oberschlauen Pädagogen würden das natürlich anders sehen, aber seiner Erfahrung nach gab es keinen besseren Babysitter als den Fernseher. Vor allem keinen geduldigeren. Damit die beiden nicht auf dumme Gedanken kamen, holte er noch eine Dose Erdnüsse und stellte sie neben die Chips. Das sollte für ein paar Stunden reichen.

„Ich muss noch mal kurz weg, aber ihr kommt ja wunderbar alleine zurecht, gell?", fragte er in Richtung des Duos.

„Klar", sagte Amy, während Philipp nur nickte.

„Falls ich nicht da bin, geht ihr um elf ins Bett."

Amy warf ihm einen gelangweilten Blick zu und bewegte den Kopf um einige Millimeter, was aber keinesfalls als Nicken interpretiert werden konnte. Vielleicht wollte sie nur ihre Stellung verändern.

Philipp war da schon kommunikativer. „Elf ist gut", sagte er. Klar, er war auch der Jüngere und elf Uhr war eine glatte Stunde später als seine normale Bettgehzeit.

„Also, pfiad euch."

Von diesem Moment an schaltete Franz auf Autopilot, denn so richtig nachdenken über das, was er im Begriff war zu tun, wollte er lieber nicht. Beseelt wurde er vor allem von dem Gedanken, dass sie schon immer eine Schwäche für verrückte Aktionen gehabt hatte. Mit seinem alten Passat fuhr er auf die andere Seite des Sees, parkte sein Auto am Anfang des Sarsteinwaldes und zog fluchend seinen Taucheranzug an, der aus irgendeinem Grund heute nicht so rutschen wollte wie sonst, was vielleicht an seinem verschwitzten Körper lag (wieso denn verschwitzt, woher denn? Oder war das Angstschweiß?). Dann tauchte er endlich in das kalte Wasser ein. Er war schon lange nicht mehr im Dunkeln geschwommen, geschweige denn getaucht, und wusste jetzt auch, warum. Es war ungemütlich und die Orientierung beschissen. Das Einzige, was er deutlich sah, waren die hell erleuchtete Kirche und das Nobelhotel Heritage in Hallstatt. Leider am gegenüberliegenden Ufer. Er könnte jetzt genauso gut im Beisl bei seiner Stammtischrunde sitzen und dem Wimmer Wigg beim Schafkopfen zeigen, wo der Hammer hing. Plötzlich sah er ihre Augen vor sich, von einem goldenen, hypnotischen Braun wie Kastanienhonig, ihre fein gezogenen Augenbrauen, die immer dann raketengleich in die Höhe schossen, wenn ihr etwas nicht in den Kram passte, wobei die rechte stets ein paar Millimeter weiter oben landete. Und er hörte, wie sie mit ihrer Altstimme Franz sagte und diese Buchstabenfolge mit dem zischenden Abschluss klingen ließ, als sei es der schönste Name der Welt. Auf einmal war alles ganz einfach. Er schaltete die Lampe an und tauchte ab.

Maßarbeit, gratulierte er sich selbst, als er kurz vor dem Bootshaus von Schloss Grub wieder an die Oberfläche kam. Im Schutz der Holzwände tastete er sich ans Ufer vor, wo er auf einem schmalen Kiesstreifen zuerst seine Flossen auszog und sich dann aus dem Taucheranzug schälte. Begleitet von denselben leisen Flüchen wie beim Anziehen desselben. Dann holte er aus dem wasserdichten Rucksack Jeans und Sweatshirt und zog sie an. Ringsherum war es ruhig, nur das vereinzelte Rufen der Duckenten, die sich für die Nacht vorbereiteten, klang über den See. Wieder zögerte er einen Moment, bis er dachte: Jetzt oder nie. Leise bewegte er sich auf die hohe Mauer zu und verschmolz mit den dunklen Blättern des Efeus, der sich seit Generationen an der Mauer hochrankte. Obwohl die dicken Äste eine perfekte natürliche Leiter bildeten, war es mühsamer, als er gedacht hatte, denn leider war er nicht Spiderman. Sein Bein begann sich wieder bemerkbar zu machen, und er ärgerte sich, keine Schmerztablette genommen zu haben. Als er endlich oben angekommen war, hörte er gedämpfte Stimmen und roch Zigarettenrauch. Vorsichtig drückte er die Blätter einer Linde zur Seite und sah, dass vor einer Tür zu einem hell erleuchteten Raum, offenbar der Küche, zwei Frauen standen und sich leise unterhielten. Während er im Schutz der Efeuranken versuchte, wieder zu Atem zu kommen, beobachtete er die sehr entspannten Frauen. Es sah nicht so aus, als würden sie gleich wieder an die Arbeit gehen. Mist, dachte Franz und sah sich um. Er musste es weiter vorne versuchen, wo gedämpftes Licht , wohl vom Wohnraum, durch große Fenstertüren ein quadratisches Muster auf die Terrassenplatten warf. Weit weg vom Küchentrakt und vom Personal. Hoffentlich. Zum Glück war der Efeubewuchs sehr breit, so dass er sich langsam, aber relativ sicher fortbewegen konnte. Je weiter er vorankam, desto deutlicher hörte er Musik. Ein Klavier und eine Stimme. Ihre Stimme. *Night and Day, you are the one.* Lausanne 1971. Er sah sie vor sich, in diesem weißen Spitzenkleid, das ihre wunderschöne dunkle Haut zum Leuchten brachte. Sah ihre schlanken Finger, die sich auf den Tasten hin und her bewegten, ihre dicken Haare, die sie in einer aufwendigen Prozedur glättete, weil sie ihre Krause hasste.

Das ist ihre Musik, dachte er zufrieden, und nicht dieses Rap-Gedudel von diesem depperten französischen DJ. *Night and day, you are the one, only you beneath the moon or under the sun, whether near to me or far, it's no matter, Darling, where you are, I think of you, night and day.*

Er summte leise mit und hätte ewig auf dieser Mauer sitzen können, wenn er zehn Jahre jünger und seine Knochen noch nicht so morsch gewesen wären. Plötzlich hörte die Musik auf, und als jemand auf die Terrasse trat, hielt er den Atem an. Sie hatte sich nicht verändert. Die gleiche überschlanke Silhouette, die gleiche majestätische Aura. Seine afrikanische Königin aus Cranxton, Illinois. Er lugte nach unten. Der Rasen lag einen knappen Meter tiefer. Das sollte nicht einmal für einen Rentenanwärter wie ihn ein Problem sein.

Sie zündete sich eine Zigarette an, und für einen Augenblick wurde ihr Gesicht vom gelben Schein des Feuerzeugs erhellt.

Jetzt oder nie, dachte er und sprang.

Mit einem lauten Stöhnen kam Franz auf dem Rasen auf. Brooke drehte sich wie von der Tarantel gestochen um und wich gleichzeitig einige Schritte zurück.

„Brooke", sagte Franz leise, „ich bin es, Franz."

Sie riss vor Schreck ihre Augen auf. Er wusste, dass sie ihn erkannte, doch seltsamerweise wich die Angst nicht aus ihrem Blick. Sie holte mit der Hand, die das Whiskyglas hielt, aus und warf es nach ihm. Nicht schlecht, ihr Temperament schien sie in all den Jahren nicht verloren zu haben.

„*What the devil ... How dare you....*" Selbst ihre Beschimpfungen hatten eine erotische Aura.

Er duckte sich und das Glas verlor sich knapp neben seinem Kopf in den Bäumen. Ein leichter Whiskygeruch breitete sich aus.

Er wollte sich ihr nähern, doch mit einer erstaunlich schnellen Drehung ihres Körpers war sie im Inneren des Hauses verschwunden. Franz starrte in die Dunkelheit. So hatte er sich die erste Begegnung nach fast 40 Jahren nicht vorgestellt. Du Blödmann, jetzt hast du sie aber sauber erschreckt, warf er sich vor. Im nächsten Moment tauchten große Scheinwerfer die Terrasse in grelles Licht. Franz war unfähig, sich zu bewegen. Im vorderen Teil des

Gebäudes hörte er das heisere Bellen eines Hundes.

Das lief aber jetzt ganz anders als gedacht. Sein Instinkt riet ihm, sofort von der Bildfläche zu verschwinden. Aber das Bedürfnis, sich Brooke gegenüber zu erklären, war stärker. So wollte er auf keinen Fall von der Bühne ihrer Erinnerungen abtreten.

„Brooke" rief er, „Brooke, warte doch!", doch noch bevor er einen Schritt in ihre Richtung machen konnte, griffen kräftige Männerhände nach seinen Armen und warfen ihn zu Boden. Ein schwarzer Schuh mit Stahlkappen drückte seinen Brustkorb nach unten. Franz wurde vor Schmerz schwarz vor Augen.

„Lass mich los, du Depp, ich mach doch nichts", röchelte er und versuchte, sich wegzurollen.

Als Antwort schnellte der Schuh nach hinten, um mit umso größerer Wucht in seinen seitlichen Weichteilen zu landen. Instinktiv versuchte Franz sich einzurollen, aber der Schuh fand eine weitere Stelle, um ihm unmissverständlich klar zu machen, dass es besser war, ruhig liegen zu bleiben, wenn ihm etwas an seinen Rippen lag. An intakten Rippen. Jetzt verknoteten sie auch noch Hände und Füße mit Elektrodraht, als wäre er ein mieser Verbrecher.

„Jetzt hört's mir mal zu", setzte er an, doch ein gefährlich leises „Ruhe!" ließ ihn verstummen. Aber nur für kurze Zeit. Dann regte sich sein Widerstand.

„Hört's mal, ich kenne Brooke, ich bin ein alter Freund."

Keine Reaktion.

„Ehrlich. Holt sie bitte noch mal raus."

Leise hörte man eine Sirene. Mist, die Polizei. Er musste vorher noch die Sache klären. Im Sommerloch wäre er für die unterforderten Provinzcops ein gefundenes Fressen.

„Brooke, Brooke!"

Damit hatte er offenbar die Geduld von de Jongs Sicherheitsleuten überstrapaziert, denn nun versuchte einer von ihnen, ihm ein Textilband über den Mund zu kleben. Als er es festdrücken wollte, erklang ein resolutes „Stop it!".

„Brooke, endlich!", stöhnte Franz erleichtert in das scharf riechende

Klebeband hinein.

Sie stand vor ihm, scheinbar überlebensgroß – kein Wunder, wenn man wie ein Wurm am Boden lag –, und sah ihn an. Nicht liebevoll, nicht hilfsbereit, nicht herzlich. Sondern verständnislos, kalt und angewidert. Er wandte seine Augen ab. Noch nie zuvor in seinem Leben hatte er sich so geschämt. In seinem Inneren herrschte die totale Leere. Überhaupt schien die Zeit eingefroren zu sein. Sie waren ein Stillleben, das Brooke auflöste, indem sie ging. Einfach so. Alt geworden bist du, dachte er ernüchtert. Auch er konnte kalt sein. *Ich alter Depp.*

Blau-weiße Lichtblitze zuckten gespenstisch über die Anlage und durchbrachen das grelle Scheinwerferlicht, das den Garten beleuchtete. Die Polizei war da. Mal sehen, wie es nun weitergeht, dachte Franz. Schlimmer als mit den beiden de Jong-Schergen konnte es kaum werden.

„So und wen hamma da?" Die Stimme troff vor Ironie. Das war kein gutes Zeichen.

„Wallner Franz", krächzte er gehorsam.

„Wallner Franz." Leitner, so stand es zumindest auf seiner Uniformjacke, notierte sich den Namen in seinen Notizblock. Dann wandte er sich an die Sicherheitsleute. „Und ihr zwei könnt ihn jetzt loslassen. Wir übernehmen ab jetzt. Und lasst's ihn bitte aufstehen. Ich glaub nicht, dass der Mann in seinem Alter noch auf und davonrennt."

Das war eine treffende Analyse, aber dennoch demütigend. Franz war froh, dass Brooke nicht mehr da war. Sonst hätte sie gesehen, wie mühsam er sich aufrappelte.

„So Herr Wallner", sagte Leitner und legte noch eine Nuance Sarkasmus zu. „Haben wir einen kleinen Ausflug gemacht?" Anerkennend musterte er das Gebäude. „So ein Schloss ist immer ein lohnendes Ziel."

Franz kannte diesen Leitner nicht, was kein Wunder war. Schon lange waren keine Einheimischen mehr im Ort stationiert, weil zu befürchten stand, dass diese von der Bevölkerung nicht ernst genommen oder mit etwaigen Aufmüpfigen gemeinsame Sache machen würden. Er schätzte ihn auf Anfang Dreißig und spürte, dass von ihm eine Art schläfriger Aggressivität ausging. Das war einer, vor dem man sich in acht nehmen musste. Es war sicher am besten, nichts zu sagen, bevor er nicht auf dem Revier war. Hoffentlich war dort noch der Breinersdörfer Kommandant.

„Also Herr Wallner, was wollten sie hier?" Jetzt kam leichte Ungeduld in die Stimme.

Franz schwieg.

„Keine Ahnung?"

„Sie würden das sowieso nicht verstehen."

„Da schau her – der Herr ist sich zu fein, um mit mir zu reden? Dann gemma, ab aufs Revier, da werden wir Sie schon zum Sprechen bringen."

Unsanft wurde er von ihm gepackt und wie ein Verbrecher abgeführt. Durch den Wohnraum, der tatsächlich so kühl wirkte, wie Susi ihn beschrieben hatte. Wenn das die Welt war, in der Brooke sich aufhielt, war es kein Wunder, dass sie ihn hier so allein ließ. Aus dem Funkgerät im Auto kam unverständliches Kauderwelsch, ansonsten verlief der Rest der Fahrt in Schweigen. Es roch nach kaltem Zigarettenrauch und schlecht weggeputztem Erbrochenen. Franz war nahe daran, seinen Teil zu letzterer Duftnote beizutragen.

Was für ein demütigendes Ende eines Traums. Aber im Präsidium in Ischl würde sich alles aufklären. In einer Stunde bin ich daheim und in meinem Bett, wiederholte Franz mantragleich. Ich habe ja schließlich nichts Schlimmes getan. Wenigstens war es warm im Auto. Er schloss die Augen und tat so, als ob er schliefe.

58

Terence zweifelte nicht oft, aber als er bei der Ausfahrt Thalgau die Autobahn verließ, um ins Innere des Salzkammergutes zu gelangen, tat er es. War sein unangekündigter Besuch wirklich eine gute Idee? Schließlich bargen Überraschungen ein nicht zu unterschätzendes Gefahrenpotenzial. Aber auch eine Chance. Er hatte Sue bewusst nicht angerufen, denn wie sollte man am Telefon klären, was sie zu klären hatten? Er wollte ihr in die Augen sehen, über ihre weiche Haut streicheln, ihre Sommersprossen zählen und noch das eine oder andere. Noch bevor er das andere zu Ende gedacht hatte, war er schon in Hallstatt.

Am Marktplatz angekommen, wunderte er sich wie immer über das wahnwitzig am Berg klebende Dorf. Doch es gab eine Neuerung: Vor dem Haus seines Schwiegervaters standen zwei Polizeiwagen. Es war doch hoffentlich nichts passiert? In Sekundenschnelle wurde sein Mund staubtrocken und sein Herz raste. Ging es um Franz? Um Sue? Um Amy? Oder etwa um Philipp? Der war jetzt in diesem Alter der totalen Selbstüberschätzung. Und wieso waren da gleich zwei Einsatzwagen? So weit er sich erinnerte, gab es im Ort nicht einmal eine Polizeistation. Eine Lappalie konnte das nicht sein. Ihm wurde flau. Wieso war er nicht eher gekommen, wieso hatte er an diesem Rastplatz am Chiemsee noch eine Pause machen müssen? Vielleicht hätte er dann das, was geschehen war, verhindern können? Wenn seinen Dreien irgendetwas passiert war – er wagte nicht einmal, das nur zu denken.

Hektisch stellte er sein Motorrad ab und ging durch die Tür, die sperrangelweit offen stand. Der Flur war hell erleuchtet, aber leer, und aus dem Keller und dem Studio kamen zuerst raschelnde Geräusche und dann ein lauter werdendes Getrampel, das verdächtig nach seinem Sohn klang. Er war es. Gott sei Dank, sein Sohn lebte.

Als Philipp merkte, wer vor ihm stand, reckte er den rechten Arm nach oben und schrie: „Daddy!"

Dann rannte er ihn fast um und ließ sich so fest gegen ihn fallen, dass Terence beinahe gestolpert wäre. Philipps Körper fühlte sich heiß an, ein Zeichen für höchste Aufregung.

„Hallo mein Großer", begrüßte Terence ihn und versuchte, nicht allzu besorgt zu klingen. „Kannst du mir sagen, was hier los ist?"

„Die durchsuchen Opas Keller nach Diebesgut." Philipp strahlte ob dieser Neuigkeit.

„Das verstehe ich nicht." Terence war wie vom Donner gerührt. „Dein Großvater ist doch kein Dieb. Zumindest nicht, seit ich ihn kenne."

„Sie haben ihn aber erwischt." In Philipps Stimme klang Bewunderung mit.

Terence hoffte, dass er in der Schule nicht damit angeben würde. Da stand ein ernsthaftes Gespräch von Vater zu Sohn an. Am besten sollten sie dieses Vorkommnis als Familiengeheimnis tief im Unterbewusstsein ablegen, so wie es alle Familien der Welt seit Menschengedenken zu tun pflegten.

„Wo?"

„In Schloss Grub. Mit Taucheranzug."

Das wurde immer verwirrender. „Wo ist deine Mutter?" Sue konnte sicherlich Licht in diese Angelegenheit bringen.

„Im Wohnzimmer." Philipp nahm seine Hand. „Trägst du mich?"

Dieser Wunsch klang zwar völlig unpassend, aber irgendwie war es tröstlich, dass Philipp die Situation als absolut normal einstufte.

Also beugte er folgsam seinen Rücken, der nach der Tour und der spontanen Weiterfahrt nach Österreich keine Stelle mehr zu bieten hatte, die nicht schmerzte, und ließ Philipp hinten aufsteigen. Im Huckepack enterten sie das Wohnzimmer, wo Sue und Amy aneinandergekuschelt auf der Couch saßen und sie mit offenem Mund anstarrten.

„Daddy ist da!", rief Philipp in die Runde und sprang ab.

Sue, die sich bei ihrem Anblick offensichtlich verschluckt hatte, bekam einen Hustenanfall, Amy stand langsam auf, trippelte zu ihm und sagte lässig „Hi Dad", während sie ihm einen Kuss auf die Wange hauchte.

Sue hatte sich inzwischen von ihrer Hustenattacke erholt und stammelte mit hochrotem Gesicht die wohl klassischste aller Theaterfragen: "Du hier?"

„Und wahrscheinlich zur rechten Zeit", antwortete Terence lapidar, obwohl er vor Erleichterung am liebsten gejubelt hätte. „Was um Himmels willen ist hier los?"

Philipp setzte bereits wieder zu einer Antwort an, doch Terence unterbrach ihn mit sanfter Stimme. „Deine Version kenne ich bereits. Jetzt fände ich es ganz gut, wenn deine Mutter mir das alles erklären würde."

Philipp zuckte mit den Schultern. „Dann gehe ich wieder hinunter in den Keller. Das ist total cool, wie die alles untersuchen. Die tragen Handschuhe." Und schon war er weg.

Amy sah kurz zwischen ihren Eltern hin und her und meinte dann in einem Anfall von Vernunft: „Ich glaube, ich lasse euch mal alleine. Ich kann mich ja um Philipp kümmern."

Danach kam erst einmal das große Schweigen.

„Dich hätte ich hier nicht erwartet", stammelte Sue schließlich.

„Ich musste einfach kommen", sagte Terence. Was hundertprozentig stimmte. Er brauchte sie. Und sie ihn wohl auch, denn das Nächste, was er sah, spürte und roch, war Sue, die sich an seine Brust warf und hemmungslos zu weinen anfing.

59

Als Sue am nächsten Morgen aufwachte, erlag sie kurz der Illusion, dass alles war wie immer. Die Sonne warf Lichtflecken auf die Streifentapete, die Vögel zwitscherten, und vom Marktplatz hörte man vereinzelte Stimmen, die leicht verschlafen klingende Guten-Morgen-Grüße von sich gaben. Doch dann ließ sie ihren Blick durch das Zimmer wandern und blieb schließlich an einer Jacke hängen, die nicht hierher gehörte. Sie hatte noch nie eine Motorradjacke besessen.

Terence. Sie richtete sich so abrupt auf, als hätte man ihr einen Stromstoß versetzt, und langsam dämmerte ihr, was am vergangenen Abend passiert war. Ihr Vater saß im Gefängnis, weil er in Schloss Grub einbrechen wollte. Selbst nach einigen Stunden Schlaf klang das immer noch absurd und absolut unglaublich. Ihr Vater hatte jede Menge Energie, aber keine kriminelle. Da musste etwas ganz anderes dahinterstecken. Aber was? Und dann war Terence erschienen. Als sie mit Amy auf der Couch saß und nicht mehr wusste, was zum Teufel eigentlich los war, mit den beiden Streifenwagen vor dem Haus und den Beamten, die das ganze Haus durchkämmten, war er ihr vorgekommen wie der Erlöser. Ich bin vielleicht pathetisch, tadelte sie sich selbst, aber in diesem Moment hatte sie nicht mehr weiter gewusst. Wie gut, dass da Terence stand, mit müdem Blick und einem Dreitagebart, was beides nebenbei gesagt unglaublich sexy wirkte, und dann hatte es nur noch einen Ort gegeben, an dem sie sein wollte. In seinen Armen.

Nachdem sie ihm, mit Unterstützung von einigen Gläsern Rotwein, eine vermutlich etwas chaotische Kurzfassung der Ereignisse geschildert hatte, hatte er sie nach oben gebracht, wo sie es irgendwie geschafft hatte, sich auszuziehen und die Zähne zu putzen. Das Bett war ihr wie ein Rettungsboot erschienen. Decke über den Kopf und alles vergessen.

Nicht vergessen hatte sie den charmanten Gruß zur Nacht ihres Mannes: „Du schnarchst immer so heftig, wenn du was getrunken hast. Außerdem schlägst du dann ab und zu um dich und das ist mir heute nach der langen Tour zu viel. Ich ziehe mich auf die Couch im Wohnzimmer zurück."

„Und ich hatte mich schon gefreut, dass du da bist", hatte sie gemurmelt, war aber gleichzeitig froh gewesen, wenigstens diese Nacht noch allein schlafen zu können. Sie konnte ja mit Terence nicht so weitermachen, als wäre nichts geschehen. Er war eine viel größere Baustelle als ihr Vater.

Ihr Vater. Sie schüttelte den Kopf und fand es merkwürdig, dass sie das Ganze bereits nach einer kurzen Nacht aus einer gewissen Distanz betrachten konnte. Sollte sie sich als Tochter nicht aufregen, wenigstens ein bisschen? Aber wer hatte das zu bestimmen? Niemand, sagte sie sich. Die Eskapaden ihres Vaters hatten nichts mit ihr zu tun. Sollte er doch machen, was er wollte. Sie lachte kurz auf. Es war verrückt, vollkommen verrückt. Es war, als lernte sie Franz Wallner erst jetzt kennen.

Eine unbändige Lust auf den See überkam sie. Sie stellte sich vor, wie das kalte Wasser jede Körperzelle von Grund auf erfrischte. Genau das brauchte sie jetzt. Sie zog sich schnell den Bademantel über, der an einem Haken an der Tür hing, tappte die Treppe hinunter und verließ das Haus. Ihr Wunsch, unbemerkt über den Marktplatz huschen zu können, war jedoch vergebens. Die unermüdliche rote Vroni war bereits mit ihrem Karren unterwegs auf Schnäppchenjagd.

„Servus, Susi!", rief sie ihr zu. „Sag deinem Vater einen schönen Gruß! Oder ist er schon wieder draußen?"

„So früh?" Sue musste lachen. „Die Gendarmen laufen doch erst warm, wenn sie ordentlich gefrühstückt haben."

Nur einige Schritte weiter verschwand sie in dem engen Durchgang, der zum kleinen Seegrundstück der Simonyhütte führte. Sie ließ den Bademantel auf einen Liegestuhl gleiten und fröstelte, als die kühle Morgenluft über ihre Haut strich. Kurz haderte sie mit sich selbst. Ich muss einfach nur schnell machen, dachte sie, stieg entschlossen die Stufen hinunter und ließ sich in das grünlich schimmernde Wasser fallen. Einige Sekunden lang schien es, als kämen alle Körperfunktionen zum Stillstand, doch dann fühlte es sich an, als erfahre sie alles zum ersten Mal: wie weich sich das Wasser um ihren Körper schmiegte, wie die schockartige Kälte allmählich einer angenehmen Frische wich, wie kraftvoll sich ihre Arme anfühlten, als sie durch den See kraulte, und wie störend das Rauschen der Autos von der nahe gelegenen Straße war. Aber sie war schließlich nicht in Adams und Evas Paradies.

Nachdem sie einige Runden geschwommen war, kehrte sie zurück zur Simonyhütte und wickelte den Bademantel leicht bibbernd um sich. Jetzt noch eine heiße Dusche, ein schönes Frühstück, und sie wäre bereit für den Tag.

Doch zuvor traf sie auf Ingrid, die Wirtin des Beisls, die gerade mit Kreide das Angebot des Tages – Beuscherl mit Knödel für 6 € – auf eine Tafel schrieb.

„Wart mal kurz, Susi", sagte sie und verschwand in ihrem Lokal.

Hoffentlich bedeutet kurz auch kurz, hoffte Sue, der mittlerweile ziemlich kalt war.

Doch schon war Ingrid wieder da und überreichte ihr mit aufmunterndem Lächeln ein Paket. „Ein Beuscherl für deinen Vater. Das mag er doch so gern und im Hefn gibt's bestimmt nichts Gscheites zum Essen."

Über Sues Aufzug im Bademantel, die Flip-Flops und die nassen Haare verlor sie kein Wort, genauso wenig wie die rote Vroni zuvor. Gut, da hatte sie auch noch keine nassen Haare gehabt, und Vroni war hart im Nehmen, doch langsam hatte Sue den Eindruck, als stünde Hallstatt London in puncto Lässigkeit in nichts nach.

„Das ist aber lieb von dir, Ingrid", sagte Sue.

„Bist froh, dass dein Mann endlich da ist, gell?", fragte Ingrid.

„Schon", antwortete Sue knapp.

„Ich habe sein Motorrad gesehen. Na ja", schloss Ingrid ab, „da ist er gerade zur rechten Zeit gekommen. Auf dem Präsidium ist es immer besser, man ist ein Mann. Die meinen, mit einer Frau kann man alles machen. Dein Mann holt ihn schon wieder raus."

„Der Papa hat nichts gemacht, das ist alles nur ein Missverständnis."

„Sowieso", bestätigte Ingrid, und sie verabschiedeten sich.

Als Sue die Haustür öffnete, erfüllte Kaffeeduft das Haus, und beim

Blick in die Küche sah sie, wie Terence frisches Gebäck aus einer großen Bäckertüte in den Brotkorb leerte. Anscheinend war er schon genauso unterwegs gewesen wie sie. Philipp deckte den Tisch, was bedeutete, dass er das Besteck wahllos umher warf. Selbstverständlich hatte er sich bereits bedient, und sein braun gesäumter Mund legte die Vermutung nahe, dass er sich ein Schokocroissant gegönnt hatte.

„Eine gute Idee", begrüßte Sue die beiden.

„Nachdem der gestrige Abend etwas anders verlief als wahrscheinlich jeder von uns dachte, kann ein reichhaltiges Frühstück nicht schaden." Terence lächelte und suchte in Sues Gesichtsausdruck nach Zustimmung.

Sie lächelte zurück. „Ich gehe mich nur noch schnell duschen."

„Philipp", ermahnte sie kurz ihren Sohn, der gerade dabei war, sich ein weiteres Schokocroissant aus dem Korb zu angeln. „Lass deiner Schwester auch etwas übrig."

„Manno! Papa!"

„Deine Mutter hat recht. Ein Croissant für jeden."

„Amy hasst Kohlenhydrate."

„Das lassen wir sie selbst entscheiden."

Wieso sah Terence sie so merkwürdig an? Als sie sich umdrehte, um hinaufzugehen, flüsterte er ihr ins Ohr: „Wenn du das nächste Mal in den See gehst, sag mir bitte Bescheid."

Sie wickelte den Bademantel enger um sich. „Ich bin gleich wieder da. Nur kurz duschen und anziehen."

„Hast du schon gesagt, Mom", sagte Philipp.

Als sie frisch gecremt und nur ein klein wenig gestylt – Terence sollte sich nicht einbilden, dass sie wegen ihm einen großen Aufwand betrieb – wieder nach unten ging, saß auch Amy bereits am Tisch. Ihr Herz quoll fast über vor Freude, wieder zu viert zu sein.

Das Gesprächsthema war natürlich die Verhaftung von Franz.

„Also ein Raubzug war es nicht," meinte Sue. „Bei Opa fällt Geld als Motiv flach. Dafür lege ich meine Hand ins Feuer."

„Schade", meinte Philipp. „Es wäre doch cool, wenn Opa den Typen so richtig abgezockt hätte."

„Dann gibt es eigentlich nur noch einen Grund", sagte Terence, die fragwürdige Moral seines Sohnes ignorierend.

„Liebe", hakte Amy ein. „Es geht immer um Geld oder Liebe. Hat mir gestern der Polizist im Keller erzählt. Jedes Verbrechen lässt sich im Grunde darauf reduzieren."

„Echt?" Philipp riss erstaunt die Augen auf. „Und wenn jemand einem anderen den Bremsschlauch durchschneidet und der dann voll gegen einen Baum crasht?"

„Dann, weil er entweder einen ungeliebten Mann oder eine lästige Frau los werden will, um danach seine Geliebte zu heiraten, oder weil er auf die Lebensversicherung scharf ist. Also Geld oder Liebe", antwortete Amy.

Philipp runzelte die Stirn. Das Herunterrechnen von Verbrechen auf zwei Grundmotive schien ihm leichte Schwierigkeiten zu bereiten. Sue vermutete, dass er keine Ahnung hatte, was eine Lebensversicherung sein sollte, aber sich vor versammelter Mannschaft eine Blöße zu geben, kam natürlich nicht in Frage. Er schwieg noch ein paar Sekunden, um ein Gegenargument auszubrüten.

„Und was ist mit einem Serienkiller?" Er trug ein leicht triumphierendes Lächeln zur Schau. „Die morden doch ziemlich wahllos, oder?"

„Äh." Nun runzelte Amy die Stirn.

„Du weißt es nicht, du weißt es nicht!" Philipp hopste fröhlich auf seinem Stuhl herum, worauf Amy ihm einen Stoß in die Rippen versetzte. „Geld oder Liebe? Na Amy, entscheide dich!"

„Dad?" Amy warf ihrem Vater einen hilflosen Bambiblick zu, der ihn immer noch zu ihrem willigen Sklaven machte.

Terence setzte seine Tasse ab. „Um es kurz zu machen ..."

„Ich bitte darum", unterbrach ihn Sue.

„Ich auch", pflichtete Amy ihr bei. „Ein Vortrag von dir schon zum Frühstück ist echt heftig."

Terence wirkte ein kleines bisschen getroffen. „Gut", begann er schließlich, „vermutlich sind nicht verarbeitete seelische und körperliche Verletzungen in der frühen Kindheit der Grund dafür. Wenn er beispielsweise von seiner Mutter, die blond war, verlassen wurde, und er sich dadurch sehr verletzt fühlt, kann es vorkommen, dass er sich als Erwachsener an blonden Frauen rächen muss."

„Jacks Mutter ist auch abgehauen", warf Philipp ein. Jack war ein Klassenkamerad, der allein mit seinem Vater lebte. „Wird Jack jetzt auch ein Killer?"

„Nein!", riefen Sue und Terence aus einem Mund.

Philipp sah seine Eltern lange an. Er wirkte unbefriedigt. „Verstehe ich nicht. Ich glaube, deine Erklärung war schlecht."

„Ich musste mich ja kurz fassen, wie die weibliche Fraktion am Tisch es gefordert hat", verteidigte sich Terence.

„Ist auch egal", meinte Philipp und schnappte sich ein Comicheft, das bisher auf der Anrichte gelegen hatte. Es war ein Relikt aus Sues Kindheit, das er im Keller gefunden hatte, und er fand es unglaublich „retro". Was kein Wunder war, denn in den Geschichten kamen weder Computer noch Handys vor. „Außerdem war Jacks Mutter nicht blond." Er schlug das Heft wahllos auf und fing an zu lesen. Damit war die kriminologische Analyse der Motive seines einsitzenden Großvaters für ihn beendet.

Sue musste sich beherrschen, um nicht laut loszulachen. „Okay, Opa ist weder ein Serienkiller noch hat er jemandem einen Bremsschlauch durchgeschnitten", sagte sie schließlich. „Bei ihm soll also Liebe im Spiel sein? Aber wen könnte er im Schloss lieben?"

„Die Haushälterin?", schlug Amy vor.

Sue konnte sich nicht an diese Frau erinnern. „Wir werden sehen", meinte sie. „Lassen wir uns überraschen, was der heutige Tag an neuen Erkenntnissen bringt."

Philipp warf das Heft wieder auf die Anrichte. „Langweilig", war sein abschließender Kommentar. Auf der Suche nach neuen Attraktionen brachte er ein neues Gesprächsthema aufs Tablett. „Wir waren übrigens auf Schloss Grub."

Terence legte erstaunt sein Messer zur Seite. „Tatsächlich? Wie habt ihr denn das geschafft?"

„Dieser reiche Typ hat Mama eingeladen. Weil sein Hund sie nass gespritzt hat."

Sue empfing einen verwirrten Blick von Terence. Das gefiel ihr, und sie ließ diese Nachricht noch ein bisschen wirken. Eine kleine Rache musste schon sein. Obwohl, eigentlich hatte sie die schon mit Leif... „Bevor du jetzt irgendwelche falschen Schlüsse ziehst: Es war nur als Entschuldigung gedacht."

„Das beruhigt mich kolossal." Seine Miene bewies das Gegenteil. „Hast du dich bei ihm entschuldigt oder er sich bei dir?"

„Sein Hund –"

„Hajo", unterbrach Philipp sie.

„Also Hajo hat mich von oben bis unten nass gespritzt. Drüben, bei der Simonyhütte."

„Wo du heute früh schon warst", kommentierte Terence.

„Er ist wirklich unglaublich reich", meinte Philipp.

„Hajo?", fragte Terence unschuldig.

„Dad", stöhnte Philipp genervt. „Der de Jong! Er hat fünf Autos in der Garage stehen. Zwei Maserati, einen blauen und einen silbergrauen, einen Bentley, einen..."

„Ist schon gut", unterbrach ihn Terence. „Er ist also unglaublich reich."

„Tierisch reich", meldete sich Amy wieder zurück, die gerade eine SMS gesendet hatte. Sue hoffte, dass deren Inhalt nichts mit den Ereignissen der vergangenen Nacht zu tun hatte. Andererseits wusste sie, dass für Teenager die Familie nicht wichtiger war als der Wurmfortsatz im Körper des Menschen. Überflüssig, aber wenn er zickte, konnte er eine Menge Ärger machen. „Der hat Kosmetik in seinem Gästebad stehen, dafür alleine würde sich schon ein Einbruch lohnen. Ab La Prairie aufwärts, ihr wisst, was ich meine."

„Ich nicht", sagte Terence.

Amy winkte lässig ab. „Nicht so wichtig."

„Entspanne dich, Terence", sagte Sue. „Ich habe zwar nichts gegen Geld, aber ich stehe nicht auf Männer, die erst aus dem Haus gehen, wenn sie sich die Brust mit Wachs enthaart haben."

„Bitte was?" Er lachte ungläubig und seine braunen Augen verschwanden fast hinter seinen unzähligen Fältchen. „Und woher weißt du, wie seine Brust aussieht?"

„Oh Dad, der Typ hat sein Hemd bis fast zum Nabel offen getragen. Das war so was von peinlich!", entrüstete sich Amy, die in Stilfragen kein Pardon kannte. „Zumindest wenn man so uralt ist wie der."

„Nur zur Info", flüsterte Sue Terence zu. „Herr de Jong ist noch keine Fünfzig",

Terence nickte wissend. „Dann war das wohl vielmehr eine Strafe, mit so einem peinlichen Typen Zeit zu verbringen."

Da hast du den Nagel ziemlich auf den Kopf getroffen, dachte Sue, die jedoch auf eine Antwort verzichtete und sich mit einem hintergründigen Lächeln begnügte. Sollte Terence ruhig ein wenig darüber nachdenken.

„Was machen wir heute?", unterbrach Philipp ihr romantisches Spielchen.

„So ein richtig fauler Tag am See wäre schön", sagte Terence. „Die Fahrt hierher hat mich ein wenig geschlaucht."

„Ich will mit dem Boot hinausfahren!", schrie Philipp in die Runde.

„Gute Idee", sagte Terence. „Was meinst du?"

Sue hatte nichts dagegen. Um ihren Vater sollte sich die Exekutive kümmern. Es geschah ihm ganz recht, wenn er ein bisschen in seiner Zelle schmorte. „Amy?"

Die nickte. „Ich muss sowieso noch ein bisschen brauner werden, sonst lachen die mich in St. Tropez alle aus."

„St. Tropez?", fragte Terence.

„Terence, das musst du doch wissen", stöhnte Sue. „Wir haben doch tagelang über nichts anderes gesprochen. Philipp geht nächste Woche ins Pfadfinderlager, und Amy fliegt nach St. Tropez zu Theresa."

„Theresa Worthington? Die Tochter vom Finanzstadtrat?", vergewisserte er sich. Nachdem Sue und Amy genickt hatten, meinte er: „Da kannst du ja gleich deine schlechte Französischnote aufbessern."

Amy stand auf und rollte genervt mit den Augen. „Und ich hatte schon gehofft, wenn du da bist, wird es besser."

Das Telefon klingelte. Sue sprang auf, um abzuheben. Ob es Neuigkeiten von ihrem Vater waren? „Bei Wallner", meldete sie sich.

Es war die Polizeistation in Ischl.

„Ich soll hinkommen", sagte sie mit aschfahlem Gesicht, nachdem sie aufgelegt hatte. „Wenn ich es nicht tue, holen sie mich ab."

60

Sollte sie oder sollte sie nicht? Lass die Geister der Vergangenheit ruhen, hatte Großmutter Talulah immer gesagt, mit viel Dramatik in der Stimme und einem Zeigefinger, der sich drohend in ihre Brust bohrte. Aber sie waren da, alles war wieder da.

Brooke schenkte sich bereits die dritte Tasse weißen Tees ein, einen White Bud Yin Zhen. Er tat ihrer Stimme gut, die durch die umfangreichen Proben gereizt war. Das Frühstück, das liebevoll um sie herum aufgebaut war – die Haushälterin, Frau Popovic, war wirklich ein Schatz –, ignorierte sie. So früh am Morgen brachte sie keinen Bissen hinunter, mittags und abends war es auch nur unwesentlich mehr. Wofür gab es schließlich Zigaretten? Die befriedigten ihre Sinne stärker als jede Mahlzeit. Drogen wirkten noch besser, aber sie hatte sie in einer ihrer seltenen vernünftigen Phasen während ihrer zweiten Ehe mit Malcolm tatsächlich aufgegeben. Der Lohn ihres Dauerfastens war eine knabenhaft schlanke Figur. Doch oberhalb des Halses büßte sie mit einem Gesicht, dem jegliches schmeichelnde Polster fehlte. Unten Kind, oben alte Hexe, dachte Brooke. Eine alte Hexe, die bin ich wirklich. Sonst hätte ich den armen Franz nicht wie ein wehrloses Tier im Garten liegenlassen, in der Gewalt von Raouls menschlichen Wachhunden.

Sie zündete sich eine Zigarette an und ging zu den Terrassenfenstern, von wo aus sie einen direkten Blick auf das sonnenbeschienene Hallstatt hatte. Dort lebte Franz. *Holy shit*, war das lange her. Nie hatte sie jemand später so fotografiert, hatte ihr Innerstes so eingefangen. Gut, vielleicht Newton, aber da war sie bereits nicht mehr die ursprüngliche Brooke gewesen. War abgeschliffen und geglättet, weit entfernt von Omas Liebling, der bereits mit sieben Jahren ein Solo im Kirchenchor singen durfte. Oma Talulah hatte ihr extra dafür ein Kleid genäht, weiß mit unzähligen Rüschen. Dann kam die Musikschule in Chicago, wo nicht einmal die Musik ihr Heimweh nach den Feldern von Illinois mildern konnte. Doch dort war sie erwachsen geworden und hatte ihr Herz gehärtet, angetrieben von der Sehnsucht nach mehr, nach etwas Größerem, nach Erfolg.

Sie nahm einen Aschenbecher und drückte die Zigarette aus. Franz. Sie hatte den Namen geflüstert, und nun beobachtete sie, wie der beschlagene Fleck auf der Türscheibe immer kleiner wurde, bis er schließlich verschwand. Franz war so ganz anders gewesen als die Typen, die sie kannte. Alles Musiker, Hallodris, die immer auf eine schnelle Nummer aus waren. Schon bei ihrer ersten Begegnung wusste sie, dass er ein Seelenverwandter war. Er hatte Hunger im Blick, Hunger in jeder Bewegung, Hunger nach Erfolg. So wie sie, obwohl sie damals noch eine kleine Backgroundsängerin und zum ersten Mal in Europa war, auf Tournee mit Debra Stone, dem strahlenden Stern am Gospelhimmel. Die Schönheit der europäischen Städte hatte sie überwältigt, und Salzburg erschien ihr wie ein Märchen. Sie genoss den Überfluss an Kultur und die Aufmerksamkeit eines jungen Fotografen, der diesen herrlich deutschen Namen Franz trug. Ständig schlich er im Konzertsaal herum und schien mit seiner Kamera völlig verwachsen zu sein. Er war ein Besessener, so wie sie, spindeldürr, braun gebrannt und mit den wunderbarsten blauen Augen, die sie je gesehen hatte.

„Weißt du was, jetzt fotografiere ich dich." So hatte sie ihn schließlich angesprochen, in der Kantine des Theaters, wo er gerade Frankfurter mit Kartoffelsalat aß.

Wie erschrocken er ausgesehen hatte, als sie sich seine Kamera schnappte und so tat, als würde sie ihn knipsen. Sie hüpfte wie freigelassenes Quecksilber vor ihm her, und er versuchte verzweifelt, seinen für ihn so wertvollen Fotoapparat zurückzuerobern. Schließlich lagen sie sich in den Armen und schwiegen erschrocken, bevor sie sich voneinander lösten. Sie hatten beide eine Grenze überschritten und wussten nun nicht weiter.

„Und wenn ich dich fotografiere", stammelte Franz endlich. „Ganz alleine? Ohne die Band?"

Wie hatte sie sich geschmeichelt gefühlt. Endlich einmal im Mittelpunkt zu stehen, im Zentrum der Aufmerksamkeit. Franz hatte sie ihr geschenkt. Und noch so vieles mehr. Aber er hatte zuhause eine schwangere Frau. Er hatte Pflichten. Und sie hatte Träume.

Sie wischte sich eine Träne aus dem linken Auge. Sie musste es tun, das war sie ihm schuldig. Egal was Raoul darüber dachte. Er glaubte sogar, dass diese Sue, Franz' Tochter, in diese unglückselige Geschichte verwickelt war. Aber was sollte diese sympathische Frau davon haben, dass sich ihr Vater auf absolut lächerliche und unangebrachte Weise an eine Frau heranmachte, mit der er sentimentale Erinnerungen verband? Und dieser blödsinnige Verdacht, dass Vater und Tochter gemeinsam – nein, das war so an den Haaren herbeigezogen ... Ach Raoul, dachte sie, du bist wie alle Männer so leicht zu durchschauen. Verletzter Stolz, das war alles, was hinter seiner Echauffiertheit steckte. Wahrscheinlich hatte er diese Frau nicht ins Bett bekommen. Was für eine Schlappe für einen Südamerikaner, aber so war er schon als Kind gewesen. Hemmungslos verwöhnt von seiner Mutter, Gott habe sie selig, und nicht daran gewöhnt, sich irgendetwas versagen zu müssen. *Ich glaube, der Junge braucht den Rat einer reifen, erfahrenen Frau.* Sie lachte auf und war erschrocken, wie heiser sie klang. Wenn es ihr mit dem Comeback ernst war, sollte sie diese Raucherei wirklich einschränken.

In der Eingangshalle war Frau Popovic mit dem Staubwedel unterwegs.

„Wären Sie so freundlich, dem Chauffeur Bescheid zu sagen? Ich muss nach Bad Ischl."

Frau Popovic sah die Sängerin überrascht an. Kein Wunder, schließlich war es das erste Mal, dass sie den Wunsch äußerte, das Schloss zu verlassen. „Es tut mir leid, aber Gregory ist mit Herrn de Jong unterwegs."

„Oh." Brooke dachte kurz nach. „Dann geben Sie mir irgendein Auto. Ich fahre selbst."

61

„Er hat was?" Sue verlor fast die Beherrschung.

„Herr de Jong äußerte die Vermutung, dass Sie und Ihr Vater es auf seine Sammlung von Gia Gugushvili abgesehen hätten."

Sue starrte Bezirkskommandant Breinersdörfer eine Weile fassungslos an. Ein Lied von Wolfgang Ambros kam ihr in den Sinn: *Zwickts mi, egal wohin, des kan ned woar sein, des gibt ja kan Sinn.*

Breinersdörfer starrte ausdruckslos zurück. Dann blätterte er zum wiederholten Male in seinen Notizen. Eine reine Beschäftigungstherapie, dessen war Sue sich sicher.

„Er erwähnte außerdem, dass Sie sich auf der Gartenparty auffällig für ein Bild in seinem Flur interessiert hätten."

Die Frau mit dem Bügeleisen. De Jong hatte sie doch nicht mehr alle. Das war doch nur höfliches Geplänkel gewesen, reine Konversation!

„Nur eine klitzekleine Frage."

Breinersdörfer sah sie abwartend an. Seine Gesichtshaut war stark gerötet. Der Arme hatte Rosacea. In zwanzig Jahren, so mit ungefähr sechzig, würde seine Nase aussehen wie ein roter Blumenkohl.

„Sind mein Vater und ich Teil einer Bande oder agieren wir alleine?"

In dem Beamten schien es zu arbeiten. Welches brisante Verdachtsmoment durfte er ihr verraten, welches nicht? Auf dem Schild am Tisch stand Bezirkskommandant M. Breinersdörfer. Wofür das M wohl stand? Martin? Michael? Matthias?

Statt einer Antwort starrte er wieder auf seine Notizen.

„Nun gut", sagte Sue. „Ich will sofort Herrn de Jong sprechen. Er kann mich nicht einfach so verdächtigen."

„Wie ist Ihre Beziehung zu Herrn de Jong?"

Sue stockte der Atem. Welche schmutzigen Phantasien tummelten sich nur in diesem Männerhirn? Dass sie sich mit de Jong im Bett wälzte, während ein männliches Mitglied ihres Clans dessen Tresor ausräumte? „Ich verbitte mir das Wort *Beziehung* in Verbindung mit Herrn de Jong, denn wir haben keine. Wir sind bestenfalls das, was man ‚Bekannte' nennt, und selbst das wäre schon zu viel. Vor allem angesichts der Tatsache, dass ich hier sitzen muss."

„Aber Sie waren im Schloss."

„Zusammen mit einigen anderen. Zum Beispiel der versammelten Riege der hiesigen Anlageberater. Die ich hier übrigens nicht sehe. Oder sind die schon wieder weg?"

„Ihr Aufenthalt dort war die ideale Gelegenheit, sich umzusehen."

„Selbstverständlich, deshalb hatte ich auch meine Kinder dabei. Als Tarnung."

M verzog seinen Mund zu einer trotzigen Schnute.

„Ich habe auch Herrn de Jongs Hund abgerichtet, dass er mich abspritzt und ich als kleine Wiedergutmachung eine Einladung ins Schloss erhalte."

Ms Mund war nun ein schmaler Strich.

„Ich denke, damit ist alles gesagt und ich kann gehen." Sue packte ihre Tasche und wollte aufstehen.

„Das entscheide immer noch ich, wann Sie gehen können."

Sue setzte sich wieder. „Dann legen Sie mir mal Ihre Beweiskette dar. Was wollen Sie dem Staatsanwalt erzählen?"

Bei der Erwähnung des Staatsanwaltes zuckte er ein wenig zusammen. „Ihnen ist schon klar, dass Sie nur gehen dürfen, falls Sie gehen dürfen, weil Sie ein Alibi haben?"

„Stimmt – das Alibi. Das hätte ich fast vergessen. Genau. Ich war ja die fragliche Zeit bei Frau Vanessa Ederer, und ich kann Ihnen sagen, das letzte, was sie braucht, sind Gemälde. Frau Ederer hat gar keinen Platz dafür, denn sie macht ja selbst Kunst. Die Frau produziert Kunst bis unters Dach, das kann ich Ihnen sagen. Mich würde jetzt noch interessieren, ob Sie irgendetwas

Relevantes bei der Hausdurchsuchung gefunden haben?"

„Eventuell."

„Aha. Was?"

„Lauter Fotos von Schloss Grub."

Sue seufzte. „Noch einmal fürs Protokoll: Mein Vater ist Fotograf. Natürlich finden Sie auf seinem Computer Fotos. Er wird einen Bildband über das Salzkammergut herausgeben. Deshalb das Schloss."

„Schlechte Vergrößerungen von ein und derselben Person?"

„Ich dachte, er wollte ein Gemälde stehlen? Warum haben Sie dann ein Problem damit, wenn er eine Person fotografiert hat?"

Ms Miene blieb ausdruckslos. An diesem Mann schien jeder Einwand, jedes Argument abzuprallen.

„Mein Vater beteuert doch ständig, dass er nur diese Frau sehen wollte. Die Fotos beweisen das doch."

„Ihr Handy bitte."

„Wie bitte?"

„Ihr Handy. Wir müssen prüfen, ob Sie ebenfalls Objekte auf Schloss Grub fotografiert haben."

Sue tat, als denke sie nach. „Keine Objekte. Es sei denn, Sie meinen damit die Gäste der Gartenparty. Den Tisch habe ich fotografiert, der war nämlich ausnehmend hübsch dekoriert. Und natürlich das Boot, mit dem meine Kinder rausgefahren sind. Mit Gregory, so hieß der Bedienstete, aber das wissen Sie ja sicher, so gut informiert, wie Sie sind."

Breinersdörfer schwieg. Sein Teint war noch röter als zuvor. Sue verspürte den Impuls, ihm einen kalten Waschlappen auf das Gesicht zu legen. Hoffentlich hatte er zu Hause eine entzündungshemmende Creme liegen.

„Gibt es auf dem PC meines Vaters irgendwelche Bilder von den Gemälden? Irgendwelche Hinweise auf Gugushvili?"

Er gab keine Antwort, also nein. Sie kramte in ihrer Handtasche und reichte ihm das Handy. „Bitte. Das sind zwar Aufnahmen rein privater Natur, aber wenn Sie meinen." Wahrscheinlich explodierte sein Gesicht, wenn er die Selfies von ihr und Vanni im Schaumbad sah. „Kann ich jetzt wenigstens zu meinem Vater?"

Franz beobachtete, wie die Sonne durch das vergitterte Fenster ihre schrägen Strahlen in die Zelle schickte. Seine anfängliche Zuversicht war großen Bedenken gewichen. Wieso saß er immer noch hier? Und wieso hatte Brooke sich nicht zu dem Vorfall geäußert?

Irgendwie war das Ganze zum Lachen. Breinersdörfer, den er schon seit seiner Ausbildung kannte, sah in ihm offenbar die große Chance, auf der Karriereleiter nach oben zu springen. Es war ihm nicht zu dumm, ihn zu verdächtigen, Mitglied einer Kunstraubbande zu sein, die seit Wochen das mittlere und östliche Österreich in Atem hielt. Das selbsternannte Sonderkommando hatte seinen Computer beschlagnahmt und darauf die angeblichen Beweise dafür gefunden – die Fotos vom Schloss, die er am Vortag gemacht hatte. Dass er in dritter Generation Fotograf war, wusste Breinersdörfer, es interessierte ihn jedoch nicht. Ebenso wenig, dass Profis beim Ausspähen des nächsten Tatortes andere Motive wählen würden als immer die gleiche Person auf der Terrasse oder wahlweise am Fenster. Zum Beispiel Eingangstüren, Alarmanlagen oder das Sicherheitspersonal. Der gnädige Herr Bezirkskommandant hatte sich eine Geschichte zurechtgelegt, die er absolut unwiderlegbar fand. Gut, vielleicht hätte er darauf verzichten sollen, ihn einen inkompetenten Trottel zu nennen, für den sich sein Vater schämen würde, aber dennoch – sollte ein Polizist nicht in alle Richtungen ermitteln? Franz streckte sich auf der schmalen Pritsche aus, vorsichtig darauf bedacht, seinen Rippen nicht mehr Bewegung als notwendig zuzumuten. Ach Brooke.

Ihr Name war untrennbar mit Salzburg verbunden. Wie stolz war er gewesen, als er den Auftrag bekommen hatte, die österreichischen Auftritte einer Gospeltruppe zu begleiten. Er konnte zwar mit dieser Art von Musik nicht allzu viel anfangen, aber das Honorar war nicht schlecht und der Auswärtstermin verschaffte ihm ein wenig Luft zum Atmen. Die brauchte er dringend, denn seine Frau hatte ihn fest in die Zange genommen. Nicht aus Bosheit oder krankhafter Eifersucht, sondern aus Angst. Anneliese war damals hochschwanger mit Susi, die Hitze setzte ihr zu, und sie wollte so kurz vor dem Geburtstermin auf keinen Fall allein sein. Rückwirkend betrachtet war vielleicht doch ein wenig Eifersucht im Spiel, denn sie fand sich abgrundtief hässlich mit ihrem dicken Bauch, den sie unter einem dieser unvorteilhaften Zeltkleider, die damals in Mode waren, versteckte. Doch dann hatte Hilde ihnen vorgeschlagen, dass sie bei Anneliese übernachten würde. So hatte er diesen Auftrag annehmen und nach Salzburg fahren können.

Bereits auf der Fahrt dorthin, gleich hinter dem Pass Gschütt, hatte er wieder gespürt, was es hieß, frei zu sein. Er wollte es sich nicht eingestehen, aber die letzten Schwangerschaftswochen waren auch für ihn eine harte Prüfung gewesen, die alles von ihm abverlangte, was er an Nachsicht und Verständnis aufbieten konnte. Anneliese konnte kaum schlafen, wälzte sich von einer Seite auf die andere und verlangte ständig nach Tee, warmer Milch, Wärmflaschen oder Eisbeuteln. Er hatte sich bemüht, allem gerecht zu werden, und sich gleichzeitig tausend Mal verflucht, dass er seine Frau in diese Lage gebracht hatte. Am liebsten hätte er das Ganze ungeschehen gemacht. Eine Ehe konnte doch auch ohne Kinder funktionieren.

Bis zum siebten Monat war sie eine Paradeschwangere gewesen, gut aufgelegt und mit einem inneren Strahlen, das alle Bedenken zur Seite wischte. Doch der achte Monat war die Hölle. Anneliese wurde immer unförmiger und verschlossener. Sie, die immer so positiv und optimistisch war, blickte plötzlich voller Angst in die Zukunft. Es war, als hätte sich ein grauer Vorhang über sie gelegt, und jeder Tag, der sie der Geburt näherbrachte, war ein mühsam erkämpfter Sieg.

Dieser Auftrag in Salzburg war Franz wie ein Licht am Ende eines unendlich langen Tunnels erschienen, wie ein Freigang aus dem Gefängnis. Natürlich war das Anneliese gegenüber ungerecht, denn sie war ja nicht absichtlich so elend, aber er hatte immer stärker das Gefühl, dass er auf der Strecke blieb.

Schritte näherten sich seiner Zellentür. Einen kurzen Moment hegte er die Hoffnung, dass sich die Tür öffnen würde und er diesen bedrückenden Raum mit den dreckig beigen Fliesenwänden verlassen könnte. Doch nichts passierte. Also träumte er weiter.

Die beeindruckend dicke Sängerin, Debra Stone, hatte ihn empfangen wie einen alten Freund. Ihre Wärme und Fürsorge hatten ihm, der in den Tagen und Wochen zuvor nur noch als Diener von Anneliese fungiert hatte, unwahrscheinlich gut getan. Vor der Fotosession mit ihr hatte sie sogar mit ihm gebetet. Und auch das hatte er, der um die Kirche eher einen Bogen machte, als sehr tröstlich empfunden.

Die Fotos mit den Musikern waren relativ schnell im Kasten; nur Garv, Arrangeur und Bandleader in Personalunion, trampelte mit seiner Eitelkeit auf seinen Nerven herum. Franz setzte ihm konsequente Höflichkeit und Professionalität entgegen, denn ihm war klar, dass er, wollte er ein Großer im Bereich der Künstlerporträts werden, sein Ego konsequent zurückstellen müsste.

Die Backgroundsängerinnen hatte er immer als Gruppe fotografiert. Doch eine von ihnen, Brooke, suchte immer seinen Blick. Sie hatte ihn verlegen gemacht mit ihrem Selbstbewusstsein, ihrem hüftbetonten Gang und ihrem auffordernden Lächeln. Er hätte sich nie getraut, sie anzusprechen. Zum Glück hatte sie das übernommen.

Brooke war temperamentvoll und von einer exotischen Schönheit, die im Salzkammergut damals nahezu unbekannt war. Außerdem war sie unbeschreiblich ehrgeizig, genau wie er. Franz sah seine Zukunft als Porträtist großer Künstler, vertreten von den besten Agenturen und verlegt in eigenen Büchern. Er hatte bereits einige Portraits noch nicht ganz so berühmter Künstler verkaufen können und hatte guten Grund, zuversichtlich zu sein. Diese Fotoserie mit der Gospelgruppe war der nächste wichtige Schritt. Er liebte dieses stetige Unterwegssein und die Nähe zu Künstlern. Doch seit Annelieses Schwangerschaft verkleinerte sich sein Radius. Unmerklich, aber unerbittlich. Kommunionfotos, Vogelfängerverein, Eisstockschützen, Schützenfeste, Hochzeiten. Immer stärker kroch die Angst in ihm hoch, für immer an diesen kleinen Ort und an das altmodische Fotostudio seines Vaters gebunden zu sein. Brooke schob diese Angst für einige herrliche Tage beiseite.

Sie war unwahrscheinlich fotogen. Ihre Posen wirkten auf natürliche Art sexy und Franz fotografierte wie im Rausch. Da es so gut zwischen ihnen lief, verabredeten sie sich für den nächsten Nachmittag zu einem weiteren Shooting in einem alten Palais. Das dekadente Ambiente stand in einem reizvollen Gegensatz zu Brookes Jugend. Sie hatten unbenutzte Räume gefunden, auf denen der Staub zentimeterdick auf den vergessenen alten Möbeln lag.

Und zwischen den Aufnahmen hatten sie stürmischen Sex. Das klang sehr nüchtern und pragmatisch, was es aber nicht war. Sie hatten nicht lange überlegt, es war einfach über sie gekommen und hatte sich angefühlt wie das Natürlichste und Normalste überhaupt. Keinen Augenblick hatte er daran gedacht, Anneliese zu verlassen, aber in diesen Tagen gab es nur Brooke.

Als Brooke dann berühmt geworden war (mit allem, was dazugehörte, also vier Hochzeiten, wobei ein Ehemann reicher als der andere war, spektakulären Scheidungen und einer beispiellosen Karriere, bis hin zu ihrem aufsehenerregenden Absturz durch Drogen und Alkohol), hätte er mit diesen Fotos ein Vermögen machen können. Aber sie waren heilig für ihn. Zeichen einer Zeit, in der alles möglich war. Hätte er sie verkauft, hätte er sich selbst verraten.

Schritte näherten sich, dann drehte sich ein Schlüssel im Schloss. Endlich.

Brooke hatte sich für das kleinste Auto entschieden, das zur Verfügung stand, einen schwarzen Porsche 911. Er hatte den Vorteil, dass sie sich damit auskannte, da sie vor Jahren selbst einen besessen hatte. Es war ein Geschenk von Steve gewesen, ihrem zweiten Ehemann, zum dritten Hochzeitstag.

Als sie in Ischl die Polizeistation betrat, wurde sie zuerst einmal ignoriert. Der Polizist musste ein Gespräch führen, in dem es um Holzkohle und Grillmeisterschaften ging. Als er endlich fertig war, winkte er sie zu sich und gab ein gelangweiltes „Bitte?" von sich.

Einerseits war Brooke froh, dass er sie nicht erkannte, andererseits verletzte diese Ignoranz ein wenig ihren Stolz. Aber was hatte sie erwartet? Sie war dreißig Jahre in der Versenkung verschwunden und der Beamte vor ihr war erstens zu jung, um sie in ihrer Blütezeit gekannt zu haben und war zweitens mit Sicherheit zu spießig, um zu DJ Jerome zu entspannen oder was auch immer. Wahrscheinlich hielt er schon Lady Gaga für außerordentlich extravagant.

„Ich bin hier wegen Franz Wallner."

„Ah da schau her." Er sah sie interessiert an.

Brooke hielt seinem Blick stand. *Ich durchschaue dich, Bürschchen.* Er dachte wahrscheinlich, was will die alte Negerin hier in ihren teuren Fummeln.

Puffmutter wäre wahrscheinlich das Einzige, was seinem beschränkten Hirn zu ihr einfiel. Höchstens noch die Chefin eines Voodoo-Zirkels.

„Ich möchte etwas richtig stellen."

„Und bitte was?" Er nahm Papier und Kuli und sah sie nicht im geringsten erwartungsvoll an.

„Herr Wallner ist nicht nach Schloss Grub gekommen, um einzubrechen."

„Gnädige Frau", sprach der Polizist, „ich möchte auch etwas richtig stellen. Herr Wallner ist nicht in das Schloss gekommen, er ist eingedrungen. Hausfriedensbruch. Wie ist eigentlich Ihr Name?

„Brooke Ada. Ich buchstabiere gerne."

„Nicht nötig", antwortete er. „Ich habe das Protokoll geschrieben. Ihr Name kam öfter darin vor."

„Vergessen Sie das mit dem Hausfriedensbruch", sagte Brooke, „Herr Wallner ist gekommen, um mich zu sehen."

„Wie bitte?"

Sie sind nicht mehr jung, und Sie sind schwarz. So eine sollte jemand sehen wollen? Das alles sah sie in seinem Blick.

„So ist es."

„Und warum?"

„Ich fürchte, das verstehen Sie nicht."

„Da haben Sie recht, das verstehe ich nicht. Und wieso kommen Sie erst jetzt damit? Wieso haben Sie das nicht gestern bereits angegeben, als die Kollegen vor Ort waren?"

„Ich stand unter Schock." Was hundertprozentig stimmte.

Sie schwiegen sich eine Weile an. Brooke bedauerte schon, hierher gekommen zu sein. Raoul hatte recht gehabt. Es war eine blödsinnige Idee. Sie legte die Beine übereinander, die nach wie vor das Beste an ihrem Körper waren. Sie wollte ihn nicht verführen, um Himmels willen, nur signalisieren, dass sie Zeit hatte. „Dann sollten wir keine Zeit verschwenden. Ich würde gerne mit Ihrem Vorgesetzten reden", sagte sie in ihrem arrogantesten Tonfall.

Der Polizist setzte schon zu einer Antwort an, als die Tür aufgerissen wurde und ein Kollege mit einer Tüte hereinkam. „Die Wurstsemmeln sind da", rief der ihm unbekümmert zu und ging nach hinten zu seinem

Schreibtisch, wo er alles geräuschvoll auspackte. Die Raschelsymphonie gipfelte im temperamentvollen Zischen der Almdudlerflasche, als sie geöffnet wurde.

„Also?", hakte Brooke nach. „Ich nehme an, Herr de Jong hat sowieso schon mit Ihrem Chef gesprochen. Dann liegt alles in einer Hand."

Der Polizist stand auf. „Ich sehe nach, ob er Zeit hat."

„Wie reizend. Tun Sie das."

Der Chef hatte Zeit. Nach einigen Minuten holte Bezirkskommandant Moritz Breinersdörfer Brooke mit einer ausladenden Geste von ihrem unbequemen Besucherstuhl ab.

„Frau Ada, es ist mir eine große Ehre." (Das konnte er sagen, ohne zu lügen, da er ihren Namen Minuten zuvor gegoogelt hatte. Er war kein Kenner der Jazz-Szene, Schlager von Andrea Berg waren eher sein Ding, aber ihre Meriten – Platinschallplatten für all ihre Alben, Duette mit Bill Clinton/Ronald Reagan und etliche Grammys – waren Beweis genug, dass er eine außergewöhnliche Künstlerin vor sich sitzen hatte. Andererseits, von einem Hausgast de Jongs war schwerlich etwas anderes zu erwarten.) „Was kann ich für Sie tun?" Er legte die Fingerspitzen aneinander und sah sie gespannt an.

„Ich weiß nicht, was Ihnen der Kollege schon gesagt hat", setzte sie an.

Breinersdörfer winkte resigniert ab. „Vergessen wir das und fangen noch einmal von vorne an. Wenn Sie genug Zeit haben, natürlich."

Brooke lächelte. „Selbstverständlich. Für einen guten Freund immer."

Er lächelte geschmeichelt.

„Ich meine Franz Wallner."

Er schluckte kurz. „Franz Wallner. Der Hauptverdächtige in diesem Einbruchsfall in Schloss Grub."

„Herr Kommandant", sagte Brooke. „Es war kein Einbruch. Es ist doch nichts weg gekommen, nicht wahr?"

„Weil er zuvor erwischt wurde."

„Ich bin mir sicher, dass sich Herr Wallner vorher noch nie etwas zu Schulden hat kommen lassen."

Breinersdörfer nickte widerwillig und hob kurz die Hände, als könne er dafür wirklich nichts.

„Es ist etwas heikel, und es mag vielleicht etwas vermessen klingen ..." Sie beugte ihren Oberkörper in seine Richtung, ganz die große Verschwörerin.

Er beugte sich nun ebenfalls nach vorne. „Dann ist es bei mir bestens aufgehoben."

„Das dachte ich mir gleich. Herr Wallner und ich sind alte Bekannte. Sehr gute Bekannte, wenn Sie verstehen, was ich meine. Es ist lange her. Sehr lange." Sie registrierte seine hochgezogenen Augenbrauen und fuhr fort: „Er ist ein begnadeter Fotograf. Kurz und gut, ich möchte Ihre Zeit nicht länger in Anspruch nehmen, Herr Wallner ist nur gekommen, um mich wieder zu sehen. Leider hat er es nicht auf dem offiziellen Weg geschafft, aber daran bin ich selbst schuld."

„Wie das?"

„Ich bin inkognito hier. Ich bereite eine Konzertreihe vor und brauche meine Ruhe. Die Presse, Sie verstehen?"

Breinersdörfer nickte, als wäre der Umgang mit Paparazzi sein tägliches Brot.

„Deshalb wäre ich froh, wenn Sie diese Sache entsprechend diskret behandeln würden. Herr de Jong übrigens ebenfalls."

„Wenn Sie Ihre Aussage schriftlich machen und unterschreiben, können wir die Angelegenheit sicher in Ihrem Sinne regeln."

„Und Herr Wallner ist aus dem Schneider?"

„Nun sagen wir mal so: Es sieht für ihn jetzt besser aus als noch vor zehn Minuten."

„Sehr schön. Und dieser Verdacht mit Herrn Wallners Tochter hat sich damit ebenfalls erledigt?"

„Wenn Herr de Jong – „

„Den lassen Sie mal meine Sorge sein."

Breinersdörfer hob die Arme leicht an. „Wie Sie meinen."

Brooke lächelte zufrieden. „Ich wusste, Sie sind der richtige Mann dafür. Wo muss ich unterschreiben?"

Nachdem sie die Formalitäten erledigt hatten, sprang sie förmlich auf. Sie wollte so schnell wie möglich raus aus diesem Gebäude. Und sie brauchte eine Zigarette.

„Eines noch." Der Kommissar hatte sich ebenfalls erhoben. Brooke sah ihn fragend an.

„Herr Wallner wollte Sie sprechen. Er hat ein paar Fragen an Sie. Wären Sie bereit zu einem Gespräch?"

Sie schloss kurz die Augen, dann schüttelte sie den Kopf. „Nein. Lieber nicht."

Als sie wieder im Porsche saß und zurück zum Hallstätter See fuhr, hatte sie einen Entschluss gefasst. Sie würde Grub noch heute verlassen und nach Monaco fahren, in ein richtiges Studio. Zu Serge, dem Produzenten, den sie aus alten Tagen kannte. Sie würde Nägel mit Köpfen machen. Raoul war zwar ein Schatz und das Schloss ein Traum, aber was sie nun brauchte, war keine Abgeschiedenheit, sondern Inspiration. Sie hatte genug von den goldenen Käfigen, die ihre Männer für sie gebaut hatten. Für sie hatte sie ihre Karriere aufgegeben, doch nun wollte sie wieder mitten hinein ins Leben, testen, was ihr alter Körper und ihre Stimme noch hergaben. Es war ein Risiko, aber so what? Danke Franz, flüsterte sie. Auch er hatte etwas riskiert. Ob er das bekommen hatte, was er gesucht hatte, wusste sie nicht. Sie hatte für ihn getan, was sie konnte. Ansonsten hielt sie es mit ihrer Großmutter Talulah: Sie würde die alten Geister ruhen lassen.

„Wird auch Zeit, dass du endlich kommst", brummte Franz.

Sue blieb ernüchtert stehen. Was für ein Empfang von jemandem, der sich über jeden Besuch einer wohlwollenden Person freuen sollte. Ihr Vater schien enttäuscht zu sein. Auf wen er wohl gewartet hatte? Etwa auf diese Brooke?

„Ich kann auch wieder gehen, denn im Gegensatz zu dir bin ich eine freie Frau. Und das frische Gewand und dein Waschzeug nehme ich auch wieder mit." Herumzicken konnte sie auch.

„Susi, ich habe es doch nicht so gemeint." Er sah sie flehentlich an. „Bleib du mal eine Nacht hier in dieser Zelle, dann möchte ich dich sehen."

Lieber nicht, dachte Sue und holte aus ihrer Handtasche das Päckchen mit den antibakteriellen Feuchttüchern. Sie zog eines heraus und wischte damit den Toilettensitz ab. Seufzend setzte sie sich dann zu Franz auf die Pritsche. „Wer weiß, wer da schon alles draufgesessen hat."

„Ich nicht", sagte er. „Mir graust's."

„Jetzt kannst du dich draufsetzen, Papa. Das war ein desinfizierendes Tuch."

„Ich muss aber nicht."

„Ja dann."

In einträchtigem Schweigen betrachteten sie die Einrichtung der Zelle. Die gab nichts her, was mehr als eine Minute Stille gerechtfertigt hätte.

„Mensch Papa, was machst du denn für Sachen?" Sue legte den Kopf an seine Schulter.

Franz schien die Berührung zu genießen und zog sie vorsichtig näher zu sich. „Ich hätte dir das hier gerne erspart."

„Es ist in jedem Fall eine neue Erfahrung." Abrupt setzte sie sich auf und sah ihm inquisitorisch in die Augen. „Sag' mal, das mit dem versuchten Kunstraub ist ein Schmarrn, oder?"

„Freilich. Das hat uns dein de Jong eingebrockt."

„Das ist nicht mein de Jong! So ein eitler, arroganter, aufgeblasener, selbstherrlicher Vollidiot." Sie ließ die Worte, die in dem leeren, gefliesten Raum nachhallten, eine Weile wirken. „Warum bist du dann in das Schloss eingebrochen?"

Franz wand sich. Würde die Wahrheit etwa peinlich werden? Vielleicht sollte sie ihm eine Brücke bauen. „Angeblich wolltest du nur eine gewisse Person sehen."

Franz zögerte, bevor er ein „Ich kenne Brooke von früher" ausstieß.

„Aha. Und du wolltest sie wiedersehen."

Er nickte.

„Warst du deshalb so erpicht darauf, mit auf die Gartenparty zu kommen?"

Er zog die Schultern nach oben. Sue interpretierte das als ein vages Ja. „Woher kennst du diese Brooke?"

Ein wehmütiges Lächeln überzog sein Gesicht. „Als du noch nicht da warst, habe ich Künstlerporträts gemacht. Ich wollte ein ganz Großer werden." Er winkte ab. „Das waren halt meine Flausen, die ich im Kopf gehabt habe."

„Also ist sie Künstlerin?"

„Ja, Sängerin. Brooke Ada."

Sue zog beeindruckt die Augenbrauen nach oben. „Jetzt klingelt es bei mir. Die Jazzsängerin, von der du alle Platten hast. De Jong hat sie uns als Mrs Merriweather und alte Freundin der Familie vorgestellt. Kein Wort davon, dass sie Sängerin war. Und noch dazu so eine berühmte."

„Sie war fast dreißig Jahre untergetaucht. Verheiratet, geschieden, und das mehrmals hintereinander. Aber in einem war sie konsequent – die Männer hatten immer viel Geld." Seine Stimme klang ernüchtert. „Ich habe versucht, sie anzurufen, aber es war unmöglich. Im Schloss haben die sie total abgeschottet."

„Vielleicht wollte sie das so."

„Schaut so aus."

„Aber was hast du dir dabei gedacht, so eine wahnwitzige Aktion zu starten? Hast du gedacht, du hüpfst über die Mauer, sie freut sich und ihr trinkt auf euer glückliches Wiedersehen?"

Er sah aus wie ein geprügelter Hund. „Ich bin ein ganz schöner Depp, gell?"

„Stimmt. Aber sag mal, so was macht man doch nicht wegen einer Frau, mit der man nur befreundet war. War da mehr?" Jetzt war sie richtig neugierig. Das geheime Vorleben ihres Vaters.

Er räusperte sich.

Also doch. Ihr Vater als Lover einer schwarzen Sängerin. Zu dieser Zeit. Ganz schön gewagt. Das hätte sie ihm gar nicht zugetraut. „Wann war das?"

„1974", kam es wie aus der Pistole geschossen.

Ihr Geburtsjahr. Sie sah ihn an. „Mein Geburtsjahr."

Er schwieg und schien sich innerlich für seine Antwort zu ohrfeigen.

Sue blies die Backen auf. Jetzt hätte sie es vorgezogen, das Vorleben ihres Vaters wäre geheim geblieben. Ihre Mutter war schwanger mit ihr und er vergnügte sich währenddessen mit einer schwarzen Sängerin. Das war nicht gewagt. Das war erbärmlichster Boris Becker-Stil. Waren denn alle Männer Schweine?

Vor der Tür rührte sich etwas, und kurz darauf wurde sie von Breinersdörfer geöffnet. Es war unfassbar, aber sie war froh, ihn zu sehen.

„Sie können gehen", sagte er knapp.

„Wenn Sie mich meinen, ist das keine Neuigkeit", sagte Sue und sprang auf. Nur schnell weg von hier.

„Nein, Ihr Vater auch."

„Ah geh?", sagte sie. „Warum?" Sollten die ihn doch noch länger hier behalten, das geschähe ihm ganz recht.

„Bedanken Sie sich bei Frau Ada."

Sue warf ihrem Vater einen vernichtenden Blick zu, der jedoch wirkungslos verpuffte, da er in rasender Geschwindigkeit seine Sachen zusammenpackte und sich an ihr vorbei aus der Zelle drückte.

Breinersdörfer überreichte ihr ihr Handy, das sie achtlos in ihre Tasche fallen ließ. Die Enthüllung ihres Vaters hatte sie so durcheinandergebracht, dass sie nicht einmal Lust hatte, den Polizisten noch ein wenig zu provozieren.

Nachdem Franz ein Formular unterschrieben hatte, wandte er sich nochmals an Breinersdörfer. „Was ist mit Mrs Ada? Kann ich sie sprechen?"

„Tut mir leid, sie ist bereits wieder weg."

Diese Information schien ihn kurz aus der Fassung zu bringen, doch er erholte sich schnell wieder. „Komm", sagte er zu Sue, „nur schnell weg von hier."

Bei der Fahrt zurück nach Hallstatt hätte man die dicke Luft, die im Auto herrschte, mit dem Messer durchschneiden können. Sie schwieg vorwurfsvoll, er schwieg wegen seines schlechten Gewissens. Zum Glück gab es das Radio, das Sue auf volle Lautstärke drehte. Sollte er ruhig ein wenig leiden mit Pop, Hip Hop und Schnulzen. Hauptsache kein Jazz.

62

Sue kam nicht zur Ruhe. Als sie mit ihrem Vater nach Hause kam, zog sie sich sofort in ihr Zimmer zurück und legte sich aufs Bett.

Waren ihre Eltern glücklich miteinander gewesen? Daran hatte sie nie gezweifelt. War sie erwünscht gewesen? Ihre Eltern hatten ihr das jeden Tag bewiesen. Warum nur war ihr Vater fremdgegangen?

Jemand klopfte an die Tür. So feine Sitten in diesem Haus? Das konnte nur einer sein. Sie rief „Herein!".

Wie erwartet war es Terence. „Hi Darling. Ist alles in Ordnung mit dir?"

„Ich weiß es nicht, aber ich möchte jetzt nicht darüber sprechen."

Er setzte sich auf die Bettkante und strich ihr sanft über die Wange. „Dein Vater?"

Sie zuckte leicht die Achseln, blieb aber still.

Als Terence offenbar für sich entschieden hatte, dass von seinem Gegenüber diesbezüglich kein Wortbeitrag mehr kommen würde, meinte er: „Okay. Als du weg warst, ist ein Anruf für dich gekommen. Der Makler, dieser Mack.., Macki.., jetzt habe ich den Namen vergessen –"

„Mackenroth", ergänzte Sue.

„Genau, Mackenroth. Seltsamer Name, okay, aber er hat gesagt, dass er den perfekten Käufer für Hildes Haus gefunden hätte."

Oh nein, das Haus hatte sie momentan überhaupt nicht auf ihrer Liste. Sie musste sich anstrengen, um zumindest ansatzweise interessiert zu klingen. „Echt?" Sie richtete sich sogar ein wenig auf.

„Ja, er will alles so lassen, wie es ist. Und mit dem Preis ist er auch einverstanden."

„Das ist gut."

„Er wollte sich alles noch einmal ansehen. Mit dir."

„Wann?"

„Jetzt. Beziehungsweise in einer halben Stunde."

„Unmöglich." Sie ließ sich in das Kissen zurückfallen. „Das schaffe ich nicht. Kannst du das für mich erledigen?"

„Ich?"

„Klar, du kennst das Haus doch auch."

Er zögerte nur kurz. „Okay. Du willst es wirklich verkaufen?"

„Definitiv. Ich bleibe nicht hier." Ihre Stimme klang barscher, als sie gewollt hatte.

Er sah sie erstaunt an. „Gut, dann mache ich das. Willst du wirklich nicht darüber reden?"

Sie schüttelte den Kopf.

Als Terence das Zimmer verlassen hatte, drehte sie ihren Kopf in Richtung des Nachtkästchens. Dort, in der Schublade, lagen sie. Ihre Beruhigungstabletten. Wenn sie eine davon nehmen würde, ließ vielleicht das Herzklopfen nach, und dieser Druck auf der Brust. Sie schloss die Augen. Während ihres ganzen Aufenthaltes hatte sie keine einzige Pille genommen. *Das nenne ich einen erfolgreichen Entzug. Ich sollte mich darüber freuen.* Genau! Wegen einer längst vergangenen Affäre ihres Vaters würde sie ganz bestimmt nicht anfangen, dieses Zeug wieder einzuwerfen, als wären es Erfrischungsbonbons. Entschlossen schwang sie sich aus dem Bett. Sie musste unter die Dusche. Dieser unbestimmt deprimierende Geruch der Ischler Gefängniszelle steckte ihr noch viel zu hartnäckig in der Nase.

Sie machte das volle Programm mit Haare waschen, Haarkur und Peeling und cremte sich dann verschwenderisch mit der Kräuterlotion ein. Das fühlte sich schon viel besser an. Kaum hatte sie sich angezogen, war auch Terence schon zurück.

„Und, wie ist es gelaufen?", fragte sie ihn. „Wie sieht der perfekte Käufer für Hildes Haus aus?"

„Es ist ein Ehepaar aus Linz in den Fünfzigern, die sich hierher zurückziehen wollen. Er sammelt Modelleisenbahnen und braucht Platz für seine Sachen."

„Aha." Das Haus ging also an einen Mann, der ein großes Spielzimmer suchte.

Terence schien ihre Miene richtig zu interpretieren. „Ich weiß, du stehst nicht auf Männer, die sich mit Spielsachen abgeben, aber ich bin mir sicher, dass das Haus bei den beiden in guten Händen ist. Für die beiden ist es kein Geschäft, sondern eine neue Heimat."

Sue nickte. Sie wusste, dass sie Terence in dieser Beziehung vertrauen konnte. Außerdem, sollte man nicht sein inneres Kind hegen und pflegen? Wenn jemand das mit Modelleisenbahnen tat, warum nicht? „Schön, dann wenigstens das geklärt. Hast du Mackenroth gesagt, dass er alles vorbereiten kann?"

Terence nickte, und nachdem dieser Punkt abgehakt war, sahen sie sich an. Und schwiegen. Obwohl sie eigentlich miteinander reden mussten. Über das, was war, und das, was kommen würde. Sue wusste es, und Terence auch, sie konnte es in seinem Blick lesen. Aber wie sollte sie anfangen? Mit Vorwürfen, mit Rechtfertigungen, mit Entschuldigungen? Eine tiefe Traurigkeit erfüllte sie. Konnte man nach siebzehn gemeinsamen Jahren tatsächlich so sprachlos sein?

Das Treppenhaus wurde von einem Rumpeln erschüttert und Sekunden später wurde die Tür aufgerissen. Es war Amy.

Ein Aufschub, dachte Sue erleichtert und lächelte ihre Tochter an.

„Mom? Können wir noch kurz nach Salzburg fahren und was zum Anziehen kaufen?"

„Schatz", sagte Sue mit aller Geduld, die sie aufbringen konnte. „Du hast genug Anziehsachen, um drei Wochen Party am Stück zu machen."

„Aber es ist St. Tropez", rief Amy. „Das ist anders!"

„Okay", meinte Terence, dieser Verräter. „Ich fahre mit dir." Er sah Verständnis heischend zu Sue. „Dann habe ich meine Tochter endlich einmal ein paar Stunden für mich alleine."

„Wenn du dich da mal nicht täuschst", entgegnete Sue. „Mit einem Schuhladen kannst du nie im Leben konkurrieren. Sie will nicht dich, sondern deine Kreditkarte."

Wie recht sie mit dieser Einschätzung gehabt hatte, sah sie an der beeindruckenden Anzahl von Tüten, die Terence Stunden später anschleppte, sowie an Amys glücklich entrücktem Gesichtsausdruck.

„Wir müssen mit dem Banker über einen neuen Dispo-Limit sprechen", murmelte Terence. Seinen Vater-Tochter-Nachmittag hatte er sich wahrscheinlich anders vorgestellt.

Franz war ausgegangen, was Sue ganz recht war, und hielt in irgendeinem Beisl Hof. Sie hingegen saß seit Stunden vor dem PC und hatte alles gegoogelt, was zum Thema Brooke Ada zu finden war.

„Dass du dich freiwillig an den Computer setzt", sagte Terence und beugte sich über ihre Schulter.

Auf dem Monitor waren Bilder von Brooke zu sehen.

„Wegen ihr wollte Franz also ins Schloss?"

Sue nickte.

Terence legte seine Hände auf ihre Schultern und massierte sie leicht. „Lass es mich mal so sagen: Es war durchaus damit zu rechnen, dass es vor deiner Mutter eine andere Frau im Leben deines Vaters gegeben hat."

„Vor meiner Mutter?" Sue schnaubte. „Du bist gut. Während trifft es besser."

Terence zog einen Hocker an den Tisch und setzte sich neben sie. „Hat er dir das erzählt?"

„Indirekt."

Terence wartete einfach.

„1974. Da war meine Mutter mit mir schwanger. Es soll übrigens keine leichte Schwangerschaft gewesen sein, wie mir erzählt wurde. Und der Herr Papa vergnügt sich derweil mit einer exotischen Sängerin." Tränen der Wut traten ihr in die Augen.

Terence nahm sie in den Arm und ließ sie weinen. Und als sie ausgeweint hatte, hielt er sie weiter fest.

„War er dir je ein schlechter Vater?", fragte er schließlich leise.

Sue musste keine Sekunde lang überlegen. „Nein, nie."

„Hast du je das Gefühl gehabt, dass zwischen deinen Eltern irgendetwas nicht stimmt?"

„Nein. Im Gegenteil. Sie waren immer sehr liebevoll zueinander."

Terence nickte und Sue überlegte. Er hatte recht. War sie zu streng mit ihrem Vater? Wer war sie schon, dass sie das, was vor über 40 Jahren geschehen wahr, verurteilen konnte? Dennoch tat es weh. Sie wusste doch, wie verletzlich man sich während einer Schwangerschaft fühlte, vor allem in den letzten Wochen. Um das zu verzeihen, musste man schon ein sehr wohlwollendes Menschenbild haben, und das traf in ihrem Fall nicht zu.

„Das mit dieser Brooke ist ein Problem, das deine Eltern miteinander hatten. Vielleicht ist es auch nur ein Problem deines Vaters. Mach es nicht zu deinem."

„Das ist leicht gesagt." Sie legte ihren Kopf an seine Schulter. „Weißt du, es tut weh, dass er sich für diese Frau so zum Affen gemacht hat. Wie ein liebeskranker Idiot riskiert er sein Leben."

„Vielleicht hatte er Angst, eine letzte Chance zu verpassen."

„Ich soll es also einfach vergeben?"

„Akzeptiere, dass es geschehen ist, das reicht schon. Wenn du mit deinem Vater brichst, verliert er noch mehr. Und du auch."

Das klang plausibel. Sie wollte ja nicht mit ihrem Vater brechen, aber diesen Schock musste sie erst einmal verdauen. Es war, als wäre ihre Kindheit besudelt worden.

„Ich finde, es gibt etwas viel Wichtigeres."

„Mhm?"

„Uns. Er wird höchste Zeit, dass wir reden."

Sie blinzelte, als wäre sie aus einer Trance erwacht. „Du hast recht. Ich wollte dich dauernd anrufen, aber –"

Es klingelte, und natürlich machte von den Kindern niemand auf. Widerwillig löste Sue sich von Terence und ging zur Tür.

„Oh nein", murmelte sie, als wieder der Blumenbote vor ihr stand. Dieses Mal mit einem mittelgroßen Bouquet.

„Von wem ist er?", fragte sie, obwohl sie es ahnte. Andererseits hätte er angesichts dessen, was er ihr angetan hatte, einen halben Dschungel in Auftrag geben müssen.

„Das weiß ich nicht, da müssen Sie schon in den Umschlag schauen", schnaufte der junge Mann.

Auf der Karte stand ein lausiges ‚Es tut mir leid‘ von – Überraschung! – de Jong.

Sie zog aus der Brusttasche des Boten einen Kuli und schrieb auf die Karte ‚Mir auch‘. Dann steckte sie sie in den Umschlag zurück. „Der geht zurück mit dem Vermerk ‚Annahme verweigert‘.“

„Aber –“

„Nichts aber. Die Gebühren zahlt der Empfänger.“

„Wie Sie meinen.“

„Ich meine. Auf Wiedersehen. Oder lieber nicht.“ Sie wollte sich lieber nicht ausmalen, wofür de Jong ihr einen eventuellen nächsten Strauß schicken würde.

Als sie sich umdrehte, stand Terence im Türstock zum Studio. Er grinste breit und die Härchen auf seinen gebräunten Unterarmen schimmerten golden. Seine Haare waren einen Tick zu lang, sein Bartschatten einen Tick zu dunkel. Hatte sie ihn jemals so aufregend gefunden?

„Ich finde dich als kleine Furie unglaublich sexy.“ Seine Stimme würde sie ebenfalls in den Terence-Erotik-Kanon aufnehmen.

„Klein? Du fängst schon wieder an, mich klein zu machen“, protestierte sie.

„Tu ich nicht.“ Er zog sie an sich. „Ich will nicht ohne dich sein. Obwohl ich es kann.“

„Dein letzter Satz führt in eine Richtung, die mir gerade nicht gefällt.“

„Ich habe sogar gebügelt.“

„Das hätte ich gerne gesehen. So wie Freddie Mercury in diesem Video? Mit kurzem Schürzchen?“

„Nicht ganz, aber mit AC/DC.“

„Gut, dass ich nicht dabei war. Aber wenn du das künftig übernehmen willst, dann spare ich mir das Geld für unsere Putzhilfe.“

Terence schüttelte energisch den Kopf. „Ich habe dich viel zu sehr eingespannt.“

Sue riss die Augen auf. Was für eine Einsicht! Das war schon mehr, als sie je zu hoffen gewagt hatte.

„Ich denke, du bist in letzter Zeit ein wenig zu kurz gekommen.“

„Sprich weiter", murmelte Sue. „Mir geht es gerade unheimlich gut, vor allem, wenn du gleichzeitig diese Stelle an meinem Bauch streichelst."

„Wenn du möchtest, stellen wir jemanden ein, der das ganze Geschäftliche übernimmt."

„Das wäre eine gute Idee. Und du? Willst du so weitermachen wie bisher?"

Er schüttelte den Kopf. „Diese Fernsehshows öden mich an. Ich höre auf damit. Ich nehme mir sogar von der Praxis eine Auszeit und konzentriere mich aufs Schreiben."

„Das klingt, als wäre dir der Neuanfang ernst."

„Ist er mir. Und was möchtest du machen? Du bekommst bald eine schöne Stange Geld."

„Ich weiß es noch nicht. Vielleicht mache ich eine Boutique auf?"

Terence sah einen Augenblick lang sehr schockiert aus. „Ist das dein Ernst?"

Sie lachte. „Nein. Aber das ist doch der Klassiker für Ehefrauen, die beschäftigt werden wollen. Du wirst lachen, aber die Vertretung für meinen Vater hat mir Spaß gemacht. Vielleicht mache ich meine Fotoausbildung zu Ende."

Er vergrub seine Nase in ihren Haaren. „Was ist eigentlich mit Berlin? Oder hast du die Karten weggeworfen?"

Sie spürte, wie sie rot wurde.

„Dachte ich es mir doch."

„Ich war anfangs wirklich sauer auf dich. Aber Papa hat den Brief für mich aufgehoben. Berlin." Sie küsste ihn. „Depeche Mode. Ich freue mich darauf." Sie küsste ihn noch einmal. „Ich liebe dich. Und wenn das mit dem Sex nicht klappt, ist das nicht so wichtig. Hauptsache, wir sind zusammen."

Er lächelte. „Ich denke, diesbezüglich müssen wir den Kopf nicht in den Sand stecken."

Sue sah interessiert hoch. Was sollte das bedeuten? Wieder ein neues Pülverchen?

„Mom, wann gibt es was zu essen?", schrie Philipp durch das Haus. „Ich habe Hunger."

Sue seufzte. „Wenn es irgendetwas Verlässliches gibt, dann den Appetit unseres kleinen Raubtieres."

„Der Appetit des großen Raubtieres ist auch nicht zu verachten."

Den ganzen Abend war die Spannung in Sue gestiegen und während des Monopoly-Spiels fast unerträglich geworden. Das Spiel schien kein Ende zu nehmen, da die Kinder einen ungewohnten Ehrgeiz entwickelten und nicht genug bekommen konnten. Als Amy schließlich alle in den Ruin getrieben hatte, wurde sie mit ihrem Bruder ins Bett geschickt.

Endlich allein. Sue wurde mit jeder Sekunde nervöser. Um sich abzulenken, räumte sie die Küche auf und spülte die Gläser. Dabei spürte sie ständig die Blicke von Terence auf sich. Sie hatte das Gefühl, als sei jede Körperzelle von ihr auf maximalen Empfang gestellt. Sie stellte sich sogar vor, dass seine Blicke eine Farbe hätten – ein heißes Gelb-Orange.

„Du siehst sexy aus", sagte Terence unvermittelt, als sie nach dem Abendessen allein in der Küche saßen.

„Du wiederholst dich."

„Das ist kein Verbrechen, wenn die Fakten stimmen."

Er fuhr mit seiner Hand über ihren Rücken.

Sue genoss die Wellen der Erregung, die durch ihren Körper strömten. Kurz flackerte eine Erinnerung an Leif auf, doch sie flog ebenso schnell vorbei wie eine Sternschnuppe. Er bedeutete nichts. Sie hatten keine Vergangenheit gehabt und genau das war es, was sie und Terence untrennbar miteinander verband. Dass zu dieser Vergangenheit auch Sondra und manch anderes gehörten, fiel der Schere in ihrem Kopf zum Opfer.

„Baby, ich bin so scharf auf dich", flüsterte er in ihr Ohr.

Sie drehte sich um und ließ ihre Hände unter sein T-Shirt gleiten. „Du bist scharf und ich bin heiß. Gehen wir nach oben."

Leise schlichen sie die Treppe hinauf. Sie hätten misstrauisch werden müssen, als die Schlafzimmertür beim Öffnen nicht quietschte. Noch misstrauischer hätte sie die Tatsache machen müssen, dass Philipp fest zu schlafen schien. Irgendwie lief alles viel zu glatt.

Kurz bevor es in Sues Jugendbett heiß und scharf zugleich wurde, ließ sich auf einmal etwas Schweres in ihre Mitte plumpsen. Wie eine

Klosterschülerin, die beim Lesen der Aufklärungsseiten eines Bravoheftes erwischt wurde, fuhr Sue hoch. Es war Philipp.

„Kann ich zu euch?", piepste er. „Ich kann nicht schlafen."

Terence schloss resigniert die Augen und ließ sich in das Kissen fallen.

„Schätzchen, das wird zu eng für uns drei." Sue redete mit Engelszungen auf Phillip ein, doch ihm war das egal. Er hatte sich bereits glücklich lächelnd in die Decke eingerollt. Terence hingegen schwang sich aus dem Bett.

„Zu dritt ist es hier definitiv zu schmal", sagte er. „Ich schlafe wieder unten. Oder kommst du mit?", fragte er hoffnungsvoll.

„Um dann zu erleben, wie mein Vater ins Wohnzimmer stolpert?" Sie schüttelte den Kopf. „Dann warten wir halt. Das steigert die Spannung."

„Da gibt es bei mir nicht mehr viel Spielraum nach oben", sagte Terence. „Schlaf gut, Darling."

„Gute Nacht." Sue sah ihm verträumt nach, bis ein lautes Schnarchen von Philipp sie hochriss. Ob die Nacht neben diesem kleinen Sägewerk gut würde, war äußerst fraglich.

63

Als Sue den Stecker ihres Handyladekabels aus der Steckdose neben dem Fenster zog und dabei flüchtig aus selbigem schaute, entdeckte sie etwas sehr Interessantes auf dem Marktplatz. Beziehungsweise jemand sehr Interessanten.

De Jong, dieses Mal nicht im Playboy-Outfit mit aufreizendem Dekolleté, sondern ganz nach südamerikanischer Gutsherrenmanier in einem elfenbeinfarbenen Leinenanzug mit schokobraunem Hemd, saß mit Markus Kronreiter und einem weiteren Herrn an einem Tisch vor dem *Alten Seehaus*. Wobei de Jong sich sicher nicht mit dem Privatmenschen Markus so angeregt unterhielt, sondern mit ihm in seiner Funktion als Bürgermeister von Hallstatt. Der Prospekt auf dem Tisch – Sue dankte der Zoomfunktion ihrer Handykamera – kam ihr sehr bekannt vor.

Ärger stieg in ihr hoch, der jedoch schnell von Resignation abgelöst wurde. Diese Gier von Menschen wie de Jong, die sich keinen Deut um das Gemeinwohl scherten! Gab es nicht schon etliche Kommunen, die das Geld der Bürger durch hochspekulative Anlagen verloren hatten? Würde sich Markus von den blumigen Renditeversprechen einlullen lassen? Hoffentlich nicht, aber angesichts leerer Gemeindekassen und dem Debakel um das alte Salzamt, bei dem große Hoffnungen geschürt und sehr viel Geld im See versenkt wurde, wusste man nie.

Sue fasste einen Entschluss: Sie würde, nein, sie musste de Jong in die Parade fahren. Hatte sie nicht sowieso noch ein Hühnchen mit ihm zu rupfen? Obwohl sie sich vorgenommen hatte, diesen Mann zu ignorieren, überkam sie eine unbändige Lust, ihn bloßzustellen, und sie wusste auch schon, wie.

„Ich soll was?" Leni, die im *Alten Seehaus* bediente, seit Sue denken konnte, runzelte die Stirn, während sie eine Bestellung in den Computer eingab. „Die haben aber schon was anderes bestellt. Tafelspitz."

„Keine Vorspeise?"

„Nix."

„Gut."

Leni, die inzwischen zwei Bier, ein Spezi und einen Gspritzten auf ihr Tablett stellte, musterte Sue mit dem Blick einer Frau, die schon mit zu vielen Menschen zu tun gehabt hatte, als dass man ihr etwas vormachen konnte.

„Du führst doch irgendwas im Schild?"

Sue lächelte unschuldig. „So ein Geschäftsessen ohne Vorspeise ist doch nichts Halbes und nichts Ganzes ... Bei den dreien geht es doch um was Geschäftliches, oder?"

„Sie reden auf jeden Fall nicht über Autos und Frauen."

„Vielleicht über Wald?"

„Der Markus hat ein Foto mit Bäumen in der Hand gehabt."

„Das war so was von klar", murmelte Sue. „Du weißt schon, wer das ist?"

Leni nickte. „Freilich. Der, der den Wallners zu einem ganz neuen Ruf verholfen hat. Kunstdiebe, Respekt." Sie zwinkerte Sue zu. „Aber am meisten hat mich dein Vater überrascht. Ich hätte ihm nie zugetraut, dass er so ein alter Casanova ist. Na ja, jetzt ist Hallstatt wenigstens um eine schöne Geschichte reicher. Aber der van Jong oder wie der heißt wird bald nicht mehr da sein, glaub mir, ich habe schon viele von denen kommen und gehen sehen."

„Hoffen wir, dass du recht hast. Also Leni, ich würde den Herren gerne eine Vorspeise zukommen lassen."

„Ich will aber keinen Ärger." Ihre Stimme wurde streng.

„Den wird's nicht geben. Ich möchte nur dem Gespräch den entsprechenden Rahmen geben. Wir machen folgendes ..."

Die Herren an de Jongs Tisch schienen sich prächtig zu amüsieren. Selbst als Leni die Vorspeise servierte – eine Scheibe trockenes Brot, dazu ein Glas Leitungswasser –, lachten sie noch, wenn auch etwas verunsichert. Die Blicke ruhten auf de Jong, der die Bedienung mit einem „Was soll das?" anfuhr.

Daraufhin antwortete Leni lapidar, dass das Gedeck genauso in Auftrag gegeben worden sei.

„Aber nicht von mir", insistierte de Jong. „Räumen Sie das wieder ab."

„Ich habe mir diese kleine Aufmerksamkeit erlaubt." Sue, die wie zufällig hinter Leni aufgetaucht war, stellte sich neben Markus, so dass sie de Jong direkt ins Gesicht sehen konnte.

Obwohl ihr sein Blick deutlich signalisierte, dass sie störte, brachte er ein souveränes Lachen zustande. „Frau Urquhart! Was für eine Überraschung!"

Markus begrüßte sie mit einem lockeren „Servus Susi", sah jedoch im Gegensatz zu seinem Gastgeber aus, als hätte er in einen sauren Apfel gebissen. Der unbekannte Dritte nickte nur und blickte gespannt in die Runde.

Sue setzte ihr charmantestes Lächeln auf. „Es freut mich, dass ich Sie überraschen kann. Mein Vater und ich waren auch überrascht, sehr sogar. Wasser und Brot auf Staatskosten, und das noch auf unbestimmte Zeit ..."

„Geh Susi, das ist doch a lustige G'schicht." Markus, ganz im Politikermodus, war offensichtlich bemüht, die Spannung zwischen ihr und de Jong abzubauen.

Der andere Herr am Tisch tat, als wäre er nicht anwesend und wischte auf dem Display seines Smartphones herum.

„Lustig ist sie nur in der Rückschau", erwiderte Sue. „Aber was soll's." Sie winkte ab. „Schwamm drüber. Nur eines, Markus", sie nahm einen Prospekt in die Hand, „wenn du das Geld der Gemeinde hier anlegst, sind die Chancen mehr als hoch, dass für euch nur noch karge Kost übrig bleibt." Sie sah in die Runde. „12% Rendite – und das bei Wald! Da gibt es Trockenheit, Feuer, Überschwemmungen, Schädlinge und etliche andere Risiken. Und was ist mit den politischen Verhältnissen? Und den Wechselkursen? Das kann sich alles zum Nachteil wenden, und das Geld ist weg."

„Das ist alles hypothetisch", versuchte de Jong einzuwenden. „Dass es keine perfekte Welt gibt, dürfte wohl jedem klar sein. Außerdem haben wir vorgesorgt."

„Das glaube ich Ihnen gerne", stimmte Sue ihm zu. „Vor allem für sich selbst, bei 15 Prozent Gebühren. Schalt einfach dein Hirn ein, Markus. Und bei Gelegenheit das Internet. Noch einen guten Appetit, meine Herren. Der

Tafelspitz hier ist wirklich zu empfehlen."

Lächelnd drehte sie sich um. Das hatte gut getan. So fuhr es sich doch gleich viel besser auf den See.

64

„Steuer mal ein bisschen Richtung Steeg", rief Sue Terence zu, der am Ruder saß, „dann hilft uns die Traun, schneller weiterzukommen."

Es hatte Sue schon als Kind fasziniert, dass der Fluss zwar in den See mündete, sich jedoch nicht in ihm verlor, sondern unbeeindruckt seinen eigenen Weg und seine eigene Fließgeschwindigkeit beibehielt. Genauso sollte ich auch leben, dachte sie, eingebettet in eine Familie, aber ohne meine Persönlichkeit aufzugeben. Für viele Frauen war das die Quadratur des Kreises. Sie würde es versuchen, auch wenn sie noch nicht konkret wusste, wie.

Es war so schön, dass die Urquharts endlich zusammen auf dem See waren. Sue versuchte, den herrlichen Sonnenschein zu genießen, doch sie spürte, wie über allem bereits ein Hauch von Abschied lag. In zwei Tagen würden sie abreisen, und obwohl sie sich sehr auf Zuhause freute, fühlte Sue sich etwas melancholisch. Das lag nicht zuletzt an ihrem Vater. Sie gingen sehr vorsichtig miteinander um, und man merkte, dass keiner von beiden ein falsches Wort sagen wollte. Es würde noch ein Weilchen dauern, bis die alte Unbeschwertheit zurück war, doch Sue wusste, sie würde kommen.

Amy hingegen war bereits vom Reisefieber gepackt worden und checkte seit Beginn der Bootsfahrt quasi pausenlos, wie das Wetter in St. Tropez sein würde. „Mann, die Hälfte der Woche wird schlechtes Wetter sein. Das gibt es doch nicht!"

„Schätzchen, das Wetter wird nicht besser, nur weil du alle paar Minuten den Wetterbericht abrufst", versuchte Sue sie zu beruhigen. „Außerdem werdet ihr auch bei Regen eine tolle Zeit haben. Die Villa der Worthingtons ist sicher mit allem ausgestattet, was ihr für unvergessliche Ferien braucht."

Amy war gänzlich unbeeindruckt und starrte weiterhin ungläubig auf ihr Smartphone. „Ich habe keine Ahnung, was ich zum Anziehen mitnehmen soll, wenn das Wetter schlecht ist", jammerte sie.

„Wieso hast du nichts zum Anziehen? Du hast doch in Salzburg alles leer gekauft", meldete sich Terence.

„Papa!", nölte Amy, „du hast keine Ahnung. Das waren doch nur Sachen für schönes Wetter!"

„Es ist auch nicht die Aufgabe von Teenagervätern, Ahnung zu haben. Wir sollen euch nerven, das ist unsere Jobbeschreibung."

„Echt jetzt?" Amy sah ihn verunsichert an.

„Lass sie, Terence", meinte Sue und lächelte. Sie warf einen kurzen Blick auf Philipp, der die Luftmatratze am Heck des Ruderbootes befestigt hatte und sich schleppen ließ.

„Seht ihr dort den Badesteg?", rief Sue nach einigen Minuten. „Dort legen wir an."

Als sie den Steg erreicht hatten, zeigte Amy auf das handbemalte Schild, auf dem in großen Lettern PRIVAT stand. „Hier können wir nicht bleiben."

Aus der Schiffhütte nebenan drang ein plätscherndes Geräusch. Die unregelmäßigen Wellen, die unter der Holzwand hervorkamen, und das Plätschern ließen darauf schließen, dass jemand Wasser aus einem Boot schöpfte.

Eine ärgerliche, männliche Stimme rief: „Ja seid's es blind – so groß is des Schild, furt mit eich".

Amy duckte sich instinktiv, als sie den alten Mann im blauen Arbeitsanzug entdeckte, der, mit einem halb vollen, rostigen Kübel in der Hand, ziemlich flott um die Ecke bog. Bevor er weiter schimpfen konnte, stieg Sue vorsichtig vom Boot auf den Steg hinauf und winkte ihm zu.

„Josef, griaß di".

Der Mann blinzelte angestrengt in Sues Richtung. Ein tiefes, eher unsicheres „Griaß di" kam aus seinem Mund. Es war klar, dass er völlig im Dunkeln tappte, mit wem er es zu tun hatte.

Sue ging auf ihn zu. „Kennst mi nimmer?" Als sie direkt vor dem alten Mann stand, lachte sie ihn an. „Ich bin's, die Susi. Die Wallner Susi".

Das waren offenbar magische Worte, denn sie verwandelten den alten Mann vom Grantler zum geselligen Gastgeber. Schon wenige Minuten später hatten es sich die Urquharts auf den sonnengewärmten Bänken im alten Gastgarten gemütlich gemacht und auf dem rauen Holztisch ihr mitgebrachtes Picknick verteilt. Josef setzte sich zu ihnen an den Tisch, fragte Sue nach ihrem Leben aus und beobachtete skeptisch, wie Amy wählerisch Minitomaten mit Mozzarella aus einer Plastikschale fischte und Sue Parmaschinken um wässrige Melonenscheiben wickelte. Nach einer Weile stand er auf und kehrte kurz danach mit einem Krug Wein und Limogläsern zurück. Ihm folgte eine Frau, die ein großes Brett mit hausgeräuchertem Speck auf den Tisch stellte.

„Das ist die Resi, die kennt ihr noch nicht." Er lächelte verschmitzt und tätschelte ihren Po, woraufhin sie „Oider Depp" flüsterte. Dann säbelte er mit einem scharfen Hirschfänger ein dünnes Stück von dem Speck ab.

„Dei Mo braucht jetzt was Gescheit's zum Essen – der hat eich ja die ganze Streckn g'rudert." Er hielt Terence das fette Stück unter die Nase. „Da, schmeck amoi, so muas a Speck riachn."

Terence nickte brav, zuerst offenbar aus reiner Höflichkeit, doch dann schien er sich Josefs Meinung anzuschließen und probierte das Stück. „Gut", war sein abschließendes Urteil.

Josef strahlte. „An guadn Mo hast dir da ausgsucht, Susi!", erklärte er und schnitt für seinen neuen Freund gleich noch eine Scheibe ab.

Sue war froh, dass Josef sie mit seinen Spezialitäten in Ruhe ließ. Dieses fette Zeug hatte sie schon immer gehasst – außerdem war sein Hauswein bereits Herausforderung genug.

Sie saß mit dem Rücken an die Hauswand gelehnt und konnte so den Blick über den See auf die gegenüberliegende Halbinsel mit den beiden markanten Häusern genießen. Wie schade, dachte sie, dass die große Terrasse mit der hölzernen, von Wildem Wein überwucherten Veranda verschwunden war. Sie war so romantisch gewesen.

Sie nahm einen Schluck vom Roten. Den ersten hätte sie am liebsten gleich in den Sand gespuckt, doch schon nach dem zweiten Glas hatte sie sich an den ursprünglichen Geschmack gewöhnt. Fast wie in Trance hörte sie Josef zu, der ununterbrochen redete. Natürlich über Hilde, aber auch über alles, was ihm gerade einfiel. Resi, die die Geschichten von ihrem Sepp bestimmt schon unzählige Male gehört hatte, war mit den Worten „Entschuldigt's, aber die Hausarbeit" wieder hineingegangen. Terence hatte sich mit geschlossenen Augen zurückgelehnt und atmete verdächtig gleichmäßig. Der Gute war eingeschlafen. Kein Wunder bei dem Wein und Josefs anhaltendem Geplauder, von dem er wahrscheinlich höchstens die Hälfte verstand. Außerdem war das Rudern von Hallstatt hierher auch nicht zu verachten.

Sie suchte mit den Augen ihre Kinder, die sich im Wasser auf der Luftmatratze vergnügten und einen Heidenlärm machten. So sollte ein perfekter Urlaubstag sein, dachte Sue. Jeder kommt zu seinem Recht. Sie legte ihre Hand in die des dösenden Terence und ließ ihre Blicke und Gedanken schweifen.

Josefs ehemaliges Wirtshaus mit dem kleinen Gastgarten war fast unverändert. Er hatte es mangels Umsatz vor vielen Jahren schließen müssen – sehr zum Leidwesen der Einheimischen, für die der Tuscher im Sommer nicht weniger als der Mittelpunkt der Welt war. Wenig später wurde dann der Ostufer-Wanderweg gebaut und ein schickes Wanderstüberl in nächster Nähe eröffnet, das an sonnigen Tagen florierte. Selbst Helmut Kohl hatte in seiner Zeit als deutscher Bundeskanzler während einer seiner berühmten Urlaube am Wolfgangsee einen Ausflug auf diesem Weg gemacht. Doch das alles kam zu spät für den Josef und seine Frau, die damals schon ziemlich krank war. Ihre Kinder hatten kein Interesse daran, den Gasthof weiterzuführen, denn sie hatten beide studiert und lebten jetzt in Graz oder Wien, Sue konnte sich nicht mehr erinnern.

Eine alte Katze strich um ihre Beine und stupste mit ihrer Nase an ihr Schienbein. Sue reichte ihr heimlich einen Speckwürfel nach unten, den der kleine Tiger gierig verschlang.

„Mom, Dad, können wir ein Eis?" Ein patschnasser Philipp stand vor ihnen.

Terence öffnete die Augen und sah verwirrt um sich.

„I hob koans", sagte Josef bedauernd. „Da müsst's rüber ins Wanderstüberl gehn."

„Auch gut", meinte Philipp. „Mom, ich brauche Geld. Am besten mehr, damit es auch reicht."

Als er mit seiner Schwester und einem 20-Euro-Schein abgezogen war, stand Terence auf. „Ich gehe mal ins Wasser, um wieder wach zu werden."

„Ich bleibe noch ein wenig hier sitzen", meinte Sue. „Die Sonne ist gerade so schön."

Da Josef ebenfalls aufstand, hatte sie die Chance, ein paar Minuten ganz für sich zu sein. Doch kaum hatte sie genießerisch die Augen geschlossen, weckten Schritte auf dem Kies sie aus ihrer Träumerei. Eine Gruppe von Männern rief nach dem Sepp und näherte sich zügig ihrem Tisch.

Sue nickte freundlich in die Runde und stand auf. Eine Stammtisch- oder Vereinsrunde war nicht die Gesellschaft, auf die sie im Moment Wert legte. Also auf zu Terence ins Wasser. Bevor sie ging, bemerkte sie noch, wie Josef einige Flaschen kellerkaltes Bier auf den Tisch stellte und gleichzeitig den Speck abservierte. Dieser alte Fuchs, dachte Sue. Sein Selbstgeräuchertes war wohl nur besonderen Gästen vorbehalten. Wir sollten uns geehrt fühlen.

Sie packte ihre Tasche und ging die wenigen Schritte zum Steg. Ihr war ein wenig schwindlig von Josefs eigenwilligem Tropfen, doch gleichzeitig fühlte sie sich federleicht. Sie freute sich schon auf das kühle Wasser. Wo war eigentlich Terence? Niemand war zu sehen. Sie ließ ihren Blick schweifen und entdeckte ihn ganz in der Nähe, gleich neben dem Bootshaus. Er winkte ihr zu. Sie winkte zurück. Gut sah er aus. Nicht wie ein Model, und sein Sixpack war höchstens ein Viereinhalbpack. Aber immerhin.

Freudig zog sie ihr Strandkleid aus und stieg die Leiter hinunter ins Wasser. *De Jong, ich danke dir für dein schreckliches Essen.* Ihr Bauch war flach wie schon lange nicht mehr, und sie war froh, dass sie sich einen neuen Bikini gekauft hatte.

Sie schwamm zu Terence, wobei sie das letzte Stück tauchte und schließlich sanft mit ihrem Kopf an seinem Bauch landete.

„So habe ich mir das vorgestellt", raunte er ihr ins Ohr und schlang seine Arme um sie.

Sie genoss seine Umarmung, doch gleichzeitig spürte sie, wie sie sich innerlich verkrampfte. Wo würde das hier enden? Oder besser gesagt, wie? Was hatte Terence gemacht? Wieder eine Tablette genommen, mit einem anderen Wirkstoff und ungewissem Ausgang? An die Nacht in Bath dachte sie immer noch mit Schaudern zurück. Aber irgendwann mussten sie sich dieser Sache stellen. Warum also nicht jetzt? Sie bemühte sich, einen leichten Ton anzuschlagen. „Was willst du hier bei der Schiffhütte? Wir haben doch schon ein Boot."

„Vergiss das Boot. Ich dachte mir, wenn der Sex nicht zu uns kommt, kommen wir zum Sex." Jetzt war er ganz nah an ihrem Ohr und überall in ihrem Körper kribbelte es.

Er meinte es ernst. Törnte ihn der Schauplatz an, die Gefahr des Entdecktwerdens? Sie selbst spürte durchaus einen gewissen Nervenkitzel, der sich ganz und gar nicht unangenehm anfühlte.

„Und wo befindet sich dieser Mister Sex?"

Terence deutete zur Hütte. „Da drin. Aber wir müssen vorsichtig sein. Er ist sehr schreckhaft. Vor allem, wenn Störungen von außen kommen."

Schreckhaft. Störungen von außen. Also hatte er doch nicht alles im Griff. Mit einem Mal erkannte sie, dass sein Lächeln nicht souverän war, sondern tapfer. Vor ihr stand ein Mann, der in eine Schlacht mit ungewissem Ausgang zog.

„Ich habe den Eindruck, dass die Störungen in Schach gehalten werden", flüsterte Sue und wischte ihm einige Wassertropfen von den Augenbrauen. „Josef muss sich um seine Gäste kümmern, und die Kinder essen hoffentlich den größten Eisbecher des Alpenraums."

„Gut, sehr gut." Er tauchte unter Richtung Hütte. „Komm."

Drinnen zog sich Terence lässig hoch und sah sie abwartend von oben an.

Warten kann ich auch, dachte Sue und blieb im Wasser, obwohl sie es fast nicht mehr aushielt. Nun ging er zur Tür der Hütte und prüfte, ob sie verschlossen war. Dann kam er zu ihr zurück.

„Willst du im Wasser bleiben?" Seine Stimme klang rau.

Das haben wir zwar noch nie versucht, aber man muss nicht alles kennen, dachte Sue. Sie schüttelte den Kopf und reichte ihm ihren Arm, damit er sie nach oben ziehen konnte.

Er ließ sie nicht mehr los und fing sofort mit dem Küssen an. Er küsste sie so, wie er sie im Arm hielt. Hart und fest. Wie konnte etwas, das sie so gut kannte, immer noch so aufregend sein? Sie lehnte sich an die Rückwand, die sich grob in ihre Haut grub.

"Autsch!" Hoffentlich hatte sie sich keinen Splitter eingezogen.

Terence sah kurz nach, konnte jedoch im Halbdunkel der Hütte nichts erkennen.

„Es geht schon wieder", hauchte sie.

„Warte." Terence fischte eine Luftmatratze aus dem Wasser und legte sie auf die schmalen Planken.

„Besser?"

„Mmh." Mehr konnte sie nicht sagen, denn seine Finger glitten bereits neugierig an ihrem Körper entlang, sorgfältig darauf bedacht, ihre empfindlichsten Zonen auszusparen. Die kannte Terence ja bereits lange genug.

„Wann kommt denn jetzt Mr Sex?", stöhnte Sue. Dieser Mann kannte sie wirklich sehr, sehr gut. „Ich kann es kaum noch erwarten, ihn kennenzulernen."

„Dann wollen wir ihn mal holen." Terence legte sich auf sie und ließ ihn herein.

„Ich werde überall mit dir glücklich sein", flüsterte sie, als sie irgendwann später erschöpft nebeneinanderlagen. Die Luftmatratze war nicht gerade bequem, aber das störte sie nicht im Geringsten, denn sie war glücklich wie schon lange nicht mehr. Terence hatte gut durchgehalten. Okay, nicht mehr so wie in seinen Dreißigern, aber durchaus beachtenswert. „Es war wunderschön eben. Aber selbst wenn es wieder Probleme gibt, stehen wir das durch."

„Stehen muss ja wohl nur einer", murmelte er.

„Jetzt musst du mir aber eines verraten", flüsterte sie. „Wieso hat es jetzt wieder geklappt?"

Er seufzte tief. „Es scheint ein mentales Problem zu sein."

Sue zog erstaunt die Augenbrauen nach oben. Das war mal ein ganz neuer Ansatz. „Behauptet wer?"

„Ein kluger Kopf."

„Dann kann es keiner deiner Motorradfreunde sein."

Er knuffte sie in den Arm. „Wie gut, dass du keine Vorurteile hast, aber in diesem speziellen Fall hast du recht. Es war eine interessante Begegnung am Strand."

„Männlich oder weiblich?"

Er lachte. „Was wäre dir lieber?"

Sue musste nicht lange nachdenken. „Ein hässlicher, 5000 Jahre alter Gnom ohne jegliche erotische Ausstrahlung."

„Das kommt ungefähr hin, wenn du zwei Nullen abziehst."

„Gut." Sie kuschelte sich fest in seine Arme. „Ich will natürlich alles darüber wissen. Aber das hat Zeit. Wenn wir wieder Zuhause sind. Ich freue mich so darauf."

„Das ist gut, Darling. Genieße die Zeit in London, denn wir werden bald wieder auf Reisen gehen."

Irgendetwas an seinem Tonfall irritierte sie. Nach einer Karibik-Kreuzfahrt klang das nicht. „Wie meinst du das?"

„Nun, du wirst mich sicher mit Freuden ins schöne Flamborough begleiten."

„Flamborough?" Das sagte ihr im Moment nichts. Oder doch? Oh nein ... Dieser unglückselige Nachmittag mit Peter im Verlag. Sie konnte Terence vor Scham fast nicht in die Augen sehen.

„Mrs Trent freut sich bereits sehr, uns in ihrem Haus beherbergen zu dürfen."

„Mrs Trent?" Die kannte sie nun aber wirklich nicht.

„Die Organisatorin der Lesung. Sehr engagiert und bestens vertraut mit honorigen Gästen."

„Das klingt gut." Sie hätte sich vorher überlegen sollen, mit welchem Gegner sie sich einließ. Terence jedenfalls war ein gefährlicher Gegner.

„Wir werden nach der Lesung in ihrem Gästezimmer übernachten. Ich habe ihr bereits angedeutet, dass du es kaum erwarten kannst, sie kennenzulernen."

„Ich hoffe, sie hat eine Blümchentapete im Gästezimmer."

„Bestimmt."

„Und Laken aus Polyester."

„Darauf würde ich wetten."

„Und eine verrückte Verwandte auf dem Speicher."

„Das traue ich ihr zu."

„Und zum Frühstück gibt es ekligen Porridge."

„Das habe ich bereits schriftlich."

„Chapeau mein Lieber. In puncto Rache kann ich von dir noch was lernen."

„Ich weiß, Darling, ich weiß."

„Du bist ein selbstgefälliger Schnösel, habe ich dir das schon gesagt?"

„Psst, Darling. Hast du es gemerkt?"

„Hmh?"

„Mr Sex ist zurückgekommen. Sollen wir ihn noch einmal hereinlassen?"

„Ich bitte darum. Und Gratulation an deinen Kopf."

Sie küsste ihn und spürte es wieder, dieses Gefühl einer tiefen, innigen Verbundenheit. Würde es andauern? Wer konnte das schon wissen. Auf jeden Fall gab es schlechtere Neuanfänge. Und was danach kam? Nun, sie würden sehen. Jetzt fing der Rest ihres Lebens an, und dieses Jetzt war schön.

ENDE

Die Autoren

Elisa Herzog ist das Pseudonym eines deutsch-österreichischen Autorinnen-duos, das die Berge ebenso liebt wie England (und noch das eine oder andere mehr). Das Ergebnis ihrer ersten schriftstellerischen Zusammenarbeit ist die romantische Komödie „Einen Verlängerten bitte", die im Salzkammer-gut und - Überraschung! - in England spielt.

Ein Teil von Elisa Herzog hat bereits zwei Krimis veröffentlicht, ansonsten umfasst das berufliche Spektrum des Duos so unterschiedliche Bereiche wie Anglistik und Romanistik, Hotelfach, Marketing und Psychotherapie. Elisa Herzog lebt in und um München.